Émile Zola
Pot-Bouille

•

집구석들

창비세계문학 88

집구석들

초판 1쇄 발행 / 2021년 10월 20일

지은이 / 에밀 졸라
옮긴이 / 임희근
펴낸이 / 강일우
책임편집 / 오규원
조판 / 한향림
펴낸곳 / (주)창비
등록 / 1986년 8월 5일 제85호
주소 / 10881 경기도 파주시 회동길 184
전화 / 031-955-3333
팩시밀리 / 영업 031-955-3399 편집 031-955-3400
홈페이지 / www.changbi.com
전자우편 / lit@changbi.com

한국어판 ⓒ (주)창비 2021
ISBN 978-89-364-6487-5 03860

창 비 세 계 문 학

88

•

집구석들

•

에밀 졸라

임희근 옮김

창비

차례

•

집구석들

7

일러두기

1. 이 책은 Émile Zola, *Pot-Bouille*(Livre de Poche, 1984)를 번역 저본으로 삼았다.
2. 본문 중의 각주는 옮긴이의 것이다.
3. 외국어는 되도록 현지 발음에 가깝게 표기하되, 우리말 표기가 굳어진 것은 관용을
   따랐다.

1

여행가방 세개를 싣고 리옹역[1]에서부터 옥따브를 태우고 온 삯마차는 뇌브생또귀스땡 거리에서 마차들이 밀리는 바람에 멈춰 서야 했다. 음산한 11월 오후의 날씨가 이미 쌀쌀했지만 젊은이는 한쪽 차문 유리를 내렸다. 길들은 좁다랗고 사람들로 북적대는 이 동네에 갑자기 날이 저물자, 그는 놀라 멍해졌다. 거센 콧김을 내뿜는 말들을 때리면서 내뱉는 마부들의 욕설, 보도를 걷는 행인들의 끝없는 스침, 점원과 손님이 꾸역꾸역 넘쳐나는 빽빽이 늘어선 상점들로 인해 그는 정신이 쏙 빠졌다. 빠리는 좀더 깨끗할 거라 생각했지 이토록 악착스러운 장사 터일 거라고는 상상조차 못했다. 건장한 남자들의 욕심 앞에 이 도시가 활짝 열려 있다는 실감이 그제야 났다.

---

1 빠리 시내의 주요 역 중 하나로 리옹 방향으로 가는 기차의 시발점이자 종착역인 Gare de Lyon을 말함.

마부가 몸을 굽혀 물었다.

"슈아죌 골목 맞습니까?"

"아니요, 슈아죌 거리라니까…… 아마 새 건물일 텐데요."

삯마차가 방향을 틀자 바로 거기, 두번째 집이 그곳이었다. 오래되어 녹슨 빛이 섞인 옆 건물들의 정면 회벽 사이에서, 커다란 5층 건물의 석재는 약간 누릇누릇하게 되었을 뿐 원래의 흰색을 그대로 지니고 있었다. 보도로 내려선 옥따브는 집의 크기를 어림해보고, 1층과 중2층[2]을 차지한 주단가게부터 좁은 테라스 쪽으로 열린 5층의 쑥 들어간 창문들까지를 기계적으로 찬찬히 살펴보았다. 2층에는 주철을 정교하게 세공한 난간이 달린 발코니를 여인의 두상들이 떠받치고 있었다. 창문 유리는 평범한 형지型紙에 맞춰 굵게 새긴 복잡한 틀에 끼워져 있었다. 그 밑의 차고 문 바로 위에는 장식이 더 잔뜩 붙어 있었는데, 두 큐피드가 펼친 소용돌이 꼴 장식 속에 이 집의 번지수가 쓰여 있었고, 그 안에는 가스등이 달려 밤이면 그 숫자를 비추도록 되어 있었다.

뚱뚱한 금발 신사 하나가 막 현관을 나서다가 옥따브를 보더니 딱 멈춰 섰다.

"아니, 왔군!" 그가 소리쳤다. "내일이나 도착하려니 했더니만."

"글쎄 말입니다." 옥따브가 대답했다. "예정보다 하루 앞당겨 쁠라상[3]을 떠났습니다. 방 마련이 아직 안됐나요?"

"웬걸, 보름 전에 방을 세냈고 부탁한 대로 즉시 세간살이도 갖춰놨다니까. 기다려요, 내 그리로 안내하지."

---

2 1층과 2층 사이의 공간.
3 Plassans, 가상의 도시로 졸라의 고향인 남프랑스의 엑상프로방스를 모델로 했다고 추정됨.

그는 옥따브가 그러지 않아도 된다고 말려도 듣지 않고 굳이 집 안으로 다시 들어갔다. 마부가 이미 여행가방 세개를 마차에서 내려놓았다. 길쭉한 얼굴에 외교관처럼 말끔히 면도를 한 점잖아 뵈는 남자가 문지기방 앞에 서서 심각한 표정으로 『르 모니뙤르』[4]를 읽고 있었다. 그는 자기가 지키는 건물의 문 앞에 내려진 여행가방들을 유심히 살펴보고 앞으로 나서면서 4층에 사는 이 건축가 선생에게 물었다.

"깡빠르동 선생님, 바로 이 분입니까?"

"그래요, 구르 씨. 이 분이 5층의 셋방에 살게 될 옥따브 무레 씨요. 거기선 잠만 자고 식사는 우리 집에서 하게 될 거요. 무레 씨는 우리 장인 장모님과도 친한 분이니 잘 좀 부탁해요."

옥따브는 벽면이 인조 대리석으로 되어 있고 둥근 천장에는 장미 모양의 장식이 달린 건물 입구를 바라보았다. 포석을 깔고 시멘트로 다진 안뜰은 매우 정갈하면서도 차가운 인상을 풍겼다. 마부가 혼자 마구간 문 앞에서 말 재갈을 가죽에 비비고 있었다. 햇살이 거기까지 드는 일은 결코 없을 것 같았다.

한편 구르 씨는 여행가방을 살펴보는 중이었다. 그는 가방들을 발로 밀어 그 무게를 가늠해보고는 알아 모시겠다는 듯이 뒷계단으로 해서 가방들을 올려 보내게 심부름꾼을 하나 구하러 가겠다고 말했다.

"여보, 내 다녀올게요." 그는 문지기방 안으로 몸을 굽히며 소리쳤다.

---

4 원래 명칭은 '관급 공사와 건물에 관한 모니터(모니뙤르)'이다. 프랑스의 건설 관련 주간지로, 1903년 창간되어 2013년부터는 '앵뽀프로 디지털'이라는 그룹에서 발간하고 있다.

잘 닦인 거울들이 달린 문지기의 방은 붉은 꽃무늬 양탄자에 자단紫檀으로 만든 가구를 갖춘 자그마한 응접실이었다. 열린 문을 통해 침실 한 귀퉁이에 검붉은 렙스 천으로 덮인 침대가 보였다. 피둥피둥 살이 찐 구르 부인이 머리에 노란 리본을 달고 두 손을 모아 쥔 채 안락의자에 몸을 쭉 뻗고 앉아 빈둥거리고 있었다.

"자, 그럼 올라갑시다." 건축가가 말했다.

현관의 마호가니 문을 밀면서, 깡빠르동은 구르 씨의 검은 벨벳 빵모자와 하늘색 슬리퍼에 옥따브가 특별한 인상을 받았음을 알아채고 이렇게 덧붙였다.

"글쎄, 저 사람이 보줄라드 공작 댁 하인이었다니까."

"아!" 옥따브는 그저 이렇게만 받았다.

"그러다가 모르라빌의 별 볼 일 없는 집행관 과부와 결혼했지. 저 부부는 그곳에 집까지 한채 갖고 있다오. 하지만 연금 3000프랑을 받아야 거기 내려가 살겠다며 때를 기다리고 있어요. 문지기 부부로는 아주 점잖은 사람들이지!"

현관과 계단은 야단스럽다 싶을 정도로 호화판이었다. 아래층에는 머리에 항아리를 인 나뽈리 여인의 얼굴 문양이 금빛으로 번쩍이고 있고, 그 항아리에서는 반투명 유리전구가 달린 가스등 세개가 굽어 나왔다. 분홍 테가 둘린 흰색 인조 대리석 벽면들이 나선형으로 감겨 올라가는 계단 난간을 따라 규칙적으로 올라가고, 손잡는 부분에 마호가니를 덧댄 주철 난간은 황금빛 잎새들을 탐스럽게 달고 오래된 은처럼 보이게 꾸며져 있었다.

구리 막대로 고정시킨 붉은 융단은 층계를 덮고 있었다. 그러나 무엇보다도 옥따브를 놀라게 한 것은, 안으로 들어설 때 느껴진 온실 같은 더위였다. 마치 누군가가 그의 얼굴을 향해 뜨뜻한 입김을 훅 내뿜는 듯했다.

"아니, 계단에 난방이 들어오나요?"

"아마 그럴 거요." 깡빠르동이 대답했다. "요즘, 제법 한다하는 집주인들은 이런 데 돈을 쓴다니까. 이 집은 아주 훌륭하지, 훌륭하고말고."

깡빠르동은 건축가인 자기가 직접 눈으로 벽 안쪽을 조사해보기라도 한 듯 말하면서 고개를 돌려 그를 바라보았다.

"이제 살아보면 알겠지만 이 집은 나무랄 데가 없어요. 게다가 점잖은 사람들만 살고 있다니까!"

그러고는 천천히 계단을 오르면서 그는 여기 세 들어 사는 사람들 이름을 하나하나 댔다. 층마다 두 세대가, 한 세대는 길 쪽으로 또 한 세대는 뜰 쪽으로 자리 잡고 있고, 니스 칠한 마호가니 문들이 서로 마주 보고 있었다. 우선 그는 오귀스뜨 바브르 씨에 대해 한마디 했다. 그 사람은 건물 주인의 큰아들인데, 지난봄에 1층에 있는 주단가게를 인수했고 중2층 전체도 쓰고 있다고 했다. 그다음, 2층의 뜰 쪽 집에는 건물 주인의 작은아들 떼오필 바브르 씨가 아내와 함께 살고, 길 쪽은 건물주인이 사는데 왕년에 베르사이유에서 공증인을 하던 그는 지금은 고등법원 판사인 사위 뒤베리에 씨 집에 같이 살고 있다는 것이었다.

"그 판사는 아직 마흔다섯도 안된 건장한 사람이래요." 걸음을 멈추면서 깡빠르동이 말했다. "어때요, 대단하지!"

그는 두 계단 올라서더니 갑자기 휙 돌아서며 이렇게 덧붙였다.

"층마다 수도와 가스가 들어온다니까."

완자무늬 테를 두른 유리를 통해 희끄무레한 빛이 계단에 비치는 각 층 층계참의 높다란 창 밑에는 벨벳 천으로 덮인 좁고 긴 의자가 하나씩 놓여 있었다. 노인네들은 올라가다 힘들면 거기 앉아 쉴 수도 있다고 건축가가 귀띔해주었다. 그런데 3층에서는 거기 사는 사람 이름을 대지 않고 그냥 지나쳤다.

"여기는요?" 그 커다란 살림집의 문을 가리키며 옥따브가 물었다.

"아, 여기 말이오! 생전 가야 코빼기도 볼 수 없고, 알고 지내는 이도 없는 사람들이지. 저 사람들이야 있으나 없으나 이 집엔 아쉬울 것 하나 없소. 뭐 어쨌든 옥에도 티는 있는 법이니까."

그는 가볍게 경멸 어린 한숨을 내쉬었다.

"보아하니 저 집 주인남자는 책을 쓰는 것 같습디다."

그러나 4층에 오자 아까의 흡족한 웃음이 되살아났다. 뜰 쪽의 둘로 나뉜 살림집에는 쥐쬐르 부인이라고 조그맣고 팔자 사나운 여자와 무척 지체 높은 신사 한분이 각각 입주해 있는데, 그 신사는 이 집의 방 하나를 세내어 일주일에 한번씩 사업상 용무로 오곤 한다는 것이었다. 이런 설명들을 늘어놓으며 깡빠르동은 맞은편 집 문을 열었다.

"여기가 내 집이오." 그가 말을 이었다. "잠깐만 기다리시오. 당신 방 열쇠를 가져와야 하니까. 우선 당신 방으로 올라갑시다. 우리 집사람은 그다음에 만나보도록 하고."

혼자 남은 이분 동안 옥따브는 장중하고 고요한 계단의 분위기가 몸에 스미는 것을 느꼈다. 그는 현관에서 끼쳐 오는 뜨뜻한 공기를 쐬며 난간에 기대어 아래쪽으로 몸을 굽혀 내려다보았다가, 혹시 위층에서 무슨 소리라도 들려오지 않나 싶어 귀를 기울이며 고개를 들었다. 조심스레 닫혀 바깥의 숨결 하나 새어 들 틈 없는 중산층 응접실의 죽은 듯한 평화가 복도에도 감돌고 있었다. 번쩍 번쩍 근사한 마호가니 문들 뒤로는 더할 나위 없이 반듯한 가풍 같은 것이 느껴졌다.

"당신과 같은 층을 쓰는 이웃들이야 아주 훌륭한 사람들이지." 열쇠를 갖고 나타난 깡빠르동이 말했다. "길 쪽으론 조스랑 씨네 일가족이 살지. 아버지는 생조제프 크리스털 제품점 회계원이고 나이 찬 딸이 둘 있다오. 또 당신 방 바로 옆집엔 사무원 삐숑 씨네, 단출한 식구가 사는데, 부자는 아니지만 나무랄 데 없이 교양 있는 사람들이오. 이렇게 버젓한 건물이라도 비워두는 집 없이 모두 세 놓아야 하는 것 아니겠소?"

4층부터는 붉은 융단이 없어지고 그 대신에 소박한 회색 천이 깔려 있었다. 옥따브는 이 때문에 자존심이 약간 상했다. 계단을 본 그에게는 아까부터 존경의 마음이 차츰 차올랐던 것이다. 건축가의 표현을 빌리자면 "이렇게도 훌륭한" 집에서 살게 된지라 잔뜩 감격해 있던 터였다. 깡빠르동의 뒤를 따라 자기 집으로 통하는 복도에 들어서자 빠끔히 열린 문틈으로, 요람 앞에 서 있는 웬 젊은 여자 하나가 눈에 띄었다. 소리가 나자 그녀는 고개를 들었다. 말간 두 눈이 어딘지 공허해 보이는 금발의 여인이었다. 그의 뇌리에 남은 것이라고는 무척이나 특이한 그 눈길밖에 없었다. 그 여자는 갑자기 얼굴이 빨개지더니 무슨 못할 짓이라도 하다 들킨 사람처럼 부끄러운 듯 문을 밀어 닫아버렸다.

깡빠르동이 몸을 돌려 거듭 말했다.

"층마다 수도랑 가스가 들어온다니깐, 글쎄."

그는 뒷계단으로 통하는 문을 보여주었다. 그 위층에는 하인들 방이 있다고 했다. 복도 끝에서 걸음을 멈추며 그가 말했다.

"자, 여기가 당신 방이오."

네모나고 꽤 큰 그 방은 푸른 꽃무늬가 있는 회색 벽지로 도배를 해놓았고 가구는 매우 간소했다. 침대를 놓은 구석자리 옆에는 겨우 손 씻을 만한 공간을 차지한 세면대가 있었다. 옥따브는 곧바로, 푸르무레한 빛이 밖으로 내리비치는 창가로 갔다. 반듯반듯 포석이 깔리고 좀 삭막하면서도 청결한 안뜰이 저 밑으로 내려다보였으며, 샘의 구리 수도꼭지가 반짝반짝 빛났다. 여전히 아무도 얼씬하지 않았고 소리도 전혀 들리지 않았다. 새장 하나, 화분 하나 없이 흰 커튼들만 단조롭게 늘어진, 하나같이 똑같은 창문들뿐이었다. 네모반듯한 뜰의 한 변을 막아선 왼쪽 집의 널따랗고 휑한 벽면을 가리려고 거기에도 가짜 창문들을 나란히 그려놓았는데, 언제 봐도 닫혀 있을 그 창의 덧문들 뒤쪽으로는 이웃 살림집들의 폐쇄적인 일상이 그대로 이어지는 듯했다.

"방이 아주 좋은데요!" 옥따브가 몹시 기뻐하며 소리쳤다.

"그렇지요?" 깡빠르동이 말했다. "내 집 구하듯 했다오. 게다가 당신이 편지에 쓴 요망사항 그대로 했지. 그래, 가구가 마음에 드나요? 젊은이 혼자 살기엔 이만하면 모자랄 게 없지. 살아보면 알게 될걸요."

옥따브가 이렇게 폐를 끼쳐 죄송하고 또 감사하다며 악수를 하자 그는 정색을 하며 말을 이었다.

"한데, 이봐요, 단 한가지, 여기서 소란 피우는 건 절대 금물이오. 특히 여자는 안된다고, 안돼! 만일 여자를 끌어들이는 날엔 큰 탈이 날 거요."

"안심하십시오." 옥따브는 좀 걱정스럽기는 했지만 이렇게 중얼거리듯 대답했다.

"아니, 얘길 좀 해야겠소. 혹시나 내가 망신당할 일이 생기게 될지도 모르니 말이오. 집을 봤으니 알겠지만, 다들 살 만큼 사는데다 도덕적으로도 지독히 까다롭지. 우리끼리니 말이지만 지나칠 정도로 신경들을 쓴다니까. 생전 말소리 한번 안 들리고 조금 아까도 조용했지만 큰 소리라곤 나는 법이 없다고. 그런데 만일 문지기 구르 씨가 집주인 바브르 씨를 찾아갈 일이 생긴다고 해봐요. 우리 둘 다 꼴좋게 될 거라고! 내가 마음 푹 놓을 수 있게 이 집의 분위기를 지켜주구려."

이렇게 깔끔한 생활상에 감동한 옥따브는 자기도 그 본을 따르겠다고 맹세했다. 그러자 깡빠르동은 경계하는 눈길로 주위를 두리번거리더니 누가 들을세라 목소리를 낮추고 눈을 반짝이며 덧붙였다.

"바깥에서야 무슨 짓을 한들 아무 상관없다고, 알겠소? 넓디넓은 빠리에 그럴 만한 장소야 얼마든지 있잖소. 나도 사실은 예술가라 그런 건 개의치 않는다고!"

짐꾼 하나가 가방들을 올리고 있었다. 짐을 제자리에 정돈하고 난 후 건축가는 옥따브가 세수하고 옷차림을 가다듬는 모습을 아버지처럼 지켜보았다. 그러더니 일어서며 말했다.

"이제 내려가서 우리 집사람을 만나봅시다."

4층에 내려가니 날씬하고 가무잡잡한 애교 있어 보이는 하녀가 마님께선 지금 뭘 좀 하시는 중이라고 말했다. 깡빠르동은 이 젊은 친구를 편하게 해주기 위해, 또 이왕 설명한 것도 있고 하니 내친김에 그에게 집 구경을 시켰다. 상감된 쇠시리로 오밀조밀 장식해놓은 흰색과 금색의 대응접실이 건축가가 작업실로 개조해놓은 초록색 소응접실과 침실 사이에 자리 잡고 있었다. 침실에는 들어갈 수 없었지만 침실 모양은 좁다랗고 벽지는 적자색이라고 그가 말해주었다. 쇠시리와 천장 널판이 유난히 복잡하고 온통 인조 목재로 꾸며놓은 식당으로 안내받자 옥따브는 홀린 듯이 소리쳤다.

"정말 화려하네요!"

천장에는 널판들 사이로 두개의 틈새가 뚜렷하게 나 있었고, 한 구석에는 칠이 비늘처럼 벗겨져 회벽이 보였다.

"그래요, 멋을 부린 거지." 천장을 응시한 채 건축가가 천천히 말했다. "알겠소, 이런 집들은 본때 있게 지은 거라오. 다만 벽에 너무 깊게 구멍을 뚫으면 안되지, 십이년도 안됐는데 벌써 칠이 벗겨지니까. 집의 정면은 멋진 석재에 조각품으로 장식하고, 계단엔 세번이나 니스 칠을 하고, 각 살림채에는 금빛도 입히고 울긋불긋 온갖 칠을 한다오. 그러면 사는 사람들도 으쓱해지고 남들 눈에도 대단해 보이지. 이 집은 아직도 탄탄해요. 우리가 사는 동안은 내내 끄떡없을 거요!"

그는 다시 옥따브를 데리고 반투명 유리창으로 빛이 들어오는 응접실 곁방을 가로질렀다. 왼쪽에 방이 또 하나 뜰 쪽으로 나 있었는데 그 방은 그의 딸 앙젤의 침실이었다. 온통 흰색인 그 방은 이런 11월 오후에 보니 마치 무덤처럼 을씨년스러웠다. 복도 끝에는 부엌이 있었는데, 그는 집을 구석구석 다 알아놓아야 한다면서 부득부득 옥따브를 그리로 데려갔다.

"들어오라니까." 그가 문을 밀며 거듭 말했다.

몹시도 시끄러운 소리가 부엌에서 새어 나왔다. 날이 추운데도 창문은 활짝 열려 있었다. 가무잡잡한 하녀와 기운이 넘쳐 보이는 늙은 뚱뚱이 식모가 창틀에 팔꿈치를 괴고 몸을 굽혀, 좁다란 우물처럼 밑으로 우묵하게 홈처럼 파인 안뜰을 내려다보는 중이었다. 서로 마주 보는 각 층의 부엌들은 안뜰 쪽으로 채광창이 나 있었다. 이 여자들은 허리에 잔뜩 힘을 넣어 함께 소리를 질러댔고, 그러면 창자 속 같은 이 홈의 맨 밑에서부터 상스러운 목소리들이 웃음소리와 욕설과 뒤섞여 쩌렁쩌렁 올라왔다. 마치 하수도에서 콸콸 물 내려가는 소리 같았다. 이 건물의 하녀란 하녀는 모두 거기 모여 마음껏 떠들어대고 있었다. 옥따브는 유복한 집답게 당당하던 중앙계단의 모습을 떠올렸다.

두 여자가 본능적으로 알아차리고 뒤를 돌아보았다. 낯선 남자와 함께 있는 주인님을 보자 그녀들은 혼비백산했다. 가벼운 휘파람 소리가 한번 나더니 창문들이 도로 닫히고 모든 것이 다시 쥐죽은 듯한 침묵 속으로 잠겨들었다.

"대체 무슨 일인가, 리자?" 깡빠르동이 물었다.

"주인님," 하녀가 몹시 흥분한 채 대답했다. "이번에도 또 그 칠칠치 못한 아델 때문이랍니다. 글쎄 토끼 내장 훑은 걸 창문으로 던졌지 뭐예요. 주인님께서 조스랑 영감님께 말씀 좀 해주셔야겠어요."

깡빠르동은 끼어들고 싶지 않아 그냥 심각한 표정만 짓고 있었다. 그는 작업실로 돌아가면서 옥따브에게 말했다.

"이제 다 본 거요. 층층이 살림집들은 생김새가 모두 똑같아요. 나는 집세로 일년에 2500프랑[5]을 내고 있지. 4층에 사는데 말이오! 집세는 일년이 멀다 하고 오른다오. 바브르 영감님은 아마 이 건물을 세놓아서 해마다 2만 2000프랑쯤 손에 쥘 거요. 그런데 집세는 앞으로도 계속 오를 거요. 증권거래소 광장에서 새로 지은 오페라극장까지 큰 길이 뚫린다니까 말이오. 지금부터 십이년쯤 전이던

---

5 2002년 유로가 유럽 공용 화폐가 되기 전에 프랑스에서 쓰이던 화폐 단위. 1유로는 약 6.5597프랑.

가, 약방집 하녀가 불을 질러 큰 화재가 났었소. 그후 바브르 영감님이 이 집 대지를 공짜나 다름없이 사들인 거지."

작업실로 들어가자 제도용 책상 위에 걸린 성화聖畵가 옥따브의 눈에 띄었다. 고급스러운 액자에 표구된 그 그림은 창으로 들어오는 환한 햇빛을 받고 있었는데, 그림 속 성모 마리아의 가슴이 열려 있어 활활 타는 커다란 심장이 보였다. 그는 어쩔 수 없이 놀랍다는 몸짓을 해버렸다. 그리고 빨라상에서 도무지 진지한 데라고는 없는 난봉꾼으로만 알았던 깡빠르동을 바라보았다.

"아참, 그 말을 안했군." 깡빠르동이 낯을 조금 붉히며 말했다. "그렇소, 내가 에브뢰6에서 교구敎區 지정 건축가로 임명되었어요. 물론 돈벌이로 보자면야 형편없지. 통틀어봤자 일년에 겨우 2000프랑이니까. 하지만 할 일도 별로 없고 이따금 한번씩 그쪽에 다녀오기나 하면 되니까 뭐. 게다가 현지에 감독관도 하나 있고. 이 봐요, 명함에 '정부 지정 건축가'라고 쓸 수 있다는 건 대단한 거라니까. 그 덕분에 상류사회에서 일거리가 얼마나 많이 들어오는지 당신은 상상도 못할 거요."

그러면서 그는 심장이 활활 타는 그림 속의 성모를 바라보았다. 그리고 갑자기 솔직한 투로 바꾸어 말을 계속했다. "좌우지간, 난 그 사람들이 뭘 하건 아무래도 상관없다고!"

그러나 옥따브가 웃기 시작하자 건축가는 겁을 먹었다. 왜 이 젊은이에게 속 얘기를 털어놓았단 말인가? 그는 곁눈질을 하며 짐짓 점잔 빼는 품을 갖추더니 방금 한 말을 도로 주워 담아보려 했다.

"상관이 없기도 하고 있기도 하지. 그래, 그래, 두고 봐요. 두고

---

6 프랑스 북서부 오뜨노르망디의 도시. 외르주의 주도.

보라고, 이 친구야. 세상을 좀더 살아보면 남들 하는 대로 하게 될 테니."

그리고 그는 자기가 살아온 마흔두해의 세월, 산다는 것의 공허함에 대해 이야기하며 짐짓 우울한 티를 냈는데, 그것은 그의 피둥피둥한 건강체와 전혀 어울리지 않았다. 바람에 날리는 듯한 머리칼이며 앙리 4세 식으로 깎은 수염이며 얼굴은 제법 예술가 티를 낸답시고 꾸몄지만, 생각은 꽉 막히고 먹성만 아귀 같은 중산층 남자의 밋밋한 두상과 각진 턱뼈가 드러나 보였다. 젊은 시절의 그는 남을 피곤하게 할 만큼 쾌활한 사람이었다.

옥따브의 눈길은 건축도면들 사이에 아무렇게나 놓여 있는 『가제뜨 드 프랑스』[7]에 끌렸다. 그러자 입장이 더 난처해진 깡빠르동은 하녀를 부르는 초인종을 잡아당겨 마님이 이젠 오실 수 있느냐고 물어봤다. 의사선생님께서 가시려고 하니 마님이 곧 그리로 가실 거라는 대답이었다.

"부인께서 어디가 편찮으십니까?" 옥따브가 물었다.

"아니요, 늘 그 꼴이지 뭐." 곤란한 듯한 목소리로 건축가가 말했다.

"아, 그럼 무슨 일이 있으신가요?"

깡빠르동은 다시금 곤혹스러워하며 곧이곧대로 대답하지 않았다.

"글쎄, 여자들이란 늘 어딘가가 성치 않은 법이라서…… 십삼년 전에 애 낳고 나서부터 저렇다니까. 그것 말고는 전혀 아무 탈이 없지. 이제 당신이 그 사람을 보면 몸이 좋아졌다고 할 거요."

---

7 17세기에 창간된 프랑스 최초의 신문 『가제뜨』의 후신으로, 19세기 당시에는 왕당파 기관지의 하나였다.

옥따브는 꼬치꼬치 더 캐묻지 않았다. 마침 그때 리자가 명함 한 장을 가지고 들어왔다. 누가 찾아온 모양이었다. 건축가는 옥따브에게 양해를 구하고 허겁지겁 응접실로 가면서, 기다리는 동안 심심하지 않게 집사람과 얘기나 나누라고 당부했다. 문이 세차게 열렸다가 닫히는 사이에 옥따브는 흰색과 금색으로 도장된 널따란 응접실 한가운데서 검은 사제복의 흔적을 얼핏 보았다.

바로 그 순간 깡빠르동 부인이 응접실 곁방을 통해 들어왔다. 그는 그녀를 알아보지 못했다. 옛날 쁠라상에서 소년 시절, 토목국 현장감독이던 그녀의 친정아버지 도메르그 씨 댁에서 보았을 때는 빼빼 마르고 못생기고 스무살인데도 한창 사춘기인 계집아이처럼 약골이었다. 그런데 지금은 몸집이 통통하고 피부색도 수녀처럼 해맑고 생기 있는데다, 눈매는 부드럽고 볼에 보조개가 옴폭 팬 것이 먹성 좋은 암고양이 같았다. 인물이 예뻐질 수야 없었겠지만 서른줄에 접어들면서 무르익어 가을 과일처럼 달콤한 맛과 상큼한 향내를 지니게 된 것이다. 다만 한가지, 그녀가 회녹색 비단으로 지은 기다란 실내복을 입고 허리를 흔들며 힘들여 걷는 것이 그의 눈길을 끌었고, 그런 모습은 나른한 느낌을 주었다.

"아니, 이제 어른이 됐군요!" 그녀가 두 손을 내밀며 명랑하게 말했다. "우리가 고향에 다녀온 뒤로 이렇게 컸다니!"

그러면서 그녀는 키가 훤칠하고 갈색 머리에 구레나룻과 턱수염을 공들여 손질한 이 미남 총각을 바라보았다. 그가 스물둘이라고 나이를 대자 그녀는 다시금 호들갑을 떨었다. 못돼도 스물다섯은 족히 돼 보인다고. 옥따브는 설령 하녀 중에 말짜라 해도 그저 여자라면 꼼짝 못하는 위인인지라, 오래 묵은 황금색이 도는 벨벳처럼 부드러운 눈길로 그녀를 어루만지듯 바라보며 구르는 듯한 웃음소리를 냈다.

"아, 그럼요!" 그가 느물느물한 어조로 되받았다. "컸지요, 컸고 말고요. 부인의 사촌언니 되시는 가스빠린 양께서 제게 구슬을 사주시던 일이 기억나세요?"

뒤이어 그는 그녀의 친정부모 소식을 전해주었다. 도메르그 씨 내외분은 은퇴한 후 행복하게 지내신다고. 다만 한가지 불평이라면 단 두분이어서 외로운 것뿐이고, 공사 때문에 쁠라상에 잠시 머무는 동안 당신네 딸자식 로즈를 그렇게 채어가버린 깡빠르동을 아직도 원망하신다고 했다. 그러고 나서 그는 지난날 석연찮게 넘어간 연애사건에 대해 조숙한 악동답게 품었던 해묵은 호기심을 이제 다시 채워보려고 짐짓 그녀의 사촌 가스빠린 얘기로 화제를 돌리려 했다. 가난하지만 늘씬한 미인 처녀 가스빠린에게 건축가가 반해서 열을 올렸던 일, 지참금 3만 프랑을 지닌 말라깽이 로즈와 그가 느닷없이 결혼해버린 사건, 울며불며 한바탕 난리가 나고, 사이가 틀어지고, 버림받은 가스빠린이 바느질품 파는 아주머니를 찾아 빠리로 가출한 사건 등등. 그러나 부인은 약간 발그스레하니 해사함이 감도는 잔잔한 얼굴 표정을 여전히 짓고 있을 뿐, 마치 말귀를 못 알아듣는 것 같았다. 그래서 옥따브는 자세한 내막이라고는 아무것도 알아내지 못했다.

"참, 댁의 부모님은요?" 이번엔 그녀가 물었다. "무레 씨 내외분은 건강이 어떠신가요?"

"아주 좋으시죠, 감사합니다." 그가 대답했다. "어머닌 이제 통 바깥출입을 안하신답니다. 반 거리의 집은 부인이 떠나오실 때 그 모습 그대로고요."

깡빠르동 부인은 오래 서 있으면 피곤해지는지 높은 제도용 의자에 앉아 두 다리를 실내복 밑으로 쭉 뻗었다. 그는 낮은 의자로 다가가면서 그녀에게 말을 걸려고, 평소 몸에 밴 태도대로 상대방을 흠모한다는 듯이 고개를 들었다. 비록 어깨는 떡 벌어졌지만 그는 여성스러운 남자였고, 여자 다루는 감각이 있어서 금방 여자들의 마음을 휘어잡았다. 그래서 십분이 지나자 둘은 이미 오랜 친구처럼 얘기를 나누고 있었다.

"그러니까 이제 제가 이 댁 하숙생이 된 거로군요?"

그는 손톱을 단정히 다듬은 고운 손으로 턱수염을 슬쩍 만지면서 말했다. "우린 한식구처럼 오손도손 잘 지내게 될 겁니다. 두고보세요. 쁠라상의 개구쟁이를 기억해주시고 제 부탁 한마디에 매사를 다 신경 써주시니 이렇게 고마울 데가 있겠습니까!"

그러나 그녀는 펄쩍 뛰었다.

"아니에요, 나한테 고맙다고 할 거 없어요. 난 정말 너무 게을러서 이젠 손가락 하나 까딱 않는걸요. 모든 준비는 아쉴[8]이 했지요. 게다가 가정집에 하숙을 하고 싶다는 댁의 의사를 우리 어머니가 전해주셨으니, 우리가 이 집을 식사 때 제공할 생각이 든 건 당연하지 않겠어요? 그렇게 하면 댁에선 낯선 집에 들어가지 않아도 되고, 우리한테는 말벗이 생기는 셈이고요."

옥따브는 자기 사업 이야기도 했다. 대학입학 자격시험에 마침내 합격한 뒤 그는 가족들의 소원을 풀어주려고, 쁠라상 부근에 공장을 두고 날염 옥양목을 취급하는 마르세유의 큰 포목점에서 지난 삼년을 보냈다고 했다. 여자들의 화려한 몸치장 품목을 파는 장사, 듣기에 솔깃한 말과 비위 맞추는 눈길로 꾀어 서서히 고객을

---

8 깡빠르동의 이름.

사로잡는 그 장사에 흠뻑 빠져 그는 혼신의 힘을 쏟았다고 했다. 그는 득의만면한 웃음을 지으면서, 자기가 어떻게 해서 5000프랑을 벌었는지를 이야기했다. 겉으로는 싹싹하고 덜렁대는 듯 보여도 실은 유대인처럼 용의주도한 그로서는, 그 돈이 없었다면 절대로 빠리행을 감행하지 못했을 터였다.

"상상 좀 해보세요, 그 가게엔 뽕빠두르⁹ 스타일의 날염 옥양목이 있었는데, 고풍스러운 그림무늬가 찍힌 기막힌 물건이었죠. 그런데 아무도 관심을 안 갖더군요. 이년째 물건이 지하 창고에만 처박혀 있었어요. 그래서 제가 바르와 바스잘쁘¹⁰를 순회하며 판매를 하게 되었을 때, 그 재고를 몽땅 사들여 주도해서 팔아볼 생각을 한 거죠. 오, 성공도 그런 성공이 없었어요! 여자들이 자투리 하나라도 서로 차지하려고 야단법석이었으니까요. 지금 그쪽 지방에 제가 판 그 옥양목 천을 안 걸친 여자는 단 한명도 없답니다. 제가 그 여자들 마음을 아주 쌈박하게 휘어잡은 거라고 해야겠죠! 여자들이 모두 제 손아귀에 있었으니 맘만 먹었다면 그 여자들을 제 뜻대로 할 수도 있었을 겁니다."

그러면서 그가 웃고 있는 동안에, 깡빠르동 부인은 그 뽕빠두르 스타일의 날염 옥양목 천 이야기에 귀가 솔깃하고 마음이 동해 물었다. 표백 안한 생무명 바탕에 잔잔한 꽃무늬가 있는 거 맞죠? 안 그래도 여름에 입을 실내복 한벌을 지으려고 사방팔방으로 그 천을 구하려 했다는 것이었다.

---

9 메나르 공작 부인이기도 했던 뽕빠두르 후작 부인(본명 잔-앙뚜아네뜨 뿌아송)은 프랑스 왕 루이 15세의 정부였다.

10 프랑스 남부의 두 도(道)의 이름. 바스잘쁘는 이후 알쁘드오뜨프로방스로 명칭이 바뀜.

"저는 이년 동안 돌아다녔으니 그만하면 됐습니다." 그가 말을 이었다. "이젠 기필코 빠리를 정복해야죠. 당장 무슨 일거리라도 찾아볼 참입니다."

"무슨 소리예요!" 그녀가 크게 말했다. "아쉴이 얘기 안하던가요? 그이가 댁의 일자리를 잡아놨어요. 그것도 여기서 엎어지면 코 닿을 데다가요!"

그는 놀라 웬 복이 굴러들어왔나 하는 표정으로 고맙다고 인사를 하면서, 혹시 오늘 저녁 자기 방에 가면 여자 하나와 연금 만 프랑의 횡재가 기다리고 있는 것 아니냐고 너스레를 떨었다. 그때 윤기 없는 금발머리에 키만 홀쭉 크고 못생긴 열네살짜리 여자애가 문을 밀고 들어오다가 깜짝 놀라 작게 소리를 질렀다.

"들어오렴, 겁내지 말고." 깡빠르동 부인이 말했다. "옥따브 무레 씨란다. 우리가 평소에 이 분 얘기하는 걸 너도 들었지?"

그러더니 옥따브 쪽으로 몸을 돌리며 말했다.

"우리 딸 앙젤이에요. 지난번 고향 갈 때는 애를 데리고 가지 않았죠. 어찌나 약골이었던지요! 그래도 지금은 좀 통통해진 셈이죠."

사춘기 소녀답게 뚱하니 꿔다놓은 보릿자루 같은 앙젤이 어머니 뒤로 와서 앉았다. 그녀는 미소 띤 옥따브에게 슬쩍 눈길을 보냈다. 거의 같은 때에 깡빠르동이 신바람 난 모습으로 나타났다. 그는 가만히 참고 있을 수가 없는지 몇마디 토막말로 아주 좋은 일이 생겼다고 아내에게 이야기했다. 생로끄 성당 보좌로 있는 모뒤 신부가 공사를 맡겼는데, 간단한 보수공사지만 자기 장래에 엄청난 보탬이 되는 일이라는 것이었다. 그러더니 옥따브 앞에서 얘기를 한 것이 마음에 걸리는지 좀 뭣해 하면서도 여전히 흥분한 채 손뼉을 탁 치고 이렇게 말했다.

"자, 자, 그럼 우리 이제 무얼 할까?"

"하지만, 아까 외출하시려던 길이었잖습니까." 옥따브가 말했다. "제가 방해가 되고 싶진 않습니다."

"아쉴." 깡빠르동 부인이 소곤거렸다. "에두앵 씨네 가게의 그 자리는요……"

"아 참, 정말!" 건축가가 큰 소리로 말했다. "이봐요, 최신 유행품을 취급하는 가게에 수석 점원 자리가 났대요. 내가 그 가게 사람을 하나 아는데, 그가 당신 얘기를 해줬지. 거기서들 당신을 기다리고 있소. 4시가 채 안됐으니 내가 데려가서 소개해줄까요?"

옥따브는 단정한 옷차림에 워낙 집착하는 성미인지라 넥타이가 제대로 매였는지도 걱정스럽고 영 마음이 놓이지를 않아서 망설였다. 그러나 깡빠르동 부인이 지금 차림새가 나무랄 데 없다고 장담하는 바람에 마음을 정했다. 나른한 동작으로 그녀가 남편에게 이마를 내밀자 남편은 정이 넘치는 듯 거기 입을 맞추며 말했다.

"그럼 다녀올게. 조심해요, 여보."

"저녁 식사 시간은 7시예요, 아시죠?" 그녀는 그들이 모자를 찾고 있는 응접실까지 따라와 배웅하면서 말했다.

앙젤이 무뚝뚝하게 뒤따라왔다. 마침 피아노 선생이 기다리고 있던지라, 그 아이는 이내 바짝 마른 손가락으로 건반을 두드렸다. 응접실 곁방에서 미적거리며 또 한번 고맙다고 인사하는 옥따브의 목소리가 피아노 소리에 덮여버렸다. 계단을 내려가는데도 그 피아노 소리가 쫓아오는 것 같았다. 뜨뜻미지근한 고요 속에 쥐죄르 부인, 바브르 부부, 뒤베리에 부부 들의 집에서 또다른 피아노 소리들이 화답했다. 층마다 다른 선율들이 꼭 닫힌 문들 저편에서 은은히 성가처럼 퍼져 나왔다.

밖으로 나오자 깡빠르동은 뇌브생또귀스땡 거리 쪽으로 꺾어 들었다. 그는 말머리를 돌릴 궁리를 하는 듯 골똘한 표정으로 입을 다물고 있었다.

"가스빠린 양 기억나요?" 마침내 그가 물었다. "그 사람이 에두앵 씨네 가게 수석 여점원으로 있지. 이제 곧 만나게 될 거요."

옥따브는 드디어 호기심을 충족시킬 기회가 왔구나 싶었다.

"아, 그분이 그럼 이 댁에 묵고 계신가요?"

"아니, 아니요!" 건축가는 기분이 상한 듯 버럭 소리쳤다.

그러더니 옥따브가 자신의 과격한 어조에 놀란 표정을 지으니 머쓱해져서 부드럽게 말을 이었다.

"아니요, 그 여자하고 우리 집사람은 이젠 서로 만나지도 않는 걸. 알다시피 일가친척 사이란…… 난 그 여잘 어쩌다 만나게 됐고, 그 여자가 날 좋다 하니 뿌리칠 수 없었던 거라고, 알겠소? 게다가 그 여자 쪽 형편이 넉넉지 못하니 더 그랬지. 가엾은 사람이오. 그 래서 지금은 두 여자가 날 통해서 서로 소식을 듣는다니까. 이런 해묵은 시비는 그저 세월이 약이겠거니 하고 흘려버릴 수밖에."

옥따브가 단도직입적으로 그의 결혼에 대해 물어보리라 마음먹고 있는데 건축가는 갑자기 하던 말을 딱 멈추며 말했다.

"자, 다 왔소!"

뇌브생또귀스땡 거리와 미쇼디에르 거리가 만나는 모퉁이에 최신 유행품을 파는 상점 하나가 좁다란 세모꼴의 가이용 광장 쪽으로 문을 열고 있었다. 중2층의 창문 둘을 가린 간판에 금박이 벗겨진 큼지막한 글씨로 "부인상회, 1822년 창업"이라고 쓰여 있었고, 진열장 유리에는 붉은색으로 쓴 "들뢰즈·에두앵 합작회사"라는 상호가 보였다.

"현대적인 멋은 없지만 건실하고 탄탄한 가게지." 깡빠르동이 빠르게 설명했다. "왕년에 점원이었던 에두앵 씨가 이년 전에 작고 한 들뢰즈 집안 장남의 사위가 된 거지. 그래서 지금은 이 젊은 에두앵 부부와 연로한 숙부 들뢰즈 영감 그리고 다른 동업자 한 사람이 가게를 경영하는 것으로 되어 있는데, 나이든 두 사람은 아마 일선에서 물러나 있을 거요. 에두앵 부인과는 이제 곧 만나게 될 텐데, 정말 머리 좋은 여자지! 자 들어갑시다."

마침 에두앵 씨는 직물 구매 차 릴에 가고 없었다. 그들을 맞은 사람은 에두앵 부인이었다. 그녀는 귀 뒤에 깃털펜을 꽂고 서서, 옷감을 한필 한필 칸막이장에 챙겨 넣는 점원 둘에게 이것저것 지시를 하고 있었다. 이목구비가 반듯한 얼굴에 머리를 양쪽으로 고르게 갈라 빗은 그녀가 어찌나 시원스럽고 기막히게 아름다워 보였는지, 또 판판한 깃과 자그마한 남자 넥타이가 도드라져 보이는 검은 드레스 차림으로 어찌나 진중한 미소를 지었는지, 별로 수줍음을 타지 않는 옥따브인데도 그만 말을 더듬고 말았다. 모든 일이 몇마디로 결정되었다.

"자 그럼!" 장사하는 여자답게 몸에 밴 친절한 태도로 그녀가 침착하게 말했다. "이제 사무적인 얘기는 끝났으니 가게 구경이나 하시죠."

그녀는 점원 하나를 부르더니 그에게 옥따브를 부탁했다. 그리고 깡빠르동이 뭐라고 묻자, 가스빠린 양은 물건을 사러 나갔노라고 정중하게 대답한 뒤 등을 돌리고는 부드러우면서도 간결한 음성으로 지시를 내리며 업무를 계속했다.

"거기가 아니지, 알렉상드르. 비단은 위에 놓아요. 이젠 같은 상표가 아니니, 주의하도록 해요!"

깡빠르동은 망설이다가 마침내 옥따브에게 저녁 식사 때 다시 데리러 오겠다고 말했다. 그래서 옥따브는 두시간 동안 가게를 구경했다. 그의 눈에 비친 가게는 햇빛이 잘 들지 않고 협소했으며, 지하실에서 넘쳐난 상품들이 이 구석 저 구석에 첩첩이 쌓여 있어서 발 디딜 틈이 없었다. 작은 고리짝들이 높다랗게 벽을 이룬 사이사이로 좁디좁은 통로가 나 있을 뿐이었다. 그는 그 통로에서 여러차례 에두앵 부인과 마주쳤다. 분주한 그녀는 아무리 좁은 통로라도 잽싸게 지나갔는데 치맛자락 끄트머리 하나 어디 걸리는 법이 없었다. 그녀는 이 가게의 활기 있고 안정된 중추신경과도 같아서, 그 하얀 손으로 까딱 신호만 보내도 전 직원이 거기에 복종하는 것이었다. 옥따브는 그녀가 자기를 더 이상 쳐다보지 않는 것이 섭섭했다. 6시 45분쯤 그가 마지막으로 지하실에서 올라오는데, 깡빠르동이 가스빠린 양과 함께 2층에 있다는 전갈이 왔다. 2층에는 가스빠린 양이 맡아보는 내의류 매장이 있었다. 나선형 계단 맨 위에 왔을 때, 거대한 삼각형을 이루며 차곡차곡 쌓인 캘리코 옥양목천들 뒤에서 건축가가 가스빠린에게 반말로 무어라 이야기하는 소리가 들려 그는 딱 멈춰 섰다.

"절대 아니라니까 그래!" 건축가가 흥분해서 소리를 지르고 있었다.

잠시 침묵이 흘렀다.

"그 애 건강은?" 가스빠린이 물었다.

"어이구! 늘 그렇지 뭐. 괜찮았다가 또 그랬다가. 본인도 별 수 없다고 느끼나봐. 완전히 낫는 일은 절대 없을 거야."

가스빠린은 안됐다는 듯한 목소리로 말을 이었다.

"가엾은 사람, 불쌍한 건 당신이지. 어쨌든, 당신은 다른 식으로 일을 해결할 수도 있었으니까. 그 애가 늘 아픈 걸 내가 얼마나 안돼 하는지, 본인한테 좀 전해줘요."

깡빠르동은 그 말이 미처 끝나기도 전에 그녀의 어깨를 와락 잡더니, 낮은 천장에 걸린 뜨거운 가스등 불빛 때문에 벌써 후덥지근해진 공기 속에서 그녀의 입술에 거칠게 입을 맞췄다. 그녀도 입을 맞추며 속삭였다.

"올 수 있으면, 내일 아침 6시에…… 난 자리에 누워 있을 테니, 문을 세번 두드려요."

얼떨결에도 사태를 알아차린 옥따브는 헛기침을 하고 그들 앞에 나타났다. 또 하나 놀라운 일이 그를 기다리고 있었다. 문제의 가스빠린 양은 살이 쏙 빠져서 얼굴은 앙상하고 턱뼈가 툭 불거진데다 머릿결은 거칠어져 있었다. 충충하게 혈색이 죽어버린 그 얼굴에서 예나 다름없는 것은 크고 아름다운 두 눈뿐이었다. 이마엔 시샘이 어려 있고 입은 열정적이면서도 고집 세어 보이는 그녀를 보자, 아까 본 로즈가 나른한 금발 여인으로 뒤늦게 활짝 피어나서 매력적이었던 것 못지않게 그의 마음은 흔들렸다.

그렇지만 가스빠린은 호들갑을 떨지 않고 예의 바르게 행동했다. 그녀는 뽈라상을 회상하고 옥따브에게 지난날의 추억을 얘기했다. 깡빠르동과 옥따브가 아래층으로 내려갈 때 그녀는 이들과 악수를 했다. 아래층에선 에두앵 부인이 옥따브에게 그저 이렇게만 말했다.

"내일 만납시다."

밖으로 나서자 옥따브는 마차 소리에 귀가 멍멍해졌고 행인들에게 이리 밀리고 저리 밀렸다. 하지만 에두앵 부인이 대단한 미인이긴 하나 상냥해 보이지는 않는다고 한마디 하지 않을 수 없었다.

거무칙칙하고 진흙투성이인 보도 위로는 새로 장식한 상점들의 티 없이 맑은 진열장 유리들이 가스등불에 요란하게 번쩍이며 네모꼴의 밝은 빛을 드리우고 있었다. 한편 그을음을 내뿜는 등잔불이 겨우 내부만 밝혀 진열장이 어두운 구식 가게들은 멀리 있는 별처럼 희미하게 빛을 내고 있는지라, 거기서 생긴 그림자들이 군데군데 이 빠진 듯 보도를 을씨년스럽게 만들었다. 뇌브생또귀스땡 거리에서 슈아쥘 거리로 돌아들기 조금 전에 건축가는 이 구식 가게들 앞을 지나면서 인사를 건넸다.

비단 케이프를 둘러쓴 날씬하고 우아한 젊은 여자 하나가 문지방에 서서 세살쯤 된 사내애를 마차에 치이지 않도록 자기 쪽으로 잡아끌고 있었다. 그 여자는 장사꾼처럼 보이는 맨머리의 웬 노인과 반말로 얘기를 하는 중이었다. 어두컴컴했고 옆 가게의 가스등들이 너울너울 던지는 반사광 밑이라서 옥따브는 그 여자의 이목구비를 똑똑히 분간할 수 없었다. 여자는 예뻐 보이긴 했다. 그러나 그가 본 것은 이글이글 타는 듯한 두 눈뿐이었고, 그 눈길이 잠시 두개의 불꽃처럼 그에게 머물렀다. 그녀의 뒤편으로는 습기가 차서 마치 지하창고 같은 점포가 움푹 들어가 자리 잡고 있었고, 거기서 초석 냄새가 은근히 풍겨 나왔다.

"발레리 부인이라고, 집주인의 작은아들 떼오필 바브르 씨의 아내라오. 그러니까, 우리 건물 2층에 사는 사람이지." 그가 몇발짝 떼어놓았을 때 깡빠르동이 다시 말을 시작했다. "아주 매력 있는 부인이지! 저 여잔 이 가게에서 태어났다오. 이 동네서 잘되기로 손꼽히던 잡화점인데, 친정 부모 루에뜨 씨 내외가 소일거리 삼아 아직도 문을 열고 있지. 내 장담하지만 그 내외는 이 가게로 돈푼깨나 벌었을 거요!"

하지만 예전에는 피륙 한쪽이 너끈히 간판 구실을 했던 빠리의 이 후미진 옛 동네에서 이런 식으로 장사를 계속하는 것을 옥따브는 이해할 수가 없었다. 세상없는 걸 준다 해도 자기는 이런 무덤 속 같은 구석에 처박혀 살겠다는 소리는 않겠다고 내심 다짐했다. 이런 데서 살면 틀림없이 몹쓸 병이 들고 말 테니까!

그들은 계속 이야기를 하면서 계단을 올라갔다. 집에서는 그들을 기다리고 있었다. 깡빠르동 부인은 회색 비단 드레스 차림에 한껏 멋을 부려 머리를 빗고 온몸을 공들여 치장한 모습이었다. 깡빠르동은 좋은 남편답게 사뭇 다정스레 그녀의 목에 입 맞추었다.

"여보, 별일 없었소?"

그러고는 모두 식당으로 갔다. 저녁 식사 분위기는 화기애애했다. 깡빠르동 부인은 먼저 들뢰즈 씨와 에두앵 씨 집안에 대해 얘기했다. 온 동네 사람들의 존경을 받는 집안으로 가이용 거리에서 문구점을 하는 사촌, 슈아쐴 골목에서 우산가게를 하는 아저씨, 그리고 이 동네 근방 여기저기에 자리 잡고 사는 조카들 등 그 집안 사람들도 잘 알려져 있다고 했다. 화제가 바뀌어 의자에 뻣뻣이 앉아 딱딱한 손놀림으로 식사를 하고 있는 앙젤에게 그들의 관심이 집중되었다. 깡빠르동 부인은 딸을 집에서 교육한다고 했다. 그것이 더 안전하다는 것이었다. 그러고는 이 문제에 대해 자세히 말하기 곤란하다는 듯 두 눈을 끔적거려, 처녀 애들이 기숙학교에 들어가면 못된 것들을 배우게 된다는 사실을 넌지시 암시했다. 그 참에 내숭 있는 앙젤이 자기 칼 위에 접시를 아슬아슬하게 올려놓았다. 식사 시중을 들던 하녀 리자가 그 접시를 깰 뻔하고는 소리쳤다.

"아가씨, 이건 아가씨 잘못이에요!"

꾹꾹 눌러 참던 웃음이 미친 듯이 앙젤의 얼굴에 퍼졌다. 깡빠르동 부인은 고개를 설레설레 흔들기만 하다 리자가 후식을 가지러 나가자 그녀를 두고 칭찬을 늘어놓았다. 아주 똑똑하고 바지런하며 뒤치다꺼리를 잘하는 빠리 여자라고. 식모 빅뚜아르는 나이가 많이 들어 이젠 별로 깔끔치를 못하니 없어도 아쉽지 않겠지만, 깡빠르동이 태어나는 것을 본 하녀이니만큼 집안의 유물인 셈치고 존중해주는 것이라 했다. 그때 리자가 구운 사과를 가지고 다시 들어왔다.

"행실도 나무랄 데 없어요." 깡빠르동 부인은 옥따브의 귀에 대고 계속했다. "아직 아무 흠도 찾아내질 못했어요. 외출도 한달에 딱 하루, 아주 멀리 사시는 연로한 아주머니께 문안드리러 가는 것이 전부랍니다."

옥따브는 리자를 바라보았다. 신경이 예민해 보이고 가슴은 밋밋하고 눈두덩은 멍든 듯 푸르죽죽한 그녀를 보자, 이 여자가 늙은 아주머니 집에 간다면서 틀림없이 한바탕 잘 놀아나겠구나 하는 생각이 들었다. 그러면서도 그는 여전히 자신의 교육관을 늘어놓는 깡빠르동 부인에게 적극 동의를 표했다. 사춘기 처녀 애를 둔 부모란 막중한 책임을 진 셈이어서, 거리에서 들려오는 숨소리도 멀리하게 해줘야 한다는 것이었다. 그러는 사이에 앙젤은 리자가 접시를 바꿔주려고 의자 가까이서 몸을 굽힐 때마다 갑자기 애정이 치밀기라도 한다는 듯이 리자의 넓적다리를 꼬집었는데, 그럼에도 리자도 앙젤도 시치미를 뚝 떼고 눈 한번 깜박이지 않았다.

건축가는 입 밖에 내어 표현하지 않은 생각들을 뭉뚱그려, 짐짓 현학적으로 결론짓듯 말했다.

"미덕을 갖추는 것은 자기 자신을 위해서지. 난 말이오, 남들 의견 같은 건 상관없다고. 난 예술가니까!"

저녁을 먹고 난 뒤 그들은 자정까지 응접실에 앉아 있었다. 옥따브가 온 것을 축하하기 위해 이날만은 특별히 늦게까지 흥청거리는 것이었다. 깡빠르동 부인은 무척 피곤해 보였다. 그녀는 안락의자에 거의 눕다시피 한 상태에서 서서히 몸의 긴장을 풀고 있었다.

"어디 아프오, 여보?" 남편이 물었다.

"아뇨." 그녀는 작은 소리로 대답했다. "늘 마찬가지죠."

그녀는 그를 바라보다가 부드럽게 물었다.

"에두앵 씨네 가게에서 언니를 만났어요?"

"응. 당신 안부를 묻더군."

로즈의 눈에 눈물이 고였다.

"언니는 건강하군요!"

"이봐, 이봐." 건축가는 그들이 단둘만 있는 게 아니라는 것도 잊어버리고 그녀의 머리칼에 연거푸 입을 갖다 대면서 말했다. "당신 그러다 또 병나겠소. 어쨌든, 내가 당신을 사랑한다는 걸 모른단 말이오? 가엾은 사람!"

그 장면을 빤히 보고 있기가 뭣하여 길을 내다보는 체하며 창문 쪽으로 갔다 돌아온 옥따브는 깡빠르동 부인의 얼굴을 찬찬히 뜯어보았다. 그러자 호기심이 되살아나, 그녀가 과연 사실을 알고 있을까 하는 의문이 들었다. 그녀는 상냥하면서도 수심 어린 표정을 다시 지었다. 그리고 분수껏 남편의 애무를 받는 것으로 만족하고 그것을 낙으로 삼으려는 여자답게, 옹송그린 몸을 안락의자 깊숙이 파묻었다.

이윽고 옥따브가 안녕히 주무시라고 인사를 했다. 촛대를 손에 든 그가 아직 층계참에 있을 때, 비단 드레스가 계단을 스치는 소리가 났다. 예의상 그는 한쪽으로 비켜섰다. 5층에 사는 여자들, 야회에서 돌아오는 조스랑 부인과 두 딸임이 분명했다. 덩치 좋고 당당한 조스랑 부인은 지나가면서 그의 얼굴을 뚫어지게 바라보았다. 한편 두 딸 중 언니는 새침한 태도로 옆으로 비켜 지나갔고 동생은 환한 촛불 빛 속에서 웃으면서 멍하니 그를 바라보았다. 미인은 아니지만 어딘지 마음을 끄는 얼굴에 해맑은 피부, 금발 섞인 밤색 머리칼을 지닌 동생은 매력이 있었다. 게다가 나이 찬 처녀의 복장답지 않게 매듭리본과 레이스가 복잡하게 잔뜩 달린 옷차림으로 무도회에서 돌아오는 길이라, 갓 결혼한 신부 같은 자유분방한 태도와 대담한 맵시를 지니고 있었다. 질질 끌리는 치맛자락들이 계단 경사면을 따라 올라가 사라지고 문이 닫혔다. 옥따브는 그녀의 쾌활한 두 눈이 매력적이라고 생각하면서 잠시 그대로 서 있었다.

그도 천천히 계단을 올라갔다. 가스등 하나만 켜져 있을 뿐, 층계는 후덥지근한 열기 속에 잠들어 있었다. 정숙한 내실들을 가려놓은 고급 마호가니 문들, 고상한 그 문들 때문에 층계는 더욱더 고요해 보였다. 숨소리 하나 들리지 않았다. 숨도 살살 쉬는, 교양 있는 사람들의 거처답게 조용했다. 그때 어떤 작은 소리가 들렸고, 몸을 굽힌 그의 눈에 슬리퍼를 신고 빵모자를 쓴 구르 씨가 마지막 남은 가스등을 끄는 모습이 보였다. 그러고 나자 모든 것이 깊이 가라앉아, 집은 격조 있고 품위 있는 수면 속에 빠져버린 듯 장엄한 어둠에 잠겨들었다.

옥따브는 쉬이 잠들지 못했다. 처음 본 얼굴들이 뇌리에 가득해 그는 열에 뜬 듯 뒤척였다. 깡빠르동 부부는 도대체 왜 저리도 친절하게 구는 것일까? 혹시 나중에 딸을 나에게 줄 꿈이라도 꾸고 있나? 깡빠르동이 아내의 소일거리 겸 흥밋거리 삼아 나를 하숙생으로 받아들인 것일까? 그 가엾은 부인은 대체 무슨 요상한 병이 들었단 말인가? 그러자 생각은 더욱 뒤죽박죽으로 얽혔다. 눈빛이 말갛고 공허해 보이는 자그만 옆집 여자 삐숑 부인, 검은 드레스 차림의 단정하고 점잖은 미인 에두앵 부인, 발레리의 이글이글 타는 듯한 두 눈, 조스랑 양의 쾌활한 웃음, 이런 것들이 그림자처럼 그의 눈앞을 스쳐 지나갔다. 빠리에 도착한 지 불과 몇시간 만에 얼마나 많은 여자들이 나타났는가! 자기 손을 잡아주고 자기 일을 도와줄 여인들, 그는 늘 그것을 꿈꿔왔다. 그러나 그 여인들의 영상이 다시 떠올라서 피곤할 정도로 집요하게 서로 얽히고설키는 것이었다. 그는 어느 여자를 선택해야 할지 몰라서 목소리를 부드럽게, 몸짓을 상냥하게 하려고 애써보았다. 그러다보니 갑자기 진이 빠지고 화가 났다. 그는 여자에 대해서 겉으로는 연모하는 척하면서 속으로 품어온 난폭한 심정을 어쩌지 못하고, 매서운 경멸감에 빠져들고 말았다.

"이 여자들아, 이제 잠 좀 자자!" 그는 다시 거칠게 누우며 큰 소리로 말했다. "좋아, 어떤 여자가 먼저 나타나도 상관없어! 원한다면 모두 한꺼번에 덤벼보라지! 자자, 오늘만 날은 아니니까."

2

조스랑 부인은 딸들을 앞세우고 리볼리 거리와 오라뚜아르 거리가 만나는 모퉁이의 한 아파트 5층에 사는 당브르빌 부인이 마련한 파티장을 나오면서 두시간째 꾹 눌러 참은 울화가 갑자기 폭발해 길 쪽으로 난 현관문을 쾅 닫았다. 작은딸 베르뜨가 이번에도 혼삿길을 놓친 참이었다.

"아니, 너희들 거기서 뭐 하는 거냐?" 그녀는 아치형 통로에 멈춰 서서 지나가는 마차를 바라보는 딸들에게 화를 내며 말했다. "걸어가자니까! 마차를 타고 갈 거라고 생각한다면 오산이야! 여기서 또 2프랑을 더 쓰란 말이냐, 응?"

맏딸 오르땅스가 종알거렸다.

"이 진흙탕에서, 참 꼴좋겠수. 내 신은 진창에 아예 박혀버릴 텐데."

"걸어!" 머리끝까지 화가 난 어머니가 다시금 소리쳤다. "신이 없으면 앞으론 집에 가만 누워 있으면 되지. 너희들을 바깥으로 데리고 나서봐야 소용도 없으니까!"

베르뜨와 오르땅스는 고개를 숙이고 오라뚜아르 거리로 접어들었다. 그녀들은 얇은 파티복 차림으로 어깨를 옹송그리고 덜덜 떨면서 페티코트 위로 긴 드레스를 한껏 추켜올렸다. 조스랑 부인은 고양이가죽처럼 닳아빠지고 회색 다람쥐의 배가 드러난 낡은 모피 목도리를 두른 채 뒤따라왔다. 세 여자 모두 모자도 쓰지 않고 머리칼을 레이스 천으로만 감싸고 있었다. 등을 움츠리고 물구덩이를 살피며 집들이 늘어선 길을 따라 제가끔 종종걸음 치는 그들의 모습을 보고 늦은 밤의 행인들이 놀라서 그 머리 모양새를 다시 돌아보곤 했다. 겨울이 세번이나 지나가도록, 진창길에서 늦도록 배회하는 깡패들의 야유를 받으며 차림새가 엉망인 채로 집에 돌아오는 신세를 생각하니 어머니는 더욱더 화가 치밀어 올랐다. 아, 정말이지 이제는 지긋지긋해. 이튿날 저녁거리 한가지를 줄이게 될까봐서 마차 한번 타는 사치 같은 건 엄두도 못 내고 빠리를 걸어서 사방팔방 누비며 시집 못 간 딸들을 끌고 다니다니!

"그래 그것도 결혼이라고 시켜!" 그녀는 당브르빌 부인을 다시 떠올리면서, 벌써 생또노레 거리로 접어든 딸들이 듣거나 말거나 속풀이를 하듯 혼자 큰 소리로 말했다. "참 그 혼사들 꼴좋더군! 어디서 굴러먹다 왔는지도 모를 걸멋 든 계집애들만 잔뜩 모아갖고는! 아유, 정말 우리가 급한 처지만 아니라도…… 늘 자기가 실패만 하는 건 아니라고 우리한테 과시할 셈으로 아가씨를 오늘 파티에 내놓은 거지. 그게 자기의 최근 성공 사례라고. 참 멋진 본보기군! 몸 버린 다음 다시 감쪽같이 깨끗하게 보이려고 여섯달 동안 수녀원에 집어넣어야 했던 한심한 계집애니 말이야!"

두 아가씨가 빨레 루아얄 광장을 지나고 있을 때 소나기가 쏟아졌다. 이거야말로 쫓겨 달아나는 형국이었다. 그녀들은 미끄러지고 철벅거리면서 가던 길을 멈추고, 비어 있는 채 다니는 마차들을 또 바라보았다.

"그냥 걸어가라니까!" 어머니가 매몰차게 소리쳤다. "이젠 엎어지면 코 닿을 데야. 40수를 낭비할 필요가 어디 있니. 너희들 오빠 레옹은 저더러 돈 내랄까봐 우리랑 함께 가는 것도 마다하지 않더냐! 그 여자 집에서 지내면서 제 실속이라도 차리면 그나마 다행이지! 하지만 아무래도 탐탁지는 않구나. 쉰줄에 들어선 여자가 젊은 남자들만 집에 들이다니! 예전엔 별것 아닌 여자였는데 어느 유명 인사가 주선해서 그 멍청이 당브르빌과 혼인시켰다지. 그 당브르빌이라는 남자를 국장이라고 하면서 말이야!"

오르땅스와 베르뜨는 그 소리를 듣는 둥 마는 둥 비를 맞으며 나란히 종종걸음 치고 있었다. 어머니가 평소 지론인 고상한 교육의 엄격한 원칙도 잊어버리고 이렇게 할 말 못할 말 다 쏟아놓으며 속풀이를 할 때면 딸들은 귀머거리가 되어 못 들은 체하는 것이 상례였다. 그러나 어둡고 인적 없는 에셸 거리로 접어들면서 베르뜨가 발칵 화를 냈다.

"그래요, 다 좋아요!" 그녀는 소리쳤다. "구두 뒤축이 달아났어요. 난 더 이상 걸을 수가 없다고요!"

죠스랑 부인이 악다구니를 쳤다. "좀 참고 걸을 수 없니! 난들 좋아서 이러는 줄 아니? 이런 날씨, 이런 시간에 길바닥을 헤매는 게 그래 내가 할 일이겠냐? 너희 아버지가 남들 같기만 해도! 아이구 웬걸, 그 양반께선 그저 집에 앉아 놀고 잠줏기나 하시지. 너희들을 사교계에 끌고 다니는 일은 언제나 내 차지야. 아버지가 이 고역을 행여나 맡으실라. 내놓고 말해서 이젠 정말 신물이 난다. 아버지한 테나 데리고 나다니라고 해. 이제부터 내 비위나 긁는 그런 집구석 들에 너희들을 끌고 다니면 내가 사람도 아니다! 능력 있는 체하며 나를 속여 결혼한 남편인데 아직도 내가 그 남편 비위를 맞춰야 하다니! 아, 하느님 맙소사! 다시 시집갈 수만 있다면, 그런 남편하곤 절대 결혼 안할 거야!"

딸들은 더 이상 대꾸하지 않았다. 깨어진 희망에 대해 늘어놓는 어머니의 이 끝없는 넋두리를 그녀들은 익히 알고 있었다. 레이스 천이 얼굴에 찰싹 달라붙고 구두가 빗물에 흠뻑 젖은 채로 그녀들은 재빨리 생딴 거리를 따라 걸었다. 그러나 슈아죌 거리의 자기 집 건물 출입문 앞에 이르자 마지막 모욕이 조스랑 부인을 기다리고 있었다. 귀가하던 뒤베리에 부부의 마차가 그녀에게 흙탕물을 튀긴 것이다.

기진맥진한 어머니와 딸들은 몹시 부아가 치밀었지만, 계단에서 옥따브의 앞을 지나쳐야 하자 매무새를 가다듬었다. 그러나 집 문이 닫히자마자 그녀들은 어두운 집 안을 가로질러 여기저기 가구에 부딪치며 식당으로 급히 달려갔다. 식당에선 작은 등잔의 희미한 불빛 아래 조스랑 씨가 글씨를 쓰고 있었다.

"허탕쳤수!" 의자에 아무렇게나 털썩 주저앉으며 조스랑 부인이 소리쳤다.

그리고는 우악스러운 몸짓으로 자기 머리를 감쌌던 레이스 천을 잡아 벗고 모피 목도리를 의자 등받이 위에 던졌다. 그러자 검은 새틴으로 장식된 목이 아주 깊게 파인 진홍색 드레스 차림의 큰 덩치가 드러났는데, 아직도 피둥피둥한 두 어깨는 윤기가 자르르한 암말의 넓적다리 같았다. 뺨이 아래로 처지고 코가 지나치게 우뚝한 그녀의 네모진 얼굴에는 상스러운 말을 내뱉지 않으려고 안간힘을 쓰는 여왕 같은 비통함이 서려 있었다.

"아!" 조스랑 씨는 아내가 이처럼 우당탕 들이닥치자 얼떨떨해서 겨우 이 소리만 내뱉을 뿐이었다.

그는 더럭 걱정이 되어 눈만 껌벅거렸다. 아내가 엄청나게 큰 가슴을 들이대며 가까이 다가올 때면 목덜미 위로 그녀의 몸이 무너지듯 덮치는 것 같아 그는 기가 죽었다. 아주 못 입게 될 때까지 집에서 걸치는 해진 헌 프록코트 차림에다 삼십오년간의 사무원 생활에 찌들고 주눅 든 얼굴을 한 그는 커다랗고 푸른 두 눈망울로 그녀에게 잠시 흐릿한 눈길을 주었다. 그러다가 반백이 되어가는 고수머리를 귀 뒤로 넘기더니, 몹시 난감하고 딱히 할 말도 없어서 하던 일이나 계속하려고 했다.

"아니 그래도 못 알아듣겠수!" 앙칼진 목소리로 조스랑 부인이 말을 이었다. "이번에도 혼사가 물 건너갔다는데도요, 이번이 네번째라고요!"

"응, 응, 알고 있소, 네번째지." 그가 중얼거렸다. "큰일이군, 참 큰일이야."

그러고는 아내의 무시무시한 벗은 몸을 피해보려고 그는 인자한 미소를 지으며 딸들에게로 몸을 돌렸다. 딸들 역시 레이스 천을 벗어버리고 야회복 위에 걸치는 외투도 벗어서 큰딸은 푸른색, 작은딸은 분홍색 드레스 차림이었다. 디자인이 너무 자유분방하고 장식이 지나치게 고급스러운 그들의 옷차림은 도발적이었다. 안색이 노리끼리한데다 어머니를 닮아 거만하고 고집 센 인상을 주는 코 때문에 못나 보이는 오르땅스는 갓 스물셋인데 스물여덟쯤 먹어 보였다. 반면 두살 어린 베르뜨는 생김새는 언니와 닮았지만 더

여릿여릿하고 피부가 눈부시게 희어서 어릴 적의 매력을 그대로 지니고 있었고, 다만 오십대에 들어서면 이 집안 내력대로 피둥피둥한 얼굴이 될 듯한 낌새가 보일 뿐이었다.

"당신, 우리 셋을 언제 좀 제대로 쳐다볼 거예요?" 조스랑 부인이 소리쳤다. "제발 그 글씬지 뭔지 쓰는 것 좀 그만둬요. 신경에 거슬린다고요!"

"하지만, 여보." 그가 차분히 말했다. "지금 띠지 작업하잖소."

"아, 그래요? 천장에 3프랑짜리 그 잘난 종이띠 말이지요? 그 3프랑 갖고 당신 딸들을 시집보내길 바란다면 어림도 없수!"

작은 등의 침침한 불빛 아래 식탁 위에는 아닌 게 아니라 넓고 긴 회색 종잇장들이 흩어져 있었다. 그건 글자가 인쇄된 종이띠였는데, 조스랑 씨가 각종 정기 간행물을 내는 큰 출판사의 하청을 받아 그 공란을 채우는 것이었다. 회계원으로 받는 턱없이 부족한 급료 때문에 쪼들리는 식구들의 생활을 남에게 들킬까봐서 그는 남몰래 이 실속 없는 노동을 하느라고 며칠 밤을 꼬박 새우곤 했다.

"어쨌든 3프랑은 3프랑 아니오." 그는 느릿하고 지친 음성으로 대답했다. "이렇게 3프랑 벌면 당신과 애들 드레스에 리본이라도 몇 개 더 달 수 있고 화요일에 당신이 초대하는 손님들에게 과자라도 내놓을 수 있지 않소."

그는 자기가 한 말을 금세 후회했다. 이 말이 아내의 자존심 중에서도 가장 예민한 상처 부위를 정통으로 건드렸다는 걸 느낀 것이다. 그녀의 어깨는 피가 확 몰려 불그스레해지고 입에서는 당장이라도 앙갚음할 말이 터져 나올 것 같았다. 그래도 체면을 지키려고 안간힘을 쓴 덕에 그녀는 겨우 이 말만 중얼거렸다.

"아유, 세상에! 아유, 세상에!"

그리고 그녀는 딸들을 바라보더니 "아버지 얘기 들었지? 어쩜 이렇게 멍청할까, 응!" 하고 말하듯 위세 당당한 어깨를 한번 으쓱 추켜올려 남편을 보기 좋게 끄죽였다. 딸들은 고개를 끄덕였다. 그러자 아버지는 자신의 참패를 인정하여 아쉽게 펜을 놓고는 매일 저녁 사무실에서 갖고 들어오는 일간지 『르땅』을 펼쳤다.

"사뛰르냉은 자요?" 조스랑 부인이 메마른 어조로 작은아들에 대해 물었다.

"잠든 지 한참 됐지." 조스랑 씨가 대답했다. "아델도 가서 자라고 제 방으로 올려보냈어요. 그런데 참, 당브르빌 씨 댁에서 레옹은 만났소?"

"그럼요! 걔는 거기서 아주 잠까지 잡디다." 그녀는 더 이상 참을 수 없는 원망을 고함으로 내뱉었다.

아버지는 퍼뜩 놀라 고지식하게 되물었다.

"아, 그래?"

오르땅스와 베르뜨는 못 들은 척하고 있었다. 그러나 둘은 형편 없는 꼴이 돼버린 신발을 손질하는 체하면서 어렴풋한 웃음을 지었다. 조스랑 부인은 남편에게 또다른 트집을 잡았다. 그녀는 아예 아침마다 신문을 도로 가지고 출근하라고, 예를 들어 어제처럼 집 안에 하루 종일 신문이 뒹굴게 하지 말라고 말하며, 하필 어제 신문에 끔찍한 재판 기사가 실렸는데 그것을 딸들이 읽었을 수도 있고, 그런 걸 보면 당신은 도덕관념이 없는 사람이라며 쏘아붙였다.

"자, 그럼 우린 방에 가서 잘까?" 오르땅스가 물었다. "난 말이야, 배가 고파."

"아유! 나도." 베르뜨가 말했다. "배고파 죽겠어."

"뭐! 배가 고파!" 화가 나서 조스랑 부인이 외쳤다. "그럼 너희들 그 집에서 브리오슈 안 먹었니? 이런 멍청한 애들 좀 봐. 아니 먹을 건 먹어야지. 난 챙겨 먹었다, 난!"

딸들은 대들었다. 자기들은 배가 고파서 기진맥진이라고. 어머니는 마침내 딸들을 데리고 부엌으로 가서 뭐 남은 게 없나 찾아보았다. 그 즉시 아버지는 종이띠 작업을 슬그머니 다시 시작했다. 종이띠가 아니었으면 집안의 가욋돈 지출은 어림도 없었다는 것을 그는 잘 알고 있었다. 그리고 딸들이 레이스를 한조각 더 단 덕택에 부잣집과의 혼사가 이뤄지리라고 생각할 때면 선량한 인간으로서 행복을 느끼면서, 그는 멸시와 부당한 트집을 감수하며 날이 밝도록 한사코 이 은밀한 작업에 매달리는 것이었다. 의상비와 화요일 손님 접대에 드는 돈을 충당할 수가 없어 이미 식비를 줄여가고 있었기 때문에, 그는 모녀가 머리에 꽃을 꽂고 이 집 저 집 파티가 열리는 응접실을 누비는 동안 허름한 옷을 걸치고 체념한 듯 이 순교자 같은 과업에 매달리곤 했다.

"아니 여긴 웬 냄새가 이리 고약해!"

부엌에 들어서면서 조스랑 부인이 소리쳤다. "이 칠칠치 못한 아델이 창문 좀 살짝 열어놓으라는 말을 언제나 들어먹으려나! 걘 그렇게 하면 아침에 부엌이 춥다면서 꼭 고집을 피운다니깐."

그녀는 가서 창문을 열었다. 좁은 안뜰에서 차디찬 습기와 곰팡이 핀 지하실 같은 퀴퀴한 냄새가 풍겨 올라왔다. 베르뜨가 켜놓은 촛불 빛을 받아 맨 어깨의 커다란 그림자들이 맞은편 벽 위에서 너울너울 춤을 추었다.

"이 해놓은 꼴 좀 봐!" 지저분한 곳곳에 코를 대보고 사방을 킁킁 냄새 맡고 다니며 조스랑 부인이 계속했다. "보름째 식탁을 안 닦았어. 이건 그저께 썼던 접시들이고. 정말이지 밥맛 떨어져 죽겠다니까. 개수대 좀 보라지! 이 개수대 냄새 좀 맡아보라니까!"

그녀의 역정은 제풀에 더해졌다. 그녀는 분가루를 하얗게 바르고 금팔찌들을 잔뜩 낀 두 팔로 그릇들을 왈그락 달그락 부딪쳐댔다. 그리고 아무렇게나 놓인 조리 용구들을 제자리에 거느라고 진홍색 드레스를 부엌 바닥에 질질 끌고 다녔고, 공들여 화려하게 했던 몸치장은 채소 껍질 틈바구니에서 엉망이 되었다. 마침내 이 빠진 칼을 보자 그녀는 펄펄 뛰었다.

"저거 내일 아침 당장 쫓아낼 거야!"

"그래 봤자 엄마만 손해일걸요." 오르땅스가 조용히 말했다. "우리 집엔 붙어 있는 하녀가 하나도 없잖아요. 석달씩이나 눌러 있는 건 아델이 처음이지. 좀 깔끔해지고, 화이트소스라도 제대로 만들 줄 알게 되면 다들 가버리거든."

조스랑 부인은 뽀로통하게 입술을 내밀었다. 사실 고향인 브르따뉴에서 갓 올라온 어리숙하고 지저분한 아델이 아니었다면 무식하고 더럽다는 핑계로 잘 먹이지도 않는 이 빛 좋은 개살구 같은 중산층의 형편없는 살림집에 붙어 있을 하녀는 없었으리라. 빵 위에 빗을 놓았다든가 스튜를 엉망으로 만들어 설사 나게 했다든가 하는 이유로 벌써 스무차례나 그들은 그녀를 쫓아내자는 얘기를 했다. 그러다가 다른 하녀를 구하기도 어려울 것이 뻔해서 할 수 없이 단념한 것이다. 각설탕 덩어리 개수까지 일일이 세는 이 '감옥'에 들어오는 것은 손버릇 나쁜 여자들이라도 마다했기 때문이었다.

"아무것도 없네!" 찬장을 뒤지던 베르뜨가 중얼거렸다.

찬장은 을씨년스럽게 텅 비어 있었고 식탁에 꽃을 꽂아놓기 위해 질 나쁜 고기를 사는 집안답게 껍데기 호사 티만 풍기고 있었다. 찬장 속에 뒹구는 것들이라고는 테두리에 금장식이 둘린 말끔한 도기 접시들과 자루의 은도금이 벗겨진 빵 만들 때 쓰는 솔, 기름과 식초가 다 말라버린 양념병들뿐이었고, 잊고 놔둔 빵조각, 남은 음식 부스러기, 과일이나 단것, 하다못해 치즈 한조각 남아 있지 않았다. 한번도 양껏 먹어본 적이 없어 허기진 아델은 주인들이 어쩌다 접시 바닥에 남긴 소스까지 그릇의 금박이 벗겨질 지경으로 빵으로 싹싹 긁어먹곤 한다는 사실을 실감할 수 있었다.

"아니 걔가 그럼 토끼고기를 다 먹어 치웠단 말이야!" 조스랑 부인이 외쳤다.

"정말, 꼬리 부분 한조각이 남아 있었는데…… 아, 아니다, 여기 있어. 그럼 그렇지. 설마 감히 이걸 먹을 생각을 했겠어. 내가 먹어야지. 식어버렸지만 뭐, 할 수 없지!" 오르땅스가 말했다.

베르뜨도 샅샅이 뒤져보았지만 허사였다. 마침내 그녀는 병 하나에 손을 댔다. 그 병 속에는 어머니가 야회에 쓸 까치밥 열매 시럽을 만들기 위해 오래된 잼 한통을 넣어 물을 부어놓았다. 그녀는 그것을 반잔쯤 따르면서 말했다.

"아! 좋은 생각이 났어! 난 여기다 빵을 적셔 먹을래! 이것밖에 없으니 어쩌겠어!"

그러나 조스랑 부인은 안달이 나서 엄한 얼굴로 그녀를 쳐다보았다.

"눈치 보지 말고 마실 수 있을 때 잔뜩 마시렴! 내일 오는 손님들한테는 맹물을 대접하면 되지 않겠니? 안 그러냐?"

다행히 아델의 바보짓이 하나 더 발견된 덕분에 그 야단은 멈춰졌다. 그녀는 계속 빙빙 돌면서 죄상을 찾다가, 식탁 위에서 책 한권이 눈에 띄자 길길이 뛰며 화를 터뜨렸다.

"아, 이 더러운 계집애! 내 라마르띤 시집을 또 부엌으로 갖고 왔네!"

그것은 『조슬랭』이었다. 조스랑 부인은 그 책을 집어서 닦듯이 문질렀다. 그리고 책을 함부로 굴리면서 책장에다 연필로 돈 계산을 하지 말라고 스무번쯤이나 주의시켰다는 말을 되풀이했다. 그러는 사이에 베르뜨와 오르땅스는 남아 있던 작은 빵조각을 서로 나누었다. 그러고는 저녁거리를 방으로 가지고 가면서, 먼저 옷부터 벗어야겠다고 말했다. 어머니는 싸늘히 식은 화덕을 마지막으로 흘깃 한번 보고는 라마르띤 시집을 뒤룩뒤룩한 팔에 꼭 끼고 식당으로 돌아갔다.

조스랑 씨는 계속 글씨를 쓰고 있었다. 그는 아내가 자러 가려고 식당을 가로지르면서 모멸적인 시선으로 자기를 쏘아보는 것만으로 그쳐주어도 다행일 것 같았다. 그러나 그녀는 다시 그의 맞은편 의자에 털썩 주저앉아 말없이 그를 뚫어지게 바라보았다. 그는 이 시선을 느끼자 하도 불안해서 펜으로 띠의 얇은 종이를 찢고 말았다.

"그러니까 당신이 아델한테 내일 저녁에 쓸 생크림을 만들지 말라고 한 거유?" 드디어 그녀가 말했다.

그는 깜짝 놀라 큰맘 먹고 고개를 들었다.

"내가 말이오?"

"오, 늘 그러듯 아니라고 하겠죠. 그럼 내가 시킨 생크림을 왜 개가 만들지 않은 거유? 내일 저녁 다과회를 열기 전에 애들 외삼촌에게 저녁 대접해야 하잖수. 오빠의 영명축일[11]이 하필 손님 초대하는 날과 맞아떨어질 게 뭐람. 생크림이 없으면 아이스크림이라

---

11 가톨릭 신자의 세례명에 해당하는 성인성녀의 축일.

도 있어야 하는데 그럼 또 5프랑을 버리게 되는 것 아뉴!"

그는 변명하려고 애쓰지 않았다. 다시 일을 손에 잡을 엄두가 안 나 깃털펜을 만지작거리기 시작했다. 침묵이 흘렀다.

"내일 아침에," 조스랑 부인이 말을 이었다. "깡빠르동 씨네 집에 가서 저녁 다과회에 와주십사고 될 수 있는 대로 깍듯이 예의를 차려서 다시 한번 부탁해줬으면 고맙겠어요. 그들이 기다리던 총각이 오늘 오후에 도착했어요. 그 사람도 데려와달라고 부탁해요. 알겠어요? 난 그가 왔으면 좋겠거든요."

"무슨 총각 말이오?"

"그런 총각이 하나 있어요. 당신한테 설명하자면 너무 길어요. 내가 다 알아봤다고요. 당신은 딸애들 혼사를 소 닭 보듯이 아랑곳하지 않고 허섭스레기처럼 걔들을 내 양팔에 떠넘기니, 내가 다 알아서 해야지 어쩌겠수."

이 생각을 하자 그녀는 다시 화가 치밀어 올랐다.

"이봐요, 난 꾹 참고 있지만, 난, 난 정말 지긋지긋하고 신물이 난다고요! 잠자코 듣고나 있어요, 이 양반아. 당신이 뭐라고 하면 정말 난 확 터뜨려버릴 거예요."

그가 아무 말도 안했는데 그녀는 화를 터뜨렸다.

"보자 보자 하니 이젠 참을 수가 없어요! 미리 말해두는데 며칠 안에 난 나가버릴 거라고요; 그리고 멍청이 두 딸년이랑 당신을 집에 남겨놓을 거유. 내가 이런 가난뱅이 생활을 하려고 태어났수? 언제나 한푼을 쪼개고 또 쪼개며 내 신발 한켤레도 못 사고, 친구들을 제대로 초대할 수조차 없다니! 이 모든 게 당신 잘못이라고요. 고개 젓지 말아요. 내 속을 더 이상 긁지 말라고요! 그래요, 당신 잘못이에요. 날 속여도 아주 치사하게 속였지요. 한 여자를 이렇게 궁상맞게 살도록 내버려 두기로 작심한 사람은 결혼하면 안돼요. 당신은 으스대며 앞길이 창창하다고 허세를 부렸죠. 당신은 당신네 사장 아들들과 친구였어요. 그런데 회사를 물려받은 베르넴 형제들은 그후로 당신 따윈 안중에도 없었어요…… 뭐? 그들이 당신을 무시한 게 아니라고 주장하려는 거예요? 그렇담 지금쯤 당신은 그들과 동업자가 돼야 했을 게 아녜요! 그 사람들이 운영하는 크리스털 제품점을 빠리에서 제일가는 오늘날의 모습으로 만들어놓은 게 당신인데, 당신은 그들 밑에서 회계원, 기껏해야 부하 직원으로 여전히 고용살이나 하고 있으니…… 거봐요! 당신은 뱃도 없는 사람이에요. 잔말 말아요."

"난 8000프랑을 받잖소." 남편이 중얼거렸다. "그만하면 좋은 자리요."

"삼십년 넘게 봉사했는데 참 좋기도 한 자리구려!" 아내가 되받았다. "으유 남들이 골을 빼먹어도 그저 만족이지. 나라면 어떻게 했을지 알아요? 나라면 회사를 내 주머니에 스무번은 넣었겠수. 그렇게 쉬운 일을…… 나는 당신한테 시집오면서 진작 그 생각을 했었고. 그후로 끊임없이 당신을 그쪽으로 밀어왔지만 다부진 마음과 그럴 만한 머리가 있어야지. 굼벵이처럼 자리나 지키고 앉아 잠만 잔다고 될 일이우."

"여보," 조스랑 씨가 말을 막았다. "이젠 내가 정직했다고 해서 그걸 나무라는 거요?"

그녀는 일어서서 라마르뗸 시집을 흔들어대며 그에게 다가갔다.

"정직! 그 말이 무슨 뜻이라고 생각해요? 먼저 나한테 좀 정직해보지 그래. 다른 사람들 생각일랑 그다음에 하고. 다시 말하지만 언젠가 부자가 되겠다고 벼르는 척하며 처녀를 꾀어내서는 남의 회사 수납 창구나 지키는 신세로 전락하는 건 정직한 짓이 아니라고! 정말 난 기가 막히게 사기당한 거라니까…… 아, 다시 할 수만 있다면, 그리고 내가 시집 식구들이 어떤 사람들인지 미리 알기만 했어도……"

그녀는 쾅쾅대며 걸어 다녔다. 그는 꾹 참고 좋게 넘어가려 했지만 못 참겠다는 마음이 슬슬 일어났다.

"가서 자야지, 엘레오노르." 그가 말했다. "1시가 넘었소. 그리고 정말 이 일은 급해요. 우리 집안 식구들은 당신한테 아무 짓도 안 했소. 그런 얘기는 하지 말아요."

"아니! 어째서요? 당신네 집안 식구라고 뭐 남다른 신줏단지길래. 당신 아버지가 소송대리인 사무실을 팔아넘긴 다음, 하녀 때문에 파산 지경에 이르게 된 얘기는 끌레르몽에선 모르는 사람이 없습디다. 당신 아버지가 일흔이 넘어 여자 꽁무니만 따라다니지 않았어도 우리는 딸들을 이미 오래전에 결혼시켰을 거유. 날 속인 사람이 또 한명 있다니까!"

조스랑 씨는 얼굴이 창백해졌다. 그는 떨리는 목소리로 점점 언성을 높이며 대답했다.

"우리 서로 식구들 얘기로 또 한바탕하진 맙시다. 당신 아버지는 약속한 지참금 3만 프랑을 내게 준 적이 없소."

"아니 뭐요? 3만 프랑이라고!"

"그렇다마다. 놀란 체하지 마시오. 우리 아버지야 불운을 겪으신 거지만, 당신 아버지는 점잖지 못한 처신을 한 거요. 장인의 상속 문제를 난 확실하게 파악한 적이 없소. 갖은 협잡이 있었고, 그 결과 포세생빅또르 거리의 기숙학교는 당신 동생 남편, 이제는 우리에게 인사조차 차리지 않는 그 꾀죄죄한 자습감독에게 돌아갔소.

우리는 숲속에서 산적한테 당하듯이 도둑을 맞은 거요.”

조스랑 부인은 남편에게 상상할 수도 없는 반격을 당하고는 새하얗게 질렸고 숨이 턱턱 막혔다.

“우리 아버지 이야기 함부로 하지 말아요! 아버진 사십년간 교육계에 명예롭게 봉직하셨어요. 빵떼옹 근처 동네에 가서 한번 바슐라르 사립학교 얘길 해보라고요! 내 동생과 걔 남편은 워낙 그런 사람들이잖아요. 그들이 내 몫을 훔쳤다는 건 나도 알아요. 하지만 당신한테 그 말을 듣고 싶진 않아요. 그건 못 참아요. 알겠어요? 장교랑 뺑소니친 앙들리의 당신 여동생 얘길 내가 당신한테 합디까? 오, 당신네 쪽은 참 깨끗도 하군요!”

“그 장교는 내 여동생과 결혼했소. 하지만 당신 오빠 바슐라르 영감은 행실이 개차반이지……”

“아니 이 양반이, 이젠 머리가 어떻게 됐나봐! 우리 오빠는 부자고, 매매중개업을 해서 원 없이 벌고 있어요. 그리고 오빠는 베르뜨한테 결혼 지참금을 주기로 약속했고요. 그래 당신은 이제 눈에 뵈는 게 없군요?”

“아, 그래! 베르뜨한테 지참금을 준다고! 두고 보시오, 한푼도 주지 않을 거요. 그 역겨운 행실을 우리가 다 참고 견딘 것도 헛일이 될 거요. 내기해도 좋소. 난 처남이 여기 올 때면 남부끄럽소. 거짓말쟁이에다, 난봉꾼에다, 우리가 자기 재산 앞에 무릎 꿇고 있는 걸 알고 그걸 이용해 십오년째 토요일마다 나를 자기 사무실에 데려다가 두시간이나 부기簿記를 확인시키는 그런 거머리 같은 인간! 그러면 100수가 절약되니까…… 그가 준다는 것의 정체가 뭔지는 두고 봐야 할 거라고.”

조스랑 부인은 기가 막혀 잠시 마음을 가다듬었다. 그러더니 이렇게 고함을 질렀다.

"당신 조카 하나는 경찰서에 잡혀 있잖아요!"

다시 침묵이 흘렀다. 작은 등잔 불빛은 희미해지고 조스랑 씨가 열띤 몸짓을 하는 서슬에 종이띠들이 이리저리 날렸다. 모두 말해 버리기로 작심하고 제 성미를 못 견뎌 부들부들 떨고 있는, 목 언저리를 훤히 드러낸 아내를 그는 정면으로 바라보았다.

"8000프랑이면 여러가지를 할 수 있소." 그는 다시 말을 시작했다. "그런데도 당신은 늘 불평이오. 하지만 처음부터 분수에 넘치게 집안 살림을 꾸려가지 말아야 했던 게요. 손님을 초대하고 여기저기 방문하고 날을 잡아 다과를 대접하는, 그런 일들이 당신의 병통이라고."

그녀는 남편이 말을 마치게 내버려 두지 않았다.

"드디어 그 얘기군요! 나를 당장 골방에 가두구려. 내가 벌거벗고 나다니면 좋겠수. 우리가 아무하고도 상종을 안한다면 당신 딸들은 대체 누구랑 결혼하지? 청혼자가 떼거리로 몰릴 때는 이미 지났어요. 그러니 어디 희생할 대로 해보슈. 그러면 남들이 장하다고 할 것 같지?"

"아닌 게 아니라 우리 모두는 희생해왔소. 레옹은 여동생들 때문에 뒷전으로 물러나야 했고, 밑을 데라곤 저 자신밖에 없이 집을 떠났소. 가엾은 사튀르냉 저 애는 글도 읽을 줄 모르지. 나는 내 욕심 하나 안 부리고 밤을 새우고······"

"그러면 왜 딸들을 낳게 했수? 설마 걔들이 학교 다닌 걸 갖고 뭐라는 건 아니겠죠? 다른 사람이 당신 처지라면 오르땅스의 졸업장과 베르뜨의 재주를 자랑스럽게 생각할 거예요. 오늘 저녁 파티때도 베르뜨는 왈츠곡 「와즈 강변」을 쳐서 좌중을 사로잡았고, 요

전에 걔가 그린 그림은 분명히 내일 우리 집에 올 손님들한테 큰 칭찬을 받을 거라고요. 당신은 아버지도 아니에요. 아이들을 기숙학교에 넣긴커녕 아마 가서 소나 치라고 내보냈겠지요."

"이봐요! 내가 베르뜨 앞으로 생명보험을 들었었지. 네번째 보험료를 부을 때 응접실 소파 천갈이를 한답시고 그 돈을 써버린 사람은 당신 아니오? 그다음엔 이미 부은 보험료조차도 빼 쓰자고 흥정까지 했지."

"그럼요! 당신이 우리를 굶어 죽게 놔두니까요. 딸들이 혼기를 놓쳐버리면 그때 가서 손가락이나 물어뜯으슈."

"손가락을 물어뜯는다고? 아니, 이런 제기랄! 우스꽝스러운 차림새며 파티다 뭐다 해서 신랑감들을 다 쫓아버린 건 당신이오!"

조스랑 씨가 이렇게까지 심하게 나간 적은 일찍이 없었다. 조스랑 부인은 기가 막혀 "내가, 내가, 우스꽝스럽다고!" 하며 더듬거리는데, 문이 열리더니 오르땅스와 베르뜨가 속치마와 짧은 윗도리 바람으로 머리를 풀어헤치고 헌 슬리퍼를 끌며 다시 들어왔다.

"아, 우리 집은 너무 춥다!" 베르뜨가 덜덜 떨면서 말했다. "입속에 있는 고깃조각까지 얼어붙을 정도야. 여긴 그래도 아직 불기가 남아 있네."

그리고 둘은 의자를 끌어당겨 미지근한 기운이 좀 남아 있는 화덕 앞에 앉았다. 오르땅스는 손가락 끝으로 토끼뼈를 잡고 요리조리 발라 먹고 있었다. 베르뜨는 얇게 자른 빵조각을 컵에 든 시럽에 담가 적셨다. 그런데 일단 발동이 걸린 부모들은 딸들이 들어오는 것도 알아차리지 못한 것처럼 계속 다투었다.

"우스꽝스럽다고, 우스꽝스러워? 앞으론 우스꽝스럽게 굴지 않겠수. 쟤들을 결혼시키려고 장갑 한켤레라도 더 닳게 한다면 내 목을 잘라도 좋다고요. 이젠 당신이 말을 차례요! 나보다 더 우스꽝스러워지지 않도록 조심하시구려!"

"뭐라고, 당신이 사방에 애들을 내돌려 다 망쳐놓고 이제 와서…… 결혼을 시키든 말든 내 알 바 아니오!"

"내 알 바는 더더욱 아뉴, 조스랑 씨! 난 모르겠으니 당신이 날 더 몰아세우면 애들을 내쫓아버리겠어요. 당신이 조금이라도 그러고 싶거든 개들을 따라가도 좋아요. 문은 활짝 열려 있으니까……아이구, 얼마나 속 시원할까!"

당사자인 딸들은 이런 격렬한 입씨름에 익숙해져 있는지라 가만히 듣기만 했다. 그녀들은 윗도리를 어깨 밑으로 내리고 맨살을 화덕의 미지근한 부분에 살살 문지르며 여전히 먹고 있었다. 비록 게걸스러운 먹성과 졸음 가득한 눈으로 단정치 못한 꼴을 했어도 젊기에 사랑스러웠다.

"싸우지 마세요." 마침내 오르땅스가 입에 음식을 가득 문 채 말했다. "엄마는 속만 상하시고 아빠는 내일 출근하셔서도 편찮으실 거예요. 이제 저희들도 나이가 들었으니 결혼 문제는 저희들이 알아서 하겠어요."

이 말이 분위기를 바꾸는 계기가 되었다. 기진한 아버지는 다시 종이띠 작업을 붙드는 척했다. 그러나 손이 덜덜 떨리는 바람에 글씨를 쓸 수가 없어서 종이를 들여다보고만 있었다. 한편 어머니는 풀려난 암사자처럼 식당을 빙빙 맴돌다가 오르땅스 앞에 딱 버티고 서서 소리쳤다.

"그렇다면," 그녀는 소리쳤다. "너 참 미련하구나! 네 애인 베르디에가 행여 너랑 결혼해줄라."

"제가 알아서 할 일이에요." 오르땅스가 단호히 대꾸했다.

말단 사무직원과 양복점집 아들을 비롯해 장래성 없어 보이는 대여섯명의 총각들의 구혼을 콧대 높게 퇴짜 놓아버린 후에 그녀는 당브르빌네 집에서 만난 마흔살이나 먹은 변호사 베르디에로 마음을 정해놓았다. 그녀는 그가 대단히 유능해 장차 크게 될 인물이라고 판단하고 있었다. 그러나 불행히도 베르디에 변호사에게는 십오년 전부터 동거해온 내연녀가 있었고 동네에서는 그 여자가 정실부인으로 통할 정도였다. 그런데 오르땅스는 그 사실을 알고 있으면서도 별로 걱정하는 빛은 보이지 않았다.

"얘야," 아버지가 다시 고개를 들며 말했다. "그 결혼은 생각도 하지 말라고 내가 이미 신신당부했지. 사정을 너도 알잖니?"

그녀는 뼈를 쪽쪽 빨다 말고 못 참겠다는 듯 말했다.

"그래서요? 베르디에는 그 여잘 떼버리겠다고 저랑 약속했어요. 멍청이 같은 여자예요."

"오르땅스, 그런 식으로 말하는 건 옳지 않아. 네가 떼버리게 한 그 여자와 다시 살려고 어느날 그 녀석이 또 널 버린다면 어쩌겠니?"

"그건 제가 알아서 할 일이에요." 오르땅스는 똑 떨어지는 음성으로 거듭 말했다.

베르뜨는 이 이야기를 환히 알고 있었고 앞으로 어떻게 될지를 매일 언니와 이러쿵저러쿵 이야기하곤 했기 때문에 유심히 듣고 있었다. 게다가 아버지처럼 베르뜨도, 십오년간 동거한 뒤 길바닥으로 내쫓기게 생긴 그 가엾은 여자 편이었다. 그러나 조스랑 부인이 끼어들었다.

"놔둬! 그런 나쁜 년들은 언제나 필경 시궁창으로 되돌아가기 마련이야. 다만 문제는 베르디에가 절대 그 여자하고 헤어질 만한 배짱이 없을 거란 거지. 얘, 그놈이 널 골탕 먹이고 있는 거야. 나라면 한시도 기다릴 거 없이 다른 남자를 찾아보겠다."

오르땅스의 목소리가 더욱 날카로워지면서, 두 뺨에는 납빛의 얼룩이 번져 올랐다.

"엄마, 엄마는 내가 어떤 앤지 아시죠. 난 그이를 원해요, 그리고 그일 차지하고 말 거예요. 절대로 다른 사람하곤 결혼 안해요. 백년을 기다려도 좋아요."

어머니는 어깨를 으쓱했다.

"넌 그러면서 다른 여자들은 멍청이 취급하는구나!"

오르땅스는 파르르 떨면서 일어섰다.

"나한테 퍼붓지 마세요!" 그녀는 소리쳤다. "토끼고기도 다 먹었으니 이제 가서 자는 게 낫겠어요. 우리를 시집보내주지 못할 바엔 우리 좋을 대로 결혼하게 놔두기나 하세요."

그러고는 방을 나서며 쾅 하고 문을 닫았다. 조스랑 부인은 위엄 있게 남편 쪽으로 몸을 돌리고 의미심장한 말을 했다.

"이것 봐, 당신이 애들을 이렇게 길렀어요!"

조스랑 씨는 글씨를 쓸 수 있는 분위기가 되기를 기다리며 손톱에다 잉크로 자잘한 점들을 찍고만 있을 뿐 항변하지 않았다.

빵을 먹어 치운 베르뜨는 남은 시럽을 끝까지 먹으려고 컵 속에 손가락을 담갔다. 그녀는 등 따뜻한 화덕 앞이 편한데다, 침실에서 언니가 홧김에 거는 시비를 당하고 싶지 않아 꾸물거렸다.

"이런 배은망덕한 일이 있나!" 조스랑 부인이 다시 식당을 이리저리 서성거리기 시작하면서 계속했다. "이십년간 저희들을 상전처럼 받들면서 허리뼈가 휘도록 일하고 저희들을 버젓한 여자로 만들려고 침대 대신 짚북데기에 누워 잠을 잤는데, 저것들은 내 바람대로 결혼해서 날 기쁘게 해줄 생각조차 않으니…… 저희한테 무엇 하나 거절이라도 했다면 또 몰라! 나는 동전 한푼 내 주머니에 넣지 않고 내 옷값을 줄여가며 마치 우리가 5만 프랑 연금이라도 받는 집안인 양 저희들을 입혔건만…… 아니, 정말이지 너무 어리석었어! 저 말괄량이들이 제대로 교육받고, 신앙도 필요한 만큼 갖추고, 부잣집 딸 티가 나게 되었는데, 이제 와서 부모를 저버리고 허랑방탕한 건달패 변호사 따위하고나 결혼하겠다니. 기가 막혀서!"

그녀는 베르뜨 앞에서 멈추더니 손가락으로 위협하며 말했다.

"너 말이지, 만일 너도 네 언니처럼 되면 그땐 내 가만두지 않을 거야."

그녀는 다시 쿵쿵 발을 구르며 걷기 시작했고, 혼잣말을 하다가 이 생각에서 저 생각으로 마구 건너뛰기도 하고, 언제나 옳은 말만 하는 여자인 양 당당한 태도로 이러쿵저러쿵 떠들어댔다.

"나는 내 할 바를 했어. 그리고 만일 다시 해야 한다 하더라도, 필요하면 다시 할 거야. 인생에서 소심한 자는 손해 보기 마련이지. 어디까지나 돈은 돈이라고. 돈이 없으면 가서 발 닦고 자는 수밖에 없어. 난 수중에 20수가 있으면 40수가 있다고 늘 남들 앞에서 말해왔어. 바로 그것이 지혜거든. 남의 동정보단 부러움을 받는 게 나으니까. 배운 게 많으면 뭘 해, 차림새가 시원찮으면 남들이 무시하는걸. 옳은 일은 아니지만, 그런 걸 어떡해. 난 옥양목 드레스를 걸치느니 차라리 더러운 속치마를 입겠어. 보통 땐 감자를 먹을망정 저녁 초대를 했을 땐 통닭을 내놔야지. 내 말과 반대로 얘기하는 인간들은 멍텅구리들이야!"

그녀는 남편을 뚫어지게 바라보았다. 그녀의 마지막 말은 바로 남편을 겨냥한 것이었다. 지칠 대로 지친 남편은 또 싸움이 붙는 것이 싫어서 비겁하게도 이렇게 선언했다.

"하긴 그렇지, 요즘은 그저 돈밖에 없다니까."

"알겠니?" 조스랑 부인이 딸에게 다시 말했다. "똑똑하게 행동해서 우릴 기쁘게 좀 해주렴. 어떻게 했길래 이번 혼사도 또 망친 거니?"

베르뜨는 자기 차례가 왔다는 걸 알았다.

"나도 모르겠어요, 엄마." 그녀는 우물거렸다.

"회사 차장次長에다가," 어머니가 계속했다. "서른도 채 안됐지, 앞길 창창하지, 다달이 돈 갖다주지, 든든하잖아. 그거면 됐지……이번에도 지난번처럼 또 무슨 바보짓을 한 거냐?"

"글쎄 아니라니까요, 엄마. 그 사람은 자기대로 알아봤을 테고 그래서 내가 한푼도 없는 빈털터리란 걸 알게 된 게지요."

그러나 조스랑 부인은 다시 소리쳤다.

"외삼촌이 주실 지참금이 있잖아! 그 지참금 얘긴 세상이 다 알잖니. 아냐, 다른 이유가 있을 거야. 그 녀석이 너무 갑자기 딱 끊어 버렸어. 춤추면서 너희 둘이 응접실로 갔지?"

베르뜨는 당황해서 어쩔 줄 몰랐다.

"네. 그런데 우리 둘만 남자 그 사람이 나쁜 짓을 하려고 했어요. 나를 이렇게 와락 틀어잡더니 입을 맞추지 뭐예요. 무서워서 그 사람을 밀어낸다는 것이 그만 장롱에 부딪치게 만들었어요."

어머니는 다시금 화가 치밀어 딸의 말을 가로막았다.

"밀어냈다고? 이 한심한 것아, 장롱에 부딪치게 말이지!"

"하지만 엄마, 그 사람이 날 붙잡고 있었다니까요."

"그래서? 그 사람이 널 붙잡았으면, 잘된 거지! 이 숙맥들을 기숙학교에 넣어 가르쳐봐야 무슨 소용 있나. 대체 뭘 배웠니? 말 좀 해봐!"

베르뜨의 양어깨와 두 뺨에 와락 피가 몰렸다. 이렇게 함부로 취급당하니 처녀로서 어찌나 황망했던지 눈물이 괴었다.

"내 잘못이 아녜요. 그 사람 어찌나 나쁜 사람 같던지…… 어떻게 해야 될지 모르겠더라고요."

"어떻게 해야 되냐고? 아니, 그것도 몰라서 묻는 거냐! 그렇게 질겁하는 건 우스꽝스러운 일이라고 내가 골백번 말하지 않든. 넌 사교계에서 행세해야 할 애야. 남자가 거칠게 나올 땐 널 사랑한단 뜻이야. 상냥하게 남자를 가라앉힐 방법은 얼마든지 있단 말이다. 문 뒤에서 입 한번 맞췄기로서니…… 말이 났으니 말이지, 그 얘길 네 입으로 부모인 우리한테 해야만 되겠니? 그래 상대방을 장롱에다 밀어붙여서 혼사를 망쳐야 되겠냐고?"

그녀는 세상을 다 아는 체하는 표정을 짓더니 계속했다. "끝났어, 이제 희망이 없어, 넌 참 어리석구나. 너한텐 뭐든지 열번, 스무번 가르쳐야 하니 이젠 귀찮아 죽겠다. 넌 재산이 없으니 다른 걸로 남자를 잡아야 된다는 걸 좀 알아라. 상냥하게 굴고, 눈매를 부드럽게 하고, 모른 체 손을 내맡기고, 어린애 같은 짓들을 허락하는 거야. 안 그런 체하면서 말이야. 요컨대 신랑감을 낚시하듯 낚아채야 하는 거라고. 바보 멍청이처럼 울기나 하면 눈이 예뻐질 줄 아니?"

베르뜨는 흐느껴 울었다.

"듣기 싫어, 이제 그만 울어. 여보, 저렇게 울어서 얼굴을 엉망으로 망가뜨리지 말라고 당신 딸한테 명령 좀 해봐요. 얼굴까지 미워지면 더 낭패가 될 테니!"

"얘야," 아버지가 말했다. "잘 생각해봐라. 엄마가 좋은 충고하시니 그 애길 좀 들으렴. 얼굴이 미워지면 안되지, 우리 예쁜 딸."

"쟤가 맘만 먹으면 꽤 괜찮은 아이죠. 그 생각을 하면 더 화가 나요." 조스랑 부인이 다시 말했다. "자, 눈물을 닦고, 내가 너한테 구애하는 남자라 생각하고 나를 봐라. 살짝 웃고, 부채를 떨어뜨리는 거야. 남자가 부채를 주우면서 네 손가락을 살짝 스칠 수 있게 말이야…… 그게 아냐. 가슴을 내밀어봐. 꼭 병든 암탉 같구나. 고개를 좀 뒤로 젖히고 목을 드러내. 네 목은 젊은 사람답게 팽팽하잖니, 그러니 내보이란 말이야."

"자, 이렇게요, 엄마?"

"그래, 좀 낫구나. 뻣뻣하게 굴지 말고 허리를 부드럽게 놀려. 남자들은 나무토막 같은 여자를 싫어한단다. 특히, 남자들이 좀 지나치게 나올 때도 바보같이 굴지 말란 말이다. 지나치게 나오는 남자란 후끈 달아 있는 거야, 이것아."

응접실 괘종시계가 2시를 쳤다. 이렇게 늦도록 안 자고 있어 흥분상태인데다 당장 결혼시키고 싶다는 욕망까지 맹렬히 타올라 어머니는 딸을 마분지 인형처럼 이리 돌렸다 저리 돌렸다 하며 속생각을 정신없이 크게 떠들어댔다. 딸은 시키는 대로 순순히 몸을 내맡겼다. 하지만 마음은 몹시 무거웠고 두려움과 수치심으로 목구멍이 꽉 조이는 듯했다. 갑자기 어머니가 한번 해보라고 강요하는 바람에 간드러지는 웃음소리를 내다 말고 그녀는 우거지상이 되더니 울음을 터뜨리며 이렇게 중얼거렸다.

"싫어요! 이런 짓은 괴로워서 못하겠어요!"

조스랑 부인은 격분하여 잠시 망연자실한 채로 있었다. 당브르빌네 집에서 나온 뒤로 그녀의 손에서는 열불이 났고, 아까부터 따귀라도 몇차례 갈기고 싶어 근질근질했다. 마침내 그녀는 철썩 하고 베르뜨의 뺨을 때렸다.

"끝내 네가 내 비위를 긁는구나. 아이고 내 팔자야! 정말이지, 남
자들 말이 맞다니까!"

그 충격으로 그녀가 쥐고 있던 라마르띤 시집이 바닥에 떨어졌
다. 그녀는 그 책을 주워서 닦더니 한마디도 더 하지 않고 무도회
용 드레스를 여왕처럼 질질 끌면서 침실로 갔다.

"이렇게 끝날 줄 알았지." 딸을 붙들 엄두도 못 낸 채 조스랑 씨
가 중얼거렸다. 베르뜨도 뺨을 감싸 쥔 채 더 큰 소리로 울면서 가
버렸다. 베르뜨는 더듬거리며 어두운 응접실 곁방을 가로질러 지
나가다가, 오빠 사뛰르냉이 일어나서 맨발로 엿듣고 있는 모습을
보았다. 사뛰르냉은 스물다섯살의 장대 같은 청년이었는데, 뇌염
을 앓은 후유증으로 몸놀림이 부자연스러웠고 두 눈은 이상한데다
하는 짓은 어린애 그대로였다. 머리가 돈 것은 아니지만 누가 성질
을 건드리기라도 하면 눈에 뵈는 게 없는 듯 난폭한 발작을 일으
켰고, 그럴 때면 온 집안 식구가 겁에 질렸다. 하지만 베르뜨가 눈
길 한번만 주면 그는 순해졌다. 그녀는 어릴 적에 한차례 오랫동안
병치레를 한 적이 있었는데, 그때 그는 아픈 꼬마 여자애의 변덕을
개처럼 고분고분 맞춰주며 간호했고, 그렇게 해서 동생을 살려낸
후로 그는 그녀에게 온갖 애정을 다 쏟아붓는 것이었다.

"엄마가 널 또 때렸니?" 그는 나지막하면서도 열띤 음성으로 물
었다.

베르뜨는 거기서 오빠와 마주치게 된 것이 불안해서 그를 방으
로 다시 들여보내려고 했다.

"가서 자, 오빠하곤 상관없는 일이야."

"아냐, 상관있어. 난, 난 말이야, 엄마가 널 때리는 게 싫다고! 엄

마가 하도 소리소리 지르길래 자다 깬 거야. 다시는 못하게 해야지, 또 그러면 내가 콱 쥐어박아버릴 거야!"

그러자 베르뜨는 그의 양 손목을 붙들고 반항하는 짐승을 다루 듯이 타일렀다. 그는 금세 고분고분해지더니, 어린아이처럼 눈물 을 지으며 더듬더듬 말했다.

"많이 아프지, 응? 어디가 아프니? 내가 입 맞춰줄까?"

그리고 어둠속에서 그녀의 뺨을 찾아 입 맞추고 눈물로 여동생 의 뺨을 적시며 되풀이했다.

"이젠 다 나았어, 다 나았다고."

한편, 혼자 남은 조스랑 씨는 수심에 젖어 펜을 떨궜다. 몇분 후 그는 자리에서 일어나 살그머니 방문으로 가서 귀를 기울여보았 다. 조스랑 부인은 코를 골고 있었다. 딸들 방에서는 울음소리가 들리지 않았다. 집 안은 캄캄하고 평온했다. 그는 적이 마음이 놓 여 다시 자리로 돌아갔다. 그리고 그을음이 나는 등잔불 심지를 매 만져놓고 다시 기계적으로 글씨를 쓰기 시작했다. 잠든 집 안의 엄 숙한 정적 속에 굵은 두줄기 눈물이, 그가 느끼지도 못하는 사이에 종이띠 위로 또르륵 굴러떨어졌다.

3

되퉁스러운 아델이 식초에 담가놓았던 한물간 듯한 가오리 버터구이가 생선요리로 나왔다. 바슐라르 외삼촌을 사이에 두고 앉은 오르땅스와 베르뜨는 번갈아 그의 잔을 채우며 드시라고 계속 부추겼다.

"오늘은 외삼촌 영명축일이잖아요. 그러니 쭉 드세요. 건배, 우리 외삼촌!"

그녀들은 20프랑을 알겨내려고 미리 작전을 짜놓았다. 선견지명이 있는 어머니는 해마다 이렇게 자기 오라비 곁에 딸들을 앉혀놓고는, 알아서들 해보라고 내버려 두곤 한 것이다. 하지만 이것은 힘든 일이었다. 루이 15세식 구두와 단추 다섯개가 달린 장갑을 꿈꾸며 안달하는 두 처녀가 악착같이 달라붙어야만 하는 일이었다. 20프랑을 얻어내려면 외삼촌이 만취해야만 했다. 그는 매매중개업으로 번 8만 프랑을 바깥에선 주색잡기로 탕진해버리면서도 친척

간에는 지독한 구두쇠였던 것이다. 다행히 이날 저녁 외삼촌은, 마르세유로부터 베르무뜨 술을 운송까지 시켜 대접한 몽마르트르 변두리 동네의 세탁소 주인여자 집에서 오후를 보내고 거나해져서 방금 전에 도착했다.

"너희들을 위해 건배하자꾸나, 우리 이쁜이들!" 그는 잔을 비울 때마다 걸걸한 목소리로 대답했다.

보석 반지를 잔뜩 끼고 장미 한송이를 단춧구멍에 꽂은 그는, 온갖 못된 짓은 다 하며 굴러먹은 목청 높고 떡 벌어진 체격의 난봉꾼 장사치답게 식탁 한가운데 우람하게 자리를 차지하고 있었다. 바짝 깎은 머리는 눈처럼 흰 빵떡모자를 쓴 듯하고 그 밑에서는 커다란 딸기코가 번들거렸다. 또한 쭈글쭈글한 얼굴에는 틀니가 허옇고 야하게 번쩍이고 있었다. 흐리멍덩하고 가물가물한 두 눈은 눈꺼풀이 가끔씩 제풀에 감기곤 했다. 그의 처제의 아들인 필렝은 이모부가 홀아비 된 뒤로 십년 동안 술기운에서 깨어본 적이 없다고 단언했다.

"나르시스 오빠, 가오리 좀 들어보세요. 맛이 아주 기막혀요." 속으로는 아니꼬웠지만 조스랑 부인은 이렇게 말하며 술 취한 오빠에게 미소를 지어 보였다.

그녀는 오빠의 맞은편에 앉아 있었고, 왼편에는 필렝이, 오른편에는 그녀가 깍듯이 대해야 할 청년 엑또르 트뤼블로가 있었다. 보통, 그녀는 집안 식구끼리의 이런 저녁 식사 자리를 이용해서 몇몇 손님을 대접하기도 했다. 그래서 같은 건물에 사는 쥐죄르 부인도 조스랑 씨 옆에 앉아 있는 것이었다. 그런데 오빠는 식탁에서 아주 무례하게 굴었고, 그녀는 오직 그의 재산에 대한 기대 때문에만 그런 무례를 간신히 참아낼 수 있었다. 그래서 그녀는 아주 친한 사람들이나 앞으로 환심 살 필요가 없다고 판단되는 사람들에게만 오빠를 대면시키곤 했다. 예를 들면 부자인 아버지가 한몫 마련해 주길 기다리며 증권중개인 사무실에 취직한 청년 트뤼블로를 한때 그녀가 사윗감으로 점찍은 적이 있었다. 그러나 트뤼블로가 결혼 하기 싫다고 태연히 공언했으므로 그녀는 그의 앞에서 더 이상 체 면을 차릴 필요가 없었고 그래서 심지어 한번도 깔끔하게 식사를 해본 적이 없는 사뛰르냉 곁에 그를 앉히기까지 했다. 늘 오빠와 가까이 앉는 베르뜨는 오빠가 소스 속에 손가락을 집어넣고 지나 치게 휘저을 때면 눈짓으로 제지하는 역할을 맡고 있었다.

생선 요리 다음에는 기름진 고기 파이가 나왔다. 처녀들은 드디 어 공격을 개시할 때가 됐다고 생각했다.

"쭉 드세요, 외삼촌!" 오르땅스가 말했다.

"오늘이 외삼촌 영명축일이잖아요. 근데 축일 기념으로 아무것 도 안 주시는 거예요?"

"아참! 정말," 베르뜨가 천진난만한 투로 덧붙였다. "축일을 맞 으셨으면 뭔가 한턱내셔야죠. 저희들한테 20프랑쯤은 주시겠죠?"

갑자기 돈 얘기가 나오자 바슐라르는 실제보다 더 취한 체했다. 이것은 그가 툭하면 쓰는 잔꾀였다. 눈을 감으며 그는 백치 흉내를 냈다.

"응? 뭐라고?" 그가 더듬거렸다.

"20프랑요. 잘 알면서 그러시네. 시치미 떼지 마세요." 베르뜨가 말을 이었다. "20프랑만 주세요. 그럼 우리가 외삼촌을 얼마나 좋 아할까. 아유! 너무너무 좋을 텐데."

조카딸들은 외삼촌의 목에 달려들어 다정한 말들을 퍼붓고 그 의 몸에서 풍기는 천박한 방탕의 냄새도 꺼리지 않고 불쾌해진 그의 얼굴에 입을 맞추었다. 압생뜨와 담배와 사향이 섞인 지독한 냄새에 속이 뒤집힌 조스랑 씨는 순결하고 단아한 자기 딸들이 이 길바닥 저 길바닥에서 굴러먹던 지저분한 사내와 살을 비벼대는 모습을 보고는 발끈했다.

"거 좀 놓거라!" 그는 소리쳤다.

"왜요?" 조스랑 부인이 남편에게 매서운 눈길을 던지며 말했다. "저희들이 좋아서 저러는 건데요. 나르시스 오빠가 쟤들한테 20프랑을 줄 맘만 있다면, 아이들이 따르는 거야 당연하죠."

"바슐라르 영감님은 조카따님들한테 참 자상하세요." 작달막한 쥐죄르 부인이 맞장구치며 속살거렸다.

그러나 외삼촌은 버둥거리고 한층 더 몸을 흐느적거리면서 입에 침을 가득 문 채 이 말만 되풀이했다.

"웃기는구먼. 모르겠어, 정말이지 모르겠다고."

그러자 오르땅스와 베르뜨는 서로 눈짓을 주고받으며 그를 놓아주었다. 아마 음주량이 충분치 못한 모양이었다. 그들은 남자의 돈을 알겨내려는 아가씨들 특유의 웃음을 띠고 잔을 다시 채우기 시작했다. 젊은 아가씨답게 귀엽고 통통한 맨팔이 외삼촌의 번들거리는 커다란 딸기코 밑으로 계속 왔다 갔다 했다.

그러는 사이 트뤼블로는 말없이 혼자서 재미 보는 내숭쟁이 총각답게, 손님들 뒤로 뒤뚱뒤뚱 돌아다니는 하녀 아델을 지켜보고 있었다. 심한 근시인 그는, 이목구비가 굵직굵직하고 머리칼은 더러운 삼麻 같은 브르따뉴 출신의 이 촌뜨기 여자가 예뻐 보였다. 마침 연하게 지진 송아지고기 요리 한조각을 내놓으면서 그녀는 식탁 한가운데로 손을 뻗기 위해 그의 어깨 위로 반쯤 몸을 굽혔다. 그러자 그는 냅킨을 줍는 체하며 그녀의 넓적다리를 힘껏 꼬집었다. 하녀는 영문도 모르고 마치 빵을 달라는 주문이나 받은 듯이 그를 쳐다보았다.

"무슨 일이야?" 조스랑 부인이 물었다. "쟤하고 부딪치셨나요? 아유! 쟤는 하여간 어찌나 되통스러운지! 하지만 어쩌겠어요? 햇병아리니 차차 가르쳐야죠."

"그렇겠죠. 괜찮습니다." 인도의 젊은 신이라도 되는 듯이 침착하게, 검고 뻣뻣한 수염을 매만지며 트뤼블로가 짐짓 대답했다.

처음에는 썰렁했으나 고기 냄새가 풍기면서 차츰 훈훈해진 집 식당에서 얘기는 활기를 띠어갔다. 쥐죄르 부인은 외롭게 살아온 서른살 여인의 설움을 조스랑 씨에게 다시 털어놓았다. 그러나 그녀는 눈을 들어 허공을 보며, 자기 일생을 바꿔놓은 사건을 조심스럽게 암시만 했다. 남편은 결혼한 지 열흘 만에 자취를 감추었다는 것인데, 왜 그랬는지 그 이상의 설명은 하지 않았다. 지금 그녀는 솜털처럼 부드러운 분위기의 늘 닫힌 집에 혼자 살고 있었고 그 집에는 신부神父들만 들락거렸다.

"이 나이에 너무 처량한 신세지 뭐예요!" 그녀는 세심한 동작으로 송아지고기를 먹으면서 맥없이 중얼거렸다.

"참 복도 없는 여자예요." 조스랑 부인이 다시 트뤼블로의 귀에 대고 깊이 동정하는 투로 말했다.

그러나 트뤼블로는 매우 은근하게 말을 하는 이 눈빛 맑고 신앙심 깊은 여인을 무심하게 쳐다볼 뿐이었다. 이 여자는 자기가 찾는 부류가 아니었던 것이다.

갑자기 혼비백산할 일이 생겼다. 베르뜨가 외삼촌에게 너무 열중한 나머지 감시의 눈길을 잠시 늦춘 틈에 사뛰르냉이 고깃조각으로 접시에 그림을 그리면서 놀고 있었던 것이다. 이 가엾은 사뛰르냉이 아들을 두려워하며 수치스러워하는 어머니의 부아를 돋우었다. 어머니는 그를 어떻게 처치하면 좋을지 몰랐다. 잠든 아들의 지능을 잘 깨워주지 못하는 기숙학교를 중퇴시켜가며 딸들을 위해 그를 희생시켰지만, 자존심 때문에 차마 막일꾼은 못 만들고 있던 것이다. 그래서 여러해 동안 그는 쓸모없고 맹꽁이 같은 인간으로 집에서만 뒹굴고 있었는데, 여러 사람 앞에 그를 내보여야 할 때면 그녀는 끊임없이 조마조마했다. 그녀의 자존심이 치명적인 상처를 받고 있었다.

"사뛰르냉!" 그녀가 소리 질렀다.

그러나 사뛰르냉은 접시 위에 범벅을 만들어놓고는 재미있다는 듯 히죽히죽 웃기 시작했다. 어머니의 딱한 사정에도 아랑곳없이 그는 속마음을 그대로 말해버리는 정신이상자 특유의 통찰력으로, 어머니는 지독한 거짓말쟁이에다가 못된 험담꾼이라고 떠들어댔다. 일은 틀림없이 잘못되어갈 판이었다. 베르뜨가 퍼뜩 제 역할을 상기하고 오빠를 뚫어지게 바라보지 않았더라면 그는 어머니의 머리에 접시를 던졌을 터였다. 그는 대들려다가 이내 눈빛이 흐려지더니 꿈꾸듯 의자에 힘없이 주저앉아 식사가 끝날 때까지 침울하게 가만히 있었다.

"필렝, 플루트는 가지고 왔겠지요?" 손님들의 불안감을 없애보려고 조스랑 부인이 물었다.

취미로 플루트를 부는 필렝은 마음 편한 집에서만 연주하곤 했다. "제 플루트 말씀입니까? 그럼요." 그가 대답했다.

붉은 머리털과 수염이 평소보다 훨씬 더 텁수룩한 그는 외삼촌을 둘러싸고 두 자매가 벌이는 수작이 몹시 재미있어서 거기에만 정신이 팔려 있었다. 보험회사 직원인 그는 바슐라르가 사무실에서 퇴근하는 즉시 그를 놓치지 않고 함께 어울려서 그가 가는 까페들이며 온갖 추잡스러운 곳들을 졸졸 따라다녔다. 바슐라르의 꺼벙하게 큰 덩치 뒤에는 항상 괼렝의 핼쑥하고 자그만 얼굴이 눈에 띄기 마련이었다.

"잘해보세요! 그냥 놔드리지 말라고요." 승부를 정하는 심판처럼 그가 불쑥 말했다.

외삼촌은 아닌 게 아니라, 조카딸들의 공세에 말려들어가고 있었다. 물에 불린 파란 콩이 채소요리로 나온 다음 아델이 바닐라와 까치밥 열매를 넣은 아이스크림을 내놓자, 식탁은 예상 밖으로 흥청거렸다. 두 자매는 이런 분위기를 이용해, 조스랑 부인이 동네 식품점에서 3프랑 주고 산 샴페인 반병을 외삼촌에게 마시라고 따라주었다. 그는 마음이 물러져서 바보 시늉하는 것을 그만 잊어버리고 말았다.

"엉, 20프랑이라고! 왜 하필 20프랑이야? 너희들이 20프랑을 원한다고! 내겐 지금 없구나, 정말이야. 괼렝한테 물어보렴. 안 그런가? 괼렝, 내가 지갑을 잊어버리고 와서 아까 까페에서 계산도 자네가 해야 했잖나. 수중에 돈이 있다면, 이쁜이들아, 너희들에게 줄텐데. 이렇게 착한 애들인데 말이야."

괼렝은 냉정한 투를 유지하며 기름칠이 잘 안된 도르래 같은 소리로 낄낄 웃으며 중얼거렸다.

"이 늙은 사기꾼 같으니라고!"

그리고 갑자기 흥분하며 외쳤다.

"영감 주머니를 샅샅이 뒤져봐!"

그러자 오르땅스와 베르뜨는 염치 불구하고 다시 외삼촌에게 달려들었다. 교양 있는 아가씨들답게 억눌러온 20프랑에 대한 욕심이 마침내 치받쳐서 모든 체면을 벗어던지고 말았다. 하나는 두 손으로 조끼 주머니를 더듬고 또 하나는 겉옷 주머니에 손목까지 들어갈 정도로 깊숙이 손을 집어넣었다. 외삼촌은 뒤로 벌렁 나자빠져 여전히 저항하고 있었다. 그러나 결국 그는 웃음을 터뜨리고 말았고, 웃는 사이 간간이 취기 때문에 딸꾹질을 했다.

"진짜야! 동전 한푼도 없다니까…… 그만들 좀 해, 간지럽다."

"바지를 뒤져봐!" 이 구경거리에 흥분한 퀼렝이 힘차게 소리쳤다.

베르뜨는 결연히 바지 주머니 하나를 뒤졌다. 자매는 손이 바르르 떨렸고 둘 다 거칠어져서 급기야는 외삼촌의 따귀라도 때릴 기세였다. 베르뜨가 쾌재를 불렀다. 그녀는 주머니 깊숙한 곳에서 동전 한 움큼을 집어내어 접시 위에 흩뿌렸다. 많은 동전들과 백동전 몇닢 틈에 20프랑짜리가 하나 있었다.

"찾았다!" 그녀는 얼굴이 발갛게 상기되고 머리는 산발을 한 채 동전을 공중에 휙 던졌다가 다시 받으며 말했다.

좌중은 모두가 박수를 치며 무척 재미있어했다. 왁자지껄하니 저녁 식사의 흥이 났다. 조스랑 부인은 다정한 어머니답게 인자한 미소를 띠고 딸들을 바라보았다. 외삼촌은 동전을 주우며 엄숙한 어조로, 20프랑이 갖고 싶으면 벌어서 가져야 된다고 말했다. 지치고 만족한 조카딸들은 그의 좌우에서 숨을 헉헉 내쉬었고, 입술은 아직도 욕심에서 오는 긴장으로 바르르 떨리고 있었다.

초인종이 한번 울렸다. 식사를 천천히 한 탓에 이미 다과회 손님들이 도착하고 있었다. 아내의 본을 따라 웃기로 작정한 조스랑 씨는 식탁에서 '베랑제[12]의 노래'를 기꺼이 불렀다. 그러나 시적인 기

---

12 Pierre-Jean Béranger(1780~1857). 프랑스의 시인이자 샹송 작사가.

분을 남편 때문에 망치게 된 아내는 그에게 입 좀 다물라고 종용했다. 그녀는 서둘러 후식을 내놓았다. 왜냐하면 20프랑을 억지로 빼앗겨 저기압이 된 외삼촌이, 조카 레옹이 만사 제치고 자기 영명축일을 축하하러 와주지 않았다고 투덜대면서 트집거리를 찾고 있었기 때문이었다. 레옹은 다과회에만 참석하기로 되어 있었다. 마침내 사람들이 자리에서 일어섰을 때, 아델이 아래층 건축가 선생님께서 청년 한 분과 함께 응접실에 와 계신다고 전했다.

"아! 그래요, 그 청년," 쥐죄르 부인이 조스랑 씨가 내미는 팔을 잡으며 중얼거렸다. "그 청년을 초대하셨군요? 오늘 문지기방에서 보았지요. 아주 훌륭하던데요."

조스랑 부인이 트뤼블로의 팔을 잡았을 때 혼자 식탁에 남아서 졸며 20프랑 소동에도 깨어나지 않고 있던 사뛰르냉이 눈을 뜨더니 갑자기 화가 버럭 치민 듯 의자를 뒤엎으며 소리쳤다.

"난 싫어, 제기랄! 싫단 말이야!"

어머니가 늘 겁내는 것은 바로 이 대목이었다. 그녀는 조스랑 씨에게 쥐죄르 부인을 딴 데로 데려가라는 신호를 했다. 이어 그녀가 트뤼블로의 팔에서 손을 빼니 트뤼블로는 알아차리고 슬그머니 사라졌다. 그러나 뭘 잘못 알았는지 부엌 쪽으로 아델의 꽁무니를 잽싸게 쫓아가는 것이었다. 바슐라르와 필렝은 그들이 '얼빠진 놈'이라고 부르는 트뤼블로에게 개의치 않고 한구석에서 서로 철썩철썩 때려가며 낄낄 웃고 있었다.

"쟤가 어째 이상하더라고. 내 오늘 저녁 무슨 일 날 줄 알았지."

마음을 몹시 졸이며 조스랑 부인이 중얼거렸다.

"베르뜨, 빨리 와봐!"

그러나 베르뜨는 20프랑짜리 동전을 오르땅스에게 보여주는 중이었다. 사뛰르냉은 칼을 들고 있었다. 그는 이 말을 되풀이했다.

"제기랄! 난 싫어. 저것들 뱃가죽을 확 째버릴 거야!"

"베르뜨!" 어머니가 절망적인 목소리로 불러댔다.

그녀가 달려왔다. 응접실에 못 들어가게 간신히 오빠의 손을 잡을 겨를밖에는 없었다. 그녀는 홧김에 그를 들입다 흔들어댔다. 그는 정신병자다운 논리로 자기 행동을 변명했다.

"나 하고 싶은 대로 하게 놔둬, 저것들은 맛 좀 봐야 해. 그렇게 되는 게 낫다니깐…… 저것들의 지저분한 얘기라면 이제 지긋지긋해. 우릴 모두 팔아넘길 거라고."

"듣자 듣자 하니 견딜 수가 없네!" 베르뜨가 소리 질렀다. "왜 그래? 오빠 대체 무슨 소릴 하는 거야?"

당황한 그는 음울한 노기에 씩씩대며 더듬더듬 말했다.

"이번에도 널 시집보내려고 하잖아. 절대로 안돼. 알겠니? 난 남들이 널 괴롭히는 게 싫다고."

베르뜨는 웃음을 참을 수가 없었다. 결혼시키려 한다는 말은 또 어디서 주워들은 걸까? 그러나 그는 고개를 설레설레 흔들었다. 그는 이미 그걸 알고 느끼고 있던 것이다. 어머니가 끼어들어 진정시키려 하자 그가 어찌나 우악스럽게 칼을 움켜쥐었던지 어머니는 멈칫 물러섰다. 그러면서도 어머니는 티격태격 다투는 소리가 남의 귀에 행여 들릴세라 벌벌 떨며, 사뛰르냉을 데리고 가서 방에 가두라고 베르뜨에게 재빨리 말했다. 한편 그는 더욱더 흥분해서 목청을 높였다.

"난 남들이 널 시집보내는 게 싫어, 남들이 널 괴롭히는 게 싫단 말이야. 만약 널 시집보내는 날에는 그것들 뱃가죽을 째버릴 테다."

그러자 베르뜨는 오빠의 양어깨에 두 손을 얹고는 그를 뚫어지게 바라보았다.

"내 말 들어." 그녀는 말했다. "얌전히 있어. 안 그러면 난 이제 오빠를 싫어할 테야."

그는 휘청거렸다. 절망으로 얼굴은 풀이 죽고 눈물이 글썽거렸다.

"이제 내가 싫다고, 내가 싫어? 오! 그런 말 하지 마. 제발, 날 아직도 좋아한다고 말해줘. 날 언제나 좋아할 거고, 절대로 다른 놈은 좋아하지 않을 거라고 말해."

그녀는 그의 손목을 잡고 어린애처럼 유순해진 그를 데리고 갔다.

응접실에서는 조스랑 부인이 친밀감을 호들갑스레 표현하느라, 깡빠르동을 보고 '존경하는 아래층 선생님'이라 불렀다. 그리고 사모님도 오셨으면 참 좋았을 텐데 왜 와주시지 않았느냐고 물었다. 집사람은 늘 몸이 좀 아프다는 건축가의 대답을 듣자마자 그녀는 다시금 소리를 높여, 실내복에다 슬리퍼만 끌고 오신다 해도 기꺼이 맞이할 거라고 했다. 그러나 그녀의 미소는 남편과 얘기를 나누고 있는 옥따브에게서 떠나지 않았고, 그녀의 상냥한 거동은 깡빠르동의 어깨너머로 그에게 온통 신경을 쓴 결과였다. 남편이 그녀에게 이 젊은이를 소개하자 그녀가 어찌나 호들갑을 떨며 다정하게 굴던지 옥따브가 거북할 지경이었다.

손님들이 들어오고 있었다. 덩치 좋은 어머니들이 말라깽이 딸들을 거느리고 들어오고, 스멀스멀 졸음이 오는 사무실 분위기에서 깬둥 만둥 한 아버지와 아저씨들이 결혼시킬 처녀 떼거리를 앞으로 떠밀면서 들어왔다. 응접실에는 닳아빠진 노란 벨벳 천을 씌운 고물 소파, 칠 벗겨진 피아노, 흰색과 금색으로 칠한 썰렁하고 휑한 벽을 검은 얼룩처럼 장식한 거무칙칙한 세폭의 스위스 풍경

화가 분홍 종이로 덮인 등불 두개가 내비치는 흐릿한 불빛에 잠겨 있는 듯했다. 그리고 이렇게 겨우겨우 비치는 빛 속에서, 후줄근하고 지친 듯한 얼굴에다 진작 아낌없이 버려야 했을 옷을 볼썽사납게 걸친 손님들의 모습은 눈에 잘 띄지도 않았다. 조스랑 부인은 어제 입었던 진홍색 드레스를 입고 있었다. 다만 전날과 같은 옷을 입었다는 것을 남들이 눈치채지 못하게 하려고 한나절 꼬박 걸려 윗도리 부분에 소매를 꿰매 붙이고 어깨를 가릴 레이스 케이프를 해 단 것이었다. 그녀가 그 일을 하고 있을 때 곁에서는 딸들이 꾀죄죄한 짧은 윗도리 바람으로, 지난겨울부터 한군데 한군데씩 모양을 바꾸어온 단벌옷에 새 장식들을 달아 고치느라 잔뜩 부어터진 채 바늘을 거칠게 잡아당겼다.

초인종이 울릴 때마다 응접실 곁방에서 소곤거리는 소리가 들려왔다. 우중충한 응접실에서 사람들이 모여 나지막한 소리로 얘기하고 있었는데 한 아가씨의 억지 웃음소리가 가끔 불협화음처럼 튀곤 했다. 자그마한 쥐죄르 부인 뒤에서 바슐라르와 필렝이 서로 팔꿈치로 쿡쿡 찔러가며 음담패설을 하고 있었다. 조스랑 부인은 오빠의 점잖지 못한 언행이 두드러질까 겁나서 바짝 긴장한 눈길로 그들을 지켜보았다. 그러나 쥐죄르 부인은 그 소리를 모조리 들을 수 있었다. 그녀는 외설스러운 이야기를 듣고도 입술을 바르르 떨면서 천사같이 부드럽게 미소 지었다. 바슐라르 외삼촌은 위험하기로 소문난 남자였다. 반면 필렝은 결코 난봉을 피우지 않았다. 그는 아무리 절호의 기회가 왔다 해도 여자를 멀리하는 것을 대원칙으로 삼고 있었다. 여자를 깔봐서가 아니라 행복을 맛보고 난 뒤 그 탈이 겁나서였다. 그뒤엔 언제나 성가신 일들만 생기기 마련이라는 것이 그의 입버릇이었다.

마침내 베르뜨가 나타났다. 그녀는 활기차게 어머니에게 다가 갔다.

"아유, 힘깨나 들었어요!" 그녀는 어머니 귀에 대고 속삭였다. "안 눕겠다길래, 문을 이중으로 잠그고 가둬놨지 뭐예요. 하지만 방 안에 있는 것을 다 때려 부술까 겁나요."

조스랑 부인은 딸의 드레스를 와락 잡아끌었다. 그녀들 옆에 있던 옥따브가 이쪽으로 막 고개를 돌린 참이었다.

"우리 딸 베르뜨랍니다, 무레 씨." 그녀는 딸을 소개하면서 더할 나위 없이 상냥한 어조로 말했다. "얘야, 이분은 옥따브 무레 씨란다."

그리고 그녀는 딸을 쳐다보았다. 딸은 전투명령 같은 이 눈길을 익히 알고 있었고, 그 눈길에서 간밤에 받은 수업을 상기해냈다. 이젠 구혼자가 대담하게 나온다 해도 더 이상 멈칫하지 않는 처녀가 되어, 사근사근하면서도 아무렇지 않은 태도로 고분고분 순종했다. 그녀는 자기가 맡은 역할의 대사를 슬슬 암송했고 이미 온갖 화제에 이골이 난 능수능란한 빠리 여자답게 헤픈 매력을 풍기며, 한번도 가보지 않은 남프랑스에 대해 열심히 이야기했다. 꿔다 놓은 보릿자루 같은 시골처녀들한테 익숙해져 있던 옥따브는 마치 동성의 친한 친구처럼 떠들어대는 이 자그만 여자의 수다에 넋을 잃었다.

그런데 식사가 끝날 무렵부터 자취를 감추었던 트뤼블로가 식당 문으로 슬금슬금 걸어 들어오고 있었다. 그를 본 베르뜨가 눈치 없게도, 어디 갔다 오시느냐고 물었다. 그는 침묵을 지켰고 그녀는 머쓱해져 있다가, 곤경을 모면하려고 두 젊은이를 서로 소개시켰다. 그녀의 어머니는 딸에게서 눈을 떼지 않고 있더니, 그때부터는 사령관 같은 태도로 돌변하여 안락의자에 앉은 채로 배후조종을 했다. 첫번째 시도의 성과가 만점이라는 판단이 들자 그녀는 눈짓으로 딸을 불러, 나지막한 소리로 말했다.

"피아노 치는 건 바브르 씨 일가족이 오실 때까지 기다려라. 크게 쳐야 한다!"

트뤼블로와 단둘이 되자 옥따브는 그에게 말했다.

"매력적인 아가씬데요."

"네, 괜찮죠."

"파란 옷 입은 아가씨는 언닌가 보죠? 동생만 못하네요."

"아무렴요. 더 말라깽이죠!"

트뤼블로는 근시라 잘 보지도 못하면서 눈길만 주고 있었는데, 자기 취향만 고집하기는 했지만 그는 떡 벌어진 체구의 건장한 사내였다. 그는 아까 뭔가 시키면 것을 와작와작 깨물어 먹으며 흐뭇한 얼굴로 돌아왔는데 옥따브는 그것이 커피 원두라는 것을 알고 깜짝 놀랐다.

"그런데 말이오." 그가 불쑥 물었다. "남프랑스 여자들은 틀림없이 살집이 좋을 테지요?"

옥따브는 빙긋 웃었다. 이내 그는 트뤼블로와 죽이 맞았다. 생각이 같으니 서로 가까워진 것이다. 뚝 떨어진 곳에 있는 긴 등받이 의자에 앉아 그들은 서로 속 얘기를 털어놓았다. 옥따브는 '부인상회' 여주인 에두앵 부인이 기막힌 미인이지만 너무 냉정하다는 얘기를 했고, 트뤼블로는 9시부터 오후 5시까지 증권중개업자 데마르께 씨 사무실에서 서신업무를 담당하고 있는데, 거기에는 기막힌 하녀가 하나 있다고 말했다. 그사이에 응접실 문이 열리더니 세 사람이 들어왔다.

"저게 바브르 씨네 식구들이오." 트뤼블로가 새로 사귄 친구 쪽으로 구부정히 몸을 굽히며 속삭였다. "두 남자 중에서 키 크고 병든 양처럼 생긴 오귀스뜨가 집주인의 맏아들이지요. 서른세살인데 밤낮 두통으로 눈살을 찌푸리고 다녀요. 왕년에 학교 공부도 그래서 중단했대요. 졸지에 장삿길로 뛰어들게 된 뚱한 총각이죠. 또 한 사람은 떼오필인데, 머리칼이 노랗고 턱수염이 듬성듬성 난 저 팔삭둥이는 기침병과 울화병 때문에 죽어라 죽어라 하는 스물여덟살 짜리 애늙은이고, 이 일 저 일 하면서 굴러다니다가 맨 앞에 걸어 들어오는 저 젊은 여자를 아내로 맞아들였죠. 부인 이름은 발레리라고 하는데……"

"나 저 여자 본 적이 있는데," 옥따브가 말허리를 잘랐다. "이 동네 잡화상집 딸이죠? 베일을 쓰고 있어 속았군그래! 예전에는 예뻐 보였거든요. 지금 보니 이상하기만 한데. 얼굴은 신경질적이고 피부는 납빛깔이고."

"저 여자도 내가 좋아하는 타입은 아니오." 짐짓 거드름을 피우며 트뤼블로가 말을 이었다. "저 여자는 눈이 멋있죠. 그러면 됐지 뭘 더 바라느냐는 남자들도 있지만…… 말라깽이라서!"

조스랑 부인은 일어나서 발레리와 악수를 했다.

"아니!" 그녀는 소리쳤다. "바브르 영감님께선 같이 안 오셨어요? 뒤베리에 씨 내외분도 와주시지 않으셨군요. 오시겠다고 약속들은 하셨는데. 참 섭섭하네요!"

발레리는 시아버지가 연로하여 집에만 계셔야 하는데다 저녁에 일하기를 더 좋아하신다고 변명했다. 시누이 내외는 빠질 수 없는 공식 저녁 파티에 초대를 받아서 못 오게 되어 미안하다는 말을 대신 전해달라더라고 했다. 조스랑 부인은 입술을 뾰족 내밀었다. 어느 화요일이든 한번쯤이라도 5층에 올라와주면 체면이 깎인다고 생각하는 듯한 2층의 그 잘난 체하는 인간들. 그들이 토요일마다 베푸는 파티에 자기는 한번도 빠지지 않았는데 말이다. 하긴 자기가 내놓는 보잘것없는 다과는 거창한 악단을 불러서 여는 그 집의 연주회와는 비교가 안되겠지. 하지만, 참자! 두 딸이 결혼하여 사위들과 그 식구들로 응접실이 꽉 차게 되는 날 자기도 합창단을 만들어 보란 듯이 노래를 시키리라.

"준비해라." 그녀는 베르뜨의 귀에 대고 소곤거렸다.

두 처녀의 침실로 쓰는 소응접실 문을 열어놓지 않아 서른명가량이 꽤 비좁게 들어차 있었다. 새로 온 손님들은 서로 악수를 나누었다. 발레리는 쥐죄르 부인 가까이에 자리 잡고 앉았고, 바슐라르와 뀔렝은 떼오필 바브르를 '얼간이'라 부르면 재미있겠다며 그에 대해 듣기 거북한 평을 커다란 소리로 늘어놓고 있었다. 자기 집에서조차 좀처럼 앞에 나서질 않아 남들이 손님으로 착각하고 바로 앞에 두고서도 계속 찾을 정도인 조스랑 씨는 한구석에서 오래 사귄 친구 하나가 들려주는 이야기를 놀라서 듣고 있었다. "보노라고, 왜 자네도 알지, 북부 철도청 회계주임으로 있던 보노 말일세. 그 사람 딸이 지난봄 결혼했지 않나? 그런데 글쎄 나무랄 데 없이 훌륭한 그 사위가 실은 곡마단 어릿광대 출신이라지 뭔가. 어떤 여자 곡마단원한테 기둥서방으로 십년이나 붙어살았다는 걸 보노가 얼마 전에 알게 된 거야."

"쉿! 조용히!" 분위기를 잡으려는 사람들이 소곤거렸다.

베르뜨가 피아노 뚜껑을 열었던 것이다.

"정말이지, 이건 대단찮은 곡이랍니다." 조스랑 부인이 설명했다. "그저 단순한 몽상곡이라고나 할까요…… 무레 씨, 음악 좋아하실 것 같은데요. 그럼 이리 가까이 좀 와보세요. 저희 딸이 제법 잘 친답니다. 그저 취미로 치는 거지만 감정을 넣어서 치죠. 그럼요, 감정을 듬뿍 넣어서 친다니까요."

"걸렸군!" 트뤼블로가 나지막한 소리로 말했다. "이게 소나타 작전이라고."

옥따브는 일어나서 피아노 곁에 서 있어야 했다. 조스랑 부인이 그에게 이토록 입안의 혀처럼 싹싹하게 구는 것을 보면, 베르뜨의 연주는 오로지 그에게 들려주기 위한 것인 듯싶었다.

"「와즈 강변」이란 곡입니다." 그녀가 말을 이었다. "정말 아름다운 곡이지요. 자, 쳐봐라, 애야. 떨지 말고. 무레 씨가 너그럽게 봐주실 거야."

처녀는 전혀 떨지 않고 그 곡을 치기 시작했다. 게다가 조금이라도 규칙에 어긋난 잘못을 저지르면 벌로 따귀를 때릴 경찰 같은 모습으로 어머니가 그녀에게서 눈을 떼지 않고 있었다. 어머니가 정말 속상해하는 것은, 십오년을 하루같이 뚱땅거린 음계 연습 때문에 숨 가쁜 소리를 내는 피아노가 도무지 뒤베리에 씨 집 그랜드 피아노 같은 음색을 내주지 않는 것이었다. 게다가 그녀의 생각으로는 자기 딸이 충분히 크게 친 적이 한번도 없었다.

옥따브는 숙연한 태도로 더러 훌륭한 대목에서는 턱을 끄덕끄덕하기도 했지만 열째마디부터는 더 이상 듣지 않았다. 그는 좌중을 바라보았다. 남자들은 예의상 주의를 기울이는 척했지만 정신이 딴 데 가 있었고 여자들은 짐짓 넋을 잃은 시늉을 하고 있었다. 그들은 모두 노곤하게 저마다의 생각에 잠겨 있었고 다시 그때그때의 걱정거리에 사로잡혀, 피곤한 얼굴에 그림자가 덮여왔다. 어머니들은 자기도 모르게 긴장이 풀려, 입을 헤 벌리고 이를 이악스레 드러낸 것이, 딸들을 결혼시킬 꿈을 꾸고 있음이 한눈에 드러나 보였다. 이 응접실의 광적인 열기가, 훌륭한 사위를 얻겠다는 맹렬한 욕심이 천식을 앓는 듯한 피아노 소리를 타고 이 중산층 여인네들을 엄습하고 있었다. 처녀들은 몹시 지쳐 몸가짐을 똑바로 해야 된다는 사실도 잊어버린 채 어깨에 고개를 떨어뜨리고 졸고 있었다. 처녀들을 우습게 보는 옥따브는 기혼인 발레리에게 더욱 관심을 기울였다. 검은 새틴으로 장식한 희한한 노란색 비단 드레스를 입은 그 여자는 단연코 못생겼는데, 그럼에도 왠지 그는 마음이 끌리고 조바심이 나서 그녀를 자꾸만 돌아보곤 하였다. 한편 귀에 거슬리는 음악에 신경이 곤두선 그녀는 멍한 눈빛으로 아픈 여자 특유의 야릇한 미소를 띠고 있었다.

그런데 불상사가 생겼다. 초인종 소리가 나더니 웬 신사가 후닥닥 들이닥쳤다.

"의사 선생님!" 조스랑 부인이 노한 음성으로 말했다.

쥐이라 의사는 사과의 몸짓을 한 다음에 그대로 서 있었다. 이때 베르뜨는 손놀림을 느리게 하며 점점 소리를 죽여 짧은 악절 하나를 마쳤고, 청중은 과찬하면서 웅성거렸다. 아! 멋진데요, 훌륭해요! 쥐죄르 부인은 마치 간지럼이라도 탄 것처럼 깔딱 숨이 넘어갔다. 동생 곁에 서서 악보를 넘기던 오르땅스는 비 오듯 쏟아지는 음들이 비위에 거슬려 초인종 울리는 소리에만 귀를 바짝 세우고 있었다. 그러나 의사가 들어오자 그녀는 몹시 실망한 듯한 몸짓을 하다가 보면대 위에 놓인 악보를 한장 찢기까지 했다. 갑자기 망치처럼 쾅쾅 두드려대는 베르뜨의 가냘픈 두 손 아래서 피아노가 부르르 흔들렸다. 야단스러운 화음들이 귀가 먹먹할 만큼 울려대는 가운데 몽상곡이 끝난 것이다.

좌중은 잠시 망설였다. 그들은 졸음에서 깨어나는 중이었다. 끝난 건가? 이어, 찬사가 터져 나왔다. 기막히군요! 재주가 뛰어나요!

　"아가씨는 정말 일류 예술가십니다." 주위를 살피는 일을 더 이상 못하게 된 옥따브가 말했다. "여태껏 아무도 이런 기쁨을 제게 준 적이 없답니다."

　"그렇지요?" 조스랑 부인이 기뻐서 외쳤다. "말이야 바른 말이지 쟤가 꽤 잘 쳐요. 정말이지, 우린 쟤한테 아무것도 마다해본 적이 없답니다. 우리 집 보배죠. 쟤는 갖고 싶은 재주란 재주는 다 갖춘 애라니까요. 아! 댁이 만일 쟤하고 알고 지낸다면……"

　이 목소리 저 목소리가 뒤죽박죽 섞여 다시금 응접실을 가득 채웠다. 베르뜨는 아주 태연하게 칭찬을 받아들였다. 그녀는 어머니가 괴로운 역할에서 자기를 빼내줄 때까지 피아노를 떠나지 않았다. 이미 어머니는 옥따브에게 자기 딸이「추수하는 사람들」이라는 화려한 행진곡을 얼마나 솜씨 좋게 쳐냈는지 그 놀라운 기교에 대하여 말하고 있었다. 그때 멀리서 쿵쿵 치는 소리가 은근하게 들려와 손님들은 가슴이 철렁했다. 조금 전부터 누가 마치 문짝을 부수려는 것처럼 점점 더 거세게 흔들어대고 있었다. 사람들은 입을 다물고 눈짓으로만 서로 물었다.

　"대체 무슨 일이지요?" 발레리가 용감하게 물었다. "조금 아까 곡이 끝나갈 무렵에도 저렇게 쿵쿵거리던데요."

　조스랑 부인의 안색이 새하얗게 질렸다. 그녀는 사뛰르냉이 어깨로 문에 부딪치는 소리라는 것을 안 것이다. 저 빌어먹을 미친 녀석 같으니라고! 그녀는 아들이 사람들 한가운데로 쿵 넘어지는 광경을 그려보았다. 쟤가 저렇게 계속 치면 딸들 혼삿길 막히는데!

　"부엌문이 덜컹거리는 거예요." 그녀는 억지 미소를 띠고 말했다. "아델이 생전 문을 잠그려고 해야 말이죠. 좀 가봐라, 베르뜨."

베르뜨 역시 말귀를 알아들었다. 그녀는 일어서서 사라졌다. 쿵쿵대는 소리는 즉시 멈췄으나 그녀는 곧 돌아오지는 않았다. 자기 생각을 목청껏 떠들어대면서 「와즈 강변」의 연주를 염치없이 방해했던 바슐라르 외삼촌은, 사람들 때문에 성가셔서 그로그[13]나 한잔 마셔야겠다고 필렝에게 외쳐대어 여동생을 끝내 당황하게 했다. 두 남자는 식당으로 다시 들어가더니 문을 쾅 닫았다.

"저 괄괄한 나르시스 오빠, 언제 봐도 괴짜라니까요!" 조스랑 부인이 쥐죄르 부인과 발레리 사이에 와서 앉으며 말했다. "그저 사업에 여념이 없지요. 글쎄 금년에만 10만 프랑 가까이 벌었다지 뭐예요!"

마침내 놓여난 옥따브는 진정되어 소파에서 졸고 있는 트뤼블로에게로 서둘러 갔다. 그들 가까이에는 사람들 한 떼거리가 쥐이라 의사를 둘러싸고 있었다. 그는 동네 의사로서 별 볼 일 없는 노인이었지만, 이 자리에 있는 모든 부인들의 아이를 받아주고 또 처녀들 모두를 치료해주어 마침내 훌륭한 개업의로 알려지게 되었다. 그는 특히 부인과 질환을 전문으로 다루었기 때문에 저녁이면 공짜로 의사의 자문을 구하려는 남편들이 응접실 한구석으로 몰려들곤 했다. 마침 발레리가 어제 심한 증세를 보였다고 떼오필이 그에게 말했다. 그녀는 여전히 숨이 가쁘고 목구멍으로 무슨 덩어리가 치밀어 오른다고 하소연했다는 것이다. 그리고 마누라와 증상은 다르지만 떼오필 자신도 몸이 별로 좋지 않다고 했다. 이어 그는 신상 얘기만 하면서 자기의 실패담을 늘어놓았다. 그의 말로는

---

13 럼에 설탕, 레몬, 뜨거운 물을 탄 술.

그는 법률 공부를 했고 철공소에서 공장일도 기웃거려보았으며 공영 전당포 관리도 해보았다고 했다. 그후에는 사진에 몰두했고, 저절로 움직이는 마차를 발명해냈다고 생각한 적도 있었으며, 한 친구가 새 발명품이랍시고 만든 피아노-플루트 겸용 악기를 인정상 팔아주기도 했다고 한다. 이런 이야기를 하더니 그는 다시 아내 이야기로 돌아왔다. 집구석에 제대로 되는 일이 없는 것은 아내 탓이라고 했다. 아내는 끊임없는 신경증 발작으로 자기를 못살게 군다는 것이었다.

"그러니 집사람한테 뭐든 처방 좀 내려주십시오, 선생님!" 그는 자신의 무능이 서글프면서도 분해서, 콜록콜록 기침하며 우는 소리를 해가면서 증오로 가득 찬 눈으로 애원했다.

트뤼블로는 자못 멸시하는 눈초리로 그를 이모저모 뜯어보더니 옥따브를 바라보면서 소리 없이 웃었다. 한편 의사는 막연한 말로 떼오필을 달래기 시작했다. 아마 부인을 편안하게 해드릴 수 있을 거라고. 그녀는 열네살 때 이미 가슴이 답답한 증세가 있어서 뇌브 생또귀스땡 거리의 가게에 있으면 숨 막혀 하곤 했고, 현기증 끝에 코피가 나곤 하는 증세를 자기가 치료해주었다고 했다. 처녀 시절에는 다소곳하고 얌전해 보이던 아내가 지금은 변덕스럽고 하루에도 스무번씩 기분이 이랬다저랬다 하며 자기를 들볶는다고 떼오필이 절망적으로 말하자, 의사는 모든 여자가 결혼해서 좋은 건 아니라면서 그저 고개를 설레설레 젓기만 할 뿐이었다.

"그럼요!" 트뤼블로가 중얼거렸다. "아버진 삼십년 동안 쭈그리고 앉아 실, 바늘을 팔았고, 어머닌 늘 얼굴이 뾰루지투성이에다가, 옛날 동네의 바람 한점 안 통하는 구석에 박혀 있었으니 거기서 어떻게 제대로 된 딸이 나올 수 있었겠습니까?"

옥따브는 황당할 뿐이었다. 그는 시골뜨기답게 가슴이 벅차 이 응접실에 들어왔으나 이제는 존경심이 차츰 사라져갔다. 그의 마음속에 호기심이 싹트는 순간, 깡빠르동이 눈에 띄었는데, 그도 의사에게 자문을 구하고 있었다. 아주 나지막한 소리로, 부부간의 불상사에 아무도 끼어들지 않게 하려는 듯 진중하게 묻고 있었다.

"참, 당신이 아는 게 많으니 묻겠는데," 옥따브가 트뤼블로에게 물었다. "깡빠르동 부인의 병이 뭔지 말 좀 해주시오. 그 얘기만 나오면 다들 딱하다는 표정을 지으니 말이오."

"아니, 이봐요." 트뤼블로가 대답했다. "부인의 병은……"

그리고 그는 몸을 굽혀 옥따브의 귀에 대고 속삭였다. 그 이야기를 들으면서 처음에는 싱긋 웃던 옥따브는 차츰 심각해져서 나중에는 아주 어처구니없다는 표정이 되었다.

"설마, 그럴 수가!" 그는 말했다.

그러자 트뤼블로는 맹세코 진담이라고 다짐했다. 그는 똑같은 증세를 가진 부인을 또 하나 알고 있다고 했다.

"게다가," 그가 말을 이었다. "애를 낳고 나면, 가끔씩 그런 일이 생기는데……"

그리고 그는 다시 나지막이 말하기 시작했다. 이제 사태를 확실히 파악한 옥따브는 서글퍼졌다. 그는 잠시 이 생각 저 생각해본 끝에 소설 같은 얘기를 상상한 것이다. 다른 여자한테 마음이 팔린 건축가가 아내의 정신을 딴 데로 돌리려고 자신을 끌어들이고 있다고! 어쨌든 그는 그 여자가 철저히 보호된 상태라는 것을 알았다. 두 젊은이는 죽이 잘 맞아서 남들이 듣겠다는 생각도 잊은 채, 그 여자의 속곳까지 들추어낼 만큼 시시콜콜히 얘기하며 흥분 상태에 빠져 있었다.

바로 그때 쥐죄르 부인은 옥따브에게서 받은 인상을 조스랑 부인에게 털어놓는 중이었다. 아주 참한 청년이긴 한 것 같으나, 그보다는 오귀스뜨 바브르 씨가 낫다고 했다. 당사자인 오귀스뜨는 응접실 한편 구석에 선 채, 특유의 무덤덤한 성격과 매일 저녁 찾아오는 두통 때문에 잠자코 입 다물고 있었다.

"부인께서 따님 베르뜨 양의 신랑감으로 저분을 생각하지 않으신다니 참 이상하군요. 자리도 잡히고, 아주 진득한 총각이잖아요. 그리고 신붓감도 필요하고요. 제가 알기로 저분은 결혼 상대를 찾고 있답니다."

조스랑 부인은 놀라서 듣고 있었다. 정말 그러고 보니, 저 주단 가게 주인은 미처 염두에 두지도 않았던 것 같았다. 쥐죄르 부인은 계속 주장했다. 그녀는 비록 스스로는 박복할망정 다른 여자들의 행복을 위해 한몫하고픈 정열은 있어서 이 건물 안의 모든 남녀문제에 관여하고 있던 것이다. 그녀는 오귀스뜨가 끊임없이 베르뜨를 바라보고 있다고 확실히 말했다. 급기야는 자기의 남자 경험까지 들고 나왔다. 무레 씨는 절대 호락호락 넘어갈 사람이 아니지만, 호인인 바브르 씨는 아주 다루기도 편하고 혼처로도 좋을 거라는 얘기였다. 그러나 조스랑 부인은 오귀스뜨를 눈으로 저울질해보더니, 저런 사위는 결코 자기 집 응접실 분위기에 어울리지 못할 것이라고 단호히 판정을 내렸다.

"내 딸은 저 사람 싫어해요." 그녀는 말했다. "난 결코 걔의 뜻을 거스르고 싶진 않아요."

키 크고 마른 아가씨가 「'블랑슈 부인' 주제에 의한 환상곡」을 막 연주하고 난 참이었다. 바슐라르 외삼촌이 식당에서 잠들자 필렝이 플루트를 가지고 다시 나타나 종달새 울음소리를 냈다. 그러나 아무도 그 소리에 귀 기울이지 않았다. 모두들 보노 얘기에만 정신이 쏠려 있었기 때문이다. 조스랑 씨는 그 이야기에 큰 충격을 받았고, 딸을 둔 아버지들은 두 팔을 번쩍 추켜올려 보였으며, 어머니들은 기가 막혀 했다. 아니 뭐라고! 보노의 사위가 광대라니! 그럼 도대체 누굴 믿어야 한단 말이지? 부모들은 딸들을 어서 결혼시켰으면 하는 마음이 굴뚝같으면서도 검은 예복을 차려입은 희대의 사기꾼의 악몽이 눈앞에 오락가락했다. 사실을 말하자면, 보노는 회계 책임자답게 평소에는 깐깐하고 신중한 사람인데도 불구하고 친정부모는 자기 딸을 시집보내게 되어 하도 기쁜 나머지, 그저 소문으로 얻어들은 정보만으로 만족했다는 것이다.

"엄마, 차 준비됐어요." 베르뜨가 말하며 아델과 함께 문을 열어젖혔다.

그리고 사람들이 천천히 식당으로 가는 동안 어머니에게 다가가서 속삭였다. "이제 지긋지긋해요. 오빠는 나보고 방에 남아서 이야기해달래요. 안 그러면 다 부숴버리겠대요!"

폭이 좁은 회색 식탁보 위에 늘 하듯이 공들여 차려놓은 차와 부근 빵집에서 산 브리오슈에 작은 생과자들과 샌드위치가 곁들여 있었다. 식탁 양 끝에 멋지고 값비싼 장미송이들로 꾸며놓은 호사스러운 꽃꽂이가 버터의 싸구려 티와 비스킷에 앉은 묵은 먼지를 눈가림해주었다. 사람들은 탄성을 질렀고 부러워하는 표정이 역력했다. 정말이지, 조스랑 부부는 딸들을 결혼시켜보겠다고 가산을 탕진하고 있구먼. 손님들은 꽃다발을 슬쩍슬쩍 곁눈질해보았다. 다들 여기 오기 전에 저녁을 먹는 둥 마는 둥 했으니 집에 가서 눕기 전에 배나 실컷 불리자는 생각으로 떫은 차를 꿀꺽꿀꺽 마셔대고 눅진눅진해진 과자와 덜 구워진 브리오슈에 염치없이 달려들었다. 차를 좋아하지 않는 사람들을 위해서는 아델이 까치밥 열매 시럽을 담은 잔을 돌렸다. 맛있다고들 야단이었다.

그러는 사이에도 외삼촌은 한구석에서 자고 있었다. 사람들은 그를 깨우지 않았고, 심지어 예의를 차려 못 본 체하기까지 했다. 한 부인이 장사 일이란 피곤하다는 이야기를 했다. 베르뜨는 분주히 다니며 샌드위치를 권하고 찻잔을 나르고 남자들에겐 설탕을 더 넣어드릴까를 물었다. 그러나 그녀만으로는 손이 모자라서 조스랑 부인은 오르땅스를 찾다가 빈 응접실 한가운데서 이쪽으로 등을 돌린 신사와 얘기하고 있는 그녀를 발견했다.

"아, 그래!" 그녀는 버럭 화가 나서 내뱉었다. "드디어 오긴 왔군."

수군대는 소리가 이리저리 퍼졌다. 벌써 십오년째 한 여자와 동거하면서도 오르땅스와 결혼할 작정을 하고 있다는 바로 그 베르디에였다. 누구나 그 이야기를 알고 있어서 아가씨들은 서로 눈짓을 주고받았다. 그러나 그 얘기를 차마 입에 올리지는 못하고 체면상 입술만 삐죽 내밀곤 했다. 얘기를 들어 알게 된 옥따브는 신사의 등을 유심히 바라보았다. 트뤼블로는 그의 내연녀를 알고 있었다. 그녀는 착하고 왕년에는 몸을 함부로 굴렸으나 지금은 살림을 차리고 들어앉아, 그의 말에 따르면 어느 양갓집 부인보다도 더 조신해져서 남자 뒷바라지를 하고, 그의 속옷도 알뜰히 챙겨준다는 것이었다. 그리고 트뤼블로는 그녀에게 누이동생 같은 친근감을 느낀다고 했다. 사람들이 식당에서 그들 둘을 살펴보고 있는 동안, 오르땅스는 베르디에에게 늦게 왔다고 양갓집 처녀다운 새침한 태도로 투정을 부렸다.

"이것 보게! 까치밥 열매 시럽이잖아!" 쟁반을 들고 앞에 나타난 아델을 보며 트뤼블로가 말했다.

그러나 그는 시럽 냄새를 맡아보고는 조금도 마시려 하지 않았다. 하녀가 뒤로 돌아서면서 한 뚱뚱한 부인의 팔꿈치에 밀려 자기 몸에 부딪치자, 그는 하녀의 허리를 세게 꼬집었다. 그녀는 빙긋 웃으며 쟁반을 가지고 도로 그에게 왔다.

"고맙지만 안 먹겠어." 그는 딱 잘라 말했다. "좀 이따 보자고."

식탁 주위에는 여자들이 앉아 있었고, 남자들은 여자들 뒤에 서서 먹고 있었다. 모두들 맛있다고 야단이었지만 입안에 먹을 것이 가득 차서 그 찬탄의 소리가 잘 들리지는 않았다. 누가 남자분들 좀 와보시라고 소리쳤다. 조스랑 부인이었다.

"정말, 제가 그 생각을 안하고 있었군요. 자 좀 보세요, 예술을 사랑하시는 무레 씨."

"조심해요. 이번엔 수채화 작전이라고!" 이 집의 내막을 잘 아는 트뤼블로가 소곤거렸다.

그건 여느 수채화가 아니었다. 마치 우연인 듯 도자기 꽃병 하나가 식탁 위에 놓여 있었다. 저쪽에는 깨진 항아리를 든 처녀를 그린 그림이 연보라색에서 연파란색에 걸친 은은한 색조로, 반짝반짝 윤이 나는 새 청동 액자에 끼워져 있었다. 찬사를 한몸에 받으며 베르뜨가 방긋 웃고 있었다.

"아가씨는 참 재주도 많으시군요." 옥따브가 세련되게 말했다. "오! 이건 색조를 은은히 번지게 하는 기법이군요. 게다가 원화 그대론데요, 똑같아요!"

"그림이라면 내가 보증한다니까요!" 조스랑 부인이 의기양양하게 말을 이었다. "머리칼 하나도 더하거나 덜함이 없답니다. 베르뜨는 이 그림을 판화에서 그대로 여기 베낀 거지요. 루브르 미술관에는 정말이지 나체화가 너무 많거든요. 그리고 어떤 때 보면 사람들은 거기에 너무 영합하고요."

그녀는 자기 딸이 예술가라 해서 결코 파렴치한 정도까지 가는 건 아니라는 것을 이 젊은이에게 알리고 싶어서, 목소리를 낮춰 이런 평을 했다. 그런데 옥따브가 별 감흥이 없어 보였던지, 그녀는 꽃병이 별 효과를 못 냈다는 것을 느끼고 조바심 나는 듯 그를 살피기 시작했다. 한편 차를 넉잔째 마시고 있던 발레리와 쥐죄르 부인은 가벼운 탄성을 여러차례 발하며 그림을 자세히 들여다봤다.

"당신 아직도 저 여자를 보고 있군요." 트뤼블로는 옥따브가 발레리에게서 눈을 떼지 않고 있는 것을 다시 발견하고 그에게 말했다.

"그래요." 그는 좀 거북해하며 대답했다. "이상하네, 지금은 저 여자가 예뻐 보이는군요. 정열적인 여자인 게 분명해요. 어디, 한번 시도해볼까요?"

트뤼블로는 회의적이라는 뜻으로 두 뺨을 불룩 내밀어 보였다.

"정열적이라고요, 그건 모를 일이오. 취미도 참 희한하구려! 어쨌든 저 어린애랑 결혼하는 것보단 낫겠죠."

"어린애라니 누구 말이오?" 부지중에 옥따브가 소리쳤다. "아니 뭐요! 내가 그 올가미에 걸려들 줄 아슈? 천만에 말씀. 이보슈, 우리 마르세유 사람들은 함부로 결혼 같은 건 안한다고."

조스랑 부인이 다가왔다. 방금 들은 이 말이 정통으로 그녀의 가슴을 쳤다. 이번에도 허탕이구나! 또 한차례 파티랍시고 헛짓한 거구나! 그녀는 충격이 너무 커서 의자에 기대고, 브리오슈의 타버린 꼭대기 부분만 딩굴고 있는 말끔히 치워진 식탁을 절망적으로 바라보고 있었다. 그녀는 이제 더 이상 실패한 횟수를 세지는 않았지만, 이번이 마지막이라고 단단히 다짐을 하며, 오로지 배를 채우기 위해 자기 집에 오는 사람들을 더 이상 먹이지 않으리라고 맹세했다. 그러고는 황당하고 부아가 나서 식당을 훑어보며 어떤 남자의 품 안에 자기 딸을 던져주면 좋을지 찾고 있었는데, 아무것도 안 먹고 벽에 기대어 체념한 듯 서 있는 오귀스뜨가 눈에 띄었다.

때마침 베르뜨가 방긋 웃으며 찻잔을 받쳐 들고 옥따브 쪽으로 오고 있었다. 그녀는 계속 안간힘을 쓰며 어머니가 하라는 대로 하고 있었던 것이다. 그러나 어머니는 딸의 팔을 꽉 잡더니 "망할 년"이라고 아주 낮은 소리로 욕을 했다.

"이 찻잔을 바브르 씨께 갖다드려라, 한시간째 기다리고 계시잖니." 그녀는 큰 소리로 품위 있게 말했다.

이어 다시 딸의 귀에 대고 전투에 임하는 눈초리로 속삭였다.

"상냥하게 굴어, 안 그러면 나중에 혼날 줄 알아!"

베르뜨는 잠시 당황했지만 금세 제정신을 차렸다. 이런 식으로 하룻저녁에 세번씩 변하는 경우도 허다했으니까. 그녀는 옥따브에게 보이려고 짓기 시작했던 미소를 그대로 띤 채 찻잔을 오귀스뜨에게 갖다주었다. 그녀는 상냥했고 리옹산産비단 이야기를 했으며, 계산대에 서 있으면 딱 어울릴 사근사근한 여자처럼 굴었다. 오귀스뜨의 손이 좀 떨렸고, 이날 밤따라 두통이 몹시 심해 얼굴이 붉게 상기돼 있었다.

몇 사람이 예의를 차리느라고 응접실로 돌아와 잠시 자리에 앉았다. 이제 먹을 것도 다 먹었으니, 하나둘씩 자리를 뜨기 시작했다. 사람들이 베르디에를 찾았을 때 그는 이미 떠난 뒤였다. 시무룩해진 아가씨들의 기억에는 그 남자의 어렴풋한 뒷모습만 겨우 남아 있을 뿐이었다. 깡빠르동은 옥따브를 기다리지 않고 의사와 함께 빠져나가, 의사를 층계참에 계속 붙들어두고 정말로 더 이상 희망이 없겠느냐고 물어보았다. 차를 마시는 동안 램프 하나가 꺼져 기름 냄새를 풍겼고 다른 램프는 심지가 새까맣게 타들어가며 아주 을씨년스럽게 방 안을 비췄다. 그래서 조스랑 부인이 몹시 상냥하게 구는데도 불구하고 바브르 일가마저 자리를 털고 일어섰다. 옥따브는 그들보다 앞서 응접실 곁방으로 가 있었는데 거기서 깜짝 놀랄 일이 벌어졌다. 모자를 찾아 쓰고 있던 트뤼블로가 졸지에 자취를 감춘 것이다. 그가 빠져나갈 길이라고는 부엌 쪽 복도밖에는 없었다.

"아니, 도대체 어디로 간 거지? 뒷계단으로 갔군!" 옥따브는 중얼거렸다.

그러나 그는 그 일에 더 괘념치 않았다. 그 방에서는 발레리가 주름진 두꺼운 비단으로 짠 삼각 숄을 찾고 있던 것이다. 떼오필과 오귀스뜨 형제는 그녀에게 신경 쓰지 않고 내려가버렸다. 옥따브는 숄을 찾아 부인상회에서 예쁜 여자 손님을 모실 때 그렇듯이 자못 상냥하게 그녀에게 건네주었다. 그녀가 그를 바라보았고, 두 사람의 눈이 마주쳤을 때 그녀의 눈에서 타는 듯한 불꽃이 튀었다고 그는 확신했다.

"정말 고맙습니다." 그녀는 숄을 받고 그저 이렇게만 말할 뿐이었다.

쥐죄르 부인이 맨 마지막으로 자리를 뜨면서 부드럽고 은근한 미소로 그들 둘을 감싸듯이 바라보았다. 후끈 달아오른 옥따브는 썰렁한 자기 방으로 올라온 다음, 잠시 거울 속의 자기 얼굴을 곰곰이 들여다보았다. 좋아! 한번 해보는 거야!

한편, 비어버린 집에서는 조스랑 부인이 폭풍에 휩쓸린 듯 말없이 이리저리 걸어 다니고 있었다. 그녀는 피아노 뚜껑을 거칠게 쾅 닫고 마지막 램프를 껐다. 그리고 식당으로 가서 촛불을 불어 끄기 시작했는데, 어찌나 세게 불었던지 천장에 매달린 등이 흔들거릴 정도였다. 싹 쓸어 먹고 간 식탁과 여기저기 되는 대로 널브러진 빈 접시와 잔들을 보니 더욱더 부아가 끓어올랐다. 그래서 그녀는 식탁 주변을 맴돌며 오르땅스에게 매서운 눈길을 던졌는데, 오르땅스는 태연히 앉아서 타버린 브리오슈 꼭대기 부분을 마저 먹어 치우고 있었다.

"또 화나셨군요, 엄마." 오르땅스가 말했다. "왜 또 일이 잘 안되나요? 나는 만족이에요. 그이가 그 여자한테 블라우스나 몇벌 사주고 내쫓겠대요."

어머니가 어깨를 으쓱했다.

"그게 무슨 소용이 있냐는 거죠? 좋아요, 난 내 볼일 볼 테니 엄만 엄마 볼일이나 보세요. 나 참! 이렇게 맛없는 브리오슈는 첨 보겠네! 이런 음식 같지도 않은 음식을 꿀떡꿀떡 먹어대다니 그 사람들 참 맛도 모르는 모양이에요."

조스랑 씨는 아내가 파티를 열 때마다 탈진하곤 하여, 의자에 맥없이 주저앉았다. 그는 누구와 마주치는 게 두려웠고 아내가 행여 자기를 그 미친 듯한 경주에 끌어들일까봐 두려웠다. 그는 오르땅스 맞은편에 자리 잡고 있는 바슐라르와 필렝에게 다가갔다. 영감은 아까 술이 깨어 럼주 한병을 찾아냈다. 그는 술병을 비우면서 못내 분한 듯이 다시 20프랑 이야기를 들춰냈다.

"돈이 문제가 아니야." 그는 처조카 필렝에게 거듭 말했다. "하는 짓이 문제다 이거야. 내가 여자들한테 어떻게 하는지 너도 알지? 입던 와이셔츠라도 기꺼이 벗어줄 수 있지만, 여자들이 먼저 달라는 건 질색이라고. 여자들 쪽에서 달라고 하면 난 이내 부아가 치밀어서, 무 한쪽도 주기가 싫단 말이야."

그러고는 동생이 약속을 다시 환기시키려 하자 이렇게 말했다. "입 다물어, 엘레오노르! 쟤를 위해 내가 뭘 해야 할지 난 다 알고 있단 말이다. 하지만, 알겠니? 먼저 달라고 하는 여자들은 나로선 참을 수가 없단 말이야. 그런 여자는 하나도 내 곁에 둬본 일이 없어. 안 그러냐? 필렝…… 그리고 말이야, 정말이지 이것들이 어른 어려운 줄을 모르거든. 레옹은 내 축일을 축하하러 올 생각조차 안 하고 말이야."

조스랑 부인은 두 주먹을 꽉 쥐고 다시 걷기 시작했다. 정말 그래. 레옹도 그렇지, 그 녀석은 오겠다고 약속해놓고 다른 사람들처럼 나를 골탕 먹였지. 동생들 결혼을 위해 단 하룻저녁도 희생하지 않는 녀석이라니! 꽃병 뒤에 떨어진 생과자 하나가 눈에 띄자 그녀는 그걸 주워서 서랍 속에 챙겨 넣었다. 그때 사뛰르냉을 풀어주러 갔던 베르뜨가 그를 데리고 왔다. 그녀는 그를 달랬고, 그는 살기등등해서 의심에 찬 눈으로 오랫동안 갇혀 있던 개처럼 열에 들떠 구석구석을 뒤졌다.

"오빠는 정말 바보야!" 베르뜨가 말했다. "오빤 남들이 나를 방금 결혼시켰다고 생각하고 있어요. 그래서 신랑을 찾고 있는 거예요. 가엾은 사뛰르냉 오빠, 찾아봐야 소용없어. 이번 일도 망쳤다니까 글쎄! 항상 실패만 하는 걸 오빠도 잘 알잖아."

그러자 조스랑 부인이 화를 터뜨렸다.

"이번에는 절대로 안 망친다. 내가 직접 그 남자의 발모가지를 묶어서라도 말이야! 그 녀석만은 무슨 일이 있어도 꼭 잡아둬야지. 그럼, 그럼…… 여보, 못 들은 체하고 날 노려보아도 소용없수. 이 혼사는 꼭 성사시킬 거예요, 만일 당신이 싫다면 우리끼리라도 말이에요. 알겠니, 베르뜨, 그자는 이제 네 수중에 들어온 거나 다름 없어!"

사뛰르냉은 못 들은 것 같았다. 그는 식탁 밑을 바라보고 있었다. 베르뜨는 몸짓으로 오빠를 가리켰다. 그러나 조스랑 부인은 그를 감쪽같이 없애버리겠다는 듯한 시늉을 했다. 그러자 베르뜨가 중얼거렸다.

"그럼 확실히 바브르 씨로 정한 거예요? 난 아무래도 좋아요. 하지만 내 몫으로 샌드위치 한쪽 안 남겨놨다는 건 좀 너무한데!"

4

그다음 날부터 옥따브는 발레리에게 몰두했다. 그는 그녀의 평소 습관이 어떤지 몰래 살피고, 계단에서 그녀를 만날 기회를 포착할 수 있는 시간을 알아냈다. 그리고 필요하다면 핑계를 대고 부인 상회를 빠져나와 깡빠르동네 집에 점심 먹으러 들어가는 길을 이용해 자주 자기 방으로 올라갈 기회를 만들 수 있게 작전을 세웠다. 그는 매일 오후 2시경 그녀가 아이를 데리고 뛸르리 공원으로 산책 가면서 가이용 거리를 지난다는 것을 알게 되었다. 그래서 그는 가게 문 앞에 지켜 서서 그녀를 기다렸다가 미남 점원답게 상냥한 미소로 인사를 건넸다. 그들이 서로 마주칠 때마다 발레리는 예의 바르게 고개를 까딱하여 답례했으나 걸음을 멈추는 법은 한번도 없었다. 그러나 그는 그녀의 검은 눈이 정열에 불타는 것을 보았으며 그 까칠한 안색과 나긋나긋한 허리 움직임을 보고 용기백배했다.

계획은 이미 서 있었다. 여점원들 농락하기를 식은 죽 먹듯 해온 바람둥이답게 대담한 계획이었다. 5층의 자기 방으로 발레리를 끌어들이기만 하면 된다. 계단은 늘 인기척 없이 엄숙한 분위기니까 설령 둘이서 위층에 있다 한들 아무도 알아채지 못하리라. 건축가가 도덕에 대해 당부하던 말이 머리에 떠올라 그는 내심 쾌재를 불렀다. 이건 여자들을 딴 데서 끌어들이는 것이 아니라 한집안에서 구하는 거니까 뭐.

그런데 단 한가지 걱정이 있었다. 뻬숑네 집 부엌과 식당 사이에 복도가 자리 잡고 있어서 그 집 식구들은 종종 문을 열어놓아야 했던 것이다. 남편 뻬숑은 오전 9시만 되면 출근해 오후 5시 무렵에야 돌아왔다. 짝숫날이면 그는 저녁을 먹은 후 8시부터 자정까지 장부 정리를 하러 또 나가곤 했다. 게다가 뻬숑 부인은 옥따브의 발소리가 들렸다 하면 몹시 몸을 사리며, 예의에 어긋날 정도로 문을 밀어 닫아버리는 것이었다. 그는 그 여자의 뒷모습밖에는 보지 못했고 그것도 옅은 색 머리칼을 작게 뒤로 올려붙인, 총총히 피하는 듯한 모습뿐이었다. 빠끔히 열린 문틈으로 그가 지금껏 엿본 것이라고는 그 집 안의 구석, 색은 우중충하지만 청결한 가구들, 보이지 않는 창문으로 들어오는 희끄무레한 햇빛 아래 색이 바랜 흰 식탁보며 행주 등속들, 두번째 방 저쪽 끝에 있는 아기 침대의 모서리, 그런 것밖에 없었다. 한마디로 그것은 그날이 그날 같은 회사원 가정의 살림살이에 매달려 아침부터 저녁까지 맴도는 여자의 단조로운 고독이었다. 소리 한번 나는 법이 없었다. 아이도 엄마처럼 말이 없고 지친 듯했다. 기껏해야 가끔가다 애 엄마가 몇시간 동안 맥없는 음성으로 로망스를 흥얼대느라 가볍게 웅얼거리는 소리뿐이었다. 그러나 그런 노래를 들어도 그가 '새침데기'라고 별명

붙인 이 여자에 대해 짜증이 나기는 마찬가지였다. 혹시 저 여자가 자기를 엿보고 있는지도 모를 일이니까. 어쨌든 삐숑네 집 문이 이렇게 계속 열려 있다면 발레리는 결코 올라올 수 없을 터였다.

바로 그즈음, 그는 일이 잘 풀려가고 있다는 믿음이 들게 되었다. 어느 일요일 남편이 없는 사이에, 발레리가 실내복 차림으로 시누이 집에서 나와 자기 집으로 가려는 순간 그는 우연을 가장해 2층 층계참에 나타났다. 그래서 그녀는 그에게 말을 걸어야 했고, 그들은 그 자리에서 몇분 동안 의례적인 인사말들을 주고받았다. 마침내 그는 다음번에는 그녀의 집으로 들어가게 되었으면 하고 바랐다. 저런 기질의 여자하고라면 그 나머지 일이야 저절로 돼나갈 테니까.

그날 저녁 깡빠르동네 집에서 저녁을 먹으면서 그들은 발레리를 화제로 삼았다. 옥따브는 그들에게서 발레리 얘기를 끌어내보려고 애썼다. 그러나 심각한 태도로 양고기를 식탁에 내고 있는 리자에게 의뭉스러운 시선을 보내며 앙젤이 듣고 있었기 때문에, 부모들은 우선 발레리 칭찬만 잔뜩 늘어놓았다. 게다가 건축가는 허영심 많은 주민답게, 이 건물에 사는 사람들 모두가 점잖다는 것을 확신 있게 주장하며, 따라서 자기도 올바른 사람이라는 것을 넌지시 비추는 것이었다.

"모두 점잖은 분들이라니까. 조스랑 씨댁에서 발레리 부인과 그 남편을 봤겠죠. 남편은 어리숙한 사람이 아니고 아이디어가 많은 사람이지. 언젠가는 뭔가 굉장한 걸 찾아내고 말 사람이라고. 부인으로 말하자면, 우리 예술가들끼리 쓰는 말로, 개성 있는 여자죠."

깡빠르동 부인은 아프다고 골골하는 사람이 덜 익혀 피가 흐르는 큼직한 스테이크 조각을 먹었다. 그러면서도 전날부터 몸이 더 아프다고 반쯤 누워서 자기도 빠질세라 기운 없는 목소리로 중얼거렸다.

"가엾은 떼오필 씨, 꼭 내 신세 같군요. 할 일 없이 놀고 지내니까요…… 발레리는 잘 참는 셈이지. 열이 나서 덜덜 떠는 남자가 늘 곁에 있고 게다가 병 때문에 밤낮 귀찮게 트집이나 잡고 가당찮게 구니 무슨 재미가 있겠어요."

건축가 내외의 사이에 앉은 옥따브는 후식을 먹으면서 묻기보다는 얻어듣는 것이 더 많았다. 그들은 앙젤이 있다는 것을 잊은 채 암시적인 이야기를 했고 말 속에 들어 있는 다른 뜻을 강조하느라 끔적끔적 눈짓까지 해댔다. 그리고 적당한 표현을 못 찾을 때는 한 사람씩 차례로 몸을 굽혀 귀엣말로 적나라한 밀담을 이어나갔다. 요컨대 떼오필이라는 작자는 멍청하고 사내구실도 못하니, 아내한테 지금처럼 당해도 싸다는 것이었다. 발레리로 말할 것 같으면 별 볼 일 없는 여자며, 워낙 제멋대로 구는 여자라서 설령 남편이 그녀를 만족시켜준다 할지라도 행실이 나쁘기는 마찬가지였을 거라고 했다. 게다가 결혼한 지 두달 만에 앞으로 결코 아이를 갖지 못하리라는 사실을 알고 절망했고, 떼오필이 죽게 되면 바브르 영감의 유산 가운데 자기 몫을 잃게 될까 두렵기도 해서 생판 거리의 푸줏간 총각과 내통해 아들 까미유를 낳았다는 사실은 모르는 사람이 없다는 것이었다.

깡빠르동은 마지막으로 옥따브에게 귀엣말을 하느라 몸을 기울였다.

"한마디로, 히스테리기가 있는 여자란 말이야!"

이 말 속에는 밥술깨나 먹는 이들 특유의 추잡한 호색기가 듬뿍 담겨 있었다. 상상력의 고삐가 갑작스레 풀려 광란의 장면들을 그려보는 이 가장의 두툼한 입술에는 미소가 어렸다. 앙젤은 자기 접시 위로 눈을 떨구었다. 웃으면 알아들은 표가 날 테니까 리자를 보지 않으려고 한 것이다. 그러나 화제는 바뀌어 그들은 이제 삐숑 부부에 대해 입에 침이 마르게 찬사들을 늘어놓았다.

"얼마나 선량한 사람들인데요!" 깡빠르동 부인이 거듭 말했다. "마리가 어린 딸 릴리뜨와 함께 외출할 때면 가끔씩 난 그녀에게 앙젤을 데리고 가도 된다고 허락하지요. 무레 씨, 맹세코 말하지만 난 내 딸을 아무한테나 맡기지 않거든요. 상대방의 도덕관념을 절대 확신할 수 있어야 되죠. 앙젤, 너 마리 아줌마 아주 좋지? 그렇지?"

"네, 엄마." 앙젤이 대답했다.

더욱 자세한 얘기들이 계속됐다. 그처럼 엄한 규율을 지키며 가정교육을 잘 받은 여자는 찾아볼 수 없을 거라고들 했다. 그러니 그 남편은 얼마나 행복하겠어요! 상냥하고 깔끔하고 서로 끔찍이 아끼는 부부죠. 두 사람이 언성을 높이는 걸 한번도 들어본 적이 없어요.

"그 사람들, 만약 행실이 좋지 않았다면 벌써 이 집에서 쫓겨났겠지." 발레리에 대해 조금 아까 나눈 밀담을 잊어버린 듯 건축가가 심각하게 말했다. "우린 이 집에 점잖은 사람들만 살기를 바라니까. 그렇고말고! 우리 딸이 계단에서 수상쩍은 여자들과 공공연히 마주치게 된다면 나는 당장 이사 갈 거요."

그날 저녁 깡빠르동은 비밀리에 사촌 처형 가스빠린을 오뻬라 꼬미끄[14]에 데리고 가기로 되어 있었다. 그래서 모자를 가지러 집

---

14 희가극을 상연하던 빠리의 극장.

에 가면서 밤늦게까지 일 때문에 못 들어올 거라고 말했다. 그러나 로즈는 아마도 이 약속을 알고 있는 모양이었다. 남편이 다가와 습관대로 호들갑스러운 애정표현을 하며 입 맞출 때, 어머니같이 체념 어린 음성으로 중얼거리는 그녀의 소리가 옥따브 귀에 들렸던 것이다.

"재미 많이 보시우. 밖에서 감기 들지 말고요."

다음날 옥따브에게는 한가지 생각이 떠올랐다. 친절한 이웃으로 이것저것 도와주어 삐숑 부인과 친해지자는 것이었다. 그러면 그녀가 혹시 뜻하지 않게 발레리를 보게 되더라도 눈감아줄 테니까. 당장 그날로 기회가 생겼다. 삐숑 부인은 18개월짜리 릴리뜨를 버들가지로 엮어 만든 작은 유모차에 태우고 나가 바람을 쏘이곤 했는데 그것이 문지기 구르 씨의 성미를 건드렸다. 그는 유모차를 중앙계단으로 올리는 것을 절대 허락하지 않았다. 그래서 그녀는 뒷계단으로 올라가야만 했다. 그리고 위층에 올라와도 자기 집 현관문이 너무 좁았기 때문에 번번이 바퀴와 손잡이를 떼어내야 했는데, 그것은 보통 일이 아니었다. 마침 이날 옥따브가 집에 들어오는데 삐숑 부인이 장갑 낀 손으로 나사를 푸느라 진땀을 빼고 있었다. 옥따브가 자기 등 뒤에 서서 층계참이 비기를 기다린다는 것을 느끼자, 그녀는 두 손을 바들바들 떨며 어찌할 바를 몰랐다.

"부인, 아니 뭣 때문에 그 고생을 하세요?" 그가 물었다. "이 유모차를 복도 저쪽 끝 제 방문 뒤에 갖다 놓으시면 훨씬 간단할 텐데요."

그녀는 지나치게 부끄럼을 타는지라 대답하지 않았고 일어설 힘도 없이 몸을 옹크리고 있었다. 모자 리본 밑으로 목덜미와 두 귀까지 새빨개지는 것을 그는 보았다. 그리고 채근했다.

"정말입니다, 부인. 그렇게 하셔도 저한테는 전혀 불편하지 않아요."

그는 당장에 유모차를 들어서 거침없이 가지고 갔다. 그녀는 그를 따라가지 않을 수 없었다. 그러나 무미건조한 일상 속에 벌어진 이 엄청난 사건에 너무도 당황하고 어안이 벙벙하여 몇마디 더듬거리는 것밖에는 달리 어찌할 바를 모르고 그가 하는 양을 바라볼 뿐이었다.

"세상에! 제가 너무 폐를 끼치네요. 어찌 해야 할지 모르겠군요. 걸리적거리실 텐데…… 저희 애 아빠가 정말 좋아하겠네요."

그러더니 집으로 들어가서, 이번에는 좀 부끄러워하며 문을 꼭 닫아버렸다. 옥따브는 그녀가 바보 같다고 생각했다. 유모차는 사실 몹시 걸리적거렸다. 현관문을 열 수가 없어서 집에 들어가려면 몸을 옆으로 해서 미끄러지듯 들어가야 했던 것이다. 그러나 일단 옆집 여자의 환심은 산 것 같았다. 깡빠르동의 영향력 덕분에 구르 씨가 이 후미진 복도 끝에 걸리적거리는 물건을 놓는 일쯤은 기꺼이 허락하기로 하였으니 더욱더 그런 느낌이 들었다.

삐숑 부인의 집에는 친정부모 뷔욤 씨 내외가 매주 일요일마다 와서 낮 시간을 보내곤 했다. 그다음 일요일, 옥따브는 외출하면서 온 가족이 커피를 마시고 있는 모습을 보았다. 그들에게 방해가 안 되려고 눈치 있게 걸음을 재촉하는데, 마리가 얼른 몸을 굽혀 남편에게 무어라 귀엣말을 하니 남편이 서둘러 자리에서 일어서며 말했다.

"이거 죄송합니다. 제가 늘 밖에 나가 있어서 아직도 고맙다는 인사를 못 드렸군요. 하지만 제 마음이 얼마나 흐뭇했는지 꼭 말씀 드리고 싶었습니다."

옥따브는 겸양했다. 그러나 결국은 안으로 끌려 들어가야 했다. 이미 커피를 마셨는데, 그들은 한잔 들라고 억지로 권했다. 그들은 그를 상석으로 모신답시고 뷔욤 씨 내외 사이에 앉혔다. 원탁을 사이에 두고 맞은편에는 마리가 전처럼 어쩔 줄을 모르고 있었다. 뚜렷한 이유 없이 순간순간 심장의 피가 모두 얼굴로 솟구치는 듯 얼굴이 빨개져 있었다. 옥따브는 여태껏 찬찬히 본 일이 없는 그녀를 쳐다보았다. 그러나 트뤼블로도 말했듯이 그녀는 그가 좋아하는 형이 아니었다. 이목구비가 오밀조밀하고 예쁘장하기는 했지만 초라하고 특징 없이 얼굴은 밋밋하고 머리숱이 적었다. 그녀는 조금 마음이 놓이자 살짝 웃으며 다시 유모차 얘기를 하더니 그 얘기를 그칠 줄 몰랐다.

"쥘, 이분이 두 팔로 유모차를 번쩍 들고 가시는 걸 당신이 봤더라면…… 아, 정말! 질질 끌지도 않고 거뜬히 가시더라니까요!"

삐숑은 다시 한번 고맙다고 했다. 키 크고 비쩍 마른 그는 사무실의 기계적인 생활에 찌들 대로 찌들어 후줄근한 모습이었고, 총기 없는 두 눈에는 회전목마같이 넋 빠지고 흐리멍덩한 체념이 서려 있었다.

"제발, 그 얘기는 이제 그만하시지요." 급기야는 옥따브가 말했다. "정말 별일 아닌 걸 갖고 그러시네요. 부인, 커피 맛이 정말 좋군요. 이런 커피는 여태껏 못 마셔봤어요."

그녀는 다시 얼굴이 붉어졌다. 어찌나 상기되었는지 두 손까지 발그레해질 정도였다.

"그 애를 너무 치켜세워주지 마시오, 젊은 양반." 뷔욤 씨가 무게 있게 말했다. "쟤가 내놓은 커피 맛이 좋긴 하지만 더 맛 좋은 것도 얼마든지 있는걸요. 금세 저 우쭐해하는 것 좀 보라니까요!"

"자만심은 아무짝에도 쓸모없어요." 뷔욤 부인이 단언했다. "우린 재한테 늘 겸손하라고 누누이 당부했죠."

그들은 둘 다 작달막하고 비쩍 말랐으며 몹시 늙었고 얼굴은 잿빛이었다. 마나님은 몸에 꽉 끼는 검은 드레스를 입고 있었다. 영감님은 얇은 프록코트를 입고 있었는데, 그 옷에 달린 커다란 훈장의 붉은 리본만이 반점처럼 두드러져 보였다.

"젊은 양반," 영감님이 다시 말을 이었다. "교육부에서 서른아홉 해 동안 편수관으로 봉직하고 예순살 먹어 퇴직하던 날 이 훈장을 받았다오. 그런데 그날도 나는 저녁 식사를 여느 날과 다름없이 했소. 우쭐해가지고 평소 습관을 허물어뜨리지 않고 말이오. 내가 훈장을 받은 건 당연한 일이지. 그저 마음 깊이 감사했을 뿐이오."

그의 인생에는 흠이 없었고 그는 모든 사람이 그것을 알아주기를 바랐다. 스물다섯해를 봉직하자 봉급이 4000프랑이 되었다. 그러니까 퇴직 후의 연금은 2000프랑이었다. 그러나 딸이든 아들이든 더 이상 바라지 않을 나이에 뒤늦게 딸 마리를 얻게 되어, 그는 봉급 1500프랑의 문서 계원으로 다시 취직해야 했다. 이제 딸도 시집보냈으니 두 내외가 물가가 덜 비싼 몽마르트르의 뒤랑땡 거리의 집에서 연금으로 빠듯하게 생활하고 있다는 것이었다.

"내 나이 올해 일흔여섯이라네." 그는 사위를 보고 말을 맺었다. "그래, 내 얘긴즉 그걸세!"

삐숑은 장인의 훈장에 시선을 주며 잠자코 지친 듯 그를 주시하였다. 그래, 나도 운이 좋으면 바로 저렇게 될 테지. 그는 과일장수 어머니의 막내였다. 온 동네 사람이 그를 보고 영특하다고 했기에 어머니는 아들을 고등학교까지 졸업시켜 대학입학자격을 따게 하려고 가게를 몽땅 말아먹어버렸다. 그런데 그가 소르본 대학에 영예로운 입학을 하기 팔일 전에 어머니는 빚을 갚지 못한 채 세상을 떴다. 숙부네 집에서 울분을 참으며 삼년간 소처럼 일한 끝에 그는 교육부에 취직하는 뜻밖의 행운을 얻어 앞길이 트였고, 거기 들어 갔을 때는 이미 결혼까지 한 몸이었다.

"누구나 각자 자기 할 일을 하고 정부는 정부가 할 일을 하는 거죠." 훈장을 받고 퇴직 연금 2000프랑을 타려면 아직도 서른여섯해를 기다려야 된다는 계산을 기계적으로 해보면서 사위가 이렇게 중얼거렸다.

그러고는 옥따브 쪽을 돌아보았다.

"글쎄, 아이 기르는 게 큰 부담이랍니다."

"아마 그럴 걸세." 뷔욤 부인이 말했다. "우리한테 만약 둘째 애가 있었더라면 절대로 빚 안 지고는 못 살았을 거야. 그러니 명심하게, 내가 마리를 자네한테 줄 때 당부한 것 말일세. 애는 하나면 됐지 그 이상은 안되네. 안 그러면 재미없을 걸세! 막노동꾼들이나 돈이 얼마 들지 걱정도 안하고 그저 암탉 모양 애들을 줄줄이 낳지. 낳아놓고서는 길바닥에 내굴린다니까, 그야말로 짐승 떼들처럼. 그런 애들을 보면 정나미가 뚝 떨어진다고."

옥따브는 이렇게 거북한 화제가 나왔으니 마리의 뺨이 붉어지리라 생각하며 그녀를 바라보았다. 그러나 그녀는 여전히 창백한 얼굴로 어수룩한 여자답게 안존히 어머니 말씀에 동의했다. 그는 재미가 없어 지겨웠지만 도무지 빠져나갈 도리가 없었다. 춥고 좁은 식당에서 이 사람들은 5분마다 그저 신상 얘기나 느릿느릿한 두마디씩 우물거리며 이런 식으로 오후를 보내는 것이었다. 도미노 놀이만 해도 그들에겐 너무 어지러운 여흥이었다.

뷔욤 부인이 이제 자기 의견을 개진했다. 네 사람 모두 각자 다시 생각해봐야겠다는 듯 어색해하지도 않고 오랫동안 잠자코 있자 뷔욤 부인이 말을 이었다.

"젊은 양반은 애기가 없나요? 언젠가는 갖게 되겠죠. 특히 애 엄마에게는 막중한 책임이랍니다. 난 쟤가 태어났을 때 마흔아홉이었어요. 다행히 그 나이면 그래도 누구나 제대로 처신할 줄 알잖습니까. 사내애 같으면 또 저절로 큰다고 하지만 여자애는 손이 많이 가죠. 그래도 난 내 할 바는 다했다 싶어 안심이 되네요. 오, 그럼요!"

그러고는 짤막짤막 말을 맺어가며 자기의 교육 방침을 얘기했다. 우선 첫째로 품행단정. 계단에서 놀게 하면 안되고 딸애는 늘 집 안에 가까이 둘 것. 여자애들은 못된 생각만 하니까 문도 잠그고, 창문도 닫고, 시정市井의 잡사를 집 안에 끌어들이는 헛바람 같은 건 절대 금물. 외출하면 아이 손을 놓지 말고, 못 볼 꼴을 보지 않게 눈은 내리깔도록 버릇 들일 것. 종교는 도덕적인 규제가 될 만큼이면 족하니, 지나치게 강요하지 말 것. 자란 다음에는 여자 가정교사를 두고 순진한 애들을 망치는 기숙학교에 넣지 말 것. 그러고도 수업 때는 참관할 것. 아이가 몰라야 할 것은 모르도록 잘 감시할 것. 물론 신문은 감추고 책장은 잠가놓을 것.

"처녀 애들이란 항상 너무 아는 게 많아 탈이거든요." 결론 삼아 노부인이 말했다.

어머니가 이야기하는 동안 마리는 멍한 눈길로 허공을 응시하고 있었다. 수도원처럼 봉쇄된 작은 집, 뒤랑땡 거리, 그 집의 좁디좁은 방들, 창가에 팔꿈치를 괴는 것조차 허용되지 않던 그곳이 눈앞에 떠올랐다. 너무 길게 끌었던 유년 시절, 이해할 길 없는 온갖 금지 사항들, 당시에 많이 보던 신문에 어머니가 잉크로 북북 지워놓은 글줄들, 오히려 그 시커먼 줄들 때문에 얼굴이 빨개지곤 했던 일, 점잖지 못한 이야기는 다 뺀 수업시간에 행여 질문이라도 할라치면 여자 가정교사들조차도 당혹스러워하던 일. 그리고 그저 부드럽기만 했던 학생 시절, 온실 속같이 나른하고 뜨뜻미지근한 곳에서 자라나면서, 깨어 있어도 꿈을 꾸는 듯, 쓰는 말들이며 일상사들이 우스꽝스러운 의미로 탈바꿈하곤 했지. 그런데 지금 이 시간에도 시선은 초점을 잃고 마음은 추억으로 가득 차서, 그녀는 결혼을 했음에도 여전히 물정 모르는 어린 여자애 같은 웃음을 입가에 흘리고 있었다.

"내 말을 믿으실지 모르지만, 젊은 양반." 뷔욤 씨가 말했다. "내 딸애는 열여덟살이 넘도록 소설 한편 읽지 않았어요. 안 그러냐, 마리?"

"맞아요, 아빠."

"내겐," 그가 말을 이었다. "멋지게 제본된 조르주 상드의 소설이 한권 있는데, 쟤 엄마는 걱정을 했지만 결혼을 몇달 앞두고는 『앙드레』를 읽어도 좋다고 허락하기로 난 마음먹었죠. 그 작품은 위험하지 않으면서도 상상이 풍부해서 마음을 고상하게 만들어주지요. 난 말이오, 자유 교육에 찬성입니다. 문학은 분명히 가르칠 만한 이유가 있어요. 그 책을 읽혔더니 쟤한테 놀라운 효과가 있었죠. 글쎄 밤에 자면서 울더라니까요. 작품의 정수를 이해하는 데는 순수한 상상력만한 게 없다는 증거지 뭐겠소."

"그 소설 너무 아름다워요!" 마리가 두 눈을 반짝이며 중얼거렸다.

그러나 삐숑이 "결혼 전에는 소설 금지, 결혼 후엔 소설 전면 허용"이라는 논리를 내세우자 뷔욤 부인은 고개를 저었다. 자기는 책이라곤 한번도 읽은 적이 없지만 아무 탈 없이 잘 살아왔다는 것이다. 그러자 마리는 가만가만 자신의 외로운 처지를 이야기했다.

"전 가끔 책 한권쯤은 봐요. 게다가 쥘이 저 보라고 슈아퇼 골목의 사무실에서 책을 골라다 주는걸요. 여기에다 피아노만 칠 수 있다면……"

옥따브는 오래전부터 한마디 해야겠다 싶은 심정이었다. "아니, 부인," 그는 큰 소리로 말했다. "피아노를 못 치신다고요!"

분위기가 어색해졌다. 부모들은 레슨비가 비싸서 못 가르쳤다고 사실대로 얘기하기 싫어서 줄곧 피치 못할 사정이 있었다고만 했다. 게다가 마리는 태어나면서부터 바로 노래를 불렀고 어렸을 때는 아주 아름다운 온갖 로망스 곡조를 다 알아서, 곡을 딱 한번 듣기만 하면 외워버렸다고 뷔욤 부인은 힘주어 말했다. 그리고 스페인에 관한 노래를 기억해냈다. 연인을 그리워하는 어느 포로의 이야기인데, 자기 딸이 그 노래를 부르기만 하면 어찌나 감정 표현을 잘하는지 아무리 목석같은 사람도 눈물을 흘리고야 말았다는 것이다. 그러나 마리는 여전히 떨떠름한 표정이었다. 그녀는 한쪽 손으로 어린 딸이 자고 있는 옆방 쪽을 가리키며 이렇게 외쳤다.

"어떤 일이 있어도 릴리뜨는 꼭 피아노를 가르치고 말 거예요!"

"우선, 우리가 널 기른 대로 네 딸을 기를 생각이나 하렴." 뷔욤 부인이 엄하게 말했다. "그래, 음악이 나쁘다는 건 아니다. 감정을 발달시켜주기도 하지. 그렇지만 무엇보다도 나쁜 곡을 배우지 못하도록 잘 지켜봐야 해. 개가 모를 건 계속 모르게 하란 말이야."

그녀는 똑같은 얘기를 다시 시작하여, 종교를 한층 더 강조하면서 한달에 고해성사는 몇번 해야 한다고 정해주고 반드시 참례해야 하는 미사는 무엇무엇인지 말해주었는데, 이 모든 것은 사회적 체면이라는 관점에서 정해놓은 것이었다. 그러자 더 이상 견딜 수 없게 된 옥따브는 약속이 있어서 나가야만 한다고 했다. 지겨운 나머지 귀에서 웅웅 소리가 나는 듯했고, 대화가 이런 식으로 저녁 때까지 계속될 것은 뻔했다. 그래서 그는 뷔욤 부부와 삐숑 부부가 똑같은 커피잔을 천천히 비우며 빙 둘러앉아 자기네들끼리 매주 일요일 되풀이되는 얘기를 주고받거나 말거나 그냥 내버려 두고 빠져나갔다. 그가 마지막으로 인사를 하자 마리는 갑자기 이유 없이 얼굴을 붉혔다.

이날 오후부터 옥따브는 일요일만 되면 삐숑네 집 문 앞에서 발걸음을 빨리 하곤 했다. 특히 뷔욤 씨 내외의 딱딱 맺고 끊는 음성이 들릴 때면 더 그랬다. 게다가 그는 발레리를 공략하는 일에 골몰하고 있었다. 그녀는 그 불꽃같은 시선으로 늘 자기를 바라보는 듯하면서도 왠지 몸을 사리는 태도는 여전했고, 그는 그것이 새침 떠는 짓이라고 생각했다. 어느날인가는 우연인 듯 뛸르리 공원에서 그녀와 마주치기까지 했다. 거기서 그녀는 천연덕스럽게 전날의 심한 비바람에 대한 얘기를 하기 시작했다. 그 얘기를 들으며 그는 이 여자가 여간내기가 아니라는 확신을 갖게 되었다. 그래서 세게 나갈 맘까지 먹고 그녀 집으로 들어갈 기회를 호시탐탐 노리며 계단을 떠나지 않았다.

이제는 그가 지나갈 때마다 마리가 얼굴을 붉히며 미소 짓곤 했다. 그들은 사이좋은 이웃답게 인사를 주고받았다. 어느날 아침식사 시간에 구르 씨가 네층을 걸어 올라가는 번거로움을 피하려고 그에게 떠맡긴 편지를 전해주려고 올라갔더니, 그녀는 대단한 곤경에 처해 있었다. 속옷 바람의 릴리뜨를 원탁에 막 앉히고 옷을 입히려는 중이었다.

"아니 무슨 일이세요?" 그가 물었다.

"아유 애 때문에 그래요!" 그녀가 대답했다. "애가 징징거린다고 옷부터 벗길 생각을 한 게 잘못이죠. 이젠 어째야 좋을지 모르겠어요, 어쩌면 좋지요?"

그는 놀라서 그녀를 바라보았다. 그녀는 치마 한벌을 뒤집었다 폈다 하며 갈고리단추를 찾고 있었다. 그러더니 이렇게 덧붙였다.

"있잖아요, 아침엔 애 아빠가 출근하기 전에 애 옷 입히는 걸 도와주거든요. 저는요, 혼자서만 아이를 건사하게 된 적은 한번도 없었어요. 난감하고 짜증 나네요."

한편 속옷 바람으로 있기에 지친데다 옥따브를 보자 겁까지 먹은 아기 릴리뜨는 버둥거리며 식탁 위에 벌렁 드러누워버렸다.

"조심하세요!" 그가 소리쳤다. "애가 밑으로 떨어지겠어요."

큰 난리였다. 마리는 자기 딸아이의 맨 팔다리를 만질 엄두도 못 내는 것 같았다. 그녀는 자신이 아이를 낳을 수 있었다는 사실에 경악을 느끼는 아가씨처럼 아연실색하여 여전히 딸을 바라보고만 있었다. 그 어설픈 몸짓 속에는 아이를 다치게 하면 어쩌나 하는 두려움 말고도, 살아 움직이는 육체에 대한 막연한 거리낌 같은 것이 섞여 있었다. 그러나 마음을 진정시켜주는 옥따브의 도움으로 그녀는 릴리뜨에게 다시 옷을 입혔다.

"애가 여럿 되면 그땐 대체 어쩌실 겁니까?" 그가 웃으며 말했다.

"우린 절대로 더 이상 안 낳을 거라니까요!" 그녀는 질겁을 하며 대답했다.

그러자 그는 농담을 했다. "그런 맹세 함부로 하는 거 아닙니다. 아차 하면 생기는 것이 아이인데요."

"아네요, 아네요!" 그녀는 고집스레 되풀이했다. "지난번에 우리 엄마 말씀 들으셨죠. 엄마가 쥘한테 단단히 금지령을 내리셨잖아요. 당신은 우리 엄마를 모르세요. 만일 둘째가 생긴다면 시비가 끊일 날이 없을 거예요."

옥따브는 그녀가 이런 이야기를 태연하게 하는 것이 재미있었다. 그는 자꾸 말하도록 부추겼지만 끝내 그녀를 궁지로 몰아넣지는 못했다. 그녀는 남편이 원하는 일이면 뭐든지 다 한다 했다. 아마 자기는 아이들을 좋아하는 것 같다고, 남편이 만약 아이를 더 원했다면 자기도 싫다고는 안했을 것이라고 했다. 이렇게 남의 생각에 잘 따르는 그녀의 태도에서는 아직 모성애가 깨어나지 않은 여인다운 무관심이 금방 읽혔다. 그저 의무로 여기고 돌보는 집안일처럼 릴리뜨에게도 그렇게 손이 갈 뿐이었다. 그녀는 설거지를 마치고 아이를 산보시키고 나면, 결코 찾아오지 않는 기쁨에 대한 막연한 기대를 자장가 삼아 졸린 듯 텅 빈 듯한 처녀 시절의 삶을 그대로 살아가고 있었다. 늘 혼자 심심하시겠다고 옥따브가 말하자 그녀는 놀란 듯했다. 아뇨, 한번도 심심해본 적은 없어요. 하루하루가 어쨌든 흘러가는걸요. 밤에 자리에 누워 생각해보면 무슨 일을 하느라고 하루를 보냈는지 모르겠지만 말이에요. 그리고 일요일에는 가끔씩 남편과 외출도 하고 아니면 친정부모님을 맞이하거나 책을 읽는다고 했다. 이젠 아무 책이나 읽어도 된다는 허락이 내렸으니, 머리가 아프지만 않으면 아침부터 저녁까지 내처 독서를 할 것이라고 했다.

"속상한 건," 그녀가 말을 이었다. "슈아죌 골목의 남편 사무실에는 책이 별 게 없다는 거죠. 전에 『앙드레』를 읽고 하도 눈물이 나길래 다시 읽어보겠다고 빌리려고 했죠. 그랬더니 글쎄, 때마침 누가 그 책을 훔쳐갔다는 거예요. 게다가 우리 아버지는 릴리뜨가 삽화를 찢는다고 당신 책을 안 빌려주시겠대요."

"아니," 옥따브가 말했다. "저와 절친한 깡빠르동 씨가 조르주 상드 전집을 갖고 있어요. 『앙드레』를 부인께 빌려주십사고 그분 께 청해보겠습니다."

그녀는 얼굴이 빨개졌고 두 눈이 빛났다. 그리고 정말 너무 고맙 다고 했다. 그가 떠나자 그녀는 두 팔을 축 늘어뜨리고 머릿속에는 아무 생각도 없이, 오후 내내 늘 취하곤 하는 자세로 릴리뜨 앞에 서 있었다. 그녀는 바느질을 싫어했고 코바늘뜨기를 좀 하긴 했지 만 늘 똑같은 뜨개질 쪼가리가 가구 위에 널려 있을 뿐이었다.

다음날인 일요일, 옥따브는 그녀에게 책을 갖다주었다. 삐숑은 자기 상사의 집에 인사하러 외출을 해야만 했다. 근처에서 장 보 고 돌아오는 그녀가 정장한 것을 보자 옥따브는 그녀가 독실한 신 자인 줄 알고, 성당 미사에 갔다 오시는 길이냐고 호기심에서 물어 보았지만 아니라는 대답이었다. 결혼 전에는 어머니가 아주 규칙 적으로 미사에 데리고 갔고, 일단 붙은 습관이니만큼 결혼 후 육개 월 동안은 시간에 늦을까 끊임없이 조바심치면서 미사에 가곤 했 는데, 왠지 모르게 몇번 빼먹고 나서부터 다시는 성당에 발걸음을 하지 않았다고 했다. 남편은 사제들을 싫어하고 이제 어머니도 종 교 문제에 대해 입도 뻥긋하지 않는다는 것이었다. 그럼에도 마치 살림에 파묻혀 잊어버리고 있던 것들을 옥따브가 막 일깨우기라도 한 듯 그녀는 그의 질문에 마음의 동요를 느끼고 있었다.

"요 며칠 내로 하루 잡아서 아침에 생로끄 성당에 가야겠어요." 그녀가 말했다. "하던 일을 한가지 놓게 되면 금세 빈자리가 생기 거든요."

연로한 부모에게서 태어난 이 늦둥이 딸의 창백한 얼굴에는 예전에 공상의 나라에서 꿈꾸던 다른 삶을 병적으로 아쉬워하는 마음이 드러나 보였다. 그녀는 아무것도 감출 수가 없었다. 모든 것이 얼굴로, 빈혈기 때문에 해사하고 투명한 살갗 아래로 몰려 올라왔다. 그녀는 애틋한 심정이 되어 친근한 몸짓으로 옥따브의 손을 잡았다.

"책을 갖다주셔서 얼마나 고마운지 몰라요. 내일 점심 후에 오세요. 책을 돌려드리고 독후감을 말씀드릴게요. 재미있을 거예요. 그렇죠?"

그녀와 헤어지면서 옥따브는 어쨌든 흥미로운 여자라고 생각했다. 마침내 그녀가 그의 관심을 끌게 된 것이다. 옥따브는 삐숑에게 좀 빠릿빠릿하게 처신하여 아내에게 자극을 주라고 얘기하고 싶었다. 왜냐하면 틀림없이 이 여자에게 필요한 건 자극뿐이었으니까. 마침 다음날 그는 출근하는 삐숑을 만났다. 그는 부인상회에 십오 분쯤 늦을 각오를 하고 그와 동행했다. 그러나 삐숑은 외려 아내보다도 더 멍청한 것 같았다. 그는 편집병의 초기 증상이 완연하여, 비 오는 날씨에 구두에 진흙을 묻히지 말아야 하는 걱정만 태산 같았다. 그는 발끝으로 살살 걸으면서 계속 자기 사무실의 대리 얘기를 했다. 옥따브는 이번 일에만은 형제같이 사심 없는 의도로 나섰지만, 결국 부인께 종종 연극 구경이나 시켜드리라고 충고한 후 생또노레 거리에서 그를 놓아주고 말았다.

"아니 왜요?" 삐숑이 아연하여 물었다.

"여자들한테는 그렇게 하는 게 좋습니다. 그러면 여자들이 상냥해지거든요."

"아, 그럴까요?"

그는 생각해보겠다고 약속했다. 그러고는 오로지 흙탕물이 튀는 것에만 마음 졸이며 겁에 질려서 마차들을 흘끔흘끔 보며 길을 건넜다.

점심때 옥따브는 책을 도로 찾으려고 삐숑네 집 문을 두드렸다. 마리는 팔꿈치를 식탁에 괴고 헝클어진 머리칼 사이로 깊숙이 두 손을 파묻은 채 책을 읽고 있었다. 그녀는 식탁보도 깔지 않고 양은접시에다 달걀 하나를 담아 막 먹은 참이어서 서둘러 대강 놓은 포크와 칼이 널브러진 가운데 그 접시는 아무렇게나 뒹굴고 있었다. 방바닥에는 엄마가 잊고 팽개친 릴리뜨가 아마도 제가 깬 것인 듯한 접시의 사금파리 위에 코를 박고 자고 있었다.

"자 어떻게 됐죠?" 옥따브가 물었다.

마리는 즉시 대답하지 않았다. 그녀는 아침에 걸친 실내복을 그대로 입고 있었는데, 그 단추들이 떨어져서 목이 다 드러나 보였다. 자리에서 막 일어난 여인 같은 흐트러진 매무새였다.

"겨우 100페이지 읽었어요." 이윽고 그녀가 말했다. "어제 부모님이 오셨거든요"

그리고 그녀는 입매에 쓸쓸함을 담고 힘겨운 목소리로 말했다. 어렸을 때 숲속 깊은 곳에 살았으면 했노라고. 저는 늘 뿔나팔을 부는 사냥꾼을 만나는 꿈을 꾸곤 했어요. 그 사냥꾼이 다가와서 무릎을 꿇어요. 무대는 아주 먼 곳, 공원처럼 장미가 만발한 관목 숲이에요. 그러다가 갑자기 우리 둘은 결혼을 하고 그곳에서 영원토록 한가로이 거닐며 살아가요. 저는 아주아주 행복해서 더 이상 바랄 게 없고, 그 남자는 부드러운 애정을 갖고 노예처럼 고분고분하게 제 발치에 머물러 있는 거예요.

"오늘 아침 제가 부군과 얘길 좀 했죠." 옥따브가 말했다. "부인은 외출을 많이 안하시더군요. 그래서 제가 부부동반으로 극장에 좀 가시라고 부군을 설득했지요."

그러나 그녀는 바르르 떨며 핼쑥해져서 머리를 설레설레 흔들었다. 침묵이 흘렀다. 그녀의 정신은 썰렁한 빛이 비치는 좁다란 이 식당으로 되돌아왔다. 무뚝뚝하고 단정한 쥘의 모습이 그녀가 떠올리고 있던 연애소설 속의 사냥꾼, 멀리서 부는 뿔나팔 소리가 아직도 귀에 쟁쟁한 그 사냥꾼 위에 불현듯 그림자처럼 겹쳤다. 때때로 그녀는 귀를 기울이곤 했다. 아마 남편이 오는가보다면서. 남편은 한번도 그녀의 두 발을 자기 두 손에 감싸 쥐고 거기에 입 맞춘 적이 없으며, 한번도 무릎을 꿇고 사랑한다고 말한 적이 없다고 했다. 그렇지만 그를 무척 사랑하고 있다고, 그러나 사랑이라는 게 좀더 부드럽고 달콤하지 못하다는 사실이 놀랍다고 하였다.

"소설을 읽다가 두 사람이 서로 사랑의 고백을 하는 대목이 나올 때면 숨이 막혀요." 그녀가 다시 책 얘기로 돌아가서 말을 이었다.

이 집에 들어온 뒤 처음으로 옥따브는 자리에 앉았다. 감상적인 싸구려 연애놀음이 별로 달갑지 않아서 웃어버리고 싶은 심정이었다.

"전 말입니다." 그가 말했다. "전 말치레를 싫어합니다. 서로 사랑하면 즉시 그걸 증명해 보이는 게 최선이죠."

그러나 그녀는 말똥말똥 쳐다보기만 할 뿐, 말귀를 알아듣지 못하는 것 같았다. 그는 손을 뻗어 그녀의 손을 살짝 스치면서 책의 한구절을 보려고 몸을 굽혔는데, 그녀에게 어찌나 가까이 다가갔는지 벌어진 실내복 틈으로 그녀의 어깨에 뜨겁게 닿을 정도였다. 그런데도 그녀는 여전히 목석같았다. 그러자 그는 연민 섞인 경멸감이 마음에 가득해져 그만 자리에서 일어서고 말았다. 그가 떠날 때도 그녀는 계속 말했다.

"전 책을 아주 천천히 읽어요. 내일까진 읽어야 끝내겠어요. 내일 읽을 부분이 아주 재밌겠는데요! 저녁때 오세요."

분명 그녀에 대해 아무 생각이 없는데도 그는 화가 치밀었다. 바보처럼 살고 있는 이 부부가 답답하면서도 마음 한구석에는 그들에 대한 야릇한 우정 같은 것이 싹트는 것이었다. 그리고 본인들이야 어떻게 생각하든간에 뭔가 도움이 될 일을 해주자는 생각이 움트고 있었다. 저녁 먹자고 데려가서 술 취하게 하고, 둘이 서로 으스러지게 껴안도록 만들면 재미있겠다고 생각했다. 이렇게 좋은 일을 하고 싶다는 충동이 들라치면 평소에는 단돈 10프랑도 남에게 빌려주지 않는 구두쇠인 그도 사랑하는 두 사람을 찰떡같이 붙여 행복하게 해주기 위해서라면 기꺼이 돈을 물 쓰듯 써버리곤 하는 것이었다.

자그마한 삐숑 부인이 영 차갑기만 하니, 옥따브는 정열적인 발레리 쪽으로 다시 마음이 돌아서고 있었다. 그 여자라면 목덜미에 대고 단 한번만 숨을 혹 끼쳐도 바로 성공할 테니까. 그는 그녀의 환심을 사는 방향으로 조금씩 나아가고 있었다. 하루는 그녀가 그를 앞질러 계단을 오를 때 용기를 내어 다리가 참 예쁘시다고 치켜세워보았더니 노여워하는 기색은 아니었던 것이다.

마침내 그렇게도 오랫동안 노리던 기회가 왔다. 마리한테 가기로 약속한 바로 그날 저녁이었다. 마리의 남편이 아주 늦게 집에 들어올 예정이었으므로 그들은 단둘이만 소설 얘기를 나누게 될 터였다. 문학 얘기만 실컷 들을 것을 생각하니 끔찍해서 그는 차라리 외출하는 게 낫겠다고 생각했다. 그래도 10시쯤 되자 에라 한번 가보자 싶어 나섰는데, 2층 층계참에서 발레리네 하녀를 만났다. 하녀는 어쩔 줄 모르며 그에게 말했다.

"마님께서 발작을 일으키셨어요. 주인어른은 안 계시고요. 앞집은 온 식구가 극장엘 갔어요. 제발 좀 와주세요. 저 혼자뿐이라서 어찌해야 할지 모르겠어요."

발레리는 사지가 뻣뻣해져서 자기 방 안락의자에 길게 누워 있었다. 하녀가 이미 옷끈을 풀어놓아 벌어진 상의 코르셋 틈새로 가슴이 드러나 보였다. 그런데 발작 증세는 금세 멈췄다. 그녀는 눈을 뜨고 옥따브를 보더니 놀라며, 마치 의사 앞인 듯이 굴었다.

"죄송합니다." 아직도 목이 조이는 듯 갑갑한 음성으로 그녀가 중얼거렸다. "이 애가 어제 새로 들어와 놔서, 기겁을 했군요."

코르셋을 벗어버리고 옷을 다시 여미는 그녀의 지극히 태연한 거동에 옥따브는 거북해졌다. 그냥 가지는 않겠다고 스스로 맹세를 했지만, 그렇다고 앉을 엄두도 못 내고 계속 서 있었다. 그녀는 하녀가 지켜보는 것이 신경에 거슬리는 듯 그만 나가보라고 하였다. 그러고는 창가로 가더니, 입을 크게 벌려 신경질적으로 하품을 길게 여러번 하면서 바깥의 찬 공기를 힘껏 들이마셨다. 잠시 잠자코 있다가 그들은 얘기를 나누었다. 열네살 무렵에 이 증상이 시작되었는데, 쥐이라 의사선생이 그녀에게 약을 처방해주기 지겨워할 정도였다고 했다. 어떤 때는 양팔에, 어떤 때는 허리께에 발작이 오는데, 어떻든 이제는 이 병도 습관이 돼간다고 했다. 이 병이나 딴 병이나 아프긴 매일반이죠, 사실 아프지 않은 사람이 어디 있나요. 그는 사지를 축 늘어뜨리고 이야기하는 그녀를 바라보며 흥분을 느끼고 있었다. 살색은 납빛이고 발작으로 인해 얼굴은 마치 밤새 껏 애정 행각에 지친 듯 초췌해져 엉망인데도 이 여자는 선정적이로구나 하고 그는 생각했다. 풀어헤친 검은 머리 다발이 양어깨 위로 타발타발 굽이치는 그 뒷전에 추레하고 수염도 안 난 남편의 얼굴이 보이는 것 같았다. 그러자 그는 두 손을 내밀어 소녀를 부둥켜안듯 거친 몸짓으로 그녀를 안으려 했다.

"아니! 대체 이게 무슨 짓이에요?" 그녀가 깜짝 놀란 듯한 음성으로 말했다.

이번에는 그녀가 그를 쳐다보았다. 그 눈길이 너무도 차갑고 몸가짐 또한 아주 차분하여 그는 몸이 얼어붙는 듯한 느낌을 받았고, 자기 몸짓이 우스꽝스럽다는 것을 깨닫고는 느릿느릿 어색하게 두 손을 다시 밑으로 떨구었다. 그러자 그녀는 마지막 하품을 신경질적으로 깨물어 삼키면서 천천히 덧붙였다.

"아, 내 사정을 당신이 아신다면……"

그러더니 남자에 대한 경멸과 싫증에 짓눌려 녹초가 돼버린 듯, 화도 내지 않고 어깨를 으쓱했다. 그녀는 끈을 제대로 다시 매지 않은 긴 치마를 질질 끌며, 잡아당겨 소리 내는 초인종 끈을 향해 다가갔다. 옥따브는 이 여자가 누군가를 시켜 자기를 쫓아내려고 마음먹었구나 하고 생각했다. 그러나 그녀는 단지 차를 마시고 싶었을 따름이었고, 차를 아주 엷게 그리고 아주 뜨겁게 타서 가져오라고 시켰다. 황당할 대로 황당해진 그는 죄송하다고 말을 더듬으며 문고리를 잡았고, 그녀는 몹시 잠이 부족하고 추위를 타는 여자처럼 몸을 안락의자에 깊숙이 묻었다.

계단에서 옥따브는 층마다 멈춰 섰다. 그럼 그녀는 그 일을 좋아하지 않는단 말인가? 그는 그녀가 반항도 욕구도 없이 무심하고, 자기 가게 주인여자만큼이나 다루기 힘들다는 것을 방금 느낀 참이었다. 어째서 깡빠르동은 그녀를 두고 히스테리 끼가 있는 여자라고 했던가? 그런 터무니없는 소리를 해서 사람을 속이다니 어리석은 짓이다. 건축가의 거짓말이 아니었던들 결코 이런 모험을 감행하지 않았을 테니까. 그는 떠도는 소문들을 생각하며 히스테리에 대해 이 생각 저 생각 하느라 마음의 갈피를 잡지 못했고, 이런 식으로 끝장나게 된 것이 얼떨떨했다. 트뤼블로가 한 말이 다시 생각났다. 눈빛이 잉걸불처럼 활활 타는, 저렇게 살짝 돈 여자들이란 정말 모른다니까.

여자들에 대해 약이 바짝 오른 옥따브는 위층에 올라가자 발소리를 죽였다. 그러나 삐숑네 집 문이 열렸고 그는 체념할 수밖에 없었다. 그을음 나는 램프불이 침침하게 비추는 좁은 방에 서서 마리가 기다리고 있던 것이다. 그녀는 요람을 식탁 가까이 당겨놓았고 노란 불빛이 그리는 동그라미 아래 릴리뜨가 자고 있었다. 점심 때 차려놓은 식기 등속을 저녁 먹을 때도 그대로 쓴 것이 틀림없었다. 무꽁지가 너절하게 담긴 지저분한 접시 옆에 표지가 덮인 채 그 책이 놓여 있었으니까.

"다 읽으셨어요?" 아무 말도 없는 데 놀라서 옥따브가 물었다.

그녀는 아주 깊은 잠에서 막 깬 듯 얼굴이 부석부석하고 취한 것 같이 보였다.

"네, 네," 그녀는 힘들여 말했다. "오, 두 손에 머리를 파묻고 저 책에 쏙 빠져서 하루를 꼬박 보냈어요. 한번 그렇게 사로잡히면 세상모르게 되죠. 목이 몹시 아프네요."

녹초가 된 듯 그녀는 책에 대한 얘기는 더 이상 하지 않았고 독서가 불러일으킨 갖가지 몽상에 잔뜩 흥분해서 숨 막혀 하고만 있었다. 이상적인 사랑의 푸른 낙원에서 연애소설 속의 사냥꾼이 불어대는 뿔나팔이 멀리서 불어대는 소리에 그녀의 귀가 웅웅 울렸다. 그러더니 대뜸, 그날 아침 9시 미사에 참례하러 생로끄 성당에 갔었노라고 말했다. 성당에서 무척 울었다고, 역시 종교는 모든 걸

대신해준다고 했다.

"아, 이제 좀 나아졌어요." 그녀는 깊은 한숨을 내쉬며 옥따브 앞에 멈춰 서서 말을 이었다.

침묵이 흘렀다. 그녀는 순진한 두 눈으로 그에게 방긋 웃어 보였다. 머리숱은 적고 이목구비는 흐리멍덩한 이 여자가 그의 눈에 이토록 무용지물로 보인 적은 일찍이 없었다. 그러나 그녀는 그를 계속 뚫어지게 바라보면서 몹시 창백해졌고 비틀거렸다. 그가 두 손을 내밀어 부축해주어야 했다.

"세상에! 세상에!" 그녀가 흑흑 흐느끼며 더듬거렸다.

그는 곤혹스러운 채로 그녀를 계속 부축하고 있었다.

"보리수잎차[15] 좀 드셔야겠네요. 책을 너무 읽어서 그래요."

"네, 책을 덮으면서 혼자 있는 내 모습을 느꼈을 때 가슴이 저릿저릿했어요. 무레 씨, 당신은 정말 얼마나 좋은 분인지 몰라요! 당신이 없었으면 저는 정말 괴로웠을 거예요."

그러는 사이 그는 눈으로 그녀를 앉힐 만한 의자를 찾고 있었다.

"제가 불을 좀 피울까요?"

"고맙지만 그러면 손이 지저분해지실 텐데…… 늘 장갑을 끼고 계신 걸 눈여겨봤는걸요."

그러고는 다시 숨이 막혀 갑자기 실신하듯 비틀거리며 그녀는 허공에 대고 마치 꿈결에 우연히 그러듯이 서툰 입맞춤을 했고, 그것이 옥따브의 귀를 스쳤다.

옥따브는 이 입맞춤을 받고 어리둥절했다. 마리의 입술은 얼음장같이 싸늘했다. 이어 그녀가 온몸을 내맡기며 왈칵 가슴에 안겨

---

15 전통적 탕약으로, 진정 효과가 있다.

오자 그는 갑작스러운 욕망에 불타 그녀를 방 저쪽으로 데려가려 했다. 그러나 그가 이처럼 거칠게 굴자 마리는 빠져들던 무의식 상태로부터 퍼뜩 깨어났다. 함부로 범접당한 여인처럼 본능적으로 발끈 저항하면서, 그녀는 곧 들어올 남편과 자기 옆에서 자고 있는 딸도 잊은 채 몸부림치며 어머니를 불렀다.

"그건 안돼요. 오, 안돼요, 안돼. 그럴 순 없어요."

"남들은 이 사실을 모를 겁니다. 아무한테도 말 안할게요." 그는 열에 들떠서 되풀이했다.

"아네요, 옥따브 씨. 내가 당신을 만나 얻은 행복을 망치려고 그러세요? 정말이지 그래 봤자 우리한테 아무 도움도 안돼요. 그리고 내가 꿈꾼 것들은……"

그러자 그는 반격 태세를 취하고 더 이상 말하지 않았다. 하지만 아주 낮은 소리로 적나라하게 "널, 꼭 해치우고 말 거야!" 하고 혼자 중얼거렸다. 그는 침실로 가기를 마다하는 마리를 거칠게 식탁 옆에 쓰러뜨렸다. 그러자 그녀는 순순히 응했고, 안 치운 접시와 충격 때문에 바닥에 떨어진 소설책 사이에서 그는 그녀를 차지했다. 현관문을 닫아놓지도 않아서, 층계의 엄숙한 분위기가 고요한 가운데 집 안까지 스며 올라오고 있었다. 릴리뜨는 요람에서 베개를 베고 쌔근쌔근 자고 있었다.

다시 일어섰을 때 마리의 치마는 엉망이었고 둘은 서로 아무 말도 하지 않았다. 그녀는 기계적으로 가서 딸을 쳐다보고, 접시를 치우고, 그 접시를 제자리에 갖다 놓았다. 그는 이 사건이 워낙 예상 밖이니만큼 그녀와 똑같이 좌불안석이 되어 잠자코 있었다. 우애를 발휘해 이 여자로 하여금 남편을 꼭 끌어안게 해볼 계획을 세웠던 일이 머리에 떠올랐다. 마침내 그는 참을 수 없는 이 침묵을 깨야겠다 싶어 중얼거렸다.

"그런데 문도 잠그지 않았었나요?"

그녀는 층계참을 힐끗 한번 보더니 더듬더듬 말했다.

"정말, 문이 열려 있었네요."

그녀는 행동거지가 거북해 보였고 얼굴에는 역겨운 빛이 어렸다. 이렇게 외진 곳에서 이런 바보 같은 짓을 방어태세가 전혀 안 돼 있는 여자와 더불어 저지르다니, 아무 재미도 없었다고 옥따브는 이제 와서 생각하고 있었다. 심지어 그녀는 아무런 기쁨도 맛보지 못한 것 같았다.

"아니, 책이 바닥에 떨어졌네!" 그녀가 책을 주우며 말을 이었다.

그런데 한 모서리의 제본이 망가져 있었다. 그것 때문에 둘은 다시 가까워졌고, 그래서 마음이 좀 놓였다. 그들은 다시 말을 하게 됐다. 마리는 유감스러운 표정을 지었다.

"제 잘못이 아녜요. 보세요, 책이 더러워질까봐 종이로 싸놨었다고요. 일부러 그런 건 아니지만 우리가 책을 밀었던 거예요."

"그럼 책이 여기 있었다고요?" 옥따브가 말했다. "난 못 봤는데요. 난 괜찮지만 깡빠르동은 자기 책을 애지중지하는데……"

둘은 서로 책을 주거니 받거니 하며 구겨진 모서리를 다시 반듯하게 펴보려고 애썼다. 손가락이 서로 얽혔으나 조금도 떨리지는 않았다. 이 일이 앞으로 어떻게 될까를 생각하며 그들은 조르주 상드의 이 멋진 책에 닥친 불행 앞에서 망연자실한 채 서 있었다.

"틀림없이 안 좋은 일이 생기고 말 거예요." 마리가 눈물을 글썽이며 결론을 내렸다.

옥따브는 자기가 이야기를 꾸며대겠다고 했고 그렇다고 깡빠르동이 설마 자기를 잡아먹기야 하겠느냐고 그녀를 위로해야만 했다. 그런데 헤어질 순간이 되자 서로 서먹서먹한 느낌이 다시 들기 시작했다. 그들은 서로에게 다정한 말을 한마디씩이라도 하고 싶었지만, 허물없이 반말을 쓰려던 것이 목에서 걸려버렸다. 다행히도 발소리가 들리고, 이 집 남편이 올라오고 있었다. 옥따브는 말없이 그녀를 다시 당겨 안고, 이번에는 자기 쪽에서 입을 맞추었다. 그녀는 좋을 대로 하라는 듯 순응했는데 입술은 여전히 얼음장 같았다. 그는 소리 없이 자기 방에 들어와 겉옷을 벗으면서 저 여자도 그 일을 좋아하는 성싶지는 않다고 혼잣말을 했다. 그럼, 대체 저 여자는 뭘 원하는 거야? 어째서 이 남자 저 남자의 팔에 몸을 맡기는 거지? 정말이지 여자들이란 참 우습단 말이야.

다음날 깡빠르동네 집에서 점심을 먹은 후, 조금 전에 부주의하게도 책을 어디다 부딪쳤노라고 옥따브가 다시 한번 설명을 하고 있을 때 마리가 들어왔다. 그녀는 뛸르리 공원으로 릴리뜨를 산보시키러 가는 참인데, 앙젤을 데리고 가도 되겠느냐고 물었다. 그러더니 아무렇지 않게 옥따브에게 웃어 보이고 의자 위에 있는 책을 천진한 눈길로 바라보았다.

"무슨 말씀을요? 고맙다고 할 사람은 전데요." 깡빠르동 부인이 말했다. "앙젤, 가서 모자 쓰렴. 부인과 함께 간다면 난 걱정 안하거든요."

짙은 색 무명천으로 지은 소박한 외출복을 입은 마리는 아주 겸손한 태도로 남편이 어제저녁 감기 든 채 퇴근했다는 얘기와, 좀 있으면 더 이상 사 먹을 엄두도 내지 못하게 고깃값이 올라버렸다는 얘기를 했다. 뒤이어 그녀가 앙젤을 데리고 나가자 모두들 창가에서 몸을 굽히고 그들이 떠나는 것을 지켜보았다. 보도에서 마리가 장갑 낀 손으로 릴리뜨의 유모차를 가만가만 미는 동안, 앙젤은 자기가 주목의 대상이 되고 있음을 알고는 땅바닥에 눈을 내리깐 채 마리의 옆에 바짝 붙어 걸었다.

"아유, 참하기도 해라!" 깡빠르동 부인이 큰 소리로 말했다. "게다가 상냥하고 얌전도 하죠!"

그러자 건축가가 옥따브의 어깨를 툭툭 치며 말했다.

"글쎄, 뭐니 뭐니 해도 가정교육이 제일이라니까!"

5

그날 저녁 뒤베리에 씨 집에서는 파티 겸 연주회가 열렸다. 처음으로 그 집에 초대를 받은 옥따브는 10시쯤 자기 방에서 옷을 다 차려입었다. 그는 심각했고 자기 자신에게 은근히 부아가 치밀었다. 이렇게 훌륭한 인척들을 둔 발레리를 왜 차지하지 못했던가? 그리고 베르뜨 조스랑에 대해서는, 마다하기 전에 곰곰이 생각해봤어야 했던 것 아닐까? 흰 넥타이를 매는 순간, 마리 삐숑에 대한 생각이 떠오르자 그는 견딜 수 없이 지긋지긋해졌다. 빠리에 온 지 다섯달인데, 이런 별 볼 일 없는 사건뿐이라니! 그는 이것이 무슨 수치스러운 일이기나 한 것처럼 고통스러웠다. 이러한 관계가 허망하고 쓸모없다는 것을 뼈저리게 느끼고 있었기 때문이다. 그래서 장갑을 손에 들며 더 이상 이런 식으로 시간을 낭비하지 않겠다고 다짐했다. 좋은 기회가 수두룩할 사교계에 드디어 발을 들여놓게 되느니만큼 적극적으로 행동할 결심이 서 있었다.

그런데 복도 끝에서 마리가 그를 엿보고 있었다. 삐숑이 집에 없었으므로 그는 잠깐 들어가지 않을 수 없었다.

"그렇게 차리니 정말 멋지시네요!" 그녀가 속삭였다.

뒤베리에 집에서 삐숑 부부를 한번도 초대한 적이 없었기 때문에 그녀는 2층의 그 집 응접실을 한껏 높이 보고 있었다. 게다가 그녀는 아무에게도 시기심을 느끼지 않았는데, 사실 그럴 만한 의지도 힘도 없었던 것이다.

"기다릴게요." 그녀는 이마를 내밀며 하던 말을 이었다. "너무 늦게 올라오진 마세요. 재미있었는지 말해주셔야 해요."

옥따브는 그녀의 머리칼에 입을 맞추지 않을 수 없었다. 때로는 욕망 때문에 때로는 심심해서 그녀의 곁을 찾으면 그의 마음대로 관계가 이루어지곤 했지만, 그들은 아직 서로 어느 쪽도 반말을 쓰지 못하고 있었다. 이윽고 그는 계단을 내려갔고 그녀는 난간 위로 몸을 굽히고 눈길로 그를 좇았다.

같은 시간, 조스랑 씨네 집에서는 큰 사건이 벌어지고 있었다. 어머니의 생각으로는 오늘 저녁 참석할 뒤베리에 씨네 연회가 베르뜨와 오귀스뜨 바브르의 혼사를 결정하게 될 것이었다. 오귀스뜨 바브르는 보름 전부터 거센 공격을 받으면서도 지참금 문제에 대해 뚜렷한 의혹이 들어서 아직도 망설이고만 있었다. 그래서 조스랑 부인은 결정타를 가하기 위해 이미 자기 오빠에게 편지를 써서 이 혼사 계획을 알리고, 전에 한 약속을 환기시켜 두었다. 그가 답장에 무슨 말로든 자기 입장을 표명하면 그것을 물고 늘어지리라는 희망을 갖고 있던 것이다. 온 가족이 옷을 차려입고 당장 내려갈 태세로 식당의 난로 앞에서 9시가 되기를 기다리고 있는데, 구르 씨가 진작 배달 받아서 자기 아내의 담배쌈지 밑에 잊어버리고 놔두었던 바슐라르 외삼촌의 편지를 가지고 올라왔다.

"드디어 왔군!" 조스랑 부인이 봉투를 뜯으며 말했다.

아버지와 두 딸은 그녀가 편지 읽는 것을 걱정스레 지켜보고 있었다. 그들 주위에선, 주인마님과 아가씨들의 옷시중을 들던 아델이 굼뜬 거동으로 어정어정 돌아다니며 아직도 저녁 먹은 그릇들이 흩어져 있는 식탁을 치우고 있었다. 그런데 조스랑 부인의 낯빛이 핼쑥해지는 것이었다.

"없네, 없어!" 그녀는 더듬거렸다. "확실한 말이라곤 한마디도 없어! 나중에 결혼할 때 가서 보자는 거야. 그리고 어쨌든 우리를 무척 사랑한다고 덧붙였군. 이런 못된 인간 같으니!"

정장을 한 조스랑 씨는 의자 위에 철퍽 주저앉았다. 오르땅스와 베르뜨도 다리에 맥이 탁 풀려 앉아버렸다. 두 아가씨는 늘 하던 대로 이번에도 하나는 푸른색, 하나는 분홍색 드레스를 뜯어고쳐 입고 있었다.

"내가 늘 그랬지." 아버지가 중얼거렸다. "처남은 우릴 착취하고 있어. 생전 가야 한푼도 내놓지 않을 거라고."

진홍색 드레스를 입고 선 채로 조스랑 부인은 편지를 다시 읽어보더니 분통을 터뜨렸다.

"아, 남자들이란…… 이 인간도 남들이 바보 천치라고 할 정도로 아무렇게나 살아가지. 그런데 사실은 전혀 아무렇게나 사는 게 아니야. 밤낮 제정신이 아닌 것 같아도 누가 돈 얘기만 했다 하면 금세 눈을 번쩍 뜨거든. 하여간 남자들이란……"

그녀는 딸들 쪽으로 몸을 돌렸다. 이런 넋두리는 딸들이 들으라고 한 것이었다.

"알겠니, 이젠 너희들이 뭐에 홀려서 결혼하고 싶어 하는지 나

도 모르게 됐다. 너희들도 나처럼 신물이 나지 않니? 있는 그대로
의 너희들을 사랑해서 흥정하지 않고도 너희들한테 재산을 한밑
천 갖다주겠다는 사내 녀석은 한명도 없구나! 백만장자 외삼촌은
이십년 동안 자길 먹여 살리게 하고선 조카딸들한테 지참금 한푼
줄 생각을 안하지! 아버지는 무능하지, 오, 그래요, 당신은 무능하
다니까!"

조스랑 씨는 고개를 떨구었다. 한편 아델은 귀 기울여 듣지도 않
고 식탁을 마저 다 치웠다. 그런데 갑자기 조스랑 부인은 그녀에게
화풀이를 했다.

"거기서 뭘 하는 거야? 우리 애길 엿들으면서 말이야. 어서 부엌
으로 가지 못해!"

그러고는 결론지었다.

"한마디로 모든 게 그놈의 못돼 먹은 인간들 차지고, 우리 몫은
솥 한자루야. 배에서 꼬르륵 소리가 나면 그걸로 문지르기나 하라
이거지. 그것들은 망할 놈의 인간들이라고. 너희들 내 말 명심해
라!"

오르땅스와 베르뜨는 이 충고에 깊이 감복한 듯 고개를 끄덕였
다. 오래전부터 어머니는 남자들이 단연코 열등하며 그들의 유일
한 역할은 아내를 맞아들이고 돈을 내주는 것뿐이어야 한다는 확
신을 딸들에게 심어주었던 것이다. 아델이 남겨놓은 식기들이 미
처 밖으로 빠져나가지 못하고 아무렇게나 흩어져 음식 냄새를 풍
기고 있는, 자욱이 김이 서린 식당에 깊은 침묵이 감돌았다. 정장
을 한 조스랑 일가는 각자 여기저기 흩어져 앉은 채 의기소침하여,
뒤베리에 씨 댁에서 있을 연주회도 잊어버리고, 산다는 것은 끊임
없는 실망뿐이라는 생각에 잠겨 있었다. 옆방 구석에서는 그들이

일찌감치 재워놓은 사뛰르냉이 드르렁드르렁 코 고는 소리가 들려왔다.

마침내 베르뜨가 말했다.

"그럼 망친 거예요? 그냥 옷 벗을까요?"

그러나 돌연 조스랑 부인은 힘을 되찾았다. 뭐라고? 옷을 벗다니! 도대체 왜? 우리 식구가 어디 꿀리는 데 있어, 아니면 일가친척이 남만 못하길 해? 어쨌든 이 혼사는 성사시킬 거야, 아니면 차라리 내가 죽어버리든지. 그리고 그녀는 재빨리 역할을 나누어 맡겼다. 두 처녀는 오귀스뜨에게 아주 상냥하게 굴고 그쪽에서 결정적인 행동을 취하지 않는 한 절대 그를 놓아주지 말라는 명령을 받았다. 아버지는 아는 데까지는 언제나 상대방의 말에 맞장구를 쳐주어 바브르 영감과 뒤베리에를 공략하는 임무를 맡았다. 조금치도 소홀한 데가 없게 하려고, 그녀 자신은 부인네들을 맡기로 했다. 자기라면 능히 여자들 모두를 이 작전에 끌어들일 수 있을 테니까. 뒤이어 그녀는 무기 하나라도 빠뜨리지 않았나 살피듯이 마지막으로 식당을 한번 빙 둘러 훑어보고 곰곰이 생각에 잠겼다가, 딸들을 대살육 작전에 이끌고 가는 장수처럼 무시무시한 태도와 대찬 목소리로 단 한마디를 내뱉었다.

"내려가자!"

그들은 내려갔다. 장중한 계단을 내려가는 조스랑 씨의 마음에는 조바심이 가득했다. 고지식한 사람답게 융통성이 없는 그는 불미스러운 사태를 예견하고 있던 것이다.

그들이 들어갔을 때 뒤베리에 씨네 집은 벌써 입추의 여지가 없었다. 엄청나게 큰 그랜드 피아노가 응접실 벽면 한쪽을 온통 차지하고 있었고, 그 앞으로 부인들이 극장처럼 가지런히 놓인 의자 위에 나란히 앉아 있었다. 식당과 소응접실의 활짝 열린 문으로는 검은 정장正裝들이 두줄기 물결처럼 꾸역꾸역 넘쳐나고 있었다. 천장에 드리운 샹들리에와 벽등과 까치발 달린 탁자 위에 놓인 램프 여섯개가 백색과 금색으로 도장된 방을 대낮처럼 눈부시게 비췄고, 세간과 벽면을 덮은 붉은 비단이 야하게 두드러져 보였다. 날씨는 더웠고, 규칙적으로 펄럭이는 부채들이 상의와 드러낸 어깨에서 풍기는 짙은 향내를 퍼뜨렸다. 때마침 뒤베리에 부인이 피아노 앞에 정좌하고 있었다. 조스랑 부인은 그녀에게 미소 지으며 괜찮으니 그냥 앉아 계시라는 몸짓을 해보였다. 그러고는 딸들을 남자들 틈에 놓아두고 발레리와 쥐죄르 부인 사이에 자기 몫으로 의자 하나를 차지하고 앉았다. 조스랑 씨는 소응접실로 갔는데, 그곳에는 이 건물의 소유주인 바브르 영감이 긴 등받이의자 한구석, 그가 늘 앉는 자리에 앉아 꾸벅꾸벅 졸고 있었다. 그 방엔 또 깡빠르동, 떼오필과 오귀스뜨 형제, 의사 쥐이라, 모뒤 신부 들이 떼 지어 있는 모습이 보였다. 한편, 다시 만난 트뤼블로와 옥따브는 조금 전 음악 소리를 피해 식당 저쪽 끝으로 가 있었다. 그들 가까이, 검은 예복의 물결 뒤쪽으로는 키 크고 깡마른 뒤베리에가 피아노 앞에 앉아 좌중이 조용해질 때를 기다리는 자기 아내를 노려보고 있었다. 그는 양복상의 단춧구멍에 단정한 작은 매듭 모양의 레지옹 도뇌르 훈장[16]의 약장略章을 달고 있었다.

"쉿, 쉿, 조용히들 하세요!"

낮익은 음성들이 속삭였다.

그러자 끌로띨드 뒤베리에는 몹시 치기 어려운 쇼팽의 야상곡

---

16 1802년에 나뽈레옹이 제정한 프랑스 최고 훈장. 지금도 프랑스에서 국가적인 공적이 있는 인물에게 대통령이 직접 수여하고 있다.

을 연주하기 시작했다. 탐스러운 붉은 머리에 흰칠하고 아름다운 그녀는 얼굴이 갸름하고 눈처럼 창백하며 차가웠다. 잿빛 두 눈은 오직 음악을 할 때만 불꽃이 튀었고 정열이 넘쳤다. 그녀는 심신의 다른 어떤 욕구도 없이, 오직 음악을 낙으로 삼아 살아가고 있었다. 뒤베리에는 그녀를 계속 쳐다보았다. 그리고 처음 몇소절에 벌써 신경질적으로 화가 치밀어 입술을 오므리더니, 물러나서 식당 저쪽 끝에 자리 잡았다. 턱은 뾰족한데다 눈은 사팔이고 말끔히 면도한 그 얼굴에는 커다란 붉은 반점들이 나서 치받치는 불쾌감과 짜증이 그대로 드러나는 것 같았다.

트뤼블로가 그를 찬찬히 보더니 태연히 말했다.

"저 사람은 음악을 안 좋아한대요."

"나도 안 좋아해요." 옥따브가 대답했다.

"오! 당신은 음악을 안 좋아해도 사는 데 큰 지장은 없잖아요. 이봐요, 저 사람은 항상 운이 좋았던 사람이라니까. 남들에 비해 이렇다 하게 내세울 점이 없는데도 모두들 뒤를 밀어주었죠. 유서 깊고 돈 있는 가문 출신으로, 부친은 왕년에 재판장을 지냈대요. 법과대학을 졸업하자마자 검사보가 되고, 그다음엔 랭스 법원 대리판사, 거기서 빠리법원 1심 재판부 판사로 승진했지, 훈장 받았지, 급기야 마흔다섯살도 채 안돼서 고등법원 판사가 됐으니…… 어때요! 억세게 관운도 좋지! 하지만 저 사람은 음악을 싫어한다고. 피아노가 자기 인생을 망쳐놨거든…… 사람이 모든 걸 다 가질 순 없는 법이야."

한편, 끌로띨드는 놀랄만치 침착하게 어려운 부분을 거뜬히 쳐냈다. 그녀는 말탄 조마사처럼 피아노를 자유자재로 다루었다. 옥따브는 그녀의 두 손이 미친 듯 건반을 두드려대는 모습에만 관심이 있었다.

"저 손가락들 좀 봐요." 그가 말했다. "놀랍군요! 저렇게 십오분만 쳐도 손이 아플 텐데."

그러더니 두 남자는 더 이상 그녀가 무슨 곡을 치건 상관하지 않고, 여자 얘기를 나누었다. 옥따브는 발레리가 눈에 띄자 곤혹스러웠다. 어떻게 행동해야 할까? 말을 걸까 아니면 못 본 체할까? 트뤼블로는 몹시 경멸하는 기색이었다. 저 여자 또한 자기 입맛에 맞는 여자는 아니라고. 그리고 단짝 옥따브가 두리번거리며 이 속에는 당신 취향에 맞을 만한 여자들이 틀림없이 있을 거라고 하자, 그는 아는 체하며 이렇게 단언했다.

"그럼 좋을 대로 골라보슈. 포장을 벗겨보면 알게 될 테니⋯⋯ 엉? 저기 있는 저 깃털모자 쓴 여자는 안되겠군. 자주색 드레스를 입은 금발 여자도 아니고, 육덕은 좋지만 저 나이든 여자도 아니야. 이봐요, 파티에 드나드는 양갓집 여자들 중에서 찾는 건 바보 같은 짓이라고. 태만 잔뜩 부리지, 재미는 하나도 없다니까!"

옥따브는 빙긋 웃었다. 자기는 출세를 해야 했다. 그러니 부자 아버지를 둔 트뤼블로처럼 그저 입맛대로만 할 수는 없었다. 저 끝까지 줄줄이 늘어선 여자들을 앞에 놓고 보니 그의 마음은 공상에 사로잡혀, 만약 이 집 주인 내외가 저 중에 한 여자를 데려가도 좋다고 허락한다면 과연 출세와 쾌락을 위해 누구를 골라잡을 것인지 내심 자문하고 있었다. 눈으로 이 여자 저 여자를 저울질해보다가 그는 깜짝 놀랐다.

"아니, 우리 가게 여주인 아냐! 그럼 저 여자도 여기 온단 말이오?"

"모르고 있었소?" 트뤼블로가 말했다. "나이 차이는 많이 나도

에두앵 부인하고 뒤베리에 부인은 같은 기숙학교 출신이래요. 둘
은 서로 늘 붙어 다녔고, 영하 20도는 되는 듯이 쌀쌀맞아서 별명
이 백곰들이었다니까…… 저 여자들도 참 빛 좋은 개살구지. 만일
뒤베리에가 추운 겨울에 발에 댈 더운물 주머니를 따로 안 찼더라
면 어쩔 뻔했소!"

그러나 옥따브는 이제 심각해졌다. 어깨와 팔을 드러낸 파티복
차림에 검은 머리를 이마 위로 땋아 올린 모습의 에두앵 부인을 그
는 처음 본 것이다. 작렬하는 불빛 아래 그녀의 자태는 마치 그의
갖가지 욕망이 구현된 모습과도 같았다. 넘치는 건강미와 차분한
아름다움을 갖춘 멋진 여자, 그 여자라면 틀림없이 한 남자에게 더
할 나위 없는 도움을 줄 것 같았다. 복잡한 계획들을 골똘히 생각
하고 있는데 소란스러운 소리가 들려 그는 공상에서 깨어났다.

"휴! 이제야 끝났네." 트뤼블로가 말했다.

사람들이 끌로띨드에게 찬사를 보내고 있었다. 조스랑 부인은
부리나케 가서 그녀의 두 손을 잡았다. 한편 남자들은 홀가분해져
서 대화를 재개했고, 부인들은 한 손을 더욱 세차게 움직이며 부채
질을 해댔다. 그제야 뒤베리에가 용기를 내어 소응접실로 돌아갔
고, 트뤼블로와 옥따브가 그의 뒤를 따랐다. 치마폭으로 둘러싸인
한복판에서 트뤼블로가 허리를 굽혀 옥따브의 귀에 대고 말했다.

"오른쪽을 보슈. 작전이 시작됐어요."

조스랑 부인이 베르뜨를 오귀스뜨 쪽으로 출동시킨 것이었다.
오귀스뜨는 별생각 없이 이 모녀에게 인사를 하러 왔다. 그날 저녁
에는 비교적 머리가 덜 아팠고, 다만 왼쪽 눈 속의 어느 한곳이 찌
릿하게 아팠을 뿐이었다. 그러나 그는 모임이 끝날 무렵이 두려웠
다. 그때쯤 되면 사람들은 노래를 할 것이고, 그에게 그보다 더 싫

은 일은 없기 때문이었다.

"베르뜨," 어머니가 불렀다. "오귀스뜨 씨를 위해 책에서 베껴 놓은 치료법 좀 알려드리렴. 두통에는 그저 그 방법이 그만이랍니다!"

그리고 일단 실마리가 잡히자, 그녀는 단둘이 창가에 서 있도록 내버려 두었다.

"둘이 어디 약 얘기만 하는지 두고 보자고!" 트뤼블로가 중얼거렸다.

소응접실에선 조스랑 씨가 아내 마음에 들게 행동하려고 바브르 씨 앞에 남았는데, 노인네가 자고 있으니 예의상 깨울 엄두를 못 내고 몹시 곤혹스러워하고 있었다. 그러나 음악이 멈추자 바브르 씨는 감고 있던 눈꺼풀을 치떴다. 땅딸막하고 살이 찐 그는 민대머리에 두 귀 위로 흰 머리칼이 두뭉치 나 있고, 불콰한 낯빛에 두텁게 내민 입술, 둥그렇고 툭 튀어나온 눈을 하고 있었다. 건강은 어떠시냐고 조스랑 씨가 정중히 물어 두 사람의 대화가 시작되었다. 네댓가지 얘깃거리를 늘 똑같은 순서로 풀어내곤 하는 이 왕년의 공증인 바브르 영감은 우선 자기가 사년 동안 개업했던 베르사유 지방에 대해 한마디 했다. 그러고는 아들들 얘기를 하며, 맏이도 둘째도 공증인 사무실을 이어받을 만한 싹수가 보이지 않아 다 팔아 치우고 빠리에 와 살기로 결심한 거라고 한차례 한탄했다. 마지막으로 한 것은 자기 건물 이야기였는데, 이 집을 지은 일은 그의 생애에서 예나 지금이나 한편의 드라마 같은 사건이었다.

"여기다 30만 프랑을 꼬라박았어요. 기막힌 투자라고 공사를 맡은 건축가는 말했지. 하지만 이제 와선 본전을 찾느라 죽을 지경이죠. 게다가 자식들이 집세는 안 내도 되려니 하며 모두들 이 건물에 기어 들어와 살고 매달 15일에 내가 직접 찾아가지 않으면 절대 집세를 받을 수가 없으니…… 다행히 일로 위안을 삼기는 하죠."

"여전히 일을 많이 하십니까?" 조스랑 씨가 물었다.

"여전히, 여전히 그렇죠." 노인은 기를 쓰고 대답했다. "일하는 게 내 팔자지요."

그리고 그는 자기의 방대한 작업을 설명했다. 십년 전부터 매년 그림 전시회의 공식 목록을 샅샅이 뒤져, 카드에 화가 이름과 전시된 그림들을 맞춰 써넣고 있다고 했다. 그는 지치고 불안한 기색으로 그 이야기를 했다. 몹시 까다롭기 일쑤인 작업이어서 그 일에 치이고 있고, 일년도 자기에겐 빠듯하다고 했다. 예를 들어 어느 여류화가가 결혼 후에는 남편 성姓으로 작품을 전시하면 어떻게 그게 같은 사람 작품인지 알아낼 수가 있단 말인가?

"내 작업은 결코 완벽할 수가 없을 거요. 그게 바로 사람 죽이는 점이라오." 그가 중얼거렸다.

"미술에 관심이 많으신가요?" 조스랑 씨가 그를 치켜세우려고 다시 말했다.

바브르 씨는 깜짝 놀라 그를 바라보았다.

"천만에 말씀이오, 난 그림들을 직접 볼 필요가 없소. 통계 작업인걸…… 자! 이제 가서 자는 게 좋겠군요. 그래야 내일 머리가 좀 개운할 테니까. 자, 그럼 안녕히 계시오."

그는 이미 마비 증세가 허리까지 올라온 상태인지라 집 안에서도 짚고 다니는 지팡이에 몸을 기대고, 힘겨운 걸음으로 자리를 떴다. 조스랑 씨는 어찌할 바를 모른 채 그 자리에 남아 있었다. 그는 노인네의 말을 잘 알아듣지 못했고, 혹시 카드에 대해 충분한 열의를 기울여 말하지 않은 건 아닌지 저어되었다.

한편 대응접실에서 조금 웅성거리는 소리가 들려오자 트뤼블로와 옥따브는 문께로 갔다. 쉰살쯤 되어 보이는 무척 덩치 좋고 아직은 아름다운 부인이 단정한 청년의 진지한 옹위를 받으며 들어오는 것이 보였다.

"아니, 둘이 같이 오잖아!" 트뤼블로가 중얼거렸다. "이젠 눈치 볼 것도 없다 이거지!"

두 사람은 당브르빌 부인과 레옹 조스랑이었다. 그녀는 그를 결혼시켜주기로 해놓고서 그때까지 그냥 데리고 있는 것이었다. 그들은 한창 깨가 쏟아지는 사이였고, 부잣집 응접실에 공공연히 함께 얼굴을 내밀고 다녔다. 시집보낼 딸들을 가진 어머니들 사이에서 수군수군 소리가 일었다. 그러나 뒤베리에 부인은 자기 합창단에 젊은 단원들을 구해주곤 하는 당브르빌 부인 앞으로 다가갔다. 하지만 이내 조스랑 부인이 당브르빌 부인을 가로채고는, 이용가치가 있어 보이는 그녀에게 입에 발린 소리를 잔뜩 늘어놓았다. 레옹은 자기 어머니와 냉담하게 안부 한마디를 주고받았다. 그러나 둘의 관계가 시작된 뒤로 어머니는 아들이 그래도 뭔가 해내리라고 믿고는 있었다.

"베르뜨가 부인을 뵙지 못했군요." 그녀가 당브르빌 부인에게 말했다. "그 애는 오귀스뜨 씨에게 치료법을 가르쳐드리는 중이에요."

"저렇게 둘이 있으니 썩 좋은데요, 그냥 놔두세요." 부인이 눈짓 한번에 단박 사태를 알아차리고는 대답했다.

두 여자는 모성애 어린 눈길로 베르뜨를 바라보았다. 그녀는 마침내 오귀스뜨를 움푹 들어간 창틀 쪽으로 밀어 넣고 이런저런 몸짓을 하며 그를 거기에 가둬두고 있었다. 오귀스뜨는 생기가 나서 두통이 재발되더라도 에라 모르겠다 싶었다.

한편, 심각한 남자들 한 무리는 소응접실에서 정치 이야기를 하고 있었다. 그 전날 '로마 사건'[17]을 주제로 상원에서 한차례 떠들썩한 회의가 열렸고 그 자리에서는 황제에게 제출하는 건의서가 논의되었다. 무신론자이며 혁명론자인 의사 쥐이라는 로마를 이딸리아 왕에게 내주어야 한다고 주장했다. 한편 교황권지상파^{敎皇權至上派}의 거두로 꼽히는 모뒤 신부는 교황의 지상권^{地上權}을 위해 프랑스가 마지막 피 한방울까지 남김없이 흘리지 않는다면 지극히 암담한 파국이 닥치리라고 내다보았다.

"쌍방이 받아들일 만한 타협안을 찾을 수도 있지 않겠습니까?" 방금 온 레옹 조스랑이 끼어들었다.

그는 이즈음 좌파 국회의원인 어느 유명한 변호사의 비서로 있었다. 이태 동안 부모로부터 전혀 도움을 기대할 수 없었던 그는 변변치 못한 부모에게 부아가 치밀어 대학가에 터무니없는 유언비어를 뿌리고 다녔다. 그러나 당브르빌 씨네 집에 들어가서 우선 궁기는 면하게 되니 어느덧 수그러들어, 명색뿐인 공화주의자로 차츰 변해가고 있었다.

"아니요, 합의 방도가 있을 수 없소." 신부가 말했다. "교회는 굽힐 수 없을 것이오."

"그럼 교회는 사라져야죠!" 의사가 소리쳤다.

생로끄 동네 이 집 저 집의 임종 환자 머리맡에서 서로 마주치곤 하여 매우 긴밀한 사이임에도 불구하고, 깡마르고 신경질적인 의사와 살집 좋고 서글서글한 신부는 서로 화해할 수 없는 듯했다.

---

17 1862년 프랑스 의회에서 로마를 수도로 한 이딸리아의 통일을 지지하는 파와 교황의 절대적 권리를 수호하려는 파가 대립한 일.

신부는 교리는 하나도 저버리지 않겠다는 천주교인답게, 그러나 또한 삶의 갖가지 비참한 모습들을 너그럽게 보아 넘기는 사교계 신사답게, 아무리 강력한 주장을 할 때도 예의 바른 미소를 잃지 않고 있었다.

"교회가 사라진다고, 어디 더 해보시지 그래!" 자기의 일감을 좌우하는 신부의 환심을 사기 위해 깡빠르동이 노기등등한 어조로 말했다.

게다가 그 자리에 있는 모든 신사들의 견해가 교회는 사라질 수 없다는 것이었다. 기침을 하고 가래를 뱉으며 신열에 떨면서도 인간 본위의 공화국 건설에 의한 만인의 행복을 꿈꾸던 떼오필 바브르만이, 교회가 아마도 탈바꿈하리라고 주장하는 유일한 사람이었다.

신부는 부드러운 목소리로 다시 말했다.

"제정[18]은 자멸합니다. 내년 선거 때 두고 보십시오."

"오! 제정 말입니까? 그걸 없애준다면야 감지덕지죠." 의사가 단도직입적으로 말했다. "그런 고마운 일이 또 어디 있겠습니까."

그러자 진중한 태도로 듣고 있던 뒤베리에가 고개를 설레설레 저었다. 그는 오를레앙 지지파[19] 가문 출신이었지만 자신의 출세는 모두 제정의 은덕이니 제정을 수호하는 것이 마땅하다고 판단하고 있었다.

"제 말 좀 들어보십시오." 그가 마침내 엄중하게 선언했다. "사회 기반을 흔들지 마시오. 안 그러면 모든 게 무너집니다. 재난은

---

18 나뽈레옹 3세 통치 하의 제2제정(帝政)을 말함.
19 부르봉 왕가의 방계 혈족인 오를레앙 공의 후손이 왕통을 이어야 한다고 주장하는 파.

숙명적으로 우리를 다시 덮치게 되어 있으니까요."

"지당한 말씀입니다." 조스랑 씨가 말했다. 그는 아무 의견도 없었지만 아내의 명령이 떠올랐던 것이다.

모두들 한꺼번에 떠들어댔다. 제정을 좋아하는 사람은 아무도 없었다. 쥐이라는 멕시코 원정을 비난했고, 모뒤 신부는 이딸리아 왕국을 인정하는 행위를 나무랐다. 그러나 뒤베리에가 제2의 93년 사태[20]가 올 거라고 위협조로 말하자 떼오필 바브르와 레옹마저도 불안해졌다. 이렇게 계속 혁명만 하면 무엇 하나? 자유는 쟁취된 것 아닌가? 새로운 사상들에 대한 혐오와 제 몫을 원하는 민중에 대한 공포가 이 배부른 중산층의 자유주의를 차츰 진정시켰다. 아무튼, 그들은 황제에게 반대표를 던지기로 다 같이 선언했다. 황제는 따끔한 맛을 좀 봐야 하니까.

"아, 참 지겨운 얘기들만 하는구먼!" 조금 전부터 알아들으려고 애쓰던 트뤼블로가 말했다.

옥따브는 그의 마음을 돌려 여자들 쪽으로 다시 데리고 갔다. 창틀께에서 베르뜨는 웃음으로 오귀스뜨의 얼을 빼놓고 있었다. 핏기 없이 핼쑥한 이 키다리 총각은 평소 여자를 두려워하던 마음은 다 어디 갔는지, 숨결로 자기 얼굴을 확확 달구고 있는 이 어여쁜 처녀의 공략에 얼굴이 새빨갛게 되었다. 한편 조스랑 부인은 진전 없이 일을 질질 끌기만 한다고 생각한 것인지 오르땅스를 노려보았고, 그러자 오르땅스는 어머니 뜻을 받들어 동생을 지원하러 갔다.

"이제 완쾌되셨습니까, 부인?" 옥따브는 발레리에게 과감히 물었다.

----

20 1793년 로베스삐에르의 공포정치를 말함.

"그럼요. 감사합니다." 그녀는 아무것도 기억나지 않는다는 듯 태연하게 대답했다.

쥐죄르 부인은 오래된 레이스 천을 보여주고 그의 의견을 듣고 싶다고 옥따브에게 이야기했다. 그래서 그는 다음날 그녀 집에 잠깐 들르기로 약속해야만 했다. 이어, 모뒤 신부가 응접실로 돌아오자 그녀는 몹시 반가운 기색으로 신부를 부르더니 앉으시라고 권했다.

한편 대화는 이미 다시 시작되어 부인네들은 자기 집 하인들 얘기를 하고 있었다.

"아유! 그러믄요." 뒤베리에 부인이 계속했다. "전 끌레망스가 맘에 들어요. 아주 깔끔하고 발랄한 처녀죠."

"참, 댁의 이뽈리뜨는요?" 조스랑 부인이 물었다. "그 사람 내보내려고 하시지 않았어요?"

마침 하인 이뽈리뜨가 아이스크림을 돌리고 있었다. 키 크고 덩치 좋고 혈색 좋은 그가 저만치 멀어지자 끌로띨드가 난처한 기색으로 대답했다.

"그냥 데리고 있답니다. 바꾼다는 게 여간 까다로운 일이라야죠! 아시다시피 하인들은 저희들끼리 어울리는 버릇이 들어놔서요. 근데 전 끌레망스를 놓치기 싫거든요……"

조스랑 부인은 화제가 미묘해진 것을 느끼고는 부리나케 언젠가는 그 둘을 결혼시키기를 바란다며 맞장구를 쳤다. 이 문제에 관해 뒤베리에 부부에게 상담해준 적이 있는 모뒤 신부는, 주민 모두가 알고 있지만 아무도 언급하지 않는 이 상황을 덮어주기라도 하려는 듯 머리를 가만가만 흔들었다. 한술 더 떠서 부인네들은 이제 심중의 얘기를 털어놓고 있었다. 발레리는 이날 아침에 하녀를 또 하나 내보냈으니 일주일에 도합 셋을 내보낸 셈이었고, 쥐죄르 부인은 얼마 전 고아원에서 열다섯살 난 여자애를 하나 데려와 길들이기로 마음먹었다고 했다. 조스랑 부인은 신이야 넋이야 아델의 험담을 늘어놓았다. 칠칠치 못한 부엌데기고 아무짝에도 쓸모없는 계집애라고 흉을 보며 아델의 희한한 이모저모를 얘기했다. 부인들은 모두 눈부신 촛불 빛과 꽃향기 아래 나른해진 채, 응접실 곁방에서 오고가는 이런 이야기들 속에 푹 빠져 기름 밴 가계부를 들먹이고, 마부나 설거지 담당 하녀가 불손하다는 둥 열띤 험담을 하기도 했다.

"쥘리 봤어요?" 트뤼블로가 갑자기 옥따브에게 알쏭달쏭한 어조로 물었다.

옥따브가 어리둥절해 있으려니까,

"이보슈, 그 여자 기막혀요. 가서 보라니까. 화장실에 가는 체하고 부엌으로 살짝 들어가면 된다고. 기막히다니까!"

그는 뒤베리에네 집 식모 얘기를 하는 것이었다. 부인들의 화제는 바뀌어, 조스랑 부인은 빌뇌브생조르주[21] 근방에 뒤베리에 내외가 갖고 있는 그저 그런 별장을 침이 마르게 감탄해가며 묘사하고 있었다. 사실 그녀는 어느날 퐁뗀블로 가는 길에 기차에서 그 집을 흘끗 보았을 따름이었다. 그러나 끌로띨드는 시골을 좋아하지 않아서 될 수 있으면 그곳 별장에서 지내지 않으며, 보나빠르뜨 고등학교 졸업반인 아들 귀스따브가 방학이나 해야 거기 갈 예정이라고 했다.

"까롤린이 아이를 갖지 않으려는 것도 정말 일리가 있어요." 그

---

21 빠리 근교 발드마른 남쪽의 마을.

녀는 두 자리 건너 앉아 있는 에두앵 부인 쪽으로 몸을 돌리며 단언했다. "고 어린 것들이 사는 데 얼마나 걸림돌이 되는지 모른다니까요!"

에두앵 부인은 자기가 아이들을 무척 좋아한다고 말했다. 그러나 자기는 너무 할 일이 많은데다 남편은 끊임없이 전국 각지를 돌아다니고, 그러다보니 가게일은 온통 자기 몫이라는 것이었다.

옥따브는 자기 의자 뒤에 서서 비스듬한 시선으로, 목덜미를 덮은 칠흑빛의 짤막한 곱슬머리와 목둘레를 아주 깊이 판 상의 위로 드러났다가 물결 같은 레이스 속으로 살포시 감춰진, 눈같이 하얀 에두앵 부인 가슴의 살결을 샅샅이 훑어보고 있었다. 이토록 침착하고 과묵하고 시종 아름다운 미소를 띠고 있는 그녀는 끝내 그의 마음을 흔들어놓고야 말았다. 마르세유에서도 이런 여자는 결코 만나본 적이 없었다. 오래 공들일 셈치고 그야말로 도전해볼 만한 일이었다.

"아이들이 생기면 여자는 몸매가 금방 망가지지요." 그는 어떻게 해서든 그녀에게 말을 걸고 싶은데 다른 말을 찾지 못하니, 몸을 숙여 그녀의 귀에 대고 이렇게 말했다.

그녀는 큰 눈을 천천히 치켜뜨고는 가게에서 지시를 내릴 때의 단순한 어조로 그에게 대답했다.

"오! 아니에요, 옥따브 씨. 전, 그래서 그러는 게 아니랍니다. 시간이 필요하니까요. 그뿐이에요."

그런데 뒤베리에 부인이 끼어들었다. 그녀가 가벼운 인사로 옥따브에게 환영의 뜻을 표하고 나자 깡빠르동이 그를 그녀에게 소개했다. 이제 그녀는 불현듯 치솟는 관심을 숨기려 하지 않고 그를 이모저모 뜯어보고 그의 말에 귀를 기울였다. 자기와 친한 까롤린과 옥따브가 얘기하는 소리를 듣고서 그녀는 그에게 이렇게 묻지 않을 수 없었다.

"어머나! 실례지만 음성이 어느 성부聲部인가요?"

그는 그 말뜻을 금세 알아차리지 못했지만 결국은 테너라고 말했다. 그러자 끌로띨드는 깜짝 반색을 했다. 정말 테너라고요! 아니 이게 웬 떡이죠! 테너 성부 할 사람 찾기가 요즘 점점 힘들어지는데! 잠시 후 합창단이 부를 「단검의 축복」이라는 곡은 적어도 테너가 다섯은 있어야 하는데 자기 집에 모이는 사람들 중에 테너를 셋 이상 찾아낼 수가 없었다는 것이다. 갑자기 흥분해 두 눈을 반짝이며 그녀는 당장 피아노 반주로 그를 시험해보고 싶은 마음을 꾹 참고 있었다. 그는 하룻저녁 날을 잡아서 오겠노라고 약속하지 않을 수 없었다. 그 뒤에선 트뤼블로가 옥따브의 무덤덤한 태도에서 사악한 쾌감을 맛보며 팔꿈치로 그를 꾹꾹 찔렀다.

"잘 걸렸구만!" 그녀가 저만치 멀어지자 그가 중얼거렸다. "이봐요, 나는 어땠는 줄 알아요. 처음엔 내 목소리가 바리톤이라고 하더구만. 그러더니 해봐서 잘 안되니까 테너로 노래를 시켜봅디다. 그래도 마찬가지로 잘 안되니까, 저 여자가 오늘 저녁엔 나를 베이스로 기용하기로 마음먹었소. 난 수도사 역할을 한다오."

그러나 그는 옥따브 곁을 떠나야 했다. 뒤베리에 부인이 그를 불렀던 것이다. 이제 파티의 압권이라 할 합창단의 노래가 있을 참이었다. 온통 야단법석이었다. 남자들은 모두 아마추어들이고 하나같이 이 집 손님 중에서 징발된 사람들이었는데, 열댓명이 피아노 앞에 모이기 위해 부인들 한가운데를 간신히 뚫고 나갔다. 그들은 가다가 발걸음을 멈추고 웅성대는 이야기 소리에 파묻혀 잘 들리지 않는 음성으로 '죄송합니다'를 연발했고, 부채들은 점점 더해가는 열기 속에서 더욱 재빨리 파득댔다. 마침내 뒤베리에 부인은 전원이 빠짐없이 모인 것을 확인하자 손수 베낀 악보를 그들에게 나눠주었다. 깡빠르동은 생브리 역을 맡고 참사원의 젊은 수습생이 느베르 역의 몇소절을 맡았다. 그다음에 여덟명의 영주, 네명의 행정관, 세명의 수도사 역할이 변호사와 사무직원, 그리고 따로 직함이 없는 건물 소유주들에게 맡겨졌다. 반주를 하는 뒤베리에 부인은 발랑띤 역할도 맡아 화음을 치면서 정열적인 고성도 내지를 예정이었다. 그녀는 합창단의 남자들 틈에 다른 여자를 끼워 넣고 싶지 않았다. 자기가 마치 교향악단 지휘자처럼 엄격하게 통솔하는 이 단원들은 고분고분 말을 잘 듣기 때문이었다.

한편 대화는 계속되었는데 차마 들어주기 힘든 소리가, 특히 정치 토론이 점점 첨예화되고 있는 소응접실에서 들려왔다. 그러자 끌로띨드는 주머니에서 열쇠를 꺼내어 그것으로 피아노 위를 몇번 톡톡 두드렸다. 수군수군 소리가 퍼지더니 떠드는 소리가 확 줄어들고 다시금 검은 예복의 두줄기 물결이 문마다 넘쳐났다. 머리들 위쪽으로 불그레한 반점이 번지고 근심 어린 뒤베리에의 얼굴이 잠시 보였다. 옥따브는 에두앵 부인 뒤에 서서 레이스 깊숙이 드리운 그녀 가슴팍의 호젓한 그늘 위에 시선을 떨구고 있었다. 그런데 조용해지면서 어디선지 웃음이 터졌고 그는 고개를 들었다. 빌빌하던 오귀스뜨를 후끈 달아오르게 하여 대담한 이야기까지 하게 만들어놓은 베르뜨가 그의 농담에 즐거워하고 있는 것이었다. 응접실에 있는 사람들 모두가 그들을 바라보았고 어머니들은 표정이 심각해지고 식구들끼리는 끔벅끔벅 눈짓을 주고받았다.

"아니 재가 정신 나갔나!" 조스랑 부인이 부드러운 어조로 남이 들으라는 듯 중얼거렸다.

오르땅스는 동생 옆에서 비위 맞추며 헌신적으로 동생을 돕는 답시고 동생이 웃을 때 장단을 맞추고, 동생을 오귀스뜨 몸에 부딪치게 밀고 있었다. 그러는 동안 그들 뒤로 반쯤 열린 창문으로 산들바람이 불어와 큼지막한 붉은 비단 커튼이 펄럭거렸다.

그런데 동굴 속에서 부르는 듯한 목소리가 떨리며 울려와 모든 사람이 피아노 쪽으로 고개를 돌렸다. 깡빠르동이 입을 둥글게 벌리고 노랫가락을 타고 나오는 입김으로 콧수염이 양쪽으로 벌어진 채, 첫소절을 시작하고 있었다.

예, 왕비마마 명을 받자와 저희들 이 자리에 모였나이다.

곧이어 끌로띨드가 음계를 드르륵 쳐 올라갔다가 다시 쳐내려왔다. 그러더니 천장에 눈길을 준 채 전율을 표현하며 부르짖듯 노래했다.

나는 떨려요!

그러자 연주가 본격적으로 전개되어 변호사, 사무원, 건물소유주 들 여덟명은 각자 악보에 코를 박고 희랍어 한페이지를 암송하는 초등학생들 같은 자세로, 프랑스를 구할 태세가 되어 있다는 다짐을 했다. 연주 시작이 이렇다니 의외였다. 낮은 천장 때문에 목소리들이 죽어, 마치 보도블록을 가득 실은 수레처럼 웅웅대는 소리만 겨우 알아들을 수 있었고 그 소리에 유리창이 떨렸던 것이다. 그러나 생브리가 부르는 "이 거룩한 대의를 위해……"가 중심 주제를 펼쳐가자 부인들은 이제 알겠다 싶어 짐짓 지적인 태도로 고개를 끄덕끄덕했다. 응접실은 차츰 더워지고 영주들은 목청껏 외쳤다. "우리 맹세하나이다! 우리 당신을 따르오리다!" 한번 외쳐부를 때마다 마치 폭탄이 터져 모든 손님의 가슴 한복판을 난타하는 듯했다.

"저 사람들 노래를 너무 크게 부르네요." 옥따브가 에두앵 부인의 귀에 대고 속삭였다.

그녀는 움직이지 않았다. 느베르와 발랑띤이 주고받는 대사가 지겹고 더군다나 참사원 수습생은 바리톤 성부에 맞지도 않는 목소리라서, 그는 트뤼블로와 눈짓을 주고받았다. 수도사들이 입장하는 장면을 기다리면서 트뤼블로는 베르뜨가 오귀스뜨를 계속 꼼짝 못하게 가둬놓고 있는 창틀 쪽을 눈을 끔벅거려 가리켜 보였다. 이제 그들은 바깥에서 들어오는 찬바람을 쐬며 그곳에 단둘이만 있었다. 한편 오르땅스는 귀를 바짝 세우고 앞쪽에 서서 커튼에 기대어 기계적으로 커튼 줄을 꼬고 있었다. 이젠 아무도 그들을 쳐다보지 않았다. 조스랑 부인과 당브르빌 부인조차도 본능적으로 서로 시선을 주고받은 뒤 눈길을 딴 데로 돌렸다.

한편 끌로띨드는 흥이 났는데도 두 손으로 건반을 치느라 몸짓 한번 해볼 도리가 없어서 느베르에게 하는 맹세를 악보를 보면서 했다.

아! 오늘부터 내 피는 온통 당신 것!

행정관들이 들어와 있었다. 검사보 한명과 소송 대리인 두명 그리고 공증인 한명이었다. 이 4중창은 맹위를 떨쳤고 "이 거룩한 대의를 위해"라는 소절이 확산되어 다시 거듭되었다. 합창단의 절반이 계속 목청껏 노래 불러 거기에 배음背音을 깔아주었다. 깡빠르동은 입을 점점 더 둥글고 깊게 벌리고 음절들을 몹시 굴려 발음하며 전투 명령을 내렸다. 그러자 갑자기 수도사들의 노래가 터져 나왔다. 트뤼블로는 저음을 내기 위해 배에서 나오는 소리로 웅웅거리며 불러대고 있었다.

그가 노래하는 모습을 호기심 있게 바라보던 옥따브는 창틀 쪽으로 다시 눈을 돌리고는 깜짝 놀랐다. 마치 합창 때문에 흥분된 듯이 오르땅스가 무심결인 양 막 커튼 줄을 풀었고 큼직한 붉은 비단 커튼이 내려지면서 오귀스뜨와 베르뜨를 완전히 가렸다. 그들은 창틀 난간에 팔꿈치를 괴고 있었는데 그들이 그 안에 있다는 것을 드러낼 만한 움직임은 하나도 없었다. 옥따브는 더 이상 트뤼블로에게 신경을 쓰지 않았다. 트뤼블로는 마침 단검을 축복하고 있는 중이었다. "거룩한 단검들이여, 우리의 축복을 받을지어다." 저 두 남녀는 커튼 속에서 대체 무슨 짓을 하고 있는 것일까? 화려한 종결부가 시작되었다. 수도사들의 웅웅대는 목소리에 합창단이 이렇게 화답했다. "죽도록! 죽도록! 죽도록!" 두 남녀는 움직이지 않았다. 어쩌면 더워서 그저 지나가는 마차들을 바라보고 있는지도 모를 일이었다. 그런데 아까 나온 생브리의 가사가 다시 나왔고 모든 성부가 차츰차츰 목청을 높여 음폭이 더욱 커지면서 굉장히 세차고 화려한 대단원에 이르렀다. 그것은 아주 비좁은 살림집에 깊숙이 몰아치는 돌풍과도 같아서, 촛불은 몹시 흔들리고 손님들은 안색이 창백해지고 귀가 새빨갛게 달아올랐다. 끌로띨드는 격렬하게 피아노를 두드려대며, 눈으로 이 남자들을 제압하였다. 이어 목소리들이 잦아들어 작게 속삭이는 듯했다. "자정에! 소리는 금물!" 그러자 그녀는 혼자 계속 피아노를 치며 약음 페달을 누르고, 차츰 멀어지는 순찰대의 규칙적이면서 어렴풋한 발소리를 냈다.

그때 꺼져가는 이 음악 소리 속에서, 그토록 야단법석을 치고 난 후의 이 가라앉은 분위기 속에서, 불쑥 이런 말소리가 들렸다.

"아프단 말이에요!"

모든 이의 고개가 다시금 창 쪽으로 돌려졌다. 당브르빌 부인은 뭔가 도움이 되고 싶어, 가서 커튼을 확 젖혔다. 당황한 오귀스뜨와 얼굴이 새빨개진 베르뜨가 여전히 창틀 난간에 등을 기대고 있는 모습을 응접실 손님들이 바라보았다.

"얘야, 대체 무슨 일이냐?" 조스랑 부인이 황급히 물었다.

"아무것도 아니에요, 엄마. 오귀스뜨 씨가 창문으로 내 팔을 치신 거예요. 난 몹시 더웠거든요."

그녀는 얼굴이 더욱 빨개졌다. 어떤 이들은 입술을 비죽 내밀고 빙긋 웃었고, 어떤 이들은 웬 남부끄러운 짓이냐는 듯 입을 부루퉁하며 난색을 보였다. 한달 전부터 남동생 오귀스뜨를 베르뜨로부터 따돌려온 끌로띨드는 하얗게 질려 있었다. 더구나 이 사건이 자기 합창단의 효과를 망쳐놓았으니 더 그랬다. 그러나 처음 잠시 놀란 것이 지나자 사람들은 박수를 치며 끌로띨드에게 찬사를 보내고, 노래를 한 남자들에 대해 듣기 좋은 말들을 서로 건넸다. 노래를 참 잘하셨어요! 끌로띨드 부인은 이렇게 구색 맞추어 노래를 연습시키느라고 얼마나 노심초사하셨을까요! 정말이지 극장에서도 이보다 더 멋진 성공을 거두긴 힘들 거예요. 그러나 이러한 찬사에 가리운 채 응접실에 퍼지는 속삭임을 그녀는 잘 들을 수 있었다. 처녀꼴이 저 지경이 됐으니, 이제 혼사는 떼어 놓은 당상이라고.

"꽉 잡혔군 그래!" 트뤼블로가 와서 옥따브에게 말했다. "저런 숙맥 보겠나! 이왕 꼬집으려면 우리가 고래고래 소리 지를 때 꼬집을 것이지! 난 또, 저 사람이 기회를 잘 이용할 줄 알았지. 글쎄, 응접실에서 노래 소리가 크게 날 땐 으레 남자가 여자를 슬쩍 꼬집게 마련이지. 혹시 여자가 소리를 지른대도 알게 뭐야, 아무도 못 듣는데."

이제 베르뜨는 아주 차분히 다시 웃고 있었고, 오르땅스는 먹물든 처녀답게 까탈스러운 표정으로 오귀스뜨를 바라보고 있었다. 그리고 그들의 득의만면한 모습 속에는 남자를 대놓고 무시하라는 어머니의 교훈이 다시 드러났다. 남자 손님들 모두가 여자들과 뒤섞여 목청을 높이며 응접실을 그득 채웠다. 조스랑 씨는 베르뜨 일로 심경이 착잡해서 아내 곁으로 다가갔다. 우리 아들 레옹을 좋은 길로 이끌어주시고 아낌없는 친절을 베풀어주셔서 감사하다고 아내가 당브르빌 부인에게 치하하는 것을 그는 마땅찮은 마음으로 듣고 있었다. 그런데 이렇듯 심기가 점점 더 불편해지고 있을 때 아내가 다시 딸들 얘기를 시작하는 소리가 그의 귀에 들렸다. 그녀는 쥐죄르 부인과 나지막한 소리로 얘기하는 척하면서 사실은 자기 옆에 서 있는 발레리와 끌로띨드 들으라고 말하고 있었다.

"그렇다마다요! 쟤들 외삼촌이 오늘도 우리한테 편지를 하셨는걸요. 베르뜨는 지참금 5만 프랑을 갖고 가게 될 거예요. 많은 액수는 아닐지 모르지만 돈이, 그것도 확실하게 보장돼 있다니까요!"

이런 거짓말에 그는 울컥 반감이 솟았다. 그는 아내의 어깨를 슬쩍 툭 치지 않을 수 없었다. 아내가 그를 바라보았고, 그 얼굴에 나타난 결연한 표정 앞에서 그는 눈길을 떨굴 수밖에 없었다. 이어 뒤베리에 부인이 아까보다 한결 상냥한 모습이 되어 있으니 그녀는 바브르 씨의 안부를 관심 있게 물었다.

"아버진 틀림없이 주무시러 가셨을 거예요." 끌로띨드가 그 수에 홀딱 말려들어 대답했다. "일을 여간 많이 하셔야죠!"

실제로 바브르 영감님께서는 내일 맑은 정신으로 일하시려고 자리를 뜨신 거라고 조스랑 씨가 얘기했다. 그리고 그는 더듬거리며 말했다. 정신도 유달리 좋으시고 능력도 뛰어난 분이라고. 그러면서 속으로는 그 지참금을 어디서 마련할 것이며, 혼인계약 당일에는 자기 꼬락서니가 어떨 것인지를 걱정하는 것이었다.

의자들을 이리저리 끄는 시끄러운 소리가 응접실을 가득 채웠다. 부인들이 차茶가 마련된 식당으로 옮겨가고 있었다. 조스랑 부인은 의기양양해서 딸들과 바브르 일가에 둘러싸여 식당으로 갔다. 오래지 않아 의자들이 이리저리 아무렇게나 흩어진 이곳에는 심각한 남자들 한무리만 남게 되었다. 깡빠르동은 모뒤 신부를 독대하여 얘기를 하고 있었다. 생로끄 성당 십자고상의 보수 문제였다. 건축가는 자기가 소속된 에브뢰 교구에 일거리가 별로 없기 때문에 언제든지 보수작업을 할 태세가 갖추어져 있노라고 말했다. 에브뢰 성당에는 강론대를 세우고 난방장치를 가설하고 주교관 주방에 새 화덕만 들여놓으면 되는데, 그런 일들은 자기 휘하의 감독관 혼자서도 충분히 지휘할 수 있다고 했다. 그러자 신부는 다음번 공사 문제를 의논하는 회합부터는 그 일을 아주 깡빠르동에게만 따로 떼어 맡기겠다고 약속했다. 그리고 나서 그들 둘은 뒤베리에가 스스로 썼노라는 판결문에 대해 잘 썼다고 칭찬을 하는 무리에 합세했다. 뒤베리에의 친구인 재판장이 그를 돋보이게 하기 위해 손쉽고도 생색나는 일거리들은 따로 준다는 것이었다.

"이 신간 소설 읽어보셨어요?" 탁자 위에 뒹구는 『르뷔 데 되 몽드』지를 뒤적이다가 레옹이 물었다. "잘 쓴 소설이에요. 하지만 이것도 또 불륜 얘기라니까. 정말 이젠 지겨워요!"

그러자 화제는 미덕 쪽으로 옮겨갔다. 정말 정숙한 여자들도 있다고 깡빠르동이 말했다. 모두들 수긍했다. 게다가 건축가의 말에 따르면 내외간이란 서로 사이만 좋다면 어떻게든 그럭저럭 살아가기 마련이라는 것이었다. 그건 아내 쪽에 달려 있다고 떼오필 바브르가 한마디 하고 그 이상은 설명하지 않았다. 사람들은 빙긋 웃고 있는 쥐이라의 의견을 듣고 싶어 했으나, 그는 죄송하지만 자기는 건강 속에 미덕이 있다고 본다며 슬쩍 발뺌했다. 한편 뒤베리에는 여전히 무언가를 곰곰 생각하는 모습이었다.

"어이구!" 이윽고 그가 중얼거렸다. "작가들은 과장이 심해요. 제대로 교육받은 계층에서는 불륜이란 아주 드문 일이거든요. 좋은 가문 출신의 여자는 마음이 고결하기 마련이죠."

그는 고상한 감정 편을 들었고, 감동으로 눈물이 글썽해지기까지 하며 '이상理想'이라는 단어를 썼다. 그리고 주부들에게 종교적 믿음이 필요하다고 모뒤 신부가 말하자, 그 말이 옳다고 맞장구를 쳤다. 이렇게 해서 화제는 다시 종교와 정치 쪽으로, 아까 이들이 토론하다 만 바로 그 문제로 돌아오게 되었다. 교회는 정부의 자연적 지주이자 가정의 기반이므로 결코 사라지지 않을 것이라고 했다.

"교회가 경찰 구실만 한다면 그나마 괜찮게요." 의사가 중얼거렸다.

뒤베리에는 자기 집에서 정치 얘기가 오가는 것을 한사코 싫어하여, 베르뜨와 오르땅스가 오귀스뜨에게 샌드위치를 잔뜩 먹이고 있는 식당 쪽을 흘끗 보면서 준엄한 어조로 말했다.

"여러분들, 누가 뭐래도 명약관화하게 증명된 사실이 하나 있습니다. 종교는 결혼의 도덕적 근원이 된다는 겁니다."

바로 그 순간, 긴 등받이의자에 앉아 있던 트뤼블로가 옥따브 쪽으로 몸을 기울이며 물었다.

"참, 내가 당신을 어떤 여자 집에 초대받게 해줄까? 재미있는 집인데……"

도대체 어떤 부류의 여자인지 옥따브가 알고 싶어 하자 그는 고등법원 판사를 몸짓으로 가리켜 보이며 덧붙였다.

"저 사람의 내연녀요."

"설마 그럴 리가!" 옥따브가 깜짝 놀라서 말했다.

트뤼블로는 눈을 떴다가는 천천히 다시 감았다. 다 그런 거지 뭐. 사근사근하지 못한 여자, 몸이라도 다칠까봐 지레 그 일을 역겨워하며, 온 동네 개가 다 병이 들 정도로 시끄럽게 피아노나 두드려대는 그런 여자를 아내로 두었으니 밖으로 나돌며 몸을 함부로 굴릴 수밖에!

"결혼을 교화합시다, 여러분. 결혼을 교화해야야 합니다." 뒤베리에가 얼굴이 시뻘겋게 달아올라 완고한 어조로 되풀이했다. 그 얼굴에서 이제 옥따브는 감추어진 악덕의 시커먼 피를 엿보았다.

식당 저쪽 끝에서 누가 남자들을 불렀다. 잠시 빈 응접실에 혼자 남은 모뒤 신부는 꾸역꾸역 밀려드는 손님들을 멀찌감치서 바라보았다. 살찌고 여릿한 그의 얼굴에는 한 가닥 슬픔이 감돌고 있었다. 그는 이 자리에 있는 부인들과 처녀들의 고백을 들어주는 신부였기에, 의사인 쥐라와 마찬가지로 그들 모두를 속속들이 알고 있었다. 그런데 그는 결국 이 타락한 부르주아들에게 종교라는 외투를 던져주는 집전자로서, 곪고 썩은 곳이 백일하에 드러나는 날 끝내 모든 것이 다 무너져버리리라는 확신 앞에 떨면서 이제는 결국 겨우 외양이나 감독해야 하는 처지였던 것이다. 신부답게 열렬하고 성실한 그의 믿음에도 불구하고 반항심이 와락 솟구칠 때가 가끔 있었다. 그러나 그의 미소는 되살아났고, 그는 베르뜨가 권하는 찻잔을 받아들고 아까 창가에서 발생한 물의를 자신의 거룩한 인격으로 덮어주려고 잠시 그녀와 얘기를 나눴다. 어느덧 그는 다시, 자기에게서 빠져 달아나 하느님을 망신시킬지도 모르는 이 여신도들에게 고작 매무새나 단정하게 차리라고 말해줄 따름인 사교계 신사가 되어가고 있었다.

"참, 꼴좋군!" 이 집에 대한 존경심에 또 한번 타격을 받은 옥따브가 중얼거렸다. 그리고 에두앵 부인이 응접실 곁방 쪽으로 가는 것을 보자 그는 그녀를 앞지르고 싶어서, 자리를 뜨는 트뤼블로를 따라갔다. 그는 그녀를 집에 데려다줄 셈이었다. 이제 겨우 자정인데다 집도 아주 가깝다고 그녀는 마다했다. 그때 마침 장미 한송이가 그녀 상의의 꽃장식에서 떨어졌고 그는 요것 봐라 하는 심정으로 꽃을 주워 짐짓 그것을 지니는 체했다. 아름다운 눈썹을 살짝 찌푸리더니, 그녀가 특유의 태연한 어조로 말했다.

"문 좀 열어주시죠, 옥따브 씨…… 감사합니다."

그녀가 내려가고 나자 그는 당황하여 트뤼블로를 찾았다. 그러나 트뤼블로는 조스랑 씨네서 그랬던 것처럼 어느 틈에 사라지고 없었다. 이번에도 부엌 쪽 복도로 새버린 게 틀림없었다.

옥따브는 불만스러운 마음으로, 장미를 손에 쥐고 자기 방에 자러 올라갔다. 위층에서 그는 마리가 자기와 헤어진 바로 그 자리, 층계 난간에 기대어 있는 것을 보았다. 그녀는 그가 지나가나 몰래 살피고 있다가 뛰어와서 그의 올라오는 모습을 바라보았다. 그리고 옥따브를 자기 집에 들여놓은 다음 말했다.

"쥘은 아직 안 들어왔어요. 재미있었나요? 멋지게들 차리고 왔던가요?"

그러나 그녀는 그의 대꾸를 기다리지 않았다. 그리고는 장미를 보자 어린애처럼 즐거워 어쩔 줄 몰랐다.

"이 꽃, 날 주려고요? 날 생각했군요? 아! 자상도 하셔라! 자상도 하셔라!"

그녀는 얼굴이 새빨개지고 눈에는 눈물이 그렁그렁 맺혔다. 그러자 옥따브는 갑자기 가슴이 뭉클해져 그녀에게 정답게 입을 맞추었다.

새벽 1시경에 조스랑 일가는 집으로 돌아왔다. 아델이 의자 위에 성냥과 촛대를 놓아두었다. 계단을 올라올 때는 서로 한마디도 주고받지 않던 이 집 식구들은 아까 절망 속에 떠났던 자기 집 식당에 다시 돌아오자 갑자기 미친 듯한 기쁨을 주체하지 못하고, 되는 대로 아무 말이나 하면서 서로 손을 마주 잡고 식탁 주위를 맴돌며 야만족이 추는 것 같은 춤을 추었다. 아버지마저 덩달아 분위기를 맞추었고, 어머니는 공중에 휙 뛰어올라 발뒤축을 탁탁 부딪치는 춤동작을 하고, 딸들은 무슨 소린지 못 알아들을 작은 고함소리를 내뱉었다. 복판에 켜진 촛불이 커다란 그림자를 드리우면서 벽을 따라 너울너울 춤추고 있었다.

"드디어 해냈어!" 조스랑 부인이 숨이 차서 자리에 털썩 앉으며 말했다.

그러나 그녀는 어머니다운 애틋한 모정이 와락 복받쳐 곧 다시 일어나 달려가더니 베르뜨의 두 뺨에 소리 나게 두번 입을 쪽쪽 맞추었다.

"난 만족이다. 너에 대해 대만족이야, 내 새끼. 내 모든 노고에 네가 이제 막 보답한 거야. 가엾은 내 딸, 가엾은 내 딸, 그러니까 이번만큼은 진짜지!"

그녀의 음성은 목이 멘 듯했고, 속마음이 그대로 나타나고 있었다. 그녀는 이 승리의 순간에, 지난 삼년간 겨울 추위 속에 지긋지긋하게 돌아다닌 데서 오는 피곤으로 갑자기 망연자실해져, 마음에서 우러나는 깊은 감동의 무게를 어쩌지 못하고 진홍색 드레스를 입은 채 털썩 주저앉았다. 베르뜨는 정말 아픈 데가 없다고 확인해줘야만 했다. 안색이 창백하다며 어머니가 보살펴주려 했고, 기어이 보리수잎차를 마시게 하려 했던 것이다. 딸이 잠자리에 들자 어머니는 맨발로 다시 와서 벌써 오래전, 딸이 어릴 때 하던 버릇대로 덮고 누운 이불깃을 정성껏 다독여 침대 밑으로 접어 넣어주었다.

한편 조스랑 씨는 베개를 베고 누워 아내를 기다리고 있었다. 아내는 등불을 훅 불어 끄고 남편을 훌쩍 뛰어넘어 안쪽으로 누웠다. 남편은 다시 마음이 착잡해지고, 지참금 5만 프랑을 약속한 것이 양심에 걸려서 곰곰이 생각에 잠겨 있었다. 그는 용기를 내어 마음속 근심을 입 밖에 내어 말했다. 지킬 수 있을지 없을지도 모르는 약속을 왜 하는가? 그건 떳떳하지 못한 일이라고.

"떳떳하지 못하다고요?" 어둠속에서 조스랑 부인이 어느새 그악스러운 음성으로 돌아가 소리 질렀다. "떳떳하지 못한 일은 말유, 나이찬 딸년들 혼기 놓치게 그냥 놔두는 거라고요. 그래요, 처녀로 늙게 말유. 그게 당신의 꿈인가요? 아직 시간이 있으니 우리 다시 가서 그 문젤 얘기하자고요. 내 재 외삼촌한테 단단히 다짐을 받아내고야 말 거예요. 그리고 똑똑히 알아두시구려, 이 양반아, 우리 친정식구들은 언제나 떳떳한 사람들이었다는 걸 말유!"

6

다음날인 일요일, 옥따브는 눈을 뜬 채 한시간 동안 따뜻한 이부자리 속에서 빈둥거리고 있었다. 그는 행복한 기분으로 잠에서 깨어났고, 아침나절 침대에서 게으름 피울 때면 늘 그렇듯이 정신은 말똥말똥했다. 서둘러서 무엇할까? 그는 부인상회에서 일하는 것이 아주 좋았고, 거기서 촌티를 벗어가고 있었으며, 언젠가는 에두앵 부인을 차지해서 행운을 잡으리라는 깊고 절대적인 확신이 서는 중이었다. 그러나 그 일은 신중을 기해야 했다. 여자의 환심을 사는 것은 시간을 두고 천천히 작전을 써야 하는 일이었다. 바로 그것만으로도 벌써 여자에 대한 그의 관능적 감각은 기쁨을 느꼈다. 그가 계획을 세우고 성공까지 여섯달을 잡으면서 다시 잠이 들려 할 때 떠오른 마리 삐숑의 모습으로 마음의 초조함은 마침내 진정되었다. 이런 여자란 아주 편리하단 말이야. 원할 때 팔을 뻗기만 하면 되고 한푼도 들지 않으니까. 에두앵 부인을 손아귀에 넣을 때까지는 그만하면 됐지. 반쯤 잠든 상태에서, 이처럼 돈도 안 들고 편리한 마리를 생각하니 그의 마음은 끝내 애틋해지기까지 하였다. 그는 무척이나 사근사근한 그녀의 모습을 떠올리며 앞으로 좀 더 잘해주리라고 다짐했다.

"어이구 이런, 벌써 9시 아냐!" 그는 괘종시계가 뎅뎅 치는 소리에 잠에서 완전히 깨어나며 말했다. "어쨌든 일어나야지."

가랑비가 내리고 있었다. 그는 낮 동안은 외출하지 않기로 마음먹었다. 뷔욤 내외가 두려워서 오래전부터 거절해온 삐숑네 저녁 초대에 오늘은 응해야지. 그러면 마리가 좋아할 테고, 문 뒤에서 그녀를 안고 입 맞출 기회도 포착할 수 있을 것이다. 게다가 그녀는 늘 책을 부탁하곤 했으니, 다락방에 둔 여행가방에 남아 있는 책을 한 뭉텅이 갖다주면 깜짝 놀라겠지 하고 그는 생각하였다. 그는 옷을 입고 공동으로 쓰는 다락방 열쇠를 가지러 구르 씨에게 갔다. 그 다락방은 입주자들이 처치곤란하거나 안 쓰는 물건들을 치워두는 곳이었다.

눅눅한 아침나절, 아래층으로 내려가니 난방이 된 계단은 숨이 턱턱 막힐 지경이었다. 계단의 인조 대리석과 높다란 거울과 마호가니 문들에 김이 서려 있었다. 현관 밑에는 입성이 추레한 여인네 하나가 안뜰에서 불어오는 차디찬 바람을 온통 맞고서 물을 좍좍 끼얹어가며 바닥의 포석鋪石을 닦고 있었다. 힘든 집안일들을 해주고 구르 씨 내외에게서 시간당 4수를 받는 뻬루 할멈이었다.

"어이! 이것 봐, 할멈. 더 좀 제대로 닦으라니까 그래. 얼룩 하나 없게 말이야!" 옷을 따뜻하게 껴입은 구르 씨가 문지기방 문간에 서서 소리 질렀다.

옥따브가 다가오자 그는 하인이었다가 이제는 남을 부리게 된 사람 특유의 노골적인 지배 심리와 거친 복수심을 드러내면서 뻬루 할멈에 대한 얘기를 했다.

"아무짝에도 쓸모없는 할망구라니까요! 저 할멈이 공작님 댁에서 일했다면 꼴이 어땠을까요. 정말이지 인정사정 보지 말았어야하는 건데…… 내 돈 받아먹은 것만큼 일하지 않으면 내쫓아버릴 겁니다. 난 그것밖에 모르거든요. 그런데, 죄송합니다. 무레 씨, 원하시는 게 뭐죠?"

옥따브는 열쇠를 달라고 했다. 그러자 문지기는 서두르지도 않고 계속 그에게 설명을 늘어놓았다. 그들은 마음만 먹었더라면 모르라빌에 있는 자기네 소유의 집에서 남부럽잖게 잘 살았을 거라는 얘기였다. 그런데 아내는 다리가 부어 한길까지 나가지 못하면서도 빠리를 무척이나 좋아한다고, 그리고 이젠 그만 한푼 두푼 모은 조촐한 재산으로 먹고살자 싶은 생각이 들 때마다 마음은 아프지만 훗날로 미루면서 원하는 연금 액수를 받게 될 때까지 참고 기다리게 된다는 것이었다.

"누가 날 귀찮게 하는 건 딱 질색이란 말씀입니다." 그가 훤칠한 허우대를 꼿꼿이 세우며 결론지었다. "난 이제 먹고살자고 일하는 게 아닙니다. 다락방 열쇠라고 하셨습죠, 무레 씨? 다락방 열쇠를 어디 두었더라, 여보?"

그러나 구르 부인은 편안히 퍼질러 앉아, 밝고 널찍한 방의 분위기를 살려주는 불꽃이 널름대는 장작불 앞에서 은잔에다 밀크 커피를 마시고 있었다. 모르겠수, 어디다 뒀는지. 서랍장 안에 깊숙이 넣어 둔 것 같기도 하고. 그렇게 대꾸하고는 구운 빵을 커피에 적셔 먹으면서 그녀는 비 오는 날씨 때문에 더욱 휑뎅그렁하고 찬바람 도는 뜰의 반대쪽 끝에 있는 뒷계단의 문에서 눈을 떼지 않았다.

"봐요! 저기 그 여자가 와요!" 웬 여자가 그 문에서 나오자, 구르 부인이 느닷없이 말했다.

말이 떨어지기 무섭게 구르 씨가 문지기방 앞에 떡 버티고 서서 그 여자의 길을 막았고, 그녀는 걱정스러운 듯 발걸음을 늦췄다.

"우린 오늘 아침부터 저 여자가 지나가나 지키고 있었습죠, 무레 씨." 그가 작은 소리로 다시 시작했다. "엊저녁에 저 여자가 지나가는 걸 봤어요. 저 여잔 꼭대기 층에 사는 목수, 바로 그 사람 집에서 나오는 거랍니다. 그 목수는 이 집에 단 하나뿐인 막일꾼입죠. 맙소사, 하나이길 천만다행이지요. 게다가 주인양반께서 제 얘길 들으신다면 원래는 세놓지 않았던 그 방을 아예 비워두겠다고 하실 겁니다. 1년에 130프랑 받고서 집에 더러운 것들을 들일 만한 가치가 정말 없고말고요……"

그는 말을 끊고 거칠게 그 여자에게 물었다.

"어디서 오슈?"

"어디긴 어디예요! 저 꼭대기죠." 그녀가 계속 걸으면서 대꾸했다.

그러자 구르 씨는 분통을 터뜨렸다.

"우린 이 집에 여자들이 들락거리는 거 원치 않아요, 알겠소? 당신을 끌어들이는 남정네한테도 벌써 그 말을 했소. 다시 한번 여기 자러 오면 그땐 경찰을 부르겠소, 내가! 그래도 당신들이 점잖은 집에서 추잡한 짓거리를 계속할 건지 어디 두고 봅시다."

"아, 참 귀찮게도 구는군요!" 그 여자가 말했다. "여긴 우리집이에요. 내가 오고 싶을 땐 또 올 거라고요."

그리고 그녀는 구르 씨가 집주인을 찾으러 올라가겠다고 으르대며 화를 내는 소리를 뒤로 하고 휭하니 가버렸다. 참 별꼴을 다보겠구만! 조금만 풍기가 문란해도 용납이 안되는 점잖은 분들이 사시는 이 댁에 저런 여자가 드나들다니! 구르 씨는 그 막일꾼이 산다는 골방을 이 집의 시궁창쯤으로 생각하는 모양이었다. 그리고 그 못된 장소를 감시하자니 깔끔한 성질이 배겨내지를 못하여 밤잠을 설치기라도 하는 것 같았다.

"그런데, 열쇠는요?" 옥따브가 용기를 내어 거듭 물었다.

그러나 문지기는 자기 권위가 무시되는 장면을 입주자인 옥따브가 보게 된 것이 몹시 화가 나서, 자기가 어떻게 남을 복종시키는지 보여주겠다는 듯이 뻬루 할멈에게 분풀이를 했다. 할멈은 나를 우습게 아는 거야? 조금 전에도 빗자루를 들고 우리 집 문에 물이나 튀기고 말이야. 내 주머니에서 나온 돈으로 할멈 품삯을 줄 땐, 내 손 안 더럽히자고 그러는 건데, 이건 계속 할멈 뒤를 따라다니며 청소를 다시 해야 하니 말이야. 저놈의 할멈을 동정해서 다시 쓰면 내 손에 장을 지진다! 뒈질 테면 뒈지라지. 할멈은 너무 힘든 일을 하느라 피로에 짓눌려 대꾸도 안하고 울음을 꾹 참으며 계속 앙상한 두 팔로 바닥을 문질러대고 있었다. 어깨는 떡 벌어진데다 빵모자를 눌러쓰고 슬리퍼를 신은 구르 씨가 그녀에게는 그토록 범접 못할 두려움을 자아냈던 것이다.

"여보, 생각났어요." 구르 부인이 안락의자에서 소리쳤다. 그녀는 의자에 앉아 뚱뚱한 몸을 따스한 불에 쬐면서 하루해를 보내고 있었다. "내가 열쇠를 속옷 밑에 감추었더랬어요. 하녀들이 다락방에 밤낮없이 몰래 드나들지 못하게 하려고요. 자 여깄수. 이 열쇠를 무레 씨에게 드리시우."

"하녀란 것들도 형편없는 년들이지." 하인 노릇을 오래 하다보니 남의집살이하는 이들을 증오하게 된 구르 씨가 중얼거렸다.

"자, 열쇠 여기 있습니다. 그런데 꼭 좀 제게 다시 내려보내주십쇼. 어느 한구석이라도 열려 있으면 틀림없이 하녀들이 거기 가서 못된 짓거리를 한단 말씀이죠."

옥따브는 축축해진 뜰을 가로지르지 않으려고 중앙계단으로 다시 올라갔다. 그러나 5층에 이르자 자기 방 가까이에 있는 문으로 빠져 뒷계단으로 올라갔다. 꼭대기 층에는 긴 복도가 직각으로 두 번 꺾이는데, 연노란색 칠이 되어 있고 굽도리는 그보다 좀 짙은 황토색이었다. 하인 방의 문들도 노란색인데 마치 병원 복도처럼 규칙적으로 똑같은 모양을 하고 일정 간격으로 늘어서 있었다. 지붕의 함석에서 얼음장 같은 한기가 끼쳐 내려왔다. 휑하고 깨끗했지만, 가난한 이들의 거처답게 퀴퀴한 냄새가 났다.

다락방은 맨 끝, 그러니까 건물의 오른쪽 날개에서 뜰 쪽을 향해 나 있었다. 그러나 이 집에 들어온 이래 한번도 꼭대기 층에 올라와본 적이 없는 옥따브는 왼쪽 날개로 접어들었다. 문득 한 방의 열린 문틈으로 저 안쪽에 있는 뭔가를 보고 그는 아연하여 멈춰 섰다. 웬 신사가 작은 거울 앞에 서서 와이셔츠 바람으로 흰 넥타이를 다시 매고 있었다.

"아니, 당신!" 옥따브가 말했다.

트뤼블로였다. 그는 화석처럼 꼼짝 않고 서 있었다. 이런 시간에 누가 올라온 적은 한번도 없었던 것이다. 옥따브는 좁다란 철제 침대가 하나 있고 세면대에 여자 머리카락이 작은 뭉텅이로 엉켜 비눗물 위에 둥둥 떠 있는 방 안으로 들어가 그를 바라보았다. 앞치마들 사이에 걸려 있는 검은 양복을 보고서 옥따브는 참지 못하고 소리쳤다.

"그럼 당신이 식모하고 잔단 말이오!"

"천만에!" 당황한 트뤼블로가 대답했다.

그러고 나서 이런 거짓말이 어리석다는 게 곧바로 느껴지니, 흡족하고 자신만만한 투로 웃기 시작했다.

"이 여자 재미있다고. 이봐요, 내 장담하지만 아주 멋쟁이라니까!"

그는 남의 집에 저녁 초대를 받을 때면 그 집의 응접실을 슬쩍 빠져나와 부엌으로 가서는 화덕 앞에서 식모들을 꼬집어주곤 한다고 했다. 식모들이 자진해서 방 열쇠를 내어줄 경우에는 자정 전에 재빨리 올라가, 하녀방에서 검은 양복에 흰 넥타이를 맨 채 여행가방 위에 앉아 방주인을 참을성 있게 기다린다는 것이다. 다음날은 아침 10시쯤 중앙계단으로 내려가, 이 집의 누구를 아침 일찍 방문한 척하며 문지기방 앞을 지나치곤 했다. 중개인 사무실에 거의 정확한 시간에 출근하기만 하면 아버지는 만족해하고, 게다가 요즘은 정오부터 3시까지 증권거래소에서 뛰고 있으니 상관없다는 얘기였다. 일요일은 온종일 하녀 침대에 누워, 베개 깊숙이 코를 파묻고 행복하게 푹 퍼져 있을 때도 있다고 하였다.

"나중에 큰 부자가 될 당신이!" 여전히 역겹다는 표정으로 옥따브가 말했다. 그러자 트뤼블로는 젠체하며 잘라 말했다.

"어떤 맛인지 당신은 몰라. 거기에 대해선 말도 하지 말라니까."

그리고 그는 쥘리를 두둔했다. 마흔살인 그 키다리 부르고뉴 여자는 너부데데한 얼굴이 수두로 얽었을망정 몸 하나만큼은 기가 막히다고. 이 집에 사는 부인네들을 벗겨본다면 모두들 성냥개비처럼 바짝 말라 그 여자 반의반만큼도 따라갈 여자가 없을 거라고. 게다가 쥘리는 기막힌 멋쟁이라는 것이었다. 그러더니 증거로 서랍을 열어 모자 하나, 보석 나부랭이, 레이스 달린 속치마들을 보여주었다. 이건 필시 뒤베리에 부인에게서 훔쳐낸 물건들일 터였다. 다시 보니 아닌 게 아니라 멋 부린 방 치장이며, 서랍장 위에 죽 늘어놓은 금빛 종이 곽들이며, 치마들 위에 쳐놓은 사라사 커튼이며, 귀부인 흉내 내는 부엌데기의 허세가 옥따브의 눈에 들어왔다.

"글쎄, 이 여자는 더 말할 나위가 없다니까." 트뤼블로가 거듭 말했다. "솔직히 말해 여자들이 모두 이렇기만 하다면……"

이때, 뒷계단에서 소리가 들려왔다. 아델이 귀를 씻으러 다시 올라오는 것이었다. 비누로 귀를 씻지 않고서는 고기를 만지지 말라고 조스랑 부인이 노발대발 야단을 쳤기 때문이다. 트뤼블로가 고개를 길게 빼고 보더니 아델을 알아보았다.

"빨리 문 닫아요." 그가 몹시 조마조마해하며 말했다. "쉿! 이젠 소리 내지 말라고."

그는 귀를 바짝 세우고 아델이 복도를 따라 걸어가는 무거운 발소리를 들었다.

"아니 그럼 쟤하고도 잔단 말이오?" 트뤼블로의 핼쑥한 안색에 놀란 옥따브가, 이 친구 한바탕 싸움이 벌어질까봐 두려워하고 있구나 싶어서 물었다.

그러나 이번에는 트뤼블로가 비겁한 수작을 했다.

"원 세상에 그럴 리가 있소! 저런 걸레 같은 애는 상대 안한다고. 날 뭘로 보는 거요?"

그는 침대에 걸터앉아 옷을 마저 다 입으며 옥따브에게 움직이지 말아달라고 사정했다. 그래서 지저분한 아델이 귀의 때를 벗기는 동안 그들 둘은 꼬박 십분 동안 꼼짝 않고 대야의 물이 요란스레 철벅거리는 소리를 듣고 있었다.

"그래도 이 방과 쟤 방 사이엔 방이 하나 있는데," 트뤼블로가 가만가만 설명했다. "그 방엔 막일꾼이 세 들어 살아요. 목수라는데 그 사람이 양파 수프를 끓일 때면 복도에 지독한 냄새가 진동한다고. 오늘 아침에도 그 냄새 때문에 구역질이 나더라니까. 그리고 요즘은 어느 건물이나 하녀방의 칸막이벽이 종잇장처럼 얇아요. 내 참 집주인들 심보를 알 수가 없다니까. 망측한 일이지. 침대에서 뒤척일 수도 없으니 말이오. 그게 몹시 불편하다고."

아델이 내려가자 그는 다시 멀쩡한 모습이 되어 몸단장을 마치고 머리 손질에 쥘리가 쓰는 머릿기름과 빗을 썼다. 옥따브가 다락방 얘기를 했으므로, 그는 부득부득 거길 구경시켜주겠다고 고집을 피웠다. 이 꼭대기 층은 자기가 구석구석 다 알고 있다는 것이다. 그리고 복도를 지나면서 그는 허물없는 투로 하녀들 이름을 댔다. 복도 이쪽 끝 아델 방 다음은 깡빠르동 씨네 하녀 리자의 방인데, 바람둥이 리자는 꼭 바깥에 나가 일을 벌인다고 했다. 그다음이 깡빠르동네 식모 빅뚜아르 방인데, 뭍에 올려진 고래 같은 칠순의 그 할멈이 자기가 함부로 못하는 유일한 하녀라는 것이다. 그다음이 프랑수아즈의 방인데, 바로 전날 발레리 부인 집에 들어온 그녀의 여행가방은 이 집에서 스물네시간이나 버틸지는 모르겠지만 어쨌든 지금은 어설픈 침대 뒤에 놓여 있다고 했다. 그 침대는 어찌나 하녀들이 난리를 쳐댔던지, 거기 누워 뜨뜻이 기다리려면 늘 사전에 미리 상태를 조사해보아야 할 정도라는 것이었다. 그다음 방에는 3층 사람들 집에서 하인으로 일하는 조용한 부부가 살고, 그다음 방에는 같은 집 마부가 산다고 했다. 트뤼블로는 미남답게 질투심이 담긴 어조로 그 바람둥이 마부 이야기를 하면서, 그가 이 방 저 방 소리도 없이 재미를 보러 다니는 것 같다고 의심을 했다. 마지막으로 복도의 반대편 끝 쪽에 오자 여기는 끌레망스의 방이라고 했다. 뒤베리에 부인의 시중을 드는 하녀 끌레망스는 그 옆방에 사는 주방장 이뽈리뜨가 밤마다 찾아가 둘이 부부처럼 지낸다는 것이었다. 그다음 방은 어린 루이즈의 방인데, 쥐쬐르 부인이 시험 삼아 데려다 일을 시켜보고 있는 열다섯살짜리 그 고아 여자애는 만일 잠귀가 밝다면 밤마다 희한한 소리를 들을 거라고 했다.

"방문을 닫지 말아요. 날 봐서 그렇게 좀 해주시오." 책을 여행가방에 담는 옥따브를 거들어준 뒤 트뤼블로가 말했다. "다락방이 열려 있으면 거기 숨어 기다릴 수가 있다니까."

구르 씨의 믿음을 이용해 그를 적당히 속여 넘기기로 하고, 옥따브는 트뤼블로와 함께 쥘리의 방으로 다시 들어갔다. 트뤼블로가 그 방에 외투를 벗어 놓아두었던 것이다. 그다음에는 장갑이 어디 있는지 못 찾겠다고 했다. 그가 치마들을 탈탈 털어보고 이불을 온통 뒤집어보고 하는 통에 먼지가 풀풀 일어나고 언제 빨았는지 의심스러운 시트의 시척지근한 냄새가 풍겼다. 그 바람에 옆에 있던 옥따브는 숨이 막혀 창문을 열었다. 창은 좁은 안뜰을 향해 나 있었고 이 건물의 부엌이란 부엌은 모두 그쪽으로 햇빛이 들게 되어 있었다. 더럽게 쓴 개수대처럼 퀴퀴한 냄새를 풍기는, 습한 우물 같은 이곳을 몸을 굽혀 내려다보는데, 웬 요란한 음성이 들려 옥따브는 기겁을 하고 물러났다.

"하녀들끼리 아침 수다를 떠는 거요. 좀 들어보라고." 트뤼블로가 침대 밑에서 네 발로 기듯이 엉금엉금 계속 장갑을 찾으며 말했다.

깡빠르동네 집에서 창틀에 팔꿈치를 괴고 두층 아랫집에 있는 쥘리에게 무엇을 물어보려고 몸을 굽힌 사람은 리자였다.

"말 좀 해봐요. 그래 잘됐수, 이번엔?"

"그런 것 같아요." 쥘리가 고개를 들며 대답했다.

"글쎄, 그 여자가 그 남자 팬티를 벗겨주는 일 말고는 다 해줬대. 이뽈리뜨는 응접실에서 돌아 나올 때 하도 역겨워 먹은 게 없힐 뻔했다잖아."

"우리가 그 반에 반만큼만 할 수 있대도……" 리자가 말을 이었다.

그러나 그녀는 빅뚜아르가 갖다 준 고기 국물을 마시려고 잠시 자리를 떴다. 그 두 여자는 서로 죽이 잘 맞아서, 하녀가 식모의 술주정을 감춰주면 식모는 하녀가 외출하기 쉽게 해주는 식으로 서로의 구린 구석을 뒷감당해주었다. 그렇게 외출을 하고 나면 하녀 리자는 허리가 부러지게 아프고, 눈두덩은 푸르죽죽한 채 반쯤 죽은 듯 녹초가 되어 돌아오곤 하는 것이었다.

"이봐들," 빅뚜아르가 리자 곁에 바짝 붙어 서서 이번에는 자기가 몸을 굽히며 말했다. "당신들은 젊어. 내가 본 꼴을 나중에 당신들도 보게 된다면…… 깡빠르동 씨네 부친 댁에는 가정교육을 나무랄 데 없이 받고 자란 조카딸이 하나 있었는데, 걔가 열쇠 구멍으로 남자들을 엿보러 가곤 했지."

"망측해라!" 쥘리가 제법 정숙한 여자처럼, 그럴 수가 있느냐는 투로 중얼거렸다. "내가 만약 5층에 사는 그 여자애라면 오귀스뜨 씨가 응접실에서 내 몸에 손을 댔을 때 그냥 냅다 따귀를 갈겨버렸으련만. 그 남자 꼴좋게!"

이 말이 떨어지자마자 쥐죄르 부인네 부엌에서 새된 웃음소리가 흘러나왔다. 맞은편에 있던 리자가 그 집 부엌을 눈으로 샅샅이 훑다가 마침내 루이즈를 찾아냈다. 조숙한 열다섯살짜리 루이즈는 다른 하녀들의 말을 들으며 혼자 낄낄대고 있었다.

"저 계집애는 아침부터 저녁까지 우릴 염탐하고 있단 말이야." 리자가 말했다. "우리한테 저런 어린것을 붙여놓다니, 참 귀찮아 죽겠네! 좀 있으면 얘기도 맘대로 못하겠어."

그녀는 말을 채 끝맺지 못했다. 갑자기 창문 하나가 벌컥 열리는 소리에 모두 달아났다. 쥐 죽은 듯 조용해졌다. 그러나 하녀들은 잠시 후 다시 위험을 무릅쓰고 모여들었다. 뭐야? 무슨 일이야? 그녀들은 발레리 부인이나 조스랑 부인에게 들킨 줄만 알았다.

"위험할 것 없어." 리자가 말을 이었다. "이 시간에 마님들은 모두 욕조 속에 푹 잠겨 있으니 말이야. 저희들 피부 생각하느라 우릴 귀찮게 할 겨를이 없다니까. 하루 중에서 우리가 그나마 숨 좀 돌릴 때는 이런 때뿐이야."

"그래, 아줌마네 집은 여전히 그 모양이우?" 당근 껍질을 벗기며 쥘리가 물었다.

"여전하지." 빅뚜아르가 대답했다. "이제 끝났어. 그 여잔 구멍이 꼭 막혔다니까."

주인여자 중 하나를 노골적으로 까발리는 이 말을 듣자, 재미도 있고 간지럼이라도 탄 듯 자극도 되어 다른 두 하녀가 낄낄거렸다.

"그런데 아줌마네 머저리 건축가 양반은 그럼 도대체 무슨 짓을 하는 거유?"

"사촌 처형한테 구멍을 뚫고 있지, 아무렴!"

그녀들은 더욱 큰 소리로 웃다가 발레리 부인 집에서, 새로 온 하녀 프랑수아즈를 보았다. 아까 창문을 열어젖혀 모두를 기겁하게 만든 장본인이 바로 그녀였던 것이다. 우선은 예의 바른 인사가 오갔다.

"아! 당신이구랴."

"아유! 이제 여기 자리 좀 잡아볼까 하는데, 이 집 부엌이 어찌나 밥맛 떨어지는지……"

그러자 듣기 끔찍한 이야기들이 쏟아져 나왔다.

"그 집에 붙어 있는다면 당신 참 진득한 사람일 거유. 지난번에 있던 사람은 양팔을 온통 그 집 애가 할퀴어놓고, 주인마님이 어찌나 들들 볶던지 우는 소리가 여기서도 들렸다니까요."

"아 그래요? 앞으로 그런 일은 없을 거유." 프랑수아즈가 말했다. "어쨌든 고맙구랴."

"당신네 안방마님은 대체 어디 계슈?" 빅뚜아르가 호기심 어린 투로 물어보았다.

"어떤 부인 댁에 점심 드시러 막 외출했죠."

리자와 쥘리는 목을 쭉 빼고 서로 눈길을 주고받았다. 그녀들은 그 부인이 누군지 알고 있었다. 머리를 아래로 두고 두 다리는 허공에 쳐들고서 먹는, 웃기는 점심도 다 있지! 그 정도까지 거짓말을 해도 되나? 하지만 하녀들은 그 남편을 동정하지는 않았다. 그 작자는 이보다 더 당해도 싸니까. 다만, 여자가 몸가짐을 그렇게밖에 못한다는 것은 인간으로서 부끄러운 일이라는 거였다.

"저기 걸레 같은 년이 있군!" 자기 집 바로 위층에서 조스랑 씨네 하녀를 발견하고 리자가 끼어들었다.

그러자 고래고래 질러대는 상소리들이 저수조처럼 음침하고 고약한 냄새가 나는 이 우물 같은 곳에서 올라갔다. 하녀들은 모두 얼굴을 위로 치켜들고 드세게 아델을 소리쳐 불러댔다. 아델은 그들의 동네북이었고, 온 집안사람이 두들겨대는 지지리 더러운 얼뜨기 바보였으니까.

"아니, 쟤가 세수했군. 씻은 티가 나네."

"한번만 더 생선 내장을 창밖으로 뜰에다 던져봐라. 내 올라가서 그걸로 네 얼굴을 씻겨줄 테니."

"야! 가서 하느님이나 뜯어먹어. 신부나 찾아다니는 년아! 글쎄, 쟤는 일주일 내내 하느님이나 입안에 넣고 우물거린다니까."

아델은 기겁을 하여 위층에서 창문 밖으로 몸을 반쯤 내밀고 그녀들을 바라보다가 끝내 이렇게 대꾸했다.

"왜 날 못 잡아먹어 난리예요? 물이나 확 끼얹어버릴까 보다."

그러나 고함소리와 웃음소리는 한층 더 커졌다.

"엊저녁에 너희 주인아씨 시집보냈다며? 남자 후리는 법을 네가 가르쳐줬구나?"

"저 밸도 없는 년 같으니! 쟨 제대로 얻어 처먹지도 못하는 감옥 같은 집구석에 그냥 붙어 있잖아. 정말이지 그 생각을 하면 쟤한테 화가 머리끝까지 뻗친다니까. 멍청이 같은 년, 그것들한테 본때도 못 보여주다니."

아델의 두 눈에 눈물이 괴었다.

"당신네들은 돼먹지 못한 소리만 하는군요." 그녀가 더듬더듬 말했다. "내가 제대로 못 먹는 건 내 탓이 아녜요."

그러자 목소리들이 커졌고 아델 편을 드는 새로 온 하녀 프랑수아즈와 리자 사이에 가시 돋친 말들이 오가기 시작했다. 그때 아델이 방금 들은 욕설도 잊은 채 무슨 직감이라도 든 듯이 외쳤다.

"조심들 해요. 마님이 와요!"

그러자 쥐 죽은 듯 조용해졌다. 모두들 후다닥 각자의 부엌 속으로 쏙 숨어들었다. 좁은 안뜰을 내려다보는 시커먼 창자 같은 공간으로부터, 잘 가시지 않은 개수대의 고약한 냄새만 풍겨 올라올 뿐이었다. 마치 집집마다 감춰놓은 오물을 하인들이 원망하는 마음으로 들쑤셔놓아 풍기는 냄새 같았다. 그곳은 남부끄러운 것들을 휩쓸어 내리는 이 집의 하수구였다. 한편 주인들은 아직도 슬리퍼를 질질 끌고 다니고, 난방기 때문에 소리 없이 숨이 턱턱 막히는 중에 중앙계단이 층마다 그 엄숙한 분위기를 과시하고 있는데 말이다. 옥따브는 자기가 처음 오던 날 깡빠르동네 집에서 맞닥뜨린 한바탕의 소란이 기억났다.

"정말 대단한 여자들이군." 그는 그저 이 말만 했다.

그리고 이번에는 자기가 몸을 굽혀 건물 벽들을 바라보았다. 그때 진작 인조 대리석과 반짝이는 가짜 금박 뒤에 숨은 것을 꿰뚫어 읽어내지 못한 것이 기분 상한다는 듯.

"도대체 이 여자가 그걸 어디다 쑤셔 박은 거야?" 흰 장갑을 찾으려고 침대 머리맡의 탁자 속까지 뒤져보고 난 트뤼블로가 같은 말을 되풀이했다.

마침내 그는 침대 밑바닥에서 납작해지고 따뜻한 온기가 밴 장갑을 찾아냈다. 마지막으로 그는 거울을 슬쩍 들여다보았다. 그러고는 방 열쇠를 미리 합의된 장소, 즉 복도 끝에 놓인 어느 입주자가 이사 가며 두고 간 구닥다리 찬장 밑에 숨기고 앞장서서 내려왔다. 그는 중앙계단에서 조스랑 씨네 문 앞을 지나칠 때 양복과 넥타이를 감추려고 외투 단추를 맨 위까지 다 채웠다. 그리고 완전히 평정을 되찾았다.

"안녕히 계십시오." 그가 목소리에 일부러 힘을 넣으며 말했다. "난 걱정이 돼서 이 댁 부인들께 안부를 여쭈러 들렀던 거죠. 그분들 아주 잘 주무셨다는군요. 그럼 또 뵙겠습니다."

옥따브는 그가 빙글빙글 웃으며 계단을 내려가는 모습을 바라보았다. 그리고 점심시간이 가까워오니 다락방 열쇠는 나중에 구르 씨에게 반납하리라 마음먹었다. 깡빠르동네 집에서 점심을 먹을 때 그는 무엇보다도 식사 시중을 드는 리자에게 관심이 쏠렸다. 그녀는 평소대로 깔끔한 모습과 싹싹한 얼굴을 하고 있었다. 상소리를 퍼붓느라 목이 쉰 채 떠들어대던 그 음성이 아직도 그의 귀에 쟁쟁했다. 그는 여자라면 척 보면 아는지라 가슴이 납작한 이 하녀에 대해서도 정확히 판단한 것이었다. 그런데 깡빠르동 부인은 리자가 집의 물건을 훔치지 않는다는 것만 놀라워, 그저 리자라면 언제나 대만족이었다. 리자가 도둑질을 하지 않는 것은 사실이었다. 대신 다른 못된 짓을 하고 있었으니까. 한술 더 떠 앙젤에게 무척 잘해주는 것처럼 보였으므로, 깡빠르동 부인은 그녀라면 완전히 마음을 놓고 있었다.

그날 아침 후식을 먹을 때는 앙젤이 어디론가 사라졌고, 부엌에서 그 아이의 웃음소리가 들려왔다. 옥따브는 큰마음을 먹고 한마디 했다.

"따님이 저렇게 하인들과 허물없이 지내게끔 내버려 두시는 건 어쩌면 잘못하시는 일인지도 모르겠군요."

"뭐 큰일 날 것 없잖아요." 깡빠르동 부인이 그녀 특유의 나른한 투로 대답했다. "빅뚜아르는 우리 집 양반이 태어나는 것까지 본 하녀예요. 그리고 리자는 내가 꼭 믿고 있고요. 어쩌겠어요? 딸아이 때문에 골머리가 아픈걸요. 쟤가 늘 내 주위만 뱅뱅 돌며 왔다 갔다 하는 소리를 듣다가는 돌아버릴 것 같아요."

건축가는 진중한 태도로 여송연 끄트머리를 질근질근 씹고 있더니 말했다.

"앙젤한테 매일 오후 두시간씩을 부엌에서 보내라고 한 건 나요. 난 저 애가 알뜰한 살림꾼이 되었으면 하거든. 부엌에 있다 보면 보고 배우는 게 있을 테니까. 쟤는 생전 외출하는 적이 없다오. 아직도 품 안의 자식이지. 우리가 딸애를 어떤 보배로 만들지 두고 보시구려."

옥따브는 자기 생각을 굳이 고집하지 않았다. 어떤 날 보면 그의 눈에 비친 깡빠르동은 무척 바보 같았다. 건축가가 생로끄 성당에 말씀 좋으신 신부님의 강론을 들으러 가자고 강권하자 그는 외출하지 않겠다며 부득부득 마다했다. 그가 깡빠르동 부인에게 그날 저녁은 들어와서 먹지 않는다고 미리 알린 뒤 자기 방으로 다시 올라가는데, 주머니 속에 다락방 열쇠의 감촉이 느껴졌다. 그는 열쇠를 즉시 아래층 문지기에게 갖다주는 편이 낫겠다고 생각했다.

그런데 층계참에 오자 뜻밖의 광경이 그의 흥미를 끌었다. 아무도 그 이름은 말하지 않았지만 대단히 지체 높은 신사가 세냈다는 그 방의 문이 열려 있었다. 그건 보통 일이 아니었다. 그 문은 늘 무덤처럼 고요히 외부와 차단된 채 닫혀 있었으니까. 그의 놀라움은 더욱 커졌다. 그는 눈길로 그 신사의 집무실을 이리저리 더듬어 찾다가 집무실 대신 커다란 침대의 모서리를 발견했다. 그때 웬 날씬한 부인이 검은 옷을 차려입고, 모자에 달린 두꺼운 베일로 얼굴을 가린 채 나오는 것이 보였다. 그녀 뒤에서 문이 소리 없이 다시 닫혔다.

그러자 그는 매우 궁금해져서 그 여자가 예쁘게 생겼는지 알아보려고 뒤를 졸졸 따라 내려갔다. 그러나 그녀는 불안한 듯 작은 단화가 융단을 겨우 스칠까 말까 할 정도로 살금살금 잽싸게 걸었고, 훅 끼친 베르벤 향내 말고는 집 안에 아무 흔적도 남기지 않았다. 그가 현관에 다다르자 그녀는 어디론지 멀어져갔고, 구르 씨가 현관 아래 서서 빵모자를 벗고 그녀에게 굽실 절하는 모습이 눈에 뛸 뿐이었다.

옥따브는 열쇠를 건네준 다음 문지기에게서 얘기를 끌어내보려고 했다.

"정말 점잖은 분 같은데요." 그가 말했다. "누구시죠?"

"그냥 부인넵니다." 구르 씨가 대답했다.

그러고는 아무 말도 덧붙이려 하지 않았다. 그러나 4층의 그 신사분에 대해서는 수다를 떨었다. "최상류 사회에 계신 분인데, 일주일에 하룻밤만 오셔서 조용히 일하려고 그 방을 세내신 거죠."

"아니, 일한다고요?" 옥따브가 말을 막았다. "대체 무슨 일을 하죠?"

"그분께서 과분하게도 저에게 집안일을 맡겨주셨습죠." 구르 씨가 옥따브의 말을 못 들은 척하고 계속했다. "그리고 돈도 어김없이 제날짜에 주신답니다. 젊은 양반, 집안일을 해주다보면 그 집주인이 깔끔한 분인지 아닌지 금방 알게 되죠. 그분은 더할 나위 없이 점잖은 분이랍니다. 빨래감을 봐도 알 수 있지요."

문지기는 한쪽으로 비켜서야 했다. 불로뉴 숲으로 가는 3층 식구들의 마차가 지나가도록 해주려고 옥따브 자신도 잠시 문지기 방으로 들어갔다. 말들은 마부에 붙잡혀 고삐가 높이 올라간 채 앞발로 땅을 걷어차고 있었다. 포장이 닫힌 커다란 마차가 둥근 천장 아래를 지나갈 때 유리창 뒤로 잘생긴 두 아이가 보였고, 방글방글 웃는 아이들 얼굴이 부모의 어렴풋한 옆얼굴 윤곽을 가리고 있었다. 구르 씨는 정중하게, 그러나 냉담하게 다시 일어서 있었다.

"이 집에서 소리를 많이 안 내는 사람들이 바로 저분들이로군요." 옥따브가 한마디 했다.

"큰 소리 내는 사람은 아무도 없습니다." 문지기가 메마른 어투로 말했다. "각자 자기 식으로 사는 거지요. 그러면 된 겁니다. 처세하는 법을 제대로 아는 사람들이 있고 모르는 사람들이 있습죠."

3층 사람들은 아무하고도 왕래하지 않고 지낸다고 해서 가차 없는 비판의 대상이었다. 그래도 살기는 넉넉한 모양이에요. 남편이 책 쓰는 일을 한답니다. 구르 씨는 얕잡아 보는 투로 입을 내밀고 의심쩍어하는 빛을 보였다. 게다가 저들 부부는 이웃도 필요 없고 늘 더할 나위 없이 행복한 모양인데, 대체 집구석에서 무슨 짓들을 하는지 알 수가 없으니 더욱 수상쩍다는 얘기였다. 그것이 그의 눈에는 도무지 자연스럽게 보이지 않는다는 것이었다.

옥따브가 현관문을 여는데 발레리가 들어왔다. 그는 공손하게 한쪽으로 비켜서서 그녀가 자기를 앞질러 지나가도록 해주었다.

"안녕하십니까, 부인?"

"아유 그럼요, 잘 지내죠. 감사합니다."

그녀는 숨이 가빴다. 그녀가 올라가는 동안 그는 진흙투성이가 된 그녀의 외출용 단화를 바라보며 하녀들이 말하던, 머리를 밑에 두고 두 다리는 공중에 쳐들고서 한다는 점심 식사를 생각하였다. 아마도 그녀는 마차를 잡지 못해 걸어서 돌아온 모양이었다. 축축이 젖은 치마에서 텁텁하고 후끈한 냄새가 풍겨왔다. 온몸이 착 까부라지게 나른한 피로감으로, 그녀는 안 그러려고 애쓰면서도 때때로 층계 난간에 손을 짚었다.

"날이 참 궂지요, 부인?"

"고약한 날씨군요. 게다가 후덥지근하고요."

2층에 다다랐고 그들은 안녕히 가시라고 서로 인사했다. 그러나 한눈에 그는 초췌해진 그녀의 얼굴과 무겁게 내려앉은 눈꺼풀, 황급히 다시 매만져 쓴 모자 밑으로 헝클어진 머리칼을 보았다. 그래서 계속 계단을 오르며, 아니꼽고 분한 마음으로 곰곰 생각해보았다. 그렇다면 나하곤 안될 게 뭐람? 내가 남들보다 더 바보 같은 것도, 더 못생긴 것도 아닌데.

3층 쥐죄르 부인 집 문 앞에 오자 그는 전날 했던 약속이 퍼뜩 떠올랐다. 연보랏빛 도는 파란 눈의 조심성 많은 이 자그만 여인에 대해 일말의 호기심이 일었다. 그는 초인종을 눌렀다. 쥐죄르 부인이 몸소 문을 열어주었다.

"아! 당신이시군요. 아유, 고마워라. 좀 들어오세요."

곰팡내가 조금 나긴 했지만 집 안은 부드러운 분위기였다. 곳곳마다 융단이며 문에 드리운 커튼이 있고, 세간살이는 새털이불처럼 포근해 보이고, 무지갯빛 옛날 새틴으로 속을 댄 보석함처럼 미지근하고 생기 없는 분위기였다. 두겹으로 커튼이 쳐져 성당 제의실처럼 고요히 가라앉은 기분이 드는 응접실에서 옥따브는 널찍하고 아주 야트막한 긴 등받이의자에 앉아야 했다.

"이게 바로 그 레이스랍니다." 쥐죄르 부인이 천조각들로 가득한 백단 상자를 하나 가지고 다시 나타나서 말을 이었다. "이걸 누구한테 선물하고 싶은데, 값이 얼마나 나가는지 알고 싶어서요."

그것은 오래된 영국제 레이스 천조각이었는데, 매우 아름다웠다. 옥따브는 전문가답게 그 천을 찬찬히 훑어본 끝에 300프랑쯤 나가겠다고 했다. 그런 다음 두 사람 모두 레이스를 만지작거리고 있을 때 더 기다릴 것 없이, 그는 몸을 수그려 그녀의 손가락에 입 맞췄다. 어린 소녀같이 가느다란 손가락들이었다.

"옥따브 씨, 그러지 마세요. 이 나이에……" 쥐죄르 부인이 화도 내지 않고 어여쁘게 소곤거렸다.

그녀는 서른두살이었는데, 스스로 몹시 늙었다고 말하곤 했다.

그리고 늘 하듯이 자기의 불행에 대해 운을 뗐다.

　말도 마세요. 결혼한 지 열흘 만에 그 매정한 남자가 훌쩍 가버리더니 다시는 돌아오지 않았고, 왜 그랬는지는 아무도 모르는 일이랍니다.

　"아시겠어요," 그녀가 눈을 들어 천장을 보며 말을 계속했다. "이런 청천벽력을 겪고 나면 여자는 끝장이죠."

　옥따브가 계속 쥐고 있던 그녀의 따스한 작은 손은 그의 손 안에서 사르르 녹아드는 것 같았다. 그는 그 손가락에 계속 가볍게 여러차례 입 맞추었다. 그녀는 눈길을 다시 그에게 돌려 아리송하고도 다정한 태도로 그를 주시했다. 그러더니 어머니처럼 이 한마디만 했다.

　"어린애 같으니!"

　잘해보라는 뜻인 줄 알고 그는 그녀의 허리께를 잡아 의자 위로 끌어당기려 했다. 그러나 그녀는 앙탈도 하지 않고 몸을 빼더니, 그저 그가 장난친다고 생각하는 듯이 웃으며 그의 품에서 미끄러지듯 빠져나갔다.

　"안돼요, 날 가만 놔둬요. 우리가 계속 좋은 친구 사이로 지내길 바란다면, 날 건드리지 마세요."

　"그럼, 안된다는 건가요?" 그가 낮은 목소리로 물었다.

　"뭐라고요? 안되다뇨? 무슨 소리죠? 오! 손이라면 얼마든지 만지세요."

　그는 그녀의 손을 다시 잡았다. 그러나 이번에는 그 손을 펴서 손바닥에 입 맞췄다. 그녀는 눈을 반쯤 감고는 이 짓거리를 장난으로 돌리며, 암고양이가 제 발바닥 간질이라고 발톱을 쫙 펴주듯이 손가락을 벌렸다. 그녀는 손목 이상 올라가는 것을 허락하지 않았다. 첫날은 거기가 신성불가침의 선이고 그 이상 올라가면 말썽이 시작된다는 것이었다.

"본당 신부님께서 올라오세요." 루이즈가 장 보고 오는 길에 불쑥 들이닥치더니 말했다.

그 고아 소녀는 피부색이 노랗고, 얼굴은 개구멍받이 계집애답게 납작 찌부러진 모습이었다. 주인마님의 손 안에서 뭘 먹고 있는 남자를 보자 그녀는 천치 같은 웃음을 터뜨렸다. 그러나 마님이 한번 눈길을 주자마자 물러갔다.

"쟤가 아무짝에도 쓸모없을 것 같아 큰 걱정이랍니다." 쥐죄르 부인이 말을 이었다. "어쨌든 저런 가엾은 애들 중에 하나라도 바른길에 들여놓으려고 힘껏 노력은 해봐야겠지요. 자, 무레 씨, 이리 오세요."

그녀는 루이즈가 안내하고 있는 신부님을 응접실로 모시려고 옥따브를 식당으로 데려갔다. 식당에서 그녀는 그에게 나중에 다시 와서 얘기를 나누자고 했다. 그러면 자기로서는 좀 사람 사귈 기회가 될 거라고, 늘 이렇게 외롭고 서글프다고, 다행히 종교가 마음의 위안이 된다고 했다.

저녁 5시 무렵, 옥따브는 삐숑네 집에서 저녁 식사를 기다리며 푸근히 앉아 휴식다운 휴식을 맛보았다. 그 집은 그를 적이 놀라게 했다. 계단의 유복하고 장중한 모습을 대하고 촌놈다운 존경심에 사로잡힌 이후로, 그는 높디높은 마호가니 문들 뒤에서 무슨 일이 벌어지는지 알 만하다 싶어서 이제는 심한 경멸 쪽으로 마음이 기울어가고 있던 것이다. 참 알다가도 모를 일이었다. 이 안방마님들, 어찌나 요조숙녀들인지 처음엔 바짝 얼겠더니만, 지금은 까딱 신호 한번만 보내면 틀림없이 무너질 것처럼 보이니 말이다. 그래서 그 여자들 중 하나가 저항했을 때 그는 몹시 놀라고 원망스러웠던 것이다.

마리는 그가 아침에 자기에게 주려고 다락방에 올라가 찾아온 책 꾸러미를 찬장 위에 올려놓는 걸 보더니, 기뻐서 얼굴이 발갛게 달아올랐다. 그녀는 거듭거듭 말했다.

"자상도 하셔라, 옥따브 씨! 오! 고마워요, 고마워요! 일찍 와주시니 얼마나 좋은지 모르겠어요. 꼬냑 탄 설탕물 한잔 드릴까요? 그걸 드시면 입맛이 좀 나실 거예요."

그는 그녀를 기쁘게 해주려고 그러라고 했다. 그에겐 모든 게 정답게 보였다. 심지어 식탁에 둘러앉아 매주 일요일마다 늘 입에 올리는 화제를 이날도 천천히 되풀이하고 있는 삐숑과 뷔욤 씨 내외마저도 정겹게 보였다. 마리는 이따금씩 부엌으로 달려가서는 양고기 어깨 부위를 둥글게 말아서 굽는 요리가 잘 익어가나 살펴보았다. 그는 농담을 하며 과감히 그녀의 뒤를 따라가 화덕 앞에서 그녀를 붙들어 목덜미에 입 맞추었다. 그녀는 소리 지르지도 떨지도 않고 돌아서더니 이번에는 자기 쪽에서 여전히 차가운 입술로 그에게 입 맞추었다. 이 산뜻한 감촉이 옥따브에게는 감미롭게 느껴졌다.

"그래, 신임 장관은요?" 그는 제자리에 돌아오면서 삐숑에게 물었다.

그러나 직원 삐숑은 펄쩍 뛰었다. 교육부에 신임 장관이 올 거라고요? 전 전혀 모르는 일입니다. 사무실에서는 그런 일에 절대 관여하지 않거든요.

"날씨가 아주 나쁘군요." 그는 다른 말로 돌릴 것도 없이 대뜸 말을 이어버렸다. "바지를 깨끗이 입을 수가 없어요."

뷔욤 부인은 바띠뇰 동네에서 잘못 풀린 어느 처녀 이야기를 하고 있었다.

"이봐요, 젊은 양반, 내 말을 못 믿으실 거예요." 그녀가 말했다. "그 처녀는 가정교육을 나무랄 데 없이 받고 컸대요. 그런데 부모 슬하에서 하도 갑갑증이 나다보니 두번이나 길로 뛰어내리려 했다는 거예요. 정말 기막힐 일이지 뭐예요."

"창문에 창살을 달면 되지." 뷔욤 씨가 아무렇지 않게 말했다.

저녁 식사 분위기는 화기애애했다. 작은 등불 빛에 반짝이는 수수한 식기들을 둘러싸고 대화가 계속되었다. 삐숑과 뷔욤 씨는 교육부 직원들, 국장과 부국장들 얘기에 빠져서 헤어날 줄 모르고 있었다. 장인은 자기가 근무하던 때의 직원들 얘기만 고집스레 늘어놓다가 그들이 이젠 죽었다는 사실을 떠올렸다. 한편 사위 쪽은 복잡하기 짝이 없는 이름들을 늘어놓아 혼동을 일으키면서, 새로 온 직원들 얘기를 계속했다. 그러나 두 사람과 뷔욤 부인은 단 한가지 점에서만은 의견 일치를 보았다. 뚱뚱보 샤비냐는 마누라가 몹시 박색인데, 아이를 너무 많이 낳았다는 것이다. 그 사람 형편에 그건 미친 짓이라고 했다. 옥따브는 긴장이 느슨히 풀리고 흐뭇하여 빙그레 웃고 있었다. 이렇게 기분 좋은 저녁나절을 보내는 것은 참 오랜만의 일이었다. 심지어 그는 확신에 차서 샤비냐를 비난하기까지 했다. 마리는 옥따브가 남편 곁에 앉아 있는 걸 보고도 전혀 감정의 동요 없이, 좀 지친 듯하지만 수동적이고 순종하는 태도로 각자의 취향에 맞춰 두 남자의 시중을 들면서, 순진한 여자답게 해맑은 시선으로 옥따브의 마음을 가라앉혀주었다.

10시가 되자 뷔욤 씨 내외가 어김없이 일어섰다. 삐숑은 모자를 썼다. 일요일마다 사위는 장인 장모를 합승마차 타는 데까지 배웅하곤 하는 것이었다. 그것은 결혼 직후부터 생긴 습관이었다. 그리고 혹시라도 그가 이렇게 배웅하지 않아도 된다고 생각했다면 뷔욤 씨 내외는 몹시 자존심이 상해했을 터였다. 셋은 리슐리외 거리까지 가서 조촘조촘 그 길을 따라 다시 올라가며 눈으로는 바띠뇰행 합승마차를 열심히 찾았지만, 마차는 늘 만원인 채 지나가곤 했다. 그러다보면 삐숑이 내친걸음에 몽마르트르의 처가댁까지 가는 일도 종종 있었다. 장인 장모를 마차에 태워드리기 전에 먼저 돌아오는 걸 스스로 용납 못했기 때문이었다. 그들은 아주 천천히 걸었기 때문에 삐숑이 갔다 오려면 두시간 정도는 걸리곤 했다.

층계참에서 모두들 다정한 악수를 나누었다. 마리와 함께 다시 그 집으로 들어가면서 옥따브는 태연히 말했다.

"비가 와요. 쥘은 자정이나 돼야 들어올 겁니다."

일찌감치 릴리뜨는 재워놓은 터라, 그는 즉시 마리를 무릎에 앉히고 잔에 남은 커피를 그녀와 나눠 마셨다. 마치 손님들이 가니까 얼씨구나 하며 집에 들어앉아 문 닫아걸고 가족끼리만 오붓하게 남아 들뜬 기분으로 아내를 마음 편히 안을 수 있게 된 남편 같았다. 좁은 방엔 달걀흰자로 만든 과자의 바닐라 향내가 남아 있었고 더워서 잠이 절로 올 듯한 분위기였다. 그가 마리의 턱밑에 가볍게 여러차례 입을 맞추는데, 누가 문을 두드렸다. 마리는 두려워하지 않았다. 문을 두드린 사람은 조스랑 씨의 아들, 머리가 좀 이상한 바로 그 녀석이었다. 이 집과 문을 마주한 자기 집에서 빠져나올 수 있을 때면 사뛰르냉은 그녀의 부드러움에 이끌려 이렇게 뜬금없이 얘기하러 오곤 하는 것이었다. 둘은 십여분간 아무 말 안하고 있기도 했고, 띄엄띄엄 밑도 끝도 없는 몇마디 말만 주고받으면서도 마음이 아주 잘 맞았다.

옥따브는 몹시 언짢아져서 잠자코 있었다.

"우리 집에 손님이 왔어요." 사뛰르냉이 더듬거리며 말했다. "날 식탁에 함께 앉히지 않는데, 아무래도 좋아요. 그래서 난 자물쇠를 부수고 도망쳐 나왔죠. 그들을 보기 좋게 골탕 먹인 거죠."

"식구들이 걱정할 거예요. 집에 들어가야지요." 옥따브의 못 참겠다는 듯한 태도를 보고 마리가 말했다.

그러나 사뛰르냉은 좋아 죽겠다고 웃었다. 그러고는 자기 집에서 식구들이 뭘 하는지를 더듬더듬 말했다. 그는 여기 올 때마다 무엇보다도 자기 기억을 털어놓으려는 것 같았다.

"아빤 어제도 밤새도록 일했어요. 엄만 베르뜨의 따귀를 때렸어요. 말 좀 해봐요. 결혼하면 안 좋은 건가?"

마리가 대꾸하지 않자 그는 더 기가 살아서 계속했다.

"난, 난 시골 가기 싫어요. 내 동생 건드리기만 하면 내가 그것들 목을 확 졸라버릴 거예요. 밤에 해치우면 쉬워요. 자는 사이에…… 갠 손바닥이 편지종이처럼 보들보들해요. 그렇지만 개 말고 또 한 여동생은 더러운 계집애예요."

그는 횡설수설하고 또 하고, 자기가 무슨 얘기를 하러 온 것인지도 표현해내지 못했다. 옥따브가 있다는 것을 알아차리지도 못한 그를 마리는 끝내 억지로 그 부모네 집으로 다시 밀어 넣었다.

그러자 옥따브는 또다시 방해받을까 겁이 나 그녀를 자기 방으로 데려가려 했다. 그러나 그녀는 두 뺨에 갑자기 피가 확 몰리더니 싫다고 했다. 그는 이렇게 수줍어하는 태도를 이해할 수가 없어서, 혹시 쥘이 올라온대도 올라오는 소리가 잘 들릴 거고 그녀가 집으로 살짝 도로 들어갈 만한 시간 여유는 있을 거라고 거듭 말했다. 그리고 그가 그녀를 자기 집으로 질질 끌고 가자 그녀는 모욕당한 여자처럼 분개하여 머리끝까지 화를 냈다.

"안돼요, 당신 방에선, 절대로! 그건 너무 천한 짓이에요. 우리 집에 그냥 있어요."

그리고 그녀는 뛰어가 자기 집 끝 쪽으로 피신했다. 이처럼 뜻하지 않은 저항에 놀라 옥따브가 층계참에서 머뭇거리고 있는데, 격렬한 말다툼 소리가 뜰 쪽에서 올라왔다. 정말이지 일마다 모두 뒤죽박죽 얽히고설키는군. 그냥 가서 자는 것이 나을 뻔했네. 이런 시각에 이런 소동이 일어난다는 것은 워낙 전에 없던 일이라 그는 마침내 창문을 열고 귀를 기울였다. 밑에서는 구르 씨가 소리치고 있었다.

"못 간다면 못 가요! 집주인 양반도 벌써 아신다니까. 그분이 몸소 내려와 당신을 쫓아내실 거요."

"뭐요? 쫓아내?" 큰 목소리가 대꾸했다. "내가 집세를 제때 안 냅디까? 자, 갑시다, 아멜리. 저 양반이 당신을 건드리면 재미없을 걸!"

꼭대기 층에 사는 막일꾼이 아침에 쫓겨나던 그 여자와 함께 집에 들어오는 길이었다. 옥따브는 몸을 구부정히 숙이고 내려다보았다. 그러나 안뜰의 시커먼 구멍에서 보이는 것이라고는 이리저리 어른거리는 커다란 그림자들뿐이었고 그 그림자 사이로 현관 가스등의 반사광이 비치고 있었다.

"바브르 영감님! 바브르 영감님!" 목수에게 떠밀린 문지기가 다급한 목소리로 불렀다. "빨리, 빨리요, 어, 저 여자 들어가네!"

다리가 성치 못한데도 구르 부인은 집주인을 찾으러 갔고, 마침 집주인은 자신이 힘을 기울인다는 그 작업을 하고 있었다. 집주인 영감이 내려왔다. 그가 노기등등하여 거듭 말하는 소리가 들렸다.

"이건 차마 못 볼 꼴이야. 끔찍한 일이라고. 내 집에선 절대 이런 일은 안돼!"

그러더니 자기가 나타나자 우선은 찔끔한 듯한 막일꾼을 향해 소리쳤다.

"이 여자 당장 내보내요, 당장! 알겠소? 우린 이 집에 여자들 드나드는 거 원치 않는단 말이오."

"하지만 이 여잔 내 마누라라고요." 황망 중에도 막일꾼이 대꾸했다. "이 사람은 남의집살이하고 있는데, 한달에 한번 주인들이 허락할 때만 온다고요. 그런데 이 무슨 트집! 내가 내 마누라랑 자겠다는데 지금 막겠다는 거요 뭐요!"

갑자기, 문지기와 집주인은 분별력을 잃었다.

"이 집에서 나가시오." 바브르 씨가 더듬거렸다. "그리고 앞으로는 내 소유의 이 건물을 추잡한 장소로 취급하는 걸 금하겠소. 구르, 이 여자 내쫓아버려요. 이봐요, 되지 못한 거짓말은 하지도 마시오. 결혼했으면 했다고 말을 해야지. 닥쳐요, 더 이상 버르장머리 없는 행동은 말라고!"

사람 좋은 목수는 한잔 걸친 듯 마침내 웃기 시작했다.

"아무든 참 희한하군요. 이 건물 주인장이 싫다시니 당신은 주인집으로 돌아가구려, 아멜리. 애는 다음번에 만들자고. 정말이오, 자식 하나 만들어보려고 그랬다니깐…… 이거야 원, 이 집에서 나가라니 기꺼이 그렇게 하지요. 이따위 집구석에 붙어 있느니 얼마든지 나가겠소! 그래 이 집에선 참 깔끔한 일들만 생기더군. 겉 다르고 속 다른 두엄 같은 것들만 여기저기 뒹굴고 있는데, 자기 건물에 여자를 들이지 말라고? 층층이 잘 차려입은 더러운 여자들이 문 뒤에서 개처럼 살아가는 꼴은 참아주면서 말이지. 천한 것들, 더러운 졸부들!"

아멜리는 남편에게 더 큰 폐를 끼치지 않으려고 총총히 가버렸다. 남자는 야유조로, 화도 안 내고 계속 걸쭉한 농지거리를 해댔다. 그러는 동안 구르 씨는 물러나는 바브르 씨를 호위하면서 자기 생각을 목청 높여 떠들어댔다. 상것들이란 어찌나 더러운 것들인지! 막일꾼 하나만으로도 온 집안 분위기를 잡친다니까!

옥따브는 창을 도로 닫았다. 그런데 그가 마리 곁으로 되돌아가는 순간, 복도를 날렵한 걸음으로 지나가던 웬 사람이 그와 부딪쳤다.

"아니, 이거 또 당신이군!" 그가 트뤼블로를 알아보고 말했다.

트뤼블로는 잠시 기가 막힌 듯 서 있었다. 그러더니 자기가 왜 여기 있는지 설명하려 했다.

"그래, 나요. 방금 조스랑 씨 댁에서 저녁 먹고 올라가는 거요."

옥따브는 울컥 반감이 치솟았다.

"오, 그 걸레 같은 아델하고! 절대 아니라더니만."

그러자 트뤼블로는 희희낙락하며 평소처럼 당당한 모습으로 돌아왔다.

"이보슈, 내 장담하지만, 걔 살결은 아주 멋지다니까. 당신은 아마 짐작도 못할걸!"

이어, 그는 막일꾼이 지저분한 여자 문제를 일으키는 바람에 하마터면 자기가 뒷계단에 있는 걸 들킬 뻔했고 그래서 중앙계단으로 돌아와야 했다며 분개했다. 그러고는 슬며시 내빼며 말했다.

"기억해두쇼. 다음 목요일에 내 뒤베리에의 내연녀 집에 데려가지. 저녁이나 같이 먹자고요."

집은 다시 평소처럼 깊은 고요 속에, 정숙한 규방閨房들로부터 스며 나오는 듯한 그 종교적인 침묵 속에 잠겼다. 옥따브는 침실의 부부 침대 가장자리에서 베개를 정돈하고 있는 마리에게로 다시 갔다.

꼭대기 층 하녀방에서는 의자 위에 대야와 헌 슬리퍼 한짝이 성가시게 놓여 있어, 트뤼블로는 아델의 좁다란 간이침대 위에 앉았다. 그리고 하얀 넥타이를 맨 정장 차림으로 기다리고 있었다. 잠자러 올라오는 쥘리의 발소리를 알아차리자, 여자들 사이에 시비가 붙는 것이 늘 두려운지라 그는 숨을 죽였다.

마침내 아델이 나타났다. 그녀는 화가 나 있었고 그의 멱살을 와락 잡았다.

"당신, 말 좀 해봐. 내가 식사 시중들 때 날 깔아뭉개지 좀 않을 수 없어?"

"뭐라고, 널 깔아뭉겠다고?"

"그렇다마다, 날 쳐다보지도 않지, 빵을 갖다 달라고 하면서 '부탁합니다' 소리도 안하지. 그래, 오늘 저녁 내가 송아지고기를 돌릴 때 당신은 날 알지도 못한다는 거 같았어. 지긋지긋하다고, 알겠어? 온 건물 사람들이 내게 별의별 상소리를 다 해대며 괴롭히지. 거기다 당신까지 다른 사람들과 맞장구를 치니 이건 해도 너무하잖아."

그녀는 화를 내며 옷을 벗었다. 그러고는 삐거덕거리는 낡은 침대 위에 털썩 누우며 등을 돌렸다. 그는 비굴하게 비위를 맞출 수밖에 없었다.

그러는 동안 옆방에서는 취기가 가시지 않은 목수가 혼잣말을 하고 있었는데, 어찌나 목소리가 큰지 복도 전체에 그 소리가 쩌렁쩌렁 울렸다.

"아무리 생각해도 터무니없군. 내 마누라랑 못 자게 하다니! 내 집에 여자는 들이지 말라고? 이런 명청한 자식! 지금 당장 가서 이 불 속들 좀 들춰보지 그래!"

7

보름 전부터 조스랑 부부는 베르뜨의 지참금을 내놓게 만들려고, 상스러운 언동을 하는데도 바슐라르 외삼촌을 거의 매일 저녁 식사에 초대했다.

결혼 소식을 듣고서 그는 조카딸의 뺨을 가볍게 한번 톡 치며 이렇게 말할 따름이었다.

"뭐, 너 결혼한다고? 아, 거 참 잘됐구나, 얘야."

그리고 누가 돈 얘기만 꺼냈다 하면 술독에 빠져 정신을 못 차리는 난봉꾼 같은 모습을 과장하면서 아무 말도 못 들은 척했다.

그래서 조스랑 부인은 그를 신랑감 오귀스뜨와 함께 저녁 식사에 초대해야겠다는 생각을 했다. 그 청년을 직접 보면 오빠가 마음을 결정하겠지 싶었던 것이다. 가히 영웅적이라 할 만한 방법이었다. 왜냐하면 이 가족은 나쁜 인상을 남기게 될까봐 외삼촌을 남 앞에 내보이기를 늘 꺼려왔기 때문이다. 그런데 외삼촌은 꽤 점잖게 처신했다. 다만 까페에서 묻힌 것인지 조끼에 시럽 자국이 커다랗게 얼룩져 있을 뿐이었다. 그러나 오귀스뜨가 자리를 뜬 뒤 동생이 신랑감을 어떻게 생각하느냐는 둥 물어대자, 그는 발목 잡힐 말은 않고 이렇게만 대답했다.

"좋아, 좋더구면."

매듭을 지어야 했다. 일이 다급했다. 그래서 조스랑 부인은 아예 사정을 그대로 설명해버리자고 마음먹었다.

"우리 이렇게 식구끼리 모인 김에 말씀인데요. 얘들아, 우리끼리만 좀 있게 해줘. 외삼촌 모시고 할 얘기가 있단다. 베르뜨, 너는 사뛰르냉 좀 감시하거라. 또 자물쇠를 뜯지 못하게 말이다."

식구들이 동생의 결혼 문제에 골몰하면서부터 사뛰르냉은 식구들 몰래 불안한 눈길로 무언가를 냄새 맡듯 이 방 저 방 어정거렸다. 게다가 그는 식구들이 두 손 두 발 다 들어버린 악마적 상상력을 지니고 있었다.

"내가 알아볼 것 다 알아봤어요." 남편과 오빠와 함께 문을 닫고 들어앉아 조스랑 부인이 말했다. "바브르 씨네 형편은 이래요."

그녀는 장황하게 숫자들을 늘어놓았다. 바브르 영감은 베르사이유에서 여기 올 때 50만 프랑을 갖고 왔다고 했다. 이 집을 짓는 데 30만 프랑이 들었다 해도 수중에 20만 프랑이 남아 십이년 전부터 이자를 낳고 있다는 것이다. 게다가 해마다 그는 집세로 총 2만 2000천 프랑을 받고 있었다. 영감이 뒤베리에 내외의 집에 기거하면서 거의 돈을 쓰지 않으니, 결국 모두 합하면 50내지 60만 프랑을 가진데다 이 건물까지 소유하고 있는 셈이었다. 그러니 아주 푸짐한 유산 상속의 희망이 있다는 것이었다.

"그럼 그 영감 못된 버릇은 없나?" 바슐라르 외삼촌이 물었다.

"난 그가 증권 투자를 하는 줄 알고 있었는데."

그러나 조스랑 부인이 다시 소리쳤다. 큰 작업에 몰두해 있다는 그렇게 차분한 노인네가 그럴 리 없지요. 적어도 그 노인네는 한밑천 따로 장만해놓을 만한 능력은 보여준 사람이라니까요. 그러면서 그녀는 남편을 바라보며 씁쓸히 웃었고, 남편은 고개를 떨궜다.

바브르 씨의 삼남매인 오귀스뜨, 끌로띨드, 떼오필은 어머니 사망 후 각기 10만 프랑씩을 받았다. 떼오필은 사업을 말아먹은 다음, 남은 유산을 가지고 겨우겨우 살아가고 있었다. 끌로띨드는 피아노 말고는 달리 열중하는 일이 없으니 자기 몫의 재산을 틀림없이 어디다 투자해놓았을 것이었다. 그리고 오귀스뜨는 오랫동안 따로 챙겨둔 자기 몫의 10만 프랑으로 아래층 가게를 얼마 전에 사들여 비단장사에 모험적으로 뛰어든 것이었다.

"당연한 일이지만," 외삼촌이 말했다. "그 늙은이는 자식들 결혼시키면서 한푼도 안 준다고."

맙소사! 그 영감은 뭘 주는 것을 결코 좋아하지 않는다는 것이다. 안됐지만 그건 틀림없는 사실인 것 같았다. 끌로띨드를 결혼시키면서 지참금 8만 프랑을 주기로 철석같이 약속했지만, 뒤베리에는 1만 프랑밖엔 구경한 적이 없다고 했다. 그런데도 그 돈 내놓으라는 말 한마디 하지 않고 장인을 먹여 살리기까지 하며 그 구두쇠 노릇을 부채질하고 있으니, 그건 아마도 장차 장인의 재산에 손을 뻗치려는 꿍꿍이속인 것 같다고 했다. 마찬가지로 떼오필이 발레리와 결혼할 당시에는 5만 프랑을 주겠다고 약속해놓고, 처음에는 겨우 이자만 주더니 그다음에는 아예 금고에서 한푼도 꺼내지를 않았고, 한술 더 떠 아들 내외에게 집세를 요구하기까지 했다. 떼오필 내외는 유산상속인 명단에서 지워질까 겁나서 집세를 내고 있었다. 그러니 오귀스뜨가 혼인계약 당일 자기 몫으로 받게 돼 있다는 5만 프랑을 너무 기대해서는 안된다는 얘기였다. 아버지가 몇년 간 가겟세를 안 받는다고만 해도 그걸로 감지덕지해야 할 거라고 했다.

"아무렴!" 바슐라르가 단언했다. "부모 쪽에서 보면 언제나 힘든 법이지. 누구든 지참금은 말만 하지 정말로 주는 법이 없다니까."

"오귀스뜨 얘길 다시 해봅시다." 조스랑 부인이 계속했다. "그 사람이 앞으로 받을 유산 얘긴 이미 했고, 단 하나 위험은 뒤베리에 내외 쪽에 있으니, 베르뜨가 그 집 식구가 되면 그들을 가까이서 살피는 게 좋을 거예요. 현재로선 오귀스뜨가 6만 프랑에 가게를 산 뒤 남은 4만 프랑으로 장사를 시작한 거라고요. 다만 이 액수론 가게 운영에 부족하게끔 됐다뿐이죠. 또 한편 그는 독신이니, 아내가 필요하죠. 그래서 결혼하려고 하는 거예요. 예쁘장한 베르뜨가 계산대에 앉아 있는 모습이 벌써 눈앞에 삼삼한 거라고요. 그리고 지참금 얘기인데, 5만 프랑이면 무시 못할 금액이라서 그 사람이 마음을 결정한 거예요."

바슐라르 외삼촌은 눈썹 하나 까딱하지 않았다. 그는 마침내 애틋한 어조로, 자기는 좀더 나은 자리를 바랐노라고 말했다. 그리고는 조카사윗감을 도마에 올렸다. 맘에 드는 총각이야, 그건 틀림없어. 하지만 너무 나이가 들었어. 들어도 너무 들었거든, 서른셋이 넘었다니 말이야. 게다가 두통으로 늘 얼굴을 찌푸리고 있지. 한마디로 침울한 모양새라, 장사할 만큼 확 핀 얼굴이 못되지.

"그럼 다른 신랑감이라도 있수?" 참다못해 조스랑 부인이 물었다. "빠리를 온통 들쑤신 끝에 결국 그 사람을 찾은 거라고요."

게다가 그녀는 결코 환상을 품고 있지 않았다. 그녀는 사윗감을 두고 껍질 벗기듯 차근차근 따져보았다.

"아주 총기 있는 사람이야 아니죠. 좀 멍청한 것 같기도 해요. 게다가 청춘 시절이라곤 아예 겪어보지도 못했죠. 몇년은 생각해야 겨우 한걸음 내디디는 그런 우유부단한 남자들은 나도 경계한다고요. 이 총각은 두통 때문에 중학교를 중퇴하고 십오년간 별 볼 일 없는 가게 점원으로 있다가, 큰맘을 먹고 수중의 10만 프랑에 손을 댄 거래요. 그 돈도 내가 보기에는 자기 아버지가 이자를 슬쩍 떼어먹은 것 같습디다만…… 그래요, 그렇긴 해요. 박력 있는 사람은 아녜요."

그때까지 조스랑 씨는 묵묵히 입을 다물고 있다가 용기를 내어 말했다.

"그렇다면, 여보. 왜 이 혼사를 고집하는 거요? 만일 그 친구 건강이 안 좋다면……"

"건강은 문제가 아냐." 바슐라르가 끼어들었다. "그것 때문에 뭘 못하는 건 아니라고. 베르뜨가 나중에 재혼하기란 어렵지 않은 일 일 테니까."

"그래도, 무능하다면," 아버지가 말을 이었다. "만약 우리 딸을 불행하게 만든다면……"

"불행하게라니!" 조스랑 부인이 소리 질렀다. "내가 내 자식을 오다가다 걸린 아무한테나 내던져줄 것 같수. 식구끼리니까, 요모조모 따져보는 거죠. 나이가 먹었다, 못생겼다, 총기가 없다, 이렇게 말이에요. 그냥 얘기해보자는 거 아녜요? 그야 당연한 일이죠. 다만 한가지, 내 말은 그 총각이 사람 하나는 참 괜찮으니, 그 이상의 신랑감은 찾을 수 없을 거란 얘기죠. 솔직히 말해서, 베르뜨로선 언감생심 꿈도 못 꾸던 신랑자리라고요. 내 장담할 테니, 아니거든

내 손에 장을 지지슈!"

그녀는 일어서 있었다. 찔끔 입을 다문 조스랑 씨가 의자를 뒤로 뺐다.

"단 한가지 겁나는 게 있어요." 그녀는 오빠 앞에 결연히 버텨 서서 말을 계속했다. "혼인계약 당일에 우리가 지참금을 내지 않아 그 사람이 결혼하기 싫다고 하면 어쩌나 하는 거예요. 그럴 만도 하지요. 그 총각은 돈이 필요하니까요."

그런데 이 순간 그녀는 뒤쪽에서 열에 뜬 듯 헐떡이는 숨소리를 듣고 돌아보았다. 사뛰르냉이 빠끔 열린 문틈으로 고개를 들이밀고 늑대 같은 눈을 하고는 얘기를 듣고 있었다. 그러자 모두들 혼비백산했다. 사뛰르냉의 말로는 거위고기를 꿰려고 부엌에서 꼬챙이를 하나 훔쳤다는 것이다. 얘기가 돌아가는 품이 심히 걱정스러웠던 바슐라르 외삼촌은 이 위기를 적절히 이용했다.

"나오지들 말라고." 그는 응접실 곁방에서 소리쳤다. "난 먼저 갈게. 고객 한분과 자정에 약속이 있거든."

식구들이 사뛰르냉을 겨우 자리에 눕히고 나니 조스랑 부인은 길길이 뛰며, 저놈을 정신병원에 가둬두지 않으면 끝내 무슨 끔찍한 일을 저지르고 말 거라고, 늘 감추면서 살자니 이건 사는 것도 아니라고, 앞으로 저 애를 더는 집 안에 두지 못하겠노라고 선언했다. 쟤가 집에 있어 손님들이 정 떨어지고 겁먹는 한, 동생들은 절대 결혼할 수 없을 것이라는 말이었다.

"조금만 더 기다려봅시다." 이런 식으로 아들과 헤어질 걸 생각하니 가슴이 찢어지는 듯하여 조스랑 씨가 웅얼거렸다.

"안돼요, 안돼!" 어머니가 말했다. "난 저 애 손에 찔려 죽고 싶진 않아요. 난 오빠를 붙들고 막다른 골목까지 몰아붙일 참이었다고요. 아무러면 어때요. 내일 베르뜨를 데리고 오빠를 찾아가서 다시 다그치는 거예요. 어디 약속을 계속 안 지키고 빠져 달아날 배짱이 있는지 두고 봅시다. 게다가 베르뜨는 어차피 제 대부님을 한번 찾아뵙는 게 도리 아녜요? 예의상 합당한 일이죠."

다음날 베르뜨 부모와 베르뜨 이렇게 세 사람은 앙기엥 거리의 커다란 건물 지하와 1층을 차지한 외삼촌네 가게를 공식 방문했다. 마차들이 문을 꽉 막고 있었다. 유리창을 댄 안뜰에서는 물건 담는 인부들 한패가 상자에 못을 박고 있었고, 열린 창구로는 구석구석마다 물건들이 쌓여 있는 것이 보였다. 말린 채소, 비단, 문구류와 돼지기름, 고객들이 위탁한 갖가지 상품들과 값이 떨어졌을 때 위험을 무릅쓰고 미리 사놓은 물건들로 온통 꽉 차 있었다. 커다란 딸기코에 간밤의 취기로 아직도 눈이 시뻘겋지만 그래도 장부를 대하자마자 총기가 말짱히 되살아나고 다시 눈치 빠른 인물로 변한 바슐라르가 거기 있었다.

"아니, 너희들 왔구나!" 그가 몹시 성가신 듯 말했다.

그러고는 자기가 유리창으로 내다보며 부하 직원들을 감시하는 장소인 작은 골방으로 그들을 안내했다.

"베르뜨를 데리고 왔어요." 조스랑 부인이 설명했다. "앤 오빠께 신세 많이 진 걸 알고 있지요."

이어 베르뜨가 외삼촌께 인사로 볼에 입을 맞춘 뒤 어머니의 눈짓 신호를 받고 뜰로 나가서 물건들에 관심을 보이고 있는 사이에, 어머니는 결연히 본론을 끄집어냈다.

"들어봐요, 나르시스 오빠. 우리 형편은 이렇답니다. 오빠의 인정 많은 마음씨와 약속을 믿고, 난 지참금 5만 프랑을 준다고 약속해놨어요. 그 돈을 안 주면 이 혼사는 깨져요. 이왕 일이 여기까지 왔는데, 그렇게 된다면 남부끄러운 일이죠. 우리 식구를 그런 곤경 속에 빠지게 내버려 두진 않으시겠죠?"

그러나 바슐라르의 눈빛은 이미 흔들리고 있었다. 그는 몹시 취한 듯 말을 더듬었다.

"뭐야, 네가 약속했다고? 약속하면 안되지. 약속, 그거 안 좋은 거야."

그는 자기의 딱한 사정을 얘기하며 징징거렸다. 말총 값이 오를 거라 예상하고 재고품을 모조리 사들였지만 예상이 완전히 빗나가 말총 값은 떨어져, 손해를 무릅쓰고 다 내다 팔지 않을 수 없게 됐다는 것이다. 그는 서둘러 장부를 펴고 영수증들을 한사코 보여주려 했다. 파산지경이라는 것이다.

"어디 잘해보십쇼!" 이젠 못 참겠다 싶어 조스랑 씨가 마침내 말했다. "형님 사업을 내 알지요만, 그 큰 덩치만큼이나 엄청나게 벌고 있죠. 돈을 물 쓰듯 펑펑 써버리지만 않는다면 돈방석 위에 앉을 겁니다. 난, 형님께 아무것도 달라는 것 없어요. 이런 짓을 하고 싶어 한 건 엘레오노르죠. 하지만 이 말만은 해야겠어요. 바슐라르 형님, 우리를 뭘로 아십니까. 십오년 전부터 토요일마다 내가 장부를 점검해주러 갈 때면 형님은 늘 내게 약속했지요."

외삼촌은 그의 말을 막으며 가슴팍을 거세게 두드렸다.

"내가 약속했다고? 이럴 수가…… 아니, 아니야, 내가 알아서 하게 놔둬. 나중에 보자고. 난 누가 아쉬운 소리 하는 건 싫어. 그런 소리 들으면 맘이 언짢고, 몸이 아파진다니까. 나중에 두고 보자고."

조스랑 부인마저도 그 이상은 아무 소득도 얻어낼 수 없었다. 그는 그들의 손을 부여잡고 눈물을 훔치며, 자기 속마음과 가족에 대한 애정을 운위하면서 더는 자기를 괴롭히지 말아달라고 애원했다. 그러면 나중에 섭섭지 않게 해주마고 하느님을 두고 맹세했다. 자기도 의무를 알고 있으며 끝까지 이행하겠다는 것이었다. 베르뜨는 장차 외삼촌의 인정 많은 마음을 알게 될 거라고 했다.

"그런데 지참금 보험은 어떻게 됐지?" 그가 능청스러운 목소리로 말했다. "너희 부부가 애 앞으로 들어놓은 보험금 5만 프랑 말이야."

조스랑 부인은 어깨를 으쓱했다.

"그건 십사년 전부터 이미 물 건너간 일이에요. 네번째 보험금을 부을 때부터 2000프랑을 낼 도리가 없었다는 얘기, 벌써 스무번은 되풀이했겠네요."

"괜찮아," 그가 한쪽 눈을 찡긋하며 소곤거렸다. "그 보험 얘기를 신랑 집에다 하라고. 그리고 지참금은 좀 시간을 두고 천천히 주기로 하고…… 지참금이란 워낙 한몫에 내주는 법이 아니거든."

조스랑 씨가 욱해서 일어섰다.

"뭐라고요! 우리한테 할 말이 고작 그것뿐이세요!"

그러나 외삼촌은 이 말뜻을 잘못 알아듣고 부득부득 관례를 내세웠다.

"절대로, 알겠나! 선금만 한번 내고 그다음엔 이따금씩 내주는 게야. 바브르 영감을 좀 보게나. 그리고 우리 아버지가 자네에게 엘레오노르의 지참금을 주시던가? 안 줬지, 그렇지? 누구든지 자기 돈은 꿍쳐두는 법이라니까."

"결국은, 치사한 짓을 하라는 충고군요!" 조스랑 씨가 소리쳤다. "나보고 거짓말을 하란 말이죠. 그 보험증서 얘길 지어내서 사기를 치란 말이죠!"

조스랑 부인이 남편을 말렸다. 오빠가 제의한 묘안을 듣고 그녀는 깜짝 놀랐다. 왜 진작 그 생각을 못했을까 싶었던 것이다.

"세상에! 여보, 웬 성질이 그리 급해요. 나르시스 오빠가 당신더러 사기를 치라는 말은 아니잖수."

"물론이지." 외삼촌이 우물거렸다. "증서를 보여줄 필요는 없지."

"그저 시간을 벌기만 하면 돼요." 그녀가 계속했다. "지참금을 주겠다고 약속해요. 언제나 나중에 준다고 미루면 되는 거니까."

그러자 이 정직한 남편의 양심은 그만 폭발하고 말았다. 안돼, 난 못해. 이번에도 또 그런 쪽으로 모험을 하긴 싫어. 이래도 흥 저래도 흥이니까 언제나 남들한테 이용만 당해 그런 짓들을 차츰 받아들이게 되고, 그러고 나면 하도 기가 막혀 그만 병이 나버린다고. 줄 돈이 없으니 자기로서는 지참금을 그쪽에 약속할 수 없다는 것이다.

바슐라르는 유리창으로 가서 손가락 끝으로 유리를 톡톡 두드리며, 이런 식의 가책에 대해 자기가 느끼는 완벽한 경멸을 나타내 보이려는 듯이 나팔 소리를 휘파람으로 휘휘 불어대고 있었다. 조스랑 부인은 서서히 쌓여가는 분노로 핼쑥하게 질려 남편의 말을 듣고 있다가 갑자기 부아통을 터뜨렸다.

"일이 이쯤 되었으니 이 혼사는 성사될 거예요. 내 딸한테는 마지막 기회예요. 걔가 이 기회를 놓치게 되느니 차라리 내 손목을 자르겠수. 남들이야 어찌 되든 할 수 없죠. 누구든 궁지에 몰리면 못할 일이 없게 되는 법이니까요."

"그럼, 딸을 결혼시킬 수 있다면 살인이라도 하겠소?"

그녀는 똑바로 일어섰다.

"그래요!" 그녀는 격분하여 말했다.

그러고는 회심의 미소를 지었다. 외삼촌은 이 풍파를 가라앉혀
야 했다. 그렇게 티격태격한들 무엇 하나? 서로 사이좋게 사는 게
낫지. 그러자 아직도 말다툼의 뒤끝이 남아 부르르 떨고 있던 조스
랑 씨는 정신이 멍하고 지쳐서 마침내 이 일을 뒤베리에와 의논해
보기로 했다. 아내 말대로라면 모든 게 뒤베리에한테 달렸다니 말
이다. 다만 판사가 기분 좋을 때를 맞추기 위해, 외삼촌은 모처에서
그를 만나게 해주겠노라고 매제에게 제안했다. 그 집에서 만나면
뒤베리에는 그 무엇도 거절하지 못할 거라는 얘기였다.

"그냥 만나만 보는 겁니다." 여전히 항의조로 조스랑 씨가 잘라
말했다. "맹세코 난 절대 말려들지 않을 거라고요."

"그럼, 그럼," 바슐라르가 말했다. "엘레오노르가 자네 얼굴에
먹칠할 일은 부탁하지 않잖아."

베르뜨가 돌아왔다. 그녀는 과일을 설탕에 절여 만든 정과 상자
들을 보았고, 외삼촌을 호들갑스레 쓰다듬은 뒤 그 상자 하나를 선
물 받아보려고 했다. 그러나 외삼촌은 어느 결에 다시 말을 더듬고
있었다. 그건 안돼, 벌써 계산이 다 끝났는걸. 바로 오늘 저녁 상뜨
뻬쩨르부르그로 보낼 물건이라고. 상상할 수 있는 물건이란 물건
은 죄다 대들보까지 잔뜩 쌓여 있는 널따란 가게의 분주한 모습을
보고 원리 원칙도 없이 사는 인간이 벌어들인 이 많은 재산에 배
아파하며, 또 한편 그저 청렴하기만 할 뿐 무능한 남편의 모습을
씁쓸히 돌이켜보며 여동생이 머뭇거리는 사이에, 그는 천천히 그
들을 길 쪽으로 내몰았다.

"자, 그럼 내일 저녁 9시쯤에 뮐루즈 까페에서 보자고." 바슐라
르가 길에서 조스랑 씨와 악수를 하며 말했다.

바로 그다음 날이 되어, 저녁을 함께 먹은 옥따브와 트뤼블로는

뒤베리에가 사귀는 여자인 끌라리스네 집으로 가기 전에 뮐루즈 까페에 들렀다. 그녀가 멀리 떨어진 스리제 거리에 살고 있긴 했지만 그래도 너무 이른 시간에 도착하지 않으려고 그렇게 한 것이었다. 시간은 겨우 8시였다. 그들이 들어서자 까페 저쪽 끝, 따로 떨어진 방에서 맹렬히 다투는 소리가 나서 그들의 눈길이 그쪽으로 쏠렸다. 거기서는 이미 얼근히 취해 두 뺨이 시뻘건 거구의 바슐라르가 창백하고 약이 바짝 오른 웬 작달막한 신사와 싸우고 있었다.

"당신 또 내 맥주잔 속에 침을 뱉었지!" 외삼촌이 우레 같은 음성으로 소리쳤다. "난 못 참겠소, 형씨!"

"가만 좀 있으라니까, 알아들었소? 안 그랬다간 따귀 한대 맞을 줄 아슈!" 키 작은 남자가 발돋움을 하고 서서 말했다.

그러자 바슐라르는 한치도 물러서지 않고 몹시 도발적으로 언성을 높였다.

"정 그렇다면 좋소. 맘대로 해보시지!"

그리고 까페 안에 들어와서도 잘난 척하며 계속 쓰고 있던 모자를 상대방이 탁 쳐서 구멍을 내놓자 그는 더욱더 기승을 부리며 되풀이했다.

"어디 마음대로 해보라고. 원하신다면 말이야!"

그러고는, 모자를 주운 다음 여유만만하게 앉아서 종업원에게 소리쳤다.

"알프레드, 맥주 한잔 다른 걸로 갖다 줘!"

놀란 옥따브와 트뤼블로는, 바슐라르와 같은 탁자의 구석 쪽 긴 의자에 등을 기대고 앉아 이 와중에 태무심한 듯 천연덕스럽게 담배를 피우고 있는 귈렝을 발견했다. 말다툼이 일어난 이유를 그에게 묻자, "모르겠수."

자기가 피운 여송연 연기가 모락모락 올라가는 것을 바라보며 필렝이 대답했다. "언제나 말썽이니까. 따귀를 맞아도 좋다는 배짱 아니오! 절대로 물러서진 않는다고."

바슐라르는 새로 온 청년들과 악수를 했다. 그는 젊은 사람들을 무척이나 좋아한다고 했다. 그들이 끌라리스네 집에 가는 길임을 알고 그는 몹시 기뻐했다. 마침 그도 필렝과 함께 거기에 갈 참이었기 때문이다. 다만 만나기로 약속한 매제 조스랑을 기다려야 한다고 했다. 그러면서 그는 재미 볼 기회만 왔다 하면 더 이상 째째하게 돈을 따지지 않는 사람답게, 미친 듯 돈을 펑펑 쓰며 젊은 친구들에게 한턱낸답시고 먹고 마실 것을 떠오르는 대로 모조리 시켜 탁자 위에 잔뜩 벌여놓고서 왕왕대는 목소리로 좁은 실내를 가득 채웠다. 멀쑥하고 이빨은 젊은이 같고 코는 새빨갛고 새하얀 빵떡모자를 덮어쓴 듯이 흰머리를 바짝 깎은 그가, 웨이터들에게 반말을 하고 그들의 정강이를 걷어차며 옆에 앉은 손님들이 도저히 못 견디게끔 행동하자, 가게 주인이 두차례나 와서 계속 이러시려면 나가달라고 사정할 지경이 되었다. 그 전날도 그는 마드리드 까페에서 쫓겨났었다.

웬 처녀가 나타나서 지친 모습으로 까페 안을 한바퀴 돈 뒤 도로 나가자 옥따브는 여자 얘기를 했다. 바슐라르는 옆에다 침을 찍 뱉더니 미안하다는 말도 없이 트뤼블로를 꽉 붙잡았다. 자기는 여자 때문에 돈깨나 들였고, 빠리의 최고 미인들도 돈 주고 사보았노라고 으스댔다. 매매중개업계에서도 그것만은 흥정을 안하는 법이라고 했다. 그렇게 함으로써 사업이 잘돼가고 있다는 걸 과시한다는 얘기였다. 자기도 요즘은 속 차리고 사랑받기를 원한다고 했다. 그러자 옥따브는 지폐를 불 속에 던지듯 아끼지 않는 이 떠버리가 귀

찮은 집안일에서 발뺌하려고 짐짓 말더듬이 주정뱅이 노릇을 하던
것을 생각하고는 깜짝 놀랐다.

"점잔 빼지 마세요, 이모부." 필렝이 말했다. "쌔고 쌘 게 여잔데
요 뭐."

"이 망할 녀석아." 바슐라르가 물었다. "그럼 넌 왜 생전 여자 하
나 없는 거냐?"

필렝은 한껏 경멸하는 투로 어깨를 으쓱했다.

"왜냐고요? 자, 보세요! 바로 어제만 해도 친구 한 놈과 그놈 애
인과 저녁을 함께 먹었죠. 근데 금세 그 여자가 식탁 밑에서 날 발
로 툭툭 치는 거예요. 좋은 기회였죠, 안 그래요? 그런데 그 여자가
자기 집까지 바래다달라고 부탁했을 때 난 줄행랑을 놓았고, 지금
도 그 여자가 따라올까 겁나서 달아나고 싶은 심정이에요. 그 순간
에야 기분 나쁠 거 하나도 없겠죠. 하지만 그다음에, 그다음엔요,
이모부! 십중팔구 찰거머리 같은 여자 하나가 내게 철썩 붙어버릴
거 아니겠어요. 난 그렇게 어리석진 않거든요."

트뤼블로는 고개를 끄덕여 수긍했다. 그도 역시 뒤탈이 겁나서
자주 만나던 여자들을 단념했던 것이다. 필렝은 평상시의 냉정함
을 벗어던지고 계속 비슷한 사례들을 주워섬겼다. 어느날 기차 옆
자리의 기막힌 갈색 머리의 처음 보는 미인이 어깨에 기대어 잠들
었지만 역에 도착하면 어떻게 할 것인가를 자기는 곰곰 생각해보
았다고. 또 어느날인가는 진탕 마시고 놀고 나서 보니 자기 침대에
옆집 마누라가 누워 있는 것이 아닌가? 이건 좀 너무했다 싶었지만
그녀가 나중에 그 대가로 신발을 사달랄 거란 생각이 들지 않았더
라면 분명코 자기는 바보짓을 저지를 뻔했다고 하였다.

"기회라면," 그가 얘기를 마무리 지으며 말했다. "나만큼 좋은

기회가 많은 놈도 없을걸요! 하지만 난 꾹 참지요. 게다가 알고 보면 꾹 참지 않는 사람이 어디 있나요. 뒤탈이 무섭거든요. 안 그러면, 제기랄! 얼마나 좋게요. 밤낮으로 오며 가며 온통 그 짓들뿐이게요.”

바슐라르는 그 말을 듣고 있지 않았다. 그는 마치 꿈을 꾸고 있는 것 같았다. 그의 부산스러운 언동이 한풀 꺾이고 두 눈이 축축해져 있었다.

“얌전히 군다면,” 그가 불쑥 말했다. “내 자네들한테 뭔가를 보여줄 텐데.”

그리고 돈을 치른 다음 그는 젊은이들을 데리고 나섰다. 옥따브가 그에게 조스랑 씨가 올 거라고 상기시켰다. 괜찮아. 그 친구는 나중에 다시 와서 데려가면 돼. 그러고 나서, 까페를 떠나기 전에 바슐라르는 주위를 몰래 흘끗 살피며 옆 탁자에 다른 손님이 남겨 놓은 설탕을 슬쩍했다.

“날 따라들 오라고.” 밖에 나서자 그가 말했다. “엎어지면 코 닿을 데야.”

그는 심각하게, 깊은 생각에 잠긴 듯 말없이 걸었다. 생마르끄 거리에 오자 그는 어느 집 문 앞에 멈춰 섰다. 젊은이들은 그를 계속 따라가려는 참인데 그가 갑자기 망설이는 듯했다.

“아니야, 그냥 가자고. 이젠 보여주기 싫어졌어.”

그러자 그들은 우리를 뭘로 아시는 거냐고 소리를 질렀다.

“그럼, 필렝과 트뤼블로 군은 올라오지 말게. 자네들은 성미가 자상하질 못하고 안하무인이라서 농지거리나 할 테니까 말이야. 오시오, 옥따브 군. 당신은 진득한 청년 아니오.”

그는 옥따브를 앞세웠다. 남은 두 청년은 웃으며 보도에 서서 그 여자분들께 안부나 전해달라고 바슐라르에게 소리 질렀다. 5층에서 그가 노크를 하자 웬 노파가 나와 문을 열어주었다.

"아니! 나르시스 영감님 아니세요? 피피는 오늘 저녁 영감님이 오실 줄은 생각도 못하고 있는데요."

살찐 그녀는 수녀원의 문지기 수녀처럼 하얗고 차분한 얼굴로 미소 지었다. 그녀는 그들을 비좁은 식당으로 안내했고, 거기에는 예쁘고 소박해 보이는 금발의 키 큰 처녀가 제단 가리개에 수를 놓고 있었다.

"안녕하세요, 아저씨." 그녀가 일어서서 바슐라르의 떨리는 두툼한 입술을 향해 이마를 내밀며 말했다.

바슐라르가 친구들 중 아주 괜찮은 청년이라고 옥따브 무레를 소개하자 두 여자는 옛날식으로 무릎을 구부려 인사했다. 그들은 등잔불이 밝혀진 식탁에 둘러앉았다. 시골집 같은 고요함, 외따로 숨어 소박하게 살아가는 두 사람의 단정한 생활이 느껴졌다. 창문이 안뜰을 향해 나 있어서 마차 소리조차도 들리지 않았다.

곧이어 바슐라르가 아버지같이 자상한 태도로 무얼 하고 지냈느냐 기분은 어떠냐는 등 처녀에게 이것저것 묻는 동안, 처녀로 늙은 므뉘 고모는 아무것도 숨길 게 없다는 듯이 친근하고 순진한 태도로 자기네들의 사정 얘기를 옥따브에게 털어놓았다.

"젊은 양반, 난 릴 근처 빌뇌브 태생이랍니다. 생쉴삐스 거리의 마르디엔 형제상회에 가면 날 잘 알지요. 거기서 삼십년간 수놓는 일을 했으니까요. 그러다가 사촌언니 하나가 내 앞으로 고향에 집 한채를 남겨주어서, 운 좋게도 그 집을 일년에 1000프랑씩 내가 죽을 때까지 받는 조건으로 세놓았죠. 내가 곧 죽을 거라고 생각한 사람들한테 말이에요. 세입자들은 그런 나쁜 생각을 하다가 보기 좋게 벌을 받은 거예요. 난 일흔다섯살인데도 여태 이렇게 살아 있으니까요."

그러고는 처녀처럼 뽀얀 이를 드러내며 웃었다.

"눈도 침침해지고 해서 하는 일 없이 지내고 있었는데 조카딸 파니가 내게 맡겨진 거예요. 저 애 아버지 므뷔 대령은 한푼도 안 남겨놓고 세상을 떴고 일가붙이라고는 나밖에 없었답니다. 그래서 내가 쟤를 기숙학교에서 꺼내와야 했죠. 난 쟤를 수놓는 직공으로 만들었지요. 벌이가 넉넉지 못한 직업이지만 어쩌겠어요? 이걸 하나 저걸 하나 여자들은 늘 배곯기 마련인걸요. 다행히 쟤가 나르시스 영감님을 만난 거예요. 그러니 이제 난 죽어도 여한이 없어요."

그러더니, 이제 다시는 바늘에 손도 안 댄다고 맹세한 왕년의 여직공답게 하는 일 없이 양손을 아랫배 위에 모아 쥐고 그녀는 바슐라르와 피피를 촉촉한 눈길로 감싸 안듯 바라보았다. 때마침 늙은이가 어린 처녀에게 말하고 있었다.

"정말, 내 생각을 했다고! 무슨 생각을 했지?"

피피는 금색 실을 뽑아 당기는 일을 멈추지 않고 마알간 두 눈으로 올려다보았다.

"그야 제게 좋은 벗이 돼주시기도 하고…… 아무튼 아저씨가 퍽이나 좋다는 생각이죠 뭐."

그녀는 잘생긴 젊은 총각에게는 무관심한 듯 옥따브를 제대로 쳐다보지도 않았다. 그렇지만 그는 그녀의 우아한 맵시에 감동받아 어쩔 줄 몰라 하며 그저 그녀에게 미소 지어 보였다. 한편, 독신으로 아무 힘도 들이지 않고 정절을 지키며 나이를 먹은 고모는 나지막한 음성으로 계속 말했다.

"내가 쟤를 결혼시키려면 시킬 수도 있었죠. 근데 막일꾼한테 보

내자니 두들겨 팰 테고, 월급쟁이는 감당도 못할 만큼 애나 잔뜩
낳게 만들 테고, 점잖으신 분 같아 뵈는 나르시스 영감님이랑 얌전
히 지내는 게 훨씬 낫지요."

그러더니 음성을 높여 말했다.

"저, 나르시스 영감님. 혹시 그 애가 맘에 안 차신대도 제 잘못은
아녜요. 전 늘 입이 닳도록 말하죠. 영감님을 기분 좋게 해드려라,
고마운 줄 알아라…… 당연하지요. 저 애가 마침내 아쉬울 것 없는
처지가 됐다 생각하니 제 맘이 이렇게나 흐뭇한걸요. 요즘 연줄 없
이 처녀를 시집보내기란 무척 힘들잖아요."

옥따브는 이 집안의 단란하고 친절한 분위기에 빠져들었다. 차
분한 분위기의 방 안에는 바구니에 담긴 과일향이 감돌았고, 피피
의 자수바늘이 비단천을 콕콕 찌르며 규칙적인 작은 소리를 내고
있을 뿐이었다. 그 소리는 뻐꾸기시계의 똑딱 소리처럼, 영감의 들
뜬 애정 행각을 중산층식으로 차분하게 만들어준 것 같았다. 더구
나 홀몸으로 늙은 고모는 그지없이 청렴하였다. 그녀는 매년 집세
로 받는 1000프랑으로 살았고 절대로 조카딸의 돈은 건드리지 않
았기 때문에, 피피는 자기 돈을 마음대로 썼다. 피피는 애인이 매달
주는 4수짜리 동전을 모아둔 저금통을 비울 때면 고모에게 가끔
백포도주와 밤을 사드리곤 했는데, 그때만은 고모의 결벽증도 누
그러지고는 했다.

"귀여운 것." 이윽고 바슐라르가 일어서면서 말했다. "우린 볼일
이 있어서…… 내일 만나자고. 늘 얌전해야지."

그는 그녀의 이마에 입을 맞추었다. 그러고는 잔뜩 감동해서 그
녀를 뚫어지게 바라본 다음, 옥따브에게 말했다.

"당신도 애한테 입 맞춰도 좋소. 어린애인걸."

옥따브는 그녀의 상큼한 피부에 입술을 댔다. 그녀는 방긋 웃었고 지극히 겸손했다. 한마디로 꼭 식구끼리 모여 있는 것 같았고 이렇게 참한 사람들을 이제껏 그는 본 적이 없었다. 영감은 가려다가 소리를 지르며 다시 들어갔다.

"참, 잊고 있었어. 조그만 선물이 있는데."

그리고 주머니를 뒤져 그는 피피에게 방금 까페에서 훔친 설탕을 주었다. 그녀는 몹시 고마운 내색을 하고, 좋아서 얼굴이 발갛게 상기된 채 설탕을 한조각 깨물어 먹었다. 그러더니 대담해져서 "혹시 4수짜리 동전 없으세요?" 하고 물었다.

바슐라르는 자기 옷을 샅샅이 뒤져보았지만 없었다. 처녀는 옥따브에게 하나 있던 동전을 기념으로 받았다. 그녀는 조신하게 굴려고 그러는지 배웅하러 따라 나오지는 않았다. 므뉘 고모가 사람 좋은 노친네답게 싹싹한 태도로 그들을 배웅하는 동안, 수놓던 제단 가리개를 이내 다시 손에 잡고 피피가 바늘을 잡아당기는 소리가 그들 귀에 들렸다.

"어때, 볼 만하지 않소?" 바슐라르가 계단에서 걸음을 멈추며 말했다. "글쎄, 한달에 5루이도 채 안 든다니까. 날 등쳐먹는 못된 년들은 이제 지긋지긋해. 정말이지, 난 마음 착한 애가 필요했다오."

그런데 옥따브가 웃자 그는 더럭 경계심이 들었다.

"당신은 심지 바른 청년이니 내 친절을 악용하진 않겠지요. 필렝한테는 한마디도 하지 마시오. 당신 명예를 걸고 약속하겠소? 난 필렝이 사람다워지면 저 애를 보여주려고 기다리고 있소. 천사라니까, 글쎄! 뭐니 뭐니 해도 부덕婦德이란 좋은 거고 기분을 새롭게 해준다니까. 난 말이오, 난 늘 이상주의자라오."

늙은 주정뱅이의 목소리는 떨리고 눈에는 눈물이 그렁그렁했다. 아래층에서는 트뤼블로가 농지거리를 하며 이 집 번지수를 적는 체하고 있었다. 한편 꾈렝은 어깨를 으쓱하며, 놀란 옥따브에게 그 처녀를 보니 어떻더냐고 물었다. 영감은 난봉 피우다가 애틋한 감정을 느끼게 되면, 자기 보물을 보여주고픈 허영심과 행여 남에게 도둑맞으면 어쩌나 하는 두려움에 반신반의하면서도 참지 못하고 사람들을 피피의 집으로 데려가고야 만다는 것이었다. 그러고서 다음날이면 그걸 까맣게 잊어버리고는 비밀을 숨긴 듯한 태도로 생마르끄 거리의 집으로 되돌아가곤 한다고 했다.

"그래서 피피를 모르는 사람이 없지요." 꾈렝이 태연히 말했다.

그러는 동안 바슐라르는 마차를 잡고 있었는데 옥따브가 소리쳤다.

"참, 조스랑 씨가 까페에 와 계실 텐데요!"

다른 사람들은 그 일을 잊고 있었다. 조스랑 씨는 허탕치게 된 것이 몹시 속상해서 까페 문간에서 조바심치고 있었다. 그는 외식은 일절 않는 사람이라서 까페에 들어가지도 않은 것이다. 드디어 모두들 스리제 거리로 떠났다. 마차 두대가 있어야 했다. 한대에는 매매중개업자 바슐라르와 회계원 조스랑이, 또 한대에는 세 청년이 탔다.

꾈렝은 낡은 마차의 쇠붙이에서 나는 소리 때문에 목소리가 잘 안 들리는 와중에도 우선 자기가 다니는 보험회사 얘기를 했다. 보험이니 증권이니 다 성가신 일일 뿐이라고 트뤼블로가 단언했다. 그러다가 뒤베리에가 화제에 올랐다. 돈 많은 법관인 그가 여자들로부터 우롱을 당하고 있다니 한심한 일 아닌가! 그에게는 늘 여자가 있어야 했다. 변두리 동네의 합승마차 종점 근처에 방 한칸 얻어 살며 남들에게는 과부 행세를 하는 다소곳하고 자그마한 부인네들, 아니면 손님 없는 가게를 열어놓고 아리송한 내의류나 재봉 재료 장사를 하는 여자들, 수렁에서 건져져 곱게 단장하고 집 안에 들어앉은 여자들, 그는 그런 여자들 집으로 한주에 한번, 마치 회 사원이 사무실에 가듯 규칙적으로 찾아가곤 한다는 것이었다. 트뤼블로는 그래도 그를 변호했다. 우선 그것은 그의 기질 탓이고 또 그의 마누라처럼 별난 여자는 세상에 둘도 없으니까 그런 거라고 했다. 소문인즉, 첫날밤부터 그녀는 남편의 붉은 반점에 정나미가 뚝 떨어져 그를 끔찍이도 싫어했다는 것이다. 그래서 그녀는 남편에게 아양을 떨어 자기 짐을 덜어주는 남편의 내연녀들에게 기꺼이 관용을 베풀고 있었다. 비록 온갖 의무를 감내하는 조신한 여인 다운 체념으로, 그 지긋지긋한 고역을 아직도 가끔씩 받아들이고 있기는 했지만.

"그럼 그 본처는 행실이 바른가요?" 옥따브가 흥미를 보이며 물었다.

"오, 그럼, 바르다마다. 온갖 장점은 다 갖췄다고. 미인에다, 허튼 데 없지, 가정교육 잘 받았지, 교양 있지, 취미도 고상하지, 정숙하지, 그런데 견딜 수가 없거든!"

몽마르트르 초입에서 마차들이 밀리는 바람에 삯마차는 멈춰 섰다. 젊은이들은 창유리를 내리고 있었기 때문에 마부들과 티격 태격하는 바슐라르의 화난 음성이 귀에 들렸다. 이어, 마차가 다시 움직이기 시작하자 필렝이 끌라리스에 관해 자세히 말해주었다. 그녀의 이름은 끌라리스 보께, 왕년에 완구 소매점을 하다가 지금은 마누라와 꾀죄죄한 자식 한 떼거리를 데리고 장이 열리는 곳마다 찾아다니며 손님에게 바가지 씌워 돈을 벌던 장돌뱅이의 딸이라고 했다. 뒤베리에가 그녀를 만난 것은 꽁꽁 언 추위가 풀리던 어느날 저녁, 그녀가 한 내연남에게 차인 직후였다. 아마도 키만 큰 이 악녀가 오랫동안 뒤베리에가 찾아온 이상형에 맞아떨어졌던 모양이었다. 당장 그다음 날부터 그는 홀딱 빠져 남자로서의 왕성한 욕구에다, 연정이라는 작고 푸른 꽃송이를 가꿔봐야겠다는 마음에 온통 들떠서 그녀의 눈꺼풀에 입 맞추며 눈물을 흘려대곤 했으니 말이다. 끌라리스는 남들 눈에 띄지 않게 스리제 거리에서 살기로 합의했다. 하지만 그녀는 그를 쥐고 흔들어 가구를 2만 5000프랑어치나 사들이게 했고, 몽마르트르 극단의 예술가들과 함께 그를 염치 좋게 벗겨 먹고 있다는 것이었다.

"난 그깟 건 아무래도 좋아요!" 트뤼블로가 말했다. "그 여자 집에서 재미만 볼 수 있다면 말이오. 적어도 그 여잔 억지로 노래를 시키지는 않을 거고, 밤낮 피아노만 두드려대지도 않을 테지. 오, 그 피아노! 생각 좀 해봐요. 자기 집에서 들볶여 녹초가 되고, 손님들을 꽁무니 빼게 하는 기계 같은 피아노나 두드려대는 여자랑 재수 없게도 결혼했다면, 편안히 슬리퍼 바람으로 친구들을 맞아들일 수 있게 재밌고 오붓한 딴 살림을 차리지 않는 사람이 외려 바보지."

"일요일은," 필렝이 이야기했다. "끌라리스가 점심때 나랑 단둘이만 있고 싶어 하더군. 난 거절했지요. 그렇게 점심을 먹은 다음엔 으레 바보짓을 하기 마련이거든. 그 여자가 뒤베리에를 차버리는 길로 우리 집에 들어앉는 꼴을 보게 될까 겁났지요. 그 여잔 뒤베리에를 끔찍이 싫어한다니까. 어유, 병적으로 역겨워한다고요! 뾰루지 난 것도 싫어해요. 하지만 본마누라처럼 그를 내쫓을 만한 경제적 여유가 없는 거예요. 안 그랬으면, 만약에 그를 자기 하녀한테 넘겨줄 수 있다면 틀림없이 그렇게라도 해서 재빨리 고역에서 벗어났을 거라고."

삯마차가 멈췄다. 그들은 스리제 거리의 조용하고 거무스레한 집 앞에서 내렸지만 꼬박 십분 동안 다른 마차 한대를 기다려야 했다. 몽마르트르 거리에서 시비가 붙은 다음 바슐라르가 그로그나 한잔 마시자고 마부를 끌고 갔던 것이다. 부르주아답게 깔끔한 분위기의 계단에서 조스랑 씨가 바슐라르에게 뒤베리에의 내연녀에 대해 새로 이것저것 물었고, 영감은 그저 이 말만 되풀이했다.

"사교계 여성이야, 착한 여자라네. 자넬 잡아먹진 않을 테니 겁내지 말게."

문을 열어주러 나온 것은 얼굴빛이 발그레하고 작달막한 하녀였다. 그녀는 친근하고 상냥하게 웃음 지으며 이 신사들의 외투를 벗겨주었다. 트뤼블로가 응접실 곁방 한구석에 그녀를 붙들어놓고 귀에다 뭐라고 잠시 속삭이니, 그녀는 간지럼을 탄 것처럼 까르륵 숨이 넘어갔다. 곧이어 바슐라르가 응접실 문을 밀고 들어가서 조스랑 씨를 소개했다. 조스랑 씨는 끌라리스가 못생겼다는 생각이 들었고, 어떻게 판사가 주변의 친지들 가운데서도 손꼽히는 미인인 자기 부인을 제쳐놓고 가무잡잡한데다 깡마르고 머리는 삽살개처럼 헝클어진 저 선머슴 같은 여자를 더 좋아할 수 있는지 이해가 안 가서 잠시 거북해하고 있었다. 그렇지만 끌라리스는 매력적이었다. 그녀는 빠리식 수다, 유행에 민감한 속 빈 재담, 이 남자 저 남자 상대하면서 얻어 배우게 된 농담 잘하는 입심을 지니고 있었다. 그러면서도 마음만 먹으면 짐짓 귀부인같이 구는 것이었다.

"선생님, 너무 반갑습니다. 알퐁스의 친구분이면 모두 제 친구죠. 선생님도 이제 우리 친구가 되셨으니 내 집이거니 생각하세요."

바슐라르의 편지로 미리 귀띔을 받은 뒤베리에는 조스랑 씨도 친절히 맞아들였다. 옥따브는 그가 젊어 보여 깜짝 놀랐다. 그는 슈아죌 거리의 본가 응접실에서 도무지 자기 집에 있는 사람 같지 않게 불편해하던, 깐깐하게 굴며 전전긍긍하던 그 사람이 아니었다. 이마의 시뻘건 반점은 분홍색으로 변했고 사팔눈은 어린애 같은 쾌활함을 담고 반짝반짝 빛났다. 한편 끌라리스는 그 무리의 한복판에 서서, 그가 재판이 휴정된 틈에 어떻게 이따금씩 슬쩍 빠져나와 자기를 보러 오는지를 이야기해주고 있었다. 삯마차에 부랴부랴 올라타서 자기한테 입만 맞춰주고 다시 떠나기에도 빠듯한 시간이라고. 그러자 그는 일에 치여 죽을 지경이라고 푸념을 했다. 일주일에 네번, 11시에서 오후 5시까지 재판이 열리는데, 늘 그렇고 그런 얽히고설킨 자질구레한 송사들을 해결하다보면 결국은 감정이 메마르고 만다는 것이었다.

"정말입니다." 그가 웃으며 말했다. "마음속에 장미 몇송이를 꽂아둘 필요가 있죠. 그러면 기분이 나아지거든요."

그러나 그는 훈장의 붉은 약장을 달고 있지는 않았다. 내연녀를 찾아올 때는 그걸 떼곤 하는 것이었다. 그것은 마지막 남은 조심성이자 미묘한 구분이었고 염치상 그것만은 굳이 고수했다. 끌라리스는 내놓고 말은 안할망정 그 때문에 자존심이 몹시 상해 있었다.

금세 허물없는 친구처럼 끌라리스와 악수를 한 옥따브는 귀 기울여 듣고 유심히 살펴보았다. 큰 꽃무늬의 융단을 깔고 가구와 벽을 검붉은 새틴으로 씌운 응접실은 슈아죌 거리의 본가 응접실과 아주 비슷했다. 이렇게 닮은 두 장소를 더욱 완벽하게 똑같이 만들려는 것처럼, 연주회 날 저녁에 그곳에 왔던 판사의 여러 친구들이 이곳에 그대로 다시 모여 똑같이 패거리를 짓고 있었다. 그러나 여기서는 담배를 피우고 큰 소리로 떠들어대고 하여, 밝디밝은 촛불 빛 속에 온통 명랑한 분위기가 감돌았다. 두 남자가 나란히 붙어 길게 누워서 긴 의자의 가로폭을 다 차지하고 있었다. 또 한 사람은 의자에 말 타듯 걸터앉아 벽난로 앞에서 등을 불에 쬐고 있었다. 밉지 않은 여유였는데 이렇듯 자유스러운 분위기는 그러나 그 이상 발전하지는 않았다. 끌라리스는 여자를 손님으로 맞는 법이 결코 없었다. 그녀의 말에 따르면 '깔끔한 분위기를 유지하려고' 그런다는 것이었다. 그녀의 응접실에 여자들이 없다고 친지들이 불평하면 그녀는 웃으며 대답하곤 했다.

"그럼 저만으로 부족하단 말씀이세요?"

그녀는 산전수전 다 겪고 난 지금에 와서는 점잖은 것을 몹시도 밝히게 되어, 알퐁스를 위해 집 안을 품위 있게 꾸민답시고 실제로는 지극히 부르주아답게 꾸며놓았다. 그녀는 이제 손님 접대할 때 누가 반말로 자기를 부르는 것을 원치 않았다. 그다음에 일단 손님들이 가고 문을 닫고 나면, 그녀와 친하게 지내는 말끔히 면도한 배우들, 털보 화가들은 말할 것도 없고 알퐁스의 친구들 모두가 그녀를 거쳐 가는 것이었다. 돈 대주는 남자가 뒤돌아서자마자 기분전환 좀 해야 성이 차는 그 버릇은 그녀의 오랜 습관이었다. 그녀의 응접실 단골손님들 중에서 단 두 사람만이 그걸 원치 않았다. 뒤탈이 두려워 불안해하는 꾈렝, 그리고 마음이 다른 데 가 있는 트뤼블로만이.

마침 자그마한 하녀가 싹싹한 태도로 펀치를 잔에 담아 돌리고 있었다. 옥따브는 잔 하나를 들더니 몸을 숙여 친구의 귀에 대고 말했다.

"하녀가 주인마님보다 낫구먼."

"아무렴, 항상 그렇다니까!" 트뤼블로가 어깨를 으쓱하며 시건 방지고 자신만만하게 말했다.

끌라리스가 다가와 잠시 얘기를 했다. 그녀는 마치 몸이 여러 쪽이나 되는 것처럼 동에 번쩍 서에 번쩍, 이 사람 저 사람에게로 옮겨가며 말 한마디, 웃음 한 자락, 몸짓 한 가닥씩을 흩뿌리고 다녔다. 새로 오는 사람마다 여송연을 붙여 무니, 응접실에는 금세 연기가 자욱해졌다.

"아유! 못된 남정네들!" 그녀가 창문을 열러 가면서 애교 있게 소리쳤다.

득달같이 바슐라르가 조스랑 씨를 그 창틀께에 데려다놓았다. 그의 말인즉, 숨 좀 쉬라고 그런다는 것이었다. 뒤이어 그는 능수능란하게 수단을 부려 그리로 뒤베리에를 데리고 갔다. 그러고는 적극적으로 혼사 문제를 얘기하기 시작했다. 두 집안은 그러니까 서로 아주 가까운 관계를 맺게 되는 것이고, 자기로서는 그것이 대단히 영광이라고 하면서 그는 계약에 서명할 날짜를 물었고, 그렇게 하여 슬슬 본론으로 넘어갔다.

"조스랑 매제와 제가 내일 판사님을 찾아뵙고 모든 걸 확실히 정할 생각이었습니다. 오귀스뜨 군이 매사를 판사님과 의논해서 한다는 걸 저희도 알고 있거든요. 드릴 말씀은 지참금 지불 문제입니다. 우리가 마침 여기 이렇게 모인 김에 말씀입니다만……"

조스랑 씨는 다시 와락 밀려드는 근심에 싸여, 보도에는 인적이 끊기고 건물들 정면에는 죽은 듯이 불이 꺼진 스리제 거리의 어두운 구석을 바라보았다. 그는 여기 온 것을 후회하고 있었다. 이 사람들이 또 무슨 치사한 꿍꿍이속에 끌어넣으려고 나의 나약한 성품을 다시 한번 이용할 모양인데, 그 일로 나는 장차 틀림없이 괴로워하게 되겠지. 그는 울컥 반감이 치솟아 처남의 말을 중간에 가로막았다.

"나중에 하지요. 여긴 정말이지 그럴 만한 장소가 아닌걸요."

"아니 대체 왜 그러십니까?" 뒤베리에가 아주 점잖게 큰 소리로 말했다. "다른 어느 곳보다 여기가 좋잖습니까. 영감님, 방금 뭐라고 하셨지요?"

"우린 베르뜨에게 5만 프랑을 줄 겁니다." 영감이 계속했다. "다만, 그 5만 프랑은 베르뜨가 네살 때 조스랑 매제가 딸 명의로 붓기 시작한 이십년 만기의 지참금 보험액입니다. 그러니 삼년 후에나 총액을 타게 되지요."

"잠깐 제 말씀 좀 들어보시죠." 조스랑 씨가 질겁을 하고 다시 말을 막았다.

"아니, 내 말 좀 끝까지 들어보게. 뒤베리에 판사님은 지금 완벽하게 알아듣고 계시다니깐. 신혼부부한테 당장 필요할 수도 있는 돈을 삼년 동안 기다리라고 하는 건 우리 쪽에서 원하는 바가 아닙니다. 그러니 나중에 보험금을 타서 메울 셈 치고 지참금을 6개월마다 1만 프랑씩 지급하기로 약속하지요."

침묵이 흘렀다. 조스랑 씨는 몸이 얼어붙는 듯하고 숨이 막혀서 어두컴컴한 길을 다시 내다보았다. 판사는 잠시 곰곰 생각하는 것 같았다. 어쩌면 그는 이미 일이 어떻게 돌아가는지 눈치채고, 자기가 마누라 때문에 미워하는 처가붙이 바브르 족속들을 이렇게 속여 넘기게 됐다고 몹시 고소해하고 있는지도 모를 일이었다.

"제가 보기엔 아주 합리적인 것 같군요." 마침내 그가 말했다. "고마워해야 할 사람은 저희 쪽이죠. 지참금을 한번에 전액 지불하는 일은 드물거든요."

"아무렴요, 판사님!" 바슐라르 영감이 힘 있게 단언했다. "그런 일은 만고에 없고말고요."

세 남자는 서로 악수를 하며 목요일에 공증인 사무실에서 만나기로 약속했다. 불빛 속에 다시 나타났을 때 조스랑 씨의 안색이 어찌나 창백했던지 몸이 어디 안 좋으시냐고 남들이 물을 정도였다. 그는 아닌 게 아니라 몸 상태가 썩 좋지 않은 것을 느꼈고, 그래서 오늘은 으레 나오는 홍차 대신에 샴페인을 차려놓은 식당으로 방금 가버린 처남을 기다릴 생각도 않고 자리를 떴다.

한편 필렝은 창문 옆 긴 등받이의자에 몸을 길게 뻗고 누워 중얼거렸다.

"저런 불한당 같은 자가 외삼촌이라고."

그는 보험에 관한 얘기를 뜻하지 않게 듣게 되었고, 옥따브와 트뤼블로에게 진실을 털어놓으며 냉소했다. 실제로 탈 돈이라고는 한푼도 없으면서 바브르 일가를 속여 넘기는 거라고 했다. 그러더니 두 친구가 이 기막힌 희극이 재미있다며 두 손으로 배를 잡고 키득거리자 그는 자못 익살스럽고 격한 어조로 덧붙였다. "난 100프랑이 필요해. 이모부가 나한테 100프랑 안 주면 다 까발릴 테야."

언성들이 높아지고, 끌라리스가 마련해놓은 품위 있고 정돈된 분위기가 샴페인 때문에 흐트러지는 중이었다. 그녀의 응접실에서 베풀어지는 파티가 끝날 무렵이면 언제나 좀 시끌벅적했다. 그녀조차도 이따금 자기도 모르게 허물어지곤 했다. 트뤼블로는 문 뒤에서 농사꾼처럼 목이 굵은 웬 덩치 좋은 사내와 열렬히 포옹하고 있는 그녀의 모습을 옥따브에게 보여주었다. 그 사내는 남부지방에서 올라온 석공인데 고향에서는 그를 예술가로 격상시키고 있다고 했다. 그런데 뒤베리에가 문을 밀어 열자, 그녀는 재빨리 팔을 풀고 그에게 그 젊은이를 잘 부탁한다며 소개했다. 아주 귀한 재능을 지닌 조각가 뻬이앙 씨라고. 뒤베리에는 반갑다며 그에게 일거리를 얻게 해주겠노라고 약속했다.

"일거리, 일거리라고," 필렝이 소리 죽여 되풀이했다. "일거리라면 여기 얼마든지 저치가 원하는 만큼 있잖아. 저런 머저리 같으니!"

2시경, 세 청년과 함께 스리제 거리를 떠날 때 바슐라르 영감은 만취한 상태였다. 그들은 그를 삯마차에 태워 보내버리고 싶어 했다. 그러나 온 동네가 엄숙한 정적 속에 잠들어 있고 바퀴 소리 하나, 늦게 다니는 사람의 발소리 하나 들리지 않았다. 그래서 그들은 그를 부축하기로 결심했다. 달이 떠올랐다. 보도를 하얗게 밝혀주는 아주 밝은 달빛이었다. 인적이 끊긴 거리에는 그들의 목소리가 심각하리만큼 낭랑하게 울려 퍼졌다.

"제길! 이모부, 몸 좀 똑바로 가눠봐요. 우리 팔 부러져요."

영감은 목소리에 울음기가 가득한 것이, 지극히 다정하고 도덕적인 사람으로 변해 있었다.

"가거라, 필렝." 그가 더듬거렸다 "가라고! 너한테 이런 꼴을 보이고 싶지 않다. 안돼, 이 녀석아. 점잖지 못한 일이야. 가거라!"

그리고 처조카 필렝이 그를 늙은 사기꾼 취급하자,

"사기꾼이라니, 쓸데없는 소리 마라. 체면이 있지. 난 여자들을 높이 평가해. 깔끔한 여자들만 말이야. 서로 통하는 감정이 없으면 역겹거든. 가라, 필렝. 너 때문에 내가 낯 뜨겁구나. 이 청년들만 있으면 충분해."

"그럼," 필렝이 딱 부러지게 말했다. "저한테 100프랑만 좀 주세요. 정말이에요, 집세 내려면 그 돈이 필요해요. 주인한테 내쫓길

지경이라고요."

이 뜻밖의 요청에 바슐라르의 취기는 더욱 더해졌다. 한 가게의 덧문에 그를 기대놓아야 할 지경이었다. 그는 말을 더듬었다.

"뭐, 100프랑? 내 몸 뒤지지 마. 난 잔돈밖에 없어. 그 돈 갖고 나쁜 데 가서 다 써버리려고 그러지? 안돼, 난 절대 네 못된 짓을 부추기고 싶지 않다. 난 내 할 바를 알고 있다고. 네 엄마가 세상 뜨면서 널 내게 맡겼단 말이야. 젊은이들도 알아두쇼. 만일 누가 내 몸을 뒤지면 사람을 부를 테요."

그는 젊은 사람들의 해이한 생활방식을 개탄하며 미덕이 필요하다는 얘기를 거듭했다.

"이것 보세요," 마침내 쾰렝이 소리 질렀다. "아직까진 그런 얘기에 식구들까지 끌어들이고 싶진 않다고요. 잘 들으세요! 내가 사실대로 입을 놀리기만 하면 이모부는 순순히 100프랑을 내놓을 수밖에 없을 텐데요!"

그러자 갑자기 바슐라르는 귀머거리가 되었다. 그는 신음을 내지르고, 그 자리에 풀썩 주저앉아버렸다. 그들이 서 있는 생제르베 성당 뒤편 좁은 길에는 백열등 하나만이 반투명 유리에 큼직하게 쓰인 번지수를 뚜렷이 부각시키면서 어슴푸레한 빛을 내고 있었다. 닫힌 덧창에서 가느다란 빛줄기들이 새어 나오는 끌라리스네 집으로부터 사람들이 웅성웅성 법석대는 소리가 그대로 들려왔다.

"이젠 못 참아." 쾰렝이 느닷없이 말했다. "죄송해요, 이모부. 저위층에 우산을 두고 왔어요."

그리고 그는 그 집으로 들어갔다. 바슐라르는 정나미가 뚝 떨어지는 듯 분개했다. 그는 적어도 여자들을 조금은 존중해주자고 주장했다. 이런 짓거리들을 보면 프랑스는 이제 망조가 들었다는 것이다. 시청 앞 광장에서 옥따브와 트뤼블로는 마침내 마차를 잡아 짐짝처럼 영감을 밀어 넣었다.

"앙기엥 거리요." 그들은 마부에게 말했다. "요금은 알아서 받으슈. 이 영감님 몸을 뒤져보든지."

목요일에 그라몽 거리의 공증인 르노댕 씨 사무실에서 그들은 계약서에 서명했다. 그리로 떠나려는 순간 조스랑 씨네 집에서는 또 한번 난리가 났다. 극도로 울화가 치밀어서 조스랑 씨가 자기에게 강요된 거짓말의 책임을 아내에게 전가한 것이다. 그들은 한번 더 서로의 가족을 헐뜯었다. 6개월마다 1만 프랑을 어디 가서 벌어 오라는 거야? 이 약속 때문에 그는 미칠 것 같았다. 그 자리에 있던 바슐라르 외삼촌은 자기 주머니에서 한푼도 꺼내지 않기 위해 이 일을 꾸민 뒤로 새록새록 약속을 남발하고, 귀여운 조카딸 베르뜨를 절대 곤경에 빠진 채 놔두지 않겠다고 맹세하면서 가슴팍을 여러차례 두드렸다. 그러나 약이 바짝 오른 조스랑 씨는 어깨를 으쓱하며 정말 자기를 바보 천치로 아는 거냐고 처남에게 물었다.

그래도 공증인 사무실에서 뒤베리에가 구해준 서식대로 작성된 계약서를 읽고 조스랑 씨의 마음은 진정이 되었다. 그 계약서에 보험문제는 언급되지 않았던 것이다. 게다가 1만 프랑의 1차 지급은 결혼 6개월 후에 이루어지게 되어 있었다. 어떻든 숨 돌릴 시간은 있는 셈이었다. 오귀스뜨는 대단히 주의를 기울여 듣고 있다가 무심결에 불안한 내색을 하였다. 그는 생글생글 웃고 있는 베르뜨와 조스랑 씨 내외와 뒤베리에를 차례로 바라보더니, 마침내 과감히 보험 얘기를 꺼냈다. 최소한 언급은 하고 넘어가야 말이 될 것 같은 무슨 보증 얘기라도 하듯이. 그러자 모두들 놀란 시늉을 했다. 그 얘기는 해서 뭐 하게요? 당연한 일인데. 그리하여 모두들 호기롭게 서명을 했고, 싹싹한 젊은 공증인 르노댕 씨는 아무 말 없이 펜을 여자들 쪽으로 넘겨주었다. 바깥에 나오자 뒤베리에 부인만이 이럴 줄 몰랐다는 내색을 조금 할 뿐이었다. 보험에 대해서는 아무도 입도 뻥긋하지 않았다. 지참금 5만 프랑은 바슐라르 외삼촌이 내시는 걸로 되어 있지 않느냐는 것이었다. 그러나 조스랑 부인은 짐짓 물정 모르는 듯이, 그렇게 얼마 안되는 돈 때문에 오라버니를 앞에 내세운 적 없노라고 부인했다. 외삼촌이 나중에 베르뜨에게 주기로 한 것은 그분의 전 재산이라고 하였다.

그날 저녁, 삯마차 한대가 사뛰르냉을 실으러 왔다. 식을 치르려면 그를 집에 놔두는 것은 너무 위험하다고 그의 어머니가 잘라 말했던 것이다. 손님들을 꼬챙이에 꿰겠다는 소리나 하는 미친놈을 결혼식 치르는 자리에 놔둘 수는 없는 노릇이라는 거였다. 조스랑 씨는 가슴이 미어졌지만 물리노에 있는 샤사뉴 박사의 정신병원에 가없은 아들의 입원 수속을 해야 했다. 해 질 녘에 삯마차가 현관 아래 마당으로 들어왔다. 사뛰르냉은 여동생과 시골에 가는 줄만 알고 베르뜨의 손을 잡고 내려왔다. 그러나 마차 안으로 들어가 사실을 알고 나자 몸부림을 치며 유리창을 깨고 문 너머로 피가 흐르는 두 주먹을 마구 흔들어댔다. 깊은 어둠속으로 떠나는 아들의 모습을 보고 몹시 심란해진 조스랑 씨는 불행한 자식의 울부짖음 소리가 채찍과 달리는 말발굽 소리에 뒤엉킨 채 귀에 쟁쟁해서 울면서 집으로 올라갔다.

저녁 먹는 동안 이제는 비어버린 사뛰르냉의 자리를 보고 또다시 그의 눈에 눈물이 글썽해지자, 그 속을 알지도 못하면서 아내는 참지 못하고 소리쳤다.

"이제 그만하면 됐어요. 설마 그런 청승맞은 얼굴로 딸을 시집보내려는 건 아니겠죠. 목숨을 걸고 맹세하건대, 애들 외삼촌이 맨 첫 번 1만 프랑을 내주실 거예요. 내가 책임져요! 오빠가 내게 철석같이 맹세했다고요. 공증인 사무실을 나올 때 말이에요."

조스랑 씨는 대꾸조차 하지 않았다. 그는 종이띠에 글씨를 쓰느라 간밤을 새웠다. 동틀 무렵, 이른 아침의 오스스한 전율 속에서 2000개를 채웠으니 6프랑을 번 셈이었다. 몇번이나 그는 버릇대로 고개를 들고 혹시 옆방에서 사뛰르냉의 기척이 나는지 들어보려고 귀를 기울였다. 그러다가 베르뜨 생각을 하니 일해야겠다는 새로운 열의가 샘솟았다. 가엾은 것, 새하얀 물결무늬 천으로 웨딩드레스를 해 입고 싶을 텐데. 어쨌든 6프랑이면 그 애가 들 신부 꽃다발에 다만 꽃 몇송이라도 보탤 수 있을 테지.

8

구청에서 올리는 결혼식[22]은 목요일에 이미 치렀다. 토요일 아침 10시 15분부터 벌써 부인네들은 조스랑 씨네 응접실에서 기다리고 있었다. 혼인미사가 11시에 생로끄 성당에서 거행될 예정이었던 것이다. 언제나처럼 검은 비단옷을 입은 쥐죄르 부인, 낙엽 빛깔의 드레스 허리를 꽉 조여 입은 당브르빌 부인, 연한 푸른색으로 아주 단아하게 차려입은 뒤베리에 부인이 모여 있었다. 여기저기 흩어져 있는 안락의자들 사이에서 세 여자는 나지막한 소리로 이야기를 하고 있었다. 한편 옆방에서는 조스랑 부인이 들러리 노릇을 할 오르땅스와 깡빠르동 씨의 딸, 그리고 하녀의 도움을 받아 베르뜨에게 옷을 다 입혀놓았다.

"오! 그게 아니에요." 뒤베리에 부인이 소곤거렸다. "집안이야

22 프랑스에서는 관습상 구청이나 시청에서 평복 차림으로 행정적인 결혼식을 올리고, 종교예식은 다시 성당에서 행함. 법률상으로는 전자가 유효하다.

멀쩡하죠. 하지만 솔직히 내 동생 오귀스뜨 편에서 보자면, 남을 쥐고 흔들어야 직성이 풀리는 신부 어머니의 성품이 좀 걱정되긴 해요. 앞일을 모두 다 내다봐야죠, 안 그래요?"

"그럴지도 몰라요." 쥐죄르 부인이 말했다. "결혼은 아내하고만 하는 게 아니라 장모랑 하는 셈인 경우도 많더군요. 어머니가 나서서 자식 부부간 일에 감 놔라 배 놔라 하면 참 꼴불견이죠."

이때 방문이 열리더니 앙젤이 방에서 빠져나오며 소리쳤다. "왼쪽 서랍 구석에 갈고리단추 하나요? 기다리세요."

그녀는 응접실을 가로질러 갔다가 다시 나타나서 방으로 도로 쑥 들어갔다. 허리에 널찍한 푸른 리본을 맨 흰 치마가 하얗게 펄렁거리는 모습이 물 위에 배가 지나간 흔적처럼 그 뒤에 남았다.

"제가 보기엔 부인께서 잘못 생각하신 것 같네요." 당브르빌 부인이 말을 이었다. "이 집 어머닌 딸을 치우게 되어 너무 좋아하고 있거든요. 그분이 유일하게 열성을 쏟는 건 화요일마다 치르는 손님 접대뿐이죠. 그리고 슬하엔 아직 희생양이 하나 남아 있잖아요."

그런데 도발적이다 싶으리만치 눈에 띄는 빨간 옷을 차려입고 발레리가 들어왔다. 그녀는 시간에 늦을까 싶어 급히 올라온 것이었다.

"떼오필은 한없이 꿈지럭대고 있어요." 그녀가 시누이에게 말했다. "오늘 아침 하녀 프랑수아즈를 내보낸 것 아시죠. 그런데 그이는 넥타이를 사방팔방으로 찾는 거예요. 난장판 속에 그이를 놔두고 왔다니까요."

"건강문제도 마찬가지로 아주 중요하지요." 당브르빌 부인이 계속했다.

"그럴 거예요." 뒤베리에 부인이 대답했다. "저희 쪽에서 슬쩍 쥐이라 선생님께 여쭤봤답니다. 신붓감은 건강상태가 아주 좋은 것 같아요. 신부 어머니는 몸이 아주 튼튼한 분이죠. 사실 말이지, 그것도 어느 정도 우리가 결심하는 동기가 됐거든요. 몸 약한 부모가 덜커덕 자식의 짐이 되는 것처럼 곤란한 일도 없으니까요. 튼튼한 부모가 아무렴 낫고말고요."

"특히 말이에요." 쥐죄르 부인이 부드러운 목소리로 말했다. "남길 재산이 한푼도 없다면 더 그렇죠."

발레리는 자리에 앉았다. 그러나 대화 내용을 몰라서 아직도 숨이 찬 채로 물었다.

"네? 누구 얘기죠?"

다시 문이 벌컥 열리더니 방에서 입씨름하는 소리가 그대로 흘러나왔다.

"글쎄, 상자곽이 식탁 위에 그냥 있다니까."

"아니, 방금 여기서 본걸요."

"망할 고집쟁이 같으니라고. 네가 직접 가봐라."

앙젤과 같이 하얀 옷에 폭 넓은 푸른색 허리띠를 두른 오르땅스가 응접실을 건너갔다. 훤히 비치는 희디흰 모슬린 옷을 입은 그녀는 얼굴 표정이 딱딱하고 피부 빛깔이 노리끼리한 게 실제보다 한결 더 나이 들어 보였다. 그녀는 뒤죽박죽이 된 집 안에서 오분 전부터 다들 정신없이 찾고 있던 신부용 꽃다발을 들고 씨근대며 돌아왔다.

"아무튼, 어쩌겠어요?" 결론 삼아 당브르빌 부인이 말했다. "입맛에 딱 맞게 결혼하는 법은 절대 없다니까요. 제일 현명한 건 그래도 일단 결혼한 뒤에 최선을 다해 맞춰보는 거죠."

이번에는 앙젤과 오르땅스가 문을 양쪽 다 활짝 열어젖혔다. 신부의 베일이 문에 끼이지 않게 하려고 그렇게 한 것이었다. 하얀 비단 웨딩드레스를 입고 베르뜨가 나타났다. 그녀는 하얀 꽃으로 온통 치장한 채 하얀 화관을 쓰고 하얀 꽃다발을 들고 있었는데, 치마에 달린 꽃장식은 아래쪽으로 가면서 차츰 작아져서 작고 하얀 단추들이 촘촘하게 붙어 있었다. 이렇게 하얀색으로 치장하고 나서니 싱싱한 피부와 금발, 웃음 머금은 두 눈을 지녔고 알 것은 벌써 다 알면서도 입매가 순진해 보이는 그녀는 매혹적이었다.

"아유, 예뻐라!" 부인들이 소리쳤다.

여자들은 모두 황홀하다는 듯 신부를 껴안고 인사로 입을 맞추었다. 의상비 500프랑에다 자기네 쪽에서 내야 할 저녁 식사와 무도회 비용 1500프랑을 합한 총 결혼비용 2000프랑을 구할 길 없어 쩔쩔매던 조스랑 씨 내외는 샤사뉴 박사의 정신병원으로 사뛰르냉을 찾아가라고 베르뜨를 보내지 않을 수 없는 지경에 이르렀다. 친척 아주머니가 얼마 전에 유산 3000프랑을 사뛰르냉 앞으로 남겨놓은 것이다. 베르뜨는 오빠의 기분을 전환시킨다는 명목으로 마차를 타고 외출해도 된다는 허락을 얻어낸 뒤 마차 안에서 오빠를 어루만지고 쓰다듬어 얼떨떨하게 만든 다음 그를 데리고 잠깐 공증인 사무실에 들렀다. 공증인은 이 가엾은 오라비의 처지를 전혀 몰랐고, 거기 있는 사람들은 오로지 사뛰르냉의 서명만 기다리고 있었다. 이렇게 해서 비단 웨딩드레스와 아낌없이 치장한 꽃들이 이 자리의 부인네들을 깜짝 놀라게 한 것인데, 부인들은 곁눈질로 그 가격을 어림해보면서 감탄을 연발했다.

"정말 멋지네요! 참 취향도 고상하군요!"

조스랑 부인은 희색이 만면하였다. 그녀는 그렇지 않아도 당당한 체격에 더욱 더 키 크고 뚱뚱해 보이는 야한 자주색 드레스를 보란 듯이 입고 있었다. 그녀는 조스랑 씨에게 비난을 퍼붓고 오르 땅스를 불러 자기 숄을 들라고 하고, 베르뜨가 앉으려는 것을 모질 게 막았다.

"조심해! 네 옷에 달린 꽃들 다 짓뭉개려고 그러니!"

"너무 걱정 마세요." 끌로띨드가 차분한 목소리로 말했다. "아직 시간이 있어요. 오귀스뜨가 우릴 데리러 올라올 거예요."

사람들이 응접실에서 기다리고 있는데, 모자도 안 쓰고 옷은 아무렇게나 대충 걸치고 흰 넥타이를 밧줄처럼 맨 떼오필이 거칠게 들어왔다. 수염이 거의 없고 이가 고르지 못한 얼굴이 납빛처럼 창백했다. 병약한 어린애 같은 팔다리는 노여움에 부들부들 떨고 있었다.

"왜 그래, 대체?" 그의 누나가 놀라서 물었다.

"왜냐면, 무슨 일이냐면, 무슨 일이냐면……"

그러나 기침이 터져 나와 말이 끊겼고, 목이 갑갑한 그는 손수건에 침을 뱉으며 마음속의 울화를 쏟아놓을 수 없는 게 분해서 잠시 그 자리에 그대로 있었다. 발레리는 본능적으로 사태를 알아차리고 가슴이 철렁한 표정으로 그를 쳐다보고 있었다. 마침내 그는 신부와 그 주위의 부인네들은 거들떠보지도 않고 발레리를 주먹으로 위협했다.

"내가 넥타이를 찾느라고 사방을 뒤지다가 옷장 앞에서 편지를 한장 찾았지."

그는 열에 뜬 손가락들 사이로 종이 한장을 바스락거려 보였다. 그의 아내는 창백하게 질려 있었다. 그녀는 상황을 판단해보았다. 그리고 남들 앞에서 시비 벌이는 추태를 모면하려고 방금 베르뜨가 나온 방으로 갔다.

"아!" 그녀가 아무렇지 않게 말했다. "저이가 정신이 돌아버린다면 차라리 난 갈래요."

"날 가만 놔둬!" 떼오필이 자기를 입 다물게 하려고 안간힘 쓰는 뒤베리에 부인에게 소리쳤다. "저 여편네를 꼼짝 못하게 할 테야. 이번에는 나한테 증거가 있고 의심할 여지가 없단 말이야. 오, 안 돼! 어느 놈인지 내 아니까, 이런 식으로 넘어가진 못할걸."

누나가 그의 한 팔을 잡고 꽉 조이며 위력 있게 흔들어댔다.

"조용히 해! 여기가 어딘지 몰라서 이래? 지금은 이럴 때가 아니야, 알겠어!"

그러나 그는 다시 시작했다.

"지금이 바로 이럴 때지! 남들이 뭐라든 상관없어. 하필 오늘 이렇게 됐지만 할 수 없지. 이 일이 모두에게 교훈이 될 거라고."

그러면서도 그는 목소리가 풀이 꺾이고 힘이 쭉 빠지고 금방이라도 울음이 터져 나올 듯하게 되어 의자에 무너지듯 털썩 주저앉았다. 몹시 거북한 분위기가 응접실에 가득했다. 예의 바르게도 당브르빌 부인과 쥐죄르 부인은 뭐가 뭔지 모르겠다는 표정을 하고 옆으로 비켜났다. 조스랑 부인은 혼사에 재를 뿌리게 될 이 사건 때문에 몹시 기분이 상해서 발레리에게 기운 내라고 하려고 방으로 갔다. 거울 앞에서 화관을 요리조리 써보고 있던 베르뜨는 이 소리를 듣지 못했다. 그래서 그녀는 목소리를 낮춰 오르땅스에게 무슨 일인지 물어보았다. 잠시 소곤대더니, 오르땅스는 눈짓으로 떼오필을 가리키며 베일의 주름을 바로 펴는 체하면서 이것저것 설명을 덧붙였다.

"아!" 신부는 흰 꽃들의 후광에 싸여 털끝만치도 마음의 동요를 보이지 않고 신랑을 응시하며 순결하고 행복한 표정으로 이렇게만 말했다.

끌로띨드는 아주 나지막이 남동생에게 이것저것 묻고 있었다. 조스랑 부인이 다시 나타나 그녀와 몇마디 나누고는 옆방으로 돌아갔다. 서로 외교각서를 교환한 셈이었다. 발레라의 남편 떼오필은 옥따브에게 혐의를 두고, 이놈의 포목장수 어디 감히 오기만 해봐라, 성당에서 뺨따귀를 갈겨주겠노라고 별렀다. 마침 그 전날 생로끄 성당 계단에서 그치가 아내와 함께 있는 것을 틀림없이 보았노라고 그는 장담했다. 처음에는 긴가민가 했지만 이제는 확신이 서고 몸집이며 하는 짓이며 모두 딱 들어맞는다는 것이었다. 옳거니, 마나님께선 친구 집에 점심 먹으러 간다고 둘러대거나 아니면 까미유를 데리고 열심히 신앙생활하는 척하며 누구나 드나드는 문으로 생로끄 성당에 들어가서는 의자 지키는 여자에게 애를 맡겨놓고 그 남자분과 함께 구제(救濟)통로로 슬쩍 빠져나가신다 이거지. 그 통로는 구저분한 곳이라 아무도 그리로는 찾으러 가지 않을 테니까. 그렇지만 옥따브의 이름이 나오자 발레리는 빙긋 웃었다. 절대 그 사람하고는 아니라고 그녀는 조스랑 부인에게 맹세했다. 그밖에 다른 그 누구랑도 아니에요, 그녀는 덧붙였다. 하지만 그 남자하곤 더더욱 아니라고요. 그리고 그 얘기만큼은 정말이기에 그녀는 기가 펄펄 살아서, 그 쪽지가 옥따브의 필적이 아니고 생로끄에 있던 남자도 옥따브가 아니라는 걸 증명하여 남편을 꼼짝 못하게 하겠노라고 말했다. 조스랑 부인은 그녀가 떼오필을 속여 넘기는 일을 도울 편법을 찾아내야 한다는 일념에 사로잡혀 그 말을 귀담아 듣고 노련한 시선으로 그녀를 찬찬히 뜯어보았다.

"내게 맡겨요. 이 일에 얽혀들지 말고요. 댁의 남편이 무레 씨라고 우기니, 좋아요! 무레 씨라고 해둡시다. 성당 앞 계단에서 무레 씨랑 있는 걸 남편이 봤다 한들 뭐 어때요? 안 그래요? 단지 편지 때문에 불리하죠. 당사자인 옥따브가 댁의 남편에게 글씨를 두줄만 써 보여주면 당신이 멋지게 이길 거예요. 무엇보다 계속 나 하는 대로 말하세요. 아시겠수. 난 이런 날 저 사람이 우리 집 경사를 망치게 그냥 놔둘 수 없다고요."

그녀가 몹시 놀란 발레리를 다시 데리고 오자 이번에는 떼오필이 자기대로 누나에게 숨 막힌 듯 갑갑한 소리로 말했다.

"난리 치는 건 이 결혼식 때문에 천부당만부당한 일이라고 누나가 그렇게 못을 박으니, 저 여편네를 이 자리에서 망신 주진 않겠다고 내 약속하지. 누나를 위해서야. 하지만 성당에선 난 책임 못져. 그 포목장수 녀석이 감히 내게 맞서서 성당에 온다면 식구들 보는 앞에서 둘 다 차례로 없애버릴 거야."

검은 예복을 아주 단정히 차려입은 오귀스뜨가 사흘 전부터 재발할까 걱정해온 두통으로 기어코 왼쪽 눈이 찌그러진 채로, 아버지와 매형이 둘 다 점잔을 빼며 동반하는 가운데 약혼자를 데리러 올라왔다. 결국 예정 시간에 늦어서 엎치락뒤치락 약간 혼잡이 있었다. 부인네들 중에서 뒤베리에 부인과 당브르빌 부인은 조스랑 부인이 숄을 두르는 걸 도와줘야 했다. 유행은 지났지만 그녀가 큰 행사 때면 언제나 꺼내어 두르곤 하는, 엄청나게 큰 덮개 같은 숄이었는데 어찌나 폭이 넓고 색이 요란한지 그녀가 그걸 둘러쓰고 나서면 행인들이 깜짝 놀랄 정도였다. 그리고 나서도 또 가구들 밑에서 전날 쓰레기와 함께 쓸려가버린 커프스 버튼 하나를 찾고 있는 조스랑 씨를 기다려야 했다. 드디어 그가 나타나 얼빠진 듯하면서도 행복한 모습으로 더듬더듬 변명을 하고는 베르뜨의 팔을 자기 팔에 꽉 끼고 앞장 서서 계단을 내려갔다. 그 뒤를 오귀스뜨와 조스랑 부인이 따라갔다. 뒤이어 그냥 집에서 나온 순서대로 사람들이 길게 줄을 지어 내려가면서 두런대는 소리 때문에 현관의 장엄하고 고요한 분위기가 수런거렸다. 떼오필은 자기 사건으로 점잖은 체면이 깎이게 될 뒤베리에를 독차지하고는 그의 귀에 대고 징징 우는 소리로 하소연하며 조언을 부탁했다. 한편 제정신을 차린 발레리는 마치 남편의 무서운 눈길을 눈치채지 못한 양 그들의 면전에서 겸손한 태도로 쥐죄르 부인의 부드러운 격려의 말을 다소곳이 듣고 있었다.

"근데 당신 미사책은요!" 갑자기 조스랑 부인이 절망적으로 고함을 질렀다.

다들 이미 마차에 올라타 있었다. 앙젤이 다시 집에 올라가 하얀 벨벳으로 겉장을 싼 미사책을 가져와야 했다. 드디어 그들은 출발했다. 하녀들이며 문지기 내외며 이 건물에 사는 이들이 모두 타고 있었다. 릴리뜨를 잘 차려입혀서 방금 데리고 내려온 마리 삐숑은 너무도 예쁘고 잘 꾸민 신부를 보고는 가슴이 뭉클하여 눈물까지 글썽였다. 오로지 3층 사람들만 자기 집에서 까딱도 안했다고 구르씨가 말했다. 항상 유별나게 구는, 웃기는 사람들이라고.

생로끄 성당의 커다란 문이 방금 양쪽 다 활짝 열려 있었다. 붉은 융단이 보도에까지 내려오도록 깔려 있었다. 비가 오고 있었고 5월의 아침나절은 꽤나 쌀쌀했다.

"열세 계단이네." 쥐죄르 부인이 성당 정문을 지나면서 아주 나지막한 소리로 발레리에게 말했다. "길조가 아닌데요."

양편으로 울타리처럼 늘어선 의자들 사이를 뚫고 제단의 촛불이 별처럼 빛나는 성가대석 쪽으로 행렬이 움직이자, 신랑 신부 머리 위에서 오르간이 빠르고 활기찬 성가를 울려댔다. 호사스럽게 잘 꾸며놓은 성당이었다. 큼지막한 흰 창문에는 노랑과 연파랑으로 테두리를 둘렀고, 벽과 기둥의 굽도리에는 붉은 대리석을 입혔으며, 황금빛 설교단은 네 복음사가의 상이 떠받들고 있고, 양옆의 제단들에는 금은세공 장식이 반짝였다. 둥근 천장에는 오페라식 그림이 그려져 명랑한 분위기를 자아내고 있었다. 크리스털 샹들리에 여러개가 긴 줄 끝에 매달려 있었다. 부인들은 난방장치의 널따란 방열기 위를 지나갈 때 치마폭에 후끈 끼쳐오는 열기를 느꼈다.

"자네, 결혼반지는 틀림없이 갖고 있겠지?" 제단 앞에 놓인 두 의자에 베르뜨와 나란히 자리를 잡은 오귀스뜨에게 조스랑 부인이 물었다.

그는 당황해서 반지를 놓고 왔다고 생각했다가는, 다시 조끼 주머니를 만져보고서 반지가 있는 것을 알았다. 그런데 장모는 사위의 대답을 기다리고 있는 것도 아니었다. 입장할 때부터 그녀는 몸을 쭉 빼고 눈으로 하객들을 샅샅이 훑는 중이었다. 신랑측 들러리로 트뤼블로와 필렝, 신부측 증인으로 바슐라르 외삼촌과 깡빠르동, 신랑측 증인으로 뒤베리에와 쥐이라 의사가 와 있었다. 그리고 그녀가 자랑스럽게 생각하는 친지들이 성황을 이루고 있었다. 그런데 그녀는 방금 에두앵 부인에게 서둘러 길을 터주는 옥따브를 알아보고, 그를 기둥 뒤로 데리고 가더니 나지막한 소리로 재빠르게 무어라 얘기를 했다. 옥따브는 무슨 소린지 못 알아듣는 듯 어리둥절한 얼굴이었다. 그러나 싹싹하게 순종하는 태도로 허리를 굽혔다.

"그렇게 하겠대요." 조스랑 부인이 베르뜨와 오귀스뜨가 앉은 의자 뒤의 가족석에 돌아와 앉으며 발레리의 귀에 대고 말했다.

가족석에는 조스랑 씨와 바브르 씨 일가가 앉아 있었다. 이제 오르간은 짤막짤막하고 뚜렷한 음계를 드르륵 훑듯이 쳐나가다가 간 간이 길게 붕붕 소리를 내고 있었다. 성가대석은 가득 메워지고 손 님들은 자리를 잡았지만, 남자들 몇몇은 양편 통로에 그냥 남아 있 었다. 모뒤 신부는 자기에게 와서 고해성사를 하곤 하는 이 친애하 는 여교우의 결혼을 축복해줄 기쁨을 이미 전담해놓고 있었다. 중 백의中白衣를 입고 나타난 그는 낯익은 얼굴들인 회중과 정다운 미 소를 주고받았다. 성가대가 「오소서 성령이여」를 부르기 시작하자 오르간은 위풍당당한 곡조를 다시 울려대었고, 바로 이 순간 떼오 필은 성가대 왼쪽, 성 요셉 제단 앞에 있는 옥따브를 발견했다.

끌로띨드가 동생을 말리려 했다.

"난 못 참아." 그가 더듬거리며 말했다. "절대로 저놈을 그냥 둘 수 없어."

그리고 그는 뒤베리에에게 가족 대표로 옥따브를 뒤쫓으라고 우격다짐을 했다. 성가가 계속되고 있었다. 몇몇이 이쪽으로 고개 를 돌렸다.

따귀를 갈기겠다던 떼오필은 옥따브에게 다가가면서 너무도 감 정이 격해진 나머지 처음에는 한마디도 꺼내지 못하고 자기 키가 작은 것만 속상해서 발돋움하고 키를 늘였다.

"형씨." 그가 마침내 말했다. "어제 우리 집사람과 함께 계신 것 을 내 보았소만."

그러나 성가가 끝나 자기 음성이 모든 이에게 들리게 되자 그는 더럭 겁이 났다. 게다가 뒤베리에는 이 사건으로 몹시 기분이 상해 서, 여기서 그런 짓을 하는 것은 당치 않다고 처남에게 알아듣게 설명하려고 애썼다. 제단 앞에서는 예식이 시작되고 있었다. 신랑 신부에게 감동적인 권면의 말을 하고 나서 사제는 결혼반지를 들어 강복했다.

"부부가 사랑과 신의의 표지로 서로 주고받을 이 반지에 주께서 친히 강복하소서."

그러자 떼오필은 용기를 내어 낮은 소리로 되풀이했다.

"형씨, 어제 이 성당에 우리 집사람과 함께 있었지요."

옥따브는 방금 전 조스랑 부인이 당부한 말을 확실히 이해하지 못해서 얼떨떨했지만 그래도 느긋한 기색으로 지어낸 이야기를 했다.

"그렇습니다. 부인을 우연히 만났죠. 그래서 우리는 저와 가까운 사이인 깡빠르동 씨가 지휘하는 십자고상 보수작업을 보러 갔었죠."

"사실대로 말하시오." 발레리의 남편이 다시 노기등등해져 말을 더듬었다. "사실대로 말하라고요."

뒤베리에는 가서 어깨를 쳐서라도 처남을 진정시켜야 한다고 생각했다. 성가대의 어린이가 새된 목소리로 응답했다.

"아멘."

"이 편지를 알아보실 테지요." 떼오필이 종이 한장을 옥따브에게 건네며 계속 말했다.

"이것 봐, 여기선 제발 관둬!" 화가 날 대로 난 판사가 말했다. "처남은 지금 제정신이 아니라고."

옥따브는 편지를 펴보았다. 회중은 점점 더 술렁거리고 있었다. 수군대는 소리가 여기저기 퍼지고 사람들은 서로 팔꿈치로 쿡쿡 찌르며 미사책 너머로 바라보고 있었다. 이제 아무도 예식에는 관심이 없었다. 신랑 신부만이 계속 심각한 채 긴장해서 사제 앞에 서 있을 뿐이었다. 그러다가 신부 베르뜨마저도 고개를 돌려 옥따브 앞에 새파랗게 질려 있는 떼오필을 보았다. 그때부터 그녀는 그쪽에 정신이 팔려 눈을 빛내며 끊임없이 성 요셉 제단 쪽을 흘끔거렸다.

한편, 옥따브는 작은 소리로 편지를 읽었다.

"내 사랑, 어제는 얼마나 행복했는지! 화요일에 성 천사 제단 고해소에서 봅시다."

신랑이 뭐든 읽어보고 나서야 서명하는 진지한 사람답게 "예, 그렇게 하겠습니다" 하고 사제에게 대답했다. 사제가 막 신부 쪽으로 몸을 돌린 참이었다.

"신부는 오귀스뜨 바브르 군을 남편으로 맞아들여 즐거울 때나 괴로울 때나, 성하거나 병들거나 일생 사랑하고 존경하며 신의를 지키기로 약속합니까?"

그러나 베르뜨는 그 편지를 보았으니 이거 따귀 몇대 오가겠구나 하고 짐작이 가서 그 생각에 열중하느라 사제의 말에 더 이상 귀 기울이지 않고 베일 한 귀퉁이로 어떻게 되나 살짝 엿보고 있었다. 난감한 침묵이 흘렀다. 마침내 그녀는 사람들이 자기의 대답을 기다리고 있다는 것을 느꼈다.

"예, 예." 그녀는 황급히 되는 대로 대답했다.

모뒤 신부는 놀라서 그녀의 눈길이 가는 방향을 쳐다보았다. 전례 없는 한판 싸움이 통로 한편에서 벌어지고 있다는 것을 짐작하고는 그조차도 야릇한 흥미에 사로잡혔다. 이제 이 이야기는 돌고 돌아 모두가 알게 되었고, 부인들은 창백하고 심각한 얼굴로 옥따브에게서 눈을 떼지 못하고 있었다. 남자들은 은근히 능글맞은 얼굴로 빙글빙글 웃고 있었다. 조스랑 부인이 가볍게 어깨를 몇번 으쓱하면서 뒤베리에 부인을 안심시키고 있는 사이에, 오직 발레리만이 마음 깊이 감동한 양 마치 아무것도 안중에 없고 그저 결혼식에만 관심이 있는 척하고 있었다.

"내 사랑, 어제는 얼마나 행복했는지……" 옥따브가 진심으로 놀란 척하며 다시 읽었다.

"전 모르겠습니다. 이 글씨는 제 글씨가 아닌데요. 아예 직접 보시죠."

그는 편지를 남편에게 돌려주면서, 꼼꼼한 총각답게 평소 금전 출납을 기록하는 수첩을 꺼내어 떼오필에게 보여주었다.

"뭐라고요? 당신 글씨가 아니라니!" 떼오필이 더듬거렸다. "날 놀리는 거요. 이건 틀림없이 당신 글씨란 말이오."

사제가 베르뜨의 왼손 위에 성호를 그으려다 딴 데 눈이 팔려 그만 오른손 위에 성호를 긋고 말았다.

"성부와 성자와 성신의 이름으로."

"아멘." 성가대의 어린이가 저도 보려고 발돋움하면서 답송答頌을 했다. 어쨌든 추태는 면했다. 뒤베리에는 당황한 떼오필에게 그 편지는 무레 씨가 썼을 리가 없다는 사실을 증명해 보였다. 회중은 거의 실망할 지경이었다. 한숨 소리가 나고 흥분한 말들이 오갔다. 하객들이 여전히 수런거리며 제단 쪽으로 고개를 돌렸을 때 베르뜨와 오귀스뜨는 이미 결혼으로 맺어져 있었다. 신부 베르뜨는 별 주의를 기울인 것 같지 않았지만 신랑 오귀스뜨는 두통으로 왼쪽 눈이 자꾸 감기는 것이 신경 쓰일 뿐 완전히 예식에 몰두하여 사제의 말은 한마디도 놓치지 않았다.

"귀여운 녀석들!" 조스랑 씨가 깊이 감동되어 떨리는 목소리로 식이 시작될 때부터 불 켜진 초의 수를 세는 데만 정신이 팔려 매번 잘못 세고는, 세고 또 세고 하는 바브르 영감에게 말했다.

오르간이 다시 중앙홀을 왕왕 울려댔고, 모뒤 신부가 제의를 입고 다시 나타나자 성가대의 독창자들이 미사를 시작했다. 장엄한 창唱미사였다. 제단들을 차례차례 돌아보던 바슐라르 영감은 묘석에 새겨진 라틴어 비명碑銘을 뜻도 모르면서 읽었다. 크레끼 공작의 비명이 특히 그의 관심을 끌었다. 트뤼블로와 필렝은 자세한 얘기를 들으려고 이미 옥따브에게 가 있었다. 그들 셋은 강론대 뒤편에서 얘기를 나누며 낄낄거렸다. 성가가 갑자기 폭풍 소리처럼 커지더니 성가대의 아이들이 향로를 앞뒤로 착착 흔들었다. 이어 종이 몇번 울리고 조용해지더니 사제가 제단에서 중얼거리며 기도문 외는 소리가 들렸다. 떼오필은 가만히 앉아 있을 수가 없었다. 그는 어째서 몰래 만난 남자가 편지를 쓴 그 작자가 아니라는 건지 이해가 안돼서 어쩔 줄 모르며, 뒤베리에를 붙들고 황망중에 떠오르는 이 생각 저 생각들을 쏟아놓는 중이었다. 회중은 계속 그의 몸짓 하나하나를 주시하고 있었다. 사제들이 도열하고, 라틴어 경문과 음악이 울려 퍼지고 향불이 타고 있는 성당에서 모든 이들이 이 사건에만 정신이 팔려 수군거리고 있었다. 모뒤 신부는 '주님의 기도'를 한 다음 신랑 신부에게 마지막 강복을 하러 내려왔다. 중앙홀과 제단들이 풍기는 호사로운 분위기 속에 창으로는 햇빛이 환하게 들어오는데 여자들은 흥분한 얼굴이고 남자들은 엉큼한 웃음을 짓고 있다니, 신자들의 이 심각한 동요가 웬 말이냐는 듯 그는 의아스럽게 둘러보았다.

"아무것도 사실대로 털어놓지 말아요." 미사가 끝난 뒤 가족들이 제의실 쪽으로 가고 있을 때 조스랑 부인이 발레리에게 말했다.

제의실에서 신랑 신부와 증인들은 우선 서명을 했다. 그런데 방금 부인네들을 이끌고 성가대석 저쪽 끝, 판자로 된 칸막이 뒤에서 벌어지는 십자고상 보수작업을 구경시키러 간 깡빠르동을 기다려야 했다. 이윽고 그가 와서 미안하다고 하며 큼직하게 이름을 적어 서명록 한장을 온통 채웠다. 모뒤 신부는 양쪽 집안의 체면을 살려주려고 펜을 굳이 이 사람 저 사람에게 돌려가며 서명할 자리를 손가락으로 가리키면서 서명을 시켰다. 목재에서 향냄새가 계속 풍기는 이 장중한 방 한가운데서 그는 싹싹하게 사교적인 관용을 보이며 미소를 지었다.

"그런데, 아가씨." 깡빠르동이 오르땅스에게 물었다. "식을 보니 아가씨도 이렇게 결혼하고 싶은 생각이 들지 않습니까?"

그는 즉시 주책없는 소리를 했다고 후회했다. 신부 언니인 오르땅스가 입술을 샐쭉 내밀었던 것이다. 하지만 그녀는 당일 저녁 열릴 무도회에서 베르디에에게 자기와 그 여자 중 하나를 택하라고 졸라 결정적인 대답을 받아낼 작정이었다. 그래서 가시 돋친 소리로 대답했다.

"전 아직 여유가 있어요. 결혼이야 제가 하고 싶을 때 하는 거죠."

그러더니 건축가에게 등을 돌리고, 늘 그렇듯 그제야 뒤늦게 겨우 도착한 오빠 레옹에게 화풀이를 했다.

"정말 고맙군. 아빠 엄마가 참 흡족해하시겠수. 친동생이 결혼하는 자리에도 못 오다니! 아무리 그래도 당브르빌 부인과 함께 오긴 하려니 싶어 우린 오빠를 기다렸다고."

"당브르빌 부인은 자기 맘대로 하는 사람이고," 레옹이 메마른 어조로 말했다. "난 내가 할 수 있는 일은 하는 사람이야."

둘 사이는 냉랭하게 식어 있었다. 레옹은 그녀가 자기를 너무 오래 곁에 붙들어둔다고 생각했다. 언젠가 근사한 결혼을 하리라는 유일한 희망으로 여러가지 귀찮은 일들을 감수해가며 지속해온

이 관계에 그는 지친 상태였다. 그래서 보름 전부터 그녀에게 약속을 지키라고 독촉하는 중이었다. 진심으로 사랑의 열병에 사로잡힌 당브르빌 부인은 조스랑 부인에게 이건 아드님의 변덕이라면서 하소연까지 했었다. 그래서 어머니는 아들에게, 인륜지대사에 불참하려 하다니 넌 식구들을 아끼는 마음도 어려워하는 마음도 없는 거냐고 나무라며 야단을 치려 했다. 그러나 그는 민주 청년답게 목쉰 소리로 이유를 댔다. 자기가 비서로 일하고 있는 국회의원 사무실에 예기치 못한 일이 생겼다는 둥, 준비해야 할 회의가 있다는 둥, 할 일과 급박한 사무와 심부름을 있는 대로 주워섬겼다.

"하지만 결혼이야 얼마 시간 걸리는 일 아니잖아." 당브르빌 부인이 그의 마음을 누그러뜨리려고 애원의 눈길을 보내면서 말뜻을 잘 생각해보지도 않고 말했다.

"항상 그런 건 아니더군요." 그가 무뚝뚝하게 대답했다.

그리고 그는 가서 베르뜨에게 축하의 입맞춤을 하고 매제와 악수를 했다. 한편 당브르빌 부인은 괴롭다 못해 얼굴이 핼쑥해지면서 낙엽 색깔의 옷을 차려입은 몸을 다시 곧추세우고 들어오는 손님들에게 막연하게 웃어 보였다.

친구들, 그저 좀 아는 친지들, 성당에 빽빽이 모인 손님들 모두가 줄을 이었고, 그 줄이 이제는 제의실을 가로지르고 있었다. 신랑 신부는 나란히 서서 둘 다 기쁘면서도 어색한 기색으로 끊임없이 손을 내밀어 하객과 악수를 나누고 있었다. 조스랑 내외와 뒤베리에 내외가 다 동원되어도 사람들을 서로 소개시키는 데는 부족했다. 때때로 그들은 놀라서 서로 쳐다보았다. 바슐라르가 아무도 모르는 사람들을 데려왔는데 그들이 너무 시끄럽게 떠들어댄 것이다. 차츰차츰 혼란이 도를 더해가 사람들은 서로 몸이 눌리고 가끔씩 머리 위로 팔을 치켜들곤 했다. 처녀들은 배불뚝이 신사들 틈에 꽉 끼여 있었다. 조용한 동네에서 이제는 제법 유복하게 살지만 아직도 천박한 냄새를 풍기는 아버지, 오빠, 아저씨들의 다리 사이에 흰 치맛자락이 낀 채로 있었다. 바로 그때 멀리 떨어진 곳에서는 필렝과 트뤼블로가 옥따브를 앞에 놓고, 어젯밤 끌라리스가 뒤베리에게 현장을 들킬 뻔했으나 온갖 아양을 떨어 그의 눈을 속였다는 이야기를 했다.

"이것 보게!" 필렝이 중얼거렸다. "저 친구 신부한테 뽀뽀하는군, 냄새 좋겠는데."

그러는 동안 모인 사람들은 차츰 빠져나갔다. 이제 가족들과 가까운 친지들만 남았다. 악수를 나누고 치하의 말을 주고받는 가운데서도 떼오필에게 닥친 불운 얘기는 계속 퍼져 나갔다. 심지어 사람들은 겉으로는 이 자리에 맞는 의례적인 말들을 주고받으면서도 실제로는 그 얘기만 했다. 이 사건을 방금 알게 된 에두앵 부인은 올곧은 성품이 건강한 몸에 밴 여인답게, 깜짝 놀라 발레리를 바라보았다. 아마 모뒤 신부도 나름대로 무슨 비밀 얘기를 들었는지 호기심이 채워진 듯했고, 자기 양 떼들의 감추어진 추태가 드러나려는 이 와중에 평소보다 더욱 부드러운 태도를 보였다. 여기 또 생생한 상처에서 갑자기 피가 흐르니, 거기에 그가 종교라는 외투를 덮어 씌워줘야 하는 것이었다. 그는 잠시 떼오필과 얘기를 나누고 싶다고 했고, 그에게 은근히 모욕죄의 사赦함과 불가사의한 하느님의 뜻을 운위하면서 무엇보다도 우선 추문을 무마하려 했다. 그러고 나서는 창피한 일을 하늘에마저 감추려는 듯 연민과 절망이 어린 몸짓으로 회중을 휘어잡았다.

"좋으신 분이야, 본당 신부님은. 저분은 이런 게 뭔지도 모르신다니까." 신부의 설교에 마침내 판단력이 흐려진 떼오필이 중얼거렸다.

발레리는 체면을 유지하려고, 쥐죄르 부인을 곁에 잡아두고 모뒤 신부가 자기에게도 똑같이 건넨 화해의 권유를 감동하며 들었다. 그런 뒤 사람들이 성당을 빠져나가는 순간에 베르뜨가 신랑의 팔을 끼고 지나가게 해주려고 그녀는 양가 부친들 앞에서 걸음을 멈추었다.

"얼마나 좋으세요." 자기가 활달한 여자라는 것을 보이고 싶어서 그녀는 조스랑 씨에게 말했다. "축하드려요."

"예, 예." 조스랑 씨가 걸쭉한 목소리로 말했다. "큰 짐을 하나 덜게 됐죠."

트뤼블로와 귈렝이 여자들을 모두 여러대의 마차에 태우느라 동분서주하는 사이에, 조스랑 부인은 자기가 걸친 숄이 통행을 방해하는데도 굳이 맨 마지막까지 보도에 남아 어머니로서 거둔 당당한 승리를 만인 앞에 과시하고 있었다.

그날 저녁 루브르 호텔에서 열린 피로연 또한 떼오필이 당한 운나쁜 사고 때문에 망쳐지고 말았다. 아까 그 일이 오후 내내 사람들의 뇌리를 떠나지 않아 불로뉴 숲으로 가는 마차 속에서도 사람들은 그 얘기를 했다. 여자들의 결론은 설령 남편이 편지를 발견했더라도 다음날까지 기다렸어야 했다는 것이었다. 피로연에는 아주 가까운 친지들만이 모였다. 유일하게 즐거운 일은 바슐라르 외삼촌이 제의한 건배였다. 조스랑 내외는 겁이 났지만 그를 초대하지 않을 수 없었던 것이다. 아나나 다를까 그는 고기구이가 나올 때 벌써 얼근히 취해, 술잔을 들고 "이렇게 좋은 일을 보게 돼서 흐뭇합니다"라는 말을 한번 시작하더니 끝낼 줄 모르고 그 말만 되풀이했다. 사람들은 기분을 맞춰주느라 애써 미소를 지었다. 오귀스 뜨와 베르뜨는 벌써 녹초가 되어 서로 마주 보고 있다는 게 놀라운 듯 이따금씩 서로를 쳐다보았다. 자기들이 결혼했다는 사실이 떠오르면 그들은 쑥스러워 접시만 뚫어지게 바라보는 것이었다.

무도회에는 200여 명이 초대되었다. 9시 반이 되자마자 손님들이 모여들었다. 세개의 샹들리에 불이 밝혀져 있고 붉은색으로 장식된 널따란 홀에는, 벽을 따라 의자들만 놔두고 벽난로 앞의 한쪽 끝을 소규모 악단의 자리로 마련해놓았다. 옆방에는 음식상이 차려져 있고, 양가 가족들이 물러나 쉴 수 있도록 방 하나가 예약되어 있었다.

뒤베리에 부인과 조스랑 부인이 첫 손님들을 맞이하고 있는데, 아침부터 주위의 시선을 모으던 가엾은 떼오필이 나중에 후회하게 될 우악스러운 짓을 기어이 저지르고야 말았다. 깡빠르동이 발레리에게 첫번째 왈츠를 함께 추어달라고 신청하고 있었다. 그녀는 웃었고, 남편인 떼오필은 그것이 자기를 약 올리려는 수작이라고 생각했다.

"웃으시는군, 웃어." 그가 더듬더듬 말했다. "누…… 누가 보낸 건지 말하시지. 누군가 보낸 사람이 있을 거 아뇨, 그 편지!"

그는 옥따브의 대답을 듣고 혼란해진 생각을 오후 내내 걸려서 떨쳐버린 참이었지만, 이제는 끈질기게 물고 늘어졌다. 만일 무레 씨가 아니라면 그럼 다른 사람이겠지? 그러면서 이름을 대라고 요구했다. 발레리가 대답하지 않고 멀찌감치 피해버리려 하자 그는 아내의 팔을 잡고 잔뜩 화가 난 아이처럼 맹렬한 기세로 비틀며 되풀이했다.

"팔모가지를 분질러버릴 테야. 누가 보낸 편진지 말하라니깐!"

발레리는 질겁을 해서 비명이 터져 나오려는 것을 억지로 참으며 새하얗게 질렸다. 깡빠르동은 발레리가 몇시간씩 그녀를 온통 흔들어놓곤 하는 그 발작 증세에 사로잡혀 자기 어깨에 털썩 기대는 것을 느꼈다. 그는 서둘러 그녀를 양가 가족들만 들어가게 돼 있는 방으로 끌고 가서 긴 등받이의자에 눕혔다. 쥐죄르, 당브르빌 등 몇몇 부인네들이 달려와서 발레리의 옷끈을 풀어주는 동안 그는 슬쩍 물러나 방에서 나왔다.

한편 홀에서는 기껏해야 서너 사람만이 이 짧고 격한 싸움의 장면을 목격했을 뿐이었다. 뒤베리에 부인과 조스랑 부인은 계속 손님을 맞았고, 환한 옷차림과 검은 예복의 인파가 차츰차츰 널따란 방을 가득 채웠다. 두런두런 오가는 다정한 말소리가 점점 커졌고, 이 얼굴 저 얼굴들이 신부를 에워싸고 끊임없이 미소 지었다. 자식 둔 부모들의 통통한 얼굴, 여자 아이들의 비쩍 마른 옆얼굴, 젊은 여자들의 세련되고 짐짓 분위기를 맞추려는 얼굴. 구석에서는 바이올린이 E선의 음정을 맞추느라 신음 같은 깽깽이 소리를 냈다.

"형씨, 미안하게 됐소." 떼오필이 아내의 팔을 비틀다 눈이 마주친 옥따브에게 다가서며 말했다. "내 처지가 되면 누구라도 형씨를 의심하지 않겠소? 하지만 내 실수를 인정하는 뜻으로 악수를 하고 싶군요."

그는 옥따브와 악수를 하더니, 자기 마음을 털어놓고 속풀이를 하기 위해 얘기 들어줄 사람을 찾고 싶은 걸 어쩌지 못하고 그를 멀찍이 떨어진 곳으로 데리고 갔다.

"아! 이것 보시오. 내 얘기하자면 참……"

그는 장황하게 아내 얘기를 했다. 처녀 시절 그녀는 워낙 성격이 까다로워서 남들이 농담 삼아 시집가면 나아질 거라고까지 말할 정도였다. 그녀는 부모가 운영하는 가게 안에서 바깥바람도 쐬지 못했고, 그는 거기서 매우 온순하며 말 잘 듣고 침울하나 매력 있는 그녀의 모습을 저녁마다 석달 동안 보았다.

"그런데 결혼을 해도 나아지지 않습디다. 나아지긴커녕, 몇주 있으니 도리어 걷잡을 수 없게 되고 우린 더 이상 사이좋게 지낼 수가 없었어요. 아무것도 아닌 일로 다투곤 했죠. 시시각각으로 기분이 바뀌어 울다가 웃다가 하는데, 그 이유를 도통 모르겠더군요. 게다가 밑도 끝도 없는 감상感傷들이며, 누가 들으면 뒤로 벌렁 나자빠질 기상천외한 생각들이며, 주위 사람들의 부아를 돋우지 못해 언제나 몸이 근질근질한가봐요. 한마디로 우리 집안은 지옥이 됐습니다."

"그것 참 희한하군요." 옥따브가 뭔가 말을 하긴 해야겠다고 느끼고 중얼거렸다.

그러자 떼오필은 창백한 낯빛으로 우습게 된 이 상황을 극복해보려고 비록 짧은 다리지만 쭉 뻗어 크게 보이려 애쓰며 '이 한심한 여자의 못된 행실' 쪽으로 화제를 이끌었다. 아내를 의심해본 적이 두어번 있었지만, 자기는 너무도 고지식한지라 깊이 생각하지 않았다고 했다. 하지만 이번만큼은 확실히 밝혀내야 한다. 의심할 나위가 없지 않은가? 그러면서 떨리는 손가락으로 편지가 들어 있는 조끼 주머니를 더듬었다.

"만일 돈 때문에 그랬다면 그래도 이해하겠소." 그는 덧붙였다. "하지만 돈 생기는 일도 아니라니까요. 확실해요. 다 알 수 있지요. 그럼 대체, 그 여자 속에는 뭐가 들어앉아 있답니까? 난 아주 잘해주지요. 집에는 부족한 게 없어요. 난 이해가 안 가요. 혹시 이해가 가신다면 제발 내게 말씀 좀 해주시오."

"그것 참 모를 일이군요. 모를 일이에요." 옥따브는 이 모든 속내 얘기에 난처해져서 빠져나갈 궁리를 하며 이 말만 되풀이했다.

그러나 상대방은 열받은데다가 확실한 진상을 알아야겠다는 마음에 애가 달아서 그를 놓아주지 않았다. 이때 쥐죄르 부인이 다시 나타나 조스랑 부인의 귀에 대고 뭐라고 속삭였다. 빨레 루아얄의 큰 보석상 주인이 들어오자, 깍듯이 예의를 갖추어 인사를 하던 조스랑 부인은 몸을 휙 돌려 황급히 그녀를 따라갔다.

"부인께서 심한 발작 증세를 일으키신 모양인데요." 옥따브가 떼오필에게 귀띔했다.

"발작하라지요!" 격분한 떼오필이 자기도 아파서 그렇게 남의 배려를 받을 수 없다는 사실에 절망하며 대답했다. "그 여자는 발작이 나면 대만족인걸요. 그러면 늘 사람들이 자기편을 들거든요. 나도 그 여자만큼이나 몸이 약하다고요. 그런데도 난 한번도 딴짓한 적이 없단 말이오, 난!"

조스랑 부인은 돌아오지 않았다. 발레리가 끔찍한 경련으로 몸부림치고 있다는 소문이 친지들 사이에 퍼졌다. 남자들이 잡아주어야 할 정도였다. 그런데 옷을 반쯤 벗기지 않을 수 없었기 때문에 트뤼블로와 필렝이 돕겠다고 했다가 거절당했다. 그사이에 악단은 4인무곡을 연주하고 있었고, 베르뜨는 춤도 법관 티를 내며 추는 뒤베리에와 짝을 지어 무도회를 개시하였다. 한편 오귀스뜨는 조스랑 부인을 찾지 못해 오르땅스와 짝을 지어 그들과 마주 보게 되었다. 큰 충격을 받을까봐 사람들은 신랑 신부에게는 발레리의 발작 사실을 감추고 있었다. 무도회는 차츰 흥을 더해가고 샹들리에의 환한 불빛 속에 웃음소리들이 울려 퍼졌다. 바이올린이 신나게 박자를 강조하는 폴카가 흐르자 사람들은 쌍쌍이 긴 옷자락을 꼬리처럼 끌면서 응접실을 빙빙 돌았다.

"쥐이라 선생님은요? 쥐이라 선생님은 어디 계세요?"

조스랑 부인이 불쑥 다시 나타나서 물었다.

의사는 초대를 받았지만 아직 그를 보았다는 사람은 아무도 없었다. 그러자 그녀는 아침부터 마음속에 소리 없이 쌓인 울화를 이제는 감추지 않았다. 옥따브와 깡빠르동 앞에서 이 말 저 말 가리지 않고 마구 해댔다.

"이제 진저리가 나기 시작하네요. 끝날 줄 모르는 이런 사랑싸움은 내 딸을 위해선 재미없어요."

그녀는 오르땅스를 찾다가 마침내 어떤 신사와 얘기하고 있는 딸을 보았다. 등만 이쪽으로 보이고 있었지만 널찍한 어깨로 보아 그녀는 그가 누군지 알았다. 베르디에였다. 그래서 가뜩이나 안 좋은 기분이 더 나빠졌다. 그녀는 메마른 어조로 딸을 부르더니 목소리를 낮추어, 오늘 같은 날은 엄마를 도와줄 준비가 되어 있으면 좀 좋겠느냐고 말했다. 오르땅스는 꾸중을 다소곳이 받아들이지 않았다. 그녀는 의기양양해 있었다. 베르디에가 그들의 결혼 날짜를 두달 뒤인 6월로 방금 확정한 것이다.

"듣기 싫어!" 어머니가 말했다.

"진짜라니까요, 엄마. 그이는 그 여자를 길들이느라 벌써 일주일에 세번은 외박을 하고 있고 보름 후엔 아예 집에 안 들어갈 거래요. 그럼 그 여자랑은 끝장이고 그이는 내 차지가 되는 거죠."

"듣기 싫대도! 너희들이 꾸며대는 이야기라면 지긋지긋하다고. 문 앞에서 쥐이라 선생님을 기다렸다가 도착하시거든 곧장 내게로 오시게 해주면 좋겠구나. 특히 네 동생한텐 아무 말도 말아라."

그녀는 옆방으로 들어가면서 오르땅스가 종알거리거나 말거나 상관하지 않았다. 아유 다행이지 뭐야! 난 아무에게도 동의해달라고 부탁 안해. 어느날 내가 누구보다도 그럴듯하게 결혼하는 걸 보고 그때 가서 코가 납작해지는 사람들이 수두룩할걸. 그러면서도 그녀는 의사가 들어오는지 지켜보러 갔다.

이제 악단은 왈츠를 연주하고 있었다. 베르뜨는 시집 식구 모두와 차례차례 돌아가며 춤을 추다가 끝으로 시사촌동생과 추는 중이었다. 뒤베리에 부인은 바슐라르 영감과 짝이 되는 걸 마다할 수 없었는데, 영감은 얼굴에 대고 숨을 식식 내쉬어 그녀를 몹시 불편하게 했다. 공기는 점점 더 더워졌고 차려놓은 음식상 둘레에는 이마의 땀을 수건으로 닦아내는 신사들이 벌써 가득 들어차 있었다. 한구석에서는 처녀 애들이 저희끼리 함께 찧고 까불고 있었다. 그 사이에 어머니들은 한편에 떨어져 앉아서 늘 틀어져버리기만 하는 딸들의 혼사를 생각하고 있었다. 사람들은 양가의 부친 바브르 씨와 조스랑 씨에게 대단한 축하를 보냈고, 이들 둘은 서로 떨어질 줄 모르고 붙어 있었지만, 그렇다고 서로 말 한마디 나누는 것도 아니었다. 모두들 즐겁다는 표정으로 양가의 아버지들 앞에서 무도회가 흥이 난다고 떠들어댔다. 깡빠르동의 표현에 따르면 격조 있게 흥이 난다는 것이었다.

그런데 이 건축가는 한 곡도 안 빼고 춤을 추면서도 여자들에게 자상한 성미를 어쩌지 못하여 발레리의 용태를 걱정하고 있었다. 그는 앙젤을 보내어 대신 안부를 묻자는 생각을 했다. 화제에 오른 부인에 관한 호기심으로 아침부터 애가 달아 있던 열네살 소녀는 옆방으로 들어갈 수 있게 되어 몹시 기뻤다. 들어간 딸이 도로 나오지를 않자 건축가는 큰맘 먹고 문을 빠끔히 열고 고개를 들이밀어보지 않을 수 없었다. 경련으로 흔들려 뻣뻣이 굳은 가슴 언저리가 갈고리단추를 풀어헤친 윗도리 밖으로 불룩 솟아나 보이는 발레리의 모습에 정신이 홀딱 팔려 긴 등받이의자 앞에 서 있는 자기 딸 앙젤의 모습이 흘끗 보였다. 항의하는 소리가 일고, 여자들이 들어오지 말라고 소리쳤다. 그래서 그는 물러나며 정말이지 그저 일이 어떻게 되어가는지 알고 싶었을 뿐이라고 못 박았다.

"상태가 안 좋아요, 안 좋아." 그가 문 근처에 있는 사람들에게 우울한 어조로 말했다. "부인 한 사람을 네 여자가 붙들고 있어요. 여자가 얼마나 억세길래 저렇게 펄펄 뛰어도 어디 부러지는 데 하나 없을까."

그 자리에 한 패거리가 생겨났다. 발작의 정도가 조금만 달라져도 그 사람들은 소리를 죽여 이러쿵저러쿵했다. 부인네들은 이 사실을 알고는 4인무 한 곡이 끝나고 다음 곡이 시작되기 전에 안됐다는 표정으로 작은 살롱에 몰려들어 자세한 얘기를 남자들에게 전해주고는 춤추러 되돌아갔다. 웅성웅성대는 소리가 점점 더 커지는 가운데 귀엣말이 오가고 사람들이 눈짓을 주고받고, 온통 요지경 속이었다. 혼자 처진 떼오필은 남들이 자기를 놀리고 있고 자기는 그런 꼴을 당해서는 안된다는 생각이 머릿속을 떠나지 않아 급기야는 병이 날 지경이 되어서 문 앞을 이리저리 걸어 다녔다.

그때 이런저런 설명을 하며 따라붙는 오르땅스와 함께 쥐이라 의사 선생이 무도회장을 성큼성큼 가로질렀다. 뒤베리에 부인이 그들 뒤를 따랐다. 몇몇 사람들은 깜짝 놀랐고 수군대는 소리가 퍼졌다. 의사가 사라지기 무섭게 조스랑 부인이 당브르빌 부인과 함께 방에서 나왔다. 조스랑 부인은 점점 더 부아가 치밀어 올랐다. 이렇게 신경이 날카로운 여자는 여태 못 봤다고 하며 방금 발레리의 머리 위에 물을 두병이나 쏟아부었다고 전했다. 그러고는 자기가 직접 얼굴을 내밀어 방정맞은 입방아를 멈추게 하려고 무도회장을 한바퀴 돌기로 마음먹었다. 거기까지는 좋았는데 어쩌나 무시무시하게 걸어 다니며 쓰디쓴 웃음을 여기저기 흩뿌렸던지, 그녀의 등 뒤에서는 모두들 쑥덕공론을 하기 시작했다.

당브르빌 부인은 조스랑 부인 곁을 떠나지 않았다. 아침부터 그녀는 은근히 한탄조로 조스랑 부인에게 레옹 이야기를 하며 그녀가 아들을 다독거려 둘 사이의 관계를 다시 맺어주게끔 유도하려했다. 레옹이 웬 마르고 키 큰 아가씨를 제자리로 데려다주며 그녀에게 열중하고 있는 모습을 짐짓 보이자 당브르빌 부인은 조스랑 부인에게 그를 가리켰다.

"저 사람이 우릴 팽개치고 있어요." 그녀가 눈물을 억지로 참느라 바르르 떨면서도 애써 웃으며 말했다. "이젠 우릴 거들떠보지도 않기냐고 야단 좀 치세요."

"레옹!" 조스랑 부인이 불렀다. 아들이 다가오자 그녀는 이런저런 일들을 쉬쉬하며 감쌀 기분이 아니라서 퉁명스럽게 덧붙였다.

"왜 삐쳤니? 부인은 네게 아무 유감 없으시대. 그러니 서로 좋게 좋게 얘기를 좀 해보라고. 못된 성질 부려봐야 아무짝에도 소용없어."

그녀는 두 사람이 말문이 막힌 채 서로 마주 보고 섰거나 말거나 그냥 놔두었다. 당브르빌 부인이 레옹의 팔을 잡더니 창가로 얘기하러 갔다. 그러더니 두 사람은 함께 다정한 모습으로 무도회장을 떠났다. 가을에 결혼시켜주겠다고 그녀가 그에게 다짐한 것이다.

한편 계속 웃음을 흩뿌리고 다니던 조스랑 부인은, 춤이 끝나 숨을 할딱거리며 구김이 간 하얀 드레스 차림으로 얼굴이 발갛게 상기되어 있는 베르뜨 앞에 서자 벅찬 감격에 휩싸였다. 그녀는 딸을 껴안고, 끔찍한 경련을 일으키고 있는 발레리의 모습이 떠올라 이 생각 저 생각이 밑도 끝도 없이 얽히고설키는 바람에 한풀 꺾여서 "가엾은 것, 가엾은 것!" 하고 중얼거리며 딸에게 쪽쪽 소리 나게 두번 입을 맞추었다.

그러자 베르뜨가 태연스럽게 물었다. "발레리 부인은 좀 어때요?"

갑자기 조스랑 부인은 다시 성깔이 났다. 뭐라고? 베르뜨가 이 일을 알고 있다니! 하지만 알 만도 하지. 누구나 아는 사실이니까. 오직 베르뜨의 남편만이 아직도 이 일을 모르고 있었다. 어느 노부인을 음식상으로 안내하고 있는 그의 모습을 베르뜨가 손가락질해 보였다. 베르뜨는 누군가를 시켜서 남편에게 이 일을 알려주라고 할 생각까지 했다. 항상 남들한테 한발 뒤처져서 아무 낌새도 차리지 못하고 있으면 멍청이 같아 보이니까.

"힘들여 불상사를 감춰주려는 난 그럼 뭐냐." 조스랑 부인이 분개해서 말했다. "아, 그래 좋아! 더 이상 체면 차릴 것도 없어, 끝장을 봐야지 뭐. 저 사람들이 네 입장을 우습게 만드는 건 못 참겠다고."

아닌 게 아니라 모두가 그 사실을 알고 있었다. 다만 무도회 분위기를 잡치지 않으려고 얘기 안하고 있을 뿐이었다. 처음에 나온 동정의 말들은 악단의 음악 소리에 덮여버렸고, 이제는 쌍쌍이 좀더 대담하게 부둥켜안고 그 일을 생각하며 빙글빙글 웃고들 있었다. 몹시 무더운 가운데 밤이 깊어갔다. 하인들이 시원한 음료를 돌렸다. 긴 등받이의자에는 아가씨들 둘이 피곤에 겨워 서로 안고 뺨을 댄 채 잠들어 있었다. 악단 근처에서는 콘트라베이스 소리가 붕붕대는 속에서 바브르 씨가 조스랑 씨에게 자신의 역작에 대해 말을 좀 하기로 작정하고, 보름 전부터 동명이인인 두 화가의 진짜

작품이 어느 것인지 몰라 망설인다는 얘기를 하고 있었다. 한편 바로 그 근처에서 뒤베리에는 패거리 한가운데 자리 잡고는, 황제가 국립극장에서 사회를 비판하는 연극을 공연하도록 허가했다고 통렬하게 비난하고 있었다. 그러나 왈츠나 폴카 같은 곡이 다시 연주될 때 남자들은 자리를 비켜주어야 했다. 춤추는 쌍들이 차츰 더 많이 생겨나 자리를 넓게 차지했으며, 여인네들의 치맛자락이 바닥을 쓸면서 촛불의 열기 속에 고운 먼지와 사향내 섞인 화장품 냄새가 훅훅 풍겼다.

"좀 나아졌어요." 깡빠르동이 한번 더 슬쩍 들여다보고 달려와서는 말했다. "들어가도 됩니다."

친한 몇몇 사람들이 용기를 내어 가보았다. 발레리는 아직도 누워 있었지만 발작 증세는 차츰 진정되어가고 있었다. 행여 남부끄러울세라 누군가 의자 위에 있는 수건으로 그녀의 가슴을 가려놓았다. 창문 앞에서 쥐죄르 부인과 뒤베리에 부인은 목둘레에 더운 물 찜질을 해주면 이 증세가 없어지는 수가 있다는 의사의 설명을 듣고 있었다. 그런데 환자는 옥따브가 깡빠르동과 함께 들어오는 것을 보자 손짓을 하여 그를 부르더니 환각 증세의 뒤끝으로 앞뒤 안 맞는 말들을 우선 건넸다. 무엇보다 환자를 자극하지 말라는 의사의 지시에 따라 그는 그녀의 곁에 앉았다. 저녁나절에 이미 남편의 속내 얘기를 들은 그는 이리하여 부인의 속내 얘기도 듣게 되었다. 그녀는 두려워 떨고 있었고, 옥따브가 자기의 내연남인 줄 알고 숨겨달라고 애원했다. 그러더니 옥따브인 줄 알아보고는 펑펑 눈물을 쏟으며 아까 아침 혼인미사 때 거짓말해줘서 고맙다고 했다. 옥따브는 전에 철부지 어린애같이 게걸스러운 욕망을 품고 이런 식의 발작이 온 것을 이용하고자 했던 생각이 났다. 이제 자기는 그녀의 친구라서 그녀가 뭐든지 다 얘기할 테니 어쩌면 더 잘된 건지도 모를 일이었다.

이때 계속 문 앞에서 어정거리던 떼오필이 들어오려고 했다. 다른 남자들도 있는데 자기도 거기 좀 가 있으면 어떠냐는 것이었다. 그러나 이 때문에 다들 혼비백산했다. 발레리는 그의 목소리를 듣자 다시 와들와들 떨기 시작했고 사람들은 또 한차례 발작이 일어날 거라고 생각했다. 떼오필은 양팔로 밀어내는 부인들과 몸싸움을 하며 애원조로 부득부득 이 말을 되풀이했다.

"이름만 물어볼 겁니다. 이름만 말해달라 이거예요."

그때 조스랑 부인이 오더니 화를 냈다. 그녀는 남부끄러운 추태가 생기는 것을 막으려고 떼오필을 작은 살롱으로 끌고 갔다. 그리고 노발대발하여 그에게 말했다.

"조용히 좀 해주시겠어요? 오늘 아침부터 당신이 주책을 떨어서 우린 머리 아파 죽겠다고요. 경우도 없으시군요. 정말 경우도 없는 분이에요. 결혼식 날 이런 일을 가지고 물고 늘어지는 법이 어디 있어요."

"제 말 좀 들어보십쇼, 부인." 그가 웅얼거렸다. "이건 제 일입니다. 부인과는 상관없는 일이란 말이에요."

"뭐요? 나랑 상관없다고요? 보세요, 이제 우린 사돈 간이에요. 그런데 내 딸을 생각하면 당신 사건이 나한테 재미있을 것 같아요? 아, 저 아이 결혼식을 참 멋지게 치러주는군요. 이제 좀 잠자코 계시죠, 이 눈치도 없는 양반아!"

그는 얼떨떨해져 있었다. 그는 도움을 구하려고 주변을 둘러보았다. 그러나 모여 있던 부인네들은 자기들이 조스랑 부인과 마찬가지로 그를 준엄하게 판정하고 있다는 것을 쌀쌀한 태도로 증명해 보여주었다. 눈치 없다는 것이 딱 맞는 말이었다. 경우에 따라서는 치받쳐 오르는 혈기를 억눌러 참아야 할 때도 있는 법이니까. 그의 누나마저도 뽀로통하니 화가 나 있었다. 그가 여전히 대들고 나서니까 모두들 발끈한 것이었다. 안되지, 안돼. 저 사람은 입이 열개라도 할 말이 없어. 그런 식으로 행동하는 법이 어디 있어!

이렇게 외쳐대는 소리에 그는 입을 다물었다. 팔다리는 가느다랗고 얼굴은 여자가 되려다 만 것 같은 그 모습이 하도 얼빠지고 불쌍해 보여 모여 있던 부인네들은 비죽비죽 웃었다. 여자를 행복하게 해줄 조건을 못 갖췄으면 아예 결혼을 하지 말아야지. 오르땅스는 멸시하는 눈초리로 그를 요모조모 뜯어보고 있었다. 아무도 눈여겨보지 않는 소녀 앙젤이 무언가를 찾아내기라도 하려는 듯 의뭉스러운 태도로 그의 주위를 빙빙 맴돌고 있었다. 그러자 그는 궁지에 몰려 주춤 뒤로 물러섰고, 체격 좋고 피둥피둥한 여인네들이 모두 푸짐한 엉덩이로 자기를 둘러싸고 있는 모습을 보자 얼굴이 빨개지기 시작했다. 그러나 여자들은 이 일을 수습해야겠다고 느꼈다. 쥐이라 의사 선생이 다시금 관자놀이를 물수건으로 꾹꾹 적셔주는 동안 발레리가 다시 흐느껴 울기 시작한 것이다. 그러자 부인네들은 눈짓 한번으로 서로 통해, 방어를 해야겠다는 동지의식으로 하나가 되었다. 그녀들은 이 궁리 저 궁리하며 떼오필에게 편지에 대한 해명을 하려고 애썼다.

"옳거니!" 방금 다시 옥따브에게로 온 트뤼블로가 중얼거렸다. "그것 참 쓸 만한 꾀야. 그 편지가 하녀 앞으로 온 거라고들 하는군."

조스랑 부인이 그 말을 들었다. 그녀는 돌아서서 몹시 탄복한 듯 그를 바라보았다. 그러더니 떼오필 쪽으로 돌아오며 말했다.

"그렇게 우악스럽게 죄인으로 몰아세우는데, 무고한 부인이 숙이고 들어가서 변명을 할 수 있겠어요? 하지만 나라면, 나라면 말할 수 있죠. 그 편지는 프랑수아즈가 잃어버린 거라고요. 행실이 나빠 부인께서 쫓아내지 않을 수 없었던 그 하녀 말이에요. 자, 이젠 성이 차세요? 창피해서 낯 뜨겁지 않으세요?"

처음에 그는 회의가 드는 듯 어깨를 으쓱했다. 그러나 부인들은 모두 계속 진지한 태도로 그의 반박에 또박또박 이치에 기막히게 들어맞도록 대답을 했다. 그는 이미 흔들리고 있었는데, 그때 그를 아예 항복시켜버릴 셈으로 뒤베리에 부인이 화를 내며, 네가 하는 짓을 이젠 못 봐주겠고 난 널 동생으로 치지도 않겠다고 소리 질렀다. 그러자 꼼짝 못하게 된 그는 누가 껴안아주기라도 했으면 싶어서 발레리를 와락 그러안고 용서를 빌었다. 감동적인 장면이었다. 조스랑 부인마저도 가슴이 뭉클한 듯했다.

"서로 사이좋게 지내는 게 낫고말고요." 마음이 놓여서 그녀가 말했다. "어쨌든 오늘 하루, 마무리는 그런대로 괜찮겠군요."

사람들이 발레리에게 다시 옷을 입히고 그녀가 떼오필의 팔짱을 끼고 무도회장에 나타나자 흥겨운 분위기가 더욱 널리 퍼지는 듯했다. 벌써 새벽 3시가 다 되어 손님들은 하나둘 떠나기 시작하고 있었다. 그러나 악단은 마지막 정열을 다해 4인무곡을 연주했다. 화해한 그들 부부 뒤에서 남자들이 싱글싱글 웃고 있었다. 가엾은 떼오필을 두고 깡빠르동이 의학용어로 뭐라고 한마디 하여 쥐죄르 부인의 마음을 한껏 편하게 해주었다. 아가씨들이 빽빽이 몰려들어 발레리의 얼굴을 뚫어지게 바라보았다. 그러다가 어머니들이 큰일이라도 난 듯이 눈짓을 몇번 하자 얼른 바보 같은 표정들을 지었다. 한편, 마침내 신랑과 춤을 추던 베르뜨는 그에게 아주 나지막이 한마디 하지 않을 수 없었다. 이 이야기를 알게 된 오귀스뜨가 고개를 그쪽으로 돌렸기 때문이다. 그는 춤의 박자를 놓치지 않으면서 한편 놀랍기도 하고, 또 한편으로는 자기는 이런 일을 당할리 없다 싶어 우월감을 느끼며 동생 떼오필을 바라보았다. 마지막으로 빠른 4분의 2박자 춤곡이 연주되었고, 참석자들은 불꽃이 너울거리고 촛농받이가 지직대는 검붉은 촛불 빛을 받으며 숨 막히는 더위 속에 나른해졌다.

"그 여자분과 사이가 좋다면서요?" 옥따브의 춤 신청을 받아들여 그의 팔을 잡고 빙빙 돌면서 에두앵 부인이 물었다.

옥따브는 곧고 차분한 그녀의 윗몸이 한차례 가볍게 떨리는 걸느낀 듯했다.

"천만에요." 그가 말했다. "저 사람들이 저를 이 일에 끌어넣은거죠. 아주 성가셔 죽겠습니다. 저 불쌍한 남자가 모든 걸 다 참아넘긴 거죠."

"참 유감스러운 일이군요." 그녀가 진중한 목소리로 또렷이 말했다.

어쩌면 옥따브가 잘못 넘겨짚은 것인지도 모를 일이었다. 그가팔을 풀었을 때 초롱초롱한 눈에 머리를 반듯하게 양쪽으로 갈라빗은 에두앵 부인은 한숨 한번 내쉬지 않았다. 그런데 한가지 추태가 벌어져 무도회 끝판 분위기를 흐려놓고 있었다. 음식상에서 완전히 취한 바슐라르 영감이 방금 재미있는 아이디어를 실천에 옮긴 것이다. 느닷없이 필렝 앞에서 추잡하기 이를 데 없는 춤을 추는 그의 모습이 눈에 띄었다. 단추 달린 정장 앞자락에 둘둘 만 냅킨으로 갓난아이 젖 먹이는 여자의 가슴 흉내를 내었고, 그 위에얹힌 큼직한 오렌지 두개가 냅킨의 접힌 부분에서 비어져 나와 마

250

치 껍질 벗겨진 살갗처럼 뻘건 색으로 둥근 모양을 내보이고 있었다. 이번에는 모두가 이구동성으로 항의했다. 돈을 아무리 많이 벌면 뭘 해요. 점잖은 사람이라면 결코 넘어서는 안될 한계가 있는 거지요. 더구나 아가씨들 앞에서 말이에요. 조스랑 씨는 창피스럽고 낙담이 되어 손위 처남을 밖으로 내보냈다. 뒤베리에는 더할 나위 없는 혐오감을 나타냈다.

4시에야 신랑 신부는 슈아죌 거리의 집으로 돌아왔다. 그들은 같은 마차로 떼오필과 발레리도 데리고 왔다. 신접살림을 차려놓은 3층의 독채로 올라가다가 그들은 옥따브와 다시 마주쳤다. 그 역시 자러 들어가는 길이었다. 옥따브는 예의상 옆으로 비켜주려 했으나 베르뜨도 똑같은 동작을 취해서 둘은 서로 부딪쳤다.

"오, 죄송합니다, 아가씨." 그가 말했다.

이 '아가씨'라는 말이 재미있었다. 그녀가 그를 바라보자 그는 바로 이 계단에서 예전에 처음 주고받은 시선이 기억났다. 그것은 쾌활하면서 대담한 시선이었고 그때의 매력적이면서 선선한 태도가 지금 다시 느껴졌다. 아마도 둘이는 서로 마음이 통한 듯, 위층의 쥐 죽은 듯 고요한 분위기 속에서 그가 혼자 자기 방으로 올라가는 동안 그녀의 얼굴이 빨개졌다.

오귀스뜨는 아침부터 끊임없이 쑤셔대던 두통으로 정신이 나갈 지경이 되어 왼쪽 눈이 감긴 채 이미 집에 들어가 있었고, 이어 가족들이 들어갔다. 그런데 베르뜨와 헤어지는 순간 발레리는 느닷없이 치미는 격정을 어쩌지 못하고 베르뜨를 꼭 껴안아 흰 웨딩드레스가 더 구겨졌다. 그녀는 베르뜨에게 입을 맞추며 나지막이 말했다.

"아! 동서, 부디 동서가 나보다는 운이 좋기를 빌겠수!"

9

이틀 후 옥따브가 저녁을 먹으러 7시경에 깡빠르동의 집에 가니 로즈 부인이 흰 레이스 달린 크림색 비단 실내복을 입고 혼자 있었다.

"누굴 기다리시나요?" 그가 물었다.

"아뇨." 그녀가 조금 난처해하며 대답했다. "아쉴이 들어오는 대로 곧 식사하도록 하지요."

건축가는 여기저기 다니느라 한번도 식사 시간에 맞춰 집에 있는 적이 없었고, 들어올 때는 당황한 듯 얼굴이 시뻘게져서, 웬 망할 놈의 볼일이 이리도 많냐고 툴툴거리곤 했다. 그러고 나면 까페에서 만날 약속이 있다는 둥, 먼 데서 모임이 있다는 둥 온갖 핑계를 둘러대며 매일 밤 빠져나가는 것이었다. 그럴 때면 종종 옥따브가 밤 11시까지 로즈의 말벗이 되어주곤 했다. 그는 깡빠르동이 아내를 적적하지 않게 해주려고 자기를 하숙생으로 두고 있다는 사실을 깨달았던 것이다. 그녀는 가만가만 한탄을 하며 내심 두려운 점을 말하곤 했다.

"아유, 말 마세요! 난 아쉴이 맘대로 하게 내버려 두죠. 다만 자정 넘어 돌아오면 몹시 걱정이 돼요. 얼마 전부터 그이 기분이 침울한 것 같지 않으세요?" 그녀가 다정하면서도 불안한 목소리로 말했다.

옥따브는 그런 기미를 눈치채지 못했었다.

"제가 보기엔 일 때문에 정신이 없으신 것 같더군요. 생로끄 성당 공사로 신경이 많이 쓰이실 테니까요."

그녀는 고개를 살래살래 흔들었지만 더 이상 자기 얘기를 고집하지는 않았다. 그러고는 옥따브에게 어머니나 누이같이 무척 다정하게, 하루를 어떻게 보냈느냐고 평소처럼 물었다. 그가 이들 부부 집에서 식사를 매끼 해결해온 근 아홉달 동안 그녀는 이렇게 그를 집안의 어린애처럼 취급했다.

이윽고 건축가가 들어왔다.

"별 일 없었소, 여보. 잘 지냈냐고." 그가 좋은 남편답게 열렬히 아내에게 입 맞추며 말했다. "오늘도 또 얼간이 같은 자를 만났는데, 글쎄 길에서 그 자가 날 한시간이나 붙들어놓지 않았겠소."

옥따브는 비켜주었고, 그들이 낮은 소리로 몇마디 주고받는 소리를 듣게 되었다.

"언니 올 거유?"

"아니, 와서 뭐 하게? 조바심하지 말아요."

"틀림없이 올 거라고 당신이 장담했잖수."

"그래, 올 거야. 그럼 만족해? 당신을 위해서 그렇게 한 거야."

모두 식탁에 앉았다. 저녁 식사 내내 앙젤이 보름 전부터 배우는 영어가 화제에 올랐다. 깡빠르동이 느닷없이 처녀 애한테는 영어가 필요하다고 주장했던 것이다. 그리고 하녀 리자가 런던에서 돌아온 여배우 집에서 일했던지라, 끼니때마다 그녀가 내오는 요리 이름을 가지고 모두들 왈가왈부하느라 시간을 보냈다. 이날 저녁은 '럼스테이크'란 단어를 쓸데없이 오래 발음해보느라고, 빅뚜아르가 불 위에 얹어놓고 깜박 잊어 장화 밑창처럼 뻣뻣해져버린 고기구이를 도로 물려야 했다.

후식을 들고 있을 때 초인종 소리가 나자 깡빠르동 부인은 흠칫 몸을 떨었다.

"마님의 사촌언니께서 오셨어요."

리자가 돌아와, 식구끼리 하는 비밀 얘기에 한몫 끼어들지 못해 자존심이 상한다는 투로 말했다.

정말 가스빠린이 들어왔다. 그녀는 여윈 얼굴에 여점원답게 행색이 초라했고 아주 수수한 검은 모직 드레스를 입고 있었다. 크림색 비단 실내복으로 포근히 몸을 감싼 포동포동하고 싱싱한 로즈가 자리에서 일어섰다. 그녀는 몹시 감격해서 눈에 눈물이 그렁그렁 차올랐다.

"아! 언니," 그녀가 소곤거렸다. "언닌 정말 착한 사람이야. 모든 걸 잊어버려, 응?"

그녀는 사촌언니를 껴안고 두번 입 맞추었다. 옥따브는 염치를 차리려고 나가려 했다. 그러나 한식구인데 그냥 있으면 어떠냐고, 두 여자가 화를 내다시피했다. 그래서 그는 그 자리에 남아 이 광경을 바라보며 즐겼다. 처음에는 몹시 거북스러워하던 깡빠르동이 두 여자로부터 딴 데로 눈길을 돌리더니 한숨을 쉬며 여송연을 찾았다. 한편 리자는 그릇이며 수저들을 왁살스럽게 치우며 놀란 앙젤과 몇차례 눈짓을 주고받았다.

"너의 오촌 이모 되신다." 이윽고 건축가가 딸에게 말했다. "우리가 이모 얘기하는 거 많이 들었지. 자, 이모께 인사로 입 맞춰드려라."

나이는 몇살이고 학교는 어디 다니느냐고 이것저것 물어본 가스빠린은 사람을 홀딱 벗겨보는 듯한 시선으로 앙젤을 보았다. 그녀의 여선생 같은 시선에 불안해하며 앙젤은 뚱해서 그녀에게 입 맞춰 인사를 했다. 그러고 나서 모두 응접실로 자리를 옮길 때 앙젤은 같이 안 가고 리자를 따라가는 편을 택했다. 리자는 문을 쾅 닫으면서 누가 들을까 겁내지도 않고 이렇게 말했다.

"이 집구석 참 재밌어지겠는데!"

응접실에서 아직도 열에 들뜬 채 깡빠르동이 자기 입장을 변호하기 시작했다.

"맹세하지만 이 좋은 생각은 내가 낸 게 아니오. 사촌과 서로 화해하고 싶어 한 건 로즈지. 로즈가 가서 언니를 좀 찾아오라고 내게 거듭거듭 말한 지가 벌써 여드레도 넘었지. 그래서 난 결국 처형을 찾으러 가고 만 거요."

그리고 옥따브를 설복시켜야 한다고 느끼기라도 한 듯 깡빠르동은 그를 창문 쪽으로 데리고 갔다.

"안 그렇소? 여자는 그저 여자라니까. 난 귀찮아 죽겠어요. 말썽나는 게 두려우니까. 여태까지는 하나는 이쪽에, 또 하나는 저쪽에 있어서 둘이 충돌할 가능성은 없었잖소. 하지만 내가 질 수밖에. 로즈는 이렇게 해야 우리 모두가 더 흡족할 거라면서 막무가내라니까. 어쨌든, 해보는 거요. 이제 내 생활이 제대로 되느냐 하는 건 저 여자들 손에 달렸소."

그러는 사이에 로즈와 가스빠린은 긴 등받이의자에 나란히 앉아 있었다. 두 여자는 지난날 뻴라상의 인자한 도메르그 영감님 슬하에서 지내던 시절 이야기를 하고 있었다. 로즈는 그 당시, 크느라고 확 피지 못한 계집아이답게 팔다리는 배리배리하고 피부색은 납빛이었다. 반면 가스빠린은 열다섯살에 이미 처녀티가 나서 늘씬하고 탐스럽고 두 눈이 아름다웠다. 그런데 그들은 마주 보아도 이제는 더 이상 서로의 옛 모습을 알아볼 수가 없었다. 한 여자는 어쩔 수 없이 순결을 지키며 사는 동안에 싱싱하게 살이 올랐고 다른 여자는 신경질적인 정열로 애를 태우며 살다보니 비쩍 말랐다. 비단옷을 차려입고 하얀 목의 포동포동하고 섬세한 선을 레이스 속에 맵시 있게 드러낸 로즈와 대면하자 가스빠린은 잠시 자기의 누르퉁퉁한 피부색과 꽉 끼는 드레스 차림이 견디기 힘들었다. 그러나 그녀는 질투심으로 바르르 떨리는 것을 억누르고, 사촌동생의 멋진 차림새와 우아한 맵시 앞에 무릎을 꿇고 가난한 친척인 자신의 처지를 이내 받아들였다.

"건강은 어때?" 그녀가 작은 소리로 물었다. "아쒤한테 얘긴 들었어. 좀 나아지지 않았니?"

"아니, 아니." 로즈가 우울하게 대답했다. "봐, 먹기야 잘 먹고, 아주 건강한 것 같지. 그런데 그 증세는 낫질 않아. 영영 낫지 않을 거야."

그녀가 울자 이번에는 가스빠린이 납작하면서 활활 타는 뜨거운 가슴이 닿게 그녀를 껴안았고, 그사이 깡빠르동이 달려와 아내를 위로했다.

"왜 울어?" 가스빠린이 엄마처럼 말했다. "제일 중요한 건 네가 아프지 않는 거라고. 언제나 주위에 너를 좋아해줄 사람들이 있다면 그깟 게 무슨 문제니?"

로즈는 마음을 진정시키고 눈물을 흘리면서 벌써 웃음 짓고 있었다. 그러자 건축가는 애틋한 마음이 복받쳐, 두 여자를 한꺼번에 껴안고 입을 맞추며 더듬더듬 말했다.

"그래, 그래, 우린 서로 극진히 사랑할 거야. 우린 당신을 사랑할 거고말고. 가엾은 사람. 이제 우리 함께 모였으니 두고 보라고, 모든 게 잘돼갈 거야."

그러더니 옥따브 쪽으로 돌아서며 한마디 했다.

"아! 뭐니 뭐니 해도 그저 가족밖에 없다니까!"

밤이 깊어갈 무렵에는 아주 화기애애한 분위기가 되었다. 집에 있을 때는 보통 저녁 먹기 무섭게 잠이 드는 깡빠르동이 예술가다운 쾌활함을 되찾아 국립미술학교 시절의 해묵은 익살과 야한 노래들을 되살려낸 것이다. 11시경 가스빠린이 돌아갈 때 로즈는 걷기가 힘들었지만 배웅하고 싶어 했다. 그리고 층계 난간에 기대어 계단의 장중하고 고요한 분위기 속에서 "자주 놀러 와!"하고 외쳤다.

흥미가 동한 옥따브는 다음날 부인상회에서 도착한 내의류를 함께 수납하면서 가스빠린에게 얘기를 시켜보려고 애썼다. 그러나 그녀는 짤막짤막 대답했고, 그는 그녀가 전날 자기에게 모든 것을 보이고 나니 속이 상해서 잔뜩 적의를 품고 있구나 싶었다. 게다가 그녀는 그를 좋아하지 않았고, 어쩔 수 없이 서로 상대해야만 할 때에도 꼭 무슨 원한이라도 품은 듯 행동했다. 오래전부터 그녀는 가게 여주인에게 그가 수작 거는 것을 알고 있었고, 그래서 그가 꾸준히 구애 작전을 펴는 현장에 어두운 시선으로 경멸하듯 입술을 뿌루퉁하게 내밀고 서 있곤 했는데, 그 때문에 그는 때때로 마음이 흔들렸다. 키 큰 마귀 같은 이 여자가 빼빼 마른 손을 그들 둘 사이로 길게 뻗을 때면, 그는 결코 에두앵 부인을 차지할 수 없으리라는 확실하면서도 불쾌한 느낌이 들었던 것이다.

그러면서도 옥따브는 내심으로 여섯달을 잡고 있었다. 이제 겨우 넉달이 지났건만 그는 조바심에 사로잡혔다. 아침마다 늘 냉정하면서도 한편으로 부드러운 에두앵 부인의 감정 표현에 거의 발전이 없는 것을 보고 그는 좀더 저돌적으로 나가야 하는 게 아닌가 자문하곤 했다. 그러나 그녀는 그의 폭넓은 식견, 빠리의 보도 위에 수백만점의 상품을 진열해 보일 현대식 대형 매장을 만들겠다는 꿈에 감복되어 끝내는 그를 진심으로 높이 평가한다는 태도를 보이게 되었다. 종종 남편은 가게에 없고 옥따브와 함께 우편물들을 펴보는 아침이면, 그녀는 그를 곁에 붙들어놓고 자문을 구하고 그의 의견에 기꺼이 동의하곤 했다. 이렇게 그들 사이에는, 말하자면 사업상의 친밀함이 자리 잡아가고 있었다. 영수증 묶음을 집으며 손이 서로 닿기도 했고, 숫자들을 읽을 때 숨결과 살갗이 서로 살짝 스치기도 했고, 매상을 잘 올린 뒤에는 계산대 앞에서 서로 무람없이 굴기도 했다. 심지어 그는 이런 순간들을 멋대로 이용하기까지 했고, 그의 전략은 결국 훌륭한 장사 수완을 타고난 그녀를 감동시켜, 의외의 매상고에 그녀가 몹시 감격하여 마음이 풀어진 날을 택해 그녀를 공략하자는 것으로 귀착되었다. 그래서 그는 그녀를 손아귀에 넣을 수 있는 깜짝 놀랄 만한 건수를 찾고 있었다. 그런데 그가 사업 얘기에서 벗어나는 즉시, 그녀는 태연자약한 권위를 되찾아 가게의 점원 총각들에게 하듯이 정중하게 지시를 내리곤 하는 것이었다. 그리고 그녀는 늘 엄격하게 절제된 단정한 검은 윗도리를 입고, 고대의 조상彫像 같은 가슴에는 남자처럼 작은 넥타이를 매고서 미인답게 냉정한 태도로 가게를 이끌어갔다.

이 무렵 에두앵 씨가 갑자기 병이 나서 비시 온천으로 요양을 떠나게 되었다. 옥따브는 내심 쾌재를 불렀다. 에두앵 부인이 아무리 대리석상 같은 여자라 한들, 과부가 되면 마음이 약해질 테니까. 그러나 그녀의 몸이 바르르 떨리기를, 욕망으로 그녀가 무기력해지기를 아무리 기다려도 소용이 없었다. 일찍이 그녀가 이토록 적극적이고 머리가 잘 돌아가고 눈이 초롱초롱한 모습을 보인 적이 없었다. 그녀는 동이 트자마자 일어나 귀에 펜대를 꽂고는, 점원처럼 분주한 모습으로 손수 물건을 지하창고에 받아놓곤 했다. 아래층, 위층, 주단 매장으로, 면직물 매장으로, 사방으로 다니며 상품 진열과 판매 상황을 감독하는 그녀의 모습이 눈에 띄었다. 협소한 가게가 터져 나갈 듯 첩첩이 쌓인 궤짝들 틈바구니를 그녀는 먼지 한점 묻히지 않고 조용히 돌아다녔다. 모직물이 쌓여 벽을 이룬 곳과 수건들이 긴 의자처럼 포개져 놓인 곳 사이로 난 좁디좁은 통로 한가운데서 그녀를 만날 때면, 옥따브는 잠시라도 자기 가슴에 그녀의 몸이 닿게 해보려고 어설프게 비켜서곤 했다. 그러나 그녀가 어찌나 바삐 지나치는지 그는 겨우 그녀의 드레스 자락이 스치는 것만 느낄 수 있을 뿐이었다. 게다가 이럴 때면 늘 냉혹한 시선으로 그들을 노려보는 가스빠린이 의식되어, 그는 몹시 거북해지는 것이었다.

그래도 그는 절망하지 않았다. 때로는 스스로 목표에 거의 도달해간다고 믿고, 여주인의 애인이 될 머지않은 앞날을 그리며 벌써 인생 설계까지 해보는 것이었다. 그때까지 견뎌내기 위해 그는 마리와의 관계를 계속 유지하고 있었다. 다만 한가지 걸리는 것은, 마리가 편리하고 돈이 한푼도 안 드는 여자라고는 하지만 매 맞은 개처럼 충직하여 어쩌면 성가신 존재가 될지도 모른다는 점이었다. 그래서 지루한 저녁이면 그녀를 다시 찾으면서도 그는 벌써 그녀를 떼어버릴 방도를 궁리하고 있었다. 우악스럽게 차버리는 것은 섣부른 짓같이 생각되었다. 어느 휴일 옆집 남자가 아침 일찍 무언가 사러 나간 사이에 마리를 다시 만나러 그녀의 잠자리로 가면서 마침내 그에게 떠오른 생각은 마리를 남편에게 돌려주자는 것, 사랑에 빠진 두 부부를 서로 찰싹 붙여놓으면 자기는 빠져나와도 양심에 거리낄 것 없겠다는 것이었다. 게다가 그것은 선행이라고도 생각되어서, 그러한 행동의 감동적인 면이 그의 마음속에서 가책을 말끔히 걷어가 주었다. 하지만 그는 때를 기다리고 있었다. 여자 없는 신세가 되고 싶지는 않았던 것이다.

깡빠르동네 집에서는 또다른 복잡한 문제가 옥따브의 정신을 빼앗았다. 그는 이제 딴 데서 끼니를 해결해야 할 때가 온 것 같다고 느꼈다. 삼주 전부터 가스빠린이 점점 권위를 행사하면서 집 안에 들어앉는 중이었다. 그녀는 처음에는 저녁마다 오곤 했다. 그러다가 차차 점심때도 모습이 눈에 띄게 되었고, 가게 일을 계속 보면서도 그녀는 앙젤의 교육에서부터 집 안의 물건 사들이는 것까지 만사를 도맡기 시작했다. 로즈는 깡빠르동 앞에서 끊임없이 이 말을 되풀이했다.

"아, 가스빠린 언니가 우리랑 한집에 살았으면 좋겠어요!"

그러나 그때마다 건축가는 남부끄런 마음에 속을 끓이고 가책으로 낯을 붉히며 소리치곤 했다.

"아냐, 안돼. 그럴 순 없어. 게다가 어디서 자라고 할 거요?"

그러면서 그는 그럼 자기 작업실을 사촌처형의 침실로 내주어야 할 테고, 자기 설계용 책상과 도면들은 응접실로 옮겨놓아야 할 거라고 했다. 그렇게 해도 자기는 전혀 불편할 게 없고, 어차피 언젠가는 그렇게 하려고 마음먹었다고 했다. 왜냐하면 그에게는 응접실이 굳이 필요 없고 사방에서 일거리가 쏟아져 들어오니 어차피 작업실이 너무 좁게 느껴지게 된 터였기 때문이라는 것이다. 하지만 가스빠린은 지금 사는 집에 그대로 살길 바란다는 것이었다. 서로 한데 모여 북적댄들 뭐 좋을 게 있겠는가?

"지금 이대로가 좋을 땐," 그는 옥따브에게 되풀이했다. "더 좋길 바라는 게 무리지."

이 무렵 그는 에브뢰에 가서 이틀을 지내야만 했다. 주교좌성당의 공사가 걱정되었던 것이다. 그는 대출받아 놓은 것도 없이 주교님이 원하는 대로 따랐다. 그런데 새로 꾸밀 부엌의 화덕과 성당의 난방기를 설치하려면 거액의 돈이 들 것인데, 현재의 성당 유지비로는 그 거액을 감당 못할 판이었다. 또 한편 3000프랑을 들이기로 합의를 본 강론대는 실제로는 적어도 1만 프랑은 들 터였다. 그는 앞날에 대비해서 신중을 기하려고 주교님과 의견 일치가 되기를 바라고 있었다.

로즈는 남편이 일요일 저녁에나 돌아오겠지 생각하고 있었다. 그런데 그가 느닷없이 점심 식사 중에 들이닥치자 모두들 당황했다. 가스빠린은 옥따브와 앙젤 사이에 앉아 식사를 하고 있었다. 모두들 아무렇지 않은 체했지만 분위기가 아리송해졌다. 리자는 주인마님이 다급한 몸짓을 하자 응접실 문을 막 다시 닫은 참이었고, 한편 가스빠린은 가구 밑에 흩어져 있는 종잇조각들을 발로 밀어내고 있었다. 들어온 깡빠르동이 옷을 벗겠다고 하니까 모두들 그를 말렸다.

"좀 기다리시라니까요. 점심은 에브뢰에서 드셨다니, 커피나 한

잔하세요."

마침내 그가 로즈의 어색한 태도를 눈치챘을 때 로즈가 그의 목을 얼싸안으며 와락 품 안에 달려들었다.

"여보, 날 나무라지 말아요. 당신이 저녁때 들어왔으면 모든 게 제자리에 정돈돼 있는 걸 보셨을 텐데."

그녀는 떨면서 문을 열고 그를 응접실과 작업실로 이끌었다. 그날 아침 가구점에서 운반해온 마호가니 침대가 제도용 책상이 있던 자리를 차지하고, 책상은 옆방 한가운데로 옮겨져 있었다. 하지만 아직 정리가 전혀 안된 상태라 종이상자들이 가스빠린의 옷가지 사이에 아무렇게나 찌그러져 있었고, 심장이 핏빛처럼 붉은 성모상은 새 대야 밑에 깔린 채 벽에 기대져 있었다.

"깜짝 놀라게 해드릴 참이었어요." 로즈가 무거운 마음으로 남편의 조끼에 얼굴을 묻으며 중얼거렸다.

그는 깊이 감동하여 그녀를 바라보았다. 그는 아무 말도 하지 않고 옥따브의 눈길을 피했다. 그러자 가스빠린이 메마른 목소리로 물었다.

"맘 상했어요? 로즈가 날 들들 볶지 않았겠수. 하지만 내가 너무한 거라고 생각하신다면 난 지금이라도 도로 떠날 수 있어요."

"아, 처형!" 마침내 건축가가 소리쳤다. "로즈가 한 일은 뭐든지 잘한 일이오."

그러고는 로즈가 가슴에 기대어 흑흑 울음을 터뜨리자 말했다.

"여보, 울다니 바보같이! 난 대만족이야. 당신은 사촌언니와 함께 있고 싶겠지. 좋아, 언니하고 같이 지내라고. 난, 아무래도 좋아. 그러니 이제 그만 울어요. 이것 봐, 당신을 사랑하는 만큼 내 이렇게 안아주잖소. 꽉, 이렇게 꽉 말이오."

그는 온통 쭉쭉 빨다시피하며 그녀의 얼굴에 입맞춤을 퍼부었다. 그러자 눈물을 펑펑 쏟던 로즈는 이 말 한마디에 금세 미소를 지으며 누그러졌다. 그녀도 남편의 턱수염에 입을 맞추며 부드럽게 말했다.

"당신 너무했어요. 언니한테도 이렇게 해줘요."

깡빠르동은 가스빠린에게도 입 맞추었다. 그들은 식당에서 입을 헤 벌린 채 눈을 밝히고 이쪽을 쳐다보는 앙젤을 불렀다. 앙젤도 가스빠린에게 똑같이 입을 맞춰야 했다. 옥따브는 이 사람들 너무 다정하게 구는군 하고 생각하며 한쪽으로 비켜났다. 그는 리자가 가스빠린을 어려워하는 태도와 미소 띤 채 친절히 대하는 모습을 눈여겨보고 놀랐다. 눈두덩이 파르족족한 이 바람둥이 하녀가 과연 영리하긴 영리한 여자로구만!

한편 건축가는 양복 상의를 벗고서 휘파람을 불고 노래도 흥얼거리며, 어린아이같이 쾌활해져서 사촌처형의 침실을 꾸미느라 오후 나절을 보냈다. 처형은 그를 도와 함께 가구를 밀고 내의 꾸러미를 풀고 옷가지를 탁탁 털었다. 그러는 동안 로즈는 몸이 지칠까 봐 앉은 채 그들에게 이것저것 조언을 하고 식구 모두가 편리하게끔 세면용구는 이쪽에 놓아라, 침대는 저쪽에 놓아라 하고 지시했다. 그러자 옥따브는 그들이 마음속에 있는 생각을 솔직하게 표현하는 데 자기가 방해가 되고 있다는 사실을 깨달았다. 이렇게 똘똘 뭉친 식구들 속에서 그는 자기가 불필요한 존재라는 것을 느꼈고, 그래서 오늘 저녁은 밖에서 먹겠노라고 미리 알렸다. 게다가 결심도 서 있었다. 내일은 적당히 이야기를 꾸며대며 깡빠르동 부인에게 그동안 친절히 대해주어 고맙다고 인사를 해야지.

5시쯤 되었으니 어딜 가야 트뤼블로를 만날 수 있을지 몰라 낭패로구나 싶었고, 혼자 저녁 시간을 보내지 않으려면 삐숑 부부에게 함께 저녁 먹자고 제안하자는 생각이 문득 들었다. 그러나 삐숑네 집에 들어가자마자 그는 한심한 집안싸움에 맞부딪치게 되었다. 뷔욤 씨 내외가 노기등등해서 부들부들 떨고 있었다.

"말도 안되는 일일세, 이 사람아!" 장모가 서서, 의자에 폭삭 찌그러진 형국으로 앉아 있는 사위에게 삿대질해가며 말했다. "자네 내게 단단히 맹세하지 않았나."

"그리고 너," 벌벌 떠는 딸을 찬장까지 뒷걸음질 치도록 몰아세우며 아버지가 덧붙였다. "네 서방 역성들지 마라. 너도 똑같아. 그러니까 굶어 죽고 싶다 이거지?"

뷔욤 부인이 숄을 두르고 모자를 다시 썼다. 그녀는 엄중한 어조로 선언했다.

"잘 있거라. 우린 이 집에 와서 너희들이 엉망으로 사는 꼴을 부추기는 일만은 못하겠구나. 너희들이 우리 소원을 나 몰라라 하던 그 순간부터 우린 이 집에 볼일 없다. 이제 보지 말고 지내자!"

그리고 사위가 평소처럼 배웅하려고 일어서자 거절했다.

"필요 없네. 우린 자네 없이도 합승마차를 얼마든지 잡을 수 있어. 여보 영감, 앞장 서슈. 쟤들은 저희들끼리 저녁 먹으라고 놔둡시다. 먹는 거나 실컷 먹으라지요. 앞으로는 끼니를 다 찾아먹진 못하게 될 테니까 말이에요!"

옥따브는 어안이 벙벙하여 마치 그 자리에 없는 듯 한편에 비켜서 있어야 했다. 그들이 떠나고 난 뒤, 그는 의자에 앉은 채 녹초가 돼 있는 쥘과 찬장 앞에서 몹시 핼쑥하게 질려 있는 마리를 보았다. 둘 다 아무 말이 없었다.

"도대체 이게 웬일입니까?" 그가 물었다.

그러나 마리는 대꾸도 하지 않고 처량한 음성으로 남편을 책망했다.

"그러게 내가 뭐랬어요. 좀더 기다려서 부모님들께 조심조심 알려드려야 했다고요. 급할 게 뭐 있수. 아직 겉으로 드러나 보이지도 않는데."

"대체 무슨 일인데요?" 옥따브가 다시 물었다.

그러자, 그녀는 돌아서지도 않고 홧김에 곧이곧대로 말해버렸다.

"제가 아이를 가졌어요."

"보자 보자 하니 참, 장인 장모님이 내 속을 긁는구만!" 쥘이 욱해서 벌떡 일어서며 소리쳤다. "난 이 골치 아픈 일을 그분들께 즉시 말씀드리는 게 도리라고 생각했소. 그럼 내 속은 좋을 줄 아신단 말인가? 난 그분들보다 더 꼼짝없이 당한 거라고. 젠장! 게다가 내 잘못이 아니니 더더욱 그렇지. 안 그래? 어떻게 이 애가 생기게 됐는지 알 수나 있다면……"

"그건 정말 그래요." 마리가 수긍했다.

옥따브는 달수를 헤아려보았다. 그녀는 임신 5개월이었고 12월 말부터 5월 말까지 계산은 딱 맞아떨어졌다. 그의 마음은 몹시 흔들렸다. 그러자 차라리 의심하는 쪽이 낫다는 생각이 들었다. 하지만 애틋한 감정은 계속 남아 있었고, 삐숑 부부를 위해 뭔가 좋은 일을 해줘야겠다는 마음이 들어 걷잡을 수 없었다. 쥘은 계속 투덜거리고 있었다. 어쨌든 이 아이는 낳아 기를 거야. 다만, 애초부터 생겨나지 않았다면 더 좋았겠지. 마리는 마리대로 평소에는 그토록 유순하던 여자가 화를 내며, 결국에는 명령 불복종을 결코 용서하지 않을 친정어머니의 편을 들기에 이르렀다. 부부가 이 일로 급기야 말다툼까지 하게 되어 배 속의 아이를 두고 티격태격 서로의 탓으로 돌리고 있는데 옥따브가 명랑하게 끼어들었다.

"기왕 아이가 생긴 바에야 그래 봤자 무슨 소용 있어요. 자, 여기서 저녁 먹으면 안되겠네요. 그럼 분위기가 너무 처지겠어요. 제가 식당으로 모시죠, 어때요?"

마리는 얼굴이 빨개졌다. 외식하는 것은 그녀가 무척 좋아하는 일이었다. 그러나 그녀는 즐기는 데 늘 방해가 되는 딸아이를 입에 올렸다. 그러나 이번에는 릴리뜨도 데려가기로 했다. 기분 좋은 저녁이었다. 옥따브는 그들을 뵈프 알라모드 식당으로 데려가서 좀더 자유롭게 식사하자며 별실로 들어갔다. 거기서 그는 음식값도 생각지 않고 그들이 먹는 모습을 보는 것이 흐뭇해서 감격한 김에 통도 크게 이것저것 잔뜩 시켜 먹었다. 심지어 후식 때 릴리뜨를 긴 의자의 두 쿠션 사이에 길게 눕히고 나서는 샴페인까지 주문했다. 그들은 식탁에 팔꿈치를 괴고 정이 넘치는 마음으로 눈은 촉촉해진 채 별실의 숨 막히는 더위에 늘척지근하니 무아지경이 되었다. 마침내 11시에 옥따브가 집에 들어가자는 말을 꺼냈다. 그들은 얼굴이 새빨개져 있었고 찬 공기를 쐬자 외려 얼근히 취기가 올라왔다. 그때 꼬마 여자애 릴리뜨가 졸음에 겨워 넘어지며 걷지 않으려고 떼를 쓰자, 옥따브는 끝까지 선심을 쓸 작정으로 슈아죌 거리가 지척인데도 굳이 마차를 잡겠다고 했다. 마차 안에서 그는 마리의 두 다리가 자기의 다리 사이에 꽉 끼게 하지 않으려고 조심했다. 집으로 올라가 쥘이 릴리뜨의 이불깃을 잘 여며주는 동안, 그는 그녀의 이마에 입을 한번 맞추었을 뿐이었다. 마치 딸을 사위에게 넘겨주는 아버지 같은 작별의 입맞춤이었다. 그런 다음 부부끼리 사랑에 빠져 서로 취한 듯 바라보는 모습을 보고는, 그들을 잠자리에 들게 하고 문밖에서 좋은 꿈 많이 꾸고 안녕히 주무시라고 인사했다.

그는 홀로 침대 속에 푹 파묻히며 생각했다. 50프랑이 들었지만 그들에게 그 정도는 갚아야 했어. 요컨대 내가 바라는 건 딱 한가지, 저 조그만 여자를 남편이 행복하게 해줬으면 하는 것뿐이라고!

그리고 자신의 인정 많음에 스스로 감동된 그는 내일 저녁 크게 승부를 한번 걸어보리라고 잠들기 전에 마음먹었다.

월요일마다, 저녁 식사 후 옥따브는 에두앵 부인이 그 주의 주문 상황을 점검하는 일을 돕곤 했다. 이 작업을 위해 단둘이서만 골방, 그러니까 금고 하나, 사무용 책상 하나, 의자 두개와 긴 등받이의자 하나가 있는 비좁은 방에 틀어박히기 일쑤였다. 그러나 이번 월요일은 마침 뒤베리에 부부가 에두앵 부인을 오뻬라 꼬미끄에 데리고 가는 날이었다. 그래서 이날은 오후 3시경 그녀가 옥따브를 불렀다. 햇빛이 환했는데도 그들은 가스등을 켜야 했다. 골방에는 안뜰 쪽에서 침침한 빛만이 들어오기 때문이었다. 그는 들어가서 빗장을 잠갔다. 그녀가 놀라 그를 바라보자, "아무도 우릴 방해하러 오면 안되니까요" 하고 소곤거렸다.

그녀는 고개를 끄덕여 수긍했고, 그들은 작업에 착수했다. 여름용 신상품은 기막히게 잘 나갔고, 상점의 기획사업은 여전히 번창일로였다. 특히 그 주에는 모직 소품의 판매실적이 너무 좋아서 그녀는 자기도 모르게 한숨을 한번 내쉬었다.

"아, 가게에 자리가 좀더 있었으면!"

"아니," 공략을 본격적으로 시작하며 그가 말했다. "그건 사장님께 달렸습니다. 얼마 전부터 제게 생각이 한가지 있는데 그 말씀을 좀 드리고 싶군요."

그가 추진하려는 것은 과감한 사업이었다. 뇌브생또귀스땡 거리 쪽으로 난 옆 가게를 사들여 양산가게와 완구점을 닫게 하고 그 가게들을 확장해서 널따란 매장을 만들자는 것이었다. 그는 열을 올려 습기 차고 어두컴컴하고 진열장도 없는 가게 구석에 벌여놓은 옛날식 장사에 대한 경멸감을 있는 대로 나타내 보이며, 유리 궁전들 안에 온갖 여자용 사치품을 쌓아놓고 대낮엔 수많은 고객을 쥐락펴락하며 저녁에는 대공 ^{大公} 의 축연처럼 불꽃을 환히 밝히는 새로운 장사를 몸짓까지 섞어가며 표현해 보였다.

"사장님께서 이 일대의 다른 가게들을 몽땅 말아잡수시는 겁니다. 고만고만한 잔손님들을 우리 가게로 끌어들이시란 말입니다. 이렇게 볼 때 바브르 씨네 주단가게는 지금처럼은 안됩니다. 진열장 유리를 길 쪽으로 더 내고, 특별매장을 신설하십시오. 그래서 오년 안에 바브르 씨를 파산 지경까지 몰아붙이는 겁니다. 끝으로 말씀인데, 디 데상브르 거리가 새로 뚫려 신축된 오뻬라 극장에서 증권거래소까지 직통으로 이어질 거라는 얘기가 지금도 돌고 있습니다. 저와 친한 깡빠르동 씨가 가끔 제게 그 얘길 하지요. 그러면 이 동네 경기가 열배는 살아날 겁니다."

에두앵 부인은 장부 위에 팔꿈치를 괴고 한 손으로 아름답고 음전한 얼굴을 받친 채 그의 말에 귀 기울이고 있었다. 아버지와 숙부가 창업한 부인상회에서 태어났고 이 상점에 애착을 지닌 그녀인지라, 확장된 상점이 옆 가게들을 집어삼키고 으리으리한 면모를 과시하는 모습이 눈에 선했다. 이 꿈은 그녀의 발랄한 재기, 올곧은 의지, 또 새로운 빠리에 대해 그녀가 지닌 여성다운 섬세한 직관과도 잘 맞아떨어졌다.

"작은아버님께서 절대 원치 않으실 거예요." 그녀가 중얼거렸다. "게다가 우리 남편의 병이 너무 위중하고요."

그때 그녀의 동요된 모습을 보며 옥따브는 유혹하는 목소리, 배우처럼 부드럽고 노래하는 듯한 목소리를 냈다. 그러는 한편, 도저히 저항할 도리가 없다고 여자들에게 정평이 난 오래 묵은 금빛이 도는 두 눈으로 그녀에게 뜨거운 시선을 쏟아부었다. 그러나 가스등이 그녀의 목덜미 근처에서 활활 타고 있어도 소용이 없었다. 그녀는 살갗에 한점 열기도 없이 그대로 앉아 입에 침이 마르는 그의 얘기에 넋을 놓은 채 공상에 빠져들고 있을 뿐이었다. 그는 낭만적인 시동侍童이 오래 참아온 사랑을 고백하는 듯한 정열적인 어조로 그 사업의 채산을 검토하고, 벌써 대충 견적을 내기까지 했다. 불현듯 상념에서 빠져나와 제정신을 차리자 그녀는 자기가 옥따브의 품 안에 있다는 것을 알았다. 그는 그녀가 마침내 굴복하리라 생각하고 긴 등받이의자 위로 밀어붙였다.

"아유머니나! 이러려고 그랬군요." 그녀가 성가신 아이에게서 벗어나듯 몸을 빼며 서글픈 어조로 말했다.

"네, 그래요. 전 당신을 사랑합니다." 그가 외쳤다. "저를 밀어내지 마세요. 저는 당신과 함께 큰일들을 할 겁니다."

그리고 그는 허풍처럼 들리는 장광설을 끝까지 늘어놓았다. 그녀는 그를 제지하지 않고, 선 채로 다시 장부를 뒤적이기 시작했다. 그러다가 그가 입을 다물자, 말했다.

"난 이미 그런 거 다 알아요. 그런 말도 벌써 들어봤고요. 하지만 당신은 남들보다 좀더 똑똑한 줄 알았지요. 옥따브 씨, 당신은 날 괴롭히는군요. 나는 당신을 믿고 있는데요. 하여간, 젊은이들은 모두 철이 없다니까. 우리 가게 같은 곳에는 철저한 질서가 필요해요. 그런데 아침부터 저녁까지 우릴 성가시게 할 그런 일들을 다짜고

짜 원하다니요. 여기서 날 여자로 보면 안돼요. 난 할 일이 너무 많아요. 이보세요, 당신같이 경우 바른 분이 어떻게 내가 결코 그런 짓은 안하리라는 걸 깨닫지 못했나요. 왜냐고요? 첫째, 그건 바보 같은 짓이고 둘째, 쓸데없는 짓이고, 셋째, 다행히도 내겐 그러고 싶은 마음이 손톱만큼도 없으니까요!"

그는 차라리 그녀가 격앙된 감정을 드러내며 분해서 펄펄 뛰는 게 낫겠다고 생각했다. 그 차분한 목소리, 실리적이고 자신만만한 여자답게 태연히 따지고 드는 투에 그는 어찌할 바를 몰랐고, 자기 꼴이 우습게 되어간다는 것을 느꼈다.

"동정해주십시오, 사장님." 그는 여전히 더듬거렸다. "제 마음이 얼마나 괴로운지 좀 알아주세요."

"아뇨, 당신은 괴롭지 않아요. 혹 그렇대도, 어쨌든 차차 나아질 거예요. 어! 누가 문을 두드리네요. 열어주는 게 좋겠어요."

그는 잠긴 문을 열어야 했다. 중간에 레이스를 끼운 블라우스가 오기로 되어 있는지 알아보려고 가스빠린이 문을 두드린 것이었다. 빗장이 잠겨 있어 그녀는 깜짝 놀랐다. 하지만 그녀는 에두앵 부인을 너무도 잘 알고 있었다. 좌불안석인 옥따브 앞에서 특유의 냉랭한 태도를 취하고 있는 사장을 보고 가스빠린은 옥따브를 쳐다보며 얼핏 조소를 머금었다. 그는 그 웃음에 화가 치밀어 그녀가 이번 일을 망쳐놓은 거라고 속으로 탓했다.

"사장님." 가스빠린이 나가자 그가 느닷없이 결연히 말했다. "전 오늘 저녁으로 가게를 그만두겠습니다."

에두앵 부인에게 이건 놀라운 일이었다. 그녀는 그를 바라보았다.

"아니 왜요? 난 당신한테 나가라고 한 적이 없잖아요. 그래 봤자 달라질 것 없어요. 난 무서울 거 없다고요."

이 말에 끝내 그는 분별력을 잃고 발끈했다. 당장 나가겠다고, 이런 순교자 노릇은 한시도 더 못하겠다고 선언했다.

"좋아요, 옥따브 씨." 그녀가 차분하게 말을 이었다. "즉시 급료를 계산해드리겠어요. 상관없어요, 가게에 당신이 없어 아쉽기야 하겠죠. 당신은 훌륭한 점원이었으니까요."

길에 나서자 옥따브는 방금 자신이 바보처럼 행동했다는 것을 깨달았다. 4시를 치는 시계소리가 울렸고 밝은 봄날의 햇빛이 가이용 광장의 한 모퉁이를 온통 노랗게 물들이고 있었다. 그러자 자기 자신에게 머리끝까지 화가 치밀어 그는 발 닿는 대로 생로끄 거리를 걸어 내려가면서 과연 어떻게 처신해야 했는지 자문해보았다. 왜 그 가스빠린이란 여자의 엉덩이를 꼬집어주지 않았던가? 아마도 그녀는 그래 주길 원했을 거다. 하지만 그는 말라빠진 그녀의 엉덩이를 깡빠르동처럼 좋아하진 않았다. 어쩌면 그랬다 해도 또 번지수를 잘못 찾은 셈이었을 게다. 왜냐하면 그 여자는, 주중에 만나는 남자가 하나 있어서 월요일부터 토요일까지 진을 다 빼면서도 일요일에 만나는 남자들에게는 엄격한 미덕을 과시하는 그런 별난 여자들 중의 하나로 그의 눈에 비쳤으니까. 그건 그렇다 치고, 언감생심 사장의 애인이 되려고 했다는 건 얼마나 어리석은 생각이었던가! 가게에서 빵과 침대를 한꺼번에 찾으려 말고 돈 버는 일만 할 수는 없었던가? 일순간 그는 기운이 빠진 나머지, 당장이라도 부인상회로 되돌아가 잘못했다고 털어놓을 마음이 들었다. 그러다가 그토록 태연자약하고 당당한 에두앵 부인을 생각하니 상처받은 허영심이 되살아나 다시 생로끄 성당 쪽으로 내려갔다. 에잇, 할 수 없지! 이미 엎질러진 물인걸. 그는 깡빠르동을 까페로 데려가 마데르 포도주나 한잔 마시자고 하려고 혹시 그가 성당에 있는지 보러 갔다. 그러면 기분전환이 되겠지 싶었던 것이다. 그는 제의실 문과 통하는 입구로 들어갔다. 수상쩍은 건물의 어두컴컴하고 지저분한 샛길이었다.

"깡빠르동 씨를 찾으시는 모양이죠?" 그가 머뭇거리며 중앙 통로를 샅샅이 살피고 있는데 가까이서 웬 목소리가 들렸다.

모뒤 신부였다. 신부는 그를 방금 알아본 참이었다. 건축가가 거기 없었으므로, 그는 자기가 열과 성을 다해 지휘하는 중인 십자고상 보수작업을 옥따브에게 부득부득 구경시키고 싶어 했다. 그는 옥따브를 성가대석 뒤쪽으로 데리고 가서 먼저 동정 성모 제단을 보여주었다. 벽이 흰 대리석으로 된 그 제단 위에는 그리스도가 탄생한 구유를 중심으로 로꼬꼬 양식의 성 요셉상과 성모 마리아상, 예수상이 놓여 있었다. 그리고 그 뒤쪽으로 계속해서 신부는 금으로 만든 일곱개의 등과 금촛대들, 황금빛 스테인드글라스의 황갈색 그림자 속에 번쩍이는 금제단을 갖춘 '영원한 흠숭의 제단'을 가로지르게끔 옥따브를 안내했다. 그러나 거기는 이곳저곳에 판자로 세운 칸막이가 성당 끝 쪽을 막고 있었고, 보일 듯 말 듯 떨리는 침묵 속에 무릎 꿇고 기도문을 웅얼웅얼 외우는 검은 그림자들 위로 곡괭이질 소리며 목수들의 목소리며 공사장의 요란한 소음들이 온통 울려 퍼졌다.

"자, 들어오시오." 모뒤 신부가 긴 사제복 아랫자락을 걷어 올리며 말했다. "내가 설명해드리죠."

판자 저쪽에는 회반죽이 쏟아져 있고, 흰 석회가루가 날아다니고 질퍽한 물 때문에 습기가 찬 채로 성당 한구석이 한데를 향해 그대로 노출되어 있었다. 그래도 왼쪽으로는 십자가의 길 제10처

십자가에 못 박히는 예수와, 오른쪽으로는 제12처 예수를 둘러싼 성녀들이 보였다. 그러나 한복판에 있던 제11처 십자가에 달린 예수의 상은 떼어져서 한쪽 벽에 기대어져 있었다. 일꾼들은 바로 거기서 작업하고 있었다.

"여기 좀 보세요." 신부가 말을 계속했다. "위쪽 둥근 천장에서 들어온 햇빛이 십자고상의 중앙 부분을 비추게 하려는 생각을 내가 했지요. 어떤 효과를 얻으려고 하는지 아시겠습니까?"

"네, 네." 건축자재들 사이로 돌아다니다보니 머리 아픈 상념에서 벗어난 옥따브가 중얼거렸다.

모뒤 신부는 목청을 높여, 무슨 대단한 장식 설비를 가리켜 보이는 기계 조작 책임자 같은 티를 냈다.

"자연스럽게, 가장 간소하게 텅 빈 상태로, 그림 한점, 금실 한 오라기 없이 그냥 돌벽만 놔두는 겁니다. 땅속 같고 뭔가 음울한 분위기의 지하성당 같은 느낌이 들어야 해요. 그러나 무엇보다 압권은 발치에 성모 마리아와 막달라 마리아를 거느린 십자가의 그리스도상이죠. 그것을 석재 꼭대기에 걸고 회색 바탕에 하얀 석상들을 부각시키는 겁니다. 그렇게 하면 아까 말했듯이 둥근 천장에서 들어오는 햇빛이 눈에 안 보이는 광선처럼 환히 비춰주어 석상들은 앞으로 튀어나와 보이고 초자연적인 생명력으로 활기를 띠게 되지요. 다 된 다음에 보시오, 보시라고요!"

그리고 돌아서서 일꾼에게 소리쳤다.

"성모상 좀 치우시오, 그러다 성모님 넓적다리를 깨고 말겠소."

일꾼은 동료 하나를 불렀다. 그들 둘이서 성모상의 허리께를 와락 잡더니 마치 신경 발작이 와서 뻣뻣이 굳어 넘어진 하얀 키다리 처녀를 옮겨놓듯 성모상을 저만치 갖다 놓았다.

"조심들 하라고요!" 석고 부스러기 속에서 일꾼들을 쫓아가며 신부가 거듭거듭 외쳤다. "치마에 벌써 금이 갔어요. 기다려요!"

그는 그들을 도와 마리아상의 등 쪽을 부여안았고, 이 포옹을 풀었을 때는 온통 횟가루를 뒤집어썼다.

"그러니," 그가 옥따브 쪽으로 돌아오며 말을 이었다. "저기 앞에 보이는 중앙 통로의 양쪽 창들을 열어놓는다고 생각해보시오. 그리고 동정 성모 제단에 가 있어보시오. 제단 위로, 영원한 흠숭의 제단을 건너, 저 끝 쪽에 십자고상이 보일 겁니다. 그러면 감실이 있는 저 우묵히 들어간 공간에 스테인드글라스, 전등, 금촛대들로 연출되는 신비스러운 밤 같은 분위기를 배경으로 이 세 중심 형상이 내는, 소박하고 꾸밈없는 극적 효과 말이오. 그 효과가 상상이 되시오? 저항할 도리가 없을 만큼 매혹적일 것 같지 않아요?"

그는 어느새 유창한 웅변조가 되어 스스로의 생각에 몹시 으쓱해져서 마음 놓고 껄껄 웃었다.

"제 아무리 신앙에 회의적인 사람이라도 감동할 겁니다." 옥따브가 신부에게 듣기 좋은 소리를 하려고 말했다.

"그렇지요?" 신부가 외쳤다. "하루 빨리 이 모든 게 제자리를 잡은 모습을 봤으면 싶답니다."

중앙 홀로 돌아오면서 그는 무아지경에 빠져 계속 목청을 높이고 청부업자처럼 굴었다. 그는 만약 중세에 태어났다면 아주 탁월한 종교적 감각을 가졌을 사람이라고 깡빠르동을 극찬했다. 그는 맨 끝의 작은 문을 지나서 옥따브를 사제관 안뜰에 잠시 더 붙들어 놓았다. 그곳에서는 옆의 신축건물들 틈에 파묻혀 가려진 성당 건물의 머리 부분이 보였다. 앞쪽의 벽이 녹슨 빛깔을 띠고 있는 커다란 건물 전체를 생로끄 성당의 사제들이 쓰고 있는데, 그는 그 집의 3층에 살고 있었다. 꼭대기에 성모상이 올려진 현관과 두꺼운 커튼이 쳐진 높다란 창문으로부터 사제 특유의 은은한 내음, 소곤대는 소리가 섞인 고해소 같은 정적이 배어나왔다.

"오늘 저녁 깡빠르동 씨를 만나러 갈 겁니다." 이윽고 모뒤 신부가 말했다. "그 양반한테 날 기다려달라고 부탁 좀 해주십시오. 개축 공사에 대해서 허심탄회하게 얘길 하고 싶어요."

그리고 그는 특유의 사교적인 태도로 인사를 했다. 옥따브는 마음이 진정되어 있었다. 산뜻한 둥근 천장을 갖춘 생로끄 성당을 보니 긴장이 풀렸던 것이다. 그는 개인집을 통해 들어오게 돼 있는 성당의 이 입구, 밤이면 하느님을 만나기 위해 끈을 잡아당겨 문을 열고 들어가게 되어 있는 수위실, 거무칙칙한 인파가 우글대는 이 동네에서 외따로 떨어진 이 구석진 수도원을 호기심에 가득 차서 바라보았다. 보도에 나오자 그는 다시 한번 눈을 들어 보았다. 쇠창살이 달리고 커튼도 없이 창틀만 죽 나 있는 밋밋한 건물 정면이 보였다. 그러나 5층의 창틀에는 철제 받침대가 화분들을 받치고 있었고, 아래층 두터운 벽 속에는 성직자들이 이익을 취하는 비좁은 가게들이 문을 열고 있었다. 신발가게, 시계포, 수예품점, 심지어 장례식 날 장의사 일꾼들이 만나는 장소인 술가게까지 있었다. 방금 쓴맛을 보고 난 옥따브는 세상 일이 다 귀찮아졌고, 본당신부의 시중을 드는 나이 많은 하녀들이 향기로운 베르벤과 스위트피가 꽂힌 저 위층 방에서 조용히 살아가는 것이 새삼 부러웠다.

저녁 6시 반, 옥따브는 초인종도 누르지 않고 깡빠르동네 집에 들어가다가 건축가와 가스빠린이 응접실 곁방에서 열렬히 입 맞추고 있는 장면을 뜻하지 않게 목격했다. 가스빠린은 가게에서 막 들어오는 길이었고 문을 다시 닫을 여유조차 없었던 것이다. 둘 다 놀라서 어쩔 줄 몰랐다.

"집사람은 머릴 좀 빗는다나." 깡빠르동이 무슨 말이든 해보려고 더듬거렸다. "가서 만나보슈."

그들 못지않게 거북해진 옥따브는 서둘러 가서, 보통 때는 일가친척처럼 허물없이 드나들던 로즈의 침실 문을 두드렸다. 문 뒤에서 두 남녀가 함께 있는 모습과 불시에 맞닥뜨리게끔 된 마당에, 끼니를 계속 여기서 해결할 수는 도저히 없는 노릇이었다.

"들어오세요!" 로즈의 목소리가 크게 울렸다. "당신이로군요, 옥따브. 오, 괜찮아요."

그러나 그녀는 우유처럼 뽀얗고 섬세한 어깨와 팔을 다 드러낸 채, 실내복을 다시 입지도 않고 있었다. 거울 앞에서 주의 깊게 그녀는 자기의 금발 머리를 조금씩 곱슬곱슬하게 말고 있었다. 그녀는 날마다 몇시간씩 이렇게 지나친 몸치장에 공을 들이며 피부의 점들을 낱낱이 살펴보고 이것저것 장신구를 달아보는 데 골몰하다가는, 성性이 제거된 우상이 누리는 미와 호사로 칠갑을 하고 긴 의자에 벌렁 드러눕는 게 일이었다.

"오늘 저녁에도 멋지게 단장하셨군요." 옥따브가 빙그레 웃으며 말했다.

"아유, 내겐 이 낙밖에 없으니까요." 그녀가 대답했다. "이러면 재미있어요. 글쎄 난 한번도 살림꾼 노릇을 해본 적이 없답니다. 거기다 이젠 가스빠린 언니가 여기 있게 될 텐데요 뭐. 안 그래요? 이렇게 머리를 곱슬곱슬 마니까 한결 나아 보이지요? 옷을 잘 차려입고 나 자신이 예쁘다고 느껴지면 마음에 좀 위안이 된답니다."

저녁 준비가 아직 안되었으므로 그는 자기가 부인상회를 그만두었다는 얘기를 하면서 오래전부터 가려던 다른 자리가 있다고 얘기를 꾸며댔다. 이렇게 하여 이젠 다른 데서 식사를 해결하겠다는 결심을 설명할 핑계도 확보해두었다. 그녀는 장래가 촉망되는 직장을 그렇게 그만둘 수 있냐며 놀라워했다. 하지만 그녀는 온 정신이 거울에 가 있었으므로 그의 말을 건성으로 들어 넘겼다.

"여기, 귀 뒤에 빨갛게 난 것 좀 봐줘요. 뾰루지예요?"

그는 그녀가 거룩한 여자처럼 아무렇지도 않게 내미는 목덜미를 살펴봐야 했다.

"아무것도 아닌데요." 그가 말했다. "아마 세수하실 때 너무 박박 씻으셨나봐요."

그러고 나서 그는 그날 저녁은 푸른 새틴 천에 은실로 수놓은 실내복을 고른 그녀가 옷 입는 것을 도와준 다음, 둘이서 식당으로 갔다. 수프를 먹을 때부터 에두앵 씨네 상점을 옥따브가 그만뒀다는 얘기가 화제였다. 깡빠르동은 놀라 소리를 쳤고 가스빠린은 입술에 엷은 미소를 띠고 있었다. 그런데 깡빠르동과 가스빠린은 서로 아주 허물없이 대했다. 옥따브는 둘이 로즈에게 쏟아붓는 자상한 배려에 끝내 감동까지 받았다. 깡빠르동은 그녀에게 마실 것을 따라주고 가스빠린은 일부러 그녀를 위해 요리 중 가장 먹음직스러운 부분을 골라주었다. 이 빵은 평소와 다른 빵집에서 산 것 같은데 입에 맞느냐? 등받이 쿠션 하나 갖다주랴? 로즈는 감지덕지하여 그들에게 너무 신경 쓰지 말라고 간곡하게 말했다. 그녀는 많이 먹었고, 금발 미인의 포동포동한 가슴을 여왕 같은 실내복 속에 감싼 채, 오른쪽에는 숨을 씩씩거리며 살이 빠져가는 남편을, 왼쪽에는 정열에 살이 녹아버렸는지 짙은 색 드레스 아래 어깨가 바짝 줄어든 마르고 가무잡잡한 사촌언니를 거느리고 상석에 앉아 있었다. 후식을 먹을 때 가스빠린은, 없어진 치즈 한조각 때문에 마님께 함부로 말대답을 했다고 리자를 호되게 꾸짖었다. 하녀는 무척 굽실거렸다. 이미 가스빠린은 살림에 손을 뻗쳤고 하녀들을 고분고분 길들여놓았다. 말 한마디로 그녀는 음식 만드는 빅뚜아르마저도 벌벌 떨게 만들었다. 로즈는 고마워서 그녀에게 축축이 눈물 어린 시선을 보냈다. 언니가 여기 온 다음부터 모두들 언니를 어렵게 아니, 가스빠린도 옥따브처럼 부인상회를 그만두게 하고 아예 앙젤의 교육을 전담시켰으면 하는 것이 로즈의 꿈이었다.

"저 말이야," 그녀가 쓰다듬듯 나긋나긋한 목소리로 소곤댔다. "이래 봬도 집 안엔 할 일이 꽤 많아. 앙젤, 이모한테 간청해보렴. 그렇게 하면 네가 얼마나 기쁠지 말씀드려."

앙젤은 이모에게 간청했고 리자는 고개를 끄덕끄덕하며 맞장구를 쳤다. 그러나 깡빠르동과 가스빠린은 계속 심각한 태도였다. 아니, 아니야. 기다려야 해. 번갯불에 콩 볶아 먹듯이 그렇게 할 수는 없어.

이제, 응접실에서 보내는 저녁 시간은 달콤하기 그지없었다. 건축가는 더 이상 외출을 하지 않았다. 마침 이날 저녁 그는 표구점에서 표구해 온 판화들을 가스빠린의 침실에 걸어야 했다. 하늘을 우러러 간구하는 미뇽, 보끌뤼즈 샘의 풍경, 또 그밖에 판화들이 몇 점 더 있었다. 노란 수염을 흩뜨리고 너무 먹어 두 볼이 불그레한데다 자기의 온갖 식욕이 흐뭇하고 만족스러운 그는 뚱뚱한 남자답게 쾌활하게 굴었다. 그는 처형을 불러 불을 좀 비춰달라고 했고, 곧 그가 의자 위에 올라서서 못을 박는 소리가 들렸다. 그러자 로즈와 단둘이 된 옥따브는 아까 하던 이야기를 다시 이어, 이달 말부터는 다른 집에서 식사를 해결하지 않을 수 없게 됐다고 설명했다. 그녀는 놀란 것 같았으나 머리에 딴 생각이 가득 차서 남편과 사촌언니가 웃는 소리에 귀를 기울이며, 금세 그들 얘기로 다시 화제를 돌렸다.

"저 두 사람 재미 좋죠? 그럼 거느라고 말이에요. 어쩌겠어요? 이제 아쉘은 더 이상 집에 들락날락하지 않아요. 저녁에 내 곁에 붙어 있은 지가 오늘로 보름째 돼요. 이젠 까페에도 가지 않고, 사업상 모임도 없고, 약속도 없다니까요. 저 사람 자정 넘어 들어올 때면 내가 얼마나 걱정했는지 기억나죠? 아, 이제 난 한시름 놓았어요. 적어도 그이를 집에 붙들어놓긴 했으니까요."

"그러시겠죠, 그러실 겁니다." 옥따브가 중얼거렸다.

그리고 그녀는 이렇게 상황을 바꾼 결과 돈도 절약된다는 얘기도 했다. 집안일도 모든 게 더 잘돼나가고, 아침부터 저녁까지 웃음꽃이 핀다는 것이었다.

"아쉘이 만족한 모습을 보면," 그녀가 말을 이었다. "나도 만족해요."

이어 옥따브의 신상 문제로 돌아와서 말했다.

"그럼 정말 떠나겠다는 거예요? 그냥 있어요. 다 같이 잘 지낼 텐데."

그는 다시 해명을 시작했다. 그녀는 알아듣고 눈을 내리깔았다. 아닌 게 아니라 이젠 식구끼리 툭 터놓고 지내는 데 옥따브가 슬슬 방해가 되었고, 저녁 시간을 지루하지 않게 보내는데도 그가 굳이 필요하지 않았던 차에, 그가 떠난다니 그녀로서도 내심 안도감 같은 것이 들었다. 그는 자주 만나러 오겠다고 약속해야 했다.

"됐어, 하늘을 우러러 간구하는 미뇽!" 깡빠르동이 즐거운 목소리로 외쳤다. "기다려요, 처형. 내가 내려줄게."

그가 그녀를 품에 안아 어딘가에 내려놓는 소리가 들렸다. 잠시 조용하더니 조금 웃는 소리가 들렸다. 그러나 벌써 건축가는 응접실로 다시 들어오고 있었고 후끈 달아오른 뺨을 아내에게 들이댔다.

"끝났소, 여보. 일 잘한 남편한테 입 맞춰줘."

가스빠린이 수놓을 일감을 하나 가지고 와서 등잔 옆에 앉았다. 깡빠르동은 농담을 하면서 상표에서 발견한 황금빛 십자 훈장을 오려내기 시작했다. 로즈가 그 종이십자가를 핀으로 그에게 달아주려 하자 그의 얼굴은 몹시 빨개졌다. 여태 비밀로 하고 있었지만 누군가가 그에게 훈장을 주기로 약속했던 것이다. 등잔 저 편에서 성인전을 읽고 있던 앙젤이 때때로 고개를 들고는, 아무 말 말라고 배웠지만 진짜 속은 아무도 모르는 교양 있는 처녀답게 알쏭달쏭한 눈길로 살짝 쳐다보았다. 감미로운 저녁 나절, 가장의 보호하에 있는 양갓집의 모습이었다.

그러나 건축가는 갑자기 수치심으로 불끈했다. 그는 딸이 탁자 위에 뒹굴던 『가제뜨 드 프랑스』지를 성인전 뒤에 놓고 읽는 것을 방금 보았던 것이다.

"앙젤," 그가 엄하게 물었다. "너 지금 뭐 하니? 오늘 아침 기사에 빨간 연필로 줄을 그어 지워버렸는데, 줄 그은 부분은 읽어선 안된다는 것을 잘 알고 있겠지?"

"아빠, 전 그 옆 기사를 읽고 있었어요." 앙젤이 대답했다.

그래도 어쨌든 그는 딸에게서 신문을 뺏으며 아주 낮은 소리로 옥따브에게 언론의 비도덕성을 개탄했다. 그날도 또 끔찍한 범죄가 있었다. 『가제뜨 드 프랑스』지조차 더 이상 못 보게 되었다면 이제 무슨 신문을 구독할 것인가? 그가 눈을 들어 허공을 보고 있을 때 리자가 모뒤 신부님이 오셨다고 전했다.

"참! 그렇죠." 옥따브가 말했다. "신부님이 여기 찾아오신다는 말을 전하라고 아까 제게 부탁하셨는데."

신부는 미소 지으며 들어왔다. 건축가는 아까 단 종이십자가를 잊어버리고 떼지 않았기에 웃음 띤 신부 앞에서 난처해 말을 더듬었다. 이름은 안 밝히고 있었지만 훈장 건에 관여하는 당사자는 바로 신부였던 것이다.

"이 여자들이 달아 놓은 거랍니다." 깡빠르동이 중얼거렸다. "이 사람들 제정신이 아니에요."

"아니요, 아니요. 그대로 하고 계시오." 신부가 아주 싹싹하게 대답했다. "그렇게 붙여놓으니 썩 좋은데요. 우리 나중에 좀더 탄탄한 진짜 훈장으로 바꾸도록 합시다."

그는 곧장 로즈에게 건강은 어떠냐고 안부를 물었고 가스빠린이 사촌동생 곁에 자리 잡고 살게 되어 아주 잘됐다며 찬성을 표했다. 빠리에서는 미혼의 처녀들이나 여러가지 위험을 무릅쓰며 사는 겁니다. 그는 뻔히 다 알면서도 마음 좋은 신부답게 부드러운 태도로 이런 얘기들을 했다. 그다음에는 보수공사 얘기를 하고, 공사를 좋은 쪽으로 변경할 것을 제안했다. 그는 마치 가족들의 훌륭한 결합을 축복해주고 그럼으로써 동네 사람들의 구설수에 오를 수도 있는 이 미묘한 상황에 구원의 손길을 뻗쳐주러 온 것 같았다. 십자고상을 세우는 건축가라면 당연히 선남선녀의 존경을 받는 사람이어야 하니까.

그러나 옥따브는 모뒤 신부가 들어올 때 깡빠르동에게 작별 인사를 했다. 그가 응접실 곁방을 건너가는데 캄캄한 식당에서 앙젤의 목소리가 들렸다. 앙젤 역시 아까 살짝 빠져나갔다.

"버터 때문에 소릴 질렀다고?"

앙젤이 물었다.

"그렇다마다요."

다른 목소리가 대답했다. 리자의 목소리였다.

"그 여잔 아주 악질이에요. 아가씨도 식사 때 그 여자가 어떻게 나한테 해대는지 잘 보셨죠. 하지만 난 콧방귀도 안 뀌어요. 그렇게 별난 종자한테는 고분고분 말 잘 듣는 척해야죠. 그럴 테면 그러라죠. 그래도 우리만 재밌게 지내면 그만이죠."

그러자 앙젤이 와락 리자의 목을 그러안은 모양이었다. 하녀의 목에 입이 닿아 앙젤의 목소리가 줄어든 것이다.

"그래, 그래. 그리고 이젠 할 수 없지. 내가 좋아하는 건 리자야."

옥따브는 방에 올라가 자리에 누우려다가 시원한 바람을 쐬고 싶은 마음이 솟아 도로 내려왔다. 아직 10시밖에 안됐고, 그는 빨레 루아알까지 갈 참이었다. 이제 그는 다시 혼자뿐인 총각 신세가 되어 있었다. 곁에 여자 하나 없고, 발레리도 에두앵 부인도 그의 애정을 원치 않았으며, 아무 노력도 없이 정복한 단 하나의 여자인 마리는 너무 서둘러 남편 쥘에게 돌려주었던 것이다. 그는 이 일들을 그냥 웃어넘기려 애썼으나 일말의 서글픔이 느껴졌다. 그는 마르세유에서 거두었던 성공을 쓸쓸한 마음으로 돌이켜보고는 이러한 유혹 작전의 참패에서 불길한 전조를 느꼈다. 다시 말해 그야말로 재수에 옴 붙었다는 느낌이었다. 이제 주위에 치마 두른 여자들이 하나도 없으니 그의 몸은 추위로 더 얼어붙는 듯했다. 깡빠르동 부인마저도 눈물 한방울 안 흘리고 날 떠나보내더군. 이제 무서운 반격을 가해야 한다. 빠리는 끝내 손아귀에 안 들어올 것인가?

그가 보도 위에 발을 내딛고 있을 때, 웬 여자가 그를 불렀다. 점원들이 덧문을 닫고 있는 주단가게 입구에 베르뜨가 있었다.

"그게 정말이세요, 무레 씨?" 그녀가 물었다. "그러니까 부인상회를 그만두신 거예요?"

벌써 건물 사람들이 그 사실을 알고 있다니, 그는 깜짝 놀랐다. 베르뜨는 남편을 불렀다. 이이가 어차피 내일 올라가 무레 씨랑 얘기할 생각이었으니, 지금 즉시 얘기해도 되겠지요. 침울한 얼굴의 오귀스뜨는 대뜸 옥따브에게 자기 가게에 들어와 일하자고 제의했다. 옥따브는 뜻하지 않던 일이라서 망설이다가 거기가 신통찮은 가게라는 생각이 들어 거절하려고 했다. 그 순간 예쁜 얼굴의 베르뜨가 특유의 서글서글한 표정에다가 빠리에 도착하던 첫날과 결혼식 날 이미 두번이나 마주친 명랑한 눈길로 자기를 보고 생긋 웃는 것이 보였다.

"좋습니다! 그러죠." 그는 결연히 대답했다.

10

옥따브는 뒤베리에 부부와 가까워지게 되었다. 뒤베리에 부인은 집에 들어올 때면 종종 동생네 가게를 가로질러 가다가, 잠시 멈춰서서 베르뜨와 얘기를 나누곤 했다. 계산대 뒤에 자리 잡고 있는 옥따브를 처음 보았을 때 그녀는 전에 자기 집에 와서 목소리를 피아노에 맞춰보기로 약속한 일을 그에게 상기시키며, 약속을 지키지 않았다고 애교 섞인 책망을 했다. 마침 그녀는 돌아오는 겨울의 토요일 가운데 하루를 잡아 첫 파티를 열고 「단검의 축복」을 두번째로 발표하려 하고 있었는데, 이번에는 테너 둘을 추가해 아주 완벽한 구성을 갖춘 연주가 될 것이라 했다.

"괜찮으시다면," 어느날 베르뜨가 옥따브에게 말했다. "저녁 드신 다음 우리 시누님 댁에 올라가보세요. 그분이 기다리고 계세요."

그녀는 사장 부인답게 옥따브에게 예의 바른 태도를 견지하고 있었다.

"다른 게 아니라 오늘 저녁에는," 그가 말했다. "이 사물함들을 좀 정돈할까 했는데요."

"걱정 마세요." 그녀가 말을 이었다. "그런 일할 사람은 여기 많아요. 저녁 시간은 마음 놓고 쓰도록 하세요."

9시쯤 옥따브는 흰색과 금색으로 도장된 널따란 응접실에서 기다리고 있는 뒤베리에 부인을 만났다. 피아노 뚜껑이 열려 있고 촛불들이 켜져 있고, 모든 준비가 갖춰져 있었다. 피아노 옆의 작은 탁자 위에 놓인 등잔불이 방 전체를 환히 비추지는 못해 방의 절반은 어둑어둑했다. 그녀가 혼자 있는 것을 보고 그는 뒤베리에 씨의 안부를 물었다. 남편은 아주 잘 지낸다고 그녀가 대답했다. 동료들로부터 아주 중요한 사건의 보고서를 넘겨받아서 몇가지 사실을 조사하러 방금 외출했다는 것이다.

"아시죠, 프로방스 거리의 그 사건 말이에요." 그녀가 아무렇지 않게 말했다.

"아, 그 사건을 맡으셨군요!" 옥따브가 외쳤다.

빠리를 들끓게 하고 있는 그 추문은, 열네살짜리 어린 소녀들을 고위층 인사들에게 소개해준 불법 매춘사건이었다. 끌로띨드가 덧붙였다.

"네, 그 일 때문에 아주 힘들어해요. 보름째 저녁 시간은 그 일로 여념이 없답니다."

그날 뒤베리에가 바슐라르 영감의 저녁 초대를 받았고, 그다음에는 끌라리스네 집에서 밤늦게까지 놀기로 했다는 사실을 트뤼블로에게서 들어서 알고 있는 옥따브는 그녀를 바라보았다. 그러나 그녀는 아주 정색을 하고, 언제나 남편 얘기를 할 때는 진지하고 대단히 정직한 태도로 기상천외한 이야기들을 들려주면서 남편이 한번도 부부가 사는 이 집에 붙어 있은 적이 없는 이유를 해명했다.

"얼씨구! 남들이 똑바로 살게 계도^{啓導}하는 게 그의 직업이란 말이지!"

그녀의 말똥말똥한 시선에 거북함을 느끼며 그가 속으로 중얼거렸다.

빈 집에 혼자 있는 그녀는 그의 눈에 매우 아름답게 비쳤다. 의무에 파묻혀 유폐된 여인답게 조용한 고집이 배어 있는 갸름한 얼굴은 적갈색 머리칼 때문에 한결 창백하게 보였다. 회색 비단옷을 입고 가슴과 허리를 고래뼈로 만든 코르셋으로 꽉 조인 그녀는 상냥하지만 따뜻한 정은 없이, 마치 철판 세 겹을 사이에 두고 있기나 하듯이 그를 대했다.

"자, 그럼 우리 시작해볼까요?" 그녀가 말을 이었다. "제가 이렇게 귀찮게 구는 걸 용서하세요. 그리고 긴장을 푸시고 맘껏 불러보세요. 뒤베리에 씨는 여기 없으니까요. 제 남편이 음악을 싫어한다고 떠들어대는 소리 들으셨겠죠, 아마?"

그녀가 어찌나 경멸조로 말했던지 그는 한번 히죽 웃어볼까 싶을 정도였다. 평소에 남편에 대한 혐오감과 신체적 거부감을 꽤나 잘 감추는 여자라고는 해도, 남편이 자기 피아노에 대해 함부로 말하는 데는 그만 화가 치밀어 남들 앞에서 때로 무심결에 입 밖에 내는 유일한 공격성 발언이 바로 그것이었다.

"어떻게 사람이 음악을 좋아하지 않을 수 있을까요?"

그녀의 비위를 맞추려고 옥따브가 사뭇 황홀경에 빠진 척하며 되풀이했다.

그러자 그녀는 피아노 앞에 앉았다. 보면대에는 옛 노래 모음집이 펼쳐져 있었다. 그녀는 그레트리 작곡의 「제미르와 아조르」 중한 곡을 골랐다. 옥따브가 기껏해야 음이나 겨우 읽는 수준이어서, 그녀는 우선 그에게 작은 소리로 계이름을 따라 불러보라고 했다. 그러더니 전주를 했고, 그는 노래를 시작했다.

사랑하는 순간부터
사람은 이처럼 부드러워진다오

"아주 좋아요!" 그녀가 기뻐 소리쳤다. "테너예요, 틀림없이 테너라고요! 계속해보세요."
옥따브는 자못 으쓱해져서 다음 두 소절을 내리 불렀다.

나 자신도
그대보다 더욱 떨고 있다오

그녀는 희색이 만면했다. 삼년째 테너 한 사람을 구하고 있었는데! 그녀는 그동안에 실패한 얘기를 들려주었다. 예를 들면 트뤼블로 씨 말이에요. 이유를 연구해볼 걸 그랬다 싶은 생각도 있는데, 우리 집에 모이는 젊은 분들 중에는 테너가 더 이상 없다고요. 아마 담배 탓인가봐요.
"이제, 주의하세요." 그녀가 말을 이었다. "이 부분은 감정을 넣어서 부르세요. 대담하게 불러보시라고요."
냉정하던 얼굴에 나른한 빛이 감돌더니, 그녀의 두 눈이 곧 죽어가는 사람처럼 그에게로 향했다. 이 여자가 후끈 달아오르고 있다고 생각하니 그도 덩달아 생기가 돌고 그녀가 매력적으로 보였다. 옆방에서는 아무 소리도 들리지 않았고 대응접실의 어렴풋한 그림자가 졸음에 겨운 관능적 분위기로 그들을 감싸는 것 같았다. 그러자 악보를 좀더 잘 보기 위해 그녀의 뒤에서 몸을 숙이고 뒤로 올린 그녀의 머리를 가슴으로 스치면서 그는 전율 속에 두 소절을 한숨 쉬듯 불렀다.

　　나 자신도
　　그대보다 더욱 떨고 있다오

　그러나 아름다운 곡조의 그 대목이 끝나자 그녀는 자신의 정열을 가면 벗듯이 벗어던졌다. 가면 속에는 그녀 특유의 냉정함이 도사리고 있었다. 그는 에두앵 부인에게서 경험한 실패를 되풀이하고 싶지 않아 뒤로 주춤 물러섰다.
　"당신 목소리는 합창과 아주 잘 어울릴 거예요." 그녀가 말했다. "다만 박자만 좀더 강조를 하세요. 자, 이렇게요."
　그리고 그녀는 직접 노래를 불렀다. '그대보다 더욱 떨고 있다오'를 스무번이나 반복해 불렀는데, 극히 피상적인 음악적 정열을 지니고 완벽한 기교에만 치중하는 여자답게 음표들을 엄격히 하나하나 끊어가며 부르는 것이었다. 그녀의 음성이 차츰 높아져서 째지는 듯한 고성이 방 안 가득 울려 퍼지고 있는데, 갑자기 등 뒤에서 누군가가 아주 큰 소리로 뒤베리에 부인을 부르는 소리가 들렸다.
　"마님, 마님!"
　소스라치게 놀란 그녀는 뒤돌아 하녀 끌레망스를 알아봤다.
　"뭐야?"
　"마님, 아버님께서 글씨 쓰시다가 그대로 앞으로 넘어지셨는데 더 이상 꼼짝을 안하세요. 저희들은 무서워요."

그러자 그녀는 잘 알아듣지 못한 채로 기겁을 해서, 피아노 연주를 그치고는 끌레망스를 따라갔다. 옥따브는 함께 가줄 엄두도 못내고 응접실 한가운데에 남아 발만 동동거리고 있었다. 그러나 난처해서 몇분 동안 망설이다가 황급한 발소리와 경황없는 음성들이 들리자, 결심을 하고 어두컴컴한 방을 가로질러 바브르 영감의 침실로 갔다. 하인들이 모두 몰려와 있었다. 쥘리는 음식을 만드느라 앞치마를 두른 채였고, 끌레망스와 이뽈리뜨는 방금 하다 팽개치고 온 도미노 놀이에 아직도 정신이 팔려 있었다. 그들은 당황한 모습으로 노인을 빙 둘러서 있었고, 끌로띨드는 몸을 숙여 노인의 귀에 입을 대고 한마디만, 단 한마디만이라도 해보시라고 애원했다. 그러나 그는 자기가 쓰던 종이 카드들 속에 코를 박은 채 여전히 꼼짝하지 않았다. 그는 이마로 잉크병을 들이받은 상태여서, 잉크가 튀어 왼쪽 눈을 덮고 입술까지 뚝뚝 흘러내리고 있었다.

"졸도하신 겁니다." 옥따브가 말했다. "영감님을 그냥 이대로 놔둘 순 없지요. 침대에 눕혀야 합니다."

그러나 뒤베리에 부인은 제정신이 아니었다. 평소 침착한 여자인데도 차츰차츰 흥분이 도를 더해가고 있었다. 그녀는 되풀이했다.

"그런가요, 그런가요. 하느님 맙소사! 오, 가엾은 우리 아버지!"

이뽈리뜨는 어쩌면 자기 품에 안겨 숨을 거둘지도 모르는 이 노인에게 손대는 것을 눈에 띄게 꺼리고 불안해하며 전혀 서두르지를 않았다. 옥따브가 그에게 도와달라고 소리쳐야 했다. 그들 둘이서 노인을 눕혔다.

"미지근한 물 좀 가져와요." 옥따브가 쥘리에게 다시 소리쳤다. "영감님 얼굴을 씻겨드려요."

이제 끌로떨드는 남편에게 화를 내고 있었다. 이럴 때 사위가 밖에 나가 있다니 될 말인가? 무슨 일이 일어나면 나는 어떻게 하라고? 꼭 일부러 그러는 것처럼 남편은 필요할 때마다 집에 붙어 있은 적이 없었다. 꼭 있어야 할 일이 자주 생기는 것도 아닌데! 옥따브는 그녀의 말을 막고 사람을 보내 쥐이라 의사를 부르라고 충고했다. 아무도 그 생각은 못하고 있었다. 바깥바람을 쐬게 됐다고 좋아하면서 이뽈리뜨가 즉시 떠났다.

"날 혼자 놔두다니!" 끌로떨드가 계속했다. "난, 난 몰라. 처리해야 할 일들이 한두가지가 아닐 텐데. 오, 가엾은 우리 아버지!"

"제가 가족에게 알릴까요?" 옥따브가 제의했다. "제가 부인의 두 동생을 부를 수 있습니다. 그게 신중한 일일 것 같군요."

그녀는 대답하지 않았고 눈물이 그렁그렁 괴었다. 한편 쥘리와 끌레망스는 노인네의 옷을 벗기느라 애쓰고 있었다. 그녀는 옥따브를 붙잡았다. 오귀스뜨는 오늘 저녁 약속이 있다니 집에 없을 거고, 아버지는 막내를 보기만 해도 돌아가시고 말 거라서 떼오필은 안 오는 게 차라리 나을 거라고 했다. 그러면서 그녀는 아버지가 바로 앞집인 떼오필네 집에 밀린 집세를 받으러 가셨었다는 얘기를 했다. 그런데 며느리인 발레리가 아버지를 심하게 대했다고 했다. 특히 발레리가 집세 내기를 거부하며, 결혼 때 시아버지가 주기로 약속한 돈을 요구했다는 것이다. 아버지는 형편없는 몰골로 집에 돌아가셨고 필시 그 말다툼 때문에 졸도하셨을 거라고 했다.

"마님," 끌레망스가 말했다. "벌써 영감님 한쪽 몸이 차디찬데요."

뒤베리에 부인에게는 더욱 더 화가 치미는 일이었다. 그녀는 하녀들 앞에서 지나친 말을 하게 될까봐 더 이상 얘기하지 않았다.

남편은 처가 식구들의 이익에 대해서는 나 몰라라 하는 사람이지!
내가 법률을 알기만 했더라도! 그녀는 한자리에 지긋이 있을 수가
없어서 침대 앞에서 왔다 갔다 했다. 옥따브는 책상에 온통 널려
있는 종이 카드를 보고 흥미가 동했다. 참나무로 만든 커다란 상
자 속에 세심하게 분류된 두꺼운 종잇조각들이 가지런히 들어 있
었다. 어리석은 작업에 바쳐진 일생이었다. '이지도르 샤르보뗄—
1857년 미전美展, 아딸랑뜨—1859년 미전, 앙드로끌레스의 사자—
1861년 미전, P 씨의 초상'이라고 쓰여 있는 카드를 그가 읽는 순
간, 끌로띨드가 앞에 버티고 서서 낮은 소리로 결연히 말했다.

"가서 제 남편을 찾아오세요."

그가 놀라워하니까, 그녀는 어깨를 으쓱했다. 손님들에게 밤낮
둘러대는 핑계 중 하나인 프로방스 거리 사건 보고서 이야기 따위
를 언제 했던가 싶었다.

"아시죠, 스리제 거리요. 우리하고 가까이 지내는 분들은 모두
다 그곳을 알고 있어요."

그는 모른다고 항변하려 했다.

"정말 모릅니다, 부인."

"그이를 두둔하지 마세요." 그녀가 말을 이었다. "난 이대로도
족해요. 그이가 그 집에 계속 있은들 어때요. 아, 하느님! 가엾은 우
리 아버지 때문만 아니라면……"

옥따브는 몸을 굽실했다. 쥘리가 수건 귀퉁이로 바브르 영감의
눈을 닦아내고 있었다. 그러나 벌써 잉크가 말라붙어 잉크 튄 자국
이 납빛 반점으로 어룽더룽 살갗에 남아 있었다. 뒤베리에 부인은
아버지 얼굴을 그렇게 세게 문지르지 말라고 당부했다. 그러고는
벌써 문 근처에 가 있는 옥따브에게 다시 다가갔다.

"아무에게도 절대 말하지 마세요." 그녀가 속삭였다. "온 집안을 발칵 뒤집어놓을 필요는 없어요. 마차를 잡아타고 가서 그 집 문을 두드리세요. 어쨌든 그이를 데리고는 오세요."

그가 떠나자 그녀는 환자의 머리맡에 놓인 의자에 털썩 주저앉았다. 환자는 의식을 회복하지 못했고, 오직 길고 힘겹게 내쉬는 숨소리만이 방의 침울한 정적을 깨뜨리고 있었다. 넋 나간 듯 쳐다보는 두 하녀와 함께 의사도 없이 홀로 있게 된 그녀는 가슴 깊이 맺힌 괴로움이 와락 복받쳐 울음을 터뜨렸다.

바슐라르 영감이 뒤베리에를 초대한 장소는 까페 앙글레[23]였다. 왜 그랬는지 모르긴 몰라도 아마 고등법원 판사에게 한턱내어 돈이란 이렇게 쓴다는 것을 과시하는 맛으로 그런 것 같았다. 게다가 그는 트뤼블로와 뀔렝도 데리고 왔다. 남자만 넷에 여자는 하나도 없었다. 여자들은 제대로 음식 먹을 줄을 모르기 때문이라고 했다. 여자들은 비싼 송로버섯을 제대로 먹을 줄도 모르고 밥맛을 버려놓는다는 것이었다. 인도나 브라질처럼 먼 곳에서 고객이 회사로 찾아올 때면 1인당 300프랑짜리 호화판 저녁을 대접함으로써 프랑스 매매중개업의 체면을 높이 살려준다 하여 빠리 중심가의 대로변에는 바슐라르 영감의 이름이 널리 알려져 있었다. 그럴 때면 돈을 쓰지 못해 미친 사람처럼 그는 제일 비싼 것은 무엇이든 다 주문했고, 심지어는 입에 대기도 힘든 진기한 미식들, 예를 들면 볼가강의 철갑상어, 떼베레강의 뱀장어, 스코틀랜드산 뇌조, 스웨덴산 너새, 독일 슈바르츠발트산 곰의 발, 아메리카산 물소의 혹, 텔토우산 순무, 그리스산 호박 등을 내놓으라고 했다. 게다가 기상천외

23 빠리에 있던 최고급 식당.

한 계절 식품들, 예를 들어 12월에 복숭아, 7월에 자고새 고기를 내놓으라는가 하면, 화려한 꽃, 은식기, 크리스털 그릇 등의 서비스를 요구하여 식당을 발칵 뒤집어놓는 것이었다. 그뿐만 아니라 희한한 포도주를 주문하여 지하의 술 저장고를 온통 들쑤시게 하는가 하면 듣도 보도 못한 지방산 특주를 내놓으라고 하고, 성에 찰 만큼 오래 묵은 포도주가 하나도 없다는 둥 원하던 만큼 진귀한 것이 아니라는 둥 하며, 한잔에 2루이짜리, 단 한병밖에 만들지 않은 그런 포도주를 마셨으면 했다.

　모든 게 흔한 여름철인지라 그날 저녁엔 계산서의 음식값이 많이 나오기가 힘들었다. 하지만 전날부터 정해놓은 메뉴는 주목할 만한 것이었다. 아스파라거스를 넣은 크림수프, 뽕빠두르식 작은 파이, 수프 다음에 나오는 요리로는 제네바식 송어 요리와 샤또브리앙식 쇠고기 안심 스테이크, 두가지 전식으로는 뤼뀔뤼스식 멧새 요리와 가재 샐러드, 구이로는 노루 엉덩이 살, 야채로는 삶은 엉겅퀴 밑동, 그다음에는 초콜릿 수플레 과자에 시칠리아식 과일 샐러드였다. 깔끔하면서도 거창한 메뉴였고, 거기다가 수프를 먹을 때는 해묵은 마데르, 식사 전에는 1858년산 샤또 필로, 수프 다음 나오는 요리에는 조아니스베르와 뻬숑롱그빌, 전식 때는 샤또 라피뜨, 고기구이가 나올 때는 스빠를링모젤, 후식 때는 얼음에 채운 뢰데레르 등 포도주를 최고급으로 선택하여 더욱 굉장했다. 사흘 전 식당에서 백오년 묵은 조아니스베르 포도주 한병을 어느 터키 사람에게 10루이에 팔았다는 말을 듣고 그는 몹시 애석해했다.

　"마셔보십시오, 판사님." 그가 끊임없이 뒤베리에에게 되풀이했다. "맛좋은 포도주는 취하질 않는 법이죠. 음식도 그래요. 공들인 고급요리는 탈 나는 법이 없거든요."

그러나 그는 스스로 조심을 하고 있었다. 그날 그는 단춧구멍에 장미를 한송이 꽂고 머리도 잘 빗고 면도도 말끔히 하고 평소의 버릇처럼 그릇을 깨지 않으려고 행동을 삼가며 점잖은 신사 행세를 하고 있었다. 트뤼블로와 필렝은 뭐든지 다 먹었다. 방금 주장한 영감의 이론은 그럴듯했다. 위장이 안 좋은 뒤베리에조차 꽤 많이 마셨는데도 얼굴의 붉은 반점만 불그죽죽한 혈색 때문에 더 두드러져 보일 뿐 아무 탈 없이 가재 샐러드를 다시 먹고 있던 것이다.

9시인데도 저녁 식사는 계속되었다. 십자형 유리창 하나가 열려 큰 촛대의 촛불들이 몹시 흔들리면서 은식기와 크리스털 그릇들을 비췄다. 식기들이 여기저기 흩어진 가운데 꽃바구니 네개에 꽂힌 멋진 꽃들이 시들어가고 있었다. 두명의 급사장 이외에도 손님 한사람마다 뒤에 종업원이 하나씩 서서 때맞춰 빵과 포도주를 내고 요리 접시 바꾸는 일을 특별히 담당하고 있었다. 큰길에서 서늘한 공기가 들어오기는 했지만 그래도 더웠다. 요리에서 무럭무럭 풍겨 오르는 향긋한 양념 냄새와 유명 산지의 특제 포도주에서 나는 바닐라 향 같은 내음 속에 흥청거리는 분위기가 무르익었다.

커피와 식후에 마시는 리꿰르 술과 피울 여송연을 날라 오고 종업원들이 모두 물러나자, 바슐라르 영감은 의자에 앉은 채 갑자기 몸을 뒤로 벌렁 젖히며 흡족한 듯 후 하고 숨을 내쉬었다.

"아, 좋구만."

트뤼블로와 필렝도 두 팔을 쫙 벌린 채 똑같이 뒤로 벌렁 몸을 젖혔다.

"더 바랄 게 없네요." 트뤼블로가 말했고,

"눈요기까지도요." 필렝이 덧붙였다.

뒤베리에는 후 숨을 내쉬며 고개를 설레설레 젓고는 중얼거렸다.

"오, 그 가재 맛이라니!"

넷은 모두 낄낄대며 서로 쳐다보았다. 골치 아픈 집안일에서 멀찌감치 떨어져 방금 양껏 먹고 난 이 네명의 부르주아 남자들, 낯가죽이 팽팽한 그들은 소화시키는 것도 느리고 이기적이었다. 음식값은 무척 많이 나왔다. 그들과 함께 식사한 외부인사는 아무도 없었다. 그들의 노글노글해진 마음을 악용할 여자 하나 없었다. 그들은 단추를 끄르고 식탁에 배를 갖다 대었다. 눈이 반쯤 감겨서 처음에는 얘기조차 피하고 각자 혼자만의 쾌락에 푹 빠져 있었다. 그러다가 이 자리에 여자들이 없어서 잘됐다고 서로 말은 하면서도 식탁 위에 아무렇게나 팔꿈치를 괴고 붉게 달아오른 얼굴들을 맞대고는 끝없이 여자 얘기만 주고받는 것이었다.

"난 이제 온갖 쓴맛 다 봤잖소." 바슐라르 영감이 단언했다. "뭐니 뭐니 해도 부덕婦德 이상 가는 게 있나요."

뒤베리에가 고개를 끄덕여 수긍했다.

"그래서 난 쾌락과는 결별을 했지. 내 고백하지만, 이리저리 많이도 놀았다오. 고도 드 모르와 거리의 여자란 여자는 내 모조리 알고 있거든. 금발, 갈색 머리, 빨간 머리, 드물긴 하지만 이따금 몸이 아주 멋진 애들도 있었지. 그리고 왜 또 지저분한 구석들도 있잖나. 아시다시피 몽마르트르의 가구 딸린 싸구려 여관방들 말이오. 우리 동네의 컴컴한 골목 막다른 구석에 가면 놀라운 애들이 더러 있다고. 무진장 못생겼지만 어디 비할 바 없는 그런 애들 말이오."

"오, 여자들요!" 트뤼블로가 젠체하며 그의 말을 끊었다. "농담도 심하시지. 난 그 말 안 믿어요. 그런 여자들하고 상대해봤자 절대 본전도 못 찾는다니까."

아슬아슬한 대화가 뒤베리에를 감미롭게 자극했다. 그는 뀌멜 주를 찔끔찔끔 마시고 있었는데 법관답게 경직된 얼굴이 관능적인 전율로 간간이 씰룩거렸다.

"전 말입니다," 그가 말했다. "악덕을 용납할 수가 없어요. 속이 뒤집히거든요. 한 여자를 사랑하려면 그 여잘 높이 평가해야 할 거 아닙니까? 저라면 그런 한심한 여자들한테 도저히 접근할 수 없을 것 같아요. 물론 여자가 뉘우치는 자세를 보인다든가, 아니면 함부로 몸을 굴리는 생활에서 여자를 빼내어 다시 깨끗하게 살도록 해준 다음이라든가 하면 또 모를까. 사랑이 그 이상 더 고귀한 사명을 지닐 순 없겠죠. 한마디로 정숙한 정부情婦 말입니다. 내 말 아시겠죠. 그럴 경우는 난 아무 말 않겠어요. 어쩔 도리가 없으니까요."

"글쎄 내가 가져봤다니까, 정숙한 정부들 말이오!" 바슐라르가 외쳤다. "그런 여자들은 다른 것들보다 더더욱 사람 죽인다고. 게다가 나쁜 년들이야. 안 보는 데서 몰래 바람피워 병이나 이것저것 옮겨주는 나쁜 년들이라고. 예를 들어 바로 요 지난번에 내가 사귀던 여자 말이오, 성당 문 앞에서 우연히 만난 자그만 요조숙녀였지. 내가 떼른 동네에 옷가게를 하나 세내줬다오. 남들 보기 버젓하라고 말이오. 손님은 단 한명도 없었어. 그런데 당신들이 믿거나 말거나 얘긴데, 동네에서 그 여자랑 같이 안 잔 사람이 없었다고."

필렝이 히죽거렸다. 그의 활활 타오르는 듯한 붉은 머리털은 평상시보다 더 삐죽삐죽 곤두서 있고 이마는 땀에 젖어 있었다. 필렝은 여송연을 뻑뻑 빨며 중얼거렸다.

"또다른 여자로는 빠시에서 사탕 가게 하던 키 큰 여자가 있고, 또 그 동네에 방을 얻어 고아들 갖다줄 위문대를 만들던 여자도 있었죠. 또 그 대위 미망인 기억나세요? 배 위에 난 칼자국을 보여주던 여자 말이에요. 모두가, 그 여자들 모두가 이모부를 뭣 같이 알았죠. 이젠, 이모부한테 이 말씀드려도 되겠죠. 글쎄, 어느날 저녁 저는 칼자국 난 그 여자의 유혹을 막아내야 했다고요. 그녀는 그짓을 하고 싶어 했지만, 난 그렇게 어리석지 않거든요. 그런 여자들은 남자를 어떤 신세로 만들지 모른다니까요."

바슐라르는 기분이 상한 것 같았다. 그는 몸을 추스르더니 껌벅이던 두터운 눈꺼풀을 찡그렸다.

"이 녀석아, 그 여자들 다 가지렴. 난 그보다 훨씬 나은 애가 있단다."

그리고 그는 다른 사람들이 호기심을 보이니까 흐뭇해서 방금 한 말이 무슨 뜻인지 설명해주지 않으려고 했다. 그러면서도 또 방정맞게, 자기의 보물을 넌지시 알려주고 싶어 안달이 나 있었다.

"처녀가 하나 있어." 마침내 그가 말했다. "하지만 맹세코 진짜배기 처녀라고."

"그럴 리 없어요." 트뤼블로가 소리쳤다. "요즘 세상에 진짜 처녀는 없다고요."

"집안은 좋은가요?" 뒤베리에가 물었다.

"집안이라면 더 말할 나위 없지." 영감이 장담했다. "바보 같을 만큼 순진한 애를 좀 상상해보라고. 요행수지. 난 요행히 그 애를 얻게 됐어. 정말이지 그 애는 아직 그런 일은 짐작도 못하고 있다고."

필렝이 놀라서 그 말을 유심히 듣고는, 회의적인 몸짓을 하며 중얼거렸다.

"아, 네. 알겠어요."

"뭐야? 알겠다고!" 바슐라르가 버럭 화가 나서 말했다. "넌 아무것도 몰라, 이놈아. 아무것도 모른다고. 그 애는 이 어르신만의 것이야. 남들은 볼 수도 만질 수도 없어. 손댔다간 다리몽둥이를 확 부러뜨려버릴라!"

그리고 뒤베리에 쪽을 돌아보며 말했다.

"판사님, 판사님께선 정이 있으시니 이해하실 겁니다. 그 애가 사는 집에 가면 마음이 어찌나 애틋한지, 글쎄 걔 덕분에 회춘한다고요. 아무튼, 그 모든 허랑방탕한 생활을 그만두고 쉴 수 있는 포근한 곳이 내겐 있다니까요. 게다가 참으로 공손하고 싱싱하지요. 어깨며, 허벅지며, 전혀 말라깽이가 아니라고요. 판사 양반, 복숭아처럼 통통하고 탄탄한 게 살결은 꽃 같다니까요."

판사의 얼굴에 피가 확 몰려 붉은 반점이 핏빛으로 새빨개졌다. 트뤼블로와 필렝은 영감을 쳐다보았다. 지나치게 하얀 틀니에서 양쪽 입가로 침이 질질 흘러내리는 꼴을 보자 그들은 그의 따귀를 후려갈기고 싶은 마음이 와락 솟구쳤다. 뭐라고! 이 늙어빠진 영감태기가, 쭈글쭈글 늘어진 두 뺨의 살덩이 사이로 커다란 딸기코만 아직도 덩그러니 붙어 있는 저 화상이, 빠리의 추잡스러운 난봉이라곤 다 피워본 저 폐인이 어딘가에 방을 얻어 얼굴에 여드름 난 순진한 여자애를 들어앉히고, 노망난 주정뱅이처럼 맘씨 좋게 굴면서, 이제는 지난날의 못된 짓거리를 점잖은 부르주아식으로 바꾸어 그 애를 더럽히고 있다니!

그러거나 말거나 그는 혼자 감격하여 혀끝으로 작은 술잔의 가장자리를 핥으며 말을 계속했다.

"한마디로, 내 유일한 꿈은 그 애를 행복하게 해주는 거라고, 그 아일 말이오! 그런데 난 배가 나오고 걔한테 아버지뻘이지. 내 맹세코 참한 총각을 찾으면 그 애한테 주겠소. 오! 신랑감으로 말이오, 다른 결론 말고."

"영감님께서 행복한 한쌍을 짝지어주시겠군요." 뒤베리에가 다정다감하게 중얼거렸다.

비좁은 살롱에서 그들은 숨이 답답해오기 시작했다. 샤르트뢰즈 술 한잔이 엎어져서 담뱃재로 온통 꺼멓게 된 식탁보를 끈끈하게 더럽혔다. 이들은 바람을 쐬고 싶다는 마음이 들었다.

"당신들, 그 아일 보고 싶소?" 바슐라르가 일어서며 느닷없이 물었다.

그들은 서로 눈짓으로 의향을 타진했다. 그렇다마다요. 영감님만 좋으시다면 보고 싶고말고요. 그들은 짐짓 무관심한 척했지만, 영감이 숨겨놓은 그 여자애 집에 가서 후식 순서를 끝마치게 된다는 생각만 해도 탐욕스러운 만족감이 들었다. 다만, 뒤베리에는 끌라리스가 그들을 기다리고 있다는 사실만 환기시켰다. 그러나 바슐라르는 거기 가자고 제안한 다음부터 안색이 창백해지고 안절부절못하며, 그 집에 가거든 앉지도 말고 그냥 잠깐만 있자고, 그 애를 보기만 하고 곧바로 나와야 한다고 다짐했다. 그들은 층계를 내려가 영감이 음식값을 치르는 동안 대로변에 서 있었다. 영감이 다시 나타나자 꾀렝은 문제의 그 여자가 어디 사는지를 짐짓 모르는 척했다.

"가십시다, 이모부. 어느 쪽이죠?"

바슐라르는 피피를 보여주고픈 허영심과 그녀를 도둑맞을 것 같은 두려움으로 안달이 나서 잠시 걱정스러운 듯 이쪽저쪽을 두리번거렸다. 그러더니 이윽고 단도직입적으로 말했다.

"아, 안되겠어. 싫어."

그는 트뤼블로의 농지거리는 아랑곳도 않고, 심지어는 마음이 변한 것을 설명할 핑계조차 댈 생각을 않고 부득부득 고집을 피웠다. 끌라리스네 집으로 가려면 이제 슬슬 나서야 했다. 저녁 날씨가 아주 좋았으므로 그들은 소화도 시킬 겸 건강을 생각하여 걷기로 했다. 그리하여 그들은 리슐리외 거리를 걸어 내려갔는데, 몸은 꽤 똑바로 가누었지만 너무 배가 불러서 보도가 지나치게 좁아 보일 지경이었다.

필렝과 트뤼블로가 앞서 걸었다. 그 뒤에 바슐라르와 뒤베리에가 형제간처럼 비밀 얘기에 몰두하며 따라왔다. 바슐라르는 뒤베리에에게 자기는 그를 절대 경계하지 않노라고 말하고 있었다. 판사님은 사려 깊은 분인 줄 아니까, 그 애를 보여드릴 수도 있어요. 그러나 젊은 애들에게 지나친 일을 요구하는 것은 항상 신중치 못한 처사라고요. 안 그렇습니까? 그러자 뒤베리에가 맞장구를 치며, 자기 역시 끌라리스 문제로 예전에 두려움을 품었노라고 고백했다. 처음에는 친구들을 멀리 따돌렸다고. 그러다가 그녀가 자기에게 그지없이 충실하다는 증거들을 보여주자 기꺼이 친구들을 불러들이고 그 여자 집에 따뜻한 보금자리를 마련했노라고. 오! 머리 좋은 여자예요. 뭐든 잊어버리는 법이 없고, 정도 많고, 생각도 아주 건전하지요. 지난날 천지 분간 못하고 별것 아닌 일들을 저질렀다 해서 남들은 그녀를 욕할지 모르지만, 어쨌든 자기를 사랑하게 된 다음부터는 떳떳한 삶을 되찾은 거라면서, 리볼리 거리를 걸어가는 동안 판사는 내내 이야기를 그치지 않았다. 한편 바슐라르는 어린 애인에 대해 한마디도 못해서 속이 상했지만, 끌라리스가 숱한 남자와 동침한다는 사실을 그에게 말하지 않으려고 꾹 참고 있었다.

"그래요, 그래요. 그럴 겁니다." 그가 중얼거렸다. "하지만 판사 양반, 확신을 가지시오. 뭐니 뭐니 해도 부덕이 최고랍니다."

스리제 거리에 도착하니 보도는 호젓하고 고요했으며, 그 집은 잠든 듯 조용했다. 뒤베리에는 4층 창문에 불빛이 보이지 않자 놀라워했다. 끌라리스가 잠자리에 누워 기다리고 있을 거라고 트뤼블로가 진지한 투로 말했다. 아니면 혹시 부엌에서 하녀와 베지그 카드놀이를 하고 있는지도 모르죠. 필렝이 덧붙였다. 그들은 문을 두드렸다. 계단의 가스등이 제단의 등불처럼 움직임 없이 불꽃을 똑바로 올리며 타고 있었다. 아무 소리도 없고 숨소리 하나 들리지 않았다. 그런데 네 사람이 문지기방 앞을 지나칠 때 문지기가 후닥닥 나왔다.

"나으리, 나으리, 여기 열쇠 있습니다!"

뒤베리에는 첫 계단을 밟다 말고 우뚝 섰다.

"그 사람이 그럼 집에 없나?" 그가 물었다.

"안 계십니다, 나으리. 기다리십쇼. 촛불을 들고 가셔얍죠."

그에게 촛대를 줄 때 문지기는 창백한 얼굴에 존경의 빛을 과장해 보이긴 했으나, 천하고 잔인한 조롱 섞인 히죽거림을 감추고 있었다. 젊은이들과 바슐라르는 한마디도 하지 않았다. 조용한 가운데 그들은 등을 구부정하니 수그리고 줄줄이 계단을 올라가며 음침한 각 층을 따라 끝없이 발소리를 냈다. 맨 앞에 선 뒤베리에는 어찌 된 일인지 이해해보려고 머리를 굴리며, 몽유병자처럼 기계적인 동작으로 발을 뗐다. 그가 떨리는 손으로 들고 있는 양초가, 벽 위에 네 그림자가 올라가는 야릇한 모습을 망가진 꼭두각시들의 행렬처럼 그려 보였다.

4층에 오자 그는 갑자기 힘이 쭉 빠져서 암만 해도 열쇠 구멍을 찾을 수가 없었다. 트뤼블로가 도와주어 겨우 열었다. 열쇠가 찰칵 돌아가면서 마치 대성당의 둥근 천장 아래서처럼 쩡 울리고 메아리치는 듯한 소리를 냈다.

"이런!" 트뤼블로가 웅얼거렸다. "사람 사는 집 같지가 않은데요."

"소리로 봐선 안이 텅 빈 것 같구먼." 바슐라르가 말했다.

"소규모 가족납골당 같네요." 괼렝이 덧붙였다.

그들은 들어갔다. 뒤베리에가 촛불을 높이 쳐들고 앞장서 들어갔다. 응접실 곁방은 비어 있었고 양복걸이마저도 자취를 감추었다. 대응접실도 소응접실도 텅 비어 있었다. 가구 하나 남아 있지 않았고 창문에는 커튼 한쪽, 철제 커튼걸이 하나 없었다. 맥이 빠진 뒤베리에는 발치를 내려다보다가 눈을 들어 천장을 쳐다보고 벽을 따라 한바퀴 돌아보았다. 마치 이 모든 것이 빨려들어 사라져버린 구멍이라도 찾으려는 듯이.

"싹 쓸어가버렸구먼." 트뤼블로가 자기도 모르게 소리 내어 말했다.

"집을 수리하나보지요." 괼렝이 웃지도 않고 말했다. "침실을 봐야죠, 거기다 가구들을 다 옮겨놨을 거예요."

그러나 침실도 벽지가 뜯겨 나간 회벽의 추하고 썰렁한 맨 모습만 드러낸 채 텅 비어 있었다. 침대가 있던 자리에는 침대 닫집의 쇠로 된 부분이 떼어내져 뻥 뚫린 구멍들만 남아 있었다. 창문 하나가 반쯤 열려, 그리로 한길 쪽에서 바람이 들어와 눅눅한 습기와 광장같이 싸한 냄새가 풍겼다.

"맙소사, 맙소사!" 침대 매트리스에 긁혀 벽지가 찢겨나간 곳을 보자 맥이 탁 풀려, 마침내 뒤베리에가 울먹울먹하며 말을 더듬었다.

바슐라르 영감이 아버지 같은 태도를 보였다.

"용기를 내쇼, 판사 양반." 그가 거듭 말했다. "나도 이런 일을 당해봤소만, 그것 때문에 죽진 않았습니다. 명예에는 지장이 없잖소, 제길!"

판사는 머리를 설레설레 흔들고 화장실로 갔다가 다시 부엌으로 갔다. 재앙은 거기도 계속 이어지고 있었다. 화장실의 방수 벽지도 누가 떼어냈고, 부엌 바닥 널빤지의 못들도 뽑혀 있었던 것이다.

"아니, 이건 너무한데. 정신 나간 짓이야." 필렝이 어이없다는 듯이 말했다. "못은 그냥 둘 수도 있었으련만."

저녁을 잔뜩 먹은데다 걸어오기까지 해서 몹시 지친 트뤼블로는, 이렇게 자기들끼리만 있으니 재미없다는 생각이 들기 시작했다. 그러나 뒤베리에는 촛불을 놓지 않고, 자포자기 상태에 점점 더 빠져들고 싶은 마음이 드는지 계속 돌아다녔다. 다른 사람들은 어쩔 수 없이 그 뒤를 따라다녀야 했다. 그는 다시금 방마다 건너다니며 대응접실, 소응접실, 침실을 다시 보고 싶어 했고, 구석구석 깊은 곳까지 불빛을 세심하게 이리저리 비춰보았다. 그의 뒤에서는 세 남자가 줄을 지어 벽의 빈 공간을 야릇하게 채우며 너울너울 춤추는 커다란 그림자들과 더불어 계단에서 하던 행진을 계속했다. 침울한 분위기 속에 그들의 발소리가 마룻바닥에 서글프게 울렸다. 가뜩이나 우울한 분위기인데 설상가상으로 집 안은 아주 깨끗했고 종이 한조각, 지푸라기 한올 없이 마치 물로 깨끗이 씻은 사발처럼 정갈했다. 문지기가 잔인하게도 이곳저곳을 빗자루로 싹싹 쓸어놓았기 때문이었다.

"어유, 난 인제 더 못하겠어요." 그들이 세번째로 응접실을 살피고 있을 때 트뤼블로가 마침내 선언했다. "정말입니다! 의자라도 하나 남아 있으면 내가 10수 내겠어요."

넷이 다 그 자리에 멈춰 섰다.

"그러니까 언제 그 여잘 보셨소?" 바슐라르가 물었다.

"어제요!" 뒤베리에가 외쳤다.

필렝은 고개를 내둘렀다. 빌어먹을! 오래 끌지도 않고 멋지게 해치웠구먼. 그런데 트뤼블로가 놀라 소리쳤다. 벽난로 위에서 더러운 셔츠 깃과 못 쓰게 된 여송연 한개비가 눈에 띈 것이다.

"한탄하지 마세요." 그가 웃으며 말했다. "그분이 판사님께 기념품을 남겨놓았군요. 그러면 그렇지요."

뒤베리에는 갑자기 마음이 애틋해져서 떼었다 붙였다 할 수 있는 그 셔츠 깃을 바라보았다. 그러더니 중얼거렸다.

"가구 2만 5000프랑어치, 2만 5000프랑어치였어. 아! 아니야, 아니야, 그게 아까운 게 아니야!"

"이 여송연 안 피우시겠어요?" 트뤼블로가 끼어들었다. "그럼, 괜찮으시다면 제가…… 구멍이 뚫렸지만 여기다 담배 종이를 붙여서 막으면……"

그는 판사가 여전히 들고 있는 촛불로 여송연에 불을 붙이고는 벽에 기대어 미끄러지듯 주저앉으며 말했다.

"할 수 없군요. 바닥에 좀 앉아야겠어요. 너무 피곤해서 두 다리가 몸속으로 기어들어가는 것 같네요."

"아무튼," 뒤베리에가 물었다. "설명들 좀 해주십쇼. 이 여자가 대체 어디 있을까요?"

바슐라르와 필렝은 서로 쳐다보았다. 미묘한 문제였다. 그래도 바슐라르 영감이 사나이다운 결심을 하고는, 가엾은 뒤베리에에게 그동안 끌라리스가 꾸민 연극, 끊임없는 잔꾀, 파티를 열 때마다 몰래 꾀어들인 내연남들, 이 모든 실상을 다 얘기해주었다. 틀림없이 그녀는 최근 사귀던 샛서방 뚱뚱보 뻬이앙, 남프랑스의 어느 소도시에서 예술가로 격상시키려 한다는 그 석공하고 달아났을 거라고 했다. 뒤베리에는 이 가증스러운 이야기를 끔찍하다는 표정으로 듣다가 절망적으로 고함을 쳤다.

"이 세상에 정절이란 이제 없군요!"

그리고 갑자기 속마음을 토로하며, 자기가 그녀를 위해 무엇무엇을 해주었는지를 얘기했다. 고지식하게도 그는 게걸스러운 욕망이 낭패 본 사실을 감상적인 고통의 허울 아래 감추고, 그녀의 영혼을 운위하고, 삶에는 지고한 감정들이 있다는 자기의 믿음을 뒤흔들어놓았다며 그녀를 욕했다. 끌라리스는 어느새 그에게 없어서는 안될 존재가 되어 있었다. 그러나 그는 끌라리스로 하여금 스스로 저지른 짓에 낯을 붉히게 만들기 위해서라도, 또 그녀의 마음이 고결한 감정을 몽땅 잃은 것인지 보기 위해서라도 그녀를 다시 찾아낼 거라고 했다.

"그냥 놔두시오." 판사의 불운이 고소하기만 한 바슐라르가 외쳤다. "그 여잔 또다시 당신을 속여 넘길 겁니다. 그저 부덕밖에 없어요. 아시겠소? 잔꾀라곤 모르는, 갓난아기처럼 순진한 소녀를 잡으라고요. 그러면 아무 위험 없이 편안히 발 뻗고 잘 수 있다니까요."

한편 트뤼블로는 두 다리를 쭉 뻗고 벽에 기대 앉아 담배를 피우는 중이었다. 그는 심각한 표정으로 쉬고 있었고 다른 사람들은 그가 거기 있다는 것도 잊어버렸다.

"그렇게 알고 싶어 못 견디시겠다면, 제가 주소를 알아볼 수는 있어요." 그가 말했다. "이 집 하녀를 알거든요."

뒤베리에는 마룻장에서 울려 나오는 듯한 음성에 놀라 뒤돌아보았다. 그는 끌라리스가 남긴 유일한 물품인 여송연을 뻑뻑 피우며 담배 연기를 자욱이 뿜어대는 트뤼블로를 보자 그 연기 속에 가구 2만 5000프랑 어치가 날아가는 것이 보이는 듯하여 화가 난 몸짓으로 대답했다.

"아니요. 그 여잔 나하고는 격이 맞지 않아요. 제 쪽에서 무릎을 꿇고 내게 사죄해야죠."

"어, 그 여자가 다시 왔나봐." 괼렝이 귀를 쫑긋 세우고 말했다.

정말 누군가가 응접실 곁방에서 걷고 있었고 이렇게 말하는 소리가 들렸다. "아니, 이게 어떻게 된 거야? 다들 죽었나!" 들어온 사람은 옥따브였다. 그는 텅 빈 방들과 열린 문들을 보고 어리둥절했다. 그러나 빈 응접실 한복판에 종교의식에 쓰는 양초처럼 판사가 고이 모시고 있는 가느다란 초의 불빛만 받으며 하나는 땅바닥에 앉아 있고 나머지는 서 있는 네 남자를 보자 그는 더욱 더 아연실색했다.

"이럴 수가!" 그가 소리쳤다.

"아래층에서 아무 말 안합디까?" 괼렝이 물었다.

"웬걸, 문지기는 내가 올라오는 걸 가만히 쳐다만 보던데. 이런! 이 여자 도망쳤군요. 내 그럴 줄 알았지. 그 여자 눈이며 머리칼이 어쩐지 별나더라니!"

그는 상세한 내용을 이것저것 묻고 자기가 전하러 온 슬픈 소식도 잊은 채 잠시 이야기를 나누었다. 그러다가 갑자기 뒤베리에 쪽으로 몸을 돌렸다.

"그런데, 부인께서 판사님을 모셔오라고 절 보내신 겁니다. 장인께서 위독하십니다."

"아!" 판사는 그저 이렇게만 말했다.

"바브르 영감이!" 바슐라르가 중얼거렸다. "내 그럴 줄 알았지."

"쳇! 살 만큼 살았는데 뭘!" 괼렝이 철학적인 투로 말했다.

"그렇지, 가는 게 낫지." 여송연의 터진 부분에 담뱃종이를 두개 째 붙이며 트뤼블로가 한마디 거들었다.

어쨌든 이들은 빈 집을 떠나기로 결정했다. 옥따브는 뒤베리에가 어떤 상태로 있든 간에 즉시 집으로 데리고 올 것을 부인께 명예를 걸고 약속했다고 되풀이했다. 뒤베리에는 사그라져버린 애정을 이 집 안에 남겨두기라도 한 듯 조심스레 문을 닫았다. 그러나 아래층에 내려오자 창피한 생각이 들었다. 그래서 그가 아니고 트뤼블로가 문지기에게 열쇠를 돌려주어야 했다. 보도로 나오자 세 남자는 말없이 번갈아 그의 손을 꽉 쥐어주었다. 마차가 옥따브와 뒤베리에를 싣고 떠나자마자 바슐라르 영감은 인적 없는 길에 남은 필렝과 트뤼블로에게 말했다.

"젠장! 내가 그 애를 자네들에게 보여줘야겠어."

그는 얼간이 같은 판사의 절망을 보고 나니 몹시 흥분이 되고 자기만의 행복이 흐뭇해 죽을 지경이라서, 속셈을 깊이 감춘 덕에 얻었다고 생각되는 이 행복을 더 이상 속에 담고만 있을 수 없어 조금 전부터 발을 동동거리고 있었다.

"이모부," 필렝이 말했다. "이번에도 우리를 대문 앞까지만 데려가서 거기서 따돌릴 작정이시죠?"

"아니야, 제기랄! 자네들은 그 아일 보게 될 거야. 기꺼이 보여주겠어. 자정이 다 돼가지만 그 앤 자리에 누웠다가도 벌떡 일어날 거야. 글쎄, 그 애는 므뉘 대위라고, 대위의 딸이거든. 그리고 릴 근처 빌뇌브 출신의 아주 점잖은 고모가 있다고, 정말이야! 생쉴삐스 거리의 마르디엔 형제상회에 가서 물어봐도 돼. 아! 우리한테는 바로 그런 게 필요하거든, 자네들 부덕이라는 게 무언지 보게 될 거야."

그리고 그는 오른쪽에 필렝, 왼쪽에 트뤼블로의 팔을 잡고 성큼

성큼 걷다가, 좀더 빨리 가려고 마차를 잡았다.

한편 마차에 오르자 옥따브는 바브르 영감이 졸도했다는 이야기를 짤막하게 하면서 뒤베리에 부인이 스리제 거리의 이 집 주소를 알고 있다는 사실을 숨기지 않았다. 잠시 침묵이 흐른 뒤 판사가 괴로운 목소리로 물었다.

"집사람이 날 용서할 것 같아요?"

옥따브는 묵묵부답이었다. 마차는 가끔 한줄기씩 비치는 가스등 불빛을 스쳐 받으며 온통 어둠에 싸인 채 계속 달렸다. 집에 다다르자 뒤베리에는 애가 달아 또 새로운 질문을 던졌다.

"그렇죠? 지금 내가 할 수 있는 최선은 그래도 그사이에 집사람과 화해하는 것이겠죠?"

"그렇게 하시는 게 아마 현명한 처사일 겁니다." 옥따브가 대꾸를 안할 수 없어 이렇게 말했다.

그러자 뒤베리에는 장인의 죽음을 안타까워할 필요가 있음을 느꼈다. 그래서 그 어른은 아주 머리가 좋으시고 믿기 힘들 만큼 유능하신 분이었다고 했다. 게다가 어쩌면 아직은 장인어른을 위급한 상황에서 구해낼 수 있을지도 모른다고 했다. 슈아죌 거리에 오자 그들은 건물 현관문이 열려 있는 것을 보았고, 구르 씨의 문지기방 앞에 서 있는 한 무리의 사람들과 마주쳤다. 약국에 달려가려고 내려온 쥘리는, 남이야 병이 나서 죽거나 말거나 내버려둔다고 돈 있는 사람들을 두고 화를 냈다. 뜨뜻한 국물이라도 서로 갖다주고 물수건을 따뜻이 데워다 주는 것은 막일꾼들이나 할 짓이란 말인가. 영감님이 두시간째 저 위에서 신음하고 계시고 스무번이나 혀가 말려 돌아가시려는 판국인데, 자식들은 노인네 목구멍에 설탕 한덩어리 넣어드릴 생각도 안하고 있으니. 인정머리 없는 사람들이야. 구르 씨가 말했다. 멀쩡히 열 손가락 두고도 제대로 쓸 줄 모르고, 아버지를 한번 씻겨드리기라도 하면 체면이 깎인다고 생각할 사람들. 한편 이뽈리뜨는 한술 더 떠, 저 위층 마님의 얼굴이 어떤지 아느냐고, 가엾은 영감님을 앞에 두고 하인들이 이리 뛰고 저리 뛰는 옆에서 양팔만 늘어뜨리고 있는 그 등신 같은 꼴이 가관이라고 이야기했다. 그러나 뒤베리에를 보더니 모두들 입을 다물었다.

"자, 어떻게 됐지?" 뒤베리에가 물었다.

"의사 선생님께서 영감마님께 겨자찜질용 헝겊을 붙이고 계십지요." 이뽈리뜨가 대답했다. "어유! 의사 선생님 모셔오느라 힘깨나 들었습니다요."

위층 응접실에 들어서자 뒤베리에 부인이 와서 그들을 맞았다. 그녀는 몹시 울고 난 뒤라, 빨개진 눈두덩 밑으로 눈빛이 번들거리고 있었다. 판사는 몹시 거북스러워하면서도 팔을 벌려 그녀를 껴안고 속삭였다.

"가엾은 끌로띨드!"

전에 없이 과장스러운 그의 태도에 놀라 그녀는 뒤로 주춤 물러섰다. 옥따브는 뒷전에 머물러 있었으나 남편 쪽에서 작은 소리로 이렇게 덧붙이는 것을 들었다.

"날 용서해주오. 이렇게 슬픈 일이 닥쳤는데, 우리 좋지 않은 일일랑 잊어버립시다. 봐요, 내 이렇게 당신에게로 돌아왔잖소. 그것도 아주 말이오. 아! 난 벌을 톡톡히 받은 거야!"

그녀는 아무 대꾸도 하지 않고 몸을 뺐다. 그리고 옥따브 앞에서 아무것도 모르는 것으로 하고 싶은 본처의 모습으로 돌아가서 말했다.

"여보, 내가 혹시 당신을 방해하지 않았나요. 프로방스 거리 사건 수사가 얼마나 급한 일인지는 내가 잘 아니까요. 하지만 집에 나 혼자뿐이니 당신이 꼭 계셔야겠다는 생각이 들더군요. 가엾은 아버지는 이제 가망이 없어요. 들어가보세요. 의사 선생님이 아버지 곁에 계세요."

뒤베리에가 옆방으로 가자 그녀는 태연한 척하려고 피아노 앞에 서 있는 옥따브에게 다가갔다. 피아노는 여전히 열린 채였고, 「제미르와 아조르」 악보가 아직도 보면대에 놓여 있었다. 그는 그 악보를 읽는 척했다. 등불은 여전히 널따란 방의 한쪽 귀퉁이만을 은은하게 비추고 있었다. 뒤베리에 부인은 애가 달아 마침내 평소의 조심스러운 태도를 내팽개치고 잠자코 옥따브를 바라보았다.

"저 양반이 거기 계십니까?" 그녀가 짤막하게 물었다.

"네, 부인."

"그런데, 대체 뭐예요. 거기 무슨 일이 있나요?"

"부인, 그 여자가 판사님을 버리고 달아났습니다. 가구를 몽땅 갖고요. 가보니 판사님이 촛불 하나 달랑 들고 방 한가운데 서 계시더군요."

끌로띨드는 절망적인 몸짓을 했다. 아, 이제 알겠어. 그녀의 아름다운 얼굴에 역겹고 낙심에 찬 표정이 나타났다. 아버지를 여의는 것만으로도 모자라서 이런 불행을 빌미로 남편과 다시 가까워져야 하다니! 그녀는 남편을 잘 알고 있었다. 이제 외부의 아무런 방패막이도 없어졌으니 그는 언제나 아내에게 치댈 터였다. 의무라면 어떤 것이건 존중하는 그녀인지라, 그 지긋지긋한 고역을 마다할 수 없다는 생각에 치가 떨렸다. 잠시 그녀는 피아노를 응시했다. 굵은 눈물방울이 두 눈에 다시 맺히면서 그녀는 옥따브에게 이렇게

만 말했다.

"고맙습니다."

그들 둘 다 바브르 영감이 누워 있는 방으로 갔다. 뒤베리에는 몹시 핼쑥한 얼굴로 쥐이라 의사가 나직이 설명하는 말을 듣고 있었다. 장액과다성 뇌출혈로 인한 졸도이고 내일까지 끌지도 모르나, 이제 가망은 전혀 없다고 했다. 바로 그때 끌로띨드가 들어왔다. 그녀는 이 선고를 듣고는, 이미 눈물로 범벅이 되어 배배 꼬이고 무용지물이 되어버린 손수건으로 두 눈을 닦아내며 의자에 털썩 주저앉았다. 하지만 그녀는 기운을 내어, 가엾은 아버지가 조금이라도 의식을 회복하시겠느냐고 의사에게 물었다. 의사는 그 가능성에 대해 반신반의했다. 그리고 질문의 진의를 알아차린 듯, "바브르 영감님이 오래전에 금전 문제를 정리해놓으셨으면 좋았을 텐데요"라고 자기 의견을 표명했다. 마음이 여전히 스리제 거리에 가 있는 듯하던 뒤베리에는 그제야 퍼뜩 정신을 차리는 것 같았다. 그는 아내를 쳐다보고 나서, 장인어른께서는 평소 아무에게도 속 얘기를 털어놓지 않으신다고 대답했다. 자기는 그러니까 아무것도 모른다고. 다만 딸 내외가 집에 모시고 산 공을 보아 외손자 귀스따브에게 유리하도록 잘 생각해주시겠다고 종종 외할아버지 입장에서 얘기하곤 하셨으니, 그 호의적인 약속의 말씀만 기억하고 있을 뿐이라고 했다. 어쨌든 만약 유언장이 있다면 누가 찾아내더라도 찾아낼 거라고.

"가족들께 이 사실을 알리셨나요?" 의사가 물었다.

"아유! 아직 못 알렸는데요." 끌로띨드가 우물거렸다. "어찌나 놀라 경황이 없었던지요! 맨 처음 생각난 것이 이이를 찾으러 옥따브 씨를 보내자는 거였지요."

뒤베리에가 다시 그녀에게 시선을 주었다. 이제 내외간은 손발이 척척 맞았다. 그는 천천히 침대로 다가가서 굳어버린 얼굴에 노란 반점들이 어룽더룽한 채 송장처럼 뻣뻣이 누워 있는 바브르 영감을 살펴보았다. 시계가 1시를 쳤다. 의사는 시중에 통용되는 유도제를 써보았는데 이제 더는 아무것도 손을 쓸 수가 없으니 갔다가 아침 일찍 다시 오겠다고 했다. 이윽고 그가 옥따브와 함께 나가려는데 뒤베리에 부인이 옥따브를 불렀다.

"날이 밝을 때까지 기다립시다, 네?" 그녀가 말했다. "날이 밝으면 적당한 핑계를 대서 베르뜨를 여기 오도록 해주세요. 제가 발레리도 부르죠. 그러면 올케들이 제 동생들한테 알릴 거예요. 아! 가없은 사람들, 이 밤은 그냥 편안히 자게 놔둡시다. 울면서 침대맡을 지키는 일은 우리만 해도 족해요."

그르렁거리는 신음 소리로 온 방 안을 떨리게 하는 노인 앞에는 그녀와 남편 단둘만이 남았다.

11

　다음날 아침 8시에 자기 방에서 내려온 옥따브는 전날의 졸도 사건과 집주인 영감의 절망적 상태를 입주자들 모두가 알고 있다는 데에 몹시 놀랐다. 게다가 모두들 병자에게는 관심이 없고 상속 문제만 뒤질세라 입에 올리는 것이었다.

　자기 집의 좁은 식당에서 삐숑 부부는 식탁에 앉아 커다란 코코아 잔을 앞에 놓고 있었다. 쥘이 옥따브를 불렀다.

　"이보세요. 영감님이 그렇게 돌아가시면 이제 그 집안은 쑥대밭이 됩니다. 재미있는 꼴 많이 보게 되겠군요. 유언장이 있는지 없는지 혹시 아십니까?"

　옥따브는 대답하지 않고 그들에게 어디서 그 소식을 들었느냐고 물었다. 마리가 빵집 여자한테서 듣고 올라와 전한 얘기라고 했다. 게다가 소문은 하녀들을 통해 층에서 층으로, 집집마다, 이 거리의 끝까지 다 퍼졌다. 이번에는 마리가 코코아에 손가락을 넣고 있는 릴리뜨를 한번 찰싹 때려준 뒤 말했다.

"아, 그 돈 다 됐다 뭐 하나. 영감님이 우리한테 다만 그 백분의 일이라도 남겨주실 생각을 한다면…… 하지만 그럴 리가 없죠."

옥따브가 떠날 때 그녀가 덧붙였다.

"빌려주신 책 다 봤어요, 무레 씨. 도로 가져가셔야죠, 그렇죠?"

그는 뒤베리에 부인에게 쓸데없는 말이 나기 전에 베르뜨를 데려다주겠다고 약속한 생각이 났다. 걱정이 되어 경정경정 내려오다가 4층에서, 막 외출하려던 깡빠르동과 마주쳤다.

"참!" 깡빠르동이 말했다. "당신네 가게 사장이 재산을 물려받게 됐더군. 듣자 하니 그 노인네는 이 건물에다가 근 60만 프랑까지 갖고 있다더군. 아무렴! 그 영감님, 딸네 집에선 한푼도 쓰지 않았고 베르사이유에서 꿍쳐놓은 돈도 꽤 많이 남아 있다지. 이 건물에서 나오는 집세 2만 몇천 프랑을 빼놓고도 말이오. 안 그렇소? 자식이 셋뿐인데 나눠 먹기 푸짐한 덩어리지!"

이렇게 수다를 떨면서 그는 옥따브 뒤를 따라 계속 계단을 내려왔다. 그런데 3층에서 쥐죄르 부인과 마주쳤다. 그녀는 어린 하녀 루이즈가 아침에 우유 4수 어치를 사러 간 지 한시간도 더 지났기 때문에 도대체 무슨 짓을 하는 것인지 보려고 나왔다가 도로 들어가는 길이었다. 그녀는 이 일을 뚜르르 꿰고 있었으므로 당연히 대화에 끼어들었다.

"영감님이 어떻게 재산 문제를 처리했는지는 아무도 몰라요." 그녀는 늘 그렇듯 부드러운 어조로 속살거렸다. "아마 이런저런 시빗거리들이 생길걸요."

"아, 그래요." 건축가가 쾌활하게 말했다. "난 내가 그 당사자였으면 싶군요. 그럼 일을 질질 끌지 않을 텐데. 똑같이 세 몫으로 나누어 각자 자기 몫을 갖고, 그리고 깨끗이 손 털고 안녕하는 거죠, 뭘!"

쥐죄르 부인은 몸을 수그려 내려다보더니 다시 고개를 들고 계단에 자기들밖에 없음을 확인했다. 그러더니 목소리를 낮추어 말했다.

"그런데 그 사람들이 기대하는 그 문서를 찾아내지 못하면 어쩌죠? 그런 소문이 퍼지고 있어요."

건축가는 두 눈을 쓱쓱 비비고 어깨를 으쓱하며 말했다. "어디 떠들어보라지요. 다 꾸며낸 얘기들이라고요. 바브르 영감은 푼푼이 모은 돈을 털양말 속에 넣어두는 옛날식 구두쇤데……" 그러더니 건축가는 생로끄 성당에서 모뒤 신부와 만날 약속이 있다며 가버렸다.

"우리 집사람이 당신한테 불만이 많다오." 그가 세 계단 내려서더니 다시 돌아서서 옥따브에게 말했다. "가끔씩 우리 집에 들어가서 말 상대 좀 되어주시오."

쥐죄르 부인이 옥따브를 잡았다.

"아니 그럼 나는요, 어쩜 나는 그렇게 안중에도 없으세요. 당신이 날 조금은 좋아하는 줄 알았더니만. 언제 한번 우리 집에 오시면 섬에서 만든 리꾀르를 맛보게 해드릴게요. 맛이 기막히답니다."

그는 언제 한번 가겠다고 약속하고는 서둘러 현관으로 갔다. 그러나 둥근 지붕 밑으로 열려 있는 가게의 작은 문에 이르기도 전에, 이번에는 또 하녀들 틈을 비집고 지나야 했다. 하녀들은 죽어가는 노인의 재산을 끌로띨드 마님 몫으로 얼마, 오귀스뜨 서방님 몫으로 얼마, 떼오필 서방님 몫으로 얼마 하면서 저희들 멋대로 쩔고 까불며 분배하고 있었다. 끌레망스는 아예 노골적으로 금액까지 입에 올렸다. 그녀는 장롱 속에 있는 돈을 본 이뽈리뜨에게서 이미 들어서 액수를 잘 알고 있었다. 그러나 쥘리는 그 금액을 두고 이러쿵저러쿵 따졌다. 리자는 첫번째 주인이던 어느 노인이 자기 앞으로 더러운 속옷 한벌 남겨놓지 않고 황천으로 가버려 골탕 먹었던 이야기를 했다. 한편 아델은 양팔을 늘어뜨리고 입을 헤 벌린 채 이 상속 이야기를 귀 기울여 듣고 있었다. 그 이야기를 들으면 마치 그녀 앞에 태산 같은 100수짜리 금화 더미들이 와르르 쏟아져 내리는 것 같았다. 그리고 보도에서는 구르 씨가 자못 심각한 태도로 맞은편 문구점 주인과 얘기를 하고 있었다. 그에게는 이미 건물주는 이 세상에 없는 사람이나 다름없었다.

"내 관심사는 말이오," 그가 말했다. "누가 이 집을 차지할까 하는 거요. 그들은 모든 걸 나눠 가졌어요. 그건 아주 잘한 일이지. 하지만 집은 셋으로 쪼갤 수 없잖소."

옥따브는 마침내 가게 안으로 들어갔다. 처음으로 눈이 마주친 사람은 벌써 머리를 단정히 빗고 얼굴을 깨끗이 문질러 닦고 옷을 철갑같이 꽉 조여 입고 계산대 앞에 앉아 있는 조스랑 부인이었다. 부랴부랴 내려온 듯한 베르뜨가 실내복을 헐렁하게 걸친 매력적인 자태에 무척이나 생기발랄한 모습으로 그녀 옆에 있었다. 그러나 두 여자는 옥따브를 보자 입을 다물었고, 조스랑 부인은 무시무시한 태도로 그를 바라보았다.

"그래, 옥따브 씨," 그녀가 말했다. "당신이 이 가게를 아낀다는 것이 이런 식입니까? 당신은 내 딸과 원수진 사람들이 꾸미는 음모에 한몫 끼고 있군요."

그는 해명하려 했다. 그러나 그녀가 그의 말을 중간에 막고, 뒤베리에 부부와 함께 유언장을 찾아 거기에 뭔가를 써넣으려고 날 밤을 새우지 않았느냐고 그에게 혐의를 씌웠다. 그가 웃으며, 그래 봤자 자기에게 무슨 이익이 되겠느냐고 묻자, 그녀는 말을 이었다.

"이익이라고요, 당신의 이익 말이죠. 이보세요, 하늘의 뜻으로 당신이 이 사건을 지켜본 거면, 즉시 우리한테 달려와 알려주었어야 할 거 아녜요. 나 아니었으면 내 딸이 아직 아무것도 모르고 있었을 거라는 생각만 해도, 나 참! 내가 처음 소식을 듣는 그 길로 계단을 떼굴떼굴 구르듯 뛰어내려와 알리지 않았더라면, 그 사람들은 쟤를 빈털터리로 만들었겠죠. 아, 당신의 이익, 당신의 이익이라고요! 이보세요, 알 게 뭐예요. 뒤베리에 부인이 아무리 쭈글쭈글 시들었을망정 그 여자 정도면 좋다는 까다롭지 않은 남자도 아직은 있겠죠."

"오, 엄마!" 베르뜨가 말했다. "우리 시누이가 얼마나 정숙한데!"

그러나 조스랑 부인은 가련하다는 듯 어깨를 으쓱했다.

"그만둬. 사람이란 돈 생기는 일이라면 못할 게 없다는 걸 너도 잘 알잖니."

옥따브는 노인이 졸도할 때의 이야기를 그들에게 해줘야 했다. 모녀는 서로 끔벅끔벅 눈짓을 주고받았다. 어머니의 말에 따르면 틀림없이 무슨 꿍꿍이속이 있었을 거라는 것이었다. 가족들이 놀라고 흥분하지 않도록 끌로띨드가 배려한 거라면 마음씨가 고운 것치고는 좀 과하지 않나! 마침내 그들은 이 사건에서 옥따브가 맡은 역할에 대해 이런저런 의심을 품은 채로, 그를 일할 수 있게 놓아주었다. 입심 좋은 모녀는 입씨름을 계속했다.

"그럼 혼인계약서에 기재된 5만 프랑은 누가 지불할 거야?" 조스랑 부인이 말했다. "사돈영감이 땅속에 묻히면 우린 닭 쫓던 개 지붕 쳐다보는 격이 되지, 안 그래?"

"오, 그 돈 5만 프랑요!" 베르뜨가 난처해져서 우물거렸다. "엄마도 아시지만 우리 시아버님도 아빠 엄마처럼 6개월마다 1만 프랑씩만 주기로 하셨잖아요. 아직 6개월이 안됐으니 기다리는 게 상책이죠."

"기다린다고? 영감이 네게 돈 갖다주러 무덤에서 돌아오기를 기다리렴. 이런 바보 멍청이 같으니라고. 그러니까 남들이 네 몫을 슬쩍하길 바라는 거냐. 안돼, 안돼. 당장 상속 유산에서 5만 프랑을 요구해. 네 친정 부모는 이렇게 살아 있잖니, 천만다행이지! 우리가 약속한 지참금을 낼지 안 낼지는 아무도 몰라. 하지만 사돈영감은 말이다, 이제 이 세상 사람이 아니게 됐으니 그 돈을 내야 한다고."

그리고 그녀는 딸에게 절대 양보하지 않겠다는 맹세를 시켰다. 조스랑 부인은 지금껏 그 누구에게도 호락호락 바보 취급받은 적이 없던 것이다. 화를 내면서도 그녀는 중2층을 건너 2층의 뒤베리에 부부네 집에서 무슨 일이 일어나는지 들으려는 듯 가끔씩 천장쪽을 향해 바짝 귀를 기울였다. 노인의 침실은 틀림없이 바로 그녀의 머리 위에 위치하고 있을 터였다. 오귀스뜨는 장모로부터 상황을 전해 듣자마자 바로 위층으로 올라가서 아버지 곁을 지키고 있었다. 그렇다고 해서 장모의 마음이 놓이는 것은 아니었다. 그녀는 자기도 그 자리에 가 있고 싶었고, 뭔가 복잡한 꿍꿍이속이 있으리라 상상하고 있었다.

"가봐라!" 그녀가 속이 터지는 듯 마침내 소리쳤다. "오귀스뜨는 물러빠졌어. 그들이 계속 네 남편을 속이고 있다고."

그러자 베르뜨는 계단을 올라갔다. 진열장을 정리하던 옥따브는 아까 모녀의 말을 귀담아들었다. 조스랑 부인과 단둘이 남게 되고 그녀가 문 쪽으로 가자 그는 내심 하루 쉬게 되었으면 싶어서, 이런 경우에는 가게를 닫아야 하는 것 아니냐고 물었다.

"아니 왜요?" 그녀가 말했다. "노인네가 아주 돌아가실 때까지 기다려요. 장사를 공칠 거야 없지요."

그러고 나서 그가 분홍색 비단을 접어 개키고 있으려니까, 그녀는 방금 너무 심한 말을 한 것을 만회라도 하려는 듯 덧붙였다.

"그래도, 진열장에 붉은색은 안 놓는 게 좋을 것 같군요."

2층에 올라가자 베르뜨는 아버지 곁을 지키고 있는 오귀스뜨를 보았다. 침실은 전날과 아무것도 달라진 게 없었다. 여전히 눅눅하고 조용했고, 길고 고통스러운 한결같은 신음 소리로 가득 차 있었다. 느낌도 움직임도 완전히 상실한 채 노인이 침대에 뻣뻣이 누워 있었다. 카드가 빼곡히 들어찬 참나무 상자가 아직도 책상 위에 자리를 차지하고 있었다. 가구 하나라도 어지럽혀지기는커녕 열린 흔적조차 없었다. 한편 잠 한 숨 못 자고 밤을 새워 지친 상태로 끊임없이 걱정하느라 때꾼해지고 근심이 어린 뒤베리에 부부의 모습은 더욱 기진맥진해 보였다. 아침 7시가 되자마자 그들은 하인 이뽈리뜨를 보나빠르뜨 고등학교에 보내 아들 귀스따브를 데려오게 했다. 후리후리하고 조숙한 열여섯살짜리 소년이 죽어가는 환자 옆에서 보내게 될 뜻밖의 하루 방학에 당황한 채로 거기 와 있었다.

"아! 올케, 이게 웬 기막힌 일이야!" 끌로띨드가 가서 베르뜨를 껴안으며 말했다.

"왜 저희한테 알리지 않으셨어요?" 베르뜨가 어머니를 그대로 빼닮은 뾰로통한 표정으로 대답했다.

"한지붕 아래 사는 저희들이 아버님 병구완을 함께 해드릴 수도 있었잖아요."

오귀스뜨가 서로 말다툼할 때가 아직은 아니니 잠자코 있으라는 듯 그녀에게 눈길을 보냈다. 좀더 기다려도 되지 않느냐는 뜻이었다. 이미 왕진을 왔던 쥐이라 의사는 다시 왕진을 와야 했다. 그러나 그의 말인즉 여전히 가망은 전혀 없었고, 환자는 오늘 낮을 넘기지 못할 거라 했다. 오귀스뜨가 이 소식을 아내에게 전하고 있는데, 이번에는 떼오필과 발레리가 들어왔다. 이내, 끌로띨드가 걸어가서 발레리를 껴안으며 아까 한 말을 되풀이했다.

"이게 웬 기막힌 일이야, 올케!"

그런데 떼오필이 몹시 분개한 모습으로 앞에 나섰다. 그는 거침없이 말했다.

"그래, 아버지가 돌아가시려는데, 이젠 그 소식을 우리 집 단골 숯장수한테서 들어야만 하나요? 그러니까 누나랑 매형은 아버지 주머니를 뒤져볼 시간을 벌 요량이었지요?"

뒤베리에는 화가 나서 일어섰다. 그러나 끌로띨드가 몸을 돌려 남편을 멀찌감치 떼어놓고 동생에게 아주 낮은 소리로 대답했다.

"한심한 것아! 가엾은 아버지의 마지막 고통이 너한테는 별것 아니란 말이니. 아버지를 좀 봐. 내가 저질러놓은 짓을 잘 들여다보라고. 그래, 밀린 집세를 못 내겠다고 해서 아버지께 충격을 드린 건 너란 말이야."

발레리가 웃기 시작했다.

"형님, 그 얘기 진담은 아니시겠죠." 그녀가 말했다.

"뭐야! 진담이 아니라고!" 끌로띨드가 발끈하여 다시 소리 질렀다.

"아버지가 집세를 제때제때 받는 걸 얼마나 좋아하시는지 너희 부부는 알고 있었지. 너랑 올케가 그렇게 행동한 걸 보면 아예 아버지를 돌아가시게 할 작정을 했던 거지 뭐야."

그러다보니 시누올케 간에 더 심한 말까지 하게 되었고, 유산에 손을 대고 싶어 한다고 서로 혐의를 씌웠다. 그때 오귀스뜨가 언제나처럼 뚱하고 차분한 투로 언행을 좀 삼가라고 한마디 했다.

"입들 다물어요! 앞으로도 시간은 있어요. 지금 이러는 건 할 짓이 아니라고요."

그러자 가족들은 그 말이 맞다면서 침대 주위에 자리를 잡았다. 물을 끼얹은 듯 조용해지고 눅눅한 방 안에는 다시 신음 소리가 퍼졌다. 베르뜨와 오귀스뜨는 죽어가는 노인의 발치에 자리 잡고 있었다. 마지막으로 온 발레리와 떼오필은 꽤 멀찌감치 떨어져 책상 옆에 있어야 했다. 끌로띨드가 침대 머리맡을 차지하고 남편은 그 뒤에 있었는데, 매트리스 가장자리에 바짝 붙어선 끌로띨드는 부친이 귀애하는 자기 아들 귀스따브를 앞으로 밀고 있었다. 이제는 모두가 말 한마디 없이 서로 쳐다보고만 있었다. 그러나 말똥말똥한 눈들과 비쭉 내민 입술들을 보면, 눈두덩이 불그스레해진 이 상속인들의 핼쑥한 얼굴에 스치는 불안감과 신경질 가득한 속생각, 소리 없는 상념들이 그대로 드러났다. 침대에 바짝 붙어 있는 고등학생의 모습에 신혼부부는 누구보다도 화가 치밀었다. 뻔히 속 들여다보이게시리, 뒤베리에 부부는 혹시 노인네가 의식을 회복할 경우 외손자 귀스따브의 존재에 감동받기를 기대하고 있는 것이었다.

그들이 이런 수작을 부린다는 것 자체가 유언장이 있을 리 없다는 증거였다. 바브르 형제 내외의 시선은 오래된 금고, 왕년에 공증인이었던 바브르 영감이 베르사이유에서 가져와 침실 한구석에 꽉 잠가놓아둔 그 금고 쪽으로 슬며시 쏠리고 있었다. 물건에 병적으로 집착하던 노인은 그 속에 온갖 잡동사니들을 잔뜩 넣고 잠가놓았다. 아마 뒤베리에 부부는 밤새 그 금고를 허겁지겁 뒤진 듯했다.

떼오필은 그들의 실토를 얻어낼 미끼를 던질 요량이었다.

"보세요, 매형," 그가 마침내 다가와서 판사의 귀에 대고 속삭였다. "공증인에게 알리면 어떨까요. 아버지가 유언장 내용을 바꾸고 싶어 하실지도 모르잖아요."

뒤베리에는 처음에는 그 소리를 듣지 못했다. 그는 이 방에 있으려니 몹시도 지루해서 밤새도록 마음이 끌라리스에게로만 쏠리고 있었다. 누가 뭐래도 가장 현명한 처사는 아내와 화해하는 것이리라. 그러나 끌라리스가 선머슴 같은 몸짓으로 속치마를 머리 위로 획 벗어던질 땐 그게 그렇게도 재미있었는데! 그래서 흐리멍덩한 시선으로 죽어가는 노인을 응시하면서 그는 그녀의 이런 모습을 다시 그려보고 있었고, 단 한번만이라도 그녀를 다시 차지할 수 있다면 뭐든지 다 내놓을 것 같은 심정이었다. 떼오필은 질문을 다시 되풀이해야 했다.

"내가 르노댕 씨에게 물어봤는데," 당황한 판사가 그제야 대답했다. "유언장은 없다더군."

"하지만 여기는요?"

"공증인한테도 없고 여기도 없어."

떼오필은 오귀스뜨를 바라보았다. 매형과 누나가 이미 가구를 샅샅이 뒤졌다는데, 그 사실이 틀림없나? 끌로띨드는 이 시선을 포착하고 남편에게 부아가 났다. 대체 저이가 왜 저러는 거야? 마음이 괴롭다보니 졸린 사람처럼 멍청해지나보지? 그녀는 덧붙였다.

"아버지는 아버지가 해야 할 일을 하신 거예요. 물론 언제 알아도 알게 되긴 하겠지만…… 하느님 맙소사!"

그녀는 울고 있었다. 발레리와 베르뜨도 덩달아 서러워져서 가만가만 흐느끼기 시작했다. 떼오필은 발끝으로 살금살금 걸어 자기 의자로 다시 갔다. 그는 자기가 알고 싶은 게 무엇인지를 알고 있었다. 아버지가 혹시 의식을 회복한다면 누이 부부가 개구쟁이 아들 녀석을 이용해 이득을 보게끔 내버려 두지 않으리라. 그러나 그는 자리에 앉으면서 형 오귀스뜨가 눈언저리를 훔치는 것을 보았고, 그것 때문에 어찌나 가슴이 뭉클했던지 자기도 그만 목이 콱 메었다. 죽음이라는 생각이 그를 엄습해왔다. 자기도 어쩌면 이 병으로 죽을지 모른다. 끔찍한 일이다. 온 가족이 눈물을 펑펑 흘리며 울었다. 오직 한 사람 귀스따브만이 울지 못했다. 그는 이 광경에 몹시 놀라서, 무슨 일이든 딴 곳에 정신을 팔아보려고 체육시간에 보행 훈련을 받듯이 할아버지의 신음 소리에 맞춰 호흡을 조정하며 땅바닥을 내려다보고 있었다.

그러는 사이에도 시간은 자꾸만 흘렀다. 11시가 되자 긴장된 분위기에 틈이 생겼다. 쥐이라 의사가 다시 나타난 것이다. 환자의 용태는 악화 일로였고, 숨을 거두기 전에 자식들을 알아볼 수 있을지조차 이젠 의심스럽다고 했다. 다시 오열이 터져 나오고 있는데, 끌레망스가 와서 모뒤 신부의 방문을 알렸다. 자리에서 일어서 있던 끌로띨드는 신부가 건네는 위로의 말을 누구보다 먼저 받아들였다. 신부는 이 가족에게 닥친 불행에 마음 깊이 동참하는 듯했고, 식구들 각자에게 격려의 말을 한마디씩 해주었다. 그러고는 아주 교묘하게 종교의 권리에 대해서 얘기하며, 바브르 영감의 영혼을 교회의 구원 없이 그냥 떠나보내서는 안된다는 것을 넌지시 암시했다.

"저도 그 생각을 했답니다." 끌로띨드가 중얼거렸다.

그러나 떼오필이 반박을 했다. 아버지는 평소에 성당에 나가시지 않았고, 심지어 볼떼르를 읽으시곤 했으니 한때는 진보적 사상을 갖고 계시기까지 했던 분이라고 했다. 요컨대 본인의 의사를 타진할 수 없는 지금은, 종교의식을 따르지 않는 것이 최선이라는 얘기였다. 불꽃 튀는 논쟁 중에 그는 이런 말을 덧붙이기까지 했다.

"성당에 의존한다면 마치 여기 있는 이 가구에 하느님을 모셔들이는 거나 마찬가지라고요."

세 여자가 그의 입을 다물게 했다. 그녀들은 모두 감격하여 신부님 말씀이 맞다고 주장하면서, 경황 중이라 진작 신부님을 모시러 사람을 보내지 못해서 죄송하다고 했다. 그리고 노인네는 무슨 일에건 유별나게 구는 것을 싫어하셨으니까 말씀만 하실 수 있었다면 틀림없이 동의하셨을 것이라고 했다. 그리고 자기들이 모든 것을 책임지겠다고 하였다.

"동네 이목만 생각해도 그래요." 끌로띨드가 되풀이했다.

"그럴 겁니다." 모뒤 신부가 적극 찬성을 표하며 말했다. "어르신만한 지위에 계신 분이라면 좋은 본을 보이셔야죠."

오귀스뜨는 이렇다 할 의견 표명을 안하고 있었다. 그러나 뒤베리에는 때마침 끌라리스가 한쪽 넓적다리를 공중에 번쩍 치켜들고 양말을 신던 모양새를 회상하며 그녀의 추억에 잠겨 있다가 퍼뜩 깨어나, 노인네는 천주교식 성사를 받으시게 해야 한다고 열렬히 주장했다. 당연히 그래야 한다, 우리 식구 중 단 한 사람이라도 성사를 안 받고 세상을 뜰 수는 없다는 것이었다. 신중을 기하느라고 자유사상가로서의 경멸감을 내비치는 것조차 조심해가며 한편에 비켜서 있던 쥐이라 의사가 이때 신부에게 다가서더니, 이런 일이 있을 때면 종종 마주치는 동료에게 건네는 말투로 친근하고 아주 나지막하게 말했다.

"위독합니다, 서두르세요."

신부가 급히 자리를 떴다. 그는 만일의 사태에 대비하여 영성체용 제병祭餠과 병자성사용 성유聖油를 가져오겠다고 알렸다. 그러자 떼오필이 여전히 고집스럽게 중얼거렸다.

"그래, 이젠 본인의 뜻도 상관 않고 돌아가실 분에게 영성체를 시킨다 이거지."

그러나 곧이어 크나큰 흥분이 방 안에 몰아닥쳤다. 다시 자리에 앉던 끌로띨드가 두 눈을 휘둥그렇게 뜨고 있는 노인의 모습을 본 것이다. 그녀는 비명이 터져 나오는 것을 억누를 수 없었다. 가족들이 달려왔고, 머리는 움직이지 않은 채 노인의 두 눈이 서서히 원을 한바퀴 그렸다. 쥐이라 의사는 놀란 기색으로 다가와 병자의 머리맡에 허리를 구부정하니 숙이고 이 마지막 발작을 지켜봤다.

"아버지, 저희예요. 저희들 알아보시겠어요?" 끌로띨드가 물었다.

바브르 영감은 그녀를 뚫어지게 바라봤다. 그러더니 입술을 달싹달싹했으나 아무 소리도 내지 못했다. 모두가 서로 엎치락뒤치락, 노인의 입에서 마지막 한마디를 끌어내고 싶어 했다. 뒤쪽에 있어서 발돋움을 하지 않을 수 없게 된 발레리가 표독스럽게 말했다.

"여러분들 때문에 아버님 숨 막히시겠어요. 좀 비켜서세요들. 혹 아버님이 원하시는 게 있다 해도 이러다간 알 수가 없겠잖아요."

다른 사람들은 비켜서야 했다. 아닌 게 아니라 바브르 영감의 두 눈이 침실을 샅샅이 훑어보고 있었다.

"아버님이 뭔가 원하시는 게 있어요, 분명해요." 베르뜨가 중얼거렸다.

"여기 귀스따브가 와 있어요." 끌로띨드가 되풀이했다. "보이시죠, 네? 아버지께 인사드리려고 학교에서 조퇴했어요. 애야, 할아버지께 입 맞춰드려라."

소년이 겁을 먹고 흠칫 물러서자 그녀는 아들을 한 팔로 붙들고는, 죽어가는 노인의 일그러진 얼굴에 한 가닥 미소가 떠오르기를 기다렸다. 그러나 노인의 시선이 가는 방향을 살피던 오귀스뜨가, 아버지는 탁자 쪽을 보고 계시고 아마 뭔가 쓰고 싶으신가보다고 단언했다. 이거야말로 충격적인 일이었다. 모두가 서둘렀다. 탁자를 가져오고, 종이와 잉크병, 펜대를 찾았다. 마침내 그들은 노인의 몸을 들어 올려 베개를 세개 겹쳐서 등을 기대게 했다. 의사는 눈꺼풀을 그저 한번 끔벅하면서 이런 일들을 묵인하였다.

"펜을 드려요." 끌로띨드가 귀스따브를 놓아주지 않고 여전히 아버지에게 보인 채 바르르 떨며 말했다.

그러자 잠시 삼엄한 분위기가 되었다. 가족들은 침대 주위에 빼곡히 늘어서서 기다리고 있었다. 아무도 못 알아보는 듯한 바브르 영감이 펜대를 손에서 놓쳤다. 잠시 그는 카드가 가득 찬 참나무 상자가 놓인 탁자 위로 눈길을 이리저리 주었다. 그러다가 베개에서 미끄러져 걸레 쪼가리처럼 맥없이 앞으로 넘어지더니 기를 쓰고 팔을 쭉 뻗쳤다. 그리고 카드들 속에 손을 집어넣더니 무슨 더러운 것을 짓이겨대며 좋아하는 아기 같은 몸짓으로 허비적거리기 시작했다. 얼굴이 환해지면서 그는 말을 하려고 했으나 언제나 똑같은 음절, 짧은 바지 바람의 유아들이 지각知覺의 세계를 담아내는 그런 단음절만을 더듬거릴 뿐이었다.

"가…… 가…… 가…… 가……"

그것은 일생을 바친 그 거창한 통계 작업에 그가 작별을 고하는 소리였다. 갑자기 그의 머리가 툭 떨어졌다. 노인은 숨진 것이다.

"이렇게 될 줄 알았지요." 의사가 중얼거리며 가족들이 어쩔 바를 모르는 걸 보고 손수 노인을 길게 눕혀 눈을 감겨주었다.

이럴 수가 있나? 오귀스뜨는 가져왔던 탁자를 도로 가져갔고 모두들 말없이 냉랭하게 서 있었다. 곧 흐느낌이 터져 나왔다. 맙소사! 이제 더 기대할 거라곤 없고, 어쨌든 재산을 서로 나눠 갖기야 하겠지. 끌로띨드는 끔찍한 광경을 보이지 않으려고 부랴부랴 귀스따브를 학교로 돌려보낸 뒤 발레리와 함께 흐느끼는 베르뜨의 어깨에 머리를 기대고 힘없이 울었다. 창문 앞에서는 떼오필과 오귀스뜨가 눈을 쓱쓱 비비고 있었다. 누구보다도 뒤베리에가 특히 절망한 기색을 보이며, 터져 나오는 오열을 손수건으로 막고 있었다. 안돼, 정말이지, 끌라리스 없인 못 살아. 장인 영감님처럼 당장 죽는 게 낫겠어. 상을 당한 와중에도 내연녀에 대한 미련이 와락 되살아나 형언할 수 없이 쓰라린 심정이 복받쳤다.

"마님," 끌레망스가 와서 알렸다. "성사를 주신답니다."

문간에 모뒤 신부가 나타났다. 그의 어깨 뒤로 성가대 소년의 호기심 어린 얼굴이 보였다. 흐느끼는 모습들을 보고 신부가 눈짓으로 의사에게 묻자 의사는 자기 잘못이 아니라는 듯이 양팔을 쫙 벌렸다. 신부는 기도문을 중얼중얼 외운 다음 주님의 성체를 다시 받든 채 거북스러운 태도로 그 자리를 떠났다.

"불길한 징조야." 끌레망스가 응접실 곁방 문 앞에 모인 다른 하인들에게 말했다. "아무 일에나 성체를 모셔오는 법은 아니거든. 앞으로 일년이 채 못 가서 성체가 다시 이 집에 오실 테니 두고 보라고."

바브르 노인의 장례식은 이틀 후에 거행되었다. 뒤베리에가 그래도 부고장에 '교회에서 베푸는 성사를 받으시고'라는 말을 덧붙여 놓기는 했다. 가게가 문을 닫았으니 옥따브는 자유의 몸이었다. 그는 이 휴가가 띌 듯이 기뻤다. 오래간만에 방을 정리하고 가구

위치도 바꾸고 중고로 산 자그만 책꽂이에 책들도 좀 꽂아놓고 싶었기 때문이다. 장례식 날 아침 그가 평소보다 일찍 일어나 8시경에 방 정리를 마치자, 마리가 문을 두드렸다. 그녀는 책 한 짐을 도로 가지고 왔다.

"당신이 이 책들을 찾으러 안 오시길래요." 그녀가 말했다. "제가 의당 직접 되돌려드려야죠."

그러나 그녀는 젊은 남자의 방에 들어간다고 생각하니 기겁을 해서 얼굴을 붉히며 들어오길 마다했다. 그가 다시는 그녀를 안으러 발걸음을 하지 않았으니, 둘의 관계는 아주 자연스럽게 완전히 끊긴 상태였다. 그녀는 그를 만날 때면 전과 다름없이 미소를 띠고 인사하며 다정한 태도를 보이고 있었다.

이날 아침, 옥따브는 아주 쾌활한 기분이었다. 그는 그녀를 좀 놀려주고 싶었다.

"아니, 쥘이 당신보고 우리 집에 들어가지 말라고 하던가요?" 그가 되풀이했다. "요즘은 남편과 사이가 어때요? 그가 상냥하게 굽디까? 내 말 들려요? 그럼 대답 좀 해봐요."

그녀는 웃으면서 노여움도 타지 않았다.

"그럼요. 당신이 그이를 데리고 나가시는 날은 베르무뜨 술을 사주면서 이 얘기 저 얘기 들려주시니 그이는 넋 나간 사람처럼 돼서 집에 들어오곤 한답니다. 오, 그인 너무 상냥해요. 글쎄 난 그렇게까지 상냥하게 해달라고 주문하진 않았거든요. 하지만 나한테 그러는 게 딴 데 가서 그러는 거보단 낫지요, 물론."

그녀는 다시 진지해져서 덧붙였다.

"자요, 발자끄 소설책 돌려드릴게요. 끝까지 읽을 수가 없었답니다. 너무 슬퍼요. 그 작가는 늘 불쾌한 얘기만 해대니까요."

그러더니 그녀는 연애 장면이 많고 사랑 얘기가 많이 나오며 외국에서 벌어지는 모험담과 여행담이 들어 있는 책들을 갖다 달라고 부탁했다. 그러고 나서 장례식 얘기를 했다. 자기는 성당까지만 갈 것이고 쥘은 묘지까지 따라갈 것이라고. 자기는 한번도 죽은 사람을 무서워해본 적이 없었고, 열두살 때는 똑같은 열병에 걸려 세상을 떠난 아저씨와 아주머니 내외분의 시신 곁에서 하룻밤 꼬박 새워본 적도 있다고 했다. 반대로 쥘은 죽은 사람 얘기하는 걸 어찌나 싫어하는지, 전날 밤부터 아래층에 뻗어 누워 있는 집주인 영감 얘기를 못하게 할 정도라고 했다. 그러나 그녀는 이 화제를 빼면 할 얘기가 아무것도 없고 그 점은 남편도 마찬가지인지라, 계속 가엾은 그 영감님 생각을 하면서도 둘이 서로 주고받는 말은 한시간에 열마디도 채 못 된다는 것이었다. 그래서 둘 사이는 차츰 따분해지고 있으니, 영감님 시신을 내가면 쥘을 위해서는 다행한 일이다 싶을 정도라고 했다. 그리고 이런 얘기를 맘 편히 할 수 있는 것이 흐뭇해서 자기 좋을 대로 흡족히 즐기며 그녀는 옥따브에게 질문을 퍼부었다. 노인네 시신을 보셨나요? 생시랑 많이 달라졌던가요? 입관할 때 끔찍한 사고가 있었다고들 하는데, 사실인가요? 그리고 가족들 말인데, 그들이 사방을 샅샅이 뒤지느라 침대 매트리스 실밥을 뜯어보지는 않았나요? 하녀들 떼거리가 우루루 설쳐대는 이런 집에서는 떠도는 소문이 워낙 많아서요. 상사喪事는 상사고, 사람들은 그런 것만 생각한다니까요.

"또 발자끄 소설을 갖다 안기시는군요." 그가 새로 빌려주는 책들을 들여다보며 그녀가 말을 이었다. "싫어요. 이 책 도로 가져가세요. 이건 실제 사는 얘기하고 너무 비슷해요."

그녀가 책을 건네줄 때 그는 손목을 움켜잡고 침대로 끌어들이려 했다. 그는 죽음에 대해 호기심 많은 그녀가 재미있었다. 그에게 그녀는 재미있고 더욱 생기발랄하고, 게다가 갑자기 탐스럽게까지 보였다. 그러나 그녀는 사태를 알아차리고 얼굴이 새빨개져서 몸을 빼어 달아나며 말했다.

"고마워요, 무레 씨. 조금 이따 영결식 때 만나요."

옥따브는 옷을 다 차려입고 나자 깡빠르동 부인을 보러 가기로 약속한 것이 생각났다. 영결식은 11시에 있을 예정이니 앞으로 두 시간이나 남아 있었다. 그래서 그는 이 집 안의 몇몇 사람을 찾아보며 아침 시간을 보낼 생각을 했다. 로즈는 침대에 누운 채 그를 맞이했다. 그는 죄송하다며 행여 방해하는 것 아닌가 싶어 멈칫거렸지만, 오히려 그녀 쪽에서 그를 불렀다. 그간 정말 적조했네요. 심심하던 차에 와주셔서 참 반가워요.

"이것 봐요, 젊은 양반." 그녀가 곧이어 말했다. "아래층의 관 속에 꼼짝 못하고 붙박여 있어야 할 사람은 바로 나라고요."

집주인 영감님은 참 복도 많지 뭐유. 지겨운 인생에서 해방됐으니. 이토록 견딜 수 없이 우울해하는 그녀의 모습을 보고 놀란 옥따브가 전보다 건강이 더 안 좋으시냐고 묻자, 그녀는 이렇게 말했다.

"아뇨, 고맙군요. 늘 그렇죠 뭐. 다만 가끔씩 지긋지긋할 때가 있어요. 아철은 작업실에 침대를 하나 들여놔야 했어요. 밤에 그이가 들썩거리면 내 신경이 거슬리니까요. 글쎄 우리가 기도한 보람이 있었는지 가스빠린 언니가 가게를 그만두기로 결심했다지 뭐예요. 나야 감지덕지죠. 언니가 어찌나 정답게 나를 보살펴주는지! 내 주위에 가득 모여 감싸주는 이 모든 따뜻한 정들이 없다면 난 이미 이 세상 사람이 아닐 거예요.

마침 그때 가스빠린이 하인 비슷하게 격하된 가난한 친척 여자답게 수굿한 태도로 그녀에게 커피를 가져왔다. 가스빠린은 로즈가 몸을 일으키는 것을 도와서 등에 쿠션을 대주고 냅킨을 깐 작은 쟁반에 받쳐 커피를 대령했다. 레이스 장식을 단 냅킨이 늘어진 가운데, 수놓은 짧은 윗도리 차림의 로즈는 식욕도 왕성하게 커피를 마시고 빵을 먹어댔다. 그녀는 아주 싱싱했고 더 젊어졌으며 하얀 살결에 금발을 아무렇게나 늘어뜨린 품이 무척 예뻤다.

"오! 위장은 아주 좋아요. 배에 탈이 난 건 아니거든요." 그녀가 버터 바른 빵조각을 커피에 적시며 이 말을 되풀이했다.

그녀가 마시는 커피 속에 두줄기 눈물이 흘러 떨어졌다. 그러자 가스빠린이 그녀를 나무랐다.

"너 울면, 아쉴을 부른다. 뭐 불만 있어? 이렇게 여왕처럼 살고 있잖아?"

아침 식사를 끝내고 옥따브와 단둘이만 있게 되자 깡빠르동 부인은 이미 마음의 위안을 받은 상태였다. 그에게 좀 잘 보이려고 그녀는 다시 죽음에 대해 애기하기 시작했으나, 그런 이야기도 뜨뜻한 이불 속에서 늘어지게 늦잠 자는 여인답게 부드럽고 명랑한 태도로 하는 것이었다. 어떻든 나도 때가 되면 저승으로 갈 테지요. 다만, 저 사람들 말이 맞긴 해요. 난 불행하지 않아요. 간단히 말해서 그들이 내게 인생의 고역을 면하게 해주니 난 그냥저냥 살아나갈 수 있어요. 그러면서 그녀는 성性이 제거된 우상 같은 여자 특유의 이기주의에 푹 잠겨드는 것이었다.

그러다가 옥따브가 일어서자 그녀는 말했다.

"좀 자주 놀러와요, 네? 영결식에 참석해서 너무 우울해하지 말고 재미있게 시간을 보내라고요. 사람 죽는 거야 늘 있는 일이니, 그런가보다 해야죠 뭐."

충계참을 그 집과 함께 사용하는 쥐죄르 부인 집에 가니 어린 하녀 루이즈가 나와 문을 열어주었다. 그녀는 그를 응접실로 안내하고는 평소처럼 넋 나간 태도로 잠시 그를 바라보더니, 이윽고 주인 마님께서 옷을 다 입으셨다고 말했다. 곧이어 검은 상복을 입으니 매무새가 더욱 부드럽고 세련된 쥐죄르 부인이 나타났다.

"당신이 오늘 아침 꼭 찾아오실 거라고 믿었어요." 그녀가 힘이 다 빠진 듯 한숨을 쉬었다. "밤새도록 꿈자리가 뒤숭숭했어요. 당신도 꿈에 나왔지요. 글쎄 말이에요, 집 안에 죽은 사람이 있으니 잠을 잘 수가 있어야지요."

그리고 그녀는 자기가 세번이나 자다 일어나 장롱 밑 쪽을 바라보았다고 고백했다.

"그럼 절 부르시지 그랬어요." 옥따브가 능글맞게 말했다. "둘이서 한 침대에 있으면 무섭지 않거든요."

그녀는 애교를 부리며 부끄러운 내색을 했다.

"입 다물어요, 못됐어."

그러더니 한 손을 쫙 펴서 그의 입술에 갖다 댔다. 당연히 그는 그 손에 입 맞춰야 했다. 그러자 그녀는 손가락을 더 쫙 펴며 간지럼을 탄 것처럼 웃었다. 그러나 그는 이 놀음에 흥분이 되어 일을 좀더 진전시키려 했다. 그가 꽉 붙들어 가슴에 꼭 껴안았는데도, 그녀는 조금도 몸을 빼려고 움직이지 않았다. 그러자 그는 숨을 내쉬며 그녀의 귀에 대고 아주 나지막이 말했다.

"아니, 왜 싫다는 거죠?"

"아무튼, 오늘은 안돼요."

"왜 오늘은 안되죠?"

"저 밑에 죽은 사람이 있는데…… 안돼, 안돼요. 난 그건 못해요."

그는 그녀를 좀더 거칠게 꽉 껴안았고 그녀는 몸을 내맡겼다. 그들의 숨결이 서로의 얼굴에 뜨겁게 훅 끼쳤다.

"그럼 언제요? 내일?"

"언제고 안돼요."

"하지만 당신은 자유롭잖습니까. 떠나간 남편이야 그렇게 못되게 굴었으니 그 사람을 위해서 지킬 의무도 전혀 없고요. 안 그래요? 혹시 애가 생길까봐 그러는 거 아녜요?"

"아녜요. 난 애를 가질 수 없다고 의사들이 그랬어요."

"그럼, 그럴싸한 이유도 없다면 이러는 건 너무 바보짓입니다."

그러면서 그는 그녀를 마구 다루었다. 그녀는 아주 유연하게 스르르 미끄러졌다. 그러더니 자기 쪽에서 그를 다시 품에 안으며 그에게 딱 한가지 동작만은 못하게 하면서 평소의 쓰다듬는 듯한 목소리로 속삭였다.

"뭐든 하고픈 대로 다 하세요. 하지만 그것만은 안돼요. 알겠어요? 그것만은 절대로, 절대로 안돼요. 난 차라리 죽는 게 나아요. 이건 내 나름의 생각이에요. 난 하늘에 맹세했다고요. 어쨌든 당신이 아실 건 없고요. 당신은 그러니까, 그걸 싫다고 하면 다른 어떤 걸로도 만족 못하는 딴 남자들과 하등 다를 바 없이 거칠군요. 하지만 난 당신을 아주 사랑해요. 뭐든 하고픈 대로 다 하세요, 하지만 그것만은 안돼요, 내 사랑!"

그녀는 몸을 내맡기고 가장 격렬하고 은밀한 애무까지 허락하면서도, 안된다는 단 한가지 그 행위를 그가 하려고 할 때만은 갑자기 신경질적인 세찬 동작으로 그를 밀어내는 것이었다. 그 고집 속에는 위선적인 몸사림 같은 것, 성당의 고해소를 두려워하는 마음 같은 것이 들어 있었다. 그리고 큰 죄는 영혼의 지도자인 주님과 자기 사이에 지나치게 곤란한 문제를 빚겠지만 작은 죄들은 용서받을 수 있다는 확신이 담겨 있었다. 거기에 덧붙여 입 밖에 내지 못한 또다른 감정들도 있었다. 오직 한 점에만 집약된 명예감과 자존심, 남자들을 영영 만족시키지 않음으로써 늘 그들을 잡아두려는 교태, 최종 욕망을 충족시키는 그 행위 없이도 온몸에 빗발치듯 입맞춤을 받으며 약아빠지게 자기만 즐기겠다는 속셈, 이런 것들이었다. 그녀는 그게 더 낫다고 생각하며 한사코 고집을 부렸다. 남편이 비겁하게 버리고 간 뒤로, 그녀를 차지했노라고 뽐낼 수 있는 남자는 단 한명도 없었다. 그러니 그녀는 정숙한 여인이었다.

"없지요, 한명도 없다니까요. 난 말이에요, 고개를 똑바로 쳐들고 다닐 수 있어요. 만약 내 처지라면 몸을 함부로 굴렸을 한심한 여자들이 얼마나 쌔고 쌨는데요!"

그녀는 그를 부드럽게 한쪽으로 밀어내더니 긴 등받이의자에서 일어났다.

"날 가만 놔둬요. 아래층에 있는 저 죽은 사람 때문에 너무 괴롭군요. 온 집 안에 그 냄새가 나는 것 같아요."

한편, 장례식 시간이 가까워오고 있었다. 그녀는 장례 절차를 보지 않으려고 시신이 운구되기 전에 먼저 성당에 가 있으려 했다. 그런데 옥따브를 배웅하다보니 일전에 섬에서 만든 리꾀르 술 이야기를 한 기억이 났다. 그래서 그녀는 그를 다시 들어오게 하여 손수 술잔 두개와 술병을 가져왔다. 꽃향기가 나는 다디단 크림 같은 술이었다. 그녀는 술을 마실 때 어린 소녀처럼 먹성 좋게 꼴깍꼴깍 마셔대어 얼굴에 기분 좋게 나른한 기운이 번졌다. 그런 그녀는 설탕만 먹고도 살 사람 같았고, 바닐라와 장미 향내 나는 달콤한 맛이 마치 살과 살이 닿는 것처럼 그녀의 마음을 뒤흔들었다.

"이걸 마시면 속이 든든할 거예요." 그녀가 말했다.

그리고 응접실 곁방에서 그가 입을 맞추자 그녀는 눈을 감았다. 술로 달콤해진 그들의 입술이 사탕처럼 녹아내렸다.

11시가 다 되었다. 그런데 격식대로 시신을 아래층 집에 안치하고 조문객들에게 보일 수가 없었다. 장의사 일꾼들이 근처 술가게에서 세월아 네월아 정신없이 술타령하느라 문에 장례용 검은 휘장을 치는 작업을 질질 끌며 끝내지를 않았기 때문이었다. 옥따브는 호기심이 나서 가보았다. 둥근 지붕은 이미 폭넓은 검은 휘장으로 가리워져 있었다. 그러나 융단가게에서 온 인부는 아직도 문에 휘장을 쳐야 했다. 보도 위에는 하녀들 한 무리가 턱을 쳐들고 수다를 떨고 있었고, 이뽈리뜨가 상복을 제대로 차려입고 근엄한 태도로 작업을 독려하고 있었다.

"그래요, 아줌마." 리자가 어느 깡마른 여인에게 말하고 있었다. 그 여인은 일주일 전에 발레리네 집에 하녀로 들어온 과부였다.

"그 여자 그래 봤자 아무 소용없을 거라고. 온 동네가 그 얘기를 훤히 알고 있는걸. 노인네 유산에서 자기 몫을 확실히 해놓으려고 생딴 거리의 푸줏간 남자하고 내통해서 그 애를 낳은 거라니까. 그 여자 남편이 당장이라도 골로 갈 듯한 모양새니 말이우. 하지만 남편은 버젓이 살아 있고, 노인네가 이렇게 저승으로 갔잖수. 그 여잔 더러운 애녀석 데리고 꼴좋게 당한 거지. 안 그래요?"

과부는 정나미가 뚝 떨어져서 고개를 설레설레 저었다.

"잘됐군." 그녀가 대답했다. "더러운 짓 했으니, 그렇게 당해도 싸지. 내가 그 집에 더 있나 봐라. 보따리 쌀 테니 일주일 치 품삯을 달라고 내 오늘 아침에 말해버렸지. 그 괴물 같은 애녀석 까미유가 내가 일하는 부엌에 와서 똥을 싸질 않나……"

그러나 리자는 이뽈리뜨에게 지시를 하러 내려오던 쥘리에게 뛰어가더니 이것저것 물었다. 그리고 몇분 동안 애기를 나눈 후 발레리네 하녀 곁으로 돌아왔다.

"워낙 요지경 속이라 아무도 통 알 수가 없다니까. 내 생각으론 당신네 주인여자가 딴 남자랑 애를 낳지 않고 그냥 남편을 제풀에 골로 가게 놔둬도 될 뻔했어. 그 사람들 아직도 영감이 꿍쳐둔 돈을 찾고 있는 것 같으니까 말이야." 식모 프랑수아즈는 저 집안사람들 얼굴 꼬락서니가 볼 만하다고, 오늘 저녁까지 기다릴 것도 없이 조금 있으면 서로 따귀를 철썩철썩 갈겨댈 것 같은 표정들이라고 말했다.

아델이 앞치마 밑에 버터 4수 어치를 감추고 다가왔다. 장 본 것을 절대로 남의 눈에 띄게 하지 말라고 조스랑 부인이 당부해놓았기 때문이었다. 리자는 감춘 게 무엇인지 보고 싶어 했고, 보고 나서는 몹시 화가 나서 아델을 멍청이라며 욕했다. 겨우 버터 4수 어치 사려고 내려오다니! 네가 좀 낮게 먹여달라고 그 구두쇠들한테 요구한 거냐, 아니면 주인네들이 채 먹기도 전에 네가 집어먹은 거냐. 그래, 버터든, 설탕이든, 고기든, 뭐든 다 말이야. 얼마 전부터 다른 하녀들은 이렇게 아델을 몰아붙여서는 대들지 않을 수 없게 만들었다. 아델은 성질이 나빠지고 있었다. 그녀는 버터를 작게 한 덩어리 잘라내서, 남들 앞에서 호기 부린답시고 빵도 없이 그 자리에서 먹어버렸다.

"우리 올라가볼까요?" 아델이 물었다.

"아니," 과부 하녀가 말했다. "난 여기서 시신이 내려오는 걸 보고 싶어. 그러려고 심부름까지 안하고 미뤄놓고 있는걸."

"나도." 리자가 덧붙였다. "송장의 무게가 800킬로 나간다고 사람들이 그러던데, 이 훌륭하신 계단에서 송장 내려오는 걸 놓치면 후회막심이겠지!"

"난 올라갈래요. 안 보는 게 낫겠어요." 아델이 다시 말했다. "고맙지만 사양할래요. 간밤처럼 죽은 영감님이 내가 버린 쓰레기 때문에 욕을 퍼부으며 와서 내 발을 끌어당기는 꿈을 또 꾸라고요!"

그녀는 뒤에서 두 여자가 농지거리를 해대는 소리를 들으며 올라가버렸다. 간밤 내내 하인들이 사는 꼭대기 층에서 그들은 아델이 꾼 악몽 때문에 재미있게 낄낄댔다. 하녀들은 외톨이가 되지 않으려고 저마다 문들을 열어두었었다. 익살꾼 마부가 귀신 흉내를 내었기 때문에 작은 비명 소리, 소리죽여 키득키득 웃는 소리로 날이 샐 때까지 온 복도가 왁자지껄했다. 리자는 입술을 삐쭉 내밀고, 이 일을 잊지 않고 기억할 테니 두고 보자고 말했다. 그래도 어쨌든 장난치곤 끝내주는 장난이었다고!

그런데 이뽈리뜨의 노기등등한 목소리가 나서 그들은 휘장 쪽을 주목했다. 그는 점잖은 체모도 내팽개치고 소리를 쳤다.

"주정뱅이 녀석 같으니, 위아래가 바뀌었잖아!"

정말 그랬다. 일꾼은 망자의 번호가 새겨진 방패꼴 문장紋章을 거꾸로 달려는 참이었다. 그밖에 은테 두른 검은 시트들이 이미 제자리에 있었고 이제 양복걸이를 놓는 일만 남아 있을 때, 추레한 살림 나부랭이를 실은 손수레 하나가 나타나더니 건물 안으로 들어가려고 했다. 웬 사내아이 하나가 수레를 끌고 핼쑥한 얼굴의 키큰 젊은 여자가 뒤를 따르며 돕고 있었다. 친하게 지내는 맞은편 문구점 주인과 얘기하던 구르 씨가 서둘러 그리로 가더니, 상중喪中의 근엄한 자세도 집어치우고 말했다.

"아니, 아니, 무슨 짓이야? 이 멍청한 친구야, 보면 모르나!"

키 큰 여자가 끼어들었다.

"아저씨, 전 여기 새로 세 든 사람입니다. 이건 제 살림살이들이고요."

"안돼. 내일 오라고!" 노발대발한 문지기가 소리쳤다.

그녀는 그를 바라보더니 뒤이어 아연실색한 얼굴로 휘장을 바라보았다. 검은색으로 둘러친 문을 보고 깜짝 놀라는 빛이 얼굴에 역연했다. 그러나 그녀는 정신을 차리더니 자기도 살림살이들을 길바닥에 그냥 놔둘 수는 없노라고 설명했다. 그러자 구르 씨는 거칠게 나왔다.

"당신, 구두 꿰매는 여자지? 그렇지? 저 꼭대기 층에 골방 하나 세낸 여자 아니오. 집주인 영감님이 또 한번 고집 피우더니……글쎄 거기 살던 그 목수하고 그렇게나 말썽이 많았는데도, 그까짓 집세 130프랑 받으려고 이런 일을 벌이다니. 막일하는 것들한테는 방을 세놓지 않겠다고 나한테 약속까지 해놓고. 아! 그래, 이제 또 시작이군. 그것도 여자를 상대로!"

그러다가 그는 바브르 영감이 죽었다는 사실을 상기했다.

"그래, 쳐다볼 테면 보시오. 마침 집주인께서 돌아가셨소. 영감님이 일주일만 일찍 돌아가셨어도 당신이 여기 오진 못했을 거야. 자, 시신이 내려오기 전에 서두르라고!"

그리고 홧김에 그는 직접 손수레를 휘장 밑으로 쑥 밀어 넣었고 휘장은 양쪽으로 젖혀졌다가 천천히 다시 아물렸다. 핼쑥하고 키 큰 여자는 그 컴컴한 어둠속으로 사라졌다.

"저 여자 참 잘 걸렸군." 리자가 한마디 했다. "장례식 치르는 와중에 이사 오는 게 얼마나 재밌는 일이겠어. 나 같았으면 저 문지기를 꼼짝 못하게 한 방 먹여줬을 텐데."

그러나 하녀들에게 공포의 대상인 구르 씨가 다시 나타나자 그녀는 입을 다물었다. 구르 씨가 저기압인 것은 이 집이 떼오필 씨 부부의 공동소유로 넘어갈 거라는 소문 때문이었다. 그는 자기 주머니에서 100프랑을 내놓는 한이 있더라도 적어도 버젓한 법관인 뒤베리에 씨가 집주인이 되었으면 싶었던 것이다. 방금 문구점 주인에게 하던 얘기도 바로 그 얘기였다. 그러는 동안 사람들이 밖으로 나오고 있었다. 쥐죄르 부인이 옥따브에게 한번 생긋 웃어 보이며 지나갔고 옥따브는 보도에 있는 트뤼블로를 발견했다. 뒤이어 마리가 나타났다. 그녀는 그 자리에 서서 관 받침대를 세우는 모습을 주의 깊게 구경하고 있었다.

"저 3층 사람들 참 놀랍군요." 구르 씨가 눈을 들어 3층의 닫힌 덧문을 보며 말했다. "마치 남들 하는 대로 하지 않으려고 일부러 일을 만드는 것 같다니까요. 글쎄, 저 사람들은 사흘 전 여행을 떠났답니다."

이때, 리자가 가스빠린을 보고 과부 하녀 뒤에 숨었다. 가스빠린은 깡빠르동이 뒤베리에 부부와 계속 잘 지낼 마음으로 일부러 신경 써서 보낸 제비꽃 화환을 들고 왔다.

"저런! 잘 들어앉으셨군, 깡빠르동 씨 작은댁께서!" 문구점 주인이 말했다.

그는 동네 가게 주인들이 이구동성으로 그녀에게 붙인 별명으로 악의 없이 가스빠린을 호칭했다. 리자는 터지려는 웃음을 억지로 참았다. 그런데 무척 실망할 일이 있었다. 시신이 이미 아래층으로 내려졌다는 사실을 하녀들이 갑자기 알게 된 것이다. 길바닥에 우두커니 서서 휘장만 바라보고 있었던 게 바보짓이지! 하녀들은 재빨리 다시 집으로 들어갔다. 아니나 다를까, 네명의 남자가 관을 들고 현관을 빠져나오고 있었다. 휘장 때문에 현관은 어두웠고, 저편 끝으로 아침에 물청소한 안뜰이 희뿌옇게 보였다. 쥐죄르 부인의 뒤를 잽싸게 따라간 어린 루이즈만이 얼굴이 새파랗게 질릴 만큼 호기심이 나서 두 눈을 동그랗게 뜨고 발돋움을 하고 있었다. 반투명 유리창으로 흐릿한 빛을 받으며 도금장식과 인조 대리석이 냉엄한 느낌을 풍기는 계단 밑에서, 남자들이 관을 옮기느라 숨 가쁘게 씩씩거리고 있었다.

"집세도 안 받고 영감님 그냥 떠나시네." 빠리 태생의 여자답게 집주인을 두고 미움 담긴 야유를 섞어 리자가 중얼거렸다. 그러자 의자에 앉은 채 두 다리가 아파 꼼짝 못하고 있던 구르 부인이 힘겹게 일어섰다. 그녀는 성당까지 갈 수조차 없었기 때문에 구르 씨는 아내에게 집주인의 시신이 문지기방 앞을 지날 때는 반드시 서서 조의를 표하라고 신신당부해놓았던 것이다. 그래야 마땅한 도리를 하는 것이라고 했다. 그녀는 조문용 검은 모자를 쓰고 문지기방 문간까지 나와서 집주인이 지나갈 때 조의를 표했다.

생로끄 성당에서 장례식이 진행되는 동안 쥐이라 의사는 성당 안에 들어가지 않을 모양이었다. 게다가 성당 안이 복닥거려서 남자들 한 무리는 바깥계단 위에 남아 있는 쪽을 택했다. 6월의 날씨는 아주 따사롭고 화창했다. 남자들은 담배도 못 피우겠고 하니, 화제를 정치 쪽으로 돌렸다. 큰 문은 열려 있었고, 검은 휘장이 드리워지고 촛불이 별처럼 빛나는 성당으로부터 가끔씩 커다랗게 붕붕거리는 오르간 소리만 흘러나왔다.

"글쎄 띠에르[24] 씨가 내년에 우리 선거구에서 출마한다는군요."

---

24 Adolphe Thiers(1797~1877). 프랑스의 변호사, 언론인, 역사가이자 정치인이다. 1871년 8월 31일부터 1873년 5월 24일까지 프랑스 공화국 대통령에 재임하였다.

레옹 조스랑이 평소처럼 심각한 투로 말했다.

"아!" 의사가 말했다. "당신은 공화주의자니 설마 그에게 표를 던지진 않겠지요?"

당브르빌 부인이 출세시켜주면 줄수록 예전에 지녔던 정치적 견해의 열기가 식어가는 중이라서 레옹은 메마른 어조로 대답했다.

"뽑으면 왜 안됩니까? 그는 내놓고 제정에 반대하는걸요."

그러자 논쟁이 불붙기 시작했다. 레옹은 전략이 어떠니 저떠니 했고 의사는 원리원칙을 고집했다. 의사 말인즉, 부르주아 계층은 이제 한물갔다는 것이었다. 그들은 혁명의 길에 놓인 걸림돌이며, 돈푼깨나 손에 쥐게 되니 옛날의 귀족계급보다 더욱 고집스럽고 맹목적으로 굴면서 앞날의 장애가 되고 있다는 것이었다.

"당신들은 뭐든지 무서워하고, 자신의 입지가 위태로워진다 싶으면 가장 추악한 보수 반동 쪽에 곧바로 붙잖소."

그러자 갑자기 깡빠르동이 화를 냈다.

"저로 말씀드리자면, 저도 선생님처럼 과격파에다 무신론자였습니다. 하지만 천우신조로 제정신이 든 거죠. 선생님께서 말씀하시는 띠에르 씨는 언급할 필요조차 없습니다. 그는 흐리멍덩하고 탁상공론만 즐기는 사람이라고요."

반면, 그 자리에 있던 자유주의자들, 조스랑 씨, 옥따브, 심지어 오불관언이던 트뤼블로까지도 모두들 띠에르를 뽑겠다고 공언했다.

공천된 입후보자는 생또노레 거리에서 초콜릿 가게를 크게 하

1830년의 7월혁명 이후 왕정과 공화정에서 주요 역할을 맡으며, 안정적인 제도의 새 질서를 갈구한 프랑스 지도층의 변화를 보여주었다. 제정에는 반대 입장이었다.

는 드뱅끄 씨였는데, 그들은 그를 두고 무척이나 농지거리를 해댔다. 이 드뱅끄라는 사람은 성직자들의 지지조차 받지 못하고 있었다. 그가 외무부에 연줄이 많다는 사실 때문에 성직자들은 불안했던 것이다. 결정적으로 신부들 편에 붙은 깡빠르동은 그의 이름이 나오자 몸을 사리는 것 같았다. 그러더니 대뜸 소리쳤다.

"이보시오! 당신들이 떠받드는 가리발디의 발에 부상을 입힌 총알은 사실은 그자의 심장을 꿰뚫었어야 했단 말이오!"

그러고는 더 이상 이 사람들과 함께 있는 모습을 보이지 않으려고 그는 성당으로 들어갔다. 성당 안에서는 모뒤 신부가 성가대 독창자들의 애가哀歌에 가느다란 목소리로 답송을 하고 있었다.

"저 친구 이제 저기 가서 들러붙는구먼." 의사가 어깨를 으쓱하며 중얼거렸다. "저따위 작자들은 싹 쓸어내야 할 텐데."

그는 로마 사건에 열을 올렸다. 제정은 혁명에서 나왔으나 혁명을 제지하기 위해 세워졌다는, 국무부 장관의 상원 발언을 레옹이 상기시키자 그들은 또다시 다가오는 선거 이야기를 입에 올렸다. 황제에게 한번 본때를 보여줄 필요가 있다는 것에 대해서는 모두가 의견일치를 보았다. 그러나 그들은 슬슬 불안감에 휩싸이기 시작했으며, 입후보자들의 이름이 이미 그들을 갈라놓고 밤이면 붉은 망령이 출몰하는 악몽을 꾸게 하곤 했다. 그들 옆에서는 외교관처럼 단정한 복장을 한 구르 씨가 잔뜩 경멸하는 듯한 표정으로 냉정하게 그들의 얘기를 듣고 있었다. 그는 오로지 힘 있는 쪽의 편일 따름이었다.

한편, 장례식은 끝나가고 있었다. 침울한 외침이 성당 저 깊은 속에서 울려 나와 그들은 입을 다물었다.

"망자 길이 편안함에 쉬게 하소서!"

"아멘!"

뻬르라셰즈 묘지에서 사람들이 하관하는 동안 옥따브의 팔을 놓지 않고 있던 트뤼블로는, 그가 쥐죄르 부인과 또 한번 미소를 주고받는 것을 보았다.

"아! 그렇군." 그가 중얼거렸다. "지지리 복도 없는 저 조그만 여자. 뭐든 하고픈 대로 다 하세요. 하지만 그것만은 안돼요!"

옥따브는 흠칫 몸을 떨었다. 뭐라고! 그럼 트뤼블로도 저 여자랑! 트뤼블로는 경멸하는 듯한 시늉을 해 보였다. 아니, 나는 아니고, 내 친구 한 놈이…… 그놈뿐이 아니고, 이 군것질에 재미 들린 녀석들은 모두 다 그러더군.

"미안해요." 트뤼블로가 덧붙였다. "이제 노인네를 안장시켰으니, 난 뒤베리에에게 심부름 갔다 온 보고를 해야겠소."

가족들은 묵묵히 슬픔에 잠겨 묘지를 떠나는 중이었다. 그때 트뤼블로는 판사를 뒷전에 잡아두고 자기가 끌라리스의 하녀를 만났다는 소식을 알려주었다. 하지만 하녀가 이사 전날 끌라리스의 따귀를 몇대 갈기고 그 집을 나와버려서 새 주소는 모른다고 했다. 마지막 희망이 수포로 돌아간 것이었다. 뒤베리에는 손수건에 얼굴을 묻은 채 가족들과 합류했다.

저녁이 되자 벌써 입씨름이 시작되었다. 가족들은 재앙에 봉착해 있었다. 바브르 영감은 왕년의 공증인들이 왕왕 그렇듯 성격이 회의적이고 데면데면해서 그런 것인지 유언장을 남겨놓지 않았다. 가족들이 가구를 모조리 뒤졌지만 소용없는 일이었고, 설상가상으로 기대한 돈 67만 프랑은 현금으로도, 증권으로도, 주식으로도 단 한푼 찾을 수 없었다. 한군데서, 노망난 늙은이가 몰래 숨겨놓은 10수짜리 동전으로 734프랑을 발견했을 뿐이었다. 분노로 새파랗게 질린 상속인들 앞에 부인할 수 없는 자취로, 숫자와 증권거래중개인의 편지로 뒤덮인 수첩이 노인이 몰래 저지른 못된 짓, 즉 돈놀이에 과도한 정열을 쏟았던 사실, 서투르면서도 광적인 증권투기의 욕심을 그대로 말해주고 있었다. 노인은 거창한 통계 작업이라는 순진한 광적 취미의 허울 아래 그 사실을 숨겨온 것이었다. 베르사이유에서 아껴 모은 재산이며 다달이 받아온 집세, 자식들을 속여 옭아낸 푼돈까지 모두 다 그리로 들어가버린 것이었다. 심지어 노인은 근년 들어 집을 세차례나 15만 프랑에 저당잡혔다. 문제의 금고 앞에서 가족들은 망연자실해 있었다. 그들은 그 금고에 재산이 한밑천 들어 있으리라고 믿었는데, 그 안에는 단지 고철 부스러기, 오래된 사금파리 조각, 낡은 리본 등 이 방 저 방 다니며 주워 모은 희한한 물건들만이, 옛날에 어린 손자 귀스따브에게서 훔친 조각난 장난감들 틈에 섞여 있을 뿐이었다.

그러자 격분한 비난의 소리들이 터져 나왔다. 그들은 노인을 협잡꾼 취급하였다. 계속 융숭한 대접을 받으려고 엉큼하게도 남들이야 어찌 되건 상관 않고 파렴치한 연극을 꾸며 이렇게 채신머리없이 재산을 말아먹다니. 뒤베리에 부부는 끌로띨드의 지참금 8만 프랑 중 겨우 1만 프랑만 받았는데도 나머지 금액을 달란 말을 단한번도 하지 않고 십이년 동안 노인네를 먹여 살린 사실을 생각하면 그 무엇으로도 위로받을 수 없을 것 같았다.

"그래도 누나네는 1만 프랑은 건졌지." 결혼 때 약속받은 5만 프랑 중 아직 단 한푼도 만져보지 못한 떼오필이 격한 어조로 대꾸했다. 그러나 오귀스뜨는 더욱 심하게 툴툴거리며, 적어도 너는 석달 동안 그 돈의 이자는 챙기지 않았느냐고 동생을 나무랐다. 반면 자기는 결혼계약서에 똑같이 기재된 5만 프랑을 영영 한푼도 받지 못할 거라고 하였다. 어머니의 조종을 받은 베르뜨는 정직하지 못한 집안에 들어오게 돼서 분하다는 투로 자존심을 건드리는 말들을 쏟아놓았다. 발레리는 유산을 상속받지 못할까봐 오랫동안 바보같이 노인에게 지불했던 집세를 거론하며 심한 말을 퍼부었고, 이 분노를 삭일 길 없어 마치 그 돈이 부도덕하게도 주색잡기의 뒷감당에 쓰인 듯 아까워했다.

보름 동안 이 이야기로 이 집 사람들은 열을 올렸다. 결국 남은 거라고는 30만 프랑으로 추산되는 이 건물밖에 없었다. 그러니까 저당금을 지불하고 나면 이 금액의 절반가량을 바브르 씨의 세 자녀들이 나눠 갖게 되는 것이다. 한 사람 앞에 5만 프랑, 마음에 위안이 되기에는 미미한 금액이었지만 그것으로 만족하지 않을 수 없었다. 떼오필과 오귀스뜨는 이미 자기들 몫을 확보한 셈이었다. 집을 팔기로 합의가 되었다. 뒤베리에가 아내의 명의로 일을 전담했다. 먼저 그는 법정에서 공매를 하지 말라고 두 처남을 설득했다. 그들끼리 서로 합의만 된다면 공매는 자기가 책임지고 보증할 수 있는 사람인 단골 공증인 르노댕 씨의 입회하에 이루어질 수 있다는 것이었다. 그리고 바로 그 공증인의 조언이라면서 집을 불과 14만 프랑의 싼값에 내놓자는 생각을 처남들 귀에 속닥속닥 불어넣었다. 아주 약은 수단인데, 그러면 사겠다는 사람이 몰려들 것이고 경매가가 불붙듯 치솟아 예상액을 훨씬 웃돌게 되리라는 것이었다. 떼오필과 오귀스뜨는 그 말을 철석같이 믿고 웃었다. 그러나 공매 당일, 공증인 르노댕은 대여섯번 값을 부르게 하더니 느닷없이 14만 9천 프랑의 가격에 집을 뒤베리에 앞으로 낙찰시켰다. 심지어 저당액을 지불하기에도 모자라는 금액이었다. 이것이 최후의 일격이었다.

바로 그날 저녁 당장 뒤베리에네 집에서 벌어진 지독한 한바탕 싸움의 자세한 내막은 아무도 끝내 알 수 없었다. 이 집의 장중한 벽들이 큰 소리가 퍼지지 않게 막아주었던 것이다. 떼오필은 틀림없이 매형을 불한당 취급했을 것이었다. 조정 판사로 발령받게 해주겠다고 약속하여 공증인을 매수한 거라고 그는 공공연히 매형을 비난했다. 오귀스뜨는 오직 중죄重罪 재판소 얘기만 하면서 못된 짓으로 온 동네에 소문이 자자한 공증인 르노댕을 거기다 처넣어버리겠다고 했다. 그러나 소문대로라면 가족들끼리 서로 따귀를 올려붙일 정도까지 되었다는데, 어떻게 그렇게까지 됐는지는 여전히 알 수가 없었지만 문간에서 서로 주고받은 마지막 몇 마디, 부르주아들이 사는 집답게 엄격한 계단의 분위기 속에서 불쾌하게 울려퍼지던 그 말소리들은 남들 귀에도 들렸다.

"치사한 불한당 같으니!" 오귀스뜨가 소리쳤다. "큰 잘못도 없는 우리를 이렇게 골탕 먹이다니!"

맨 끝으로 문을 나선 떼오필은 속이 부글부글 끓고 왈칵 기침이 터져 나와 숨이 탁탁 막히면서도 문을 꽉 붙들고 있었다.

"도둑놈! 그래, 도둑놈이라고! 그리고, 누나는 도둑년이야. 똑똑히 들어, 도둑년이라고!"

그가 문을 쾅 하고 어찌나 거세게 닫았는지 계단으로 난 문이란 문은 모두 쿵 울렸다. 귀 기울여 듣고 있던 구르 씨는 퍼뜩 정신을 차렸다. 그는 여러층들을 한눈에 샅샅이 훑었다. 그러나 쥐죄르 부인의 모습만이 눈에 띌 뿐이었다. 그는 등을 구부정히 하고 발끝으로 살살 걸어 문지기방으로 들어가더니, 평소대로 의젓한 태도를 되찾았다. 남들이야 뭐라든 그는 기꺼이 새 집주인 편이었다.

며칠 후 오귀스뜨와 누나 사이는 다시 그럭저럭 화해가 되었다.

그래서 온 건물 사람들이 깜짝 놀랐다. 그 이전에 옥따브가 뒤베리에네 집에 가는 모습이 사람들 눈에 띄었다. 속이 켕긴 판사가 적어도 상속인 중 한 사람의 입은 막아놓으려고, 오년간 가겟세를 안 받기로 결정한 것이었다. 떼오필은 이 사실을 알고는, 아내와 함께 내려와 형 집에서 또 한판 난리를 벌였다. 이 판국에 형마저 돈에 팔려 도둑놈들 편에 붙어버리는군! 그러나 조스랑 부인이 사위네 가게에 와 있던 참이라 그는 조스랑 부인에게 즉시 한 소리 듣고 말았다. 조스랑 부인은 발레리에게 자기 딸의 본을 받아 이제는 돈에 팔리지 말라고 딱 잘라 충고했다. 그러자 발레리는 뒤로 물러서서 펄펄 뛰며 이렇게 소리치지 않을 수 없었다.

"그럼, 우리만 골탕 먹으란 말이에요? 어디 내가 집세를 내나 보라지! 내겐 계약서가 있다고요. 그 몹쓸 인간이 설마하니 감히 우릴 내쫓진 못하겠지. 그리고 이봐 베르뜨 동서, 우리가 언젠가 동서 코를 납작하게 해줄 테니 두고 보자고!"

이번에도 다시금 문들이 쾅쾅 닫혔다. 두쌍의 부부 사이에는 서로 잡아먹을 듯한 증오가 서렸다. 이미 이들의 치다꺼리를 해준 바 있는 옥따브는 가족끼리만 있는 그 자리에 같이 있게 되었다. 오귀스뜨는 가게 손님들에게는 싸우는 소리가 들렸을 리 없다고 생각하며 자위하고 있었고, 한편 베르뜨는 남편의 품 안에서 거의 기절하다시피 한 상태였다. 조스랑 부인까지도 옥따브를 신뢰하는 기색이었다. 그런데 그녀는 뒤베리에 부부에게는 여전히 가차 없었다.

"가겟세도 무시할 건 아니죠. 하지만, 난 약속대로 5만 프랑을 받았으면 해요."

"그렇겠죠, 엄마도 약속한 지참금을 내신다면 말이에요." 베르뜨가 감히 용기를 내어 말했다.

어머니는 말귀를 못 알아들은 것 같았다.

"난 그 돈을 받고 싶다, 알겠니! 안돼, 안돼. 그 놀부 같은 바브르 영감이 지하에서 틀림없이 껄껄 웃을 거야. 사돈영감이 날 속여 넘겼다고 자랑스러워하게 내가 그냥 놔둘 것 같니. 세상에 이런 돼먹지 못한 사람들이 어디 있어! 수중에 돈도 없으면서 주겠다고 약속하다니. 애야, 저 사람들, 너한테 그 돈을 내놓게 되고 말 거야. 안 그러면 내 영감을 땅속에서 도로 끌어내 그 낯짝에 침을 뱉어줄 테다!"

12

어느날 아침 베르뜨가 마침 친정에 있는데 아델이 오더니 당황한 기색으로 사뛰르냉 도련님이 웬 남자분과 함께 돌아오셨다고 알렸다. 물리노 정신병원의 샤사뉴 박사는 특별히 이렇다 할 정신병 증세를 판별해내지 못해 사뛰르냉을 입원시켜둘 수 없다고 부모에게 이미 여러차례 통보한 바 있었다. 그런 차에 베르뜨가 3000프랑을 옭아내려고 오빠에게 강제로 서명시킨 이야기를 알게 되자, 그는 자기까지 그 사건에 연루될까봐 갑자기 사뛰르냉을 가족들에게 돌려보낸 것이다.

겁나는 일이었다. 조스랑 부인은 아들 손에 목이 졸릴까 두려워서 데리고 온 남자와 얘기하고 싶어 했다. 그러나 그는 이렇게 말할 뿐이었다.

"부모님께 멀쩡히 돈을 드릴 수 있는 사람이라면 부모 슬하에서 살아도 될 만큼 성한 사람이라고 원장님께서 전하라고 하시더군요.”

“하지만 저 애는 미쳤다고요, 선생님! 재는 우릴 모두 죽일 거예
요.”

“그래도 서명할 땐 정신이 멀쩡하잖습니까.” 그 남자는 이렇게
대꾸하고 가버렸다.

그런데 사뛰르냉은 태연한 기색으로, 마치 뛸르리 공원에 산책
이라도 갔다 오는 것처럼 두 손을 주머니에 찌른 채 집 안으로 들
어왔다. 그는 그곳에서 지낸 일에 대해서는 입도 뻥긋하지 않았다.
그리고 울고 있는 아버지를 꺼안고 입 맞추어 인사하고, 벌벌 떨고
있는 어머니와 오르땅스에게도 마찬가지로 인사했다. 그러더니 베
르뜨를 보자 기뻐 어쩔 줄 모르며 어린 소년같이 온순하게 그녀를
쓰다듬었다. 그녀는 오빠의 마음이 약해지고 흔들리는 틈을 타서
자기가 결혼했다는 소식을 알렸다. 그는 전혀 대들지 않았고 마치
예전의 분노를 잊은 듯 처음에는 도통 말귀를 알아듣지 못하는 것
같았다. 그러나 베르뜨가 자기 집으로 도로 내려가려고 하자 그는
울부짖기 시작했다. 결혼했어도 상관없고, 다만 항상 자기 곁에 있
어주기만 하면 된다는 것이었다. 그러자 방문을 잠그고 들어 앉아
버릴 셈으로 달려가는 어머니의 일그러진 얼굴을 보면서 베르뜨는
사뛰르냉을 자기 집으로 데려가자는 생각을 했다. 가게 지하창고
에서 하다못해 소포에 끈 매는 일이라도 오빠를 써먹을 일은 찾을
수 있을 테니까.

그날 저녁, 오귀스뜨는 눈에 띄게 꺼려하면서도 베르뜨가 원하
는 대로 해주었다. 결혼한 지 이제 겨우 석달 되었는데, 이들 부부
사이에는 소리 없는 불화가 차츰 깊어가고 있었다. 서로 기질이 다
르고 배운 바가 다른 두 사람의 충돌이었다. 남편은 뚱하고 꼼꼼하

며 정열이라고는 없었고, 아내는 빠리식 겉멋과 사치의 온실에서
자라난 발랄한 여자, 자기만 알고 천방지축인 어린애처럼 혼자서
만 즐기겠다고 엉망진창으로 살아가는 그런 여자였다. 그러니 남
편은 늘 쏘다니고 싶은 아내의 욕망, 사람 만나랴, 물건 사랴, 산책
하랴 끊일 새가 없는 그 외출, 연극이며 축제며 전람회들을 누비고
다니는 그 잽싼 발걸음을 이해할 수가 없었다. 일주일에 두세번 조
스랑 부인이 딸을 데리러 왔다. 그녀는 딸과 함께 남들 앞에 나서
게 되고, 이젠 자기 돈 들이지 않아도 되는 화려한 딸의 의상들을
자기도 이용하게 된 것이 마냥 좋아서 저녁 식사 때까지 딸을 끌
고 다녔다. 무엇보다도 오귀스뜨의 비위에 안 맞는 것은 지나치게
요란한 그 차림새였다. 그렇게 차려입어서 대체 무슨 소용이 있다
는 건지 그는 도무지 알 수가 없었다. 무엇 때문에 분수에 넘치게
옷을 입나? 장사에 그토록 요긴한 돈을 이런 식으로 써버릴 필요
가 어디 있는가? 다른 여자들에게 비단을 파는 여자는 수수한 모직
옷을 입어야 한다는 것이 그의 평소 지론이었다. 그러나 그럴 때
면 베르뜨는 친정어머니같이 표독스러운 기세로, 그럼 난 벌거벗
고 돌아다니란 말이냐고 물었다. 게다가 아내가 겉으로 드러나 보
이지 않는 속옷은 신경 쓰지 않는다는 점 등을 생각하면 그는 더욱
낙담이 되었고, 그가 그런 일에 대해 잔소리라도 좀 할라치면 그녀
는 늘 보고 배운 말대꾸로 말문을 탁 막아놓곤 하는 것이었다.

"난 남의 동정보다는 부러움을 받고 싶어요. 돈은 돈이죠. 난 수
중에 20수가 있으면 언제나 40수가 있다고 말해왔다고요."

베르뜨는 결혼하자 조스랑 부인의 몸집을 닮아가고 있었다. 그
녀는 살이 찌면서 더욱더 어머니와 비슷해졌다. 어머니에게 따귀
를 맞으면서도 무심하고 고분고분하던 예전의 그 아가씨가 아니

었다. 이제는 자기 마음대로 만사를 휘어잡으려는 단호한 의지, 그 고집을 마음속에 키워나가고 있는 여인이었다. 오귀스뜨는 이렇게 급격히 노숙해져가는 모습에 놀라 이따금 아내를 바라보곤 했다. 처음에 그녀는 세심하게 신경 써서 우아하면서도 수수하게 차려입고 계산대에 떡하니 버티고 앉아 허영 어린 기쁨을 맛보았다. 그러더니만 금세 장사에 싫증이 나서, 꼼짝 않고 앉아 있는 것을 못 견뎌하고, 이러다가는 병이 날 거라고 위협도 하고, 할 수 없이 체념은 했지만 마치 집안 살림을 피게 하려고 일생을 희생하는 여인이 된 듯한 태도를 보였다. 그때부터 이미 그녀와 남편 사이에는 매 순간 투쟁이 시작되었던 것이다. 그녀는 어머니가 아버지에게 그랬듯이 남편 등 뒤에서 어깨를 으쓱 추켜올려 보이곤 했다. 그녀는 어릴 적에 자장가처럼 들었던 양친의 입씨름을 남편을 상대로 모조리 재현했다. 남편을 오직 돈을 지불할 책임만 있는 남자로 취급했고, 자기가 받은 교육의 기초가 되는 남성에 대한 멸시로 그를 깔아뭉갰다.

"엄마 말씀이 맞았어!"

매번 다투고 나면 그녀는 이렇게 소리치곤 했다.

오귀스뜨는 그래도 처음 얼마간은 그녀를 만족시켜주려고 애를 썼다. 그는 평화를 사랑했으며 벌써 늙은이처럼 한가지 일에 집착하는 버릇이 있었고, 근검한 동정童貞의 총각으로 살던 습관이 몸에 배어 그저 집안이 조용하고 오붓했으면 하는 게 소망이었다. 이전에 살던 중2층의 집이 둘이 살기에는 좁아서, 그는 3층의 뜰 쪽으로 난 살림집을 잡아 가구 장만에 무려 5000프랑이나 써놓고 나서는, 정신 나간 짓을 했다고 생각했다. 베르뜨는 측백나무로 만든 가구에 파란 비단으로 장식된 침실을 보고 처음에는 행복해했지만,

얼마 후 은행가와 결혼한 친구 집에 놀러 갔다 오더니 몹시 멸시하는 태도를 보였다. 그뒤 첫 말다툼은 하녀 문제 때문에 생겼다. 먹을 빵까지 주인이 직접 양을 재가며 썰어준 것을 받는 가엾은 하녀애들의 어리숙한 시중에 길들어 있던 베르뜨는 하녀들에게 몹시 힘든 일들을 시켰고, 그래서 하녀들이 오후 내내 부엌에서 울곤 했던 것이다. 평소 별로 자상한 편도 아닌 오귀스뜨가 멋모르고 하녀 하나를 위로해주다가 노발대발하여 나하고 그년 중에 하나를 택하라고 소리치며 아내가 울어대는 통에 한시간 후 그 하녀를 내보내지 않을 수 없었다. 그다음으로 들어온 덩치 좋은 여자는 그래도 그럭저럭 배겨내는 것 같았다. 틀림없이 유대인인 것 같은데 아니라며 출신을 숨기는 라셸이라는 여자였다. 스물다섯살 난 처녀인데, 코가 우뚝하고 머리칼이 새까만 것이 억세 보이는 얼굴이었다. 처음에 베르뜨는, 저런 여자는 단 이틀도 못 봐주겠다고 드러내놓고 말했다. 그러더니만 말없이 순종하고 모든 것을 다 알아듣지만 아무 말도 입 밖에 내지 않는 태도를 보더니 차츰차츰 만족한 기색을 보였다. 마치 이번에는 주인인 자기 쪽에서 순응하여 이 하녀가 지닌 쓸 만한 점들과 또 한편으로는 은근한 두려움 때문에 그녀를 계속 데리고 있는 것 같았다. 마른 빵만 주고 아무리 힘든 일을 시켜도 라셸은 대들지 않고 수굿이 감내했으며, 장차 주인마님이 자기에게 아무것도 거절할 수 없게 될, 그 예정된 숙명의 시간을 기다리며 눈치 빠른 하녀답게 두 눈 똑바로 뜨고 입을 꽉 다문 채 살림을 장악해가고 있었다.

한편 바브르 영감의 급서라는 충격파가 지나가고 난 뒤, 1층부터 하녀들이 사는 꼭대기 층까지 온 건물 안에는 괴괴한 정적이 흐르고 있었다. 계단은 소성당처럼 고요한 부르주아풍 분위기를 되찾았고, 정숙해 보이는 살림집들의 늘 닫혀 있는 마호가니 문에서는 숨소리 하나 새어 나오지 않았다. 뒤베리에가 아내와 화해했다는 소문이 돌고 있었다. 한편 발레리와 떼오필은, 아무에게도 말을 건네지 않고 꼿꼿하고 도도한 모습으로 지나다니곤 했다. 이 집이 이토록 원리원칙에 철저하고 추상같이 엄한 분위기를 풍긴 적은 일찍이 없었다. 슬리퍼를 신고 빵모자를 쓴 구르 씨는 미사를 거드는 엄숙한 복사처럼 집의 이곳저곳을 훑고 돌아다녔다.

어느날 밤 11시쯤 오귀스뜨는 자꾸만 가게 문 쪽으로 가서 고개를 쭉 빼고 길을 내다보곤 했다. 조바심이 차츰 더해져 그는 안절부절못했다. 저녁 먹을 때 친정어머니와 언니가 오더니 미처 후식 먹을 겨를도 주지 않고 베르뜨를 데려갔는데, 가게 문 닫을 때까지는 돌아오겠다고 분명히 약속해놓고도 세시간 넘게 집을 비운 채 여태 돌아오지 않는 것이었다.

"아, 맙소사!"

그는 마침내 양손을 깍지 끼고 손가락에서 뚜둑 소리를 내며 말했다.

그러더니 계산대에서 비단에 가격표를 붙이고 있던 옥따브 앞에 멈춰 섰다. 이처럼 밤늦은 시각에 슈아죌 거리의 이 외진 구석까지 찾아오는 손님은 하나도 없었다. 단지 뒷정리를 하려고 가게를 열어놓고 있는 것뿐이었다.

"당신은 이 여자들이 어딜 갔는지 알지요?" 오귀스뜨가 옥따브에게 물었다.

옥따브는 순간 놀랐지만 순진무구한 티를 내며 눈을 들었다.

"아니, 본인들이 말씀하셨잖습니까. 무슨 강좌를 들으러 가신다고요."

"강좌, 강좌라……" 남편이 툴툴댔다. "그 잘난 강좌는 10시면 끝나요. 제대로 된 여자들이라면 이미 집에 들어왔어야 할 시간 아니오."

그는 다시 걸어 다니기 시작하며, 점원인 옥따브를 삐딱한 눈길로 쳐다보았다. 그는 옥따브가 이 여자들과 한통속이거나 아니면 적어도 감싸준다고 의심하고 있던 것이다. 옥따브 역시 불안한 기색으로 몰래 오귀스뜨를 살펴보았다. 저 사람이 이렇게 신경질 부리는 모습은 처음 보는군. 대체 무슨 일일까? 그러면서 고개를 돌리니 가게 저쪽 끝에서 알코올을 적신 스펀지로 거울을 닦고 있는 사뛰르냉이 보였다. 제 밥벌이라도 시키려고 집 안에서는 하인이 할 일들을 그에게 조금씩 조금씩 시키고 있던 것이다. 그런데 이날 저녁 사뛰르냉의 두 눈은 야릇하게 번득였다. 그는 옥따브 뒤로 슬쩍 가더니 아주 나지막한 소리로 그에게 말했다.

"조심해야 돼요. 저자가 종이를 찾았어요. 저자의 주머니 속에 종이가 한장 있다고요. 그거, 당신 거면 조심해요."

그러고는 잽싸게 돌아서서 닦던 거울을 문질렀다. 옥따브는 이해할 수가 없었다. 얼마 전부터 이 정신 나간 친구가 야릇한 친밀감을 보이고 있었는데, 그건 마치 어렴풋이 미묘한 감정까지도 속속들이 느끼는 본능적 후각에 따라 짐승이 살을 비벼대는 것과도 같았다. 어째서 이놈이 종이 얘기를 하는 거지? 여태껏 자기는 베르뜨에게 편지라고는 쓴 적이 없고, 작은 선물이라도 하나 할 기회를 엿보며 아직은 다정한 눈길로 그녀를 바라보는 게 고작이었는데. 여러차례 곰곰이 생각한 끝에 채택한 전술이 바로 그것이었으니까.

"11시 10분이야, 이런 빌어먹을!" 생전 욕이라곤 안하던 오귀스뜨가 버럭 소리쳤다.

그런데 바로 이때 여자들이 들어왔다. 베르뜨는 흰 옥구슬을 수놓은 분홍 비단 드레스를 입고 있었다. 한편 언니는 늘 그렇듯 푸른색, 어머니 역시 늘 그렇듯 붉은 보라색 옷을 걸치고 있었는데, 철마다 고쳐서 입는 신경깨나 쓴 야한 옷차림들은 예나 지금이나 여전했다. 조스랑 부인이 맨 앞에서 당당하게 성큼성큼 걸어들어왔다. 방금 골목 끝에서 세 여자가 쑤군대며 예측한 질책의 말이 사위의 입에서 아예 나오지도 못하게 해버리려는 기세였다. 그녀는 상점 진열장을 기웃거리며 돌아다니느라 늦었다고 변명까지 했다. 그런데 오귀스뜨는 몹시 핼쑥한 낯빛으로, 불평 한마디 내뱉지 않았다. 그는 메마른 어조로 그러냐고 대답만 했고, 자제하며 때를 기다리는 품이 역력했다. 자기 자신이 베갯머리 송사에는 이력이 난지라 이거 한바탕 난리가 나겠구나 하고 느낀 장모가, 좀더 사위를 겁주려고 해보았다. 그러다가 그만 자기 집으로 올라가지 않을 수 없어서, 그냥 이렇게만 말했다.

"잘 있거라, 애야. 푹 자야 해, 알겠지? 그래야 오래 산단다."

그러자, 참다 못한 오귀스뜨는 옥따브와 사뛰르냉이 옆에 있는 것도 잊고 주머니에서 꼬깃꼬깃한 종이 한장을 꺼내어 베르뜨의 코밑에 들이대며 더듬더듬 말했다.

"이게 뭐요?"

베르뜨는 미처 모자도 벗지 못하고 얼굴이 새빨개졌다.

"이거요?" 그녀가 말했다. "글쎄 뭐. 청구서네요."

"그래, 청구서요. 게다가 가발 가격 청구서라고. 머리카락을 돈 주고 사다니 말이나 되는 소리요? 당신 머리에 이젠 머리카락이 안 나나? 그리고 참, 그게 문제가 아니오. 당신 이 청구서 이미 계산했더구만. 말 좀 해보시지, 무슨 돈으로 냈나?"

베르뜨는 점점 더 어쩔 바를 모르더니 마침내 대답했다.

"내 돈으로 냈죠, 뭐!"

"당신 돈이라고! 당신은 돈이 없잖소. 누가 당신한테 돈을 줬든가 아니면 당신이 여기서 가져갔겠지. 그리고 이거 봐요. 당신이 여기저기 빚지고 있다는 거 내 다 알아. 당신이 원하는 건 뭐든지 참아줄 수 있지만 빚만은 안돼, 알겠소? 빚만은 안된다고, 절대로!"

조심성 많은 청년의 두려움, 빚은 한푼도 지지 않는다는 것을 철칙으로 삼는 상인의 정직성이 이 절규 속에 담겨 있었다. 그는 속에 쌓인 말을 오래오래 털어놓으며, 끊임없는 외출, 빠리를 사방팔방 휘저으며 남의 집을 찾아다니는 일, 자기로서는 감당 못할 옷치장과 사치 등을 두고 아내를 나무랐다. 지금 이 처지에 흰 옥구슬을 수놓은 분홍 비단 드레스를 입고 밤 11시까지 바깥으로 싸돌아다니는 게 제정신으로 할 짓인가? 그런 취미가 있으시다면 지참금을 50만 프랑은 가져와야지. 게다가 잘못이 누구한테 있는지 자기는 잘 알고 있다고 했다. 그건, 결혼식 날 딸들한테 속치마 한장 입혀줄 돈도 없으면서 재산을 야금야금 축내게끔 딸들을 키운 어리석은 어머니의 잘못이라고.

"우리 엄마 험담 말아요!" 마침내 화가 머리끝까지 치민 베르뜨가 고개를 들며 소리쳤다. "엄마한텐 흠 잡힐 건더기가 없어요. 엄만 할 바를 다하셨어요. 그래, 당신네 집안은 참 꼴좋더구려! 아버지를 돌아가시게 한 사람들이 뭘……"

옥따브는 못 들은 체 주단에 가격표 붙이는 일에 몰두하고 있었다. 그러나 곁눈질로 이 부부싸움을 놓치지 않고 다 보았고, 특히 사뛰르냉을 엿보았는데, 그는 거울 닦는 일을 멈추고 부르르 떨며 두 주먹을 불끈 쥔 채 눈빛이 활활 타는 것이, 방금이라도 달려들어 매제의 목을 조를 기세였다.

"서로 집안 얘긴 그만둡시다." 남편이 다시 말했다. "우리 부부간 얘기만으로도 지긋지긋하니까. 내 말 잘 들어요. 헤픈 씀씀이를 고치시오. 이젠 이런 온갖 바보짓 하는 데 쓸 돈은 단 한푼도 줄 수 없으니까. 이건 단호한 결정이오. 당신 자리는 여기요. 자기 직분에 충실한 여자들처럼 수수하게 차리고 계산대를 지키는 거란 말이오. 그리고 당신 만약 빚을 진다면, 어디 두고 보자고."

베르뜨는 자기의 습관, 취미, 옷차림에까지 남편이 이렇게 거칠게 간섭하고 나서니 기가 막혀 쌔근덕대고 있었다. 이것은 그녀가 좋아하는 모든 것, 결혼하면서 꿈꾼 모든 것을 강탈하는 행위였다. 그러나 그녀는 여성 특유의 전술로, 정작 치명적인 곳은 내보이지 않고 얼굴이 잔뜩 부을 정도로 차오르는 분노에 핑계를 하나 붙여 더 과격한 어조로 말했다.

"당신이 우리 엄마를 모욕하는 것은 못 참아요!"

오귀스뜨는 어깨를 으쓱했다.

"당신 어머니! 아니, 이거 보라고. 당신은 장모님을 닮았소. 이런 식으로 나가기 시작하면 당신은 보기 싫게 변한단 말이오. 그래, 난 이제 당신의 옛 모습을 찾아볼 수가 없소. 장모님 모습이 그대로 살아난다니까. 정말이지, 무서워!"

갑자기 베르뜨는 마음을 진정하고 남편을 정면으로 바라보며 말했다.

"방금 한 그 얘기, 가서 엄마한테 해보지 그래요. 엄마가 어떻게 당신을 내쫓을지 좀 보게 말이에요."

"장모님이 날 내쫓는다고!" 남편이 격분하여 외쳤다. "좋아, 내 당장 올라가서 얘길 하지."

정말로 그는 문 쪽으로 갔다. 그런데 하마터면 못 나갈 뻔했다. 사뛰르냉이 늑대 눈을 하고 뒤에서 그의 목을 조르려고 슬그머니 다가서고 있던 것이다. 베르뜨는 의자에 털썩 주저앉아 나지막한 소리로 중얼거렸다.

"아이구, 하느님! 다시 할 수만 있다면 저런 사람하고 절대 결혼 안하련만!"

위층에 올라가니 아델이 벌써 잠자러 제 방에 올라가버린 뒤인지라 조스랑 씨가 깜짝 놀라며 문을 열어주었다. 그는 얼마 전부터 몸이 안 좋아 골골하고 있었지만 밤새워 종이띠에 글씨를 쓰려고 마침 자리에 앉던 참이라 난처해하며, 이렇게 들킨 것이 부끄러워서 사위를 식당으로 안내했다. 그는 급한 일거리가 있다고, 생조제프 크리스털 제품점의 최근 재고 목록을 베껴 써야 한다고 둘러댔다. 그러나 다짜고짜 사위가 자기 딸을 나무라며 빚을 졌다고 비난하고 가발 사건 때문에 생긴 말다툼의 전말을 이야기하자, 이 무던한 영감은 별안간 두 손이 와들와들 떨렸다. 그는 가슴이 철렁하고 눈에는 눈물이 그렁그렁하여 말을 더듬었다. 내 딸이 빚을 지다니, 끊일 새 없이 부부싸움을 하면서 살아온 나처럼 살고 있다니, 그러니까 내 일생의 불행이 자식에게 고스란히 되풀이되고 있단 말이지! 그리고 또다른 두려움에 그는 몸이 오싹해졌다. 그는 사위가 돈 얘기를 끄집어내 지참금을 요구하며 장인을 도둑 취급하는 소리를 듣게 될까봐 시시각각으로 겁을 먹고 있던 것이다. 이렇게 밤 11시가 지난 시각에 처가에 들이닥치는 걸 보면 이 친구가 필시 모든 걸 다 알고 있구나 싶었다.

"자네 장모는 잠자리에 들었네." 제정신이 아닌 그가 더듬거렸다. "그 사람을 깨워봤자 소용없네, 안 그런가? 정말 자네 덕분에 여러 일을 알게 되었군. 하지만 가엾은 베르뜨는 마음씨가 나쁜 애는 아닐세. 그건 내 장담하지. 좀 너그러이 봐주게나. 내 그 아이한테 말을 하지. 그리고 우리 내외는 말일세, 이보게 오귀스뜨, 내 생각으로는 우린 자네한테 불만을 살 만한 일은 아무것도 안한 것 같은데."

그러면서 그는 사위를 눈길로 더듬어보며 그가 아직 아무것도 모르는 게 틀림없다는 걸 알고 안심하는 중인데, 조스랑 부인이 침실 문간에 모습을 나타냈다. 새하얀 잠옷 차림의 그녀는 무시무시해 보였다. 오귀스뜨는 어떻든 무척 흥분한 상태에서 뒤로 움찔 물러섰다. 아마 그녀는 오가는 이야기를 문간에서 이미 귀 기울여 들은 모양이었다. 대뜸 이렇게 대놓고 시작했으니 말이다.

"자네 설마 그 돈 1만 프랑을 지금 내놓으라는 건 아니겠지? 아직 기일이 되려면 두달도 더 남았네. 두달 후에 그 돈을 드리지요, 사위님. 우린 말일세, 우린 약속을 안 지키고 슬쩍 빠져나가려고 죽는 짓 같은 건 안한다네."

이처럼 기막히게 태연자약한 태도에 조스랑 씨는 마음이 무겁게 짓눌리고 말았다. 게다가 장모는 사위에게는 말할 틈도 주지 않고 희한한 얘기들을 연발하여 사위를 어리둥절하게 만들고 있었다.

"여보게, 자네 대단할 거 없어요. 자네 때문에 베르뜨가 병 나면 의사를 불러야 할 테고, 약값깨나 들겠지. 또 남들의 웃음거리가 되는 것도 자넬 테고 말이야. 조금 전에 내가 나올 때 보니 자네 어리석은 짓 저지를 맘을 먹고 있더군. 맘대로 하게! 안사람을 때리라고. 그 아이 엄마지만 내 맘은 아무렇지 않네. 하느님이 지켜보고 계시고, 머지않아 벌을 내리실 테니까!"

마침내 오귀스뜨는 자기의 근심 걱정이 무엇인지 설명할 수 있게 되었다. 그는 아내의 끊임없는 외출과 옷치장 얘기를 다시 하고, 베르뜨가 받은 가정교육을 과감히 비난하기까지 했다. 조스랑 부인은 무시하는 투로 그 말을 듣고 있었다. 그러더니 사위가 말을 마치자 이렇게 말했다.

"그런 얘긴 대답할 가치도 없는 바보 같은 소리야. 이보게, 나는 나대로 양심이 있고, 그거면 족해. 천사 같은 내 딸을 맡은 자네가 이러긴가? 난 더 이상 아무 일에도 끼어들지 않겠네, 모욕만 당하니까. 알아서들 하게."

"하지만 장모님 딸이 필시 제 눈을 속이고 딴짓을 하고야 말 겁니다!"

오귀스뜨가 다시 화가 나서 버럭 소리쳤다.

자리를 뜨려던 조스랑 부인이 다시 돌아서서 그를 정면으로 마주 보았다.

"이 사람아, 그 모든 것이 자네의 자업자득일세."

그러더니 그녀는 젖을 세개나 달고 치렁치렁한 흰 옷을 입은 당당한 체구의 케레스 여신처럼 도도하게 다시 방으로 들어갔다.

장인이 오귀스뜨를 몇분 더 붙들고 있었다. 여자들과 상대할 땐 그저 뭐든 다 참아주는 게 낫다고 타협조로 넌지시 말하여, 결국 사위가 마음을 가라앉히고 베르뜨를 용서하도록 만들어 돌려보냈다. 그러나 식당의 작은 등잔 앞에 혼자 남게 되자, 이 무던한 영감은 울음을 터뜨렸다. 끝났어, 이제 행복이란 건 없어. 밤에 몰래 딸을 도와줄 수 있을 만큼 종이띠에 글씨 쓸 시간은 절대로 나지 않을 거야. 딸이 빚을 질지도 모른다는 사실이 마치 자신의 수치인

양 마음을 짓눌렀다. 가뜩이나 몸이 좋지 않았는데, 방금 또 새로운 충격을 받은 판국이었으니 며칠 안 가 저녁이면 힘이 달리게 될 터였다. 그럼에도 그는 눈물을 힘겹게 삼켜가며 작업을 했다.

아래층 가게에서는 베르뜨가 두 손으로 턱을 괸 채 꼼짝 않고 앉아 있었다. 점원이 덧문을 닫은 뒤 지하층으로 조금 전에 다시 내려갔다. 그러자 옥따브는 그녀에게 접근해야 한다고 생각했다. 오귀스뜨가 나가자마자 사뛰르냉은 그녀의 머리 위로 옥따브에게 동생을 위로해달라는 듯한 몸짓을 커다랗게 해 보였다. 이제 다시 얼굴빛이 환해져서 여러차례 찡긋찡긋 눈짓까지 해보이며 혹시 옥따브가 알아듣지 못했을까봐 그는 어린애같이 몹시도 호들갑스럽게 허공에 입맞춤을 날려 보내면서 자신의 충고를 강조하고 있었다.

"뭐! 나보고 베르뜨한테 입 맞추라고?" 옥따브가 시늉으로 물었다.

"그래, 그래." 사뛰르냉이 열심히 턱을 끄덕이며 대답했다.

그리고 아무것도 알아채지 못한 동생 앞에서 미소 짓는 옥따브를 보자 그는 방해하지 않으려고 계산대 뒤 마룻바닥에 주저앉아 모습을 감추었다. 문을 닫은 가게는 깊은 정적 속에 잠겼고, 가스등의 불꽃만 높이 타오르고 있었다. 마무리 처리 과정에서 생기는 아릿한 냄새만이 비단에서 뿜어져 나와 숨 막히는 분위기를 자아내고, 죽은 듯한 평온이 감돌았다.

"부인, 제발 그렇게까지 괴로워하진 마십시오." 옥따브가 살살 어루만지는 것처럼 부드러운 목소리로 말했다.

그가 이토록 가까이 와 있는 것을 보자 베르뜨는 흠칫 몸을 떨었다.

"죄송합니다, 옥따브 씨. 당신이 이 듣기 괴로운 입씨름을 바로 옆에서 보셨대도, 제 잘못은 아녜요. 그리고 우리 그이를 너그럽게 봐주세요. 오늘 저녁 저 사람 몸이 좋지 않은 것 같으니까요. 글쎄, 어느 부부든 자잘한 불만들은 있게 마련이랍니다."

하지만 울음이 터져 나와 그녀는 말문이 막혔다. 남들 이목을 생각해서 이렇게 남편의 잘못을 덮어주어야 한다는 생각을 하기만 해도 눈물이 걷잡을 수 없이 펑펑 쏟아져 나왔고, 그래서 그녀는 차츰 긴장이 풀렸다. 사뛰르냉이 계산대 너머에서 걱정스러운 표정으로 슬며시 얼굴을 내밀었다. 그러나 곧 다시 아래로 숨어버렸고, 그러면서 옥따브가 마음먹고 자기 누이동생의 손을 잡으려는 것을 보았다.

"제발, 부인. 힘 좀 내세요." 옥따브가 말했다.

"아녜요, 제 힘으론 안돼요." 그녀가 더듬더듬 말했다. "여기 계셨으니 다 들으셨죠. 가발값 95프랑을 가지고 그러다니! 요즘 가발 안 쓰고 다니는 여자가 어디 있어요. 저 사람은 아무것도 모르고 아무것도 이해 못해요. 그는 목석처럼 여자를 모른다고요. 여자도 한번 사귄 적이 없고요. 옥따브 씨, 전 지지리 복도 없어요."

그녀는 남편에 대한 원망으로 열이 올라 모든 것을 다 털어놓았다. 난 그 사람과 연애결혼했다고 공언했는데, 머지않아 나한테 속치마 나부랭이도 못 사주겠다고 할 모양이에요. 내가 어디 할 도리를 안하나요? 꼬투리 잡힐 만큼 게을리 한 일이 한가지라도 있나요? 사실 그것을 사달라고 부탁한 날 그가 화만 내지 않았던들, 내가 남편 지갑을 털 속셈으로 가발을 사지는 않았을 거예요. 손톱만큼만 잘못해도 항상 똑같은 얘기를 한다니까요. 내가 무엇 하나라도 갖고픈 내색을 한다든지 하찮은 몸치장거리라도 원하면 영락없이 매몰차고 퉁명스럽게 나와요. 그래서 이젠 그에게 아무것도 사달라고 안해요. 나도 자존심이 있는 여자라고요. 소득도 없이 모욕만 당하느니 필요한 것이 있어도 아쉬운 대로 그냥 지내는 게 낫지요. 결국은 보름 전에 어머니와 함께 빨레 루아얄의 어느 보석상에서 보아둔 색다른 장신구를 미치도록 갖고 싶다는 얘기였다.

"글쎄, 별이 세개 달린 모조 보석 머리핀이에요. 아유, 별것도 아니죠. 아마 100프랑쯤 할 거예요. 그런데 아침부터 저녁까지 계속 그 얘길 해봤자 말짱 헛거라고요. 남편은 이런 걸 사는 걸 전혀 이해 못해요."

옥따브는 이런 기회가 올 줄은 감히 꿈도 꾸지 못했다. 그는 내친김에 밀어붙였다.

"예, 예, 압니다. 제 앞에서도 여러번 그 얘길 하셨죠. 부인, 친정 부모님께서 절 환대해주셨고 부인께서도 친절히 대접해주셨으니 저도 이런 일쯤은 해도 괜찮으리라 생각했습니다만."

이렇게 말하면서 그는 주머니에서 길쭉한 상자곽을 꺼냈고, 그 속에는 솜덩이 위에 별 모양의 보석 세개가 반짝이고 있었다. 베르뜨는 너무 감격해서 벌떡 일어섰다.

"아니, 이럴 수가! 싫어요. 절대로 이러시면 안돼요."

그는 짐짓 순진한 듯이 굴면서 이런저런 핑계를 꾸며댔다. 이런 것쯤이야 남쪽지방에서는 아주 예사로운 일이고, 게다가 싸구려 모조 보석인데 뭘 그러시냐고. 그녀는 얼굴이 발갛게 상기되어 이제 울음을 그쳤고, 보석상자를 응시하는 두 눈이 모조 보석의 반짝이는 빛을 받아 다시 활활 타오르고 있었다.

"부인, 제가 한 일이 마음에 드신다는 표시라도 좀 해주셔야죠."

"옥따브 씨, 정말 자꾸 이러지 마세요. 이러시면 전 괴로워요."

사뛰르냉이 다시 나타났다. 그리고 마치 성골함聖骨函을 앞에 한 듯이 황홀해하며 보석 박힌 핀을 바라보았다. 그러나 그의 예민한 귀에 돌아오는 오귀스뜨의 발소리가 들렸다. 그는 혀를 가볍게 차서 베르뜨에게 사태를 알렸다. 그러자 베르뜨는 남편이 들어오는 바로 그 순간 마음을 결정했다.

"좋아요. 잘 들으세요." 그녀가 보석상자를 주머니에 쑤셔 넣으며 재빨리 속삭였다. "오르땅스 언니한테서 선물 받았다고 할게요."

오귀스뜨는 가스등을 끄라고 지시한 뒤, 아내가 아무 일도 없었던 것처럼 마음이 진정되고 아주 명랑한 것을 보고 다행스러워하며 아까의 말다툼에 대해서는 한마디도 더하지 않고 아내와 함께 자러 올라갔다. 가게는 깊은 어둠에 잠겼다. 그런데 옥따브도 나가려는 순간, 어둠속에서 타는 듯 뜨거운 손이 그의 손을 으스러지게 꽉 쥐었다. 지하층 구석에 누워 있던 사뛰르냉이었다.

"친구…… 친구…… 친구……" 야만적인 애정이 와락 솟구치는 듯 제정신이 아닌 그가 되풀이했다.

자신이 세워놓은 계산이 엉망으로 뒤흔들리며 옥따브는 차츰 베르뜨를 향해 젊은 피가 끓어오르는 욕망을 느끼게 되었다. 처음에는 예전에 세워둔 유혹의 계획, 즉 여자들을 수단으로 삼아 출세해보려는 의지에 따라 행동한 것이었지만, 이제는 더 이상 베르뜨를 사장 부인으로만 보고 그녀를 차지하여 이 가게를 맘대로 쥐고 흔들어보겠다는 생각만은 아니었다. 그는 무엇보다도 빠리 여자, 마르세유에서는 한번도 걸려본 적이 없던 사치스럽고 맵시 있고 예쁘장한 이 여자를 원하고 있던 것이다. 그는 그녀의 장갑 낀 작은 손, 굽 높은 편상화를 신은 조그만 발, 싸구려 장신구에 파묻힌 보드라운 가슴, 심지어는 깨끗한지 미심쩍은 속옷과 지나치게 화려한 옷차림 밑에서 슬쩍 풍기는 부엌냄새에까지도 허기 같은 것을 느꼈다. 그리고 이렇게 급작스럽게 뻗쳐오른 정열은 타고난 구두쇠인 그의 메마른 감정을 애틋하게 만들기까지 해서, 남부에서 가져온 5000프랑 ─ 그는 아무에게도 말하지 않았지만, 이 돈은 이미 이리저리 굴려서 두배로 불어나 있었다 ─ 을 선물이다 뭐다 하며 그녀를 위해 탕진해버렸을 정도였다.

그러나 무엇보다도 그가 달라진 점이라면 사랑에 빠지면서 수줍어졌다는 것이다. 그는 이제 전과 같은 결단성, 목표를 빨리 쟁취하려는 성급함이 없어졌다. 어떤 일도 섣불리 곧바로 해치우지 않고 오히려 천천히 미루면서 게으른 기쁨을 맛보고 있었다. 매사에 실리를 우선 따지던 정신이 이렇게 잠시 허물어진 그에게는 급기야 베르뜨를 공략하는 일이 어렵기 짝이 없는 원정이나 고도의 외교적 수완을 써서 풀어나가야 할 일로까지 생각되었다. 아마도 발레리와 에두앵 부인에게 접근했다가 두번 다 실패했기 때문에 이번에도 또 실패할지 모른다는 두려움이 마음에 가득 차 있었던 것이리라. 그러나 그것 말고도 잔뜩 망설이는 그의 불안감의 밑바닥에는 사모하는 여인을 두려워하는 심정, 베르뜨가 정숙하다는 절대적 믿음, 간절히 원하기에 옴짝달싹 못하며 절망하는 맹목적 연애감정, 이런 것들이 도사리고 있었다.

부부싸움이 있은 다음날, 베르뜨로 하여금 선물을 받아들이게 만든 것이 흐뭇했던 옥따브는 그녀의 남편과 잘 지내는 것이 현명한 처사일 거라고 생각했다. 그래서 옥따브는 가게 직원들과 가까이 지낼 목적으로 식사를 제공하곤 하는 사장과 함께 앉아 식사할 때 한없이 그의 비위를 맞추었고, 후식이 나오면 그의 말에 귀를 기울이고 그의 생각에 큰 소리로 동조했다. 특히 아내에 대한 사장의 불만에까지도 맞장구치는 척했고, 그녀를 감시한 다음 소소한 사항들을 사장에게 고해바치는 시늉까지 할 정도였다. 오귀스뜨는 매우 감동했다. 어느날 저녁 사장은, 옥따브가 자기 장모와 한통속인 줄 알고 한때 해고할 뻔했다고 고백했다. 옥따브는 바짝 긴장하여, 즉시 조스랑 부인을 몹시 싫어하는 내색을 했고, 그로써 마침내 그들은 가까워져 완전히 의기투합하게 되었다. 단지 대하기에 좀 불유쾌했을 뿐 사장은 실제로는 호인이고, 누가 자기 돈을 쓰거나 자기 도덕관을 건드려 이성을 잃게 만들지 않는 한 어떤 일이든 기꺼이 체념하고 감수할 사람이었다. 그는 심지어 이제부터는 화를 내지 않겠다고 맹세까지 했다. 부인과 다투고 난 뒤에 지독한 두통이 와서 사흘 동안 정신이 빠져 있었기 때문이었다.

"당신은 날 이해하죠." 그는 옥따브에게 말했다. "난 조용히 살고 싶소. 그것만 빼면 딴 건 아무래도 좋아요. 물론 부덕婦德 문제는 제쳐놓고 말이오. 그리고 집사람이 금고를 들고 뺑소니치지만 않는다면 말이오. 난 순리대로 사는 사람이오. 내가 그 사람한테 무슨 특별한 걸 요구하는 건 아니죠?"

그러자 옥따브는 참 무던도 하시다고 사장을 치켜세웠고, 그들은 이구동성으로 무난한 인생, 비단 치수나 재면서 보내는 늘 그날이 그날 같은 세월의 감미로움을 찬양했다. 심지어 옥따브는 사장의 마음에 들려고, 큰 사업을 하겠다는 생각까지 떨쳐버렸다. 어느날 저녁 옥따브가 현대식 대형매장을 만들자는 꿈을 되찾아, 예전에 에두앵 부인에게 했듯이 오귀스뜨에게 옆 건물을 사들여 상점을 확장하라고 조언하자 오귀스뜨는 당혹해했다. 지금 계산대 네개를 두고 그 한복판에 앉아 있는 것만으로도 머리가 터질 것 같은 이 사내가, 잔돈푼도 시시콜콜 따지는 데 이골이 난 장사꾼답게 어찌나 질린 표정으로 그를 바라보던지, 옥따브는 부랴부랴 이 제안을 철회하고, 역시 소규모 도매업이 건실하고 안전하다며 신이야 넋이야 찬사를 보냈다.

하루하루가 흘러갔고, 옥따브에게는 이 가게가 마치 둥지처럼 되어갔다. 새털로 지은 듯 포근한 둥지였다. 오귀스뜨는 그를 높이 평가했다. 조스랑 부인조차도, 옥따브 쪽에서 지나치게 공손한 태도를 보이는 일을 피하고 있는데도 격려하는 듯이 그를 바라보곤 했다. 한편 베르뜨는 이제 옥따브와 정답고 친근한 사이가 되었다. 그러나 뭐니 뭐니 해도 옥따브의 절친한 친구는 사뛰르냉이었다. 옥따브가 베르뜨를 더욱 격렬히 열망하면 할수록 사뛰르냉이 그에게 말 없는 애정, 충견 같은 헌신을 점점 더 바치는 것이 눈에 보였다. 그러나 사뛰르냉은 누구라 할 것 없이 다른 남자들에게는 칙칙한 질투심을 보였다. 어느 남자건 동생 곁에 가까이 가기라도 할라치면 그는 불안해하며 금방이라도 물어뜯으려는 듯 입을 벌리는 것이었다. 하지만 옥따브가 마음 내키는 대로 그녀 쪽으로 몸을 굽혀 그녀의 얼굴에 행복한 정부情婦처럼 부드럽고 촉촉한 웃음이 어리게 될 때면, 사뛰르냉은 자기도 마음 편히 헤벌쭉 웃었고, 그의 얼굴에는 두 사람의 관능적 희열이 조금쯤 반영되곤 하였다. 이 가없는 존재는 동생이 사랑을 맛보아 본능이 용솟음칠 때면 그 몸을 자기 것으로 느끼는 것 같았다. 그리고 그는 이 행복을 맛보게 해준 동생의 선택된 애인 옥따브에게 완전히 매료된 것 같았다. 구석구석마다 그는 옥따브를 멈추게 하고는 주변을 경계의 눈빛으로 살핀 다음, 둘만 있게 됐을 때면 늘 하던 베르뜨 이야기를 귀에 거슬리는 말투로 되풀이했다.

"어릴 때 동생은 팔다리가 요만했어요. 그때 벌써 통통하고 발그레했고, 게다가 아주 명랑했어요. 그때 걘 땅바닥에 주저앉아 발버

등을 쳤죠. 난 그게 재밌었어요, 그 앨 쳐다보고 무릎 꿇었죠. 그럼, 빵! 빵! 빵! 걔가 내 배를 발로 막 차는 거예요. 그럼, 난 좋았어요. 오! 난 좋았어요!"

옥따브는 이렇게 해서 어릴 때 다친 일, 갖고 놀던 장난감 등등 베르뜨의 유년 시절 성장 과정 전부를 알게 되었다. 사뛰르냉의 텅 빈 뇌에는 오직 자기만이 기억하는 하찮은 일들이 종교처럼 간직되어 있었다. 이를테면 어느날 동생이 손을 찔려 피를 핥아주던 일, 어느날 아침 동생이 그의 품에 안긴 채 식탁 위로 올라가고 싶어 했던 일 등이었다. 그러나 그의 얘기는 항상 그 극적인 사건, 즉 베르뜨가 소녀 때 병치레한 얘기로 되돌아오곤 했다.

"아, 당신이 만약 걜 봤다면! 밤에 난 개 옆에 혼자 있었어요. 식구들이 가서 자라고 날 때렸죠. 난 맨발로 도로 개한테 갔어요, 혼자서요. 울음이 나왔어요, 개 얼굴이 새하얘서. 혹시 몸이 차가워지지나 않나 더듬어보았죠. 그러다보니 식구들이 날 그냥 놔두더라고요. 그들보다 내가 개를 더 잘 보살펴줬고, 약도 훤히 알고 있었죠. 걘 내가 주는 걸 받아먹었어요. 가끔가다 너무 아파서 끙끙대면 머리를 나한테 기대게 했어요. 우린 다정했어요. 그런 담에, 걘 다 나았고 내가 다시 곁에 가려고 하니까 식구들이 또 날 때렸어요."

그의 눈빛이 불타올랐고, 그는 마치 그게 어제 일인 듯 웃다 울다 했다. 토막토막 끊기는 말 속에서 그의 야릇한 애정사가 드러났다. 의사도 포기한 병든 소녀의 머리맡에서 머리가 모자라는 오빠가 행한 헌신. 끔찍이도 아끼는 빈사의 동생을 어머니같이 알뜰살뜰 맨몸으로 간호하며 바친 그의 심신. 이 극적인 고통으로 말미암아 남자로서의 애정과 욕망은 위축된 상태로 굳어버렸고, 그 큰 충격은 영원히 남았다. 비록 병이 나은 다음에는 언제 그랬는지 싶게 굴었을지라도 베르뜨는 그에게 언제나 자신의 전부였다. 그녀는 앞에 서 있는 것만으로도 몸을 떨리게 하는 정부였고, 죽음에서 그가 구해낸 소녀이자 누이였으며, 질투 어린 숭배의 감정으로 그가 앙모하는 우상이었다. 그래서 그는 마음 상한 연인처럼 격렬한 증오심을 품고 매제의 뒤를 밟으며 못된 말들을 끊임없이 해댔고, 옥따브에게만 속을 털어놓곤 하였다.

"그 녀석은 아직도 한쪽 눈구멍이 막혔어요. 밤낮 골치가 아프다니, 성가셔 죽겠어요. 어제 그 녀석이 발을 질질 끌고 걸어 다니는 소리를 들었죠. 봐요, 저놈이 길을 내다보고 있어요. 저런 머저리 같으니! 더러운 자식, 더러운 자식!"

오귀스뜨가 몸을 조금만 움직여도 그는 화를 냈다. 그리고 나서 옥따브에게 섬찟한 제안을 하는 것이었다.

"어때요, 우리 둘이서 저놈을 돼지처럼 칼로 따서 피를 내볼까?"

옥따브는 그를 진정시켰다. 사뛰르냉은 온순한 날은 옥따브와 베르뜨 사이를 신이 나서 왔다 갔다 하며 그들이 서로에 대해 한 말을 전해주고 심부름도 하는 등 마치 그들을 잇는 애정의 끈과도 같았다. 융단처럼 자기를 밟고 가라고 그들 앞에 철퍼덕 엎어지기라도 할 것 같았다.

베르뜨는 그후 선물 얘기를 다시는 하지 않았다. 그녀는 옥따브의 가슴 떨리는 관심을 눈치채지 못한 듯, 전혀 마음의 동요 없이 그를 친구로만 취급했다. 옥따브는 전에 없이 옷매무새에 신경을 썼고, 그녀와 함께 있을 때면 오래 묵은 황금빛이 도는 눈으로 지나치다 싶을 만큼 자주 어루만지듯 그녀를 바라보곤 했다. 그는 자기 눈길이 벨벳 천같이 저항할 길 없는 부드러움을 지녔다고 믿고 있던 것이다. 그러나 그녀는 남편 몰래 저지른 몇가지 일을 그가 거짓말로 감춰준 것만 고맙게 생각할 뿐이었다. 이렇게 그들 사이에는 일종의 공범 관계가 성립되어가고 있었다. 그는 그녀가 어머니와 함께 외출하기 좋도록 배려해주었고, 남편이 털끝만치라도 의심을 하면 즉각 얼렁뚱땅 속여 넘겼다. 그녀는 옥따브의 기지를 전적으로 믿고, 이제는 서슴지 않고 물건도 사고 다른 집도 방문하는 등 미친 듯 돌아다녔다. 가게에 돌아와서는 포목 더미 뒤에서 친근한 동지처럼 옥따브와 악수하며 고마움을 표시하곤 했다.

그러나 어느날 그녀가 기겁할 일이 생겼다. 개츠 전시회에서 돌아오자 옥따브가 지하층에서 그녀를 손짓으로 부르는 것이었다. 그리로 내려가자 그녀가 없을 때 사람이 와서 놓고 간 자수 양말 62프랑어치의 청구서를 그가 내밀었다. 그녀는 완전히 핼쑥해졌고 이내 신음 소리가 터져 나왔다.

"어머나! 우리 그이가 이걸 봤나요?"

그는 부랴부랴 그녀를 안심시키며, 오귀스뜨가 바로 앞에 있는데 청구서를 얼렁뚱땅 숨기느라 얼마나 힘들었는지를 얘기하고 나서 좀 거북한 듯 작은 소리로 덧붙였다.

"돈은 제가 치렀습니다."

그러자 그녀는 주머니를 뒤지는 시늉을 했지만 아무것도 찾아내지 못하고, 그저 이렇게만 말했다.

"제가 나중에 갚을게요. 이렇게 고마울 데가…… 옥따브 씨, 오귀스뜨가 이걸 봤다면 난 벌써 죽었을 거예요."

그러고는 그의 두 손을 잡더니 잠시 꽉 쥐고 있었다. 그러나 그녀는 그 62프랑 얘기를 다시는 입에 올리지 않았다.

점점 더해가는 자유와 쾌락에의 갈망, 결혼하면 해봐야지 하고 마음먹었던 모든 것, 어머니가 남자에게 요구하라고 가르친 모든 것이 그녀의 마음속에 도사리고 있었다. 그녀는 쌓이고 쌓인 허기 같은 것을 지닌 채 시집왔고, 친정에서 궁하게 보낸 미혼 시절 신발을 사기 위해 버터도 없이 먹던 형편없는 고기, 단벌 드레스를 스무번이나 뜯어고쳐 입어야 했던 괴로운 기억, 궁핍한 생활과 칙칙한 누추함을 대가로 치르며 버텨온, 집이 꽤 잘산다는 거짓말, 이런 것들에 대한 보상을 지금 하고 있는 것이었다. 그러나 무엇보다도 그녀는 남편감을 낚으려고 무도회용 신발을 신고서 빠리의 진창을 누비고 다닌 지난 삼년간의 겨울, 빈속에 들척지근한 물만 잔뜩 마셔댄 죽도록 지겨운 파티들, 얼간이 청년들 곁에서 방긋방긋 웃으며 다소곳하고 우아한 모습을 보여야 했던 고역, 다 알면서 아무것도 모른다는 표정을 지을 때 남모르게 치밀어 오르던 부아, 비맞으며 마차도 안 타고 걸어서 돌아오던 일, 얼음장 같은 이부자리에 누우며 부르르 떨던 일, 어머니가 따귀를 때려 두 뺨이 계속 화끈거리던 일, 이런 일들에 대해 스스로 앙갚음하고 있는 중이었다. 스물두살의 나이에 그녀는 꼽추 여인이나 느낄 만한 굴욕감에 빠져, 저녁이면 자신에게 뭐 부족한 점이 없나 싶어 잠옷 차림의 자기 모습을 바라보며 절망하곤 했다. 그러다 마침내 한 남자를 붙든 것인데, 숨 가쁘게 쫓아다니던 산토끼를 우악스러운 주먹질 한방으로 죽여버리고 마는 사냥꾼처럼, 그녀는 오귀스뜨에게 냉혹한 태도를 보이며 그를 패자 취급하고 있었다.

생활에 파문을 일으키는 일이 없기를 바라는 남편의 노력에도 이들 부부는 조금씩 조금씩 이렇게 사이가 벌어져만 갔다. 남편은 졸음 깃든 편안한 집을 어떻게 해서든지 지키려 하였다. 그래서 그는 아내의 가벼운 잘못은 눈감아주었고, 무슨 끔찍한 일을 발견해내 자기가 이성을 잃게 되면 어쩌나 하는 두려움이 끊임없이 들어서 때론 큰 잘못조차도 그냥 참고 넘겨버리곤 했다. 왜 샀는지 설명도 못할 자질구레한 물건들을 잔뜩 사놓고 언니나 엄마가 정이 많아 사주었다고 핑계 대는 베르뜨의 거짓말을 들어도 꾹 참아주었던 것이다. 심지어 저녁에 옥따브가 몰래 두번이나 조스랑 부인과 오르땅스와 더불어 그녀에게 연극을 보여주었을 때도, 그는 심하게 나무라지 않았다. 그 연극 구경은 멋진 나들이였고, 거기 갔다오고 난 다음에 세 여자는 옥따브가 사는 재미를 제대로 아는 사람이라고 입을 모았다.

그뿐만 아니라 베르뜨는 걸핏하면 자기 행실이 바르다는 점을 내세워 오귀스뜨에게 대들곤 했다. 자기는 훌륭히 처신하고 있으니 남편은 그게 복인 줄 알아야 한다는 것이었다. 어머니와 마찬가지로 그녀도 남편은 아내가 잘못을 저지르는 현장을 포착했을 때에만 비로소 정당하게 화를 낼 자격이 있다고 생각하기 때문이었다. 신물이 날 정도로 마음껏 욕망을 충족시킬 수 있었던 신혼 초에는, 이렇게 정숙한 몸가짐을 간직하는 것이 그리 대단한 희생이 필요한 일도 아니었다. 그녀는 천성이 차가운 편이었고 정열에 성가시게 휘둘리기 싫어하는 이기주의자였으며, 부덕과도 거리가 멀어 혼자 이것저것 즐기는 편을 더 좋아했다. 단지 나이 찬 처녀로서 수차례 혼사에 실패를 맛보았고 남자들이 자기를 아예 제쳐놓았다고 생각했기에 옥따브의 구애를 받고 으쓱한 기분을 느낄 따름이었다. 그뿐만 아니라 그녀는 점점 돈독이 올라서 그의 구애를 갖가지로 이용하여, 태연히 덕을 보곤 했다. 어느날인가는 자기가 다섯시간 타고 다닌 마차 요금을 옥따브가 치르게 놔두었고, 또 어느날은 막 외출하려는 참이었는데 남편이 뒤돌아서기가 무섭게 자기 지갑을 잊고 놔두고 왔다며 30프랑을 옥따브에게서 빌렸다. 그 돈은 영영 갚지 않았다. 그녀에게 옥따브쯤은 대수로운 존재가 아니었다. 그녀는 그에 대해 아무 생각도 품지 않고 즐거운 일, 근사한 일들을 맛보는 자잘한 행복에 그를 이용했는데, 그렇다고 일부러 계산하고 그러는 것도 아니었다. 무엇보다도 그녀는 할 도리를 깍듯이 다 하는데도 대우받지 못하는 아내로서 순교자 같은 자신의 처지를 필요 이상 내세웠다.

라셸이 쓴 돈 계산에서 모자라는 20수짜리 동전 하나를 두고 부부간에 격심한 말다툼이 벌어진 것은 어느 토요일이었다. 하녀가 물건 산 돈은 베르뜨가 알아서 계산하곤 했고, 오귀스뜨는 늘 그렇듯 다음주 생활비를 갖다주었다. 조스랑 부부가 그날 저녁에 식사하러 오기로 되어 있는 것인지, 부엌에는 토끼 한마리, 양¾ 다리 한토막, 꽃양배추 등 음식재료가 잔뜩 쌓여 있었다. 개수대 옆에서는 사뛰르냉이 바닥에 쪼그려 앉아 동생의 단화와 매제의 장화를 왁스 칠해 닦고 있었다. 20수짜리 동전 하나를 두고 길게 옥신각신하다가 부부싸움이 시작되었다. 대체 그 돈이 어디로 갔을까? 어떻게 20수를 잃어버릴 수가 있지? 오귀스뜨는 계산을 다시 해보려 했다. 그러는 동안 라셸은 비록 입은 꽉 다물고 딱딱한 표정이었지만 여전히 고분고분하고 조용한 모습으로, 그러나 두 눈 똑바로 뜨고 살피면서 양고기를 꼬치에 꿰고 있었다. 이윽고 그는 일주일치 생활비 50프랑을 주고 아래층으로 내려가려다가, 없어진 동전 생각을 떨치지 못해 돌아왔다.

"그래도 그 돈은 다시 찾아야지." 그가 말했다. "아마 당신이 라셸한테 빌려줬을 거요. 그래 놓고는 둘 다 기억을 못하는 걸 거야."

순간 베르뜨는 몹시 자존심이 상했다.

"장 볼 돈을 떼먹는다고 날 걸고넘어지는 거예요! 아, 참 자상도 하시군요."

　그것이 빌미가 되어 금세 부부간엔 서로 더없이 심한 말들까지 오가게 되었다. 오귀스뜨는 무슨 대가를 치르더라도 집안을 시끄럽지 않게 하고 싶었지만, 아내가 친정 부모의 코밑에 진상하려고 단 한번에 물 쓰듯 소비하는 토끼고기, 양고기, 꽃양배추 등의 식재료 더미를 보고는 흥분하여 이성을 잃고 공격적으로 나왔다. 그는 가계부를 뒤적이더니 조목마다 놀라 소리를 쳤다. 세상에 이럴 수가 있나! 이 여자가 하녀와 한통속이 돼서 장 볼 돈을 떼어먹고 있잖아.

　"내가, 내가!" 궁지에 몰린 베르뜨가 소리쳤다. "내가, 하녀와 한통속이라니! 아니, 나를 염탐하라고 하녀한테 몰래 돈을 찔러주는 게 당신 아니던가요. 그래요, 난 언제나 등 뒤에 저 여자가 있는 게 느껴지고, 한 발자국이라도 걸을라치면 꼭 저 여자 눈길과 마주친다고요. 아, 내가 속옷을 갈아입을 때 열쇠 구멍으로 몰래 들여다볼 테면 보라지요. 난 나쁜 짓은 하나도 한 게 없으니 당신이 매수한 염탐꾼 같은 건 아무 상관없어요. 다만 한가지, 아무리 막말을 하더라도 내가 저년과 한통속이라고 몰아세우지는 말아요."

　예상치 못한 공격을 받고 잠시 남편은 어리벙벙했다. 라셸은 양고기를 손에 쥔 채 이미 이쪽으로 돌아서 있었다. 그러더니 가슴에 손을 얹고 항변했다.

　"오, 마님. 어떻게 그렇게 생각하실 수가 있어요. 마님을 그렇게도 어려워하며 받드는 저를!"

　"저 사람은 미쳤어요." 오귀스뜨가 어깨를 으쓱하며 하녀에게 말했다. "이봐요, 변명할 거 없어요. 저 사람은 미쳤다니까."

　그런데 등 뒤에서 무슨 소리가 나서 그는 더럭 불안해졌다. 왁스를 칠해 반쯤 윤을 내다 만 신발 한짝을 거세게 내팽개치고 사뛰르냉이 동생을 구하러 몸을 날린 것이었다. 무시무시한 표정으로 두 주먹을 불끈 쥔 그는, 이 더러운 자식 한번만 더 저 애를 미친 여자로 몰면 목을 졸라버리겠다고 더듬더듬 말했다.

"보자 보자 하니 참 사람 죽이는군. 이건 마음에 있는 말 한마디라도 꺼냈다 하면 저 녀석이 우리 사이에 끼어드니 말이야. 내 저 녀석을 큰맘 먹고 받아들였지만, 이젠 좀 조용히 꺼져주었으면 좋겠어. 저것 또한 당신 어머니가 준 멋진 선물이지. 자기 아들이 하도 무서우니까 나한테 들입다 안겨버린 거지. 죽더라도 자기 대신 내가 맞아 죽는 게 낫겠으니까. 고맙지 뭐야. 이젠 손에 칼까지 들고…… 저놈 좀 말리라고들!"

베르뜨가 오빠의 손에서 무기를 뺏고 눈짓으로 그를 진정시키는 사이, 몹시 핼쑥해진 오귀스뜨는 들릴 듯 말 듯한 말들을 계속 입속으로 우물거렸다. 번번이 칼을 쳐들고 나서니 말이야! 못된 칼부림은 재빨리 휘어잡았지만, 미친놈 상대로는 도저히 어떻게 해볼 도리가 없어. 법에 호소해도 복수할 수 없다고! 그러니까 저따위 오빠 녀석한테 신변 보호를 맡기는 게 아니었어. 당연히 화를 낼 만해서 내는 것인데도 베르뜨의 남편인 나를 꼼짝도 못하게 만들어버리고, 수치심까지도 억지로 참지 않을 수 없게 만드는 저따위 작자에게 말이야.

"이봐요! 뭘 몰라도 한참 모르시는군요." 베르뜨가 경멸조로 말했다. "점잖으신 분께선 부엌에서 변명하는 법이 아니죠."

그녀는 문들을 쾅쾅 닫고 침실로 가버렸다. 라셀은 주인 내외의 다툼이 더 이상 귀에 들리지 않는 듯 고기구이판 쪽으로 돌아가 있었다. 모든 걸 다 알면서도 묵묵히 자기 자리를 지키는 하녀답게 지나치다 싶을 만큼 삼가는 태도로, 그녀는 마님이 나가는 것도 보지 않고 주인나리가 잠시 발을 구르는데도 그대로 두고 보며 얼굴의 털끝 하나 까딱하지 않았다. 바로 뒤이어 주인나리가 마님을 쫓아 뛰어갔다. 라셀은 여전히 무감동하게 토끼고기를 불에 얹고 있었다.

"내 말 좀 새겨들어봐, 여보." 오귀스뜨가 침실에서 베르뜨를 다시 붙들고는 말했다. "난 당신을 두고 얘기한 게 아니라고. 우리 돈을 훔치는 저 여자를 두고 말한 거요. 그 돈 20수를 찾아야 해요."

베르뜨는 신경질이 걷잡을 수 없이 치밀어 올라 몸을 부르르 떨었다. 그녀는 새하얗게 질린 단호한 모습으로 그를 마주 보았다.

"결국 당신은 돈 20수 때문에 날 내치겠다는 거 아뉴. 내가 원하는 건 20수가 아니고, 다달이 500프랑이에요. 그래요, 내 의상비 500프랑요. 부엌에서, 하녀 보는 앞에서 돈 얘기를 하다니! 좋아요, 그렇담 돈 얘기 좀 하자고요. 나도 오랫동안 참고 있었어요. 난 500프랑이 필요해요."

이러한 요구를 듣자 그는 어이가 없어 입을 떡 벌어졌다. 그러자 그녀는 자기 어머니가 이십년간 아버지에게 보름에 한번씩 해대던 대단한 바가지를 긁기 시작했다. 당신은 내가 맨발로 걸어 다니는 꼴을 보고 싶어요? 여자와 결혼할 때는, 최소한 옷이라도 제대로 입히고 먹여 살릴 방도는 마련해놨어야죠. 이렇게 무일푼인 생활을 감수하느니 차라리 동냥질이라도 해야겠어! 당신이 장사에 무능하다는 사실이 드러난대도 그건 내 탓은 결코 아녜요. 당신이란 사람은 무능하고, 생각도 줏대도 없고, 할 줄 아는 거라고는 푼돈도 쪼개 쓰는 구두쇠 노릇뿐이죠. 빨리빨리 한밑천 장만하고, 나를 여왕처럼 단장시켜 부인상회 사람들을 잔뜩 약오르게 하고 뽐내야 될 사람이! 안되지, 안돼. 그렇게 형편없는 머리로는 폭삭 망할 게 뻔해요. 봇물처럼 쏟아지는 이런 말들에서 드러나는 것은 돈에 대한 그녀의 존중과 맹렬한 욕구였다. 이처럼 돈을 섬기는 종교를 그녀는 단지 있는 척하기 위해 친정 식구들이 할 수밖에 없었던 비굴한 행동들을 보면서 절로 배운 것이었다.

"500프랑이라니!" 마침내 오귀스뜨가 말했다. "차라리 가게 문을 닫는 게 낫겠군."

그녀는 냉정하게 그를 바라보았다. "거절하는군요. 좋아요, 그럼 빚을 내겠어요."

"또 그놈의 빚. 한심한 여자 같으니."

그는 그녀의 두 팔을 잡고 거칠게 벽에 밀어붙였다. 그러자 소리도 치지 못하고 분노로 숨이 탁탁 막혀, 그녀는 곧장 달려가서 보도로 뛰어내리려는 듯 창문을 열었다. 그러나 되돌아오더니 이번에는 남편을 문 쪽으로 밀어 밖으로 내치며 더듬더듬 말했다.

"가요, 안 가면 난 끔찍한 일을 저지를 거예요!"

그러고는 그의 등 뒤에서 큰 소리를 내며 문을 잠갔다. 그는 잠시 망설이며 귀를 기울였다. 그러다가 부부싸움 소리를 듣고 부엌에서 나온 사뛰르냉의 두 눈이 그늘 속에서 번득이는 게 더럭 겁나서 부랴부랴 가게로 내려갔다.

노부인에게 스카프를 팔고 있던 옥따브는 주인의 얼굴이 우거지상이 된 것을 이내 알아차렸다. 그는 열이 뻗쳐 계산대 앞을 걸어 다니는 오귀스뜨를 슬며시 곁눈질로 바라보았다. 손님이 나가자 오귀스뜨는 심중에 쌓인 말을 쏟아냈다.

"이봐요, 그 여잔 미쳐가고 있다고." 그는 아내의 이름을 부르지도 않고 말했다. "방문을 잠그고 틀어박혔어요. 날 돕는 셈 치고 당신이 집에 올라가서 그 사람한테 말 좀 해줘야겠소. 정말이지 무슨 사고라도 칠까 겁난다고!"

옥따브는 "참 미묘한 문제로군요." 하며 망설이는 척하다가 마침내 헌신적으로 그 일을 맡았다. 위층에 올라가보니 사뛰르냉이 베르뜨의 침실 문 앞에 떡 버티고 있었다. 발소리가 나니 그는 위협하듯 으르렁거렸다. 그러나 옥따브를 보고는 얼굴이 환해졌다.

"아, 그래, 당신이오!" 그가 중얼거렸다. "당신이람, 좋아. 걔가 울면 안돼요. 친절하게 굴며 이 방에 있을 만한 핑계를 찾아내요. 그리고 붙어 있으라고요. 위험할 거 없어요. 여기 그냥 있어요. 하녀가 보려고 하면 내 쥐어박을 테니."

그리고 그는 바닥에 앉아 문을 지켰다. 그는 시간을 보내려고 아직까지 손에 들고 있던 매제의 장화 한짝에 다시 윤을 내기 시작했다.

옥따브는 방문을 두드릴 결심을 했다. 아무 소리도 없었다. 그러나 그가 이름을 대자 잠근 문이 열렸다. 베르뜨가 문을 빠끔히 열고 그에게 들어오라고 청했다. 이어 그녀는 문을 다시 닫고 약이 바짝 오른 듯 한 손가락으로 문을 잠갔다.

"당신이라면 좋아요." 그녀가 말했다. "그이는 싫어요."

그녀는 분에 못 이겨 열려 있는 창 쪽으로 걸어갔다. 그러고는 앞뒤 닿지도 않는 말을 이 소리 저 소리 쏟아놓았다. 그럴 마음이 있거들랑 우리 친정 부모님 식사 대접이나 좀 하라지요. 그래요, 이따가 내가 빠진 이유를 부모님께 설명이나 하라지요. 난 상머리에 앉지도 않을 테니까. 차라리 죽는 게 나아요. 그녀는 자리에 누우려 했다. 열에 들떠서 그녀는 옥따브가 있다는 것도 잊은 채 발덮개를 획 낚아채고 베개를 탁탁 치고 시트를 젖히고, 심지어 드레스의 단추를 끄를 듯한 몸짓까지 했다. 그러다가 다른 생각으로 후다닥 건너뛰었다.

"내 말 믿으시겠어요. 그이가 날 때렸어요. 때렸다고요, 때렸다니까요! 밤낮 누더기만 걸치고 다니기가 창피해서 500프랑 달랬더니 말이에요."

그는 방 한복판에 서서 부부 사이를 화해시킬 말을 찾고 있었다. 이렇게 속을 썩이시면 안됩니다. 모든 게 잘될 겁니다. 마침내 쭈뼛거리며 그는 용감하게 한가지 제안을 했다.

"돈 때문에 곤란한 처지시라면, 어째서 친한 사람들한테 얘기하시지 않죠? 제가 기꺼이 도와드릴 텐데요. 오, 당연히 단지 빌려드리는 거죠. 나중에 갚으실 거 아닙니까."

그녀는 그를 바라보았다. 잠시 침묵이 흐른 뒤 그녀가 대답했다.

"절대 안돼요. 그건 자존심 상하는 일이에요. 남들이 어떻게 생각하겠어요?"

그녀가 아주 단호히 거절해서 더 이상 돈 얘기는 거론되지 않았다. 그러나 그녀는 분노를 일단 삭인 것 같았다. 그녀는 세차게 숨을 몰아쉬며 눈물로 얼굴을 적셨고 안색은 백지장처럼 창백했다. 그리고 꽤나 지쳐서 아주 조용했지만 커다란 두 눈에는 굳은 결심이 어려 있었다. 그녀를 대하다보니 옥따브에게는 연애감정 특유의 수줍음이 엄습했다. 이건 어리석은 짓이구나 싶었다. 그는 아직까지 이토록 열렬하게 사랑해본 적이 없었다. 마음속에 품은 욕망 때문에 이 미남 점원의 세련된 맵시는 서툰 모습으로 변해버렸다. 막연한 말로 화해하라고 충고하면서도 그는 내심으로는, 이제 그녀를 품 안으로 낚아채야 하는 게 아닌지 따져보고 있었다. 그러나 이번에도 거절당하면 어쩌나 하는 두려움에 기가 꺾였다. 이마에는 가느다란 주름이 하나 팬 채, 그녀는 여전히 결연한 태도로 말 없이 그를 바라보았다.

"저런 세상에!" 그가 더듬더듬 말을 계속했다. "참으셔야죠. 남편은 나쁜 분이 아니랍니다. 부인께서 잘만 조종하시면 원하는 걸 얻으실 수 있을 겁니다."

그러자 둘은 이러한 빈말들 뒤에 숨은 똑같은 생각이 그들을 엄습하는 걸 느꼈다. 그들은 단둘뿐이었고, 자유로웠고, 문이 잠겼으니 누구에게 갑자기 들킬 염려도 전혀 없었다. 이러한 안도감과 꽉 닫힌 방 안의 뜨뜻미지근한 공기가 그들 속으로 파고들었다. 하지만 그들은 감히 엄두를 내지 못했다. 그의 여성적인 면, 여성에 대한 감각이 이 순간에 바짝 예민해져서 둘의 몸이 가까워질 때 마치 남자 쪽이 여자가 된 것 같았다. 그러자 그녀는 지난날 어머니로부터 받은 수업을 기억한 듯 손수건을 살며시 떨어뜨렸다.

"오, 죄송해요." 손수건을 주워주는 옥따브에게 그녀가 말했다.

그들의 손가락이 서로 스쳤고, 이처럼 순간적인 접촉을 통해 그들의 거리는 서로 가까워졌다. 이제 그녀는 정답게 미소 지었고, 남자들이 나무판자 같은 여자는 싫어한다는 사실을 상기하고는 몸가짐을 나긋나긋하게 했다. 남자를 낚으려면 숙맥처럼 굴지 말고 안 그런 척하면서 어린애 같은 짓을 허락해야 하는 법이니까.

"어느새 밤이군요." 창문을 닫으러 가며 그녀가 말을 이었다.

그는 뒤따라갔고 커튼의 그늘 속에서 그녀는 그에게 한 손을 내맡겼다. 그녀는 더 크게 까르르 웃었고, 그를 어리벙벙하게 만들며 어여쁜 몸짓으로 그를 감쌌다. 그리고 마침내 그가 과감하게 나오자 그녀는 고개를 뒤로 젖히고 발랄함이 넘치는 싱싱하고 보드라운 목을 쭉 뺐다. 넋이 나가 그는 그녀의 턱 아래쪽에 입을 맞췄다.

"오, 옥따브 씨!" 그녀가 당황하여 부드럽게 그를 제자리로 돌려보내려는 시늉을 하며 말했다.

그러나 그는 그녀를 꽉 붙들어 방금 그녀가 시트를 젖혀놓은 침대 위로 밀어뜨렸다. 그리고 욕망이 채워지면서 그의 우악스러움이, 겉으로는 달콤하게 발라 맞추며 사모하는 척하면서도 속으로 품고 있던 여자에 대한 매몰찬 경멸감이 다시 본색을 드러냈다. 그녀는 잠자코 행복한 느낌도 없이 그를 받아들였다. 손목이 부러질 듯 아프고 얼굴은 고통으로 찌푸려진 채 다시 몸을 일으키면서 그녀가 그에게 던지는 어두운 시선 속에는 남자에 대한 평소의 경멸감이 그대로 드러나 있었다. 사방은 고요했고, 문 뒤에서 사뛰르냉이 매제의 장화에 솔질을 하며 윤을 내는 소리만 규칙적으로 들려왔다.

그러나 옥따브는 승리를 쟁취했다는 얼떨떨한 도취감 속에서 발레리와 에두앵 부인을 생각하고 있었다. 그러니까 마침내 그는 별 볼 일 없는 삐숑 부인의 정부 말고 다른 그 무엇이 된 것이다. 이 사실은 그에게 일종의 명예회복과도 같았다. 그러다가 그는 베르뜨의 힘겨운 몸놀림을 보고는 적이 부끄러워져서 아주 부드럽게 그녀에게 입을 맞추었다. 하지만 그녀는 몸을 추스르고, 누가 뭐래도 천하태평인 특유의 표정을 되찾고 있었다. 몸짓으로 그녀는 이렇게 말하는 듯했다. 할 수 없지 뭐! 이미 엎질러진 물인데. 그러나 뒤이어 그녀는 한가지 우울한 생각을 말하고픈 욕구를 느꼈다.

"당신이 나와 결혼했더라면." 그녀가 중얼거렸다.

그는 깜짝 놀랐고 거의 불안하기까지 했다. 그런 중에도 여전히 그녀에게 입을 맞추며 속삭였다. "오, 그래요. 그랬으면 얼마나 좋을까요."

조스랑 씨 내외와 함께한 그날 저녁 식사는 더없이 화기애애했다. 베르뜨는 일찍이 이렇게 부드러운 태도를 보인 적이 없었다. 그녀는 아까 한 말다툼에 대해서는 부모에게 한마디도 하지 않고 순종적인 태도로 남편을 대했다. 남편은 몹시 기뻐서 옥따브를 따로 불러 고맙다고 했다. 그러면서 오귀스뜨가 어찌나 따뜻하고 진정 어린 태도로 그의 두 손을 잡았던지, 옥따브는 몸둘 바를 모를 지경이었다. 그뿐만 아니라 모두가 다정하게들 굴어서 그는 부담스러웠다. 사뛰르냉은 식사 중에 아주 의젓하게 앉아, 마치 자기가 불륜의 달콤한 맛을 함께 나누기라도 한 것처럼 애정 어린 눈길로 그를 바라봤다. 오르땅스는 옥따브의 얘기에 귀 기울여주었고, 조스랑 부인은 모성애 넘치는 격려를 보내며 그에게 술을 따라주었다.

"아유, 그러믄요." 후식을 먹을 때 베르뜨가 말했다. "난 다시 그림을 그릴 거예요. 오래전부터 오귀스뜨를 위해 찻잔 하나를 예쁘게 장식해주고 싶었거든요."

자신을 생각해주는 아내의 이 고운 마음 씀씀이에 오귀스뜨는 무척 감동했다. 처음 수프가 나올 때부터 식탁 밑으로 옥따브는 그녀의 발 위에 자기 발을 얹어놓았다. 중산층의 이 오붓한 식사에서, 이런 짓을 할 수 있다는 것은 그녀를 수중에 넣은 것이나 다름없었다. 그렇지만 베르뜨는 온몸을 샅샅이 훑는 듯한 라셀의 시선과 예기치 않게 마주치곤 했기 때문에 은근히 켕겼다. 이런 일이 겉으로 드러나 보인단 말인가? 여하튼 내보내든지 돈으로 구워삶든지 해야 될 여자란 말이야.

그런데 옆에 앉아 있던 조스랑 씨가 종이에 싼 돈 19프랑을 식탁보에 가린 채 딸에게 넌지시 건네주었고, 끝내 딸은 감동하고 말았다. 그는 몸을 굽혀 딸의 귀에 대고 속삭였다.

"내가 부업으로 번 거란다. 빚을 졌으면 갚아야지."

그러자, 자기 한쪽 무릎을 미는 아버지와 발로 부드럽게 자기 신발을 스치고 있는 애인 사이에 앉은 베르뜨는 마음이 그렇게 편할 수가 없었다. 이제 바야흐로 살맛이 날 것 같은 기분이었다. 모두가 긴장을 풀고 입씨름 한마디 없이, 식구끼리 모인 저녁나절의 안락한 분위기를 즐기고 있었다. 사실 이것은 예삿일이 아니었다. 무언가가 이들에게 행운을 가져다줄 것 같았다. 오로지 오귀스뜨만이, 이렇게 감정이 격앙되고 난 뒤에는 으레 그렇듯이 두통이 엄습해와서 실눈을 뜨고 있었다. 오죽했으면 9시경에 벌써 가서 자리에 누워야만 했을까.

13

얼마 전부터 구르 씨가 아리송하고 불안스러운 태도로 여기저기 어정거리고 있었다. 사람들은 눈을 부릅뜨고 귀를 바짝 세운 채쉴 새 없이 중앙계단과 뒷계단을 조용히 올라다니는 그와 마주치곤 했고, 심지어 밤에도 순찰을 도는 듯한 그의 모습을 계단에서 보기도 했다. 틀림없이 입주자들의 풍기에 관심을 기울이고 있는 것 같았다. 안뜰의 차갑고 휑한 모습과 명상에 잠긴 듯 고요한 현관의 평화, 그리고 각층마다 자리 잡은 가정들의 훌륭한 미덕을 어지럽히는 모종의 불미스러운 낌새를 그가 포착한 것이다.

어느날 저녁 옥따브는 문지기가 등불도 없이 자기 방이 있는 복도 끝, 뒷계단으로 통하는 문에 착 붙어 꼼짝 않고 있는 것을 보았다. 깜짝 놀란 그는 문지기에게 물어보았다.

"뭐 좀 알아보려고 그럽니다, 무레 씨." 구르 씨는 이렇게 간단히 대답하고 자러 내려갔다.

옥따브는 몹시 겁을 먹었다. 내가 베르뜨와 몇차례 관계 가진 것을 문지기가 눈치챘나? 어쩌면 그는 우리들을 엿보고 있었을지도 모른다. 보는 눈이 많은데다 더할 나위 없이 엄격한 원칙을 내세우고 있는 이 집에서 그들의 관계는 끊임없이 장애에 부딪치곤 했다. 그래서 그는 정을 통한 여인에게 거의 접근할 수 없었다. 혹시 그녀가 혼자 오후 외출을 할 때면 핑계를 대고 가게를 빠져나와 어느 으슥한 골목에서 그녀를 만나 한시간 동안 팔짱 끼고 거니는 것이 그가 맛보는 유일한 낙이었다. 한편 오귀스뜨는 7월 말부터 매주 화요일마다 리옹에 가서 자고 와야 했다. 그는 어수룩하게도 도산 위기에 놓인 견직물 공장 경영에 개입한 것이다. 그러나 베르뜨는 그때까지만 해도 이런 자유로운 밤을 틈타 밀회하는 것을 밤마다 거부해왔다. 그녀는 하녀 앞에서 벌벌 떨며, 혹시 깜박 잊고 함부로 일을 저질렀다가 하녀에게 꼼짝 못하는 신세가 될까봐 두려워했다.

옥따브가 자기 방 근처에 버티고 서 있는 구르 씨를 발견한 것은 어느 화요일 저녁의 일이었다. 그후 그의 불안은 한층 더해졌다. 일주일 전부터 그는 베르뜨에게 온 집안사람들이 다 잘 시간이나 되어 자기를 만나러 올라와달라고 애원했으나 헛일이었다. 그렇다면 문지기가 알아차린 걸까? 옥따브는 불만을 품고 두려움과 욕망에 시달리며 자리에 누웠다. 애정이 제풀에 고조되고 미친 듯한 정열로 돌변하여 연애감정이 만들어내는 온갖 바보짓에 빠져들고 있는 자신의 모습에 화가 났다. 으슥한 곳에서나마 베르뜨를 만나려면 그녀의 발걸음을 가게 앞에서 멈추게 하는 물건들을 사주어야만 했다. 그 전날도 마들렌 골목에서 그녀가 작은 모자 하나를 어찌나 군침 삼키며 보고 있던지, 그는 들어가 그 모자를 사서 선물해야 했다. 줄장미 장식이 하나 달린 밀짚모자였는데, 예쁘장하면서도 단순한 것이었다. 그런데 200프랑이라니, 좀 너무 비싸다 싶었다.

한시쯤, 한참을 이부자리 속에서 이리 뒤척 저리 뒤척 하던 끝에 몸이 불덩이처럼 달아오른 채 막 잠이 들려는데 가볍게 툭툭 치는 손길이 그를 깨웠다.

"저예요." 여자 목소리가 부드럽게 속삭였다.

베르뜨였다. 그는 이불을 젖히고 어둠속에서 그녀를 정신없이 껴안았다. 그러나 그녀는 그러려고 올라온 게 아니었다. 꺼졌던 초에 불을 붙이자 몹시 허둥대는 그녀의 모습이 눈에 들어왔다. 어제 그는 주머니에 돈이 넉넉지 않아 그 모자값을 낼 수 없었다. 그런데 그녀가 기분 좋은 김에 생각 없이 그냥 이름을 대주어, 그 가게에서 청구서를 오늘 그녀 앞으로 보내온 것이었다. 그러자 그녀는 당장 내일이라도 남편에게 사람들이 찾아올까 싶어 벌벌 떨면서, 집 안이 쥐 죽은 듯 조용하고 라셸이 잠든 게 확실하기도 해서 감히 여기 올라올 엄두를 낸 것이었다.

"내일 아침이에요, 알았죠?" 그녀가 그의 품을 빠져나가려고 하며 애원했다. "내일 아침에 값을 치러야 한다고요."

그러나 이미 그가 그녀를 다시 품에 안은 뒤였다.

"그냥 있어요."

잠이 덜 깬 채 오드드 떨면서 그는 그녀의 목에 대고 더듬더듬 말하며 뜨뜻한 침대 속으로 그녀를 끌어들였다. 그녀는 겉옷을 벗고 속치마와 속옷 윗도리만 걸치고 있었다. 자려고 머리를 한갈래로 땋고 방금 겉옷을 벗어서 어깨가 아직도 따스한 그녀가 마치 벌거벗은 듯이 느껴졌다.

"정말로, 한시간 후엔 보내줄게. 그냥 있으라고요."

그녀는 그냥 있었다. 침실의 후덥지근한 관능적 쾌감 속에, 괘종시계가 천천히 뎅뎅 울렸다. 괘종이 울릴 때마다 그가 어찌나 다정하게 애원하며 붙들었는지 그녀는 기진맥진한 채로 그곳에 남아 있었다. 그러다가 4시쯤 마지막으로 그녀가 자기 집으로 내려가려고 했지만, 둘은 서로 끌어안고 잠이 들고 말았다. 그들이 눈을 떴을 때는 창문으로 햇빛이 훤하게 들어오고 있었고, 시간은 9시였다. 베르뜨가 고함을 질렀다.

"아유, 맙소사! 큰일 났네."

잠시 그들은 갈피를 못 잡고 우왕좌왕했다. 그녀는 터져 나오려는 탄식을 누르고 침대에서 뛰어내렸지만, 피곤해서 오는 졸음으로 눈이 감겨 아무것도 보이지 않아 더듬더듬 아무렇게나 옷을 입었다. 그녀 못지않게 절망감에 사로잡혀 있던 그는 문 앞으로 뛰어가서 이런 시간에 이런 차림새로 나가지 못하게 그녀를 막았다. 정신 나간 건가요? 계단에서 사람들과 마주칠 텐데, 이건 너무 위험한 짓이에요. 잘 생각해서 남들 눈에 띄지 않고 내려갈 방도를 강구해야지. 그러나 그녀는 그가 막고 있는 문에 몸을 부딪치며 부득부득 가려고만 했다. 마침내 그는 뒷계단을 생각해냈다. 거기가 안성맞춤이지. 부엌으로 해서 집으로 후다닥 들어가면 돼. 다만 마리 삐숑이 아침이면 언제나 복도에 나와 있곤 하니까, 신중을 기하려면 베르뜨가 빠져나가는 사이에 마리의 관심을 자기 쪽으로 끌자는 생각이 떠올랐다. 그는 재빨리 바지와 윗저고리를 걸쳤다.

"맙소사, 오래도 걸리네."

이제는 잉걸불 속에라도 든 듯 한시라도 이 방에 있는 것을 못 견뎌하며 베르뜨가 더듬거렸다.

이윽고 옥따브는 평소처럼 태연한 걸음걸이로 집 밖으로 나갔다가, 사뛰르냉이 마리네 집 앞에 서서 그녀가 집안일 하는 모습을 가만히 지켜보고 있는 것을 발견하고 깜짝 놀랐다. 사뛰르냉은 예전처럼 이렇게 마리 곁에 와서 피신하기를 좋아했다. 마리가 자기를 멍하니 있도록 놔두어서 좋았고, 닦달을 받지 않을 것이 확실했으니까. 게다가 그가 방해하지 않으니 비록 서로 말을 주고받는 건 아니지만 마리도 기꺼이 그가 와 있는 것을 참아주었다. 어쨌든 누군가가 벗이 되어주는 셈이었고, 그러면 그녀는 나지막하고 꺼져 들어가는 목소리로 늘 부르는 로망스를 흥얼거리기 시작하는 것이었다.

"이런! 애인과 함께 계시군요." 옥따브가 등 뒤의 문을 계속 닫아두려고 수를 쓰면서 말했다.

마리는 얼굴빛이 붉으락푸르락해졌다. 오, 이 가엾은 사뛰르냉 씨를 애인이라니! 그게 말이나 되는 소리예요. 어쩌다 누가 손이라도 건드리면 괴로워하는 표정이 되는 이 사람을! 그뿐만 아니라 사뛰르냉 본인도 화를 냈다. 자기는 절대로, 절대로 연애 같은 건 안 한다. 자기에게 그따위 거짓말을 하는 놈들 있으면 손봐줄 거라고 했다. 옥따브는 버럭 성질을 내는 데 놀라 그를 진정시키지 않을 수 없었다.

그러는 사이에 베르뜨는 뒷계단으로 미끄러지듯 내려갔다. 두 층을 내려가야 했다. 첫 계단을 밟자마자 바로 밑의 쥐죄르 부인 집 부엌에서 째지는 웃음소리가 새어 나와 그녀는 걸음을 멈추었다. 그리고 벌벌 떨면서 좁은 안뜰 쪽으로 활짝 열린 층계참의 창문 옆에 섰다. 그러자 여러 사람의 목소리가 왁자하니 터져 나왔고, 악취 나는 창자 같은 그곳으로부터 아침나절의 쓰레기 같은 말들이 밀물처럼 쏟아졌다. 하녀들이 자기네들이 잘 때 방 열쇠 구멍으로 들여다보러 다닌다고 노발대발 야단치며 어린 루이즈를 주먹으로 때리고 있는 것이었다. 열다섯살도 안된 코흘리개 년이 그런 더러운 짓을! 루이즈는 웃고 있었고, 점점 더 크게 웃었다. 안했다고는 하지 않겠어요. 나는 아델의 엉덩이가 어떻게 생겼는지 알아요. 오, 아녜요, 직접 봐야 돼요. 리자는 절대 말라깽이가 아니고, 빅뚜아르는 고물 드럼통처럼 배가 푹 꺼졌어요. 그러자 루이즈의 입을 막으려고 모두들 입에 담지 못할 상소리들을 한층 거세게 퍼부어댔다. 그러다가 서로의 앞에서 이렇게 치부가 드러난 것이 곤란하기도 하고 자기 방어를 할 마음에 조바심도 나서, 하녀들은 하녀들대로 이번에는 주인마님들을 홀딱 벗김으로써 앙갚음을 하였다. 리자가 아무리 말라깽이라도 깡빠르동 씨 작은댁만큼 빼빼 마르진 않았지. 그 여잔 상어가죽 그 자체인데, 건축가에겐 아마 기막히게 맛있나보지. 빅뚜아르는 이 세상의 바브르, 뒤베리에, 조스랑 성姓 씨를 가진 모든 여자들이 자기만큼 나이 먹었을 때 이만큼만 배를 잘 건사하길 바란다는 말만 하고 말았다. 또 아델은 세상없어도 자기 엉덩이를 주인아가씨들 것과 바꾸지 않겠다고 했다. 그 보잘것없는 엉덩이들이라니! 베르뜨는 이런 하수구가 있으리라고는 꿈에도 짐작 못했다. 그녀는 주인들이 세수하는 이 시간에 부엌에서 하인들이 나누는 내장찌꺼기처럼 지저분한 대화를 뜻밖에 처음으로 듣고는 얼이 빠져 꼼짝 않고 있었다.

그런데 느닷없이 누군가의 음성이 크게 들렸다.

"주인님이 더운물 가지러 오신다!"

그러자 창문들이 닫히고, 문에서는 쾅쾅 소리가 났다. 쥐 죽은 듯 조용해졌다. 베르뜨는 아직도 움직일 엄두를 내지 못하고 있었다. 이윽고 그녀는 다시 내려가다가, 라셸이 틀림없이 집 부엌에서 자기를 기다리고 있을 거라는 생각을 했다. 그것이 또 새로운 걱정거리가 되었다. 지금 집에 들어가느니 이 길로 나가 영영 먼 곳으로 달아나버리는 게 낫겠다는 생각까지 들었다. 그러나 문을 빠끔히 열어보고는 하녀가 안 보이자 안심을 했다. 이제 무사히 내 집에 왔구나 하는 어린애처럼 기쁜 마음이 들어 그녀는 재빨리 자기 방으로 갔다. 그러나 흐트러지지 않은 침대 앞에 라셸이 서 있었다. 하녀는 침대를 바라보고, 이어 말없이 그녀를 바라보았다. 베르뜨는 어쩔 바를 모르고 언니가 몸이 안 좋다고 둘러대며 변명했다. 그녀는 말을 더듬다가 갑자기 자기변명이 뻔한 거짓말이라는 사실에 겁이 나고 이젠 끝장이라는 생각에 눈물을 펑펑 쏟았다. 의자에 털썩 주저앉아 그녀는 울고 또 울었다.

꼬박 일분이 그렇게 흘러갔다. 한마디도 오가지 않았다. 흐느끼는 소리만이 방의 깊은 정적을 흔들어놓고 있을 뿐이었다. 라셸은 지나치게 삼가는 태도를 보이며, 모든 것을 다 알지만 아무것도 발설하지 않는 하녀답게 냉정한 표정을 유지하며 등을 돌렸고, 침구 정돈을 마저 마치려는 듯 베개를 둘둘 굴리는 시늉을 했다. 이 침묵으로 점점 더 혼란에 빠진 베르뜨가 너무도 큰 소리로 울며 절망감을 드러내자, 가구를 닦고 있던 하녀는 마침내 공손한 음성으로 간단히 말했다.

"마음 쓰실 거 없습니다, 마님. 나리께선 그렇게 좋으신 분이 아닌걸요."

베르뜨는 울음을 멈추었다. 이 여자에게 돈을 쥐어줘야지. 그러면 되는 거다. 즉시 그녀는 하녀에게 20프랑을 주었다. 그러고 나니 이런 자신의 행동이 치사한 것 같았다. 그리고 하녀가 경멸조로 입술을 삐죽 내미는 모습을 본 것 같아 벌써부터 걱정이 되어 부엌으로 가서 하녀를 다시 침실로 데려와 새 드레스 한벌을 주었다.

한편 이때 옥따브는 옥따브대로, 구르 씨 때문에 다시 두려움에 휩싸여 있었다. 삐송네 집에서 나오면서 그는 구르 씨가 전날처럼 꼼짝 않고 뒷계단 문 뒤에서 엿보고 있는 것을 발견했다. 그는 말 붙일 엄두조차 못 내고 문지기 뒤를 따라갔다. 문지기는 엄숙하게 중앙계단을 도로 내려가고 있었다. 바로 아래층에 오자 그는 열쇠를 주머니에서 꺼내더니 매주 하룻밤씩 일하러 온다는 그 저명인사가 세낸 방으로 들어갔다. 잠시 열린 문을 통해 옥따브는 늘 무덤처럼 닫혀 있던 그 방 안을 똑똑히 보았다. 이날 아침 그 방은 끔찍이도 어지러뜨려져 있었다. 아마 간밤에 그 신사가 일을 한 모양이었다. 커다란 침대는 시트가 비어져 나와 있고 먹다 남은 가재와 따놓은 술병들, 더러운 대야 두개가 하나는 침대 위에 또 하나는 의자 위에 아무렇게나 놓여 있는 것이 옷장의 거울에 비쳐 보였다. 구르 씨는 은퇴한 법관처럼 냉정한 태도로 이내 대야를 비우고 부시기 시작했다. 마들렌 골목으로 모자값을 치르러 뛰어갈 때 옥따브의 마음은 괴로운 의혹 속에서 허우적거리고 있었다. 돈을 내고 집에 들어올 때, 그는 마침내 문지기에게 말을 시켜보기로 마음먹었다. 구르 부인은 문지기방의 열린 창문 앞, 두개의 화분 사이에서 커다란 안락의자에 몸을 깊숙이 파묻고 다리를 길게 뻗은 채 바람을 쐬고 있었다. 문 가까이에는 삐루 할멈이 비굴하고 겁먹은 모습으로 서 있었다.

"혹시 저한테 편지 온 거 없나요?" 옥따브가 얘기 실마리 삼아 물었다.

마침 그때 구르 씨가 4층의 그 방에서 내려오고 있었다. 그가 이 건물 안에서 아직껏 하고 있는 유일한 노동은 그 방의 치다꺼리였다. 그는 대야를 다른 사람이 만지지 않게 한다는 조건으로 아주 후하게 보수를 주는 그 신사의 신임을 자랑스러워했다.

"없습니다, 무레 씨. 하나도 없습죠." 그가 대답했다.

그는 삐루 할멈을 분명히 보고서도 못 본 척했다. 전날 그는 물이 담겨 있던 대야가 엎질러져 현관 한복판이 질펀하다고 길길이 화를 내며 그녀를 밖으로 내쫓기까지 했던 것이다. 그런데 그녀는 품삯을 받으러 와서는 그의 앞에서 기도 못 펴고 와들와들 떨며 벽쪽으로 주춤주춤 물러서고 있었다. 옥따브가 구르 부인에게 친절하게 구느라 미적거리고 있을 때 문지기가 거칠게 할멈 쪽으로 돌아섰다.

"자, 품삯을 치러야지. 얼마 주면 되오?"

그런데 구르 부인이 그의 말을 막고 끼어들었다.

"여보, 좀 봐요. 또 저 여자가 그 고약한 짐승을 데리고 오네요."

리자는 며칠 전 길에 돌아다니는 스패니얼 한 마리를 우연히 얻었는데, 그때부터 문지기 부부와 끊임없이 티격태격했다. 집주인이 집 안에 짐승을 들이는 걸 원치 않는다는 것이 구르 씨의 얘기였다. 안되지, 짐승도 안되고 여자도 안된다고. 이미 안뜰은 그 조그만 개에게 출입금지였다. 집 바깥에 나가서 얼마든지 똥오줌 싸면 되잖냐는 것이었다. 비가 오는 날 개가 젖은 발로 들어오면 구르 씨는 잽싸게 뛰어나가며 소리쳤다.

"개가 올라가는 거 난 질색이야. 안고 올라가슈."

"아니, 그럼 난 어떡하라고요." 리자가 뻔뻔하게 말했다. "개가 뒷계단 좀 적시기로서니 무슨 큰일이라도 난다는 건가! 자, 올라가거라, 우리 강아지."

구르 씨는 개를 잡으려다가 미끄러질 뻔하고는 하녀들을 향해 버럭 화를 냈다. 옛날에는 자기도 남의 집 하인이었다가 이제는 남을 부리게 된 그는 언제나 분을 못 참고 하녀들과 으르렁거렸다. 그러나 갑자기 리자가 도로 그에게 오더니, 몽마르트르 동네에서 잔뼈가 굵은 여자답게 입심 좋게 말했다.

"이봐, 나 좀 가만 놔두지 못해, 이 쫓겨난 하인배야. 가서 공작님 요강이나 부시지 그래!"

구르 씨를 찍소리 못하게 만드는 욕설은 이것밖에 없었다. 하녀들은 이 욕을 지나치리만큼 자주 써먹곤 했다. 그는 부르르 떨면서 속으로 무슨 말을 중얼댔는데, 자기는 공작님 댁에서 하인 노릇했던 게 자랑스럽다, 저 썩어빠진 여자 같으면 그 댁에 단 두시간도 못 붙어 있었을 거라는 얘기 같았다. 그러더니 그는 삐루 할멈에게 덤벼들었고 할멈은 소스라쳐 벌벌 떨었다.

"그래서 얼마 주면 된다는 거요, 엉? 12프랑 65상띰이라고, 아니 이럴 수가! 시간당 20상띰에 예순세시간이라. 아, 십오분도 시간으로 치는구만. 천만의 말씀. 내 미리 말했지, 첫 십오분은 쳐주지 않는다고."

그러고도 그는 여전히 돈을 주지 않고 겁에 질린 할멈을 그냥 놔두고는, 자기 아내와 옥따브가 나누는 대화에 끼어들었다. 옥따브는 이런 집에선 틀림없이 골칫거리가 많이 생길 거라고 말하며 구렁이 담 넘어가듯 입주자들 얘기로 그들 부부를 유도하려 했다. 집집마다 문 뒤에서 별별 희한한 일들이 벌어지는 게 틀림없다고. 그러자 문지기가 특유의 엄중한 투로 말했다.

"우리 일은 우리가 알아서 합니다, 무레 씨. 그리고 우리 일이 아닌 건 우리가 알 바 아니고요. 예를 들면 저런 게 나를 펄펄 뛰게 한다고요. 좀 보십쇼, 보시라고요!"

그러고는 팔을 뻗어 둥근 지붕 밑으로 구두 꿰매는 여자를, 장례식 날 북새통 속에 집에 들어온 그 키 크고 핼쑥한 여자를 가리켰다. 그녀는 아이를 가져 남산만한 배, 그것도 목과 다리가 병적으로 가늘어서 더욱 튀어나와 보이는 배를 쑥 내밀고 힘겹게 걷고 있었다.

"대체 뭐가요?" 옥따브가 물정 모르고 물었다.

"안 보이세요? 저 배, 저 배가요!"

구르 씨를 격분케 하는 것은 바로 그 배였다. 시집도 안 간 처녀가 대체 어디서 배가 저렇게 불러가지고 온 건지 모르겠단 말이야. 이사 오면서 몇푼 낼 때만 해도 납작했는데…… 그 돈만 아니었어도 저 여자한테 절대 방을 세주지 않았을 텐데. 그런데 저 여자는 배가 너무 나왔단 말이야.

문지기가 설명했다. "글쎄 제가 임신 사실을 알아차린 날, 저와 집주인영감님이 얼마나 골치 아팠겠습니까. 저 여자 미리 얘기했어야 하는 거 아닙니까? 그런 일을 감추고 남의 집에 들어오는 법이 어디 있어요. 하지만 처음에는 눈에 띌락 말락 했으니 그럴 수도 있죠. 저도 별 말 안했다고요. 요컨대 전 저 여자가 조심성 있게 처신하길 바란 거죠. 그런데 유심히 살펴보았더니 배가 눈에 띄게 불러오는 거예요. 어찌나 빨리 불러오는지 놀라자빠질 지경이었다고요. 보세요, 지금 좀 보시라고요. 배를 졸라맬 생각은 털끝만치도 안하고, 마냥 놔두고 있는 겁니다. 현관도 이젠 저 여자가 드나들기에는 비좁다니까요."

그녀가 뒷계단 쪽으로 가는 사이 그는 무슨 비극이라도 연기하듯 한 팔을 뻗어 그녀를 가리켰다. 이제 그의 눈에는 그녀의 배가 안뜰의 차가운 정결함에, 그리고 현관의 인조 대리석과 금박 입힌 아연에까지 그림자를 드리우는 것 같았다. 바로 그녀의 배가 부풀어 오르면서 이 건물에는 파렴치한 그 무엇이 가득 차고, 그로 인해 벽들조차도 영 편치 못해 보인다는 것이었다. 그녀의 배가 불러갈수록 이 집 사람들의 도덕성에 일종의 혼란이 생겨났다고 했다.

"정말이지 이런 일이 계속된다면 우린 물러나 모르라빌에 있는 우리 집에 들어앉는 게 낫겠습니다. 안 그렇소, 여보? 천행으로 우리에겐 남한테 기대지 않고 먹고살 만큼은 있으니까요. 이렇게 버젓한 집이 저따위 여자의 배 때문에 남의 이목을 끌다니! 저 배 때문에 이 집이 남세스러워진다고요. 그래요, 저 여자가 들어올 적이면 다들 쳐다본다니까요."

"저 여자 몹시 괴로운 것 같은데요." 옥따브가 많이 동정할 엄두는 감히 못 내고 눈길로 그녀를 뒤쫓으며 말했다. "언제 보아도 저렇게 서글퍼 뵈고 핼쑥해요. 아마도 자포자기한 것 같아요. 하지만 애인 하나쯤은 있겠죠."

이때 구르 씨가 거세게 펄쩍 뛰었다.

"바로 그 얘깁니다. 들었소, 여보? 무레 씨도 저 여자한테 애인이 있을 거라 생각하시잖소. 뻔하지, 아니 땐 굴뚝에 연기 나겠어. 내 두달째 저 여자 거동을 지켜보고 있지만 아직 남정네 그림자 하나 얼씬하는 걸 못 봤어요. 저 여자가 나쁜 짓 하는 걸 현장에서 잡아야 되는데…… 내 그놈을 찾기만 하면 저 밖으로 그냥 냅다 던져버리련만! 그런데 찾질 못하니 속이 부글부글 끓을 수밖에요."

"아마 아무도 안 올 겁니다." 옥따브가 용기를 내어 말했다.

문지기는 깜짝 놀라 그를 쳐다보았다.

"그럼 안되지요. 내 기어이 그놈을 잡아내고 말 거요. 저 여자보고 10월엔 나가라고 해놓았으니 아직 6주 남았어요. 저 여자가 여기서 애 낳는 꼴을 생각 좀 해보십쇼. 글쎄, 밖에 나가 낳아야 한다며 뒤베리에 씨가 화를 내면 뭘 합니까. 전 이제 편안히 잠을 잘 수가 없어요. 저 여잔 나갈 날이 되기 전에 애를 낳는 흉한 꼴을 우리 앞에서 너끈히 보일 여자니까요. 그 늙은 구두쇠 바브르 영감님만 아니었으면 이런 불상사는 없었을 텐데. 그 목수 놈만으로도 영감님은 충분히 따끔한 맛을 본 거라고요. 그런데 내 충고에도 아랑곳없이 130프랑 더 받겠다고 저 구두 꿰매는 여자한테 방을 세줄 맘을 먹은 겁니다. 어디 할 대로 해보라지요. 막일꾼들을 마구 들여놓고 지저분한 노동자 나부랭이들한테 방이나 내주며 자기 집을 폭폭 썩이라지요. 집 안에 상것들을 두면 바로 이 꼴 나는 거라고요."

그는 여전히 삿대질을 하며 뒷계단으로 힘겹게 사라지는 그 젊은 여자의 배를 가리켰다. 당신은 집의 청결에 너무 신경 쓰는데 그러다 병날 거라며 구르 부인이 그를 진정시켜야 했다. 이때 삐루 할멈이 조심스레 헛기침을 하며 자기가 있다는 표시를 하자, 그는 다시 할멈에게 덤벼들어, 할멈이 요구하는 십오분어치의 푼돈을 가차 없이 깎아버렸다. 결국 품삯 12프랑 60상팀을 받고 가려는 할멈에게 문지기가 그녀를 다시 쓰겠지만 앞으로는 시간당 3수밖에 못 주겠다고 말했다. 할멈은 울먹이면서도 그 제안을 받아들였다.

"일할 사람은 언제든 구할 수 있소." 그가 말했다. "할멈은 이제 기운도 별로 없어서 2수 어치만큼도 일을 못한다고."

잠시 후 옥따브는 자기 방으로 올라가면서 안도감을 느꼈다. 4층에서 그는 집에 들어오던 쥐죄르 부인과 마주쳤다. 그녀는 요즘 매일 아침 이 가게 저 가게로 싸돌아다니는 루이즈를 찾으러 내려와야만 했던 것이다.

"어쩜 그렇게 자신만만하게 지나가세요." 그녀가 특유의 미소를 지으며 말했다. "딴 데서 누가 몹시도 잘해주는 모양이군요."

이 말에 그의 불안감이 되살아났다. 그는 농담하는 체하면서 그녀의 응접실 끝까지 그녀를 따라갔다. 커튼 중에 하나만 살포시 열려 있었고 출입문에 달린 커튼과 융단 때문에 깊숙한 이 규방에 들어오는 햇빛이 더욱 부드러워 보였다. 새털이불처럼 보들보들한 느낌을 주는 이 방에는 바깥의 소음들이 아주 나지막하게 들려올 뿐이었다. 그녀는 옥따브를 자기 가까이, 야트막하고 널찍한 등받이의자에 앉혔다. 그러나 그가 그녀의 손에 입을 맞추지 않으니까, 그녀는 짓궂은 투로 물었다.

"그러니까 이젠 날 사랑하지 않나요?"

그는 얼굴을 붉히며 아니라고, 그녀를 무척 좋아한다고 항변했다. 그러자 그녀는 스스로 그에게 손을 내주며 웃음이 나오려는 것을 참았다. 그래서 그는 그녀가 혹 무슨 의심을 하고 있다면 그 의심을 없애보려고 그 손에 입술을 대지 않을 수 없었다. 그러나 이내 그녀는 손을 빼냈다.

"아녜요, 아녜요. 좋지도 않으면서 그래 봤자 소용없어요. 난 그게 느껴져요. 게다가 그러는 건 너무나도 당연하죠."

뭐라고? 이 여자가 무슨 소릴 하는 거야? 그는 그녀의 허리를 부여잡고 이것저것 질문을 퍼부었다. 그러나 그녀는 대꾸하지 않고 도리질하면서도 그에게 몸을 내맡기고는 있었다. 그는 말하게 하려고 그녀에게 간지럼을 태웠다.

"아유, 참!" 그녀가 마침내 소곤거렸다. "당신은 딴 여자를 좋아하잖아요."

그녀는 조스랑 씨네 집에서 옥따브가 발레리를 뚫어지게 쳐다보던 일을 상기시켰다. 그러나 그가 절대 발레리를 손에 넣은 적이 없다고 맹세하자, 그녀는 웃으며 자기도 잘 알고 있지만 놀리느라 말해본 거라고 말했다. 그리고 그녀는 딴 여자는 손에 넣은 적 있지요? 하고 또다시 물었고, 이번에는 에두앵 부인의 이름을 댔다. 하지만 그가 더욱 강력히 부인하자 한층 더 즐거워했다. 그럼 누구, 마리 삐숑? 아! 그 여자라면 아니라곤 못할 거예요. 그래도 그는 아니라고 했다. 하지만 그녀는 고개를 설레설레 저으며 자신의 새끼 손가락은 절대 거짓말하는 법이 없다고 장담했다. 그러자 그녀가 꼽고 있는 여자들의 이름을 끌어내리려고 그는 더 한층 강하게 애무를 했고, 그녀는 온몸을 바르르 떨며 그 이름들을 실토했다.

그러나 베르뜨의 이름은 말하지 않았다. 그가 놓아주려는데 그녀가 다시 말했다.

"이제 끝으로 딱 한 여자가 남았죠."

"끝으로 누구?" 그가 걱정스럽게 물었다.

그러나 그녀는 그가 입을 맞춰 자신의 입술을 열게 해주지 않았으니 그 이상은 얘기 못한다며 입을 삐쭉 내밀고 다시 고집을 부렸다. 정말이지 그 이름만은 댈 수 없다고 했다. 왜냐하면 어느 여자보다도 먼저 결혼하고 싶어 했던 게 바로 그 여자니까. 그리고 이름은 대지 않고 베르뜨 이야기를 들려주었다. 그러자 옥따브는 그녀의 보드라운 목에 대고 모든 것을 털어놓으며 비겁한 쾌락을 맛보았다. 당신 눈을 속이다니 우습죠! 이러면서 그는 그녀가 어쩌면 질투하고 있을지도 모른다고 생각했다. 왜 내가 질투를 하겠수? 난 당신에게 아무것도 허락한 게 없는데. 안 그래요? 하찮은 바보짓들, 지금 당신이 하고 있는 어린애 같은 짓들, 하지만 그것만은 절대로 안되죠. 요컨대 자기는 정숙한 여자인데, 그런 자기를 질투한다고 의심했다며 그녀는 옥따브에게 거의 시비까지 걸고 있었다.

그는 윗몸을 벌렁 젖힌 그녀를 여전히 품에 안고 있었다. 나른
한 기분에 취한 그녀는 결혼한 지 일주일 만에 이렇게 자신을 버
려두고 간 그 잔인한 남자에 대해 넌지시 언급했고, 자기처럼 박복
한 여자는 가슴에 몰아치는 격정에 대해 너무나도 잘 안다고 했다.
그녀는 오래전부터 옥따브의 '짓거리들'—그녀의 표현대로라
면—을 짐작하고 있었다. 이 집 안에서 서로 입맞춤이라도 한번
했다 하면 어김없이 그녀의 귀에 잡히는 법이니까. 두 사람은 널찍
한 등받이의자에 몸을 푹 파묻고 내밀한 얘기를 도란도란 주고받
게끔 되었고, 그러다가 중간중간 무의식적으로 말을 끊고 몸의 이
곳저곳을 서로 간지럼 태우듯 어루만지는 것이었다. 그녀는 발레
리를 놓친 것은 당신 잘못이라며 그를 바보 취급했다. 조언을 청하
기만 했더라면 자기가 그녀를 즉시 손에 넣게 해줄 수 있었을 거라
고 했다. 그런 다음 자그만 삐숑 부인에 대해 질문을 해댔다. 다리
가 끔찍이 못생기고 몸도 별 볼 일 없다는데, 안 그래요? 그러나 그
녀는 번번이 화제를 베르뜨에게로 돌리곤 했다. 그녀는 피부가 몹
시 곱고 발은 후작 부인 같은 베르뜨가 매력적이라고 했다. 이런
식으로 노닥거리다가 그녀는 그를 밀어냈다.

"안돼요, 날 가만 놔줘요. 아니 도대체 이렇게 함부로 굴어도 되
는 거예요? 게다가 그래 봤자 당신은 좋지도 않을 거 아니우. 안 그
래요? 아니라고 말은 잘하네. 나 듣기 좋으라고 그러죠. 설혹 좋아
서 그런대도 그건 너무 못된 짓이에요. 나중에 그 여자한테나 그러
라고요. 자, 그럼 다음에 봐요, 나쁜 사람 같으니."

그리고 그녀는 그를 내보내면서, 만일 연애 문제로 지도를 받고
싶거든 아무것도 숨기지 말고 자주 와서 속 얘기를 털어놓겠다는
엄숙한 선서를 하라고 요구했다.

옥따브는 마음이 편안해져서 그녀 곁을 떠났다. 그는 다시 기분이 좋아졌고, 쥐죄르 부인 식의 알쏭달쏭한 부덕이 재미있기도 했다. 그는 아래층으로 내려와서 가게로 들어가자마자, 모자값 건은 어떻게 됐느냐고 눈으로 묻고 있는 베르뜨를 몸짓으로 안심시켰다. 그러자 아침에 있었던 지긋지긋한 모험은 완전히 잊혔다. 아침 식사 시간이 조금 못되어 돌아온 오귀스뜨는, 평소처럼 계산대의 긴 의자에 앉아 지루해하는 베르뜨와 웰 부인네의 비위를 맞추며 오돌토돌 마디진 비단의 치수를 재는 데 골몰하고 있는 옥따브의 모습을 보았다.

그러나 이날부터 두 연인의 밀회 횟수는 훨씬 적어졌다. 후끈 달아오른 그는 낙담이 되어 이 구석 저 구석 그녀를 쫓아다니며 끊임없이 애걸복걸하고, 언제 어디서라도 좋으니 그녀가 원할 때 만나달라고 부탁하곤 했다. 반대로 온실에서 자라난 여자답게 무심한 그녀는 이 불륜의 애정에서 단지 몰래 하는 외출, 선물, 금지된 쾌락, 마차와 극장과 식당에서 보내는 금쪽같은 시간들만을 즐기는 것 같았다. 그녀가 받은 모든 교육이, 돈과 몸치장과 흥청망청한 사치에 대한 욕심이 되살아나기 시작했다. 그래서 그녀는 남편이 시들해진 것처럼 오래잖아 연인도 시들해지고, 이 남자 또한 베푸는 것만큼의 대가를 지나치게 요구한다 싶어 행복의 비중을 그에게 두지 않으려고 무의식중에 애를 쓰고 있었다. 그래서 두려움을 과장해 보이며 그녀는 끊임없이 거절했다. 그의 방에서는 이제 절대로 안된다, 자기는 무서워서 죽을 거라고 했다. 또한 그녀의 집에서도 남들한테 들킬 염려가 있으니 불가능하다고 했다. 그러다가 그럼 집은 그만두고 바깥에서 한시간만 호텔방에 같이 있어달라고 그가 간청하면, 그녀는 울기 시작하면서 "정말로 당신은 나를 손톱만큼도 존중하지 않는군요"라고 말하곤 했다. 그러는 사이에도 그녀의 씀씀이는 커지고 변덕은 심해져만 갔다. 모자 다음에는 알랑송식 레이스 장식을 단 부채를 원했고, 이 가게 저 가게에서 우연히 본 값비싼 무용지물들에 대한 욕심은 말할 나위도 없었다. 그는 아직 감히 거절은 못했지만 자기가 모아놓은 돈이 물 쓰듯 낭비되는 걸 보고는 다시 구두쇠가 되었다. 실리를 따지는 총각답게 그는 늘 자기는 돈만 내고 그녀 쪽에선 기껏 식탁 밑으로 발이나 내밀어주는 게 고작인 이 상황을 급기야는 바보스럽다고 생각하게 되었다. 그야말로 빠리가 자기에게 불행을 가져다주고 있구나 싶었다. 처음에는 여러차례 실패를 맛보았고, 그다음에는 이 백치 같은 격정 때문에 지갑을 바닥내고 있지 않은가. 분명코, 여자들을 발판 삼아 출세했다고 남들한테 손가락질은 안 받겠구나. 그는 여태껏 이토록 서툴게 계획을 추진해온 것에 대해 남모르게 화도 났지만, 이제는 그 사실에서 위안과도 같은 명예로움을 느끼고 있었다.

한편 오귀스뜨는 전혀 그들에게 방해가 되지 않았다. 리옹의 사업이 잘 안돼가던 때부터 그는 한층 더 심한 두통에 시달리고 있었다. 그 달 첫날 저녁에 옷 사 입으라고 남편이 침실 괘종시계 밑에 300프랑을 놔두는 걸 보고 베르뜨는 벅찬 행복감을 느꼈다. 요구한 것보다 좀 적은 액수기는 했지만 한푼도 얻어낼 수 없을 거라고 절망하고 있던 터라, 그녀는 감지덕지하며 열렬히 남편 품에 뛰어들었다. 그래서 남편은 연인이 한번도 누려보지 못한 다정한 대우를 받으며 하룻밤을 지냈다.

여름철이라 집은 텅 비었고, 괴괴한 정적 속에서 이렇게 9월이 흘러갔다. 3층 사람들은 해수욕을 하러 스페인으로 떠났다. 그것 때문에 구르 씨는 몹시 유감이라는 듯 어깨를 으쓱하곤 했다. 하여

간 말썽거리란 말이야. 최고로 지체 높은 인사들도 트루빌[25]로 만족하는데. 귀스따브가 방학한 이후 뒤베리에 부부는 빌뇌브생조르주에 있는 별장에 가 있었다. 조스랑 씨네까지도 온천장으로 떠난다는 소문을 퍼뜨리고는 빠리 근교 뽕뚜아즈 부근에 사는 친구 집에 보름쯤 있다 오려고 떠났다. 이렇게 텅 빈 살림집들과 더욱더 적막해진 잠자는 듯한 계단을 보니 옥따브 생각으로는 위험이 덜해진 것 같았다. 그래서 그는 티격태격하며 베르뜨를 지치게 만들었고, 마침내 어느날 저녁 베르뜨는 오귀스뜨가 리옹에 간 틈을 타 집으로 그를 맞아들였다. 그러나 이 밀회도 또 한번 자칫 잘못될 뻔했다. 그 이틀 전 저녁에 휴가를 마치고 돌아온 조스랑 부인이 외식하고 들어와서는 심하게 체했고, 걱정이 된 오르땅스가 동생을 찾으러 내려온 것이었다. 구리그릇에 윤내는 일을 마친 라셀이 다행히 뒷계단으로 옥따브를 피신시킬 수 있었다. 그후 베르뜨는 이 사건을 빌미로 다시금 모든 걸 거부했다. 그런데 그들은 하녀에게 답례를 하지 않는 실수를 저질렀다. 그들보다 한 수 위인 그녀는 싸늘하게, 하지만 아무것도 안 듣고 안 보는 하녀답게 공손한 태도로 그들의 수발을 들었다. 그러나 마님이라는 여자는 돈 때문에 끊임없이 징징거리고, 옥따브라는 작자는 선물 값으로 벌써 엄청난 돈을 쓰고 있으면서도 안방마님의 애인이랍시고 와서 자는 날 단돈 10수도 자기에겐 집어주지 않는 우스운 집구석에 붙어 있자니 하녀는 점점 입이 나왔다. 20프랑과 드레스 한벌, 그걸로 나를 영원히 매수했다고 생각한다면, 아니지. 잘못 아셨어. 나는 그보다는 값이 더 나가는걸. 그때부터 하녀는 별로 사근사근하게 굴지 않

25 프랑스 북서부 노르망디 해안의 이름난 휴양도시.

았고 그들 뒤에서 문을 닫아주지도 않았지만, 그들은 하녀의 저기
압을 눈치채지 못했다. 맘 놓고 껴안을 장소가 없어 화가 잔뜩 났
고 그 문제로 서로 말다툼까지 벌이게 되어서, 그들은 하녀에게 가
윗돈 같은 걸 줄 기분이 아니었다. 집 안은 더욱 고요해졌다. 늘 안
전한 구석을 찾다보니 옥따브는, 임신한 여자의 배가 뇌리에서 떠
나지 않아 불미스러운 일들을 염탐하며 소리 없이 잽싸게 지나다
니는 구르 씨와 집 안 곳곳에서 마주치곤 했다.

한편 쥐죄르 부인은, 연인을 만날 수 없어 애가 타 죽을 지경인
이 귀여운 청년과 함께 울어주었다. 그리고 가장 현명한 조언들을
아낌없이 해주었다. 옥따브의 욕망은 걷잡을 수 없게 되어 어느날
인가는 쥐죄르 부인에게 그녀의 집을 빌려달라고 간청할 생각까지
하게 되었다. 아마 그녀는 거절하진 않을 테지만, 이런 조심성 없는
생각을 말하면 베르뜨가 화를 낼 것이 두려웠다. 그는 또한 사뛰르
냉을 이용할 계획도 세워보았다. 어쩌면 그는 충직한 개처럼 그들
이 어느 외진 방에 있을 수 있게 지켜줄지도 모른다. 다만 사뛰르
냉은 변덕이 죽 끓듯 하여 어떤 땐 거북할 정도로 쓰다듬다가도 어
떤 땐 화가 나서 느닷없이 미움에 불타는 의심의 눈초리를 던지곤
한다는 게 문제였다. 질투심이 갑자기 치받치곤 하는 것 같았다. 여
자 같은 신경질과 격렬한 질투심이 바로 그것이었다. 이따금 아침
나절에 옥따브가 자그만 삐숑 부인 집에서 웃고 있는 것을 보고 나
면, 그는 특히 질투하는 내색을 했다. 아닌 게 아니라 요새 마리네
집 문 앞을 지날 때면, 스스로도 차마 고백 못할 야릇한 취미랄까,
와락 솟구치는 정열에 다시 사로잡혀 옥따브는 끝내 들어가고야
마는 것이었다. 그는 베르뜨를 애모하고 미친 듯 갈망하고 있으면
서도, 또다른 여자인 마리를 향한 무한한 정이, 마리와 관계를 맺을

당시에는 한번도 경험해보지 못했던 그런 달콤한 애정이 되살아나는 것이었다. 마리를 바라보고 만지며 농담과 짓궂은 장난을 하는 것은 끝날 줄 모르는 매혹이었다. 그것은 다른 여자를 사랑한다는, 남모르게 켕기는 마음을 지닌 채 옛 여자를 다시 건드리고 싶어 하는 남자의 손장난 같은 것이었다. 그런데 마리의 치마폭에 매달린 그의 모습을 보게 되면, 사뭐르냉은 늑대 같은 눈으로 금방이라도 물어뜯을 듯 그를 위협했고, 그가 충실하고 다정한 모습으로 베르뜨 곁에 있는 것을 다시 보고서야 비로소 그를 용서하고 길든 짐승처럼 그의 손가락에 다시 입 맞추는 것이었다.

어느덧 9월이 끝나가고 이웃들이 휴가에서 돌아올 무렵, 고심하던 옥따브는 기상천외한 생각을 해냈다. 마침, 친척 여동생이 시골에서 결혼을 한다며 오귀스뜨가 리옹에 가기로 돼 있는 화요일에 자기도 하루 외박을 허가해달라고 라셸이 부탁했던 것이다. 그러니까 그날 밤을 하녀방에서 보내기만 하면 되는 것이었다. 어느 누구도 그리로 그들을 찾으러 올 생각은 하지 않을 테니까. 베르뜨는 자존심이 상해 처음엔 펄쩍 뛰었다. 그러나 그가 눈물로 간청하고 안 그러면 너무 괴로워 빠리를 떠나겠다고까지 말하여 마음을 흔들어놓고 지치게 하는 바람에 정신이 없어진 그녀는 마침내 동의하고 말았다. 모든 것이 정해졌다. 화요일 저녁 식사 후 그들은 남들이 의심하지 못하도록 조스랑 씨 집에서 차를 마셨다. 거기에는 트뤼블로, 뀔렝, 바슐라르 영감도 있었고, 게다가 아주 느지막이 뒤베리에까지 왔다. 그는 아침 일찍 볼일이 있다는 핑계를 대고 슈아죌 거리의 본가에 가끔 와서 자곤 했던 것이다. 옥따브는 그들과 함께 자유롭게 얘기를 나누는 척했다. 그러다가 시계가 자정을 울리자, 그는 살짝 빠져나와 계단을 올라가서 라셸의 방에 틀어박혔다. 한시간 후 온 집 안이 잠들면 베르뜨가 그리로 오기로 되어 있었다.

그는 꼭대기 층의 그 방을 삼십분 동안 신경 써서 정리했다. 베르뜨가 역겨움을 느끼지 않도록 시트를 갈고 또 필요한 침구 등속을 전부 챙겨 오기로 미리 약속했던 것이다. 그래서 그는 행여 남이 들을까 겁내며 오랫동안 서툰 솜씨로 침대 시트를 새로 갈았다. 그다음에는 트뤼블로처럼 여행가방 위에 앉아 베르뜨가 올 때까지 참고 기다리려고 애썼다. 하녀들이 하나둘씩 자러 올라왔다. 얇은 칸막이 너머로 여자들이 옷 벗고 오줌 누는 소리가 들렸다. 시계가 1시, 1시 15분, 그다음엔 1시 반을 울렸다. 그는 더럭 불안해졌다. 이 여자가 왜 이렇게 기다리게 하는 걸까? 아무리 늦어도 1시쯤에는 친정을 떠났을 텐데. 자기 집에 돌아갔다가 뒷계단으로 다시 나오는 시간은 십분도 채 안 걸리는데. 시계가 2시를 치자 그는 무슨 큰일이 났나보다고 상상했다. 마침내 그녀의 발소리가 들린다 싶어 그는 안도의 한숨을 내쉬었다. 그러고는 복도에 불빛이 비치게 하려고 문을 열었다. 그런데 깜짝 놀랄 일이 그를 그 자리에 붙박이게 만들었다. 아델의 방문 앞에서 트뤼블로가 허리를 90도로 굽히고 열쇠 구멍으로 들여다보고 있는 것이었다. 느닷없이 불빛이 비치자 그는 깜짝 놀라 허리를 폈다.

"아니, 이번에도 당신이군!" 옥따브가 속이 상해 중얼거렸다.

트뤼블로는 웃기 시작했고, 이렇게 밤늦은 시각에 이런 데서 그를 보게 됐는데도 털끝만큼도 놀라는 기색이 아니었다.

"생각 좀 해보슈." 그가 아주 나지막한 소리로 설명했다. "이 멍청이 아델이 나한테 열쇠를 안 줬다고. 그런데 걔가 뒤베리에를 다시 만나러 그 작자 집으로 갔거든. 왜 그러슈. 아! 뒤베리에가 걔랑

잔다는 걸 몰랐구먼. 바로 그렇다니까. 그 사람 자기 마누라랑 그럭저럭 화해가 됐으니, 마누라가 가끔가다 할 수 없이 같이 자주긴 하지. 다만 그 일을 배급처럼 드문드문 해주니까, 그 작자가 아델한테 달려든 거지. 편리하거든, 본가에 올 때면."

그는 말을 끊고 다시 몸을 굽혀 들여다보더니 이를 악물고 덧붙였다.

"아냐, 아무도 없어. 그치가 저번보다 더 오래 얘를 붙들고 있는 거야. 이런 골 빈 계집애 같으니! 내게 열쇠만 줬더라도 침대에 들어가 따뜻하게 기다릴 텐데 말이야."

그리고 그는 자기가 숨어 있던 지붕 밑 방으로 다시 가면서 옥따브도 데리고 갔고, 옥따브는 옥따브대로 조스랑 씨네 집 저녁 모임이 어떻게 끝났는지 묻고 싶었다. 그러나 대들보 밑으로 더욱 무겁게 내려앉은 칠흑 같은 어둠속에서 트뤼블로는 이내 뒤베리에 얘기를 다시 시작했고, 옥따브는 입도 뻥긋하지 못했다. 그 짐승 같은 작자가 처음엔 쥘리를 원했다오. 그런데 쥘리는 너무 깔끔하고, 게다가 시골에 휴가 가 있을 때 그녀는 앞길이 창창한 열여섯살짜리 개구쟁이 그 집 아들 귀스따브란 녀석에게 홀딱 반한 거요. 그러자 그쪽에서 물먹은 판사는 이뽈리뜨 때문에 끌레망스를 차지할 엄두는 못 내고, 아마 자기 집 말고 딴 집 하녀를 고르는 게 더 낫겠다고 판단했던 것 같소. 그가 어디서 어떻게 아델을 덮쳤는지는 아무도 모르지. 아마 바람이 휭히 통하는 문 뒤에서 그랬을 거요. 이 멍청이 같은 부엌데기는 허리를 꼿꼿이 세우고 남자들에게 따귀도 가끔 갈기곤 하지만, 설마하니 건물주한테 감히 불손한 행동이야 했을라고.

트뤼블로가 계속해서 말했다.

"한달 전부터 뒤베리에는 조스랑 씨 집에서 여는 화요일 모임에 한번도 빠지지 않는다고. 그래서 난 성가셔 죽겠다니까. 내가 그 작자한테 끌라리스를 다시 찾아줘야겠소. 우릴 좀 가만히 놔두게 말이오."

그제야 비로소 옥따브는 저녁 모임이 어떻게 끝났느냐고 그에게 물을 수가 있었다. 베르뜨는 자정이 되기 전에 아주 태연스레 어머니 곁을 떠났다고 했다. 아마 이제 라셀 방에 가면 그녀가 와 있을 터였다. 그러나 트뤼블로는 이렇게 만난 것이 기뻐서 그를 놓아주지 않았다.

"바보같이 날 이렇게 오래 기다리게 하다니." 트뤼블로가 말했다. "이러다간 서서 자겠는걸. 우리 사장이 재고정리를 나한테 시키는 바람에 일주일에 사흘 밤은 자리에 누워보지도 못한다니까. 쥘리라도 있으면 나한테 자리를 좀 내주련만. 하지만 뒤베리에가 시골에서 이쁠리뜨만 데려왔거든. 참 말이 나왔으니 얘긴데, 이쁠리뜨 아슈? 끌레망스랑 밤낮 붙어 있는 그 덩치 크고 못된 헌병 같은 하인 말이오. 글쎄 그치가 속옷 바람으로 루이즈 방에 살짝 들어가는 걸 방금 내가 봤다니까. 쥐죄르 부인이 영혼을 구제하고 싶어 하는 그 못생겨빠진 고아 계집애 말이오. 그 마님 참 멋지게 성공했지. 하고픈 대로 뭐든지 다 해도 되지만, 그것만은 안돼요! 열다섯살 먹은 미숙아이고 대문 밑에서 주워온 더러운 짐 뭉치인 루이즈가 글쎄 뼈대가 툭 불거지고 손은 축축하고 어깨는 황소 같은 그 녀석의 밥이라니! 그러건 말건 나한테야 상관도 없지만, 그래도 어쨌든 밥맛 떨어지는군."

지루해진 그는 철학적인 객설만 잔뜩 늘어놓다가 이렇게 중얼거렸다.

"나 참! 그 주인에 그 하인이라니까. 집주인들이 본을 보이니 하인배들 취미가 점잖지 못할 수밖에. 정말이지 프랑스는 말세야 말세!"

"잘 있으라고, 난 먼저 가." 옥따브가 말했다. 트뤼블로는 계속 그를 붙들었다. 그는 여름철이라 집이 텅텅 비지만 않았더라면 자기가 들어가 잘 수도 있었을 하녀방들을 열거했다. 설상가상인 것은 하녀들 모두가 자기 방에서 나와 복도 끝까지만 가려 해도 문을 이중으로 걸어 잠글 정도로 자기네들끼리 서로 도둑맞을까봐 겁내고 있다는 것이었다. 리자의 방은 별 볼 일 없었다. 리자의 취미가 그에겐 우습게 보였던 것이다. 그는 늙은 빅뚜아르에게까지 손을 뻗치진 않았지만, 십년 전만 해도 그 여잔 아직 한몫 단단히 했을 거라고 했다. 그리고 그는 무엇보다도 발레리가 미친 듯이 식모를 갈아댄다고 통탄했다. 이제는 참을 수 없을 정도가 돼간다고. 바뀐 식모들을 그가 손꼽는 걸 보니 참으로 많기도 했다. 아침에 코코아를 마시게 해달라던 여자, 주인님이 깨끗이 식사하지 않는다고 나가버린 여자, 송아지고기를 불에 얹고 있는데 경찰이 와서 잡아간 여자, 기운이 어찌나 센지 뭐든 만졌다 하면 영락없이 깨뜨리는 여자, 자기 시중 들 하녀를 따로 두었던 여자, 마님의 드레스를 입고 외출했다가 어느날 마님이 큰맘 먹고 한마디 하자 마님의 따귀를 때렸던 여자, 이 모두가 한달 동안 왔다 간 여자들이야. 부엌에 가서 꼬집어준 틈조차 없었다니까.

"그리고 또," 그가 덧붙였다. "외제니가 있었지. 당신도 틀림없이 걜 눈여겨봤을 거요. 비너스 같은 늘씬한 미인이었지. 이 얘기만큼은 농담이 아니오. 길에서도 사람들이 돌아서서 그 여잘 쳐다보곤 했지. 그래서 열흘 동안 이 집 사람들 모두가 허공에 붕 떠 있었다고. 마나님들은 화가 머리끝까지 나 있었고 남자들은 엉덩이가 들썩들썩했지. 깡빠르동은 혀를 날름거리고, 뒤베리에는 꾀를 내어 지붕의 기와가 떨어져 나가지 않았는지 보러 간다는 핑계로 매일같이 이 꼭대기 층에 올라왔잖소. 그야말로 일대 사건이었다니까. 그들의 이 잘난 집구석이 지하실에서 지붕 밑까지 이글이글 타올랐으니. 나 말유? 난 경계했지. 그 여잔 너무 고상했다고. 내 말 믿으슈, 품에 꽉 안을 수만 있으면 되도록 못생기고 멍청한 여자가 좋다니까. 원칙상으로나 취미상으로나 내 의견은 그래요. 그런데 내가 얼마나 선견지명이 있었나 몰라. 그을음처럼 새까만 시트를 보고 그녀가 매일 아침 가이용 광장의 숯장수를 불러들인다는 걸 주인마님이 알아차린 바로 그날로 외제니는 결국 쫓겨나고 말았다오. 시트가 얼마나 새까맣던지 세탁비가 무진장 들었다니까! 그래서 어떻게 됐을까? 숯장수는 그 일로 심한 병이 났고, 3층 주인 부부가 여기 남겨두고 간 그 집 마부, 하녀라면 모조리 건드리는 그 짐승 같은 사내도 오지게 당해서, 아직도 만나면 붙잡고 그 얘길 할 정도라오. 하지만 난 동정이 안 가요. 아주 귀찮아 죽겠다니까."

마침내 옥따브는 몸을 뺄 수 있었다. 그가 지붕 밑 방의 깊은 어둠속에 트뤼블로를 남겨두고 떠나려 하는데, 트뤼블로가 느닷없이 깜짝 놀랐다.

"근데 당신은, 하녀들 숙소에서 당신은 뭐 하는 거지. 이런 악당 같으니. 당신도 결국 이러는군!"

그러면서 그는 맘 편히 웃었다. 그는 비밀을 지키기로 약속하고 좋은 밤이 되길 빈다면서 옥따브를 보내주었다. 자기는 기어이 그 걸레 같은 아델을, 남자랑 같이 있게 되면 떠날 줄 모르는 그 여자를 기다리겠다고 했다. 뒤베리에도 아마 날이 밝을 때까지 그녀를 데리고 있을 엄두는 못 낼 거라면서.

라셸의 방으로 돌아온 옥따브는 다시 한번 실망을 했다. 베르뜨가 없었던 것이다. 이제 그는 화가 벌컥 났다. 이 여자가 날 갖고 놀았군. 오로지 애걸복걸하는 나를 떼어버릴 목적으로만 약속을 했던 거야. 그가 이처럼 피를 말리며 기다리고 있을 때, 그녀는 자기 집에서 혼자 있게 된 것이 마냥 좋아 부부용 침대에 가로누워 자고 있었다. 그는 자기 방에 돌아가지 않고 오기를 부리며 옷을 그대로 입은 채 누워 복수를 계획하느라 밤을 지새웠다. 방은 휑하니 썰렁했고, 지저분한 벽들과 평소 잘 씻지 않는 여자의 참을 수 없는 냄새가 신경에 거슬렸다. 그는 이런 열악한 환경에서라도 애욕을 충족시키길 바랄 만큼 달아오를 대로 달아올랐다는 것을 자인하고 싶지 않았다. 멀리서 시계가 3시를 쳤다. 튼튼한 하녀들의 코 고는 소리가 왼쪽에서 들려왔다. 가끔씩 타일 바닥 위를 누군가 맨발로 쿵쿵 딛는 소리가 들렸고, 그러고 나면 급수통의 물이 쏴 흘러내리는 소리에 마룻바닥이 울렸다. 그러나 무엇보다도 그의 신경을 건드리는 것은 신열에 들떠 밤새 계속되는, 오른쪽 방에서 나는 고통스러운 신음이었다. 그는 마침내 그 소리가 구두 꿰매는 여자의 음성임을 알아차렸다. 저 여자가 애를 낳나? 그 박복한 여자는 만삭인 채 지붕 밑 비참한 골방에서 홀로 죽어가고 있었다.

새벽 4시경 옥따브에게 심심풀이가 하나 생겼다. 아델이 돌아오고 이어 트뤼블로가 곧바로 아델을 따라 그 방으로 가는 소리가 들렸다. 한바탕 싸움이 벌어질 뻔했다. 그녀는 집주인한테 붙들려 있었던 것이 자기 잘못이냐고 변명했다. 그러자 트뤼블로는 점점 더 으스댄다고 그녀를 비난했다. 그녀는 울기 시작했고, 자기는 전혀 으스댈 게 없노라고 했다. 대체 무슨 죄를 지었기에 하느님은 남자들이 악착같이 나를 못살게 굴도록 내버려 두시는가? 이 남자가 지나가면 또 저 남자…… 그래도 나는 그 남자들 비위를 긁지는 않는다고요. 그들이 하는 바보짓이 너무도 재미가 없어서 남자들이 탐심을 품지 않게 하려고 일부러 지저분하게 하고 다니는데, 그러면 그럴수록 남자들은 더 미치죠. 그래서 계속 가외로 할 일만 많아지고, 죽을 지경이라고요. 매일 아침 부엌을 물청소해야 한다고 볶아대는 조스랑 부인만으로도 지겨워 죽겠는데.

"당신네 남자들은," 그녀가 흐느끼며 더듬더듬 말했다. "일 치른 후 자고 싶은 대로 자잖아. 하지만 난 죽도록 일해야 한다고. 아아, 정말 불공평해요. 난 지지리도 복이 없다고."

"그럼, 자라고. 난 널 들볶지 않을게." 사람 좋은 트뤼블로는 아버지 같은 연민에 휩싸여 결국은 이렇게 말했다. "맘대로 해. 네 처지가 되고 싶어 하는 여자는 쌔고 쌨어. 남들이 널 예뻐하면, 이 바보 멍충아, 예뻐하게 놔두란 말이야!"

날이 밝자 옥따브는 잠이 들었다. 사위는 쥐 죽은 듯 조용해져 있었고, 구두 꿰매는 여자마저도 이젠 신음하지 않고 죽은 듯이 양손으로 배를 쥐고 있는 것 같았다. 햇빛이 좁다란 창을 비출 때 갑자기 문이 열려서 그는 깨어났다. 어떻게 됐나 보러 와보고 싶은 마음을 참을 수 없어서 베르뜨가 올라온 것이었다. 그녀는 처음엔 그런 생각은 말도 안된다고 스스로 일축했으나, 그다음엔 하녀방을 한번 구경해볼 필요가 있겠다는 둥, 혹시 옥따브가 화가 나서 모든 걸 엉망으로 놔두었을 경우 방의 물건들을 정돈해야겠다는 둥, 스스로 이 핑계 저 핑계를 만들어냈다. 게다가 그녀는 그가 이미 방에서 나가고 없을 줄 알았다. 작은 철제 침대에서 새파랗게 질린 얼굴로 위협하듯 몸을 일으키는 그의 모습을 보자, 그녀는 당황해 어쩔 바를 몰랐다. 그러고는 고개를 숙인 채 격분한 그의 질책을 들었다. 대답해보라고, 적어도 한마디 변명쯤은 해야 할 것 아니냐고 그는 재차 물었다. 마침내 그녀는 중얼거렸다.

"마지막 순간이 되니까, 못 오겠더군요. 이건 너무 격 떨어지는 일이잖아요. 난 당신을 사랑해요, 맹세해요. 하지만 여기선 안돼요, 여긴 싫다고요!"

그가 다가오는 걸 보자 그녀는 그가 이 기회를 이용하려고 저러나 싶어서 두려움에 뒷걸음질을 쳤다. 그는 정말 그러고 싶었다. 8시가 되었고, 하녀들은 모두 이미 내려갔으며, 트뤼블로마저도 좀 전에 떠났다. 그래서 사람이 누군가를 사랑할 때는 모든 걸 다 받아들이는 법이라고 말하며 그가 손을 잡으려 하자, 그녀는 냄새가 역하다고 불평하며 창문을 반쯤 열었다. 그러나 그는 그녀를 다시금 끌어당기며 얼을 빼놓고 있었다. 그녀가 곧 굴복하지 않을 수 없게 될 판인데, 부엌에서 내다보이는 안뜰로부터 걸쭉한 욕설들이 흙탕물줄기처럼 치솟아 올라왔다.

"돼지 같은 년! 더러운 년! 이제 다 했냐? 네 년 행주가 내 머리 위에 또 떨어졌잖아."

베르뜨는 바르르 떨며 몸을 빼더니 이렇게 중얼거렸다.

"저 소리 들려요? 안돼요, 여기선. 제발 부탁이에요. 너무 창피할 것 같아요. 저 여자들 소리 들리죠? 저 여자들 때문에 온몸이 오싹해요. 지난번에 이미 난 이렇게 곤란하게 될 줄 알았다고요. 안돼요, 날 그냥 놔둬요. 돌아오는 화요일에 당신 방에서 만나기로 약속할게요."

두 연인은 꼼짝도 않고 서서 들려오는 소리를 모조리 들어야만 했다.

"너 좀 나와봐." 격분한 리자가 말을 계속했다. "내가 네 아가리에 행주를 쑤셔 넣어줄 테니!"

그러자 아델이 부엌 창에 기대어 몸을 굽히고 말했다.

"까짓 헝겊 쪼가리 하나 가지고 거 참 난리네. 처음에 떨어진 건 어제 설거지할 때 쓴 행주고, 그다음 건 저절로 떨어진 거라고요."

그들은 화해를 했고, 리자는 아델에게 너희 집에선 어제 무얼 먹었느냐고 물었다. 또 찌개라고! 참 궁기가 끼었구만. 나 같으면 이만한 집에 살면서 갈비 정도는 사 먹겠다. 그리고 그녀는 아델에게 설탕, 고기, 양초 등을 슬쩍슬쩍 훔치라고 부추겼다. 자유로워지라는 것이었다. 자기는 생전 배고픔이라곤 모르니까, 빅뚜아르가 깡빠르동 부부의 물건을 훔치도록 내버려 두는 것이고, 심지어 자기 몫을 챙기지도 않는다고 했다.

점점 나쁜 물이 들어가는 아델이 말했다. "아, 어느 날 저녁엔 감자 몇 알을 주머니에 감췄죠. 그 뜨거운 감자 땜에 허벅지가 타 들어가는 것 같더라고요. 맛있습디다, 맛있더라고요. 그리고 아시다시피 식초를 좋아하잖아요, 내가. 될 대로 돼라 하고 병째 들이마신다니까요, 요즘은."

빅뚜아르는 창틀에 팔꿈치를 괴고 까치밥 열매 시럽에 독한 화주火酒를 타서 만든 술을 한잔 마시고 있었다. 밤낮으로 바람피우고 다니는 것을 감춰주는 친절에 보답하고자 리자가 이따금씩 아침이면 그녀에게 대접하곤 하는 술이었다. 그런데 쥐죄르 부인네 부엌에서 루이즈가 그녀들에게 혀를 날름 내밀자 빅뚜아르가 욕을 퍼부었다.

"기다려, 이 멍청한 것아! 내가 네 혓바닥을 도로 쑤셔 박아줄 테니!"

"어디 해봐, 이 주정뱅이 할망구야!" 루이즈가 말했다. "어제도 할멈이 접시에다 몽땅 토하는 걸 나는 똑똑히 다 봤어."

갑자기 쓰레기 같은 욕설들이 난무하며 악취 나는 구멍을 이루는 사면 벽들을 다시금 쩡쩡 울렸다. 아델조차도 빠리식 입심이 차츰 몸에 배어 루이즈를 더러운 년 취급하고 있는데, 리자가 소리쳤다.

"쟤가 우릴 성가시게 하면 내가 그 입 닥치게 해주지. 그래, 그래, 쬐끄만 년이…… 내 끌레망스한테 이를 테다. 끌레망스가 널 손봐줄 거야. 아유 밥맛없어! 꼭대기에 피도 안 마른 것이 벌써 남자를 밝힌다고. 아니, 쉿! 그 남자 저기 있다. 저 녀석도 참 더러운 놈이지."

이뽈리뜨가 뒤베리에네 집 창가에 방금 나타나 주인나리의 장화에 왁스로 윤을 내고 있었다. 어쨌건 하녀들은 그에게 공손히 인사했다. 그는 하인들 중에서는 귀족에 속했으니까. 그는 돈 많은 주인들이 돈 없는 주인들에게 우쭐대는 것보다도 한층 더 우쭐대며 리자를 깔보았고, 리자는 또 아델을 깔보았다. 하녀들은 그에게 끌레망스와 쥘리의 안부를 물었다. 시골에 있으니 따분해 죽을 지경이지만 건강은 괜찮다는 대답이었다. 그러더니 갑자기 화제가 다른 쪽으로 넘어갔다.

"간밤에 그 여자가 배가 아파서 뒤트는 소릴 들었소? 정말 짜증 나더군. 이 집에서 나간다니 다행이지. 난 그 여자한테 소리 지르고 싶었다고. '힘 줘서 밀어봐, 그래서 끝내라고!' 하고 말이야."

"정말 이뽈리뜨 씨 말이 맞아요." 리자가 다시 말했다. "늘 배 아프다는 여자처럼 신경 거슬리는 게 없다고. 천행으로 아직 난 그게 어떤 건지 모르지만, 나 같으면 참아 넘기려고 애써볼 것 같아. 남들 잠 좀 자게 말이야."

그러자 빅뚜아르가 우스갯소리로 다시 아델을 공격했다.

"야, 위층에 배불뚝이! 너 첫애 낳을 때 앞으로 낳았니 뒤로 낳았니?"

부엌마다 하녀들이 모두 상스럽게 시시덕거리며 죽겠다고 배를 잡고 웃어대는데 아델은 어쩔 바를 모르며 대답했다.

"애라고요! 아, 아뇨. 애가 생겨선 안되죠. 우선 그건 금지된 일이고, 게다가 원하지도 않는데."

"애야," 리자가 심각한 투로 말했다. "애는 누구한테나 생기는 거야. 네가 믿는 하느님이라도 너만 남다르게 만들어주시진 못할걸."

그리고 그들은 깡빠르동 부인 얘기를 했다. 적어도 그녀는 이 점에선 더 이상 아무것도 겁날 게 없지 않느냐고. 지금 그 여자 처지로선 그게 딱 하나 좋은 점이라고. 뒤이어 이 건물에 사는 마님들 모두를 입에 올렸다. 쥐죄르 부인은 자기가 알아서 조심을 하고, 뒤베리에 부인은 남편을 역겨워하며, 발레리 부인은 남편이란 위인이 아이를 만들 능력이 전혀 없으니 밖으로 애를 만들러 가지. 그러면서 또 왁자한 웃음소리가 시커먼 창자 속 같은 안뜰로부터 솟아올랐다.

베르뜨는 핼쑥해져 있었다. 그녀는 감히 나갈 생각조차 못하고, 마치 옥따브 앞에서 추행을 당하기라도 한 듯 눈을 바닥에 내리깔고 가만히 기다리고 있었다. 옥따브는 하녀들에게 머리끝까지 화가 치밀어 올랐고, 이 여자들이 너무도 더러워지고 있으며 자기는 베르뜨를 다시 차지할 수 없겠다는 것을 느꼈다. 욕망이 스러져버린 그는 허탈감과 크나큰 서글픔 속에 빠져들었다. 그런데 베르뜨가 바르르 떨었다. 리자가 방금 그녀의 이름을 입에 올린 것이다.

"바람둥이 여자로 말하자면, 내 보기엔 그 여자가 꽤나 재미 보는 것 같아. 야! 아델, 너희 베르뜨 아씨는 결혼 전 네가 속치마 빨아줄 때부터 벌써 혼자 재미 보지 않던?"

"요즘은," 빅뚜아르가 말을 받았다. "그 여자, 남편 가게의 점원한테 자기 몸에 깃털 솔질을 받는다니까. 털어도 먼지 날 위험 없다고!"

"쉿!" 이뽈리뜨가 가만히 소곤거렸다.

"아니, 왜? 낙타같이 심술궂은 그 집 하녀는 오늘 집에 없다고. 누가 자기 주인마님 얘기라도 할라치면 잡아먹을 듯이 구는 엉큼한 년. 글쎄 그년이 유대인인데, 자기 고향에서 누굴 죽였다나봐. 미남 옥따브가 방구석에서 그년 몸의 먼지도 털어주니 잘됐지 뭐야. 사장이 아마 애를 만들려고 그 남잘 채용했나봐, 멍텅구리 같은 사장이 말이야!"

그러자 베르뜨는 말할 수 없는 번민에 시달리며 눈을 들어 애인을 보았다. 그리고 의지가 되어주기를 애원조로 간청하며 괴로운 목소리로 더듬더듬 말했다.

"아유, 하느님 맙소사!"

마찬가지로 속수무책인 옥따브는 분노에 기가 탁탁 막혀 그녀의 손을 세게 꼭 쥐었다. 어떻게 하지? 이 판에 자기가 나타나서 저 여자들에게 조용히 하라고 윽박지를 수는 없는 일이다. 상스러운 소리들은 계속되었다. 베르뜨가 한번도 들어보지 못했고 짐작조차 못했던 말들, 매일 아침 자기 집과 지척인 이곳으로 벌컥벌컥 쏟아져 나오는 하수도의 구정물 같은 말들이었다. 그토록 조심스레 감춰온 그들의 정사는 이제 채소껍질과 기름 뜬 개숫물과 뒤섞여 마구잡이로 뒹굴고 있었다. 하녀들은 아무도 말은 안했지만 모든 걸 다 알고 있던 것이다. 사뛰르냉이 어떻게 망을 보는지를 리자가 이야기했다. 빅뚜아르는 베르뜨 남편의 두통을 화제에 올려 찧고 까불며, 그 사람은 다른 눈 하나를 다른 데 달아놓을 걸 그랬다고 했다. 아델조차도 주인아씨였던 베르뜨를 욕하면서, 그녀가 몸이 안 좋았던 일, 속옷이 깨끗한지 미심쩍었던 일, 몸치장의 비밀 등을 줄줄이 폭로했다. 쓰레기 같은 농지거리가 그들의 입맞춤, 밀회, 애정에 아직도 남은 감미롭고 섬세한 것들을 모조리 더럽히고 있었다.

"밑에 조심해!" 느닷없이 빅뚜아르가 소리쳤다. "여기 어제 먹던 당근에서 썩은 내가 나네. 이건 저 고약한 구르 영감 몫이야!"

하녀들은 심술 맞게도 문지기가 비로 쓸어버려야 할 찌꺼기들을 이렇게 내던지고 있었다.

"또 여기 곰팡이 핀 콩팥 남은 게 있다." 이번에는 아델이 말했다.

냄비 밑에 음식 눌어붙은 것, 고기 파이 단지를 비우느라 긁어낸 찌꺼기들이 모조리 밑으로 떨어졌다. 한편 리자는 베르뜨와 옥따브 얘기를 악착같이 물고 늘어져, 그들이 간통의 불미스러운 진상을 숨기려고 써먹은 거짓말들을 들추어냈다. 그들 둘은 서로 손을 잡은 채 눈을 딴 데로 돌리지도 못하고 마주 보며 그대로 있었다. 그들의 손은 차갑게 식어갔고 하인들의 증오 속에 백일하에 드러난 그동안의 관계의 오욕을, 그 약점을 그들의 눈은 자인하고 있었다. 상한 고기와 시금털털한 채소가 비 오듯 쏟아지는 그 밑에서 이렇게 간통죄를 범하는 것, 그것이 자기네들의 연애라니!

"글쎄," 이뽈리뜨가 말했다. "그 젊은 친구는 그 여자 따위는 전혀 안중에도 없다는 거 아시우. 출세하려고 그 여잘 잡은 거지. 겉으론 안 그런 척해도 속은 구두쇠고 거침없는 바람둥인데, 겉보기엔 여자들을 좋아하는 것 같지만 실은 여자들 따귀도 아주 잘 갈긴다고."

옥따브를 응시하던 베르뜨는 그가 새파랗게 질리면서 우거지상이 되는 걸 보았는데, 평소와 너무도 달라진 모습이어서 무서웠다.

"아무렴! 그 밥에 그 나물이지." 리자가 말을 이었다. "나도 그 여자 별거 아니라고 봐. 막돼먹었지, 인정 없기는 목석같지, 저 좋은 거 아니면 만사 안중에 없지, 돈 때문에 남자랑 자지. 그래, 돈 때문이라니깐! 내가 알 거 다 아는데, 그 여잔 틀림없이 남자랑 재미도 못 본다고."

베르뜨의 두 눈에 눈물이 솟았다. 옥따브는 그녀의 얼굴이 일그러지는 모습을 바라보았다. 그들은 아무런 저항도 못하고 발가벗겨진 상태로 서로의 앞에서 피가 나도록 껍데기가 벗겨진 기분이었다. 그러자 그녀는 자기를 모욕하는 저 하수구의 아가리 때문에 숨이 턱턱 막혀 도망치려 했다. 그는 붙잡지 않았다. 그들은 스스로에게 느끼는 역겨움 때문에 이렇게 있는 것이 고문처럼 느껴져, 이제 서로 다시는 보지 않는 안도의 상태를 간절히 바라고 있던 것이다.

"약속했지, 오는 화요일 내 방에서 보자고."

"그래요, 그래."

그녀는 황망히 빠져나갔다. 그는 혼자 남아 발을 쾅쾅 구르며, 가져온 시트 등속을 되는 대로 다시 꾸렸다. 이제 하녀들의 소리에는 더 이상 귀를 기울이지 않고 있는데, 마지막 한마디에 우뚝 멈춰 서고 말았다.

"에두앵 씨가 어제저녁 죽었대. 미남 옥따브가 그걸 미리 알았더라면 돈 많은 에두앵 부인을 계속 몸달게 했으련만."

여기 이 시궁창 속에서 알게 된 그 소식이 그의 존재 저 깊은 곳에 쩡 하니 울렸다. 에두앵 씨가 죽다니! 그러자 한없는 후회가 그의 마음을 파고들었다. 그는 마음속에서 우러나오는 소리를 억누를 수 없었다.

"아, 이런, 내가 바보짓을 했구나!"

옥따브는 시트 꾸러미를 들고 내려가다가 자기 방으로 올라가는 라셀과 마주쳤다. 몇분만 더 있었으면 그녀에게 현장을 잡힐 뻔했다. 아래층에서 그녀는 방금 마님이 또 눈물짓는 것을 보았다. 그러나 이번엔 고백도, 돈푼도, 아무것도 끌어내지 못했다. 자기가 없는 틈을 타 그들이 서로 만나서 자기 몫이 되어야 할 얼마 안되는 소득을 떼어먹은 것을 알게 되자, 그녀는 화가 머리끝까지 나서 협박이 담긴 음험한 시선으로 옥따브를 노려보았다. 초등학생 같은 야릇한 수줍음 때문에 옥따브는 그녀에게 10프랑을 주지 못했다. 그러고는 자기가 거침없는 사람이라는 걸 보여주고 싶어 마리네 집에 농담하러 들어갔는데, 그때 모퉁이에서 울부짖는 소리가 들려와서 돌아섰다. 이번에도 질투심이 걷잡을 수 없이 치밀어 오른 사뛰르냉이 벌떡 일어서며 말하고 있었다.

"조심해! 죽일 것들 같으니."

10월 8일 오전에는 구두 꿰매는 여자가 이사하기로 되어 있었다. 구르 씨는 시시각각 더해만 가는 공포를 안고, 일주일째 그녀의 배를 지켜보고 있었다. 그녀의 배는 절대 8일까지 기다리지 않을 것 같았던 것이다. 그 여자는 문지기에게 몸을 풀도록 며칠만 더 말미를 주십사고 간청했으나 노기등등한 거절에 부딪치고 말았다. 매 순간 진통이 엄습했다. 간밤에만 해도 그녀는 혼자서 아이를 낳게 되는 줄만 알았다. 9시경이 되자 그녀는 뜰에 작은 손수레를 세워놓고 있는 사내아이를 도와가며 이삿짐을 옮기기 시작했다. 세간살이에 몸을 의지했다가 계단에 앉아 있다가 하는데, 너무 심한 복통이 와서 그녀는 몸을 90도로 꺾었다.

구르 씨는 그동안에도 그녀의 남자관계에 대해 아무것도 발견해내지 못했다. 한 놈도 없다니! 날 놀리는 건가. 그래서 오전 내내 그는 화난 모습으로 이리저리 어슬렁거렸다. 구르 씨와 마주친 옥따브는 그도 자기들의 정사를 알고 있을 거라는 생각에 부르르 떨었다. 그것을 알고 있을지는 몰라도 전과 다름없이 문지기는 공손하게 옥따브에게 인사를 했다. 입버릇처럼 말하듯이 그는 자기와 관계없는 일에는 상관하지 않았던 것이다. 그날 아침 4층의 신사 방에서 잽싸게 빠져나와 층계에 베르벤 향수 냄새만 물씬 풍겨놓고 간 그 정체 모를 부인 앞에서도 그는 마찬가지로 빵모자를 벗고 인사했다. 그는 트뤼블로에게도 인사를 했고 깡빠르동 씨 작은댁과 발레리에게도 인사했다. 이들은 다들 돈 있는 사람들이야. 하녀방에서 나오다가 들킨 젊은이들이나, 죄상을 뻔히 말해주는 실내복을 펄럭이며 계단을 오르내리는 부인네들이나, 모두 상관할 바 아니지. 그러나 상관할 일은 상관해야지. 그래서 그는 구두 꿰매는 여자의 보잘것없는 세간살이에서 눈을 떼지 않았다. 마치 그토록 찾던 남자가 마침내 서랍 속에 숨어 떠나기라도 하는 듯이.

12시 15분 전, 밀랍 같은 얼굴에 떠날 날 없는 시름이 어린 채 침울하고 자포자기한 모습으로 그 여자가 나타났다. 그녀는 발걸음을 겨우 떼어놓을 정도였다. 구르 씨는 그녀가 길로 완전히 나갈 때까지 내내 부들부들 떨었다. 그녀가 그에게 열쇠를 내주는 순간 뒤베리에가 현관으로 들어오고 있었다. 그는 간밤의 열기로 후끈 달아 이마의 붉은 반점이 핏빛으로 새빨개져 있었다. 그가 짐짓 거만한 태도로 완고한 도덕의 엄격성을 내보이고 있는데 이 배불뚝이 여자가 그의 앞을 지나갔다. 그녀는 부끄러워하며 체념한 듯 고개를 수그리고 있었다. 그러고는 장의사가 쳐놓은 검은 휘장들 속에 파묻혀버리던 그날처럼 작은 손수레를 뒤따라서 절망적인 걸음걸이로 가버렸다.

그때야 비로소 구르 씨는 득의만면했다. 마치 그녀의 배가 이 집의 불편한 분위기를, 벽들도 몸서리치는 불미스러운 일들을 모두 가져가버리기라도 한 듯이, 그는 집주인에게 외쳤다.

"앓던 이가 빠진 것 같습니다, 나리. 이제 숨 좀 쉬겠군요. 정말이지 갈수록 역겨웠답니다. 제 마음이 천근은 가벼워졌군요. 안됩죠, 나리. 채신 있는 집안에 여자는 안됩죠. 특히 저런 막일하는 여자는요!"

14

다음 화요일 베르뜨는 옥따브와의 약속을 어겼다. 저녁에 가게 문을 닫은 후 잠시 티격태격할 때, 그녀는 그에게 기다리지 말라고 이번에는 미리 말했다. 종교를 믿고 싶은 욕구가 새삼 밀어닥쳐 그 전날 신부님께 고해하러 갔었노라고, 모뒤 신부의 괴로운 훈계 말씀을 듣고 아직도 목이 멘 채 그녀는 흐느꼈다. 결혼한 뒤로 그녀는 성당에 나가지 않았지만 하녀들이 흙탕물처럼 튀겨놓은 욕설들을 듣고 나니 어찌나 서글프고 버림받은 것 같고 불결한 느낌이 들었던지, 정화와 구원의 희망에 불타는 마음으로 어린 시절 열심이던 신앙 속에 한시간 동안 다시 몸을 던진 것이다. 성당에서 돌아오는 길에 생각해보니 신부님이 함께 울어주셨다 싶어 자기가 저지른 잘못이 두려웠다. 옥따브는 화가 잔뜩 났지만 속수무책이어서 어깨만 으쓱해 보일 따름이었다.

사흘 뒤 그녀는 다음 화요일로 다시 약속을 했다. 빠노라마 골목에서 옥따브에게 밀회를 허락했을 때 그녀는 샹띠이 숄을 보았다. 그리고 그게 갖고 싶어 죽겠다는 눈빛으로 끊임없이 그 이야기를 했다. 그래서 월요일 아침 옥따브는 거친 흥정 같은 분위기를 부드럽게 만들어보려고, 그녀가 약속을 지켜 자기 방에 오면 깜짝 놀랄 작은 물건이 하나 있을 거라고 웃으며 말했다. 그녀는 말귀를 알아듣고 이번에도 또 울기 시작했다. 싫어요, 싫어, 이젠 안 가요. 당신은 우리 만남의 행복을 망쳐놓고 있어요. 허깨비 같은 그 숄 얘기를 내가 했지만, 이젠 그거 갖고 싶지 않아요. 만약에 당신이 나한테 그걸 선물한다 해도 불 속에 던져버리겠어요. 그럼에도 불구하고 그다음 날 그들은 합의가 되었고, 밤 12시 반에 그녀는 가볍게 세번 옥따브의 방문을 두드렸다.

그날 리옹으로 떠나는 오귀스뜨가 베르뜨의 눈에는 이상하게 보였다. 그녀는 부엌문 뒤에서 남편이 라셀과 나지막이 무슨 말을 하고 있는 광경을 우연히 목도했다. 그런데 그는 안색이 노랗고 한쪽 눈을 감은 채 오들오들 떨고 있었다. 하지만 머리가 아프다고 투덜대서 그녀는 남편이 아픈 걸로 믿고, 여행을 하면 몸에 좋을 거라고 안심시켰다. 그녀는 걱정이 되어 혼자 남자마자 부엌으로 가서 하녀의 마음을 떠보려고 했다. 하녀는 처음 들어올 때처럼 뻣뻣한 태도로 계속 신중하고 공손하게만 굴었다. 그런데도 베르뜨는 그녀가 어딘지 모르게 불만을 품고 있는 것처럼 느꼈다. 20프랑과 드레스 한벌을 하녀에게 주고 나서는 늘 100수도 아쉬운 형편이라 어쩔 수 없이 선심 공세를 중단한 것이 큰 잘못이었다고 생각했다.

"이봐요," 그녀가 라셀에게 말했다. "내가 참 짜지? 그런데 그건 내 잘못이 아니라우. 나도 생각은 하고 있어, 신세를 갚을 거라고."

라셀은 냉정하게 대꾸했다.

"전 마님께 받을 것이 없는데요."

그러나 베르뜨는 적어도 성의는 보이고 싶어서 자기가 입던 오래된 속치마 두벌을 찾으러 갔다. 그러나 하녀는 그것을 받으면서 이걸로 부엌에서 쓸 행주 같은 거나 만들겠다고 말했다.

"고맙습니다, 마님. 고운 무명을 입으면 두드러기가 나서 전 베옷만 입거든요."

그렇지만 베르뜨는 라셸이 겉으로는 예의 바르게 보여 안심했다. 그녀는 격의 없이 오늘은 밖에서 자고 올 거라고 털어놓고, 혹시 모르니까 등불 하나는 켜두라고 당부하기까지 했다. 그녀는 중앙계단의 문은 잠길 테니 열쇠를 갖고 부엌문으로 나가겠다고 했다. 하녀는 마치 내일 먹을 쇠고기찜을 불에 올려놓으라는 얘기를 들은 것처럼 태연하게 이 지시를 받아들였다.

그날 저녁 더욱 빈틈없이 일을 꾸미려고, 옥따브는 베르뜨가 친정에서 저녁을 먹게 될 시간에 깡빠르동네 집의 초대를 받아놓았다. 그는 10시까지는 그 집에 있다가 자기 방으로 돌아가서 12시 반이 되기까지 참을성 있게 기다릴 작정이었다.

깡빠르동네 집의 저녁 식사 분위기는 자못 가부장적이었다. 건축가는 아내와 사촌 처형 사이에 앉아 자신의 평가에 따르면 양도 푸짐하고 몸에도 좋은, 집에서 만든 음식에 대해 장광설을 늘어놓고 있었다. 그날 저녁에는 쌀을 곁들여 찐 닭과 쇠고기 한 덩어리와 기름에 볶은 감자가 나왔다. 사촌 처형이 매사를 주관하게 된 뒤로부터 이 집 식구들은 계속 소화불량 속에서 산다고 말할 정도로 잘 먹었다. 그만큼 그녀는 물건 사는 재주가 좋아서 더 싼값을 주고도 남들의 두배나 되는 고기를 사들여왔다. 깡빠르동은 닭고기를 세번이나 더 덜어 먹었고, 로즈는 쌀을 잔뜩 먹어대고 있었다. 앙젤은 쇠고기만 먹었다. 그녀는 고기에서 흐르는 피를 좋아해서 리자가 몰래 여러 숟갈 듬뿍듬뿍 앙젤에게 피를 부어주곤 했다. 그런데 유독 가스빠린만은 음식을 입에 대는 둥 마는 둥 했다. 자기 말로는 위가 줄어들어 그렇다는 것이었다.

"자 드시오." 건축가가 옥따브에게 큰 소리로 말했다. "언제 누구한테 먹힐지 모르니."

깡빠르동 부인은 몸을 굽혀 옥따브의 귀에다 대고, 사촌 언니가 이 집 안에 가져다준 행복에 대해 한번 더 칭찬을 했다. 생활비가 최소한 백퍼센트는 절약이 되었고 하인들은 아무 소리 못하고 어려워하며, 앙젤은 잘 감시받고 훌륭한 본을 보고 있다는 것이었다.

"어쨌든," 그녀가 속삭였다. "아쉴이 물고기가 물 만난 듯 계속 행복해하니, 전 이제 아무것도, 정말 아무것도 할 게 없어요. 언니는 이제 내 세수까지 시켜준다니까요. 난 손가락 하나 까딱 않고도 살 수가 있지요. 언니가 온갖 피곤한 살림살이를 몽땅 도맡았으니까요."

그리고 건축가는 자기가 교육부의 밉살스러운 직원들을 골탕 먹인 일을 이야기했다.

"글쎄 생각 좀 해봐요. 그 사람들이 에브뢰의 공사 일에 대해 한도 끝도 없이 곤란한 꼬투리만 잡아내더라고요. 난 말이오, 난 무엇보다 먼저 주교님을 기쁘게 해드리고 싶었소. 다만 한가지, 신축 부엌의 화덕과 난방기 설치비용이 2만 프랑을 넘어선 게 문제라니까. 신용대출도 전혀 표결된 바 없고 얼마 안되는 보수공사비에서 2만 프랑을 축낸다는 건 쉬운 일이 아니지. 또 한편 3000프랑을 예상했던 강론대가 거의 1만 프랑까지 값이 뛰어올랐다고. 그러니 또

7000프랑 모자라는 것을 메꿔야지. 그래, 오늘 아침 교육부로 부르길래 갔더니 웬 키 크고 바짝 마른 자가 우선 내게 야단야단합디다. 아, 안되지! 나는 그런 거 좋아 안한다고. 그래서 난 주교님을 들먹이면서 이 일을 해명하게 주교님을 빠리로 오시라고 하겠다고 위협했지. 그랬더니 대번에 공손해지더구만. 어찌나 공손하던지! 이런, 아직도 웃음이 나온다니까. 글쎄 그 작자들은 요즘 주교라면 그저 무서워 벌벌 떤다고. 주교님이 뒤를 봐준다면 노트르담 성당도 부쉈다 다시 지을걸. 그까짓 정부 따윈 내겐 아무것도 아니라니까!"

모두가 장관쯤은 우습게 알고 얕잡아 이야기하며 입안 가득 쌀을 넣고 우물거리면서 식탁에 둘러앉아 즐기고 있었다. 로즈는 종교에 의지하는 편이 낫다고 말했다. 생로끄 성당의 공사를 맡은 이래 아쒤은 산더미 같은 일거리에 치여 있다고 했다. 내로라하는 쟁쟁한 가문들이 서로 다투어 그를 끌어가려 하고, 그는 이제 혼자 힘으로 당해낼 수가 없어 며칠 밤을 새워야 할 지경이라고 했다. 자기들이 잘되는 것은 정말이지 하느님 뜻이라서, 아침저녁 늘 식구들은 하느님을 찬미하고 있다는 것이었다.

후식을 먹고 있을 때 깡빠르동이 큰 소리로 말했다.

"그런데 뒤베리에가 다시 찾았대……"

그는 끌라리스의 이름을 말할 참이었다. 그러나 앙젤이 함께 있다는 생각이 나서 딸 쪽을 슬쩍 곁눈질하며 덧붙였다. "친척 여자분을 다시 찾았대요. 알겠소?"

그리고 그는 입술을 비쭉 내밀고 눈을 찡긋했다. 말뜻을 전혀 파악 못하고 있던 옥따브는 마침내 무슨 소린지 알아듣게 되었다.

"트뤼블로를 만났더니 그럽디다. 그저께 뒤베리에가 억수같이 퍼붓는 비를 피하러 어느 집 대문 밑에 들어섰더래요. 그런데 그 사람이 뭘 봤는지 아시오? 그 친척 여자가 우산을 툭툭 털고 있더랍니다. 마침 트뢰블로는 뒤베리에게 그 여자를 되찾아주려고 일주일째 뒤지고 다니는 중이었지요."

앙젤은 음식을 한입 가득 넣고 꿀떡꿀떡 삼키기를 여러차례 하며 자기 접시 위로 다소곳이 눈길을 떨구었다. 이 집 식구들은 철저히 점잖은 말만 골라서 쓰고 있었다.

"그 친척 여자분 괜찮아 보이던가요?" 로즈가 옥따브에게 물었다.

"그야 보기 나름이지요." 옥따브가 대답했다. "사람은 그냥 있는 그대로를 봐야죠."

"그 여자가 하루는 배짱 좋게도 가게에 왔더라고요." 자기도 바짝 말랐으면서 마른 사람을 싫어하는 가스빠린이 말했다. "남들이 저 여자라고 가리키더군요. 정말 콩깍지처럼 삐죽하니 볼품없데요."

"아무러면 어때," 건축가가 결론을 내렸다. "이제 뒤베리에는 다시 꽉 잡혔는걸. 가엾은 그 부인은……"

그는 끌로띨드가 틀림없이 속이 후련하고 기쁠 것이라고 말하고 싶었다. 그러나 앙젤이 있다는 것을 다시 한번 상기하고 처량한 표정을 지으며 이렇게 말했다.

"친척들끼리라고 늘 잘 맞는 건 아니거든. 어느 집이나 불만거리는 다 있는 법이지 뭐."

리자가 식탁 반대편에서 팔에 냅킨을 걸치고 앙젤을 바라보고 있었고, 앙젤은 웃음이 참을 수 없이 터져 나오려는 바람에 부랴부랴 유리잔에 코를 박고 오랫동안 물을 마셨다.

10시가 조금 못돼서 옥따브는 몹시 피곤하다는 핑계로 자기 방에 올라갔다. 로즈가 살갑게 굴고 분위기는 호의적이었지만 그는 마음이 영 편치 않았다. 자기를 향한 가스빠린의 적의가 끊임없이 더해만 가는 것이 느껴졌던 것이다. 그렇다고 그가 그 여자에게 딱히 무슨 짓을 한 것도 아니었다. 그녀는 그저 미남인 옥따브를 싫어했고, 그가 이 집의 모든 여자들을 차지했다고 의심하고 그 때문에 몹시 화가 나 있던 것이다. 그녀는 꿈에도 그를 원한 적이 없었건만, 그저 너무 빨리 아름다움이 시들어버린 여자로서 그의 행복한 꼴을 보고 본능적인 노여움을 어쩌지 못해 그러는 것이었다.

그가 자리를 뜨자마자 식구들은 가서 자자고 했다. 로즈는 매일 저녁 잠자리에 들기 전에 화장실에서 한시간씩 보내곤 했다. 그녀는 말끔히 세수하고 향수를 촉촉이 뿌린 다음 머리 손질을 하고 눈, 입, 귀를 샅샅이 살펴본 뒤, 턱밑에 성호까지 그었다. 밤이면 그녀는 실내복을 벗고 화려한 취침용 모자와 잠옷으로 갈아입었다. 그날 밤에는 발랑시엔산 레이스를 단 잠옷과 모자를 골랐다. 가스빠린은 대야를 갖다주기도 하고, 뒤를 따라다니며 엎질러진 물을 스펀지로 닦아내기도 하고, 수건으로 그녀의 살갗을 문질러주기도 하며 그녀를 도왔다. 이런 자잘한 몸시중은 가스빠린이 리자보다 훨씬 잘 들었다.

"아, 좋다!" 이윽고 로즈가 몸을 길게 뻗으며 말했고, 그사이에 사촌 언니는 매트리스에 시트를 씌우고 긴 베개를 다시 침대에 올려놓았다.

그러자 그녀는 커다란 침대 한복판에 달랑 혼자 누워 편안한 웃음을 지었다. 레이스에 싸인 보드랍고 섬세하며 잘 가꾼 그녀의 몸을 보면 가히 사랑에 빠진 미녀가 정든 님을 기다린다고 할 만했다. 자기가 예쁘다고 느껴지면 잠이 더 잘 온다고 그녀는 말하곤 했다. 이제 낙이라곤 이것밖에 없다는 것이었다.

"됐소?" 깡빠르동이 들어오며 물었다. "좋아! 잘 자요, 여보."

그는 일거리가 있어서 오늘 밤도 새워야 한다고 말했다. 그러나 그녀는 화를 내며 좀 쉬면 얼마나 좋으냐고 말했다. 이런 식으로 명을 재촉하는 건 바보짓이라고.

"알겠죠, 자리에 드세요. 언니, 저 사람 주무시게 하겠다고 나한 테 약속해."

가스빠린은 방금 설탕물 한컵과 디킨스 소설을 침대 머리맡 탁자에 놓고 그녀를 바라보았다. 그 말엔 대답하지 않고 그녀는 몸을 굽혀 무심결에 이렇게 말했다.

"너 참 상냥하구나, 오늘 밤엔."

그러면서 그녀는 못생기고 돈도 없는 친척 여자다운 체념으로 입술이 바짝 마르고 입맛은 씁쓸했지만 로즈의 양 볼에 밤 인사로 두번 입을 맞췄다. 깡빠르동 역시 낯빛이 불그스레해진 채 먹은 것을 소화시키기가 힘겨워 씩씩거리며 아내를 바라보았다. 턱수염이 조금 떨리더니 이번에는 그가 그녀에게 입을 맞췄다.

"잘 자요, 당신."

"잘 자요, 여보. 알았죠. 곧바로 자리에 들라고요."

"걱정 마!" 가스빠린이 말했다. "11시에도 안 주무시면 내가 일어나서 등잔불을 꺼버릴게."

11시쯤 깡빠르동은 라모 거리의 한 양복점 주인이 기분 내어 색다르게 지으려는 스위스식 샬레의 도면을 보며 하품을 하다가 상냥하고 깔끔한 로즈를 생각하며 천천히 옷을 벗었다. 그러고는 하녀들 보라고 침대 시트를 일부러 흩트린 다음 가스빠린의 침대로 찾아갔다. 그녀의 침대는 너무 비좁아서 거기서 자면 상대방의 팔꿈치가 걸리적거려 서로 잠을 몹시 설치곤 했다. 특히 그는 침대의 매트리스 받침 가장자리에 균형을 잡고 간신히 누워야 할 지경인지라 아침이 되면 한쪽 넓적다리가 잘린 듯 아팠다.

같은 시간, 설거지를 끝내고 빅뚜아르는 자기 방으로 올라갔고 리자는 늘 하는 대로 아가씨에게 부족한 게 없는지 살피러 왔다. 앙젤은 자리에 누워 그녀를 기다리고 있었다. 이렇게 그들은 저녁마다 펴놓은 이불 한구석에서 몰래 카드놀이를 끝없이 하는 것이었다. 둘은 바따이유 게임을 하면서 언제나 가스빠린을 화제로 입방아를 찧었고, 하녀는 그녀를 더러운 짐승이라며 소녀 앞에서 사정없이 발가벗겨 보이곤 했다. 둘 다 낮 동안에 보인 위선적 순종에 대해 앙갚음을 하고 있는 셈이었고, 사춘기라 마음이 싱숭생숭한 병약한 열세살 소녀 앙젤의 호기심을 충족시켜주며 앙젤의 타락에서 맛보는 저열한 쾌감이 리자의 내심에 도사리고 있었다. 이날 밤 그들은 이틀 전부터 설탕을 꺼내지 못하게 찬장을 잠가둔 가스빠린에게 화가 잔뜩 나 있었다. 평소에 하녀는 설탕을 양쪽 주머니 가득 넣어가지고 와서 소녀의 침대 위에 꺼내놓곤 하였던 것이다. 심술궂은 여자 같으니라고! 잠자리에서 설탕을 깨물어 먹을 수도 없다니!

"하지만 아가씨 아버님께선 그 여자한테 실컷 먹여주신답니다, 설탕을 말이죠!" 리자가 육감적으로 웃으며 말했다.

"그래." 앙젤이 똑같이 웃으며 중얼거렸다.

"아가씨 아버님께서 그 여자한테 어떻게 하시나요? 좀 해보세요, 보게요."

그러자 소녀는 아무것도 안 걸친 두 팔로 하녀의 목을 와락 그러안고 꽉 죄면서 그녀의 입에 격렬히 입을 맞추며 되풀이했다.

"자, 이렇게. 자, 이렇게."

시계가 자정을 울렸다. 깡빠르동과 가스빠린은 비좁은 침대에서 끙끙대고 있었고, 로즈는 자기 침대 한복판에 팔다리를 쭉 뻗고 편안히 누워서 감동의 눈물을 흘리며 디킨스의 소설을 읽고 있었다. 깊은 정적이 흐르고 순결한 밤이 선량한 가족들 위에 그림자를 드리웠다.

한편 옥따브는 집에 들어오면서 삐숑네 집에 사람들이 모여 있는 것을 보았다. 쥘이 그를 부르며 부득부득 뭐라도 대접하고 싶다고 했다. 9월에 해산한 마리가 몸을 추스린 것을 계기로 딸네 부부와 화해한 뷔욤 내외가 거기 와 있었다. 그들은 어제부터 겨우 바깥출입을 하게 된 딸의 회복을 축하하기 위해 기꺼이 화요일 하루 날을 잡아서 저녁 먹으러 오겠다고까지 했다. 이번에도 딸인 것을 보고 속이 상한 어머니의 마음을 달래고 싶어서 마리는 갓난아기를 빠리 근교에 사는 유모에게 보내기로 마음먹었다. 릴리뜨는 동생의 건강을 기원한답시고 부모가 억지로 마시게 한, 물도 안 탄 포도주 한잔에 나가떨어져 식탁 위에서 자고 있었다.

"어쨌든 애 둘은 그래도 참고 봐줄 수 있어." 뷔욤 부인이 옥따브와 잔을 부딪쳐 건배를 하더니 말했다. "하지만 여보게, 또 낳진 말게."

모두가 웃기 시작했다. 그러나 부인은 여전히 심각했다. 그녀는 말을 계속했다.

"우스울 것 하나 없어요. 이 애는 참아주겠지만 만일 또 하나 태어난다면 내 맹세코……"

"오! 또 하나 태어난다면," 뷔욤 씨가 그뒤를 받았다. "너희들은 목석에다 멍청이들이야. 인생살이란 호락호락한 게 아니다. 수천 수백 프랑을 마음대로 펑펑 쓸 수 없는 처지라면 자제를 해야지."

그리고 옥따브 쪽으로 몸을 돌리며 말했다.

"보시오, 젊은 양반. 난 훈장을 받은 몸이오. 그런데 너무 더러워 질까봐 집 안에선 달지 않는다오. 생각 좀 해보시오. 집사람과 내가 집에서 훈장을 다는 기쁨을 자제하고 있듯이 쟤들 내외도 딸을 줄 줄이 낳는 짓을 얼마든지 참을 수 있는 것 아니오. 티끌 모아 태산 이라고, 절약이란 대단한 거요."

삐숑 부부는 그 말에 복종할 것을 맹세했다. 또다시 이런 실수를 한다면 뜨거운 맛도 감수하겠다고.

"그 끔찍한 진통을 또 겪으라고요." 아직도 안색이 핼쑥한 마리 가 말했다.

"전 애를 또 갖느니 차라리 다리를 한쪽 자르겠습니다." 쥘이 선 언했다.

뷔욤 내외는 만족한 듯이 고개를 끄덕였다. 그들은 딸과 사위에 게 약속을 받았으니 용서해주었다. 그리고 괘종시계가 10시를 치 자 모두들 정겹게 껴안고 볼에 입을 맞추었다. 쥘은 장인 장모를 합승마차까지 배웅해드리려고 모자를 썼다. 예전의 습관이 이렇게 다시 이어지니 그들은 가슴이 뭉클하여 층계참에서 다시 한번 서 로 입 맞추기까지 했다. 옥따브 곁에서 난간에 기대어 그들이 내려 가는 모습을 지켜보고 있던 마리가 옥따브를 식당으로 다시 데리 고 가더니 말했다.

"우리 엄마는 나쁜 분이 아녜요. 그리고 실은 엄마 말씀이 맞아 요. 애들이란 재미없거든요."

그녀는 문을 다시 닫더니 식탁에 아직도 여기저기 그대로 흩어져 있는 유리컵들을 치웠다. 등잔불이 활활 타고 있는 좁은 방은 오붓한 가족 잔치의 뒤끝이라 뜨듯한 온기가 가득했다. 릴리뜨는 방수 천으로 된 식탁보 한 귀퉁이 위에서 계속 자고 있었다.

"난 가서 자겠어요." 옥따브가 속삭였다.

말은 그렇게 하고도 그는 거기가 편해서 그냥 앉아버렸다.

"아니 벌써 주무신다고요." 마리가 다시 말을 시작했다. "당신이 이렇게 규칙적인 생활을 하시다니 웬일인가요. 내일 아침 일찍 무슨 할 일이 있으신가보죠?"

"천만에요." 그가 대답했다. "졸려서 그래요. 그뿐이에요. 아, 당신한테 10분 정도는 충분히 내줄 수 있죠."

베르뜨 생각이 그의 머리에 떠올랐다. 그녀는 12시 반은 되어야 올라올 것이다. 그에게는 시간 여유가 있었다. 그리고 그녀를 밤새껏 독차지하겠다고 몇주일 전부터 몸달아 하며 품어온 희망이 이제는 더 이상 그의 몸속에서 쿵쿵 크게 울리지 않았다. 낮 동안의 열기, 다가올 행복의 연속적인 영상을 떠올리고 분초를 재며 안달하던 욕망은 이제 기다리느라 지쳐서 김이 빠져가고 있었다.

"꼬냑 한잔 더 드실래요?" 마리가 물었다.

"아, 그럼요! 좋죠."

그는 술을 마시면 다시 호기가 솟아나리라고 생각했다. 그녀가 그에게서 술잔을 받을 때 그는 그녀의 손을 그대로 붙잡았고, 그녀는 조금도 두려워하지 않고 빙그레 웃었다. 그는 몸이 쇠약하여 파리해 보이는 그녀가 매력적이라고 생각했다. 소리 없는 애정이 다시 엄습하는가 싶더니 와락 걷잡을 수 없이 목까지, 입술까지 치밀어 올랐다. 그는 어느날 저녁엔가 아버지가 딸에게 하듯이 그녀의 이마에 입맞춤을 한 다음 남편에게 돌려주었던 것이다. 그런데 이제는 그녀를 다시 차지하고 싶은 욕구, 즉발적이고 예리한 욕망이 솟구쳐서 베르뜨에 대한 욕망은 그 속에 잠겨 멀리 사라지고 있었다.

"그럼, 오늘은 안 무서워요?" 그가 그녀의 손을 더욱 세게 잡으며 물었다.

"아뇨, 이제부턴 그럴 수가 없으니까요. 우리 항상 그냥 좋은 친구로 지내요."

그리고 그녀는 자기가 모든 걸 알고 있다는 것을 은근히 암시했다. 사뛰르냉이 얘기한 것이 틀림없었다. 게다가 옥따브가 문제의 인물을 집에 맞아들이는 밤이면 마리는 그 사실을 능히 알아채곤 했다. 걱정이 되어 그의 낯빛이 핼쑥해지자, 그녀는 재빨리 그를 안심시켰다. 자기는 어느 누구한테도 아무 소리 안하겠다고, 화가 나기는커녕 반대로 그가 행복하길 빌고 있다고 했다.

"보세요." 그녀가 거듭 말했다. "전 이미 결혼한 몸이니 당신을 원망할 수 없잖아요."

그는 그녀를 무릎 위에 앉힌 다음 소리쳤다.

"하지만 내가 사랑하는 건 당신이라고요!"

그의 말은 정말이었다. 이 순간 그는 절대적이고 무한한 정열로 오직 그녀만을 사랑하고 있었다. 새로이 맺은 관계, 다른 여자를 원하면서 보낸 두달은 깨끗이 사라졌다. 그는 이 좁은 방에 있던 자기 모습, 여기 와서는 쥘이 돌아선 틈에 마리의 목에 입 맞추며 시시때때로 그녀가 수동적으로 부드럽게 비위를 잘 맞춘다고 생각하던 자신의 모습을 다시 떠올리고 있었다. 그건 행복이었다. 어떻게 그 행복을 우습게 볼 수 있었을까? 그는 후회로 가슴이 미어지는 듯했다. 아직도 그녀를 원하고 있고 그녀를 더 이상 자기 것으로 할 수 없다면 영영 불행하리라는 것을 그는 확실히 느끼고 있었다.

"놓으세요." 그녀가 몸을 빼려고 애쓰면서 속삭였다. "당신은 현명하지 못해요. 내게 고통을 주려고 하는군요. 이제 다른 여자를 사랑하면서 날 계속 들볶아 어쩌자는 거죠?"

그녀는 그런 일들이 하나도 재미없고 역겨울 따름이라 특유의 부드럽고 나른한 투로 이렇게 자기 방어를 했다. 그러나 그는 미친 듯이 그녀를 더욱 꽉 끌어안으며 모직 드레스의 뻣뻣한 천에 가려워진 그녀의 가슴에 입을 맞췄다.

"내가 사랑하는 건 당신이에요. 당신은 몰라요. 자, 봐요! 내 진정 맹세하지만, 거짓말이 아니야. 내 가슴을 열고 들여다보라고요. 오! 제발, 상냥하게 대해줘요. 이번 한번만! 그다음엔 절대, 당신이 그러지 말라면 절대 이런 짓 안할 거예요. 오늘은 당신이 거절하면 난 너무 괴로울 거예요, 죽어버릴 거라고요."

그러자 마리는 부득부득 밀고 들어오는 옥따브의 의지에 마비되어 무기력해졌다. 그녀의 마음속에는 선의와 두려움과 어리석음이 공존했다. 그녀는 우선 잠든 릴리뜨를 침실로 데려가려는 듯이 몸을 움직였다. 그러나 그는 아이가 깰까봐 제지했다. 그러자 그녀는 지난해 순종적인 여인으로 그의 품에 안기고 말았던 바로 그 자리에서 몸을 내맡겼다. 밤늦은 이 시각 집 안은 고즈넉이 가라앉아 이 작은 방이 어쩌나 고요한지 귀에 웅 소리만 울릴 지경이었다. 갑자기 심지가 낮아지며 등잔불이 꺼지려 하자 마리가 몸을 일으켜 겨우 심지를 다시 세웠다.

"날 원망해요?" 기진맥진했지만 일찍이 맛보지 못한 행복감에 젖어 옥따브가 정답게 물었다.

그녀는 등잔을 손에서 놓고 차가운 입술로 그에게 마지막 입맞춤을 하며 대답했다.

"아뇨, 당신이 좋았으면 됐어요. 하지만 그 여자가 있으니 이런 짓은 어쨌든 안 좋아요. 나하고는 이제 이런 일이 아무런 의미도 없잖아요."

그녀는 서글퍼 두 눈이 눈물에 젖었지만 여전히 화는 내지 않았다. 그녀의 곁을 떠나면서 그는 불만스러웠다. 그냥 드러누워 잤으면 싶었던 것이다. 충족된 열정의 뒷맛은 어딘지 김이 빠진 듯했고, 그의 입에는 타락한 살덩이의 씁쓸한 맛이 남아 있었다. 그러나 딴 여자가 이제 곧 올 참이니 그녀를 기다려야지. 이렇게 또다른 여자에 대한 생각이 무섭게 그의 어깨를 짓눌렀고, 그녀를 단 한시간만이라도 자기 방에 붙들어놓기 위해 기상천외한 계획을 세우느라 열화 같은 며칠 밤을 보냈으면서도, 이젠 오히려 무슨 불상사라도 일어나서 그녀가 올라오지 못하게 되었으면 하고 바라고 있었다. 어쩌면 이번에도 그녀는 약속을 어길지 모른다. 감히 내놓고 바라지는 못할망정 그것이 희망 사항이었다.

자정이 되었다. 옥따브는 피곤했지만, 사르륵사르륵 그녀의 치맛자락 끌리는 소리가 들릴까봐 두려워하며 선 채로 좁은 복도를 따라 귀를 바짝 세웠다. 12시 반이 되자 그는 정말 불안에 휩싸이고 말았다. 새벽 1시가 되자 그는 이제 살았구나 생각했다. 하지만 그 안도감 속에는 은근한 짜증, 여자에게 우롱당한 남자의 욱하는 심정이 숨어 있었다. 그러나 몹시 졸려 하품을 하며 옷을 벗어야겠다고 생각하고 있을 때 누가 세번 작은 소리로 똑똑똑 문을 두드렸다. 베르뜨였다. 그는 신경질이 나면서도 한편 으쓱해져서 팔을 벌리고 다가갔는데, 그녀는 그를 옆으로 밀어젖히고 덜덜 떨며 문에 귀를 기울이고 듣더니 왈칵 닫았다.

"대체 왜 그래요?" 그가 소리를 낮춰 물었다.

"모르겠어요, 무서워요." 그녀가 더듬더듬 말했다. "계단이 너무 캄캄해서 그런지 꼭 누가 내 뒤를 밟는 것 같았어요. 아유, 맙소사! 이런 모험을 하다니 얼마나 어리석은 짓이야. 틀림없이 우리에겐 불행이 닥칠 거예요."

이 말에 그들 둘 다 오싹해졌다. 그들은 서로 껴안고 입 맞추지 않았다. 그래도 하얀 실내복을 입고 금발을 목덜미 위로 꼬아 내린 그녀는 매력이 있었다. 그는 그녀를 바라보며 마리보다 훨씬 낫다고 생각했다. 그러나 더 이상 그 짓을 하고 싶지는 않았다. 그것은 고역이었다. 그녀는 숨을 돌리려고 방금 의자에 앉은 참이었다. 그녀는 식탁에 놓인 상자곽을 보고 자기가 일주일 전부터 얘기하던 레이스 숄이 그 속에 들었다는 걸 이내 눈치채고는 느닷없이 화를 내는 척했다.

"난 갈래요." 그녀가 의자에서 일어서지도 않고 말했다.

"뭐, 간다고요?"

"내가 몸 파는 여잔 줄 알아요? 당신은 항상 내 자존심을 상하게 하곤 했는데, 오늘 밤에도 또 내 행복을 몽땅 망쳐놓는군요. 내가 사지 말랬는데 저건 왜 샀어요?"

그녀는 일어섰지만 결국은 그 선물을 보는 데 동의하고 말았다. 그러나 상자곽이 열리자 어찌나 실망했던지 분개해서 이렇게 소리치고 말았다.

"아니, 샹띠이가 아니라 라마로군요!"

요즘 선물의 규모를 슬슬 줄여가고 있던 옥따브는 인색한 마음을 어쩌지 못한 것이었다. 그는 샹띠이 못지않게 아름답고 멋진 라마도 있다고 애써 설명했다. 그리고 마치 가게 계산대에 서 있기나 한 듯이 물건의 장점을 치켜세우며 굳이 레이스를 만져보게 하고 절대 이 레이스는 닳지 않는다고 장담했다. 그러나 그녀는 고개를 설레설레 저으며 얕잡아 보는 투로 말을 하여 그를 멈칫하게 했다.

"아무튼 샹띠이는 300프랑쯤 할 텐데 이건 100프랑짜리잖아요."

그리고 그의 안색이 창백해지는 걸 보자 그녀는 방금 한 말을 주워 담아보려고 덧붙였다.

"어쨌든 당신은 참 자상하군요. 고마워요. 하긴 성의만 있다면 꼭 비싸야 선물은 아니니까."

그녀는 다시 앉았고 잠시 침묵이 흘렀다. 조금 후 그는 자리에 눕지 않겠느냐고 물었다. 글쎄, 눕긴 누워야겠죠. 그런데 계단에서 겪은 그 어이없는 공포 때문에 아직도 너무나 심란해요. 그리고 그녀는 아침에 문 뒤에서 라셀과 얘기하고 있는 오귀스뜨를 발견했던 얘기를 하면서, 라셀 때문에 느낀 두려움을 다시 입에 올렸다. 가끔씩 100수를 주어 하녀를 매수하는 것쯤 어려운 일도 아니었을 텐데. 그런데 있어야지요, 그놈의 100수가. 자기는 아무것도 가진 게 없어서 한번도 그 정도의 돈을 수중에 지녀본 적이 없다고 했다. 그녀의 목소리는 차츰 메말라갔고, 라마 숄 얘기는 더 이상 입에 담지 않았다. 하지만 어찌나 절망과 원망으로 사무쳤던지 그녀는 끝내 남편에게 긁어대던 끝없는 바가지를 애인에게도 긁고 말았다.

"아유, 이게 사는 거예요? 생전 가야 땡전 한푼 없고 털끝만한 실수를 저질러도 늘 수모를 당해야 하다니. 넌덜머리가 나요. 넌덜머리가 난다고요!"

옥따브는 걸어 다니면서 조끼 단추를 풀고 있다가 우뚝 멈춰 서서 그녀에게 물었다.

"뭣 때문에 나한테 그런 말들을 늘어놓는 거죠?"

"아니, 뭣 때문이냐고요? 내가 이런 애길 입에 올리며 얼굴 붉히지 않아도, 당신이 자상하다면 척하니 알아차려야 할 일들이지요. 오래전부터 당신이 알아서 그 하녀를 매수해 우리한테 절대 복종시켜 내 마음을 편하게 해주어야 했던 거 아녜요?"

그녀는 입을 다물었다가 다시 건방지게 빈정거리는 투로 덧붙였다.

"그랬다고 해서 당신이 파산하진 않았을 거예요."

다시 침묵이 흘렀다. 옥따브는 다시 걷다가 마침내 대답했다.

"난 부자가 아녜요, 당신에겐 안된 일이지만."

그러자 사태는 악화되어 말다툼이 부부싸움처럼 격해졌다.

"내가 돈 보고 당신을 좋아한단 말이죠!" 그녀가 자기 어머니처럼 당당한 체구를 과시하며 소리쳤고, 어머니가 하던 말이 그녀의 입에 그대로 올랐다. "내가 돈만 아는 여자라 이거죠? 그래요, 난 돈만 아는 여자예요. 난 합리적인 여자니까. 그 반대라고 당신이 주장해도 소용없어요. 어쨌건 돈은 돈이에요. 난 수중에 20수가 있으면 항상 40수가 있다고 말했어요. 남들의 동정보단 부러움을 받는 게 나으니까요."

그는 그녀의 말을 중간에 끊고, 좋게 해결해보려고 피곤한 음성으로 선언했다.

"내 말 좀 들어봐요. 숄이 라마 천이라 그렇게도 속상하다면 샹띠이로 만든 걸 사줄게요."

"그 잘난 숄!" 그녀가 머리끝까지 화가 나서 펄펄 뛰며 말을 이었다. "그깟 숄은 이젠 마음에도 없다고요. 내 화를 돋우는 건 그거 말고 다른 거예요, 알겠어요! 당신은 내 남편이나 똑같군요. 내가 반반한 단화도 못 신고 길에 나가도 당신은 아무렇지도 않지요. 한 여잘 차지했을 때는 인정만 좀 있대도 먹여 살리고 옷을 입혀주는 법이에요. 한데 남자들은 한 사람도 그 말을 못 알아듣는다니까요. 당신네들 둘은 머지않아 나만 좋다 하면 잠옷 바람으로 외출해도 그냥 놔둘 거예요."

이러한 바가지에 두 손 든 옥따브는 대꾸하지 않는 방편을 택했다. 그는 이따금 오귀스뜨가 이 방법으로 그녀의 공격에서 벗어나곤 하는 것을 눈여겨 보아두었던 것이다. 그는 천천히 옷을 마저 다 벗고 격분의 물결이 지나가도록 가만 놔두었다. 그리고 자기는 연애를 해도 참 재수가 없다고 생각했다. 그래도 이 여자는 그동안 해놓은 모든 계산이 엉망이 되어버릴 정도까지 자기 쪽에서 열렬하게 원했던 여자다. 그런데 그녀는 지금 자기 방에 와서는 마치 결혼해서 벌써 육개월쯤 살고 난 듯 바가지를 긁어 자기를 한숨도 못 자게 하고 있는 것이다.

"우리 누울까요?" 마침내 그가 물었다. "우린 서로 숱하게 행복을 약속했잖아요. 듣기 싫은 소리나 하면서 시간을 낭비하는 건 너무 바보짓이에요."

그리고 그는 화해하고 싶은 마음이 가득해서 하고 싶지 않아도 예의상 그녀를 안으려 했다. 그녀는 그를 밀쳐내더니 울음을 터뜨렸다. 그러자 그는 이러다간 끝이 없겠다는 생각에 화가 나서 그녀가 눕지 않더라도 자기는 이부자리에 눕기로 마음먹고 신을 벗었다.

"그래요, 내가 외출하는 것도 다 욕하라고요." 그녀가 흐느껴 울면서 중간중간 더듬거리며 말했다. "돈이 너무 든다고 날 비난하라고요. 오, 이제 환히 보여요. 이 모든 게 그 못된 선물 때문이에요. 당신은 날 여행가방 속에 가둘 수만 있다면 그렇게라도 할 거예요.

난 친구들이 여럿 있고, 그 친구들을 만나러 다니는 거예요. 하지만 그건 죄가 아녜요. 그리고 우리 엄마는……"

"난 자요." 그가 침대에 털썩 누우며 말했다. "옷 벗고, 당신 엄마 얘길랑 그만두지 그래요. 미안하지만 이 말만은 확실히 해둬야겠는데, 당신 엄만 참 더러운 성질을 당신한테 물려줬다고요."

그녀는 한 손을 기계적으로 움직여 옷을 벗었고, 그러는 동안에도 더욱 더 기가 나서 목청을 높였다.

"엄만 늘 당신 할 바를 다 하셨어요. 이 자리에서 당신이 우리 엄마 얘기를 할 수 있어요? 엄마 이름을 입에 올리지 말라고요. 이제 당신한테 남은 거라곤 우리 식구를 공격하는 일뿐이군요."

치마끈이 잘 풀리지 않자 그녀는 매듭을 끊어버렸다. 그러고는 침대에 걸터앉아 양말을 벗으며 말했다.

"내가 약하게 군 게 얼마나 후회되는지…… 앞일을 모두 내다볼 수만 있다면 심사숙고했으련만."

이제 그녀는 속옷 차림으로 팔다리를 드러내놓았고, 보드레한 그녀의 나신은 자그맣고 오동통했다. 분해서 씨근벌떡거리는 그녀의 가슴팍이 레이스 밖으로 드러나 있었다. 그는 코를 벽 쪽에 대고 가만히 있는 척하다가 갑자기 몸을 홱 돌렸다.

"뭐라고, 날 사랑했던 걸 후회한다고요?"

"물론이죠. 진심을 몰라주는 남자를 사랑하다니!"

그리고 그들은 애정 없는 굳은 얼굴로 가까이서 서로 마주 보고 있었다. 그녀는 잠자리에 들려 하는 여인답게 어여쁜 몸짓으로, 한쪽 무릎은 매트리스 가장자리에 두고 가슴은 잔뜩 힘을 주어 내밀고 허벅지가 종아리와 맞닿게 무릎을 오그리고 있었다. 그러나 그녀의 발그레한 피부와 등의 나긋나긋하고 부드러운 선도 더 이상 그의 눈에는 들어오지 않았다.

"아, 다시 할 수만 있다면!" 그녀가 덧붙였다.

"다른 놈을 택하겠지, 안 그래요?" 그가 거칠게 아주 큰 소리로 말했다.

그녀가 시트 위에 쭉 뻗고 곁에 누워 질세라 화난 말투로 대답하려는데 주먹으로 문을 쾅쾅 치는 소리가 들렸다. 그들은 아연실색하여 어찌 된 영문인지도 모르고 꼼짝 않고 얼어붙어 있었다. 잘 안 들리게 웅얼대며 누군가의 목소리가 말했다.

"열어. 당신들이 하고 있는 더러운 짓거리가 내 귀에 다 들린다고. 안 열면 부수고 들어갈 거야!"

남편 오귀스뜨의 목소리였다. 그들은 여전히 움직이지 않았고, 머릿속이 온통 웅웅거릴 뿐 아무 생각도 나지 않았다. 그들은 기대고 있는 서로의 몸이 죽은 사람처럼 싸늘해지는 것을 느꼈다. 마침내 애인을 도망치게 해야 한다는 것을 본능적으로 느낀 베르뜨가 침대에서 뛰어내렸고 그사이 문밖에서 오귀스뜨는 되풀이했다.

"열어, 열라니까!"

끔찍한 혼돈, 형언할 길 없는 불안이 엄습했다. 베르뜨는 어쩔 줄 모르고 새파랗게 공포에 질려 출구를 찾으며 방을 빙빙 돌았다. 문을 주먹으로 쾅쾅 치는 소리가 들릴 때마다 옥따브는 가슴이 쿵쿵 뛰어서 기계적으로 마치 자기 몸으로 문을 단단하게 버티기라도 할 듯이 문에 기대섰다. 눈 뜨고는 못 봐줄 꼬락서니가 돼가고 있군. 이 백치 같은 인간이 온 집안사람들을 다 깨울 거야, 열어줘야 돼. 그러나 그녀는 옥따브의 결심을 알고는 그의 두 팔에 매달려 겁에 질린 눈으로 애걸복걸했다. 안돼요, 안돼, 제발! 저 남자가 권총이나 칼을 갖고 우릴 덮칠 거예요. 그녀만큼이나 창백해진 옥따브는 같은 공포를 느끼며 바지를 꿰어 입었고, 그러면서 낮은 목소리로 그녀에게 제발 옷 입으라고 애원했다. 그녀는 자기 양말조차 찾지 못해 벗은 채로 아무것도 못하고 있었다. 이러는 동안에도 남편은 악착같이 계속했다.

"안 열어, 대답 안해. 좋아, 어디 두고 보라고."

지난번 집세를 낸 뒤로 옥따브는 집주인에게 별것 아닌 수리 한 건을 해 달라고 부탁하고 있는 중이었다. 나무에 박혀 건들거리는 자물쇠판에 새 나사못 두개만 박아달라는 것이었다. 갑자기 문에서 쩍 소리가 나더니 자물쇠판이 튀어 달아났고 밀던 힘에 오귀스뜨는 그대로 방 한복판에 나동그라졌다.

"제기랄!" 그가 거칠게 말했다.

그는 열쇠 하나만 달랑 쥐고 있었고, 넘어지는 바람에 주먹이 짓뭉개져 피가 흐르고 있었다. 얼굴이 납빛이 된 그는 이렇게 우스꽝스럽게 들어온 생각을 하니 창피하고 화가 치밀어 일어나서 옥따브에게 달려들려고 했다. 그러나 옥따브는 바지 단추를 비뚜로 채우고 맨발로 있는 난처한 입장이면서도 그의 손목을 낚아채어 한결 힘 좋게 그를 붙든 채 소리쳤다.

"이보시오, 당신은 내 집을 함부로 침범하고 있습니다. 이건 말도 안돼요. 여자분을 존중하는 신사답게 행동하셔야죠."

그러자 오귀스뜨는 옥따브를 때릴 뻔했다. 그들이 잠시 싸우는 사이에 베르뜨는 속옷 바람으로 활짝 열려 있는 문을 통해 달아났다. 그녀는 남편의 피 흐르는 주먹에서 번쩍이는 부엌칼이 보이는 듯했고, 자기의 양어깨 사이에 그 칼의 싸늘한 감촉이 느껴지는 듯했다. 그녀가 캄캄한 복도를 뛰듯이 걸어가고 있는데, 누가 때리고 누가 맞는 건지는 알 수 없지만 따귀 때리는 소리가 들리는 것 같왔다. 이젠 누구인지 식별도 안되는 목소리들이 이렇게 말하고 있었다.

"그럽시다. 댁이 좋을 때."

"좋소, 어디 나중에 봅시다."

그녀는 한달음에 뒷계단으로 갔다. 그러나 화재의 불꽃에 쫓기듯이 두층을 내려와 자기 집 부엌문 앞에 도착했는데, 문은 잠겼고 열쇠는 위층에 두고 온 실내복 주머니에 들어 있었다. 게다가 등불도 없었고 문 밑으로는 불빛 한줄기 새어 나오지 않았다. 그들을 밀고한 것은 틀림없이 하녀일 것이었다. 숨 돌릴 겨를도 없이 그녀는 도로 뛰어올라가 다시 옥따브 방 앞의 복도를 지나는데 두 남자의 목소리가 격렬하게 계속 들려왔다.

그들이 아직도 서로 엎치락뒤치락하고 있으니 그녀는 어쩌면 시간 여유가 있을 터였다. 그래서 그녀는 남편이 자기 집 문을 열어놓은 채 그냥 뒀을지도 모른다는 희망을 갖고 재빨리 중앙계단을 내려왔다. 자기 방에 들어가 문을 걸어 잠그고 아무에게도 열어주지 않으리라. 그러나 그녀는 또 한번 닫힌 문과 맞닥뜨렸다. 그러자 옷도 없이 내쫓긴 신세가 된 그녀는 분별을 잃고 어디 가서 숨을지 모르는 쫓기는 짐승처럼 쿵쿵거리며 층계를 오르락내리락 뛰어다녔다. 친정에 가서 문을 두드릴 엄두는 도저히 나지 않았다. 한순간 문지기 내외 방에 피신하고 싶다는 마음이 들었지만, 창피하다는 생각에 도로 위층으로 올라갔다. 그녀는 귀를 기울이며 고개를 들어 올려다보다가 난간에 기대 몸을 굽혀 내려다보다가 했는데, 적막한 가운데 쿵쿵 심장 뛰는 소리로 양쪽 귀가 먹먹하고 깊은 어둠속에서 갑자기 빛이 번쩍 비치는 것 같아 두 눈이 멀어버린 듯했다. 그 빛은 여전히 오귀스뜨의 피 흐르는 주먹에 쥐어진 칼,

얼음장 같은 그 끝이 자기에게 곧 와 닿을 그 칼에서 나오는 빛 같았다. 느닷없이 무슨 소리가 나자 그녀는 그가 온다고 상상하고 죽음의 전율이 뼛속까지 사무치는 것을 느꼈다. 그리고 마침 깡빠르동네 문 앞에 서 있었기에 줄이 끊어질 정도로 미친 듯이 초인종을 세게 잡아당겼다.

"애고머니나! 불났어요?" 안에서 누가 불안한 음성으로 말했다.

이내 문이 열렸다. 아가씨 방에서 발소리를 죽여가며 촛대를 손에 들고 나온 사람은 바로 리자였다. 그녀는 응접실 곁방을 가로지르는 순간 미친 듯이 울리는 초인종 소리에 소스라쳤던 것이다. 속옷 바람의 베르뜨를 보자 그녀는 아연실색했다.

"대체 무슨 일이세요?" 그녀가 말했다.

베르뜨는 안으로 들어가서 거칠게 문을 쾅 밀어 닫고는, 문에 등을 대고 헐떡이며 더듬더듬 말했다.

"쉿! 입 다물어요. 그이가 날 죽이려 해요."

리자가 그녀로부터 조리 있는 설명을 끌어내지 못하고 있는데, 깡빠르동이 몹시 불안스러운 모습으로 나타났다. 내막을 알 수 없는 이 소란을 가스빠린과 함께 비좁은 침대에 누워 있던 그도 들었던 것이다. 반바지만 겨우 걸친 그의 살찐 얼굴은 퉁퉁 붓고 땀투성이였다. 게다가 납작해진 노란 수염에는 베갯속의 하얀 새털이 잔뜩 묻어 있었다. 숨이 찬 그는 혼자 자는 남편다운 침착함을 되찾으려고 애를 썼다.

"당신이오, 리자?" 그가 응접실에서 소리쳤다. "이런 바보 같은 짓을! 왜 안 올라가고 아직 여기 있단 말이오?"

"문을 잘 잠근 것 같지 않아서 겁이 났어요, 나리. 그것 때문에 잠이 안 와서 확인하려고 다시 내려왔죠. 그런데 이 마님께서……"

속옷 바람의 베르뜨가 응접실 곁방 벽에 기대고 있는 걸 보자 깡빠르동도 깜짝 놀랐다. 자기 딴에는 염치를 차린답시고 한 몸짓이 반바지 단추가 잘 채워졌는지 한 손으로 더듬더듬 만져보는 것이었다. 베르뜨는 자기가 벗은 몸이라는 걸 잊고 있었다. 그녀는 거듭 말했다.

"오! 선생님, 절 이 댁에 좀 있게 해주세요. 그이가 절 죽이려 해요."

"대체 누구 말씀입니까?" 그가 물었다.

"남편이요."

그런데 건축가 뒤로 사촌 처형이 다가왔다. 그녀는 겉옷을 걸쳐 입는 데 시간이 걸린 것이다. 그녀의 헝클어진 머리에도 역시 베개의 새털이 잔뜩 붙어 있었다. 가슴은 납작하고 쿨렁대며 옷 밑으로 뼈가 툭 불거져 보이는 그녀는 쾌락을 방해받았다는 원망을 품고 있었다. 베르뜨의 통통하고 여릿여릿한 벗은 몸을 보자 그녀는 끝내 이성을 잃고 물었다.

"바깥 분께 대체 어떻게 하셨길래요?"

이 단순한 질문에 베르뜨의 마음은 크나큰 수치심으로 온통 뒤흔들렸다. 그녀는 자신의 벗은 모습이 눈에 들어왔고, 피가 확 몰려 머리끝에서 발끝까지 붉으락푸르락해졌다. 부끄러워 오래도록 바르르 떨면서 남들의 시선으로부터 도망치기라도 하려는 듯 그녀는 양팔을 겹쳐 가슴을 가렸다. 그리고 더듬거리며 말했다.

"그이가 날 찾아냈어요. 갑자기 덮친 거예요."

두 사람은 무슨 말인지 알아듣고 노기 어린 눈짓을 주고받았다. 손에 촛대를 들고 이 정경을 비추고 있던 리자는 주인들과 똑같이 분개하는 척했다. 그런데 사태 설명은 중간에 끊기지 않을 수 없었다. 이번에는 앙젤이 달려왔던 것이다. 그녀는 방금 잠에서 깬 척하며 잔뜩 졸음에 겨운 듯 두 눈을 비비고 있었다. 조숙한 이 여자아이는 속옷 바람의 이 부인 때문에 충격을 받아 가냘픈 몸을 바르르 떨며 꼼짝 못하고 있었다.

"오!" 소녀는 그저 이 말만 했다.

"아무 일 아니다. 가서 자거라!" 아버지가 소리쳤다.

그러고 나서 그는 이야기를 꾸며대야겠다고 생각하고는 아무 얘기나 둘러댔다. 그러나 너무 바보 같은 얘기였다.

"부인은 계단을 내려오시다가 발을 삐셨단다. 그래서 도와달라고 우리 집에 들어오신 거야. 그러니 가서 자거라, 감기 들라!"

리자는 크게 뜬 앙젤의 두 눈과 마주치자 웃음을 억지로 참았고, 앙젤은 이 장면을 본 것이 몹시 만족스러워 얼굴이 발그레하게 상기된 채 침대로 되돌아가기로 마음먹었다. 조금 전부터 깡빠르동 부인이 침실에서 부르고 있었다. 디킨스 소설의 재미에 푹 빠져서 아직 불을 끄지 않고 있던 그녀는 무슨 일인지 알고 싶어 했다. 무슨 일이야? 거기 누구야? 왜 아무도 날 안심시켜주지 않는 거지?

"이리 오십시오, 부인." 건축가가 베르뜨를 데리고 가며 말했다. "리자, 당신은 잠깐 기다려요."

침실에서 로즈는 큰 침대 한복판에 여전히 사지를 쭉 뻗고 드러누워 있었다. 그녀는 거기서 여왕 같은 호사와 우상偶像다운 조용한 평온을 누리며 군림하고 있는 것이었다. 그녀는 몹시 감동받은 디킨스의 그 소설을 몸 위에 올려놓아서 가슴이 뛸 때마다 책이 들썩들썩하고 있었다. 사촌 언니가 그녀에게 간단히 사태를 알리자 그녀 또한 크게 분개한 것 같았다. 어떻게 남편 아닌 다른 남자랑 그럴 수가 있지? 그러자 그녀는 자기가 일상에서 제쳐놓은 그 일에 대해 와락 역겨운 마음이 들었다. 그러나 건축가는 이제 베르뜨의 가슴 위로 흔들리는 시선을 쏟아붓고 있었다. 그래서 가스빠린이 얼굴을 붉혔다.

"보자 보자 하니 너무 하는군요!" 가스빠린이 소리 질렀다. "몸 좀 가리세요, 부인. 정말이지 이럴 수가 있어요. 뭘 좀 덮어쓰세요!"

그녀는 아무렇게나 놓여 있던 로즈의 숄, 털실로 뜬 큼직한 삼각형 숄을 손수 베르뜨의 어깨 위에 휙 덮어씌웠다. 숄은 거의 베르뜨의 넓적다리께까지 치렁치렁 내려왔다. 건축가는 자기도 모르게 그녀의 다리를 바라보았다.

베르뜨는 여전히 오들오들 떨고 있었다. 안전한 곳에 피신해 있어도 소용없었다. 그녀는 소스라치며 문 쪽으로 몸을 돌리곤 했다. 두 눈에는 눈물이 가득 고인 채 그녀는 차분하고 편안하게 침대에 누워 있는 건축가 부인에게 애걸했다.

"오! 부인, 절 좀 여기 있게 해주세요. 절 살려주세요. 그이가 죽이려 해요."

침묵이 흘렀다. 셋은 모두 그녀의 죄받을 행실을 비난하는 마음을 감추지 않고 곁눈질로 서로의 의견을 묻고 있었다. 속옷 바람으로 남의 집에 불쑥 뛰어들어 남을 곤란하게 만드는 법이 어디 있는가. 안되지, 그런 법은 없어. 그건 경우 없는 짓이고, 남들을 너무 곤경에 빠뜨리는 일이야.

"우리 집엔 처녀 아이가 하나 있어요." 마침내 가스빠린이 말했다. "우리 책임을 좀 생각해보세요, 부인."

"친정에 가 계시는 게 나을 겁니다." 건축가가 넌지시 말했다. "제가 그리로 모셔다드려도 괜찮으시다면……"

베르뜨는 다시 공포에 사로잡혔다.

"안돼요, 안돼요. 그이가 계단에 있어요. 날 죽일 거예요."

그리고 그녀는 애원했다. 의자 하나만 있으면 자기는 너끈히 날이 밝을 때까지 기다릴 수 있고, 날이 밝기만 하면 살그머니 나가겠다고. 건축가는 그녀의 보드라운 매력에 넋이 빠지고, 그의 아내는 오밤중에 일어난 이 불의의 사건에 흥미가 끌려서 그 말을 순순히 들어줄 낌새였다. 그러나 가스빠린은 여전히 완강했다. 그래도 한 가닥 호기심은 있어서, 그녀는 끝내 묻고 말았다.

"도대체 어디 계셨는데요?"

"저 위층 복도 맨 끝 방요, 아시잖아요."

깡빠르동이 갑자기 두 팔을 번쩍 들며 소리쳤다.

"뭐요! 옥따브하고. 아니 이럴 수가!"

이렇게 통통하고 예쁜 여자가 옥따브, 그 별 볼 일없는 친구하고 그러다니! 그는 계속 언짢은 마음이었다. 로즈도 마찬가지로 분한 생각이 들어 이제는 가차 없는 태도가 되었다. 가스빠린은 옥따브에 대한 본능적 증오로 가슴이 사각사각 갉히는 듯하여 이성을 잃고 있었다. 또 그 남자가! 그녀는 그가 이 건물 안 모든 여자들을 손에 넣었다는 것을 잘 알고 있었다. 그러나 그가 건드린 여자들을 자기 집에 따뜻이 품어주는 바보짓까지 할 생각은 추호도 없었다.

"부인이 계실 곳으로 가세요." 그녀가 통명스럽게 말을 이었다. "거듭 말하지만 우리 집엔 처녀 애가 하나 있어요."

"게다가," 이번에는 깡빠르동이 말했다. "이 건물 사람들이 있고, 또 나하고 늘 썩 잘 지내온 부인의 남편도 계시죠. 남편이 놀라시는 것도 무리가 아니지요. 우린 내놓고 부인의 처신에 동의하는 태도를 보일 순 없습니다. 부인, 나로선 감히 판단하지 못하겠지만, 상당히, 뭐랄까요, 상당히 경솔한 처신 아닙니까?"

"물론 우리가 부인한테 돌을 던지는 건 아녜요." 로즈가 계속했다. "하지만 세상 사람들이란 얼마나 못됐어요! 남들은 부인이 우리 집에서 밀회를 하곤 했다고 입방아를 찧을 거 아녜요. 그리고 아시겠지만 우리 집 양반은 아주 까다로운 분들을 상대로 일을 한답니다. 도덕성에 손톱만치라도 흠이 있으면 모든 걸 잃게 되죠. 그런데 이건 좀 여쭤봐도 되겠죠. 부인, 왜 종교의 힘으로 자제하지 않으셨나요? 모뒤 신부님께선 그저께만 해도 우리한테 부인 얘길 하시던데요. 아버지 같은 애정을 담아서 말이에요."

베르뜨는 이 세 사람 사이에서 고개를 이리저리 돌리며, 말하는 사람을 얼빠진 듯 멍청히 바라보고 있었다. 겁에 질린 와중에도 그녀는 이제 사태를 알아차리기 시작했고, 어떻게 자기가 여기 와 있나 싶어 스스로 놀라고 있었다. 왜 초인종을 눌렀으며, 자기 때문에 방해받는 이 사람들 틈에서 자기는 무얼 하고 있는 건가? 이제는 그들이 눈에 보였다. 침대를 가로로 몽땅 차지하고 있는 아내, 반바지 바람의 남편과 얇은 치마를 입은 사촌언니, 그런데 이 두 남녀에겐 모두 베개의 새털이 하얗게 붙어 있었다. 저 사람들 말이 맞아. 남의 집에 이런 식으로 들이닥치는 게 아니지. 그래서 건축가가 자기를 슬며시 응접실 곁방 쪽으로 밀자, 그녀는 로즈의 종교에 관한 유감에 대해서는 답변도 안 한 채 그 자리를 떠났다.

"친정집 문 앞까지 같이 가 드릴까요?" 깡빠르동이 물었다. "부인이 계실 곳은 친정입니다."

그녀는 겁에 질린 몸짓으로 싫다고 했다.

"그럼, 기다리세요. 가서 계단을 한번 보고 오죠. 부인께 털끝만 한 일이라도 생기면 큰일이니까요."

리자가 촛대를 들고 응접실 곁방 한복판에 그대로 남아 있었다.

깡빠르동은 촛대를 자기가 들더니 층계참으로 나갔다가 금세 들어왔다.

"아무도 없어요. 장담합니다. 빨리 가세요."

그러자 입도 뻥긋하지 않던 베르뜨가 털실로 짠 삼각숄을 거칠게 벗어서 땅바닥에 내팽개치며 말했다.

"자, 댁의 거예요. 그이가 날 죽일 텐데 숄은 해서 뭐 해요."

그러고는 왔던 그대로 속옷 바람인 채 어둠속으로 가버렸다. 깡빠르동은 격분해서 문을 두번 돌려 잠그며 중얼거렸다.

"딴 데 가서 알아보라고!"

그러더니 리자가 등 뒤에서 웃음을 터뜨리자 이렇게 말했다.

"정말이야, 저런 사람들을 받아줬다간 매일 밤 오라고? 각자 알아서 자기 앞가림하는 거지. 차라리 저 여자가 100프랑을 달라면 주겠지만, 내 명성에 흠이 가는 건 안되고말고."

침실에서는 로즈와 가스빠린이 다시 죽이 맞았다. 저런 뻔뻔스러운 여자를 봤나! 계단에서 홀딱 벗고 돌아다니다니, 정말 그 짓하고 싶어 몸살이 나면 아무것도 눈에 뵈지 않는 여자들이 있다니까! 새벽 2시가 다 돼가니 어쨌든 잠은 자야지. 그러면서 그들은 또 한번 서로 껴안고 볼에 입을 맞췄다. 잘 자요, 여보. 당신도 잘 자요. 남들이 저런 난리를 치는 걸 보면 부부간에 서로 사랑하고 늘 사이가 좋은 게 좀 좋은 일이오? 로즈는 배 위에서 미끄러져 내려간 디킨스 소설을 다시 집어 들었다. 이 책이면 됐어. 몇 페이지 더 읽고 나면 매일 저녁 그렇듯 감동으로 몸이 나른해져 책이 침대로 툭 떨어져 내릴 때쯤 스르르 잠이 들겠지. 깡빠르동은 가스빠린을 뒤따라가 그녀를 먼저 자리에 다시 눕힌 뒤 자기도 쭉 뻗고 누웠다. 둘 다 투덜거렸다. 시트가 도로 썰렁해져서 영 안 좋네. 따뜻해지려면 반 시간은 있어야겠는데.

자기 방으로 올라가기 전에 앙젤의 방에 다시 들어온 리자가 말했다.

"저 부인은 발이 삐었대요. 그 여자가 어떡하다 발을 삐게 된 건지 좀 보여줘요."

"자, 이렇게!" 앙젤은 하녀의 목을 그러안고 그녀의 품에 와락 뛰어들어 입을 맞추며 대답했다.

계단에서 베르뜨는 덜덜 떨었다. 날씨는 추웠고 난방기는 11월 1일이나 되어야 들어오게 돼 있었다. 그래도 두려움은 차츰 진정되어갔다. 그녀는 내려가서 자기 집 문에 귀를 대고 잘 들어보았다. 아무 소리도 들리지 않았다. 그녀는 위로 올라갔으나 옥따브 방까지 갈 엄두는 못 내고 멀리서 귀를 곤두세웠다. 쥐 죽은 듯 조용하더니 웬 중얼중얼 소리가 들렸다. 그러자 그녀는 친정집 문밖의 깔개 위에서 몸을 옴츠렸다. 막연히 여기서 아델을 기다릴 생각이었다. 어머니에게 모든 걸 털어놓아야 할 것을 생각하면 아직도 어린애처럼 마음이 온통 뒤흔들렸기 때문이었다. 그러나 차츰차츰 계단의 장중한 모습에 마음이 새로운 불안감으로 가득 찼다. 계단은 캄캄하고 준엄해 보였다. 보는 사람이라고는 아무도 없는데도, 도금된 아연과 인조 대리석의 버젓한 모습에 둘러싸여 이렇게 속옷 바람으로 서 있자니 마음이 혼란스러워졌다. 높다란 마호가니 문들 뒤로 내실마다 간직된 부부의 점잖은 품위가 비난을 내쏘아댔다. 이 집이 이토록 덕성스러운 숨결을 내뿜은 적은 일찍이 없었다. 층계참의 창문들로 한줄기 달빛이 흘러들어 건물은 마치 성당 같았다. 현관에서부터 맨 위층 하녀방에 이르기까지 고즈넉한 명상의 분위기가 고양되었고, 층마다 온갖 부르주아적 미덕들이 그늘 속에서 김처럼 무럭무럭 피어올랐다. 한편 희미한 달빛 아래 그녀의 벗은 몸이 희끄무레하게 드러났다. 그녀는 자신이 이 벽들에게 추문거리가 되고 있음을 느꼈고, 빵모자를 쓰고 슬리퍼 신은 구르씨의 귀신같은 모습이 나타날 듯한 두려움에 속옷을 바로 추스르고 맨발을 감추었다.

갑자기 무슨 소리가 나서 그녀는 혼비백산하여 벌떡 일어나 친정집 문을 두 주먹으로 두드리려다 멈칫했다.

숨소리처럼 가벼운 음성이었다.

"부인, 부인."

아래쪽을 내려다보았으나 아무것도 보이지 않았다.

"부인, 부인. 저예요."

마리가 역시 속옷 바람으로 나타났다. 아까 한바탕 싸우는 소리를 들은 그녀는 쥘을 자게 놔둔 채 침대에서 빠져나와 자기 집 좁은 식당에서 불도 안 켜고 귀를 기울이고 있던 것이다.

"들어오세요. 너무 괴로우시죠. 전 친구잖아요."

부드럽게 그녀는 베르뜨를 안심시키고 어떻게 됐는지 얘기해주었다. 옥따브는 욕설을 퍼부으면서 서랍장을 문에 바싹 밀어붙이고 방 안에 틀어박혔다고 했다. 한편 오귀스뜨는 베르뜨가 남겨놓은 신발과 양말 등 소지품들이 나뒹구는 걸 보고는 되는 대로 그걸 그녀의 실내복 속에 넣어 둘둘 말아 들고 내려갔다는 것이다. 아무튼 이제 일은 끝났고, 다음날 얼마든지 두 남자의 결투를 막을 수 있을 거라고 했다.

그러나 베르뜨는 평소 드나들지 않던 집에 이렇게 들어가려니 아직도 좀 두렵고 부끄러운 마음이 남아 문간에서 머뭇거렸다. 마리가 그녀의 손을 잡아끌어야 했다.

"여기 이 등받이의자에 누워서 주무세요. 숄을 빌려드릴게요. 제가 부인 친정어머님을 뵈러 가겠어요. 이 무슨 불행한 일이에요! 서로 사랑하면 상대방을 의심하지 않는 법인데."

"우리가 재미나 보고 이 꼴을 당한 줄 아세요." 간밤의 어리석고 잔인한 공허함에서 터져 나오는 꺼질 듯한 한숨을 쉬며 베르뜨가 말했다. "그 사람이 욕을 할 만도 하죠. 그 사람도 내 맘 같다면 아마 지긋지긋할 거예요."

그녀들은 옥따브 얘기를 하려다가 입을 다물고 갑자기 되는 대로 더듬어 서로의 품에 와락 안기며 흐느꼈다. 두 여자의 맨팔과 맨다리가 발작적인 정열로 서로 얽혔다. 눈물로 뜨거워진 두 가슴이 젖혀진 속옷 밑으로 꽉 밀착되었다. 마지막 지친 몸짓, 한량없는 서글픔, 모든 것의 종말이었다. 두 여자는 더 이상 한마디도 하지 않았고, 점잖기만 한 이 건물이 깊은 잠에 빠져 있는 가운데 그들의 눈물만이 어둠속에서 끝없이 흘러내리고 있었다.

15

그날 아침 이 건물은 부르주아들의 거처다운 당당한 위엄을 갖추고 잠에서 깨어났다. 계단에는 한 여자가 속옷 바람으로 이리 뛰고 저리 뛰는 모습을 비춰주었던 인조 대리석도, 그녀의 맨몸의 체취가 이미 날아가버린 융단도, 그 어느 것도 간밤에 있었던 추태의 흔적을 간직하고 있지 않았다. 오직 구르 씨만이 아침 7시경 평소처럼 계단을 오르며 살피면서 벽들의 냄새를 맡아내었다. 하지만 그에게 상관없는 일은 상관없는 일일 뿐이었다. 그는 계단을 내려오다가 안뜰에서 분명 그 불상사 이야기를 하고 있었던 듯 잔뜩 상기된 리자와 쥘리 두 하녀의 모습을 보았다. 그가 어찌나 완고한 눈길로 그녀들을 쏘아보았던지 두 하녀는 곧 헤어졌다. 그는 밖으로 나가서 길에 별일 없는지를 확인했다. 길은 조용했다. 하지만 벌써 하녀들이 입방아를 찧어댄 것이 틀림없었다. 이웃 여자들이 걸음을 멈추었고, 가게 주인들은 문 앞에 나와 무슨 범죄가 발생한 집이라도 바라보듯이 입을 떡 벌린 채 위쪽을 바라보며 샅샅이 훑고 있던 것이다. 그런데 막상 이 호화로운 건물의 앞에서는 사람들이 입을 다물고 예의 바르게 지나가버렸다.

7시 반에 쥐죄르 부인이 실내복 바람으로 나타났다. 본인 말인즉 하녀 루이즈를 감시하러 나왔다는 거였다. 그녀의 눈은 반짝거렸고 손은 열이 올라 뜨끈뜨끈했다. 그녀는 우유를 사들고 올라가는 마리를 붙들고 말을 시켜보았으나 아무 얘기도 끌어내지 못했다. 죄지은 딸을 어머니가 어떻게 맞아들였는지조차도 알아내지 못한 것이다. 그러자 그녀는 우체부를 기다린다는 핑계로 잠시 구르 내외의 집으로 들어갔다가, 왜 옥따브 씨가 내려오지 않느냐고 끝내 묻고 말았다. 어디가 아프신가보죠. 문지기는 모르겠다고 대답했다. 그러고는 옥따브 씨는 8시 10분이 되기 전엔 내려오는 법이 없다고 덧붙였다. 바로 그때 깡빠르동의 작은댁이 파리하고 경직된 얼굴로 문지기방 앞을 지나갔다. 모두가 그녀에게 인사를 했다. 쥐죄르 부인은 그냥 올라가지 않을 수 없게 된 판에, 마침내 운 좋게도 자기 집 앞 층계참에서 장갑을 끼며 나오는 건축가와 마주쳤다. 둘은 몹시 지친 표정으로 서로 뚫어지게 쳐다보았다. 그러더니 그가 어깨를 으쓱했다.

"가엾은 사람들." 그녀가 중얼거렸다.

"아닙니다, 아녜요. 잘된 거죠." 그가 가차 없이 말했다. "본때를 보여줘야 됩니다. 점잖은 건물에 그 바람둥이를 데려오면서 여자를 들이지 말라고 그렇게 간곡히 부탁했건만, 내 말을 우습게 알고 건물주의 처남댁과 동침을 하다니! 난 중간에서 바보가 된 꼴 아닙니까!"

그뿐이었다. 쥐죄르 부인은 자기 집으로 올라갔다. 깡빠르동은 계속 계단을 내려가면서 어찌나 화가 치밀어 오르는지 장갑을 찢어뜨렸다.

시계가 8시를 알리자 오귀스뜨는 지독한 두통으로 엉망인 얼굴을 잔뜩 찌푸린 채 가게에 나가려고 안뜰을 가로질렀다. 그는 너무 창피해서 누굴 만날까 겁나 뒷계단을 이용했다. 그래도 가게 일에서 손을 놓을 수는 없었다. 아래층에 내려와 계산대 한복판, 평소 베르뜨가 앉곤 하던 수납 창구 앞에 오자 그는 감정이 치받쳐 목이 조이듯 갑갑했다. 점원이 덧문들을 열었고, 오귀스뜨는 그날 할 일을 지시하고 있는데 사뛰르냉이 지하에서 불쑥 튀어 올라와 더럭 놀랐다. 사뛰르냉의 눈은 이글이글 타오르는 듯했고 흰 이빨은 굶주린 늑대 같았다. 그는 두 주먹을 불끈 쥐고 곧장 오귀스뜨에게로 갔다.

"내 동생 어디 있어? 너 걔한테 손대면 돼지처럼 멱을 따버릴 테다!"

오귀스뜨는 몹시 화가 치밀었지만 뒤로 주춤 물러섰다.

"이젠 또 이놈이!"

"입 다물어, 안 그러면 피를 본다!" 사뛰르냉이 거듭 말하며 그를 덮치려 했다.

그러자 오귀스뜨는 물러서고 말았다. 그는 미친 사람을 두려워했다. 미친 사람들하고는 사리를 따져 얘기할 수가 없으니까. 그는 점원에게 사뛰르냉을 지하에 가둬두라고 소리치며 둥근 천장 밑으로 나오다가 발레리와 떼오필을 만났다. 감기가 심하게 걸린 떼오필은 빨간 목도리를 두르고 기침을 하며 골골댔다. 그들이 오귀스뜨 앞에서 마치 조의라도 표하듯 멈춰 서는 걸 보면 둘 다 사실을 알고 있음에 틀림없었다. 상속 문제로 시비가 붙은 이래 이들은 극도로 사이가 나빠져서 이젠 서로 말도 건네지 않았다.

"형한텐 여전히 동생이 있어요." 떼오필이 기침을 다하고 나서 형의 손을 부여잡으며 말했다. "형이 불행을 당할 땐 그걸 기억해 줬으면 해요."

"그래요." 발레리가 덧붙였다. "이 일로 전 복수를 했다고 생각할 수도 있어요. 동서가 전에 제게 불미스러운 얘기들을 했으니까요. 하지만 그래도 아주버님은 참 안되셨어요. 저희들도 인정은 있는 사람들이에요."

오귀스뜨는 동생 부부의 친절에 몹시 감복하여 그들을 가게 안까지 데리고 들어가면서 어정거리는 사뛰르냉을 곁눈질로 흘끗 살폈다. 그 자리에서 그들 사이에 완벽한 화해가 이루어졌다. 그들은 베르뜨의 이름을 입에 올리지 않았다. 다만 동서가 집안에 들어와 자기 명예에 먹칠을 하기 전까지는 집안 식구 사이에 생전 기분 나쁜 말 한마디 오가지 않았다면서, 발레리가 온갖 불화는 그녀로 말미암은 것임을 넌지시 암시했을 뿐이었다. 오귀스뜨는 눈을 내리깔고 귀 기울이며 고갯짓으로 동의를 표했다. 떼오필은 이런 일을 당하는 것이 자기 혼자만은 아니라는 생각에 기분이 한껏 좋아져, 남들은 어떤 꼴이 되나 하고 형을 바라보는 모습에서 동병상련 중에도 한 가닥 신명이 내비쳤다.

"이제, 어떡하기로 결심했수?" 그가 형에게 물었다.

"그야 결투하는 거지." 형이 단호하게 대답했다. 떼오필은 신이 나다가 그만 김이 샜다. 오귀스뜨의 용기 앞에서 아내와 그는 냉랭해졌다. 오귀스뜨는 그에게 간밤의 끔찍했던 한바탕 싸움 이야기, 권총을 살까 말까 망설이다가 그만두는 바람에 그 인간의 따귀를 갈기는 데 그칠 수밖에 없었다는 이야기를 들려주었다. 얘기가 나왔으니 말이지, 사실은 그 작자가 먼저 따귀를 때렸지만, 그래도 나는 한차례, 그것도 아주 본때 있게 갈겨주었다. 그 못돼 먹은 녀석은 아내가 잘못했고 내가 옳다고 역성을 드는 척했지. 그녀가 싸다니는 날이면 그 행적을 이것저것 보고까지 할 정도로 천연덕스럽게 굴면서 반년 전부터 나를 우롱해왔어. 그 여자는 친정에 피신했으니 거기 자빠져 있으라지. 다시는 받아들이지 않을 테니까.

"지난달에 내가 그 여자한테 의상비로 300프랑을 주었다면, 내 말 믿겠어?" 그가 소리쳤다. "이렇게 착하고 너그러운 나를, 속 썩이느니 차라리 만사를 받아들이자고 일찌감치 맘먹은 나를 말이야! 하지만 이런 일은 받아들일 수 없어. 안돼, 안돼, 못한다고."

떼오필은 죽음을 생각했다. 그는 열에 들떠 조금 오한이 났고 숨이 턱턱 막혀가며 이렇게 말했다.

"바보 같은 짓이지, 형. 칼에 찔리려고 그래. 나라면 결투 같은 건 안할 거요."

그리고 발레리가 그를 바라보자 난처해져서 덧붙였다.

"혹시라도 그런 일이 나한테 일어난다면 말이오."

"아, 한심한 여자 같으니!" 그때 발레리가 중얼거렸다. "자기 때문에 두 남자가 서로 죽이려 한다는 생각을 하면, 나 같으면 잠도 못 잘 텐데."

오귀스뜨는 여전히 끄떡 안했다. 그는 결투할 태세였다. 게다가 필요한 조치도 다 돼 있었다. 그는 뒤베리에가 꼭 증인을 서주었으면 했기 때문에, 올라가서 그에게 사실을 알리고 즉시 그를 옥따브에게 보낼 참이었다. 떼오필이 승낙한다면 그도 증인으로 삼겠다고 했다. 떼오필은 승낙하지 않을 수 없었다. 그러나 그는 감기가 돌연 악화되는 듯했고 남들의 동정을 받고 싶어 하는 아픈 아이처

460

럼 부루퉁한 표정을 지었다. 그러면서도 그는 뒤베리에 매형네 집까지 함께 가주겠다고 제의했다. 누나 내외가 비록 도둑 심보라곤 해도 모든 것을 잊고 없던 일로 할 수 있는 상황도 있다고 했다. 두루두루 화해하고 싶다는 바람이 그와 아내의 마음속에서 드러나 보였다. 아마 둘 다 더 이상 화내고 있어봤자 자신들에게 이로울 것 없겠다는 생각을 충분히 한 것 같았다. 발레리는 마침내 매우 싹싹하게, 아주버님이 합당한 점원 처녀를 여유를 두고 찾을 때까지 자기가 계산대에서 일을 봐주겠다고 제의하기까지 했다.

"다만," 그녀가 덧붙였다. "2시경엔 까미유를 데리고 뛸르리 공원에 가야 해요."

"아, 한번쯤 안 가면 어때." 남편이 말했다. 때마침 비가 오고 있었다.

"아녜요, 안돼요. 애는 바람을 쐬어야 돼요. 그러니 나가야 해요."

마침내 형제는 뒤베리에네 집으로 올라갔다. 그러나 그 지긋지긋한 기침이 터져 나와 떼오필은 첫 계단부터 멈춰 서야 했다. 난간에 몸을 의지하고 콜록대다가 말을 할 수 있게 되자 그는 여전히 목이 가르랑거리는 채로 더듬더듬 말했다.

"형, 난 이제 아주 행복해, 우리 집사람을 확실히 믿거든. 그래요, 그 문제는 나무랄 바 없어요. 그 사람이 증거까지 보여줬다니까."

흐물흐물한 피부에 턱수염이 듬성듬성 말려 붙은 모습의 오귀스뜨는 무슨 소린지 알아듣지 못하고 샛노랗고 기진맥진한 얼굴로 그를 바라보았다. 형이 호기를 부리는 바람에 입장이 곤란하게 된 떼오필은 이 눈길에 끝내 비위가 상했다. 그는 말을 이었다.

"지금 우리 집사람 얘길 하고 있잖아. 오, 가엾은 형, 정말이지 안됐네. 형 결혼식 날 내가 저지른 바보짓이 생각나겠지. 하지만 형의 경우는 의심의 여지가 없잖아. 형이 그들을 직접 봤으니까 말이야."

"쳇!" 오귀스뜨가 허세를 부리며 말했다. "그놈의 다리몽둥이를 부러뜨려놓을 테다. 맹세코! 머리만 아프지 않으면 다른 건 상관없다고."

초인종을 울리는 순간 떼오필은 문득 판사가 집에 없을지도 모른다는 생각이 들었다. 끌라리스를 되찾은 날부터 그는 완전히 긴장이 풀려 끝내는 외박을 일삼게 되고 말았던 것이다. 문을 열어준 이뽈리뜨는 아닌 게 아니라 주인나리의 거취에 대해 대답을 회피했다. 그러나 마님은 음계 연습을 하시는 중이니 곧 만나실 수 있을 거라고 했다. 그들은 안으로 들어갔다. 아침에 일어나자마자 코르셋을 꽉 조여 옷을 차려입은 끌로띨드는 피아노 앞에 앉아 양손을 규칙적으로 계속 움직이며 건반을 훑어 올라갔다 내려갔다 하며 치고 있었다. 가볍게 쳐내는 솜씨를 잃지 않으려고 그녀는 매일 두시간씩 이 연습에 몰두하면서도 한편으로는 지성을 충족시키느라 피아노의 악보 올려놓는 곳에 『르뷔 데 되 몽드』지를 펼쳐놓고 읽고 있었는데 그걸 읽느라 손가락의 기계적 동작이 조금도 늦춰지는 것은 아니었다.

"아니, 너희들 왔구나!" 마치 쏟아지는 우박처럼 자신을 외부세계로부터 고립시키며 난타하는, 억수같이 퍼붓는 음률의 세계에서 남동생들 때문에 빠져나온 끌로띨드가 말했다.

그녀는 떼오필을 보고 놀란 기색조차 안했다. 게다가 떼오필은 남의 일 때문에 온 사람답게 내내 몹시 뻣뻣하게 굴었다. 오귀스뜨는 자기의 불행을 누나에게 알릴 생각을 하니 다시 와락 부끄러운 마음이 들고 또 결투 이야기가 누나에게 겁을 줄까 두려워, 둘러댈 거짓말을 준비해놓고 있었다. 그러나 그녀는 동생을 쳐다보더니 거짓말할 겨를도 주지 않고 태연스레 질문을 던졌다.

"이제 어떡할 거야?"

그는 얼굴이 붉어지면서 흠칫 놀랐다. 그럼 모두가 사실을 알고 있단 말인가? 그는 아까 떼오필의 입을 막아 아무 소리도 못하게 만든 바 있는 그 용감한 어조로 대답했다.

"결투한다니까, 참!"

"아!" 이번엔 그녀가 몹시 놀랐다.

그러나 그 말에 반대하지는 않았다. 결투를 하면 나쁜 소문이 퍼지기는 하겠지만 그래도 명예는 지켜야 하는 거니까. 그녀는 자기가 애당초 이 결혼에 반대했다는 사실을 환기시켰을 뿐 더 이상의 얘기는 하지 않았다. 여자의 온갖 의무를 나 몰라라 하던 처녀에게 무엇을 기대한 것부터가 잘못이라고. 그리고 오귀스뜨가 매형은 어디 있느냐고 묻자 그녀는 망설이지 않고 대답했다.

"그인 여행 중이야."

그는 낭패로구나 싶었다. 뒤베리에에게 의논하기 전에는 행동하고 싶지 않기 때문이다. 자기들 부부의 불화에 친정 식구들을 끌어들이고 싶지 않아서 그녀는 새 주소를 입 밖에 내지 않고 동생의 말을 듣고만 있었다. 마침내 그녀는 미봉책을 찾아내어, 앙기앵 거리에 가서 바슐라르 씨를 만나보라고 그에게 충고했다. 어쩌면 거기서 요긴한 정보를 얻을는지도 모른다고. 그러더니 피아노 쪽으로 다시 몸을 돌려버렸다.

"누나네로 올라가자고 한 건 오귀스뜨 형이야." 그때까지 묵묵히 있던 떼오필이 밝힐 건 밝혀두어야겠다 싶은지 이렇게 말했다. "내가 뺨에 입 맞춰줄까, 끌로띨드 누나? 우린 모두 힘든 처지잖아."

그녀는 차가운 뺨을 동생에게 내밀며 말했다. "가엾은 녀석, 바르게 살려는 사람들만 늘 힘든 거란다. 난 누구든지 다 용서해. 그리고 너 몸조리 좀 해라, 감기가 심한 것 같은데."

그러더니 오귀스뜨를 다시 불러 말했다.

"일이 잘 해결 안되거든 내게 미리 알려. 나도 몹시 걱정되니까."

소나기 같은 피아노 소리가 다시 억수같이 퍼붓기 시작하여 그녀를 뒤덮고 몰입시켰다. 그런데 손가락이 기계적 동작으로 각 조調의 음계를 두드려대는 와중에도 그녀는 심각한 표정으로 『르뷔 데 되 몽드』지를 다시 읽고 있었다.

아래층에 내려온 오귀스뜨는 바슐라르를 찾아가도 좋을지 잠시 생각했다. "영감님 조카따님이 저 몰래 딴짓을 했습니다"라고 어떻게 말할 건가? 마침내 그는 바슐라르에게 이 얘기는 알리지 말고, 뒤베리에의 주소만 얻어내기로 마음먹었다. 만사가 해결되었다. 발레리는 가게를 봐주고 떼오필은 형이 돌아올 때까지 집을 살피기로 했다. 오귀스뜨가 사람을 보내서 마차를 잡아오게 해 막 떠나려는데, 조금 전까지 안 보이던 사뛰르냉이 커다란 부엌칼을 휘둘러대며 지하층에서 올라오면서 소리쳤다.

"저놈한테 피를 보여줄 거야. 피를 보여줄 거라고!"

이건 또 새로운 위험 신호였다. 오귀스뜨는 새하얗게 질린 채 허겁지겁 마차에 뛰어올라 마차 문을 닫았다. 그리고 이렇게 말했다.

"저 녀석이 아직도 칼을 갖고 있어. 도대체 저 칼들은 다 어디서 구한 거야! 제발 떼오필, 저놈을 내보내. 내가 돌아왔을 때 저놈이 여기 없게 좀 해줘. 지금 당하고 있는 일만 해도 속상해 죽겠는데 거기다 저놈까지!"

가게 점원이 사뛰르냉의 어깨를 붙들고 있었다. 발레리가 마부에게 주소를 건네주었다. 그러나 몹시 지저분한 뚱뚱보 마부는 어제 마신 술이 아직 덜 깼는지 선지같이 검붉은 얼굴로 서두르지 않고 떡하니 앉아 말고삐를 도로 잡아챘다.

"요금은 거리로 계산할깝쇼?" 그가 쉰 목소리로 물었다.

"아니, 시간당으로. 꼬박 못 채워도 그냥 한시간으로 쳐주지. 팁도 후하게 주겠소."

마차가 덜컹 움직였다. 무척이나 커다랗고 구질구질한 낡은 사륜마차는 용수철이 닳을 대로 닳아 위태롭게 흔들렸다. 덩치만 컸지 뼈만 남은 백마는 모가지를 흔들어대고 다리를 높이 쳐들며 안간힘을 써서 겨우 앞으로 나아갔다. 오귀스뜨는 손목시계를 들여다보았다. 9시였다. 11시면 결투가 결정 날 수도 있었다. 그는 우선 마차 속도가 느려서 짜증이 났다. 그러다가 졸음이 와 차츰차츰 몸이 마비되었다. 그는 밤새 눈 한번 못 붙였는데, 이 한심스러운 마차를 보니 문득 구슬퍼지는 것이었다. 혼자서 금 간 유리창이 삐걱대는 요란한 소리에 귀가 먹먹한 채 마차 속에서 흔들리고 있자니, 그때까지 식구들 앞에서 그를 버텨주던 열기가 잠잠히 가라앉았다. 어쨌든 얼마나 어리석은 소동인가! 거기에 생각이 미치자 그는 얼굴이 잿빛이 되어 몹시 아픈 머리를 두 손으로 싸쥐었다.

앙기앵 거리에 다다르니 새로운 곤경이 기다리고 있었다. 우선 이 매매중개업자의 사무실 문전이 짐마차들로 어찌나 붐비던지 그는 하마터면 치일 뻔했다. 그러고 나자 유리로 사방을 막아놓은 안뜰 한복판에서 거칠게 궤짝들에 못을 박고 있는 인부들 한패와 마주쳤는데, 그중 어느 한 사람도 바슐라르가 어디 있는지 말해주지 않았다. 망치질 소리가 머리를 쪼개는 듯했지만 그래도 영감을 기다리기로 마음먹는 참인데, 괴로워하는 그의 모습이 안돼 보였던지 수습 인부 한 사람이 다가와서 그의 귀에 슬쩍 주소 하나를 흘려주었다. 생마르끄 거리, 4층, 피피 양의 집이라고. 바슐라르 영감은 틀림없이 거기 있을 거라고 하였다.

"어디라굽쇼?" 꾸벅꾸벅 졸고 있던 마부가 물었다.

"생마르끄 거리, 될 수 있으면 조금만 더 빨리 갑시다."

마차는 장례식에 참석한 듯 느릿느릿 움직였다. 큰길에 나서자 마차가 합승마차와 서로 부딪쳤다. 벽의 널판에서 쩍 하고 갈라지는 소리가 나고, 용수철은 신음하듯 삐거덕거리고, 증인이 되어줄 사람을 찾아다니는 이 남편의 마음속엔 점점 더 어두운 감정이 엄습하고 있었다. 그래도 어쨌든 마차는 생마르끄 거리에 도착했다.

4층에 올라가니, 작달막한 몸집에 머리가 하얗고 살찐 노친네가 문을 열어주었다. 몹시 흥분된 모습의 그녀는, 바슐라르 영감님 계시냐고 묻자 이내 오귀스뜨를 들여놓았다.

"젊은 양반, 당신은 물론 영감님과 가까운 분이시겠죠. 그러니 그분을 좀 진정시켜주세요. 그 가엾은 양반이 좀 전에 속상하실 일이 하나 있었답니다. 당신은 아마 절 알고 계시겠죠. 그분이 틀림없이 제 얘길 하셨을 거예요. 전 므뉘 고모라고 합니다."

어안이 벙벙한 오귀스뜨는 뜰을 향해 난 좁은 방, 시골집의 내부처럼 청결하고 깊은 고요에 잠긴 그 방에 서 있었다. 거기서는 노동과 질서, 소박한 사람들이 누리는 행복한 삶의 순수함, 그런 분위기가 느껴졌다. 사제의 영대領帶를 걸어놓은 수틀 앞에서 예쁘고 순진해 보이는 금발 처녀가 눈물을 펑펑 흘리며 울고 있었다. 한편 바슐라르 영감은 새빨간 딸기코에 핏발이 선 눈으로 그 앞에 서서 분노와 절망에 게거품을 물고 있었다. 그는 너무도 황망한 나머지 오귀스뜨가 들어와도 놀라지 않는 것 같았다. 그는 곧 오귀스뜨를 증인으로 잡았고, 한바탕 난리가 계속되었다.

"이보게 바브르 군, 자네는 올바른 사람이니 말해보게. 자네가 내 입장이 되면 뭐라고 할 텐가? 오늘 아침 평소보다 일찌감치 여기 왔다네. 쟬 깜짝 놀라게 해주려고 까페에서 집어온 설탕하고 4수짜리 동전 세개를 갖고 쟤 방에 들어갔네. 그런데 쟤가 그 돼지새끼 같은 필렝 녀석하고 같이 누워 있더라니까. 아니, 이거야 원! 솔직히 자네 같으면 뭐라고 하겠나?"

오귀스뜨는 몹시 난처해서 얼굴이 새빨개졌다. 그는 처음엔 영감이 어젯밤의 그 불행한 사건을 알고서 자기를 놀리는 줄 알았다. 그러나 영감은 대답을 기다리지도 않고 이렇게 덧붙였다.

"이보오, 처녀. 당신은 당신이 무슨 짓을 한 건지 짐작도 못할 거요. 나는 회춘하고 있었는데, 살뜰한 집구석을 하나 찾아 거기서 다시 행복이란 걸 믿기 시작하게 돼서 그토록 행복했는데. 그래, 당신은 천사요, 꽃이요, 한마디로 쌔고 쌘 더러운 여자들한테 지친 내 마음을 위안해준 신선한 그 뭣이냐, 아무튼 거시기였다고. 그런데 당신이 그 돼지 같은 필렝 놈이랑 같이 자다니!"

정말로 감정이 격해져 그는 목이 컥컥 막혔고 음성은 깊은 고통을 드러내는 억양으로 마디마디 끊겼다. 모든 게 와르르 무너지고 있었고 그는 아직도 취기가 남아 딸꾹질을 하며 이상理想을 잃어버린 것을 통탄하고 있었다.

"전 몰랐어요, 아저씨." 피피가 더듬더듬 말했다. 이 가련한 광경 앞에서 그녀의 흐느낌도 더해만 갔다. "몰랐어요. 전 이 일로 아저씨가 이렇게 괴로워하실 줄은 정말 몰랐어요."

아닌 게 아니라 그녀는 모르는 것 같았다. 그녀는 여전히 순진한 눈, 순결한 체취, 남자와 여자를 아직 분간도 못하는 어린 여자애 같은 천진난만함을 지니고 있었다. 게다가 므뇌 고모도 알고 보면 저 애는 죄가 없다고 장담했다.

"진정하세요, 나르시스 영감님. 쟤는 그래도 영감님을 지극히 사랑한답니다. 저도 이 일이 영감님께 결코 기분 좋은 일은 아닐 거라고 생각은 했어요. 제가 쟤한테 말했죠. '나르시스 영감님이 이 일을 아시면 속상해하실 거다'라고요. 하지만 저 어린 게 인생을 얼마나 살아봤겠어요, 네? 남이 무엇을 좋아하고 싫어하는지도 모른답니다. 그러니 이제 울지 마세요. 저 애 마음은 늘 영감님께 있으니까요."

조카딸도 영감도 자기 말에 귀 기울이지 않으니까 그녀는 오귀스뜨 쪽으로 돌아서서, 저 애의 앞날을 생각하면 이런 일로 자기가 얼마나 걱정스러운지 모르겠다고 말했다. 처녀 하나 제대로 시집보내기가 여간 어려워야죠. 자기는 생월쀄스 거리의 수예품점 마르디엔 형제상회에서 삼십년 동안 일했던 사람이니 ─ 거기 가서 물어봐도 된다고 했다 ─ 빠리에서 품팔이하는 여자가 행실 바르게 지널 마음이면 얼마나 내핍생활을 해야 겨우 빚 안 지고 살 수 있는지를 안다고 했다. 친오빠 므뇌 대령의 임종 때 그의 손에서 조카 파니를 인계받긴 했지만, 자기가 아무리 인정 많다 한들 이제 손에 바늘 안 잡고 겨우 먹고살 만한 종신 연금 몇천 프랑 가지고 저 애 뒷감당을 하기란 어림도 없다고. 나르시스 영감님이 저 애 곁에 계신 걸 보고는 이제야 마음 놓고 눈을 감겠구나 하는 기대를 했는데 이제 피피가 바보짓을 해서 영감님 눈 밖에 났으니⋯⋯

"당신도 아마 릴 근처 빌뇌브를 아시겠지요." 그녀가 얘기를 끝맺으며 말했다. "전 그곳 출신이죠. 소도시치곤 꽤 큰 곳이랍니다."

그러나 오귀스뜨는 인내심을 잃어가고 있었다. 그는 고모를 외면하고 극심한 절망으로부터 차츰 마음이 진정되어가고 있는 바슐라르 영감을 향해 돌아섰다.

"뒤베리에 형님의 새 주소를 여쭤보러 왔습니다. 영감님은 아시겠지요."

"뒤베리에네 주소, 뒤베리에네 주소라고?" 아저씨는 더듬거렸다. "끌라리스네 주소 말이겠지. 기다려요, 좀 있어보라고."

그리고 그는 가서 피피의 방문을 열었다. 오귀스뜨는 영감이 문을 겹으로 잠가 감금해놓은 필렝이 거기서 나오는 것을 보고 깜짝 놀랐다. 영감은 그에게 옷 입을 시간을 주고 자기 손이 닿는 곳에 둔 다음 그 운명을 결정짓고 싶었던 것이다. 그러나 몹시 당황한데다 머리는 아직도 봉두난발인 젊은 녀석을 보자 그의 분노는 다시 확 불이 붙었다.

"이 염치없는 놈아. 처조카라는 네놈이 내 얼굴에 먹칠을 해! 넌 너희 집안을 더럽히고, 내 백발을 진흙탕 속에 질질 끌고 다니고 있어. 넌 끝이 안 좋을 거야. 언젠가는 법정에서 네 꼴을 보게 될 거라고!"

필렝은 입장이 난처하면서도 한편 몹시 화가 나서 고개를 푹 숙인 채 듣고 있다가 꿍얼거렸다.

"이모부, 정말 너무하시네요. 정도껏 해두세요, 제발. 저는 뭐 이 짓이 재밌는 줄 아세요? 왜 절 이 집에 데려오셨어요? 제가 부탁하지도 않았잖아요. 절 이리로 끌어들인 건 이모부예요. 아무나 걸핏하면 여기 끌고 오시곤 했잖아요."

바슐라르는 다시금 눈물바람을 하면서 계속 말했다.

"넌 내 모든 걸 뺏어갔어. 나한텐 이제 저 애밖에 없었다고. 내가 죽으면 네놈 때문일 거야. 그러니 난 너한테 한푼도 안 남겨줄 테다, 단 한푼도!"

그러자 필렝은 분별을 잃고 감정을 마구 폭발시켰다.

"좀 가만 계세요! 지긋지긋해요! 내가 이모부한테 밤낮 뭐랬죠? 바로 이거예요, 이게 바로 그 뒤탈이라고요! 단 한번 온 기회를 바보처럼 써먹어서 제가 어떤 꼴이 됐는지 보셨죠. 아무렴요, 밤에야 아주 좋았죠. 하지만 날 샌 뒤엔 언제 그랬느냐 이거죠. 평생 송아지처럼 울어댈 일만 남은 거예요."

피피는 이미 눈물을 닦은 뒤였다. 아무 일도 안하자니 이내 심심해져서 그녀는 바늘을 다시 잡고 영대에 수를 놓으며, 이따금씩 그들의 분노에 어안이 벙벙한 듯 그 티 없이 맑고 큰 눈을 들어 두 남자를 바라보았다.

"제 사정이 무척 급합니다." 오귀스뜨가 용기를 내어 말했다. "그 주소를 주세요. 더도 말고 길 이름과 번지수면 됩니다."

"주소라……" 영감이 말했다. "기다리게, 곧 줄 테니."

그러더니 지나치게 심약해진 감정에 휘둘려 그는 필렝의 두 손을 잡았다.

"배은망덕한 놈. 내 너한테 주려고 재를 간직해왔다. 난 속으로 저놈이 착실하게 굴면 재를 저놈한테 줘야지 하고 생각했지. 지참금 5만 프랑을 얹어서 깨끗이 말이야. 그런데, 더러운 녀석! 그걸 못 기다리고 저 앨 이렇게 후닥닥 차지해버려!"

"아녜요, 이거 놓으세요." 필렝이 영감의 인정에 감동되어 말했다. "어쩐지 곤란한 일이 계속될 거 같은 낌새가 드는군요."

그러나 바슐라르는 그를 피피 앞으로 데리고 가서 그녀에게 물었다.

"자, 피피, 얘를 봐. 이 녀석을 사랑하겠어?"

"영감님이 좋으시다면 그렇게 하겠어요." 그녀가 대답했다.

이 현답이 그의 심금을 울리고야 말았다. 그는 수건으로 눈을 꾹꾹 찍어내고 목이 메어 코를 팽 풀었다. 그럼 좋아! 어디 두고 보지. 나는 늘 오직 피피를 행복하게 해주는 것만을 원해왔으니까. 그리고 느닷없이 필렝을 돌려보냈다.

"가봐라. 난 생각을 좀 깊이 해봐야겠다."

이러는 동안 므뉘 고모는 다시 오귀스뜨를 따로 불러 자기 생각을 설명하였다. 막일꾼이라면 저 애를 두들겨 팰 테고, 사무원이라면 지긋지긋하게 애나 잔뜩 낳게 만들 거 아니에요. 반면 나르시스 영감님하고 지내면 남부럽잖게 결혼할 만한 지참금을 얻을 수 있잖아요. 천행으로 우리 집안이 너무도 버젓하고 보니, 고모로서 조카딸이 몸을 함부로 굴려 이 남자 저 남자 품을 전전하는 것은 절대 참아줄 수 없지요. 안되죠, 쟤는 제대로 자리 잡고 살아야 해요.

필렝이 가려는데 바슐라르가 그를 다시 불렀다.

"쟤 이마에 입 맞춰줘라. 내 그건 허락하마."

그리고 그는 처조카를 문으로 내보냈다. 그러더니 돌아와서 가슴에 한 손을 얹고 오귀스뜨 앞에 버텨 서며 말했다.

"농담이 아냐. 내 자네 앞에서 명예를 걸고 맹세하네만, 난 쟤를 훗날 저 녀석한테 주고 싶었다고."

"그건 그렇고, 주소는요?" 오귀스뜨가 참다못해 물었다.

영감은 이미 대답했다고 생각했는지 놀란 얼굴이었다.

"응? 뭐? 끌라리스네 집 주소, 아니 난 몰라!"

오귀스뜨는 벌컥 성난 몸짓을 했다. 만사가 뒤죽박죽이 되고 남들이 일부러 자기를 우습게 만들고 있는 것 같았다. 그가 이토록 화를 내는 것을 보고 바슐라르는 한가지 생각을 일러주었다. 아마

트뤼블로가 그 주소를 알 거라고. 증권중개인 데마르께의 사무실
에 가면 그 밑에서 일하는 트뤼블로를 찾을 수 있을 거라고 했다.
영감은 길바닥을 주름잡고 다니는 한량답게 친절을 보이며 이 젊
은 친구에게 같이 가주마고 제의까지 했다. 오귀스뜨는 그러시라
고 했다.

"자!" 영감이 이번에는 직접 피피의 이마에 입 맞춘 다음 말했
다. "어쨌든 내가 까페에서 집어온 설탕하고 4수짜리 동전 세개는
여기 있으니 저금통에 넣어둬. 내 지시가 있을 때까지 얌전히 처신
하고."

처녀는 다소곳이 남의 모범이 될 만큼 열심히 바늘을 뽑아 당기
고 있었다. 한줄기 햇살이 옆집 지붕에서 미끄러져 내려와 이 작은
방의 분위기를 밝게 해주고, 마차 소리조차 와 닿지 않는 조용한
이곳을 금빛으로 물들이고 있었다. 바슐라르의 시심詩心이 있는 대
로 발동했다.

"하느님이 복 주실 거예요, 나르시스 영감님!" 므뉘 고모가 그를
배웅하며 말했다. "전 한결 마음이 놓이네요. 영감님 진심대로만
하세요. 그러면 좋은 생각이 떠오르실 거예요."

마부는 이번에도 또 잠이 들어 있었고, 바슐라르가 생라자르 거
리의 데마르께 씨 주소를 주자 투덜거렸다. 말도 자고 있었는지 우
박 퍼붓듯 여러번 채찍질을 해서야 겨우 움직였다. 이윽고 삯마차
가 힘겹게 굴러갔다.

"그래도 너무해." 잠시 조용히 있다가 영감이 말을 이었다. "속
옷 바람의 필렝을 보았을 때 내 마음이 어땠는지 자넨 상상도 못할
걸. 직접 당해보지 않고는 아무도 모른다고."

그리고 그는 오귀스뜨가 점점 좌불안석이 돼가는 것도 눈치채

지 못하고 계속하여 시시콜콜한 얘기들을 꺼내 강조하고 있었다. 오귀스뜨는 자기 입장이 점점 더 이상해지는 것을 느끼고 마침내 왜 이토록 급히 뒤베리에를 찾으려 하는지를 말했다.

"베르뜨가 그 포목쟁이하고!" 영감이 외쳤다. "놀라운 일이군."

그는 특히 조카딸이 그런 선택을 했다는 사실에 놀란 것 같았다. 그리고 곰곰 생각해본 뒤 분개했다. 자기 동생 엘레오노르는 여러 가지로 자책해야 할 일이 많다고. 자기는 집안 식구들 일이라면 이제 손 털겠다고. 아마 자기는 이 결투에 개입하지 않겠지만, 그래도 결투는 꼭 해야 된다고 했다.

"방금 피피가 속옷 바람의 사내 녀석이랑 있는 걸 봤을 때, 처음에는 다 죽여버리자는 생각이 들더군. 만일 자네가 그 지경을 당한다면⋯⋯"

오귀스뜨가 고통스럽게 흠칫 몸을 떨자 그는 말을 중단했다.

"아! 정말이야, 난 이제 더 이상 생각 안해. 내 얘기가 자네에겐 재미없는 것 같구먼."

사방이 괴괴하고 마차는 우울하게 덜커덩거렸다. 오귀스뜨는 바퀴가 한번 돌 때마다 타오르던 불길이 사그라져서, 흙빛이 된 얼굴에다 두통으로 왼쪽 눈은 질끈 감고 마차의 흔들림에 멍하니 몸을 내맡기고 있었다. 도대체 왜 바슐라르는 결투를 꼭 해야 한다고 하는 걸까? 피를 보게끔 부추기는 건 죄지은 여자의 외삼촌으로서 할 노릇이 아닌데. 거기까지 생각이 미치자 아까 동생이 한 말이 귀에 쟁쟁했다.

"바보 같은 짓이야, 형. 칼에 찔리려고 그래." 한사코 맘에 걸리는 이 말이 끝내는 신경통의 통증처럼 되어버리고 말았다. 틀림없이 나는 죽임을 당할 거야, 그런 예감이 들어. 가슴이 섬뜩하면서 그는 그 생각을 하면 망연자실했다. 죽은 자기 모습이 눈에 선했고, 스스로가 불쌍해서 눈물이 흘렀다.

"생라자르 거리라고 했소." 영감이 마부에게 소리쳤다. "샤이오가 아니라고. 그러니 좌회전하시오."

마침내 마차가 섰다. 신중을 기하려고 그들은 사람을 시켜 트뤼블로를 불러냈고, 트뤼블로는 모자도 안 쓴 맨머리로 차고 문 앞까지 내려와 그들과 얘기를 나눴다.

"끌라리스네 주소 아시오?" 바슐라르가 그에게 물었다.

"끌라리스네 주소요. 알다마다요! 아사스 거리지요."

그들이 그에게 고맙다고 인사하고 마차로 다시 길을 거슬러 올라가려는데 이번에는 오귀스뜨가 물었다.

"그런데 번지수는요?"

"번지수라…… 아! 번지수, 그건 모르겠는데."

갑자기 오귀스뜨는 그만두는 게 낫겠다고 선언했다. 트뤼블로는 애써 기억해내려 했다. 자기는 뤽상부르 공원 뒤쪽에 있는 그 집에서 저녁을 한번 먹은 적이 있다고, 그렇지만 건물이 길 끝에 있는지, 길의 오른쪽인지 왼쪽인지는 기억할 수가 없다고, 자기가 잘 알고 있는 것은 그 집 현관문이라고 했다. 오! 문만 보면 금세 "이 건물이다" 하고 짚어낼 수 있을 텐데. 그러자 영감이 또 한가지 생각을 해냈다. 더 이상 아무도 귀찮게 하고 싶지 않다며 집으로 돌아가겠다는 오귀스뜨의 말도 아랑곳없이 그는 트뤼블로에게 같이 가달라고 부탁했다. 그런데 트뤼블로는 어색한 태도로 거절하는 것이었다. 자기는 그 집구석에 다시는 발걸음을 않겠다고 맹세했다면서. 그런데 그 이유는 말하지 않으려고 했다. 사실은 기막힌 사건이 하나 있었는데, 어느날 저녁 새로 들어온 끌라리스네 식모를 화덕 앞에서 꼬집으려다가 호되게 따귀를 한대 맞은 것이다. 그게 이해할 수 있는 일인가? 그저 알고 지내자고 그런 것뿐인데, 인사 차렸다가 따귀를 맞다니! 생전 겪어보지 못한 일이라 그는 아직도 어리벙벙해 있었다.

"싫습니다, 싫어요." 그가 변명거리를 찾으면서 말했다. "난 그렇게 말썽 많은 집에 다신 발을 들여놓지 않겠어요. 글쎄 끌라리스가 얼마나 지겹게 악랄해지고 부잣집 안방마님들보다 더 티를 내는지 아세요. 게다가 자기 아버지가 죽은 뒤로 식구들을 다 끌어들였는데, 어머니에 여동생 둘에 꺽다리 건달 남동생에다 장애인 아주머니까지 완전히 장돌뱅이 한 떼거리라고요. 왜 길바닥에서 광대 인형 파는 그 화상들 아시죠. 뒤베리에는 그 속에서 어찌나 불행하고 구질구질한 꼴이던지!"

그리고 그는 판사가 어느 집 대문 밑에서 끌라리스를 다시 찾은 그 비 오던 날, 그녀가 되레 먼저 화를 내고 눈물까지 흘리면서 자기를 한번도 위해준 적이 없다고 그를 비난했다는 얘기를 했다. 자기는 자존심에 상처받으며 오래 참아오다가 부아통이 터져 스리제 거리를 떠난 거라고 하더래요. 자기 집에 올 때 왜 훈장을 뗐느냐, 그러니까 자기가 그 훈장에 누가 된다고 생각한 것 아니냐, 자기는 기꺼이 화해할 마음이 있지만 무엇보다 먼저 훈장을 그냥 달고 오겠다고 명예를 걸고 맹세해라, 왜냐하면 자기는 남한테 어떻게 평가받느냐 하는 것이 중요하니 이렇게 매 순간 자존심 상하는 꼴은 이제 안 당하련다고요. 뒤베리에는 이런 트집에 완전히 휘어잡혀 마음이 흔들리고 약해져서는 그만 맹세를 하고 만 것이었다. 그 말이 맞다고, 당신이 고상한 사람이라고 생각한다고.

"그는 이제 훈장을 떼지 않아요." 트뤼블로가 덧붙였다. "아마 그 여자가 잘 때도 그걸 달고 자라고 하나봐요. 그래야 식구들 앞에서 으쓱해지거든요. 게다가 뚱보 뻬이앙이 이미 세간살이 판 돈 2만 5000프랑을 꿀꺽 삼켜버렸으니, 이번엔 가구 3만 프랑 어치를 사들이게 했대요. 오! 끝났어요. 그녀는 뒤베리에를 자기 치마폭에 코를 파묻은 채 땅바닥, 자기 발아래 엎드리게 하고는 완전히 휘어잡고 있어요. 남자가 그런 죽은 송아지 같은 여자를 사랑해야 하다니!"

"자, 난 갑니다. 트뤼블로 씨가 못 가겠다니까요."

이런 이야기들 때문에 골머리만 더 아파진 오귀스뜨가 말했다.

그러자 트뤼블로가 그래도 함께 가주겠다고 했다. 단, 위층까지 올라가지는 않고 건물 대문만 가리켜주겠다고. 사무실로 가서 핑계를 대고 모자를 쓰고 나온 그는 마차에 함께 올랐다.

"아사스 거리요." 그가 마부에게 말했다. "길을 따라 쭉 가시오. 내 멈추라고 할 테니."

마부는 욕설을 내뱉었다. 아사스 거리라고? 아, 재수 없어! 딱히 일도 없이 슬슬 돌아다니는 걸 즐기는 족속들이구만. 어쨌든 가는 데까지 가보자고. 커다란 백마는 앞으로 나아가지 않고, 한걸음 한걸음 내디딜 때마다 고통스럽게 고개를 숙이느라 목이 부러질 듯 아픈지 콧김만 내뿜고 있었다.

한편, 바슐라르는 벌써 자기의 불행을 시끌벅적하게 트뤼블로에게 이야기하고 있었다. 돼지 같은 필렝 놈과 그 여릿여릿한 어린 것이 속옷 바람으로 있는 것을 조금 전에 자기 눈으로 보았다고. 이야기가 이쯤 되자 그는 마차 한구석에 침울하고 처량하게 쭈그리고 앉아 있는 오귀스뜨를 상기했다.

"아 참 그렇지, 미안하네." 그가 웅얼거렸다. "난 늘 잊어버리길

잘한다고."

그러더니 트뤼블로에게 말했다.

"이 친구가 부부간에 안 좋은 일을 당했지. 그리고 바로 그 일 때문에 우리가 헐레벌떡 뒤베리에를 찾아다니고 있는 거라네. 저 친구가 간밤에 안사람을 찾았는데……"

그는 몸짓을 한번 하고 이렇게 덧붙이며 말을 맺었다. "장본인은 옥따브야, 자네도 잘 알지."

언제나 칼로 벤 듯 의견이 뚜렷한 트뤼블로는 그것이 자기한테는 놀라운 일이 아니라고 말하려 했다. 그러나 나오려는 그 말을 도로 삼키고 다른 말로 바꾸었는데, 그 속에 경멸스러운 분노가 잔뜩 담겨 있어 오귀스뜨는 감히 설명을 요구하지도 못했다.

"이런 바보 천치 같으니라고, 그 옥따브란 녀석!"

간통을 이렇게 평가해버리는 말을 듣자 모두 잠잠해졌다. 세 남자는 각각 자기 생각 속에 빠져들었다. 삯마차는 이제 움직이지 않았다. 마차는 한참 전부터 다리 위를 굴러가고 있는 것 같았는데, 그때 트뤼블로가 세 사람 가운데 가장 먼저 공상에서 깨어나 정신을 차리며 정곡을 찌르는 말을 한마디 던졌다.

"이 마차 형편없군."

그러나 말의 걸음을 재촉할 수 있는 것은 아무것도 없었고, 아사스 거리에 도착했을 때는 이미 11시였다. 거기서 그들은 또 거의 십오분을 허비했다. 트뤼블로가 큰소리만 쳤지 어느 건물인지 알아내지 못했기 때문이었다. 우선 그는 마부에게 멈추라는 말을 안하고 이 길을 끝까지 따라가게 놔두었다. 그다음에는 마부에게 왔던 길을 따라 도로 내려가자고 했고, 그러기를 세번 되풀이했다. 그가 바로 여기라고 지적할 때마다 오귀스뜨는 그 집에 들어가보았는데, 그것만 꼬박 열 건물이었다. 그러나 문지기들은 모두 "이 집엔 그런 사람이 없다"고 대답했다. 결국 어느 과일 장수 여자가 그 집을 알려주었다. 그는 트뤼블로를 마차에 놔두고 바슐라르와 함께 올라갔다.

문을 열어준 것은 꺽다리 건달 남동생이었다. 그는 담배를 꼬나 물고 그들의 면전에 연기를 훅 내뿜으며 그들을 응접실로 안내했다. 뒤베리에 씨를 만나게 해달라고 부탁하자, 그는 대꾸도 않고 비웃듯 빙글거리며 몸을 좌우로 건들거렸다. 그러더니 아마도 뒤베리에를 찾으러 가는 듯 사라졌다. 청색 새틴으로 벽을 바르고 새로 호사스럽게 단장했지만 이미 기름 얼룩이 져 있는 응접실 한복판에서는, 끌라리스의 막내 여동생이 융단 위에 앉아 부엌에서 가져온 냄비를 행주로 닦고 있었다. 한편 그 위의 여동생은 멋진 피아노의 열쇠를 방금 찾아서 두 주먹을 꽉 쥔 채 건반을 두드려대고 있었다. 두 여자 모두 이들이 들어오는 것을 보고 고개를 쳐들었다. 그러나 하던 일을 멈추지 않고 오히려 더욱더 힘 있게 피아노를 두드리고 행주질을 해댔다. 오분이 지나도 아무도 나타나지 않았다. 손님들이 무색해져서 서로 얼굴만 쳐다보고 있는데 옆방에서 울부짖는 소리가 들려와 끝내 그들은 겁에 질렸다. 몸이 성치 않은 아주머니를 누가 세수시키고 있는 것이었다.

이윽고 끌라리스의 어머니인 보께 부인이 하도 구질구질한 옷을 입어서 손님 앞에 감히 나서진 못하고 문이 비죽 열린 틈으로 고개만 내밀었다.

"누굴 만나러 오셨나요?" 그녀가 물었다.

"나 참, 뒤베리에 씨라니까요!" 바슐라르가 인내심을 잃고 큰 소리를 냈다. "우리가 하인한테 아까 말했잖습니까. 오귀스뜨 바브르

군과 나르시스 바슐라르 씨가 왔다고 전해주십쇼."

보께 부인은 문을 도로 닫았다. 이제 언니는 피아노 의자 위에 올라가서 팔꿈치로 피아노를 쾅쾅 눌러댔고, 동생은 냄비 안에 눌어붙은 것을 먹으려고 철제 포크로 닥닥 긁어대고 있었다. 또 오분이 흘러갔다. 그런 후 이 소란스러움이 아무렇지 않다는 표정으로 끌라리스가 나타났다.

"아, 영감님이시군요." 그녀가 오귀스뜨는 쳐다보지도 않고 바슐라르에게 말했다.

영감은 얼이 빠져 서 있었다. 그녀는 못 알아볼 정도로 피둥피둥 살이 쪄 있었다. 선머슴처럼 바짝 마르고 복슬강아지처럼 머리가 곱슬곱슬하던 그 키다리 악녀는 이제 둥실둥실 살이 붙고 양쪽으로 갈라 빗은 머리에 기름을 발라 자르르 윤이 나는 펑퍼짐한 아주머니로 변해가고 있었다. 게다가 그녀는 영감에게 말 한마디 찾아서 할 여유도 주지 않고, 알퐁스에게 듣기 싫은 얘기나 하려는 당신 따위 험담꾼은 여기 필요 없다고 거칠게 말했다. 그래요, 그렇고말고요. 알퐁스의 친구들과 함께 자고 알퐁스 안 보는 데서 그 친구들을 삽으로 퍼담듯 한 떼거리씩 퍼담는다고 영감님이 날 모함했었죠.

"아시겠어요, 영감님." 그녀가 덧붙였다. "흥청망청 놀려고 오셨다면 나가주세요. 옛날식으로 사는 건 끝났어요. 이젠 다들 나를 존중해줬으면 해요."

그리고 그녀는 점잖은 삶에 대한 자신의 집착, 점점 더해져서 아예 강박관념이 돼버린 그 고집을 내보였다. 그녀는 이런 식으로 그야말로 엄격한 원칙을 고집하는 병에 걸려서 담배를 피우지 말라는 둥, 자기를 부인이라고 높여 부르라는 둥, 자주 찾아오라는 둥

하여 자기 내연남의 손님들을 이미 하나둘씩 쫓아버렸다. 옛적의 겉만 꾸민 부자연스러운 익살은 이미 사라지고 귀부인인 척 허세 떠는 버릇만 여전했는데, 그것도 이따금씩 비속한 말과 상스러운 몸짓 때문에 밑천이 드러나곤 했다. 뒤베리에 주변은 차츰차츰 적막해지고 있었다. 이제는 재미있는 집이 아니라 쓰레기 같은 말과 소란 속에 본처와의 온갖 말썽이 그대로 재현되는 그악스러운 부르주아의 집구석일 뿐이었다. 트뤼블로의 말대로 슈아죌 거리의 본가에 가도 여기보다 더 골치 아프지는 않고 오히려 거기가 더 깨끗할 터였다.

"우린 댁을 만나러 온 게 아닙니다." 이런 여자들이 손님을 맞는 기세등등한 태도에 습관이 되어 있는지라 금세 정신을 차리고 바슐라르가 말했다. "우린 뒤베리에 판사님과 얘기 좀 해야겠소."

그러자 끌라리스는 바슐라르 말고 다른 쪽 손님을 쳐다보았다. 알퐁스가 요즘 진퇴양난의 처지에 몰리기 시작하고 있다는 것을 아는 그녀는 그가 집행관이라고 생각했다.

"오! 어쨌든 난 모르겠어요." 그녀가 말했다. "그이를 잡아서 데리고 가시든 말든 맘대로 하세요. 그이 뽀루지 짜주는 일이 퍽도 재미있을 테니까요!"

그녀는 본심을 감추려 애쓰지도 않았고, 게다가 자기가 잔인하게 굴면 굴수록 뒤베리에가 더 한층 찰싹 달라붙는다고 확신하고 있었다.

그러더니 문을 열며 말했다.

"자! 어쨌든 와봐요. 이분들이 당신을 기어코 만나시겠다니까요."

뒤베리에는 문 뒤에서 기다리고 있었는지, 금세 들어와 그들과 악수를 하며 미소 지으려고 애를 썼다. 그에겐 스리제 거리의 그 여자 집에서 저녁 시간을 보내곤 하던 지난 시절의 젊은 모습이 이제 남아 있지 않았다. 나른한 피로에 짓눌린 그는 마치 등 뒤에 무엇인가가 있어 마음이 영 불안하기라도 한 듯 흠칫흠칫 떠는, 침울하고 위축된 모습이었다.

끌라리스는 무슨 얘기를 하는지 들으려고 남아 있었다. 바슐라르는 그녀 앞에서 얘기하고 싶지가 않아 판사에게 점심이나 대접하겠다고 했다.

"승낙해주십시오. 바브르 군은 판사님 도움이 필요하답니다. 부인께서야 너그러이 허락하시겠고⋯⋯"

그러나 끌라리스는 바로 밑의 여동생이 피아노를 쾅쾅 두드려대는 꼴을 보더니 따귀를 몇대 찰싹찰싹 올려붙여 문밖으로 내쫓고, 내친김에 냄비를 들고 있던 막내 여동생도 뺨을 때려 밖으로 내몰았다. 그야말로 지옥 같은 난장판이었다. 장애가 있는 아주머니는 누가 자기를 때리러 오는 줄 알고 다시 울부짖기 시작했다.

"들었지, 당신." 뒤베리에가 중얼거리듯 말했다. "이분들이 한턱 내신다는군."

그녀는 그의 말을 귓등으로 들으며 질겁을 해서 애지중지하는 피아노를 살살 만져보고 있었다. 한달 전부터 그녀는 피아노를 배우고 있던 것이다. 입 밖에 낸 적은 없지만 피아노를 배우는 것이야말로 그녀에겐 필생의 꿈이었고, 그녀를 비로소 어엿한 사교계 여성으로 인정받게 할 아득한 야망이었다. 피아노에 망가진 데가 하나도 없다는 사실을 확인하고 나자, 그녀는 오로지 엿나가볼 목적으로 뒤베리에를 붙들었는데, 그때 보게 부인이 치마를 감추며 두번째로 고개를 내밀었다.

"피아노 선생님 오셨다." 그녀가 말했다.

끌라리스는 갑자기 생각을 바꾸어 뒤베리에에게 소리쳤다. "그래요, 꺼져버려요! 난 떼오도르 선생님하고 점심 먹을 테니. 우리한텐 당신이 필요 없다고요."

피아노 선생 떼오도르는 얼굴이 불그레하고 너부데데한 벨기에 사람이었다. 그녀는 이내 피아노 앞에 앉았고 선생은 열 손가락을 건반 위에 올려놓아준 다음 굳은 손가락을 풀어준답시고 연방 비벼댔다. 뒤베리에는 겉으로 드러나게 몹시 언짢아하며 잠시 망설였다. 그러나 손님들이 기다리고 있어서 할 수 없이 가서 외출용 신발을 신었다. 그가 다시 방으로 돌아왔을 때 그녀는 허둥지둥 음계를 치느라 엉망으로 틀린 음들을 질풍처럼 마구 쏟아놓고 있었고, 오귀스뜨와 바슐라르는 듣기 싫어 병이 날 지경이었다. 그런데 아내가 치는 모짜르트나 베토벤의 곡을 들으면 미친 사람처럼 되어버리는 뒤베리에가 잠시 내연녀의 뒤에 멈춰 서서 비록 얼굴은 신경질적으로 실룩거릴망정 그 소리를 감상하는 것이었다. 그러더니 두 남자 쪽으로 돌아서며 말했다.

"이 사람 소질이 대단하죠."

그녀의 머리칼에 입 맞춘 뒤 그는 떼오도르와 끌라리스를 남겨놓고 조심스럽게 나왔다. 응접실 곁방에서는 껑달이 건달 남동생이 여전히 농조로 느물거리며 그에게 담뱃값 20수만 달라고 했다. 계단을 내려가면서 바슐라르가 어떻게 피아노에 마음이 끌리게 되었느냐고 놀라워하자 뒤베리에는 자긴 결코 피아노를 싫어한 적이 없었다고 힘주어 말하며, 이상理想을 운위하고 남성으로서의 왕성한 욕구를 자그맣고 푸른 꽃송이로 장식하고픈 마음이 끊임없이 치밀어 올라 어쩔 바를 몰랐다. 그는 끌라리스의 간단한 음계 연습만으로도 자기의 영혼이 얼마나 감동받는지를 이야기했다.

밖에서는 트뤼블로가 마부에게 여송연 한 대를 권하고 마부의 얘기를 흥미진진하게 듣고 있었다. 바슐라르 영감은 부득부득 프와요 식당에 가서 점심을 먹자고 했다. 마침 점심때이고 먹으면서 얘기해야 더 잘될 거라면서. 마침내 마차가 다시 움직이자 그는 뒤베리에에게 사실 얘기를 했고 뒤베리에는 몹시 심각해졌다.

오귀스뜨는 불편한 심기가 끌라리스네 집에서 한층 더 나빠진 것인지 그 집에선 한마디도 하지 않았다. 이렇게 한도 끝도 없이 돌아다니느라 이젠 지칠 대로 지쳐 머리가 온통 지끈거리고 무거워서 될 대로 되라는 심정이었다.

어떻게 할 셈이냐고 판사가 묻자 그는 눈을 뜨고 잠시 무척 불안한 모습으로 있더니, 전에 한 말을 되풀이했다.

"결투하는 거죠, 물론요!"

하지만 그 음성은 맥이 쭉 빠져 있었고, 그는 자기를 좀 가만 내버려두라고 부탁이라도 하듯 눈을 다시 감으며 이렇게 덧붙였다.

"매형이 다른 해결책을 찾지 못하시는 한에서는 말입니다."

힘겹게 덜컹거리는 마차 속에서 이 신사들은 머리를 맞대고 거창한 회의를 열었다. 뒤베리에는 바슐라르와 마찬가지로 결투는 꼭 해야 한다고 단언했다. 그는 검은 피가 콸콸 흘러내려 자기 집 계단을 더럽히는 모습이 벌써 눈에 선하여, 퍽이나 격앙된 모습이었다. 하지만 명예를 위해선 싸워야지. 명예가 걸린 문제를 호락호락 넘길 수는 없는 법이니까.

트뤼블로는 좀더 융통성 있는 견해를 갖고 있었다. 듣기 좋은 말로 이른바 여인의 연약함이 어떻고 하면서, 그런 일에 명예를 건다는 것은 너무 어리석은 짓이라고 하였다. 어떡하든 화해시키는 역할을 맡아야 할 두 사람이 싸우라고 설쳐대서 끝내 화가 치민 오귀스뜨는 지친 듯 눈꺼풀을 한번 끔뻑여 보임으로써 트뤼블로의 의견에 동의를 표했다. 피곤했지만 그는 다시 한번 간밤의 싸움, 따귀를 때리고 맞은 이야기를 하지 않을 수 없었다. 그러자 금세 간통 사건은 슬그머니 뒷전으로 사라지고 일행은 오직 이 두차례의 따귀 사건을 놓고만 설왕설래했다. 그들은 흡족한 해결책을 찾아낸 답시고 그 일에 이러쿵저러쿵 토를 달고 분석을 했다.

"그럼 묘책이 있네요." 마침내 트뤼블로가 경멸조로 말했다. "둘이 다 따귀를 때렸다면, 그럼 뭐 피차일반 아녜요?"

뒤베리에와 바슐라르는 동요하는 빛으로 서로 마주 보았다. 때마침 식당에 다 와가고 있어 바슐라르 영감이 우선 점심부터 먹고 보자고 했다. 그러면 기발한 묘책이 생각날 거라면서. 그는 자기가 한턱낸다며 갖가지 요리에다 말도 안되게 비싼 포도주를 곁들인 푸짐한 점심 식사를 주문했고, 그들 넷은 그걸 먹느라 세시간 동안 별실에 앉아 뭉갰다. 결투 얘기는 한번도 하지 않았다. 전채前菜가 나올 때부터 이미 화제는 어쩔 수 없이 여자 얘기로 쏠려, 피피와 끌라리스가 그들 입에 쉴 새 없이 오르내리고 요리조리 뒤집히고 껍질 벗기듯 상세히 묘사되었다. 이제 바슐라르는 처량하게 버림받은 티를 판사 앞에서 내지 않으려고 잘못을 저지른 것이 마치자기 쪽인 것처럼 얘기하고 있었다. 한편 판사는 스리제 거리의 텅빈 살림집 한복판에서 우는 모습을 영감에게 보인 그날 저녁의 일을 만회하려고 자기가 행복하다는 거짓말을 하다보니, 스스로도 그것이 믿어져서 뭉클한 감동까지 느낄 지경이었다. 그 앞에서 오귀스뜨는 신경성 두통으로 먹지도 마시지도 못하면서 한쪽 팔꿈치를 식탁에 괴고 불안한 눈으로 그들의 얘기에 귀 기울이는 듯한 모습이었다. 후식이 나오자 트뤼블로는 밑에서 기다리게 해놓고는 잊어버린 마부 생각을 했다. 그는 동정심을 한껏 발휘하여 접시에 남은 요리와 병 밑바닥에 남은 포도주를 사람을 시켜 마부에게 갖다주게끔 했다. 왜냐하면 자세히 뜯어보니 몇 가지 점에서 그 마부가 옛날에 신부神父 노릇을 하던 사람 같은 낌새가 들더라는 것이었다. 시계가 3시를 쳤다. 뒤베리에는 고등법원 중죄재판소의 다음 분기 심리 때 배석판사 노릇을 맡게 된다고 투덜거렸다. 바슐라르는 만취해서 옆에 있는 트뤼블로의 바지 위에 침을 찍 뱉었지만 트뤼블로는 알아채지 못했다. 오귀스뜨가 소스라치듯 깨어나지 않더라면 그날 하루가 이렇게 리꾀르 술잔들이 즐비한 가운데 끝나버릴 뻔했다.

"그래, 우리 어떡할까요?" 오귀스뜨가 물었다.

"글쎄, 이것 봐!" 이제는 반말로 바슐라르가 대꾸했다. "네가 원한다면 우리가 이 일에서 슬그머니 널 빼줄게. 바보 천치 같은 짓이야. 넌 결투 못해."

이런 결론에 놀라는 사람은 아무도 없는 것 같았다. 뒤베리에는 고개를 끄덕여 찬성했다. 영감은 계속 말했다.

"내 판사 양반 모시고 그 녀석 집으로 올라가지. 그러면 그 짐승 같은 녀석이 자네한테 사과를 할 거야. 아니면 내 성을 간다. 날 보기만 해도 그놈은 꽁무니를 뺄 거야, 제 방에 내가 간다는 건 예삿일이 아니니까 말이야. 난 남들이 뭐래도 상관없다고!"

오귀스뜨는 그의 손을 잡았다. 그러나 한시름 놨다는 표정조차 못 지을 만큼 두통이 참을 수 없이 심해졌다. 마침내 그들은 별실을 나왔다. 보도 가장자리에 마차를 대놓고, 마부는 아직도 마차 속에서 점심을 먹고 있었다. 그는 먹던 빵부스러기를 털어내야 했는데, 그러면서 만취한 채로 형제간처럼 허물없이 트뤼블로의 아랫배를 툭툭 쳐댔다. 그런데 아무것도 못 먹은 말이 머리를 필사적으로 흔들어대며 앞으로 나아가지 않으려는 것이 문제였다. 그들이 말을 밀자 말은 끝내 구르듯이 뚜르농 거리를 따라 내려갔다. 슈아죌 거리에 멈췄을 때 시계는 이미 4시를 치고 난 뒤였다. 오귀스뜨는 삯마차를 일곱시간이나 줄곧 타고 다닌 셈이었다. 트뤼블로는 영감님께 저녁을 한턱내고 싶으니 마차 안에 그냥 남아 마차를 잡아놓은 채 기다리겠다고 말했다.

"나 참, 왜 이렇게 오래 걸려!" 떼오필이 부랴부랴 나오더니 형에게 말했다. "난 형이 죽은 줄 알았잖아."

형과 가게로 들어가자마자 그는 그날 있었던 일을 이야기했다. 자기는 9시부터 건물을 몰래 살피고 있었는데 집 안에는 아무것도 움직이는 게 없었다고. 2시에 발레리가 아들 까미유를 데리고 뛸르리 공원에 갔고, 그뒤 3시 반쯤 옥따브가 외출하는 것을 보았다고. 그것 말고 다른 일은 아무것도 없었고, 조스랑 일가는 얼마나 옴짝달싹도 안했는지 가구 밑에서 동생을 찾던 사뛰르냉이 위층으로 올라가서 베르뜨 어디 있느냐고 물으니, 조스랑 부인이 아들을 따돌려버리려고 그런 것인지 베르뜨는 여기 없다며 바로 코앞에서 문을 닫아버릴 정도였다고. 이때부터 사뛰르냉은 이를 악물고 이리저리 배회하고 있다는 것이었다.

"좋아, 그럼 그 친구를 기다리도록 하지. 여기선 그가 집에 들어가는 게 보일 거야." 바슐라르가 말했다.

오귀스뜨는 머리가 빙빙 돌았지만 계속 서 있어보려고 애를 썼다. 그러자 뒤베리에가 가서 자리에 누우라고 충고했다. 두통에는 그것 말고 다른 치료법이 없다면서.

"올라가게. 이제 처남이 없어도 된다고. 결과는 알려줄게. 이봐 처남, 욱해봐야 아무 소용없다고."

결국 오귀스뜨는 누우려고 올라갔다.

5시에도 두 사람은 여전히 옥따브를 기다리고 있었다. 옥따브는 처음에는 아무 목적 없이 그저 바람이나 쐬며 간밤의 불상사를 잊어버리려고 부인상회 앞을 지나갔는데, 머리끝에서 발끝까지 상복 차림으로 가게 문 앞에 서 있는 에두앵 부인을 보게 되어 인사를 하려고 멈추어 섰다. 바브르 씨네 가게를 그만두었다는 소식을 알리자, 그녀는 태연하게 왜 자기 가게에 다시 들어오지 않느냐고 물었다. 생각해보고 말고 할 것도 없이 단박에 일은 성사되었다. 내일부터 출근하겠다고 약속한 후 그녀에게 다시 인사를 하고 나니 그는 막연한 후회가 마음에 가득하여 계속 어정어정 거닐었다. 언제나 우연한 일이 터져서 기껏 해놓은 계산을 망쳐놓는단 말이야. 이 계획 저 계획에 골몰하여 한시간째 동네를 쏘다니다가 고개를 들었을 때, 그는 자기가 생로끄 골목의 어둠침침한 복도식 통로로 접어들었다는 것을 깨달았다. 그의 눈앞에 펼쳐진 컴컴한 모퉁이의 수상쩍어 보이는 가구 딸린 셋집 문간에서 수염이 텁수룩한 웬 신사에게 발레리가 작별을 고하는 중이었다. 그녀는 얼굴이 빨개져 쏜살같이 달아나더니 방음용 재료로 속을 넣은 성당 출입문을 밀었다. 옥따브가 빙글빙글 웃으며 따라오는 것을 보자 그녀는 아예 현관 밑에서 그를 기다릴 작정을 하였고, 거기서 그들은 아주 다정하게 얘기하기 시작했다.

"절 피해 달아나시는군요. 저한테 화가 나셨나요?" 옥따브가 말했다.

"화가 나다뇨?" 그녀가 대답했다. "무엇 때문에 화가 나겠어요?

그 사람들끼리 서로 잡아먹든지 말든지 하라죠. 난 아무 상관없어요."

그녀는 자기의 가족 이야기를 했다. 그리고 이내 오래전부터 베르뜨에게 품어온 원한을 토로했는데, 처음에는 옥따브를 떠보며 넌지시 빗대어 얘기하다가, 그가 내연녀 베르뜨에게 알게 모르게 시들해지고 간밤의 사건으로 더욱 화가 나 있다는 것이 느껴지자 더 이상 거북스러워하지 않고 마음속 이야기를 말끔히 털어놓았다. 그 여자가 자기보고 몸을 판다고 손가락질하다니! 생전 동전 한푼, 심지어 선물 하나도 받아들인 적 없는 자기를 두고! 하긴 이따금 꽃을 받은 적이 있긴 하다, 제비꽃 몇다발. 그런데 이제는 과연 둘 중에 누가 몸 파는 여자인지를 세상이 다 알게 되었다. 자기는 그 여자에게 미리 말해두었다, 동서 코가 어떻게 납작해지는지 어디 두고 보자고.

"안 그래요? 제비꽃 한다발보다 비싸게 치이셨잖아요." 그녀가 말했다.

"그래요, 그렇군요." 그가 비겁하게 웅얼거렸다.

옥따브는 옥따브대로 베르뜨가 못됐다는 둥 심지어 너무 살이 쪘다는 둥 마치 그녀 때문에 골치 아픈 일을 겪은 데 대한 앙갚음이라도 하듯이, 베르뜨를 두고 듣기 안 좋은 얘기들을 입에서 나오는 대로 털어놓았다. 그는 하루 종일 남편측 증인들을 기다렸고 이제는 아무도 안 왔었는지 확인하러 집에 들어가보려는 참이라고 했다. 또 어리석은 모험인 이런 결투는 그녀가 마음만 먹었더라면 모면케 해줄 수도 있었을 거라고도. 그러다보니 그는 마침내 그렇게도 어리석은 자기들의 밀회, 입씨름, 뒤이어 자기네들이 미처 서로 한번 쓰다듬기도 전에 오귀스뜨가 들이닥친 일 등을 다 얘기하고 말았다.

"정말로 정말로 맹세하지만, 우리 사이엔 아직 그 일도 없었답니다." 그가 말했다.

발레리는 생기가 나서 웃고 있었다. 그녀는 이런 속 얘기의 다정하고 내밀한 분위기에 미끄러지듯 스르르 빠져들어 마치 모든 것을 다 아는 여자친구처럼 굴며 옥따브 곁에 바짝 다가붙었다. 가끔씩 성당에서 나오는 독실한 여신도가 그들을 방해하곤 했다. 나오고 나면 문은 다시 살그머니 닫혔고, 그들은 초록빛 휘장이 쳐진 회랑 속에서 마치 은은하고 거룩한 피신처 안에 깊이 틀어박힌 듯 다시금 단둘이 되었다.

"내가 왜 그 사람들하고 어울려 살고 있는지 모르겠어요." 그녀가 다시 가족 얘기로 화제를 돌리며 말을 이었다. "오! 물론 나도 털어 먼지 안 나는 건 아니겠죠. 하지만 솔직히 말해 난 뉘우치는 마음이 들래야 들 수가 없다고요. 남자 접촉이 거의 없으니까요. 그런데도 연애가 얼마나 지겨운 일인지 당신께 털어놓는다면 뭐라시겠어요!"

"설마 그 정도는 아니겠죠!" 옥따브가 쾌활하게 말했다. "남들은 그래도 이따금씩은 어제의 우리보다는 덜 어리석게 굴겠죠. 행복한 순간들도 왜 있잖습니까."

그러자 그녀는 고백했다. 아직은 남편이 미워서 그러는 것은 아니라고. 끊임없는 신열에 맥을 못 추고 나이 어린 사내애같이 밤낮 징징거리며 와들와들 떨어대는 남편 때문에 결혼 육개월 만에 행실을 그르친 것도 아니라고. 원치도 않으면서 그 일을 저지른 적이 많았다고. 단지 이유를 설명할 수 없는 그 무언가가 자기 머릿속에 와락 밀어닥치곤 했기 때문이라고. 모든 게 엉망으로 망가져 자기는 병이 나고 자살할 지경이라고. 자살한다면 그 이유는 이번에 저지른 일이건 그 전에 저지른 일이건 아무것도 마음 붙일 일이 없기 때문이라고 했다.

"정말 그래요? 한번도 좋은 순간이 없었다고요?" 오직 그 점에만 관심이 있는 듯 옥따브가 다시 물었다.

"어쨌든 남들이 말하는 그런 건 한번도 없었어요." 그녀가 대답했다. "진짜라니까요!"

그는 깊은 연민을 품고 동정하듯 그녀를 바라보았다. 아무 목적도, 재미도 없다니. 그렇다면 정말이지 들킬까 끊임없이 겁내면서 몸을 내줄 필요가 없는 일 아닌가. 그러자 무엇보다도 그의 자존심에 안도감이 느껴졌다. 그녀가 보인 경멸적 태도 때문에 그는 내심 늘 속상해하고 있던 것이다. 바로 그래서 어느날 저녁엔가 이 여자가 마다했던 것이로군! 그는 그녀에게 그 얘기를 했다.

"기억나세요? 신경증 발작이 오고 난 뒤의 일이요."

"네, 당신이 맘에 안 드는 건 아니었어요. 하지만 그러고 싶은 생각이 거의 없다시피 했거든요. 그리고 자, 보세요! 그게 낫죠. 안 그랬으면 우린 지금쯤 서로 미워하고 있을 테니까요."

그녀는 그에게 장갑 낀 작은 한 손을 내밀었다. 그는 그 손을 꽉 잡고 거듭 말했다.

"맞습니다, 그게 낫지요. 분명히 남자란 자기가 못 차지한 여자만 죽자고 사랑하는 법이거든요."

무척이나 달착지근한 분위기였다. 그들은 애틋한 마음으로 손에 손을 잡고 잠시 그렇게 있었다. 그러다가 한마디도 더 하지 않고, 방음용으로 속을 넣은 성당 문을 밀었다. 성당 안의 걸상지기 여자에게 아들 까미유를 봐달라고 맡겨두었던 것이다. 아이는 잠들어 있었다. 그녀는 옥따브더러 무릎을 꿇으라고 하고 자신도 잠시 무릎을 꿇고는 마치 열렬한 기도 속에 푹 빠진 듯 머리를 양손 사이에 파묻었다. 그녀가 일어서자 고해소에서 나오던 모뒤 신부가 아버지같이 인자하게 웃으며 그녀에게 인사를 했다.

옥따브는 그냥 성당을 가로질러 걸어 나왔다. 집에 돌아오니 온 집안이 야단이었다. 트뤼블로만이 마차 속에서 꿈나라에 가 있느라고 그를 보지 못했다. 가게 주인들은 문간에서 그를 심각하게 쳐다보았고, 건너편 문구점 주인은 이 집의 돌 하나하나를 다 들쑤시기라도 할 듯이 아직도 건물 정면 벽을 위아래로 훑어보고 있었다. 그러나 숯장수 사내와 과일장수 여자는 이미 차분해져 있었고, 동네는 다시 냉정한 품위를 회복해가는 중이었다. 현관문 아래서 아델과 수다 떨던 리자는 옥따브가 지나갈 때 그를 쏘아보는 것이 고작이었다. 두 여자는 구르 씨의 준엄한 시선을 받으며 닭고기, 오리 고깃값이 비싸다고 다시금 푸념을 늘어놓기 시작했다. 이윽고 옥따브가 계단을 오르자 아침부터 엿보던 쥐죄르 부인이 자기 집 문을 빠끔히 열고 그의 손을 잡더니 응접실 곁방으로 끌어들여 이마에 입 맞추며 소곤거렸다.

"가엾은 사람! 자, 난 당신을 붙들어두지 않겠어요. 모든 게 끝난 뒤 다시 와서 얘기합시다."

그가 방에 들어서는 순간 뒤베리에와 바슐라르가 턱 나섰다. 영감을 보고 깜짝 놀란 그는 증인 설 친구 두명의 이름을 그들에게 대려고 했다. 그러나 두 남자는 대꾸하지 않고 자기들 나이를 이야기하더니 옥따브에게 처신을 잘못했다는 훈계를 한바탕했다. 그들의 말이 무슨 뜻인지 알아차린 옥따브가 될 수 있는 대로 속히 이 집에서 나가겠다는 의향을 밝히자, 경우를 안다는 증거를 이만큼

보여주었으면 된 거라고 두 남자가 엄숙하게 선언했다. 추문은 이
정도로 끝내고, 이젠 올바르게 사는 사람들을 위해 자신의 정열일
랑 좀 덮어둘 때가 됐다는 얘기였다. 뒤베리에는 자기 할 일이 끝
났음을 즉각 받아들이고 물러갔으나, 그의 등 뒤에서 바슐라르가
오늘 저녁 한턱내겠다며 옥따브를 초대했다.

"안 그런가? 난 자넬 믿네. 우리 한판 걸게 먹어보자고. 트뤼블로
가 저 밑에서 우릴 기다린다고. 난 엘레오노르는 상관도 안해. 하지
만 만나고 싶지 않으니 그 집 앞은 빨리 지나갈 거야. 우리가 함께
있을 때 누구랑 마주치지 않게 말일세."

그는 내려갔다. 옥따브도 사건이 매듭지어진 걸 몹시 기뻐하며
오분 후에 그들과 합류했다. 그는 삯마차에 미끄러지듯 올라탔고,
이제까지 남편측을 일곱시간 동안 이리저리 싣고 다닌 그 우울한
말은 절뚝거리며 내장요리를 기막히게 잘하는 중앙시장통의 한 식
당까지 그들을 끌고 갔다.

뒤베리에는 가게 안쪽에서 떼오필과 다시 만났다. 발레리도 방
금 들어와 셋이서 같이 얘기하고 있는데 끌로띨드까지 연주회에서
돌아오는 길에 그리로 왔다. 그녀는 모든 사람이 만족할 만한 해결
책이 생길 것을 확신한다면서 아주 태연스럽게 연주회에 간 것이
다. 침묵이 흐르고 이들 두쌍의 부부 사이에 난처한 분위기가 감돌
았다. 그뿐만 아니라 떼오필은 그 지긋지긋한 기침이 걷잡을 수 없
이 터져 나와, 거짓말을 좀 보태면 이빨까지 뱉어낼 정도였다. 모두
들 서로 화해하는 편이 이로웠기에, 결국 그들은 집안의 새로운 걱
정거리로 인해 마음이 흔들리는 이 기회를 십분 활용했다. 두 여자
는 서로 끌어안고 뺨에 입을 맞추었고, 뒤베리에는 떼오필에게 장
인 영감의 유산상속분 때문에 자기는 파산할 거라고 단언하며, 그

렇긴 하지만 삼년 동안 집세 받기를 포기하는 것으로 처남에게 보상하겠다고 약속했다.

"가서 가엾은 오귀스뜨 처남을 안심시켜야겠네." 이윽고 판사가 한마디 했다.

그들이 오귀스뜨에게 올라가고 있는데 짐승 먹따는 듯한 끔찍한 고함소리가 그의 침실에서 들려왔다. 사뛰르냉이 부엌칼로 무장하고 발소리를 죽여가며 침대 있는 곳까지 침범한 것이다. 거기서 그는 이글이글 타는 숯불처럼 시뻘건 눈으로 입에는 게거품을 물고 오귀스뜨에게 달려든 참이었다.

"말해. 내 동생을 어디다 처넣어뒀어?" 그가 소리 질렀다. "내놔. 안 그러면 돼지처럼 멱을 따서 피를 보여줄 테다!"

오귀스뜨는 고통스레 겨우 잠이 들려다가 소스라쳐 튀어 일어나 달아나려 했다. 그러나 사뛰르냉이 외골수 집념의 힘으로 이미 그의 속옷 한쪽 소매를 와락 틀어잡고 있었다. 그는 오귀스뜨를 다시 눕혀 그 목을 마침 침대 가장자리에 놓여 있던 물대야 위에 대고 도살장의 짐승처럼 꼭 잡았다.

"이번엔 제대로 걸렸다. 내 피를 보여주마. 돼지처럼 피를 보여주겠어!"

다행히 사람들이 달려와 오귀스뜨를 빼낼 수 있었다. 그들은 격심한 광기에 사로잡힌 사뛰르냉을 가둬놓아야 했다. 두시간 후 신고를 받은 경찰관이 와서 가족의 동의하에 두번째로 그를 물리노의 정신병원으로 끌고 갔다. 그러나 가엾은 오귀스뜨는 여전히 덜덜 떨고 있었다. 옥따브와 타협을 보았다고 알려주는 뒤베리에게 그는 말했다.

"아뇨, 차라리 결투할 걸 그랬어요. 미친놈한테는 당할 도리가 없다니까요. 제 동생이 딴짓을 한 이 마당에 날 칼로 찔러 피를 보이겠다니, 그 불한당 같은 녀석, 대체 무슨 억하심정이야! 지긋지 긋해요, 매형. 정말이지 지긋지긋하다고요!"

16

수요일 오전에 마리가 베르뜨를 친정으로 데려오자, 이 사건으로 자존심에 타격을 입은 조스랑 부인은 기가 막혀서 얼굴이 창백해지며 말 한마디 하지 않았다.

그녀는 잘못을 저지른 여학생을 컴컴한 골방에 처넣는 사감같이 우악스럽게 딸의 손을 잡고 오르땅스의 방으로 데리고 가서 밀어 넣으며 이렇게 말했다.

"거기 숨어 있어. 나타나지 말라고. 너 때문에 아버지 돌아가실라."

세수하고 있던 오르땅스는 아연실색했다. 부끄러워 얼굴이 빨개진 베르뜨는 흐느끼며 흐트러진 침대에 몸을 던졌다. 그녀는 즉시 닦달을 받을 각오를 하고 있었다. 어머니가 지나치게 나가면 지체 없이 자기도 소리를 지르리라 마음먹고 변명할 말을 잔뜩 준비해놓았는데, 이렇게 말도 없이 혹독하게 굴고 마치 잼 한통을 먹어

치워버린 꼬마아이 취급을 해대니 맥이 빠졌다. 어릴 때 두렵기만 했던, 말 안 들은 벌로 방구석에 틀어박혀 이젠 말 잘 듣겠다고 다 짐하며 눈물을 흘리던 일이 떠올랐다.

"무슨 일이니? 대체 너 무슨 짓을 했길래 그러니?"

언니는 마리가 빌려준 낡은 숄을 뒤집어쓴 동생의 꼴을 보고 더욱 놀라서 물었다.

"시원찮은 오귀스뜨가 리옹에서 갑자기 병이라도 났다든?"

그러나 베르뜨는 대답하고 싶지 않았다. 아니야, 나중에 얘기해. 말하기 곤란한 일이야. 그리고 언니는 좀 나가달라고, 마음 놓고 울기라도 하게 방을 좀 내달라고 애원했다. 이렇게 하루가 지나갔다. 조스랑 씨는 아무 눈치도 못 채고 출근했다. 그리고 그가 저녁에 퇴근했을 때, 베르뜨는 여전히 숨어 있었다. 이제껏 음식을 모조리 마다했기 때문에, 그녀는 아델이 몰래 차려다준 간단한 저녁을 끝내 걸신들린 듯 먹어 치우고 말았다. 하녀는 곁에 남아 그녀가 게걸스럽게 먹는 것을 지켜보며 이렇게 말했다.

"속상해하지 마시고 기운 차리세요. 자, 보세요, 집 안엔 아무 일 없잖아요. 하늘이 무너져도 솟아날 구멍은 있는 법이에요."

베르뜨가 입을 열고 이것저것 묻자, 아델은 결투가 취소된 사실, 오귀스뜨가 한 말, 뒤베리에 내외와 바브르 내외가 한 이야기 등 온종일 벌어진 일들을 장황하게 들려주었다. 베르뜨는 귀 기울여 들었고, 이젠 좀 살 것 같은 기분이 들어 빵을 아귀아귀 먹으며 좀 더 달라고 했다. 사실 이렇게까지 속상해한다는 건 너무 바보 같은 짓이지. 남들은 벌써 다들 진정된 것 같은데 말이야.

그래서 10시쯤 오르땅스가 다시 곁에 왔을 때, 그녀는 보송보송 마른 눈으로 명랑하게 언니를 맞이했다. 그리고 자매는 소리를 죽여가며 시시덕거렸다. 그러다가 베르뜨가 언니의 실내복 한벌이 눈에 들어 입어보니 너무 꼭 끼었다. 결혼하고 불어난 가슴이 비어져 나와 옷이 찢어질 것만 같았다. 그러면 어때, 단추를 잡아당겨 채워서 내일 입어야지. 함께 부대끼며 여러해를 보낸 이 방에 푹 파묻히니 둘 다 소녀 시절로 되돌아간 듯한 기분이었다. 그래서 오랫동안 못 느끼고 지낸 따스한 우애를 느끼며 마음이 누그러지고 서로 가까워졌다. 베르뜨가 예전에 쓰던 작은 침대를 조스랑 부인이 치워버린 탓에 자매는 한 침대에 누워야 했다. 함께 쭉 뻗고 누워 촛불을 끄고 어둠속에서도 눈을 크게 뜬 채 둘은 이 얘기 저 얘기하느라 잠을 못 잤다.

"그래서 나한테 얘기하고 싶지 않단 말이야?" 오르땅스가 다시 물었다.

"하지만 언니," 베르뜨가 대답했다. "언닌 시집 안 간 처녀 아냐. 난 말 못해. 오귀스뜨랑 그냥 티격태격한 거야, 알겠어? 그이가 돌아왔거든……"

그녀가 말을 중단하자 언니는 못 참겠다는 듯 계속했다.

"말해봐, 계속해보라니까. 그래서 일 난 거구나. 세상에! 내 나이면 짐작이 가고말고."

그러자 베르뜨는 고백을 했는데, 처음에는 적당히 말을 골라가며 하더니 나중에는 옥따브 얘기며 오귀스뜨 얘기며 아예 다 털어놓았다. 오르땅스는 캄캄한 어둠속에서 등을 대고 누워 동생 얘기를 들으며 이제는 그냥 짤막짤막하게 몇마디를 던지듯 묻거나 자기 의견을 표명할 뿐이었다. "그래서 그 사람이 너한테 뭐라고 그랬는데? 그런데 넌 어떤 느낌이 들든? 어머! 웃긴다, 나라면 그건 싫을 텐데. 정말 일이 그렇게 됐어?"

시계가 자정을 치고 1시, 2시를 쳤다. 그들은 이부자리 속에서 팔다리가 차츰차츰 뜨끈해지면서 불면증에 걸린 것처럼 계속 이이야기만 들추어내고 있었다. 베르뜨는 반쯤 환각 상태에 빠져 언니도 잊어버리고, 급기야는 가장 말하기 힘든 속내 얘기까지 떠오르는 대로 쏟아내어 몸과 마음을 후련하게 풀었다.

"아! 나하고 베르디에 사이에 그런 일이 있었다면 아주 간단할 텐데." 갑자기 오르땅스가 단호하게 말했다. "난 그이가 원하는 대로 할 거야."

베르디에의 이름이 나오자 그 혼사가 깨진 줄 알고 있던 베르뜨는 놀라는 몸짓을 했다. 베르디에와 십오년째 동거 중인 여자가 얼마 전 버림받을 찰나에 때맞춰 아이를 낳은 것이다.

"그럼 언닌, 그래도 그 사람과 결혼할 작정이야?"

"얘 좀 봐. 왜 안되니? 내가 너무 기다린 게 바보짓이지. 하지만 어린애는 죽을 거야. 여자아인데 연주창이 잔뜩 났거든."

오르땅스는 내연녀라는 말을 정떨어진다는 듯 내뱉으면서 한 남자와 그렇게 오래 동거하고 있는 그 여자에 대해 나이 찬 참한 양갓집 규수답게 혐오감을 드러냈다. 그 어린애는 일부러 꾸민 수작 이상 아무것도 아니야. 베르디에가 맨몸으로 쫓아내지 않으려고 블라우스 몇벌 사준 다음 점점 더 자주 외박을 해서 머잖아 오게 될 이별을 기정사실로 만들려 한다는 걸 그 여자가 알아채고 만들어낸 핑계라고. 어쨌든 두고 보자고, 기다릴 테니.

"가엾은 여자네." 베르뜨가 자기도 모르게 말했다.

"뭐 가엾은 여자라고!" 오르땅스가 표독스럽게 소리쳤다.

"너 역시 남한테 못할 짓 많이 했다는 걸 세상이 다 아는데!"

이내 그녀는 심한 말을 한 걸 후회하고 동생을 품에 안고 볼에 입 맞춰주며 일부러 그런 말을 한 건 절대 아니라고 했다. 그리고 자매는 입을 다물었다. 그러나 잠은 자지 않고 어둠속에서 눈을 커다랗게 뜬 채 잠시 후에 이야기를 계속했다.

다음날 아침 조스랑 씨는 몸이 찌뿌드드한 것을 느꼈다. 얼마 전부터 몸이 까부라지게 피곤하고 서서히 기운이 떨어져서 괴로웠지만, 간밤에 새벽 2시까지 기어코 종이띠에 글씨 쓰는 작업을 한 것이다. 그래도 그는 일어나 옷을 입었다. 그러나 출근하려는 순간 탈진한 느낌이 들어서 베르넴 형제에게 몸이 안 좋다고 알리려고 심부름꾼에게 편지를 들려 보냈다.

식구들은 밀크커피를 마시려는 참이었다. 전날 저녁 식사의 뒤끝으로 아직도 기름기가 번들대는 식당에서 식탁보도 깔지 않고 아침 식사를 하고 있었다. 여자들은 세수하느라 옷이 물에 젖은 채 머리는 그냥 질끈 틀어 올리고 속옷 바람으로 식탁에 와 앉았다. 남편이 안 나가고 있는 것을 보자 조스랑 부인은 이렇게 쉬쉬하는 것이 지겨워진데다가 혹시 오귀스뜨가 올라와 한바탕해대지 않을까 싶어 매 순간 겁나던 차이기도 한지라, 더 이상 베르뜨를 감추지 말자고 마음먹었다.

"아니, 네가 와서 아침 먹는구나! 그런데 웬일이니?" 눈에는 잠이 가득하고 오르땅스의 실내복을 입어 가슴께가 꽉 낀 딸의 모습을 보고 깜짝 놀라 아버지가 말했다.

"그이가 편지했는데 아직 리옹에 있대요." 그녀가 대답했다. "그래서 모처럼 친정 식구들이랑 하루를 보내야겠다고 생각했죠."

그것은 자매끼리 짜놓은 거짓말이었다. 조스랑 부인은 사감처럼 계속 뻣뻣한 태도를 보였지만, 아니라고는 말하지 않았다. 그러나 아버지는 나쁜 일이 있는 듯한 예감에 마음이 흔들려 베르뜨를 찬찬히 살펴보았다. 그리고 딸이 방금 한 얘기가 이상하게 들려 네가 없으면 가게는 어떻게 되는 거냐고 물어보려는데, 딸이 와서 전처럼 명랑하고 애교스럽게 아버지의 양쪽 볼에 입을 맞췄다.

"정말이지? 너 내게 숨기는 거 아무것도 없지?" 그가 웅얼거렸다.

"별생각을 다 하시네. 제가 왜 아빠한테 뭘 감추겠어요?"

조스랑 부인은 그저 어깨만 으쓱할 뿐이었다. 이렇게 조심조심 해봤자 무슨 소용이 있어? 기껏 한시간쯤 벌기 위해서라면 이럴 필요가 없지. 영감이 어차피 놀라게 되어 있는데 뭘. 그래도 아침 식사 분위기는 즐거웠다. 조스랑 씨는 오랜만에 다시 두 딸 틈에 있게 되니 몹시도 기뻐서, 옛날에 잠에서 깨자마자 딸들이 어린 소녀다운 꿈 얘기로 자기를 즐겁게 해주던 그 시절에 여전히 머물러 있는 기분이었다. 아버지 눈에 비친 딸들은 식탁에 팔꿈치를 괴고 버터 바른 빵조각을 우유에 적셔 한입 가득 물고 웃어대던 어린 시절의 그 향긋한 체취를 아직도 간직하고 있는 것 같았다. 지난날이 그대로 되살아나는데 맞은편에 앉은 애들 어머니의 딱딱한 표정, 코르셋도 안 한 채 아침마다 입어서 닳은 초록색 비단 치마를 걸친 장승처럼 커다랗고 뒤룩뒤룩한 모습이 눈에 띄었다.

이때 한바탕 기분 상하는 일이 벌어져 아침 식사 분위기는 깨지고 말았다. 갑자기 조스랑 부인이 하녀를 부른 것이다.

"너 도대체 뭘 먹고 있어?"

조금 전부터 그녀는 하녀를 감시하고 있었다. 아델은 슬리퍼를 신고 식탁 주위를 둔하게 빙빙 돌았다.

"아무것도 안 먹어요, 마님." 그녀가 대답했다.

"뭐, 아무것도! 너 우물우물 씹고 있잖아. 난 눈먼 장님이 아냐. 저 봐! 아직도 입안 가득 물고 있으면서. 어이구! 뺨을 쏙 집어넣어도 소용없어, 그래도 보인다고. 지금 먹는 것이 네 주머니 속에 있지, 그렇지?"

아델은 어쩔 줄 모르며 뒤로 물러서려 했다. 그러자 조스랑 부인이 그녀의 치마를 와락 틀어잡았다.

"십오 분 전부터 네가 그 속에서 이것저것 꺼내 주먹에다 감추고 코밑 구멍에 틀어넣는 게 보였다고. 그래 맛 좋으냐? 좀 보자."

그녀는 직접 하녀의 주머니를 뒤져 말린 자두 구운 것을 한 움큼 끄집어냈다. 자두즙이 끈적끈적 묻어났다.

"이게 뭐지?" 그녀가 노발대발해서 외쳤다.

"말린 자두예요, 마님." 발각된 걸 알자 하녀가 뻔뻔스럽게 말했다.

"아, 말린 자두를 먹는구나. 그래서 이게 그렇게 빨리 없어지고 식탁엔 다시 올라오지도 않는군. 이럴 수가 있어? 말린 자두를 호주머니에 몰래 넣고!"

그리고 그녀는 또 식초도 마신다고 아델을 욕했다. 뭐든지 슬그머니 없어지고 감자 한알이라도 아무 데나 놔뒀다가는 다시는 찾지 못할 게 뻔하다고 했다.

"넌 걸귀야, 이것아."

"저한테 먹을 걸 좀 주세요." 아델이 아예 노골적으로 대꾸했다. "그럼 마님 감자 절대 안 건드릴게요."

참으로 가관이었다. 조스랑 부인은 도도하고 무시무시하게 자리에서 일어섰다.

"입 닥쳐, 말대답은 꼬박꼬박 잘하는구나! 내가 알지, 다른 집 하녀들이 널 망쳐놓는 거야. 그저 집 안에 덜떨어진 시골뜨기 하나만 있다 하면 온 층의 못된 년들이 별의별 못된 짓을 다 가르쳐주거든. 요즘은 미사에도 안 나가더니 이젠 뭘 훔치기까지 해!"

아닌 게 아니라 리자와 쥘리의 부추김을 받고 기가 세진 아델은 호락호락 물러서지 않았다.

"마님 말씀대로 제가 덜떨어졌을 때 함부로 다루질 마셨어야죠. 이제 그런 때는 끝났어요."

"나가! 널 쫓아내겠어!" 조스랑 부인이 자못 비극적인 몸짓으로 손을 들어 문 쪽을 가리키며 소리쳤다.

그녀는 부르르 떨며 자리에 앉았고, 하녀는 서두르지도 않고 슬리퍼를 질질 끌며 마른 자두를 하나 더 꿀떡 삼키고 나서야 부엌으로 되돌아갔다. 이렇게 일주일에 한번씩 쫓아낸다는 말을 들어도 이제 아무렇지 않았다. 식탁 주위는 견디기 힘들 만큼 조용해졌다. 오르땅스가 참다못해, 이렇게 항상 쫓아낸다는 말만 하면 무슨 소용 있냐고 말했다. 아델이 손버릇 나빠지고 뻔뻔스러워지는 건 사실이지만 다른 하녀나 쟤나 뭐가 다른가, 아델은 그래도 최소한 식구들 시중은 마다 않지만 다른 하녀 같으면 설령 식초를 마시고 마른 자두를 주머니에 집어넣으라고 허락한대도 우리 식구들하고 같이 지내라면 일주일도 못 견딜 거라고 하였다.

그래도 아침 식사는 애틋한 친밀감 속에서 끝났다. 조스랑 씨는 복받치는 심정으로 전날 저녁 자기가 없는 사이에 그곳으로 다시 끌려간 가엾은 사뛰르냉 얘기를 했다. 남들이 그렇게 둘러댔기 때문에, 사뛰르냉이 가게 한복판에서 심한 정신병 발작을 일으킨 것으로 그는 믿고 있었다. 그가 요즘은 통 레옹을 못 보겠다고 푸념하자 잠잠해져 있던 조스랑 부인이 메마른 어조로, 바로 오늘 그애가 온다기에 기다리고 있다고 말했다. 어쩌면 점심 먹으러 올지도 모른다고. 레옹은 약속을 지킨답시고 자기를 빼빼 마르고 까무잡잡한 어느 과부와 결혼시키려는 당브르빌 부인과 관계를 끊은 지가 일주일이나 되었다. 레옹은 당브르빌 부인의 조카딸, 앙띠유 제도諸島에서 아버지를 잃고 9월에 작은아버지 댁으로 오게 된 돈도 많고 용모도 눈부시게 아름다운 그 끄레올 여자와 결혼할 작정이었다. 그래서 둘 사이에는 심한 싸움이 여러번 일어났다. 질투심에 불타는 당브르빌 부인은 이 사랑스러운 미남 청년을 바로 앞에 두고 단념할 수는 없다는 생각이 들어, 조카딸을 못 주겠다고 버티는 중이었다.

"그 결혼 얘긴 어디까지 진척됐소?" 조스랑 씨가 은근히 물었다.

어머니는 처음에는 오르땅스를 의식하여 거북한 부분은 적당히 빼버리고 대답했다. 그녀는 요즘 출세 가도를 달리는 총각 아들이라면 그저 사족을 못 썼다. 심지어 가끔씩 남편 앞에서 보란 듯이 아들을 치켜세우며 이런 말까지 했다. 참 다행이지 뭐유! 그 애는 엄마를 닮았으니 마누라를 제대로 된 신발 한켤레 없이 나다니게 놔두진 않을 거라고요. 그녀는 차츰차츰 열을 띠었다.

"한마디로 그 앤 이제 지겨워진 거야. 잠깐은 좋지, 걔한테 해롭진 않았으니까. 그렇지만 그 부인이 만일 조카딸을 주지 않으면, 안녕이지 뭐! 그렇게 해서 걔가 그 부인을 진퇴양난으로 몰아버리는 거야. 난 걔 생각에 찬성이라고."

오르땅스는 짐짓 얌전을 뺀답시고 찻잔 뒤로 얼굴을 감추는 척하며 커피를 마시기 시작했다. 한편 이제는 결혼했으니 어떤 얘기든지 들을 자격이 생긴 베르뜨는 오빠의 성공 사례가 비위에 거슬리는 듯 입을 조금 비쭉했다. 식구들이 식탁에서 물러나려는 참이었고, 조스랑 씨는 원기가 회복되어 훨씬 나아진 기분으로 어쨌든 출근해야겠다고 말하고 있는데 아델이 명함을 한장 가지고 왔다.

명함의 주인은 응접실에서 기다리고 있었다.

"아니, 이 여자가 이 시간에!" 조스랑 부인이 소리쳤다. "난 코르셋도 안 하고 있는데. 할 수 없지, 저 사람한테 사실대로 말해주는 수밖에."

바로 당브르빌 부인이었다. 아버지와 두 딸은 식당에 남아 이야기를 하고 어머니는 응접실로 갔다. 문 앞에 와서 문을 밀고 만나러 가기 전에 조스랑 부인은 걱정스러운 눈빛으로 낡은 초록색 비단 드레스를 훑어보더니 단추를 채워보려고 애를 쓰고, 마룻바닥에서 옷에 옮겨붙은 실 부스러기들을 떼어냈다. 그리고 불룩 비어져 나온 가슴을 한번 톡톡 두드려 집어넣었다.

"죄송합니다, 부인." 손님이 미소를 지으며 말했다. "지나가던 길인데 안부나 여쭙고 싶어서요."

그녀는 가슴 코르셋을 꽉 조여 입고 머리도 잘 매만져 빗고, 몸에 딱 붙는 옷을 입고 있었다. 나무랄 데 없이 단정한 차림새였고, 안부 인사하러 올라온 상냥한 여자답게 여유 있는 태도를 취하고 있었다. 다만 그 미소는 흔들리고 있었고 사교적인 우아한 태도 뒤에 그녀의 존재 전체가 벌벌 떨릴 만큼 끔찍한 불안이 숨어 있다는 것이 느껴졌다. 그녀는 우선 이 이야기 저 이야기 주워섬기며 레옹의 이름을 입에 올리지 않다가, 드디어 큰맘 먹고 주머니에서 방금 받은 레옹의 편지를 꺼냈다.

"오! 편지예요, 겨우 편지." 그녀가 눈물을 흘리며 흔들리는 목소리로 중얼거렸다. "이 사람 도대체 저한테 뭐가 못마땅한 거죠, 부인? 이제 다시는 저희 집에 발을 들여놓고 싶지 않대요."

그러면서 편지를 내밀었고, 편지가 부들부들 떨렸다. 조스랑 부인은 편지를 받아서 냉정하게 읽었다. 잔인하리만치 간단한, 단 세

줄로 된 절교장이었다.

"아유, 참!" 그녀가 편지를 돌려주며 말했다. "레옹의 말도 아마 일리가 있을걸요."

그러나 이내 당브르빌 부인은, 그 과부는 겨우 서른다섯살밖에 안 먹었고 더할 나위 없는 장점을 갖추었으며 그만하면 돈도 꽤 많은데다 남편을 장관으로 만들 만큼 적극적인 여자라고 치켜세웠다. 한마디로, 자기는 약속을 지켜 훌륭한 짝을 찾아준 것인데 레옹이 화낼 일이 뭐가 있느냐는 것이었다. 그러더니 대답도 기다리지 않고 신경질적으로 바르르 떨며 조카딸 레몽드를 입에 올렸다. 정말 그럴 수 있는가? 열여섯살짜리 계집애를, 사는 게 뭔지도 모르는 그 철딱서니 없는 것을 부인으로 삼으려 하다니!

"안될 게 뭐예요?" 매번 물을 때마다 조스랑 부인은 이 말을 되풀이했다. "안될 게 뭐죠, 우리 아들이 그 처녀를 사랑한다면요?"

"안돼요, 안돼! 그는 그 애를 사랑하지도 않고, 사랑할 수도 없다고요." 당브르빌 부인은 펄펄 뛰며 자제력을 잃고 허물어졌다.

"제가 그 사람한테 요구하는 건, 좀 고마운 줄 알라는 것뿐이에요. 제가 그를 키워줬고, 제 덕에 감사역이 됐고 앞으로 참사원 청원위원으로 임명될 것 아녜요. 부인, 제발 부탁이니 아드님한테 돌아오라고 말 좀 해주세요. 그래서 절 좀 기쁘게 해달라고요. 그 사람의 인정과 부인의 모성애에 호소합니다. 그래요, 부인의 고결하신 성품을 믿고 호소한다고요."

그녀는 두 손을 모았고 말소리가 중간중간 끊겼다. 잠시 두 여자는 조용히 서로 마주 보고 있었다. 느닷없이 당브르빌 부인이 두 손 다 들었다는 듯 격하게 울음을 터뜨리며 더듬더듬 말했다.

"레몽드하곤 안돼요. 오! 안돼요, 레몽드하고는!"

그것은 사랑으로 이성을 잃어 늙기를 마다하고 마지막 남자에게 매달리는 한 여인의 절규였다. 그녀는 조스랑 부인의 두 손을 부여잡고 눈물로 그 손을 펑펑 적셨다. 애인의 어머니에게 모든 것을 털어놓으며 비굴하게 굴었고, 오직 부인만이 아드님에게 영향을 미칠 수 있다는 말을 되풀이하며, 만일 그를 돌려만 주신다면 하녀처럼 헌신하겠다고 맹세했다. 그녀는 애당초 이런 얘기를 하려고 온 것은 아닌 것 같았다. 아무것도 내비치지 말자고 스스로 다짐했는데, 말을 하고 보니 그만 억장이 무너진다고 했다. 이러는 게 자기 탓은 아니라고.

"그만하세요, 부인. 남부끄럽군요." 조스랑 부인이 화난 어조로 대꾸했다. "우리 딸애들이 부인 말씀을 들을지도 몰라요. 전 아무것도 모르고, 또 알고 싶지도 않아요. 제 아들과 문제가 있다면 둘이 함께 해결해보세요. 전 어정쩡한 역할은 절대 맡지 않을 거예요."

그러면서도 그녀는 당브르빌 부인에게 여러 충고를 잔뜩 해주었다. 그 나이면 단념해야 한다고. 하느님이 부인에게는 크나큰 구원이 될 거라고. 하지만 속죄의 뜻으로 하늘에 제물을 바치고 싶다면 조카딸을 내주셔야 한다고. 그 과부는 레옹에겐 전연 당치 않으며, 레옹에게 필요한 것은 손님들에게 저녁 식사 대접할 때 내보일 만큼 호감 가는 용모의 여자라고. 그러면서 그녀는 더욱 기가 살아서 아들의 요모조모를 찬탄조로 자세히 말하고, 아들에게는 최상급 미인들이 마땅한 상대라는 것을 보이려 했다.

"생각 좀 해보세요, 부인. 걘 서른살도 안됐잖아요. 이런 말씀드려서 혹시 마음 상하신다면 죄송하지만, 부인께선 그 아이의 엄마뻘이시잖아요. 오! 부인께 얼마나 신세를 졌는지는 그 애도 잘 알고 있어요. 저 역시 깊이 감사하고 있습니다. 부인께선 그 아이에게 착한 천사 같은 분으로 남으실 거예요. 다만, 일단 끝난 일은 끝난 일이죠. 언제까지나 그 애를 붙잡아두실 생각이야 설마 안하셨겠죠."

그런데 이 한심한 여자가 수긍하려 하지 않고 그저 레옹을 당장 다시 곁에 두고 싶다고만 하니까, 조스랑 부인은 화를 냈다.

"부인, 이제 그만 딴 데 가서 알아보시죠. 제가 기분 맞춰 드리는 것도 정도가 있죠. 걔가 이제 싫다잖아요. 본인이 말이에요! 그럴 만도 하지요. 부인 스스로 자기 모습을 좀 보세요. 이젠 혹 그 애가 부인 말씀대로 순순히 따른대도, 제가 나서서 처신할 바를 깨우쳐 주겠어요. 부인께 여쭤보겠는데, 그러신다고 앞으로 부인이나 그 애한테 무슨 이득이 있겠어요? 마침, 좀 있으면 걔가 올 거예요. 그러니 만일 제게 기대를 거셨다면……"

당브르빌 부인의 귀에는 그녀의 이 모든 말 가운데 맨 마지막 말밖에 들리지 않았다. 일주일 전부터 레옹을 쫓아다녔지만 끝내 만나지 못했었던 것이다. 그녀는 얼굴이 밝아지며 진심으로 이렇게 외쳤다.

"그 사람이 오기로 돼 있다면, 전 여기 있겠어요!"

그때부터 그녀는 의자에 무슨 큰 덩어리처럼 둔중하게 몸을 파묻고 허공을 응시한 채, 마구 때려도 물러서지 않을 짐승처럼 고집스럽게 더 이상 대꾸도 하지 않았다. 조스랑 부인은 너무 말을 많이 해서 기분이 찜찜한데다, 난데없이 자기 집 응접실에 뛰어들어 장승같이 버티고 있는 이 여자를 그렇다고 내쫓을 수도 없어서 화가 치밀었다. 그래서 그녀를 혼자 가만 내버려 두었다. 게다가 식당에서 무슨 소리가 들려와 마음이 불안했던 것이다. 오귀스뜨의 목소리인 것 같았다.

"부인, 정말 이런 일은 듣도 보도 못했다고요." 그녀는 문을 쾅 닫으며 말했다. "실례도 이만저만이지요!"

아닌 게 아니라 어제저녁부터 곰곰이 생각했던 대로 장인 장모를 붙들고 담판을 지으려고 오귀스뜨가 올라와 있었다. 원기가 차츰 회복됐지만, 한번 맘대로 해보자는 생각이 들어 출근하지 않기로 결정한 조스랑 씨가 딸들에게 산보나 한바퀴 하고 오자는 제안을 하고 있을 때, 아델이 베르뜨 아씨의 서방님께서 오셨다고 전했다. 모두 당황했고, 베르뜨의 낯빛은 창백해졌다.

"뭐라고! 네 남편?" 아버지가 말했다. "아니 그 사람은 리옹에 가 있다며…… 아! 거짓말이었구나. 무슨 나쁜 일이 있지? 이틀 전부터 내 느낌이 어째 그랬어."

딸이 일어서자 그가 붙들었다.

"말해봐. 너희들 또 싸웠니? 돈 때문이지? 아마 지참금 때문이겠지, 우리가 아직 주지 않은 그 돈 1만 프랑 때문에?"

"네, 네, 그래요." 베르뜨가 몸을 빼 달아나며 더듬거렸다.

오르땅스도 일어서 있었다. 그녀는 달려가 동생과 합류했고, 자매는 오르땅스의 방으로 피신했다. 그들의 속치맛자락이 휙 날리더니 황망한 떨림이 뒤에 남았고 아버지는 조용해진 식당 한복판 식탁 앞에 갑자기 혼자 남게 되었다. 그는 안절부절못하는 심경이 그대로 얼굴에 나타나 흙빛으로 핼쑥하게 질리고 삶에 절망한 지친 모습이 되었다. 그가 두려워하던 순간, 몹시도 불안해하고 부끄러워하며 기다리던 그 순간이 마침내 닥쳐온 것이었다. 사위는 보험 얘기를 할 것이고 자기는 부정직한 사람이나 쓰는 미봉책에 동의했음을 사실대로 털어놔야 할 판이었다.

"들어오게, 들어오라고, 오귀스뜨." 목이 졸린 듯 잘 안 나오는 음성으로 그가 말했다. "베르뜨가 다툰 얘길 방금 내게 털어놓더

508

군. 난 몸이 썩 좋지를 않아. 그래서 식구들이 분에 넘치는 배려를 해주고 있다네. 자네도 날 보면 알겠지만 지참금을 지금 줄 수가 없어 낙심천만이라네. 내 잘못은 약속을 했다는 걸세. 나도 안다고……"

그는 자백하는 죄인처럼 힘겹게 말을 계속했다. 오귀스뜨는 깜짝 놀라 장인의 말에 귀를 기울였다. 그는 이미 조사를 해보아서 보험이라는 그 수상쩍은 협잡을 알고 있었다. 그러나 그는 극성맞은 조스랑 부인 쪽에서 먼저 자기 아버지의 무덤에 가서 1만 프랑을 받아내랄까봐 감히 그 지참금을 달라고 요구할 엄두는 못 내고 있었다. 하지만 장인이 먼저 그 얘기를 하니까 그도 그 문제를 끄집어냈다. 그는 우선 첫번째 유감부터 늘어놓았다.

"네, 장인어른, 전 다 알고 있습니다. 장인어른께선 그럴듯한 이야기를 둘러대어 저를 감쪽같이 속여 넘기셨죠. 돈을 못 받는 건 그래도 괜찮습니다. 하지만 그 위선이 화가 난단 말입니다. 들지도 않은 보험을 어째서 그렇게 복잡하게 꾸며대신 겁니까? 삼년 후나 되어야 탈 수 있다고 말씀하신 금액을 미리 주겠다고 제안하면서 인정 많고 마음 약한 체하실 건 뭡니까? 실제론 한푼도 없으면서요! 이런 행동을 일컫는 만국 공통의 말이 있지요. 들어보시렵니까?"

조스랑 씨는 "내가 그런 게 아니라, 다른 사람들이!" 하고 소리치려고 입을 뺑긋했다. 그러나 그는 집안의 체면을 지키느라 고개를 숙이고 사위의 못된 행동을 받아들였고, 오귀스뜨는 계속했다.

"게다가 모두들 제 편이 아니었습니다. 뒤베리에 매형은 그때도 역시 그 불한당 같은 공증인과 짜고 형편없이 처신했지요. 저는 계약서에 보증조로 보험 얘길 넣자고 요구했지만 다른 사람들이 제 입을 억지로 막았죠. 하지만 만일 제 쪽에서 그걸 요구했다면 장인

어른은 사기를 치신 거예요. 그렇습니다. 장인어른, 사기라고요!"

얼굴이 몹시 창백해진 장인은 이 비난을 듣고 벌떡 일어서서 사위에게 자기가 일해서 갚아주겠다고 제안했다. 그는 여생을 몽땅 바쳐 딸의 행복을 사볼 참이었다. 그런데 그때 조스랑 부인이 당브르빌 부인의 고집 때문에 화가 나서 씨근벌떡대는 가슴이 낡은 초록색 비단 드레스 바깥으로 비어져 나오건 말건 더 이상 개의치 않고 돌풍이 몰아치듯 후다닥 들이닥쳤다.

"뭐?" 그녀가 소리쳤다. "누가 사기랬어? 사위님 자넨가? 먼저 뻬르라셰즈 묘지에 가보게, 자네 아버님 금고가 열려 있나 좀 보게 말일세!"

이런 상황이 벌어지려니 예상은 했지만 오귀스뜨는 그래도 역시 지독하게 기분이 상했다. 그런데 그녀는 고개를 높이 쳐들고 태연자약하게 상대를 압도하며 덧붙였다.

"우린 자네한테 줄 1만 프랑을 갖고 있네. 그래, 그 돈은 서랍 속에 있다고. 하지만 바브르 영감님이 다시 와서 돈을 내놓으면 그때 비로소 우리도 그 돈을 주겠네. 뭐 이런 집안이 다 있어! 투기꾼 아버지는 우리 모두를 속이고, 도둑 같은 매형은 상속 받은 재산을 자기 혼자 꿀꺽 삼키고 말이야!"

"도둑요! 도둑이라고요!" 막다른 골목에 몰린 오귀스뜨가 말을 더듬었다. "도둑들은 이 집에 있지요, 장모님!"

그들은 얼굴이 시뻘게져서 서로 마주 보며 버티고 섰다. 조스랑 씨는 이런 난폭한 언사를 듣고 상심이 되어서 사위와 장모를 서로 떼어놓았다. 그는 다들 진정하라고 애원했고, 몸이 덜덜 떨리고 흔들려 자리에 앉지 않을 수 없었다.

"어쨌든," 사위가 잠시 입을 다문 뒤 다시 말을 이었다. "저는 더러운 여자를 데리고 살긴 싫습니다. 돈도 그냥 가지시고 따님도 가지시지요. 전 이 말씀드리러 올라온 겁니다."

"얘기가 달라지는군." 장모가 태연히 지적했다. "좋아, 그 얘길 좀 해보자고."

그러나 장인은 일어설 기력도 없이 공포에 질린 듯 그들을 바라보고 있었다. 이제 더는 이해할 수가 없었다. 이 사람들이 무슨 얘길 하는 거야? 도대체 더러운 여자란 누군가? 그러다가 그들이 하는 얘기를 듣고 그것이 바로 자기 딸임을 알게 되자 가슴이 찢어지는 듯했고, 쩍 벌어진 상처 속으로 자기의 남은 목숨이 스러져버리는 것만 같았다. 하느님 맙소사! 그러면 자식 때문에 죽는단 말인가? 제대로 키우지 못한 딸의 온갖 약점 때문에 아비가 벌을 받는단 말인가? 딸이 빚을 걸머진 채 끊임없이 남편 손아귀에 쥐여살고 있다는 생각 때문에 자기 늘그막의 인생은 이미 엉망진창이 되었고, 그동안 살면서 받은 고통을 다시 겪게 됐는데. 그런데 이젠 그 애가 간통을, 여자로서 가장 못할 그 짓을 저지르고 말다니. 선량하게 살아온 자신의 소박하고 곧은 생각에 너무도 어긋나는 그런 짓을! 오싹하는 한기에 휘말려 그는 말없이 두 사람의 입씨름을 듣고 있었다.

"그 사람이 제 눈을 속이고 딴짓을 할 거라고 제가 분명히 말씀드렸죠!" 오귀스뜨가 분개하여 기세등등하게 소리쳤다.

"그래서 그렇게 되게끔 몰고 가는 건 자네라고 내가 대답했었지!" 의기양양하게 조스랑 부인이 말했다. "나도 베르뜨가 잘했다는 건 아니야. 걔 하는 짓은 바보 같다고. 기다려도 손해 보는 건 없을 텐데 말이야. 내 생각을 그 애한테 얘기할걸세. 하지만 베르뜨가 이 자리에 없으니 내 똑똑이 말할 수 있는데, 한마디로 죄인은 오직 자네뿐이야."

"뭐라고요. 죄인이라고요!"

"그런 것 같네. 자넨 여자를 다룰 줄 몰라. 내가 예를 하나 들어 보지. 자네 내가 화요일마다 손님 접대할 때 와볼 생각이나 했나? 아니지, 한 철에 기껏해야 세번 왔고 오더라도 반 시간 머물러 있는 게 고작이었지. 항상 머리가 아프다면 단가. 예의는 지켜야지. 오! 물론, 그게 무슨 큰 죄는 아니지. 그래도 어쨌든 자넨 이제 심판을 받은 거야. 처세술이 부족하단 말일세."

오랫동안 쌓이고 쌓인 원한으로 그녀의 목소리가 씩씩거렸다. 그녀는 딸을 결혼시키면서 무엇보다도 자기 집 응접실을 그럴싸하게 채워줄 사람을 사위로 맞게 되기를 기대했다고 말했다. 그런데 사위는 아무도 데려오지 않았고 심지어 본인조차 오지도 않았으니, 꿈은 깨져버렸고 앞으로도 결코 자기는 뒤베리에네 합창단과 겨루지 못할 거라고 하였다.

"게다가," 그녀가 빈정거리는 투로 덧붙였다. "난 아무한테도 우리 집에 와서 즐기라고 강요하지는 않네."

"사실 이 집에선 하나도 즐겁지가 않으니까요." 그가 참지 못하고 대거리를 했다.

그러자 그녀는 펄펄 뛰며 화를 냈다.

"그래, 어디 계속 모욕을 퍼부어보시지! 알아두라고, 이 사람아, 난 맘만 먹으면 내로라하는 빠리 사교계 사람들을 몽땅 부를 수 있는 사람이고, 또 자네한테 기대서 내 지위를 유지하려는 생각은 꿈에도 해본 적 없다는 걸 말일세!"

이제는 베르뜨가 문제가 아니었다. 이런 개인적인 시비 속에 간통 사건은 자취를 감추고 만 것이다. 조스랑 씨는 마치 악몽의 구렁텅이에 빠져버린 듯 여전히 그들의 얘기를 귀담아듣고 있었다. 이럴 수가, 베르뜨가 이렇게 나를 슬프게 할 수는 없어. 그는 힘겹게 몸을 일으켜 묵묵히 베르뜨를 찾으러 나갔다. 그 애는 이리 오자마자 오귀스뜨의 품으로 달려들 거야. 서로의 입장을 설명하고, 그러면 모든 게 잊히겠지. 베르뜨는 벌써 동생이 지겨워지고 방을 오래 함께 쓰게 될까 겁이 나서 어서 가서 남편에게 빌라고 등을 떠미는 언니 오르땅스와 티격태격하는 중이었다. 그녀는 안 오려고 버티다가 끝내는 아버지를 따라오고 말았다. 아침에 마신 커피 잔들이 아직도 아무렇게나 흩어져 있는 식당에 그들이 다시 들어서니, 조스랑 부인이 소리치고 있었다.

"아닐세, 절대로! 난 자네를 결코 동정하지 않네."

베르뜨를 보더니 그녀는 입을 다물고 엄격하고 당당한 모습으로 되돌아갔다. 오귀스뜨는 아내를 보자, 마치 자기의 인생에서 그녀를 빼버리고 싶다는 듯이 격심한 항의가 담긴 몸짓을 했다.

"이보라고들," 부드럽고 떨리는 음성으로 조스랑 씨가 말했다. "모두 왜들 그래? 난 더 이상 모르겠어. 모두들 그 얘길 하니 난 미칠 지경이구면. 얘야, 네 남편이 뭘 잘못 알았단다. 네가 남편에게 설명하렴. 늙은 부모를 좀 가엾게 여겨야지. 날 위해서 좀 그렇게들 하라고. 자, 서로 안고 화해해."

베르뜨는 그래도 오귀스뜨를 껴안을 마음이었지만 비극적이라고 할 만큼 꺼리는 태도로 뒤로 물러서는 남편을 보자 숨이 탁 막혀 실내복 바람으로 어정쩡하게 서 있었다.

"아니, 안하겠다는 거냐?" 아버지가 계속 말했다. "네가 먼저 사과해야지. 그리고 이보게, 자네가 쟤를 좀 토닥거려주게. 좀 너그럽게 봐주라고."

마침내 오귀스뜨가 부아를 터뜨렸다.

"토닥거려주라고요? 저 사람이 속옷 바람으로 있는 현장을 제가 목격했습니다, 장인어른. 그것도 그 남자랑 함께 있는 것을요. 저 사람을 껴안으라니 절 놀리시는 겁니까. 속옷 바람이었다고요, 장인어른!"

조스랑 씨는 입을 떡 벌리고 있었다. 그러더니 베르뜨의 팔을 꽉 잡았다.

"너 아무 말도 안하더니, 그럼 이게 정말이냐? 그렇다면 무릎 꿇고 빌어!"

그러나 오귀스뜨는 이미 문까지 가 있었다. 가버리려는 참이었다.

"소용없습니다. 이제 안 통해요. 당신들 연극은요! 또다시 저 여자를 짐짝처럼 내 어깨 위에 갖다 안기려고 하지 마세요. 한번만으로도 지긋지긋해요. 아시겠어요! 차라리 소송을 걸겠어요. 저 여자가 귀찮거든 다른 놈한테 넘겨주라고요. 그리고 두 분도 저 여자보다 나을 게 하나 없어요!"

그는 응접실 곁방으로 나가서 기다렸다는 듯이 속 시원히 마지막 고함을 쳐댔다.

"창녀 같은 딸이면 선량한 남자한테 갖다 안기지를 말아야지!"

계단으로 난 문이 쾅 하고 닫히더니, 물 끼얹은 듯 사방이 고요해졌다. 베르뜨는 기계적인 동작으로 식탁의 자기 자리에 다시 가 앉아 두 눈을 내리깔고 잔 밑바닥에 남은 커피를 바라봤다. 그녀의 어머니는 질풍노도처럼 격한 감정에 휘말려 성큼성큼 걸어 다니고 있었다. 아버지는 기진맥진하여, 극심한 고통으로 핼쑥해진 얼굴을 하고 벽에 기대어 홀로 앉아 있었다. 일부러 빨리 중앙시장까지

가서 사온 질 나쁜 버터의 고약한 냄새가 식당에 진동했다.

"이제 저 무례한 놈이 갔으니," 조스랑 부인이 말했다. "우리 서로 의견 좀 맞춰보자고. 여보, 당신이 무능해서 생긴 결과가 이 꼴이에요. 이젠 드디어 당신 잘못을 인정하시우? 베르넴 형제 중 하나인 생조제프 크리스털 제품점 주인 같으면 누가 와서 이런 시비를 걸겠어요? 아니겠죠, 그렇죠? 만일 당신이 내 말을 들었더라면, 그래서 진작 가게 주인들을 한손에 휘어잡았더라면 저 무례한 녀석은 우리 앞에 무릎 꿇었을 거라고요. 왜냐하면 저 녀석은 보나마나 돈만 요구하는 거니까요. 수중에 돈이 있어봐요, 그럼 대우받는다고요. 동정보단 부러움을 받는 게 낫지요. 난 수중에 20수가 있으면 늘 40수 있다고 말해왔어요. 하지만 영감, 당신은 내가 맨발로 다니든 말든 콧방귀도 안 뀌고 마누라와 딸들을 비열하게 속여서 지지리도 고생시켰죠. 아니란 말 말아요. 우리 식구의 불행은 모두 그래서 생긴 거니까!"

조스랑 씨는 생기 잃은 시선으로 미동조차 하지 않았다. 그녀는 한바탕해대고픈 마음이 미칠 듯 일어나 그의 앞에 멈춰 섰다. 그러나 남편이 꼼짝 않고 있는 것을 보고는 다시 걷기 시작했다.

"그래요, 그래, 경멸하는 척 연극 해보시우. 당신도 알다시피 그런다고 해서 내 마음은 조금도 흔들리지 않으니까. 이 모든 일이 벌어진 지금에 와서도 당신이 감히 우리 친정집을 계속 욕할 건지 어디 두고 봅시다. 애들 외삼촌인 우리 바슐라르 오빠야 걸물이죠. 내 동생은 아주 예의 바르고요. 내 생각을 더 알고 싶으시우? 우리 아버진 돌아가실 게 아니었는데, 당신 때문에 돌아가신 셈이고…… 당신 아버지로 말할 것 같으면……"

조스랑 씨는 안색이 한층 더 창백해지며 이렇게 중얼거렸다.

"제발 부탁이오, 엘레오노르. 우리 아버지도 당신 마음대로 하고, 우리 집안사람들도 다 당신 마음대로 해요. 다만, 제발 날 좀 그냥 내버려둬요. 몸이 안 좋은 것 같아요."

베르뜨가 가엾은 마음에 고개를 들었다.

"엄마, 아빠 좀 가만 놔두세요." 그녀가 말했다. 그러자 딸 쪽을 향해 휙 돌아서며 조스랑 부인이 한층 더 난폭하게 다시 시작했다.

"너, 내가 벼르고 있었다. 어제부터 쌓일 대로 쌓였어. 하지만 이제 도저히 못 참겠어, 못 참겠다고. 그 포목쟁이하고, 대체 될 법이나 한 얘기냐! 그러니까 넌 자존심도 뭣도 몽땅 잃어버린 거야? 난 네가 그 자존심을 제대로 쓰고 있는 줄 알았다. 그 남자가 물건 파는 데 마음 붙일 만큼만 네가 상냥하게 구는 줄 알았다고. 그래서 난 널 도와줬고, 그 사람을 격려해준 거야. 말 좀 해봐라, 그런 짓 해서 무슨 이득을 봤니?"

"아무 이득도 없지요, 물론." 딸이 더듬더듬 말했다.

"그럼 왜 그 녀석을 택했니? 못된 짓이라기보다는 바보 같은 짓 아니냐."

"엄만 우습네요. 그런 일은 어떻게 될지 아무도 모르는 법이에요."

조스랑 부인은 다시 걸어 다니기 시작했다.

"어떻게 될지 모른다고! 아니지, 알아야지! 몸을 함부로 굴리다니, 아니 제정신이라곤 손톱만치도 없는 짓 아니냐. 난 그게 분통 터진다고. 내가 너한테 남편 눈을 속이라던? 내가 너희 아버지를 속이더냐? 아버지 여기 계시니 여쭤보렴. 내가 남자랑 있는 걸 한 번이라도 보신 적 있는지 말씀해보시라고 해."

그녀의 발걸음이 차츰 느려지고 당당해졌다. 그리고 초록색 드레스의 윗부분을 세게 탁탁 치니 양팔 밑으로 가슴이 다시 불룩 솟아 나왔다.

"전혀 없었지, 잘못이라곤 단 한번도. 심지어 속마음으로라도 내할 도리를 잊은 적은 한번도 없었다고. 내가 살아온 인생은 깨끗해. 그런데도 너희 아버지가 내 인생을 견딜 만하게 만들어주었는지 아닌지는 하느님이 아신다. 설령 내가 딴짓을 했다 해도 내게 변명거린 얼마든지 있었을 거야. 그런 짓으로 복수하고 좋아할 여자들도 쌔고 쌨겠지. 하지만 난 양식이 있었어, 그게 날 구해준 거야. 좀봐라, 그러니 너희 아버진 유구무언 아니시니. 의자에 저렇게 가만앉아서 변명 한마디 못하고 계시잖니. 권리는 다 나한테 있지, 난정정당당한 사람이거든. 이 멍청한 것아, 제가 무슨 바보짓을 저지른 줄 알아채지도 못하다니!"

그리고 그녀는 젠체하며 간통 문제에 관해 실제적인 도덕 강의를 한바탕 늘어놓았다. 이제 오귀스뜨는 주인 자격으로 너를 하녀처럼 다뤄도 좋다는 허가를 맡아 놓은 셈 아니니? 네가 남편한테 무서운 무기를 준 거야. 혹시 너희 둘이 다시 사이가 좋아진다 해도, 네 쪽에서 남편에게 손톱만한 시비라도 걸었다간 당장 싫은 소릴 듣게 될 거 아니냐. 꼴좋게 됐지 뭐! 마치 늘 허리 굽히고 죽어지내겠다고 동의하기라도 한 것 같잖냐고! 이제 끝났어. 고분고분한 남편, 친절한 행동이나 배려, 이런 데서 아기자기한 맛을 보기는 이제 영 글렀다고. 안주인이 돼가지고 더 이상 제 집에서 맘대로 큰소리도 못 치고 살 바에야, 차라리 그냥 바른 행실 지키면서 사는게 낫고말고!

"하느님 앞에 맹세하지만, 설령 황제가 지분거렸다 해도 난 자제했을 거야. 그런 일에 뛰어들면 피해막심이니까."

그녀는 이렇게 말하고는 말없이 몇걸음 떼어놓더니 뭔가 곰곰이 생각하는 듯했고, 뒤이어 덧붙였다. "게다가 이런 짓은 그 어떤 일보다도 부끄러운 짓 아니니."

조스랑 씨는 아내와 딸을 바라보며 말은 하지 않고 입술을 달싹거렸다. 만신창이가 된 그의 전 존재가 두 여자에게 이런 잔인한 입씨름은 이제 그만하라고 간청하고 있었다. 그러나 베르뜨는 비록 난폭한 언동 앞에 찍소리 못하고 있긴 했지만 어머니의 훈계에 여전히 자존심이 상해 있었다. 그래서 결국은 발끈 대들고 말았다. 지난날 과년한 처녀로서 받았던 교육에 비춰볼 때 자기 잘못을 느낄 수가 없었으니까.

"나 참!" 아예 식탁에 두 팔꿈치를 올려놓으며 그녀가 말했다. "사랑하지도 않는 남자랑 결혼시키질 말았어야죠. 이제 난 그 사람이 미워요. 난 다른 남자를 선택했어요."

그리고 그녀는 말을 계속했다. 그녀가 내뱉는 토막말들 속에서 결혼에 얽힌 얘기들이 몽땅 다시 쏟아져 나왔다. 신랑감을 낚으러 나섰던 지난 삼년 동안의 겨울, 떠미는 바람에 온갖 총각들 품에 안겨본 일, 양갓집 응접실이라는 공인된 매춘 장소에서 이런 식으로 몸을 내맡겨봤지만 결국 허탕 친 일들, 가져갈 재산이 없는 딸들에게 어머니들이 가르치는 얘기들, 점잖고 허가받은 매춘 강의, 춤추면서 몸을 갖다 대기, 무심한 듯 문 뒤에 두 손을 놓아두기, 숙맥 같은 남자들의 욕심을 이용하여 이익을 취하는 순진무구함의 추잡한 이면, 그리하여 어느날 저녁 매춘부가 남자 하나 낚듯이 낚아낸 남편, 커튼 뒤에서 욕망의 열기에 들떠 흥분한 채 덫에 걸려든 남편, 이런 이야기들이 쏟아져 나왔다.

"어쨌든 난 그 사람이 귀찮고, 그 사람도 내가 귀찮을 거예요."

518

그녀가 말했다. "내 잘못이 아녜요. 우린 서로를 이해 못해요. 결혼한 다음날부터 당장 그이는 우리가 속임수를 썼다고 믿는 것 같더라고요. 그이는 마치 판매 건수를 놓쳐버린 날처럼 냉랭하고 시무룩했어요. 나는 그 사람이 재밌다곤 한번도 생각 안해봤어요. 정말이에요! 결혼이 이 이상 즐거움을 주지 않는 거라면…… 거기서부터 이런 일이 시작된 거예요. 할 수 없죠 뭐. 어차피 일어날 일이었고, 이 사건의 당사자 중에 제일 잘못한 사람이 나는 아니니까요."

그녀는 입을 다물었다가 마음속 깊이 확신을 갖고 덧붙였다.

"아! 이제 와 생각하니, 얼마나 엄마가 이해되는지 몰라요. 기억나세요? 우리한테 엄마가 지긋지긋하다고 말씀하시던 때가요."

조스랑 부인은 딸 앞에 서서, 조금 전부터 분하기도 하고 망연자실하기도 한 채 딸이 하는 말을 듣고 있었다.

"내가, 내가 그런 말을 했다고!" 그녀가 소리쳤다.

그러나 일단 시작한 베르뜨는 이제 그칠 줄 몰랐다.

"엄마가 스무번쯤이나 그 얘길 하셨잖아요. 그뿐 아니라 엄마가 내 입장이면 어떻게 하실지 좀 봤으면 싶어요. 오귀스뜨는 아빠처럼 좋은 사람이 아니라고요. 만일 엄마와 그 사람이 내외간이라면 일주일 만에 돈 문제로 싸웠을 거예요. 남자들은 속여 넘기거나 딱 좋을 위인들이라는 말이 당장 엄마 입에서 나왔을 거예요."

"내가, 내가 그런 말을 했다고!" 어머니가 분별을 잃고 되풀이했다.

그녀가 딸을 향해 어찌나 위협조로 성큼 나아갔던지, 아버지는 선처를 빈다는 애원의 몸짓으로 두 손을 쭉 내밀었다. 두 여자의 카랑카랑한 목소리가 쉴 새 없이 그의 심장을 강타했고, 타격을 받을 때마다 상처가 점점 커지는 것이 느껴졌다. 그는 샘솟듯 눈물을 흘리며 더듬더듬 말했다.

"그만들 해. 날 좀 살려줘."

"아니, 아니, 이것 참 끔찍하군." 조스랑 부인이 한층 더 높은 목소리로 말을 이었다. "이젠 이 한심한 것이 제가 바람피우고서 나한테 떠넘기네. 조금 있으면 제 남편 눈을 속인 게 나라고 하겠군. 그래, 그게 내 잘못이냐? 결국 따지고 보면 그게 그 소리 아니니. 내 잘못이냐고?"

베르뜨는 두 팔꿈치를 식탁에 괴고 몹시 파리하면서도 결연한 모습을 견지하고 있었다.

"물론이죠. 엄마가 날 다른 식으로 키웠더라면……"

그녀는 말을 맺지 못했다. 어머니가 따귀를 올려붙였는데, 어찌나 세게 쳤는지 딸은 방수 식탁보 위에 꼼짝 못하고 붙박여버렸다. 전날부터 그녀는 이렇게 따귀를 때리고 싶은 것을 꾹 참고 있었다. 먼 옛날 어린 딸이 자면서 아직 이부자리에 오줌을 싸놓곤 할 때처럼, 뺨을 때려주지 못해 손가락이 근질근질했던 것이다.

"이것 보게!" 그녀가 외쳤다. "이젠 또 교육받은 것 가지고 시비야! 네 남편이 그냥 널 흠씬 패놨어야 하는 건데."

베르뜨는 다시 일어나지도 않고, 한 손으로 뺨을 감싼 채 흐느껴 울고 있었다. 그녀는 자기 나이가 스물넷이라는 것도 잊어버렸다. 이 따귀 한대가 그녀를 옛날로, 여러차례 따귀를 맞아 잔뜩 겁먹고 지낸 위선투성이의 과거로 되돌려놓았다. 해방된 성인으로서 했던 결심은 어린애 때와 같은 크나큰 슬픔 속에 스르르 녹아버렸다.

그러나 딸이 큰 소리로 우는 것을 듣고 아버지는 지독한 흥분에 사로잡혔다. 그는 마침내 필사적으로 일어서서 아내를 밀어젖히며 말했다.

"둘 다 그러니까 날 죽이고 싶다 이거지. 말 좀 해봐 응? 내가 무릎을 꿇어야 되겠냐고?"

속이 후련하도록 해대서 이젠 더 할 말이 없던 조스랑 부인은 도도하게 침묵을 지키며 발뺌을 했다. 그때 덜컥 열린 문 뒤에 오르땅스가 귀를 기울이고 있는 것을 그녀는 보았다. 그래서 또 한번 부아가 치밀었다.

"너, 이 지저분한 얘기들을 듣고 있었구나! 하나는 고약한 짓이나 저지르고, 또 하나는 그걸 갖고 재밌다고 쫑코 까불고, 참 그 언니에 그 동생이로군! 하느님도 무심하시지, 도대체 너희들을 기른 게 누군데?"

오르땅스는 흥분하지도 않고 이미 들어와 있었다.

"일부러 들을 것도 없었어요. 부엌 저쪽 끝에 있어도 다 들리는 걸요. 하녀는 배를 잡고 죽겠다고 웃어대지요. 게다가 난 이미 결혼했을 만한 나이니까 얼마든지 알아도 되잖아요."

"너 베르디에 말하는 거지, 그렇지?" 어머니가 씁쓸한 투로 말을 이었다. "넌 또 나를 이런 식으로 기쁘게 해주는구나. 지금 넌 그 갓난애가 죽길 기다리고 있지. 기다려봤자 헛일이야. 그 애는 포동포동 살만 쪘다더라. 잘됐지."

화가 나서 처녀의 여윈 얼굴이 노래졌다. 그녀는 이를 악물고 대답했다.

"포동포동 살쪘어도 베르디에는 그 아이를 버릴 수 있어요. 난 그이가 남들 생각보다 훨씬 빨리 애를 버리게 만들어서 모두에게 본때를 보여줄 거예요. 그래요, 그래. 난 내가 알아서 결혼할 거예요. 엄마가 얼렁뚱땅 해치우는 혼사들, 참 탄탄하기도 하군요!"

그러다가 어머니가 자기 쪽으로 돌아서서 오니까 소리쳤다.

"엄마도 아시겠지만 따귀 같은 건 사절이에요, 난! 조심하세요."

서로 뚫어져라 노려보다가 조스랑 부인 쪽에서 먼저 한풀 꺾여, 겉으로는 젠체하며 거드름 피워도 실은 슬그머니 꽁무니를 빼는 형국이 되었다. 그러나 아버지는 다시 싸움이 붙는 줄 알았다. 그래서 세 여자 틈에 끼여 이 모녀들, 자기가 사랑한 단 세명의 여자들이 서로 잡아먹을 듯 으르렁대는 꼴을 보자니 발밑으로 세상이 와르르 무너지는 것 같은 충격을 받고 그 자리를 떠나서 방에 들어가 혼자 죽고 싶은 사람처럼 틀어박혔다. 그는 흐느끼면서 중간중간에 되풀이했다.

"이젠 더 못 견디겠어. 더는 못 견디겠어……"

식당은 다시 고요하게 가라앉았다. 베르뜨는 뺨을 한 손으로 받치고 아직도 신경질적으로 한숨을 길게 내쉬느라 몸이 들썩거리긴 했지만 차츰 진정되어가고 있었다. 태연히 식탁 반대편에 앉은 오르땅스는 기운을 차리려고 남아 있는 구운 빵에 버터를 바르고 있었다. 그러더니 심란한 얘기를 또박또박 해대어 동생을 절망시켰다. 이 집은 점점 사람 살 곳이 못돼. 나라면 어머니에게 따귀를 맞느니 차라리 남편에게 맞는 게 낫겠다. 그게 더 자연스럽지. 게다가 베르디에와 결혼만 하고 나면, 부부간에 이런 난리가 벌어지지 않게 아예 어머니를 문밖으로 내쫓겠다고 하였다. 바로 이때 아델이 식탁을 치우러 왔다. 그러나 오르땅스는 얘기를 계속하면서, 이런 일이 또 있으면 식구끼리 서로 아예 안 볼 거라고 했다. 하녀도 같은 의견이었고, 리자와 쥘리가 샐쭉한 얼굴로 보고 있어서 부엌 창문을 닫아야 했지만 이 일이 너무 재밌어서 아직도 웃음이 난다고 했다. 베르뜨 아가씨가 따귀 한대 아주 오지게 맞았어요. 다들 죽을 지경이겠지만 뭐니 뭐니 해도 제일 아팠던 사람은 아가씨죠. 그러더니 통통한 몸을 뒤룩뒤룩거리며 심오한 철학이 담긴 말을 한마디 했다. 아무튼 이 집 사람들은 아랑곳 안해요. 그런 일이 있든 말든 저 살기 바쁘니까요. 일주일만 있으면 그 사람들은 아가씨랑 두서방님들을 기억조차 못할 거예요. 오르땅스는 고개를 한번 끄덕하여 동의를 표시하더니, 그녀의 말을 중간에 끊고, 그 버터를 먹으니 입에서 고약한 냄새가 난다고 투덜거렸다. 나 참! 22수짜리 버터라니, 버터가 아니라 독약이랄 수밖에. 냄비 바닥에 고약한 냄새나는 찌꺼기가 남곤 하니까 이 버터가 결국 싼 것도 아니라고 아델이 설명하고 있는데, 멀찌감치서 들릴 듯 말 듯한 소리가 나고 마룻바닥이 흔들려 그들은 귀를 기울였다.

베르뜨는 불안해서 끝내 고개를 들고 말았다.

"대체 뭐야, 저 소리가?" 그녀가 물었다.

"아마 우리 마님과 다른 마님이 응접실에 계신 모양이에요." 아델이 말했다.

조스랑 부인은 응접실을 가로질러가다가 깜짝 놀라 소스라친 참이었다. 웬 여자가 혼자 거기 앉아 있던 것이다.

"아니, 아직도 여기 계셨어요!" 그녀는 잊고 있던 당브르빌 부인을 알아보고 소리쳤다.

당브르빌 부인은 움직이지 않았다. 집안싸움, 쩌렁쩌렁 터져 나오는 음성들, 쾅 하는 문소리들이 바로 옆을 스치고 지나갔어도 그 낌새조차 못 느낀 것 같았다. 그녀는 갈피를 못 잡는 눈길로, 광적인 애정 속에 침잠하여 틀어박힌 채 꼼짝 않고 있었다. 그러나 속은 자글자글 끓었고, 레옹 어머니의 충고로 마음이 걷잡을 수 없이 뒤흔들려, 비록 얼마 안 남은 행복이나마 비싼 값으로 사보자고 결심하고 있었다.

"이것 보세요." 조스랑 부인이 거칠게 말을 이었다. "아니 여기서 주무실 순 없잖아요. 우리 아들이 저한테 편지를 보냈습디다. 걔 오늘은 여기 안 올 거예요."

그러자 당브르빌 부인은 마치 잠에서 깨어나듯 한참 다물고 있어서 달라붙은 입을 열고 쩝쩝거려가며 말했다.

"전 가겠어요, 죄송합니다. 아드님께 제가 곰곰이 생각해보았다고 전해주세요. 좀더 심사숙고할 거예요. 어쩌면 그를 제 조카딸애랑 결혼시키게 될지도 몰라요. 그러지 않을 수가 없게 됐으니까요. 하지만 조카딸애를 댁의 아드님한테 주는 사람은 저예요. 그리고 아드님이 직접 그 앨 달라고 저한테, 오로지 저한테만 부탁했으면 해요, 아셨죠. 오! 그 사람이 내게 돌아와야 하는데, 돌아와야 한다고요!"

열렬한 그녀의 음성은 애원조였다. 그녀는 모든 것을 희생한 뒤 마지막으로 남은 만족에 기를 쓰고 매달리는 여자답게 집요한 투로 더욱 나직이 덧붙였다.

"아드님은 그 애와 결혼하게 될 거예요. 하지만 우리 집에서 살아야 돼요. 안 그러면 아무 일도 성사시키지 않겠어요. 차라리 그를 잃고 마는 게 나아요."

그리고 그녀는 자리를 떴다. 조스랑 부인은 다시 상냥해져 있었다. 응접실 곁방에서 그녀는 위로의 말을 찾아내, 그날 저녁으로 당장 아들을 고분고분하고 상냥하게 만들어 보내드리겠다고 약속하며, 처가나 다름없는 부인 댁에서 살게 되어 레옹이 무척 기뻐할 거라고 장담했다. 그리고 당브르빌 부인의 등 뒤에서 문을 닫고 나자 연민 어린 애정이 마음에 그득하여 생각했다.

"가엾은 내 아들! 저 여자가 걔한테 그걸로 흥정할 셈이로군."

그런데 바로 이 순간 마룻바닥을 떨게 하는 소리가 들릴 듯 말 듯 그녀의 귀에도 들어왔다. 아니 대체 뭐지? 이젠 또 하녀 애가 그릇을 깨는 건가? 그녀는 부랴부랴 식당으로 가서 딸들을 불러댔다.

"무슨 일이냐? 설탕 그릇이 떨어졌니?"

"아뇨, 엄마. 우린 모르겠는데요."

그녀는 돌아서서 아델을 찾다가 침실 문간에서 귀를 기울이고 있는 그녀를 발견했다.

"대체 뭐 하는 거야?" 그녀가 소리쳤다. "부엌에선 죄다 깨지는데, 거기서 주인나리나 감시하고 있다니. 그러면 그렇지, 말린 자두로 시작하더니 이젠 다른 걸로 끝맺는군. 얼마 전부터 네 거동이 맘에 안 들더라니. 이봐, 네 몸에서 남자 냄새가 나는구나."

하녀는 두 눈을 크게 뜨고 바라보며 조스랑 부인의 말을 막았다.

"그런 것이 아녜요. 저 안에서 분명히 나리가 바닥에 쓰러지신 거 같아요."

"아유머니나! 그 말이 맞아요." 베르뜨가 하얗게 질리며 말했다. "쓰러지신 것 같았어요."

그러자 여자들은 방 안으로 들어갔다. 침대 앞에 조스랑 씨가 탈진하여 쓰러져 있었다. 머리로 의자를 들이받아 가느다란 핏줄기가 오른쪽 귀에서 흘러내렸다. 아내와 두 딸과 하녀가 빙 둘러싸고 그의 몸을 살펴보았다. 베르뜨 혼자만이 아까 따귀 맞은 충격으로 흐느끼던 울음을 다시 시작하고 있었다. 그리고 여자들 넷이서 그를 침대에 눕히기 위해 들어 올리려 할 때, 그가 중얼거렸다.

"끝났어. 저 여자들 때문에 난 끝장이야."

17

몇달이 지나고 봄이 왔다. 슈아쬘 거리의 주민들 사이에서는 곧
있을 옥따브와 에두앵 부인의 결혼이 화젯거리였다. 하지만 일이
그렇게 빠르게 진척된 것은 아니었다. 옥따브는 부인상회에서 이
전의 지위를 되찾았고 날로 더 폭넓은 영향력을 행사하고 있었다.
에두앵 부인은 남편이 죽은 뒤 끊임없이 늘어나는 업무를 혼자 힘
으로는 감당할 수가 없었다. 그녀의 숙부 들뢰즈 노인은 신경통으
로 의자에 붙박여 앉아 꼼짝도 않고 아무 일에도 관여하지 않았다.
그러니 매우 활동적이며 큰 사업을 하고 싶어 안달이 난 옥따브가
단시간에 이 가게에서 결정적으로 중요한 위치를 차지하게 된 것
은 당연한 일이었다. 그뿐만 아니라 그는 아직도 베르뜨와의 어리
석은 연애 사건 때문에 약이 올라 있어서, 여자들을 이용하려는 꿈
은 더 이상 꾸지 않았고, 심지어 여자들을 두려워하기까지 했다. 그
는 조용히 에두앵 부인의 동업자가 되고 나서 수백만이 동원되는

대무도大舞蹈를 시작하는 것이 최선이라고 생각했다. 그래서 전에 에두앵 부인한테 접근했다가 우스꽝스럽게 실패한 일을 명심하고, 본인이 원하는 대로 그녀를 남자처럼 대해주었다.

그때부터 두 사람의 관계는 아주 친밀해졌다. 그들은 몇시간씩 골방에 틀어박혀 있곤 했다. 예전에 그녀를 유혹하겠다고 다짐할 때는 그 방에서 하나의 작전을 철두철미하게 수행했다. 그녀가 사업하는 여성으로서 보이는 다정함을 이용해보려고 애쓰기도 하고, 숫자를 속삭이면서 입김으로 그녀의 목을 살짝 스쳐보기도 하고, 매상고가 좋은 때 그녀의 방심을 노리기도 했다. 그러나 이제 그는 계산속 없이 업무에만 전념하는 사람 좋은 직원의 태도를 견지하고 있었다. 베르뜨의 결혼식 날 밤 에두앵 부인이 자기 가슴에 기대어 왈츠를 추면서 가볍게 떨던 기억을 간직하고는 있었지만 이제 더 이상 그녀에 대한 욕망도 없었다. 어쩌면 그녀가 자기를 좋아했을지도 모른다. 어쨌든 그들은 이 상태대로 머물러 있는 것이 더 나았다. 그녀가 적절히 표현한 바와 같이 가게에 질서란 긴요한 것이어서, 아침부터 저녁까지 그들에게 방해가 될 그런 일들이 가게 안에서 벌어지길 원한다는 것은 어리석은 생각이었으니까.

비좁은 책상 앞에 단둘이 앉아 장부를 점검하고 주문 사항을 결정하고 나면, 그들은 긴장을 풀고 멍하니 시간을 보낼 때가 많았다. 그럴 때면 그는 마음속에 품은 사업 확장의 꿈을 다시 입에 올리곤 했다. 이미 옆 가게 주인의 의중을 떠보았는데, 그 주인은 기꺼이 가게를 팔 생각이라고 하였다. 완구점과 양산가게를 내보내고 견직물만 특별히 취급하는 점포를 내자는 것이었다. 그녀는 매우 진지하게 귀담아들을 뿐, 아직은 선뜻 시작할 엄두를 내지 못했다. 그러나 옥따브에게서 특유의 의지, 사업에 대한 취미, 겉으로는 친절한 판매원답게 싹싹하게 굴지만 실상은 진지하고 현실적인 성격, 이런 것들을 재발견하고 그녀는 그의 장사 수완에 점점 더 호감을 느꼈다. 게다가 옥따브는 그녀에게는 부족한 불꽃같은 정열과 과단성을 보여주었고, 그녀의 마음은 감동으로 가득 찼다. 그것은 장사의 관점에서 보자면 엉뚱한 생각이었고, 그런 생각으로 그녀의 마음이 흔들려보기는 난생처음이었다. 그가 그녀를 장악해가고 있던 것이다.

마침내 어느날 저녁 둘이 활활 타는 가스등 아래 계산서들을 앞에 놓고 나란히 앉아 있을 때 그녀가 천천히 말했다.

"옥따브 씨, 내가 작은아버님께 말씀드렸어요. 작은아버님이 좋으시다니 우리 그 가게를 사도록 하지요. 다만 한가지……"

그가 그녀의 말을 가로막고 기쁜 듯이 외쳤다.

"그럼 바브르 일가는 망했군요!"

그녀는 빙긋 웃더니 비난조로 나직하게 말했다.

"아니 그들을 미워하시나요? 그럼 안되죠, 당신이야말로 그들이 잘못되길 바라선 안될 사람이잖아요."

그녀는 여태껏 한번도 그에게 베르뜨와의 연애에 대해 언급한 적이 없었다. 이렇게 그녀가 갑작스레 그 일을 빗대어 말하자 그는 왠지 몹시 거북했다. 그래서 얼굴을 붉히며 더듬더듬 변명을 늘어놓았다.

"아녜요, 아녜요. 내가 상관할 일이 아니죠." 그녀가 여전히 미소를 띠고 아주 차분하게 말을 이었다. "용서하세요, 나도 모르게 그 말이 나왔네요. 그 얘긴 당신한테 절대 입도 뻥긋 말자고 다짐했는데…… 당신은 젊어요. 저 좋아서 그러는 여자들이야 잘못돼도 하는 수 없죠, 안 그래요? 그런 여자들이 제 몸을 스스로 간수하지 못하면, 부인 단속은 남편 책임이죠."

그는 그녀가 토라지지 않았다는 걸 알고 안도했다. 혹시 자기의 과거 여자관계를 알게 되면 그녀가 냉정해지지 않을까 싶어 두려워한 적이 많았던 것이다.

"방금 내 말을 중간에 끊으셨죠, 옥따브 씨." 그녀가 진중한 말투로 다시 얘기를 시작했다. "말하고자 한 것은 옆 가게를 사서 사업 규모를 두배로 늘리게 되면 내가 계속 홀몸으로 있을 순 없다는 애기지요. 재혼해야 할 거예요."

옥따브는 놀라움에 사로잡혔다. 뭐라고! 저 여자한테 이미 점 찍어놓은 남편감이 있는데, 난 그것도 모르고 있었다니! 이제 볼 장 다 봤다는 느낌이 들었다. 그녀가 말을 계속했다.

"작은아버님이 직접 내게 그 말씀을 하시더군요. 오! 당장은 급할 거 하나 없지요. 상당한 지 팔개월째니, 난 가을까지 기다릴 거예요. 단, 사업에서는 감정은 배제하고 현재 상황에서 꼭 필요한 것들만 생각해야 해요. 이 가게엔 남자가 꼭 있어야 하거든요."

그녀는 이런 말을 사업 얘기하듯 침착하게 하였고, 그는 양쪽으로 단정하게 갈라 붙인 굽슬굽슬한 검은 머리 밑으로 희디흰 얼굴에 단정한 건강미를 갖춘 그녀의 모습을 바라보았다. 그는 그녀가 혼자된 뒤로 진작 애인이 되려고 시도해보지 않은 것을 후회했다.

"그런 일은 언제나 쉽게 생각할 일이 아니죠." 그가 더듬더듬 말했다. "심사숙고해야 할 문젭니다."

아마 그녀도 같은 생각인 듯했다. 그녀는 나이 얘기를 했다.

"난 이미 나이가 많아요. 당신보다 다섯살이나 위예요, 옥따브 씨."

그는 어쩔 바를 모를 만큼 당황했다. 말뜻을 알 것 같아서 그 말을 중간에 끊고 그녀의 두 손을 부여잡고는 그저 이 말만 되풀이했다.

"오, 부인! 오, 부인……!"

그러나 그녀는 이미 일어서 있었고, 손을 뺐다. 그러고는 가스등 심지를 낮추었다.

"안돼요, 오늘은 이걸로 됐어요. 당신에겐 아주 좋은 생각들이 많아요. 그러니 그 착상을 실천에 옮기기 위해 내가 당신을 염두에 두는 게 당연하지요. 다만, 골치 아픈 문제들이 있어요. 이 계획을 더 깊이 연구해봐야 해요. 당신이 실제로는 무척 진지한 사람이라는 걸 난 알아요. 이 계획을 당신도 검토해보세요. 난 나대로 검토해볼 테니까요. 그래서 이 얘길 한 거예요. 우리 나중에 다시 얘기하기로 해요."

그래서 그 문제는 몇주 동안 그런 상태로 진척이 없었다. 가게는 평소대로 다시 움직이기 시작했다. 애정을 표시할 법도 하건만 조금도 암시하지 않고 에두앵 부인은 옥따브 가까이에서 미소 띤 얼굴로 평정을 유지하고 있었다. 옥따브도 똑같이 태연한 척했고 그러다보니 마침내는 그녀의 본을 따라 매사가 순리대로 되어가게끔 믿고 맡기는, 복스럽고 건강한 모습이 되어버리고 말았다. 순리대로 하는 일들은 저절로 이루어지게 마련이라고 그녀는 진심으로 거듭 말하곤 했다. 그녀는 절대 허겁지겁 서두르는 법이 없었다. 자기가 옥따브와 가까운 사이라는 소문이 이러쿵저러쿵 돌기 시작해도 눈썹 하나 까딱하지 않았다. 그들은 때를 기다리고 있던 것이다.

슈아쾰 거리에서는 온 집안사람들이 이 혼사는 떼어놓은 당상이라고 장담했다. 옥따브는 지금까지 살던 방을 떠나 뇌브생또귀스땡 거리의 부인상회 근처로 이사 가서 살고 있었다. 이제 그는 자기가 일으킨 그 연애 사건의 추문 때문에 발끈했던 깡빠르동과 뒤베리에 부부뿐만 아니라 어느 누구와도 왕래하지 않았다. 구르 씨마저도 옥따브를 보면 인사를 안하려고 짐짓 못 알아보는 척하곤 했다. 오직 마리와 쥐죄르 부인만이 아침에 동네에서 그와 마주치면 잠시 아무 집 문간에나 들어서서 얘기를 나누곤 했다. 쥐죄르 부인은 에두앵 부인에 대해 열띤 질문을 퍼부으며, 옥따브가 자기 집에 와서 친근하게 그 얘기를 들려주었으면 하고 바랐다. 마리는 풀이 죽어서 또 임신했다고 한탄하며, 쥘은 대경실색하고 친정 부모는 끔찍이 노여워한다는 얘기를 해줬다. 그러다가 결혼 소문이 진담이 되어가자 옥따브는 구르 씨가 깍듯이 건네는 인사를 받고 깜짝 놀랐다. 깡빠르동은 아직 그와의 사이가 회복되지 않았는데도 길 건너편에서 다정한 고갯짓을 보내왔고, 뒤베리에는 어느날 저녁 장갑을 사러 가면서 그와 마주치자 무척이나 친절하게 굴었다. 이 건물 사람들 모두가 그 일을 용서하기 시작한 것이었다.

그뿐만 아니라 건물은 이미 중산층다운 깔끔한 일상을 되찾았다. 마호가니 문들 뒤에는 다시 덕성德性의 심연이 자리 잡았다. 4층의 신사는 일주일에 하룻밤만 일하러 왔고, 깡빠르동의 작은댁은 원칙을 철두철미하게 엄수하는 모습으로 지나다녔고, 하녀들은 눈부시게 하얀 앞치마들을 보란 듯이 두르고 있었다. 계단의 뜨뜻미지근한 정적 속에 층마다 피아노들만 똑같은 왈츠와 아스라이 들려오는 그 종교적인 음악을 울려댔다.

그렇지만 간통 사건의 편편찮은 여운은 계속 남아 있어, 못 배운 사람들에게는 느껴지지 않았어도 세련된 도덕성을 지닌 사람들에게는 거슬렸다. 오귀스뜨는 아내를 다시 받아들이지 않겠다고 고집을 피우고 있었는데, 베르뜨가 친정에 머무는 한 그 추문은 지워지지 않고 물증이 남을 터였다. 그런데 주민 중에 그 누구도 진짜 이야기를 공공연히 하는 사람은 없었다. 그랬다가는 모든 사람이 거북살스러워질 테니까. 서로 합의한 적도 없는데 사람들은 공동의 묵계로, 오귀스뜨와 베르뜨 사이의 말썽은 1만 프랑 때문에 생긴 단순한 금전 문제의 싸움이라고 못 박아버렸다. 그래야 훨씬 더 깨끗하니까. 그렇게 해놓고 나니, 처녀들 앞에서도 그 이야기를 할 수 있었다. 부모들이 과연 돈을 낼 것인가 안 낼 것인가? 그렇게 말하면 그 극적인 사건이 아주 간단해져버렸다. 돈 문제로 부부 사이에 따귀를 때리는 일쯤이야 생길 수도 있다는 데 놀라거나 분개할 사람은 이 동네에 단 한명도 없었으니까. 사실 따지고 보면 교양 있는 사람들끼리 이렇게 묵계가 이루어졌다고 해서 있던 일이 없던 일로 되는 것은 아니었다. 그래서 이 집은 그 불상사를 두고 일견 태연자약한 듯했지만, 실상은 그 품위를 가차 없이 손상당하고 있었다.

특히 당치도 않으면서 오래 끄는 이 불행한 사건 때문에 부담을 느끼는 사람은 집주인 뒤베리에였다. 얼마 전부터 끌라리스가 어찌나 그를 들들 볶던지, 그는 이따금 조강지처가 있는 집으로 돌아와 울곤 했다. 그러나 간통의 추문 또한 그의 마음에 이 못지않게 큰 타격을 주었다. 그의 말로는, 행인들이 이 집을 위아래로 쓱 훑어보는 모습이 이따금 눈에 띄곤 한다는 것이었다. 자기가 장인과 함께 가정의 온갖 미덕으로 보기 좋게 가꾸어놓고 흐뭇해하던 건물인데 계속 이대로 가게 놔둘 순 없다면서, 그는 자기의 명예를 위해서라도 이 건물을 정화해야겠다는 얘기를 했다. 그래서 그는 남들 앞에서 지켜야 할 체면이 있지 않느냐며 오귀스뜨에게 화해를 종용했다. 오귀스뜨는 이 풍비박산 지경에 옳다구나 하고 아예 계산대에 눌러앉은 떼오필과 발레리 때문에 그렇지 않아도 뒤집힌 속이 부글부글 끓고 있던 참이라, 싫다고 했다. 그즈음 리옹의 사업이 잘 안돼가고 있는데다 주단가게도 선금을 내지 못해 위태롭게 되어가는 오귀스뜨를 위해 뒤베리에는 한가지 실속 있는 착안을 해냈다. 조스랑 내외는 틀림없이 딸이 친정에서 나가주기를 간절히 바라고 있을 게다. 이 때 그녀를 다시 받아주겠다고 제안하되, 친정 부모가 지참금 5만 프랑을 치러야 한다는 조건을 제시하는 거다. 아마 그들이 간청하면 바슐라르 외삼촌이 결국 그 돈을 내주고 말지도 모른다. 오귀스뜨는 처음에는 이런 책략에 끼어들기를 완강히 거부했다. 설령 1만 프랑을 받는대도 자기 입장에서는 여전히 도둑맞은 셈이라고. 그러다가 4월이 지불 만기인 어음 때문에 몹시 불안한 나머지, 판사가 도덕이라는 대의명분을 옹호하며 이럴 때 취해야 할 훌륭한 행동은 오직 한가지라고 얘기하자 그만 승복하고 말았다.

그들 사이에 합의가 이루어지자 끌로띨드는 협상 담당자로 모뒤 신부를 골랐다. 이런 일은 미묘한 문제라서 끼어들어도 체면이 손상되지 않을 만한 분은 신부님밖에 없다는 것이었다. 마침 신부는 자기 본당에서 유력하기로 손꼽히는 이 집안에 닥친 통탄할 불상사를 대단히 유감스럽게 생각하고 있었다. 그래서 그는 종교의 적敵들이 알면 손뼉 치며 좋아 할 이 추문에 결말을 지으려고, 이미 자신의 경험과 권위를 제공하고 조언했다. 하지만 끌로띨드가 지참금 얘기를 하며 오귀스뜨가 내세운 조건을 조스랑 씨 내외분에게 가서 좀 전해주십사고 부탁하자, 그는 고개를 숙이더니 괴로운 듯 입을 다물고 있었다.

"제 동생이 요구하는 건 당연히 받아야 할 돈이랍니다." 끌로띨드가 되풀이했다. "이건 흥정이 아니라는 걸 부디 이해해주세요. 게다가 제 동생이 부득부득 그러겠답니다."

"그래야겠지요, 가겠습니다." 마침내 신부가 말했다.

조스랑 씨 집에서는 이제나저제나 그 제안을 기다리는 중이었다. 발레리가 이미 얘기를 한 모양인지, 이웃들은 이 일을 두고 입방아 찧고 있었다. 그래 조스랑 씨네는 저렇게 딸을 끼고 있어야 할 정도로 궁색하단 말인가? 과연 5만 프랑을 구해서 딸을 치워버릴 수 있을 것인가? 이 문제가 제기된 다음부터 조스랑 부인은 노기등등한 기세를 누그러뜨리지 않았다. 아니 뭐라고! 지난번 베르뜨를 시집보내느라 그렇게도 애를 먹었는데, 이제 또 한번 시집을 보내야 된다고! 제대로 된 일이라곤 아무것도 없는데, 저쪽에선 다시 지참금을 내놓으라 하니, 돈 얘기로 말썽이 다시 시작될 거란 말이야! 친정어머니가 그런 고역을 이렇게 되풀이해야만 했던 일은 만고에 없지. 게다가 이 모든 게 저 멍청이 같은 계집애, 어리석다 못해 제 할 도리마저 잊어버린 저것의 잘못 때문이라니! 집안은 지옥이 되어가고, 베르뜨는 집에서 끊임없는 고문을 견뎌내고 있었다. 언니 오르땅스마저도 이젠 방을 혼자 쓸 수 없게 됐다고 화가 머리끝까지 나서, 말 한마디를 해도 꼭 자존심을 건드리는 소리를 곁들이곤 하는 것이었다. 이제는 끼니때마다 꼬박꼬박 챙겨 먹는다고 식구들이 탓할 지경까지 되었다. 남편을 버젓이 두고도 친정 양식을, 그것도 넉넉지도 못한 밥상에서 축내다니 하여튼 웃기는 일이라고 하였다. 그러면 베르뜨는 절망에 빠져, 한구석에 처박혀 흐느껴 울며 스스로의 비겁을 탓해보지만, 아래층으로 내려가서 오귀스뜨의 발치에 몸을 던지고 "자! 날 때려요, 당신이 때린다고 이 이상 더 불행해지겠어요!" 하고 외칠 용기는 나지 않았다. 오직 조스랑 씨만이 딸에게 애틋함을 보였다. 그러나 그는 딸자식의 과오와 눈물 때문에 거의 죽을 지경이 되어, 무기한 휴직 상태로 들어가 늘 자리보전을 하다시피 하면서 가족이라는 것의 잔인함 때문에 극심한 고통을 겪고 있었다. 그의 치료를 담당하는 쥐이라 의사는 패혈증 증세가 있다고 얘기했다. 그것은 몸의 기관이란 기관을 모두 하나씩 둘씩 먹어 들어가는, 이를테면 존재 전체를 잠식하는 병이었다.

"너희 아버지가 속상해서 돌아가시면, 속이 시원하겠지, 응?" 하고 어머니는 소리 지르곤 했다.

그래서 베르뜨는 이젠 환자 방에 들어갈 엄두조차 내지 못했다. 대면할 때마다 부녀는 둘 다 울면서 서로의 마음을 아프게 하는 것이었다.

마침내 조스랑 부인이 일대 용단을 내렸다. 다시 한번 비굴해질 셈 치고 바슐라르 외삼촌을 초대한 것이다. 출가한 딸을 끼고 살면서 더 이상 화요일 손님 접대 때 망신을 당하느니, 수중에 있기만 하다면야 주머니에서 그까짓 5만 프랑쯤 내주고픈 마음이었다. 게다가 그녀는 얼마 전 오빠에 대한 끔찍한 사실들을 알게 되었기에, 만일 그가 친절하게 나오지 않으면 아예 이번에는 자기가 속으로 무슨 생각을 하고 있는지를 그대로 말해버릴 작정이었다.

바슐라르는 식사 중에 특히 더 주접스럽게 굴었다. 그는 이 집에 왔을 때 이미 얼근히 취해 있었다. 피피를 잃은 뒤로 고상한 정열과는 담을 쌓고 지내게 된 때문이었다. 다행히 조스랑 부인은 남들 앞에서 망신을 당하게 될까봐 다른 사람은 아무도 초대하지 않았다. 후식이 나오자 그는 노망난 난봉꾼답게 밑도 끝도 없이 이 소리 저 소리 늘어놓다가 잠이 들어버렸다. 그래서 식구들은 그를 깨워서 조스랑 씨의 침실로 끌고 가야 했다. 그곳에는 늙은 주정뱅이의 마음 약한 데를 건드리게끔 무대장치가 완벽하게 마련되어 있었다. 아버지 침대 앞에 푹신한 의자 두개가 하나는 어머니용, 하나는 외삼촌용으로 놓여 있었다. 베르뜨와 오르땅스는 서 있기로 되어 있었다. 그을음 나는 등잔불이 희미하게 비추는 이 을씨년스러운 방에서 죽어가는 사람을 앞에 두고도 외삼촌이 또 한번 약속을 어기고 거짓말할 배짱이 있을지 두고 볼 일이었다.

"나르시스 오빠," 조스랑 부인이 말했다. "일이 심각해요."

느릿느릿 엄숙한 음성으로 그녀는 딸에게 닥친 기막힌 불행, 사위라는 작자의 돈만 아는 역겨운 근성, 가문에 먹칠을 하는 이 추문을 무마하려고 5만 프랑을 내주기로 어려운 결정을 했다는 것 등을 설명했다. 그런 다음 준엄하게 말했다.

"전에 약속한 것 기억하시죠, 나르시스 오빠. 결혼계약 당일 저녁에 오빠는 베르뜨가 외삼촌의 진심을 믿어도 좋다고 가슴까지 쳐가며 장담하셨어요. 자! 그런데 그 진심 어디 있죠? 그걸 보여줄 때가 온 거예요. 여보, 당신도 나하고 합심해서 오빠한테 외삼촌으로서의 의무를 알립시다. 당신이 그 약한 몸으로 할 수 있다면 말이에요."

몹시 내키지 않았지만 아버지는 딸에 대한 애정 때문에 우물거리며 말했다.

"정말입니다, 처남. 약속하셨어요. 제가 세상을 뜨기 전에 처남을 바른길로 인도하는 기쁨을 좀 느껴보게 해주십시오."

그런데 베르뜨와 오르땅스는 외삼촌의 마음을 누그러뜨리려고 너무 자주 술을 따라주었다. 외삼촌은 이제 곤드레만드레가 되어 어떻게 이용해볼 수조차 없는 상태였다.

"뭐야?" 이제는 과장할 필요도 없이 만취해서 그는 말을 더듬었다. "약속 같은 거 절대 안해. 무슨 소린지 하나도 못 알아듣겠네. 다시 좀 말해봐, 엘레오노르."

엘레오노르는 처음부터 다시 말했다. 오빠로 하여금 울고 있는 베르뜨를 껴안고 볼에 입 맞춰주도록 하고, 남편의 건강을 방패로 내세워 애원했다. 그리고 5만 프랑을 내놓으면 오빠는 신성한 의무를 다하게 된다고 장담했다. 그러나 오빠가 병자와 이 괴롭기 짝이 없는 방을 보고도 전혀 무감동하게 도로 잠이 들어버리자 갑자기 과격한 말들이 그녀의 입에서 터져 나왔다.

"그래! 나르시스, 이렇게 뭉갠 지 너무 오래 됐어. 이 몹쓸 인간! 오빠가 하고 다니는 더러운 짓거리들 내가 다 안다고. 데리고 놀던 여자는 요 얼마 전에 뀔렝하고 결혼시켰고, 걔들한테 5만 프랑 줬지, 바로 우리한테 약속했던 그 돈을. 더럽다 더러워, 뀔렝 녀석이 이 흑막 속에서 기막힌 역할을 하는군. 그리고 오빠, 당신은 그보다 더 더럽다고. 우리 입에서 빵을 채가고 재산은 창녀처럼 더럽게 쓰고 말이야! 우리한테 와야 될 돈을 그 더러운 계집애한테 빼돌렸으니 창녀처럼 더럽게 쓰는 거지 뭐야!"

그녀가 이 정도까지 속 시원히 해댄 적은 일찍이 없었다. 거북해진 오르땅스는 무엇이든 손에 잡을 일거리를 만들려다보니 아버지의 물약에 신경을 쓰지 않을 수 없었다. 조스랑 씨는 가뜩이나 아픈데다 이 난리통 속에 열까지 나서, 베개를 벤 채 뒤척이며 떨리는 목소리로 되풀이했다.

"제발, 엘레오노르, 입 다물어요, 처남은 아무것도 안 내놓을 거라니까. 정 얘길 하고 싶거든 딴 데로 데려가구려. 내 귀에 당신들 소리가 좀 안 들리게 말이오."

한편 베르뜨는 더욱 큰 소리로 울며 아버지에게 합세했다.

"그만해두세요, 엄마. 아빠 기분 좀 좋게 해드려요. 이런 말다툼이 다 나 때문이라니 난 참 지지리 복도 없지! 차라리 집을 나가, 어디 가서 죽어버리는 게 낫겠어요."

그러자 조스랑 부인이 단도직입적으로 오빠에게 질문을 던졌다.

"조카딸이 고개 좀 쳐들고 다닐 수 있게 그 돈 5만 프랑 줄 거유, 안 줄 거유?"

당황한 그는 이런저런 변명을 늘어놓으며 미적거렸다.

"내 말 좀 들어봐. 꾈렝하고 피피가 함께 있는 걸 내가 보게 됐다고. 그러니 어쩌겠니? 둘을 결혼시킬 수밖에. 그건 내 잘못이 아냐."

"약속한 지참금을 줄 거유 안 줄 거유?" 그녀가 격분하여 거듭 말했다.

그는 정신이 가물가물했고 취기가 더 심해져 이제는 할 말조차 제대로 찾아내지 못했다.

"못 줘. 정말이야. 난 완전히 파산했어. 안 그랬으면 당장 주지. 가슴에 손을 얹고, 너도 알지……"

그녀는 기세등등한 몸짓으로 그의 말을 가로막고 이렇게 선언했다.

"좋아요, 가족회의를 열어서 오빠한테 금치산 선고를 내리게 할 거예요. 집안의 아저씨들이 노망나면 으레 입원시키는 법이니까."

갑자기 외삼촌은 감정이 복받쳤다. 그는 방을 둘러보더니 등불이 시원찮은 게 영 을씨년스럽다고 하였다. 다 죽어가는 환자가 딸들의 부축을 받으며 거무스레한 물약을 한숟갈 삼키고 있는 모습을 바라보더니, 그는 억장이 무너지는 듯 흐느껴 울며 동생이 자기를 한번도 이해해준 적 없다고 탓했다. 그는 이미 필렝의 배신만으로도 불행할 대로 불행하다고, 자기가 몹시 예민한 사람인 것을 다 알면서 이렇게 저녁 초대를 해서 더 슬프게 만드는 건 잘못이라고, 5만 프랑 대신 자기 몸속에 흐르는 피를 몽땅 주겠노라고 했다.

기운이 쭉 빠진 조스랑 부인은 오빠를 그냥 내버려 두었다. 그때 쥐라 의사 선생님과 모뒤 신부님이 오셨다고 하녀가 전했다. 두 사람은 충계참에서 마주쳐 함께 들어오는 길이었다. 의사는 조스랑 씨의 상태가 훨씬 악화되었다고, 더구나 격렬한 다툼에 말려든 충격으로 더 나빠진 것이라고 했다. 그런데 신부는 신부대로 조스랑 부인께 전할 말이 있다며 응접실로 함께 가기를 원했고, 부인은 신부가 누구 부탁을 받고 왔는지 눈치채고는 식구끼리 있으니 여기서 무슨 말씀이든 다 하셔도 된다고 당당하게 대답했다. 게다가 의사 선생님도 고해를 들어주는 분이나 다를 바 없으니, 이 자리에 계신들 어떻겠느냐고 했다.

그러자 신부가 약간 거북한 듯하면서도 부드러운 어조로 말했다. "부인, 제가 두 집안의 화해를 간절히 바라기에 이런다는 걸 알아주십시오."

그는 하느님의 용서를 운위하며 참을 수 없는 이 상황을 매듭지어 바른 마음 가진 사람들을 안심시키면 자기가 얼마나 기쁘겠냐고 힘주어 말했다. 그는 베르뜨를 '불운한 자녀'라고 불렀고, 그래서 베르뜨는 다시 눈물바람을 했다. 이 모든 이야기를 할 때 신부가 어찌나 아버지 같은 태도를 취하고 그 표현 방법도 어찌나 신경 써서 골랐던지 오르땅스는 자리를 피할 필요조차 없었다. 그렇다 해도 결국 5만 프랑 얘기는 나와야만 했다. 모뒤 신부가 지참금의 명백한 조건을 제시하자, 이제 이 신혼부부는 서로 화해하기만 하면 될 것 같았다.

"신부님, 죄송하지만 제가 중간에 한 말씀드리겠습니다." 조스랑 부인이 말했다. "저희는 신부님의 노고에 무척 감동했답니다. 하지만 절대로, 절대로 저희는 딸의 명예를 사고파는 짓은 못합니다. 이미 잘못은 다 쟤한테 덮어씌우고 자기네끼리 서로 화해한 사람들 아닙니까! 전 다 알아요. 자기들끼리 서로 죽일 듯 살릴 듯 하더니만 이제 와선 완전히 한통속이 되어 아침부터 저녁까지 우릴 골탕 먹이려 하고 있다고요. 안됩니다, 신부님. 흥정을 하다니 그건 남부끄러운 일입니다."

"하지만 제가 보기엔, 부인." 사제가 과감히 말했다.

그녀는 신부의 음성을 자기 목소리로 제압하며 당당하게 말을 계속했다.

"자, 보세요! 우리 오빠가 여기 있어요. 신부님께서 오빠한테 물어보셔도 됩니다. 오빤 조금 전에도 저한테 거듭 말했어요. 5만 프랑 갖다줄 테니 이 유감스러운 오해를 풀어보라고요. 그런데 신부님, 제 대답이 뭐였는지 오빠에게 물어보세요. 일어나요, 나르시스 오빠. 진실을 말해봐요."

외삼촌은 구석에 놓인 의자에서 잠들어 있었다. 그는 몸을 뒤척뒤척하더니 밑도 끝도 없는 말들을 나오는 대로 뱉어냈다. 그러다가 동생이 끈질기게 재촉하자 가슴에 손을 얹고 더듬더듬 말했다.

"의무라면 의당 나서서 지켜야죠. 뭐니 뭐니 해도 가족이 첫째 아닙니까."

"들으셨죠!" 조스랑 부인이 의기양양하게 외쳤다. "돈이 없다뇨, 궁상맞게! 우린 말이에요, 돈 내는 걸 모면하려고 애가 달아 죽을 지경은 아니라고 그 사람들한테 다시 한번 잘 좀 전해주세요. 지참금은 여기 있어요. 주려면 벌써 줬겠지만, 우리 딸을 다시 받아들이는 보상금조로 그 돈을 요구하고 나온다는 건 너무 치사하다고요. 먼저 오귀스뜨가 베르뜨를 데려가고, 그다음에 보자고 하세요."

그녀가 언성을 높이는 바람에 환자를 진찰하던 의사가 그녀에게 입 좀 다물라고 해야만 했다.

"좀 작은 소리로 말씀하세요, 부인." 그가 말했다. "영감님께서 편찮으시잖습니까."

그러자 모뒤 신부는 더욱더 난처해져서 침대 쪽으로 다가가 듣기 좋은 말을 몇마디 찾아서 해야 했다. 그리고 그는 더 이상 이 문제를 언급하지 않고 실패해서 심란한 마음을 친절한 미소로 감추고 물러났으나, 역겹고 괴로워 입술에는 주름이 한 가닥 잡혀 있었다. 이번에는 의사가 물러가면서 조스랑 부인에게 환자는 이제 가망이 없다고 무뚝뚝하게 알려주었다. 아주 작은 감정의 동요만으로도 돌아가실지 모르니 극히 조심해야 된다고 했다. 그녀가 찔끔 놀라움에 사로잡혀 있다가 식당으로 갔더니, 자고 싶은 눈치를 보이는 조스랑 씨를 쉽게 해주려고 두 딸과 외삼촌도 그리로 다시 들어오고 있었다.

"베르뜨," 그녀가 중얼거렸다. "네가 방금 너희 아버지의 인생을 끝장냈다. 의사 선생님이 그러시더구나."

그러고는 세 모녀가 모두 식탁에 빙 둘러앉아 속상해하는데, 바슐라르는 덩달아 눈물바람을 하며 자기가 마실 그로그 한잔을 손수 만들고 있었다.

조스랑 씨 내외의 답변을 전해 들은 오귀스뜨는 다시금 아내에게 심한 분노가 치밀어, 만일 그 여자가 기어 들어와 용서를 비는 날에는 구둣발로 차 내버리겠다고 다짐했다. 그러나 사실 내심 그녀가 없어 허전했고, 덩그러니 버려졌다는 공허감이 부부간의 갈등만큼이나 심각하여 새로운 근심거리가 되었고, 마치 낯선 곳에 와 있는 기분이었다.

베르뜨의 자존심을 상하게 하려고 계속 집에 두고 있는 하녀 라셸이 이제는 태연스레 마누라처럼 방자하게 굴며 그의 돈을 떼어먹고 트집을 잡곤 했다. 그래서 마침내 그는 부부가 함께 살면서 생기는 소소한 이점들을, 저녁 내내 서로 속을 긁은 다음 뜨듯한 이부자리에서 힘들여 화해하던 일들을 아쉬워하게 되었다. 그러나 무엇보다도 지긋지긋한 것은 아래층에 들어앉아 대단한 사람들이나 되는 듯이 가게를 차지하고 있는 떼오필과 발레리였다. 심지어 그들이 염치없이 가끔씩 잔돈을 슬쩍 제 주머니에 넣어버리는 거나 아닌가 하는 의심까지 들었다. 베르뜨와 달리 발레리는 수납 창구의 긴 의자에 점잔 빼며 앉아 있는 걸 즐겼다. 다만 한가지, 떠날 날 없는 감기로 끊임없이 눈물이 나서 눈앞이 침침한 천치 같은 남편이 바로 곁에 있는데도 그녀가 남자들을 가게로 끌어들인다는 사실을 그는 알 것 같았다. 그렇다면 베르뜨와 마찬가지 아닌가. 적어도 베르뜨는 길거리의 남자들을 계산대 쪽으로 끌어들이는 짓은 한번도 한 적이 없지 않은가. 마지막으로 한가지 근심거리가 그의 속을 태우고 있었다. 부인상회가 번창해 날로 매상이 줄어만 가는 자기 가게에 점점 위협이 된 것이다. 그 빌어먹을 옥따브가 아쉬운 건 분명 아니었지만, 그래도 어쨌든 옥따브가 정직하고 능력도 비범하다는 것을 이제 인정하지 않을 수 없었다. 그 친구와 좀더 사이가 좋았더라면 얼마나 만사가 잘돼나갔을까! 뭉클하는 회한이 불시에 밀어닥쳤다. 어떤 때는 외로움에 찌들고 인생이 자기 발밑에서 와르르 무너져내리는 느낌이 들면, 처갓집에 올라가 아무 조건 없이 베르뜨를 돌려달라고 부탁할 마음이 들기도 했다.

게다가 뒤베리에는 자기 소유의 이 건물이 이번 사건 때문에 도덕적으로 불이익을 받게 된 것이 갈수록 못마땅해서 끈질기게 그에게 화해를 종용하고 있었다. 뒤베리에는 심지어 오귀스뜨가 아내를 조건 없이 다시 받아준다면 그다음 날로 지참금을 틀림없이 치르겠다는, 사제가 전해준 조스랑 부인의 말을 믿는 척까지 했다. 그리고 이런 확실한 다짐을 듣고 오귀스뜨의 심화가 도지자 판사는 무엇보다도 그의 진심에 호소했다. 판사는 법원에 나갈 때 처남을 데리고 센 강변의 둑을 따라 걸으며 축축이 눈물 젖은 음성으로 모욕을 용서해야 한다고 가르치고, 여자 없이는 지낼 수 없으니 유일하게 가능한 행복은 그저 여자를 참고 견디는 것이라는 침울하고 비겁한 철학으로 그를 세뇌했다.

뒤베리에는 신경이 곤두서서 붉은 반점이 더욱 널리 번진 핼쑥한 얼굴과 처량한 거동으로 슈아죌 거리의 이 건물 분위기를 축 처지고 불안하게 만들었다. 입 밖에 낼 수 없는 어떤 불행이 그를 덮친 것 같았다. 끌라리스는 여전히 점점 더 몸이 붙고 펄펄 기가 살아서 그를 들볶고 있던 것이다. 그의 눈에는 부잣집 안방마님처럼 터질 듯 피둥피둥해지고 훌륭한 교육을 밝히고 유난스러운 결벽증이 있는 그녀가 더욱더 못 봐줄 모습이 되어가는 것 같았다. 이제 그녀는 그에게 식구들 앞에서 자기한테 반말하지 말라고 하고, 그가 보는 앞에서 피아노 선생 목을 그러안고 매달리는 등 스스럼없는 행동을 거침없이 해댔다. 그는 그런 일 때문에 흐느껴 울곤 했다. 그는 두번이나 그녀가 떼오도르와 함께 있는 장면을 목격하고 화를 냈지만, 그러고 난 뒤에는 무릎 꿇고 용서를 빌며 그녀를 그 누구와 공유해도 좋다고 했다. 게다가 끊임없이 뒤베리에가 겸손하고 고분고분하게 굴도록 하려고, 그녀는 싫어 죽겠다는 투로 그의 뾰루지 얘기를 했다. 심지어 그녀는 그런 천한 일에 습관이 된 뚱뚱한 식모에게 그를 넘겨줘버리자는 생각까지 했지만, 식모 쪽에서 원하지 않았다. 내연녀와 함께 지내면서도 부부간의 갈등을 지옥에라도 떨어진 듯 그대로 다시 겪는 뒤베리에게, 산다는 일은 점점 가혹해져만 갔다. 그녀의 어머니, 꺽다리 깡패 남동생, 두 여동생, 게다가 장애인 아주머니까지, 장돌뱅이 패거리 같은 식구들이 파렴치하게 그를 등쳐먹고 아예 내놓고 얹혀살고 있었는데, 심지어 밤에 잘 때 주머니까지 뒤져 싹 쓸어낼 정도였다. 그의 처지는 또다른 측면에서도 악화되고 있었다. 그는 돈이 궁했고 법관 자리도 위태로워질까봐 벌벌 떨고 있었다. 물론 남들이 그를 면직시킬 수야 없는 일이었지만, 젊은 변호사들이 맹랑한 태도로 그를 쳐다보곤 하는 것이 판결을 내릴 때 맘에 걸리곤 했다. 지저분한 북새통을 견디지 못하고 뛰쳐나와 자기 스스로를 학대하며 아사스 거리에서 도망치듯 슈아죌 거리로 피신해오면, 본처의 미움 어린 냉정한 태도가 설상가상으로 그를 짓누르는 것이었다. 그는 제정신을 잃고 공판정으로 가는 길에 센강을 바라보며 고통을 견디다 못해 어느날 저녁 용기가 나면 저 강물 속으로 뛰어들어버려야지 생각하곤 했다.

행실이 엉망이고 한 남자조차 행복하게 해주지 못하는 이 내연녀에 대해 신경이 곤두서 있던 끌로띨드는 남편의 마음이 약해진 것을 이미 알아채고 있었다. 하지만 그녀는 그녀대로 온 집안을 발칵 뒤집는 결과를 가져온 기막힌 사건 때문에 몹시 심란했다. 어느날 아침 손수건을 찾으러 다시 방에 올라간 끌레망스가 바로 자기 침대에 이뽈리뜨와 팔삭둥이 같은 루이즈가 함께 있는 현장을 목격한 것이었다. 그때부터 끌레망스는 무슨 말만 나왔다 하면 부엌에서 이뽈리뜨의 뺨을 갈겨댔고, 그래서 두 하인이 해야 할 집안일은 엉망이었다. 마님은 하녀와 주방장 사이의 비합법적인 관계를 이제 더는 눈감아줄 수 없게 되었다. 다른 하녀들이 킬킬대는가 하면 추문이 동네 가게에까지 쫙 퍼져서, 끌로띨드가 그 둘을 그냥 집에 두고 싶으면 결혼시키지 않을 수 없는 상황이었다. 그녀는 예나 지금이나 끌레망스가 아주 마음에 들었기 때문에, 이제 이 혼사생각밖에는 염두에 없었다. 서로 사정없이 치고받는 둘 사이를 중재하기란 쉬운 일이 아니어서, 그녀는 이번에도 모뒤 신부에게 부탁하기로 마음먹었다. 신부는 남들을 교화시키는 것이 본업이니이러한 상황에는 적임자라고 생각되었던 것이다. 그뿐만 아니라부리는 하인들 때문에 얼마 전부터 그녀는 무척이나 애를 먹고 있었다. 시골에 있을 때 그녀는 키만 멀쑥한 망나니 아들 귀스따브와하녀 쥘리가 그렇고 그런 사이임을 알아챘다. 쥘리의 음식 솜씨가마음에 들어 아깝긴 하지만 부득이 내보낼까 하는 생각도 잠시 해보았으나, 찬찬히 잘 생각해본 다음 그냥 데리고 있기로 했다. 망나니 아들이 이왕 여자를 사귈 바에는 집 안에, 그것도 결코 귀찮은 말썽거리가 되지 않을 깔끔한 아가씨로 두는 것이 차라리 낫겠다 싶어서였다. 사내애가 너무 어린 나이에 밖에서 그런 짓을 하면무슨 병에 걸릴지 모를 일이었다. 그래서 그녀는 아무 말 하지 않고 그들을 감시하고 있었다. 그런데 이제 다른 하인들 일로 골치를 썩다니!

어느날 아침 뒤베리에 부인이 모뒤 신부를 뵈러 사제관으로 가려고 하는데, 마침 신부님이 조스랑 씨에게 병자성사를 주러 올라오신다고 끌레망스가 전했다. 하녀는 계단에 가서 성체를 모시고 오는 이 행차를 구경한 뒤 다시 부엌으로 들어오며 소리쳤다.

"그러게 내 뭐랬어. 금년 안에 신부님이 이 집에 다시 오실 일이 생길 거라고 했지!"

그리고 온 집안이 겪은 불상사들을 넌지시 빗대어 이 말을 덧붙였다.

"그때 그 일이 우리 모두에게 흉조였다고."

이번에는 성체가 때맞게 도착했다. 그것은 아주 다행한 징조였다. 뒤베리에 부인은 부랴부랴 생로끄 성당으로 가서 신부가 돌아오기를 기다렸다. 신부는 그녀의 얘기를 귀담아듣고 서글픈 듯 침묵을 지켰으나, 하녀와 주방장의 비도덕적인 현재 처지에 빛을 밝혀달라는 부탁을 거절하지는 못했다. 안 그래도 다른 일로 그는 조만간 슈아쥘 거리에 다시 가게 될 것 같았다. 가엾은 조스랑 씨가 아무래도 그날 밤을 못 넘길 듯했던 것이다. 그는 가혹하긴 해도 그것이 오귀스뜨와 베르뜨를 화해시키는 데는 다행한 계제인 것 같다고 넌지시 운을 뗐다. 두가지 일을 한꺼번에 해결해보자는 얘기였다. 하느님이 자기들의 노력을 축복해주실 절호의 기회라면서.

"제가 기도드렸습니다, 부인." 신부가 말했다. "주님이 승리하실 겁니다."

아니나 다를까 그날 저녁 7시에 조스랑 씨의 마지막 고통이 시작되었다. 이 까페 저 까페 다 뒤져도 없는 바슐라르 외삼촌과 여전히 물리노의 정신병원에 감금되어 있는 사뛰르냉을 제외하고는 온 가족이 다 모여 있었다. 레옹은 아버지의 병 때문에 결혼이 늦어져 속상했지만, 이런 자리에 어울리게 침통한 표정을 지었다. 조스랑 부인과 오르땅스는 울지 않고 버틸 강단이 있었다. 오직 베르뜨만이 하도 쉽게 울어서 병자에게 좋지 않을까봐 부엌 저쪽 구석에 피해 있었고, 그 부엌에서 아델은 이 경황 중에도 뜨겁게 데운 포도주를 마시고 있었다. 조스랑 씨는 죽을 때도 담담했다. 워낙 정직하다보니 숨 한번 크게 못 내쉬는 사람이었다. 그는 쓸모없이 한 세상을 살아온 셈이었고, 자기가 유일한 사랑을 쏟아부은 여자들의 태연한 무감각 때문에 목이 졸려 잘못된 인생사에 지친 고지식한 인간답게 이 세상을 하직하고 있었다. 그는 8시에 사뛰르냉의 이름을 더듬더듬 부르며 벽 쪽으로 돌아눕더니 그대로 숨졌다.

끔찍한 단말마의 고통이 있을 거라고 다들 지레 겁을 먹고 있었기에 아무도 그가 죽었다는 걸 믿지 않았다. 사람들은 잠시 기다린 다음 그를 편안히 잠들도록 해주었다. 그의 몸이 이미 싸늘히 식어가고 있다는 것을 사람들이 알아차리자, 임종을 지켜보는 지극한 괴로움의 와중에 베르뜨를 다시 사위 품에 돌려보내자 싶어서 오르땅스에게 진작 오귀스뜨를 데려오라는 심부름을 시켜놓은 조스랑 부인은 눈물을 펑펑 흘리면서도 화를 냈다.

"넌 도대체 무슨 생각을 하고 있는 거냐!" 그녀가 눈물을 닦으며 말했다.

"하지만 엄마," 오르땅스가 눈물을 흘리며 대답했다. "아빠가 이렇게 빨리 돌아가시게 될 줄 누가 알았겠어요. 엄만 저한테 9시나 되면 내려가 오귀스뜨한테 얘기해서 임종 때까지 그가 확실히 집에 있게 하라고 하셨잖아요."

몹시 슬퍼하던 가족들에게는 이 입씨름이 좀 기분전환의 계기가 되었다. 이번 일도 또 실패했으니 생전 가야 되는 일이라곤 없겠다 싶었다. 부부가 서로 얼싸안을 기회로 장례식이 남아 있는 것이 그나마 다행이었다.

장례식은 비록 바브르 영감 때보다는 격이 낮았지만 그래도 남하는 대로 체면은 차린 모습이었다. 게다가 이번에는 이 건물 주민들이나 동네 사람들의 관심의 열기가 그때보다는 훨씬 덜했다. 죽은 이는 워낙 조용한 사람인지라 쥐죄르 부인의 얕은 잠조차도 방해하지 않았던 것이다. 전날부터 당장이라도 해산을 할 모양새인 마리는 여자들을 도와 가엾은 영감님의 시신을 수습해드리지 못해 미안하다고만 했다. 아래층에서는 관이 지나갈 때 문지기방 저 안쪽에서 구르 부인이 일어서서 고작 머리만 까딱해 조의를 표했을 뿐 문간까지 나오지도 않았다. 하지만 뒤베리에, 깡빠르동, 바브르 형제 내외, 구르 씨 등 여러 사람들이 묘지까지 갔다. 그들은 큰비가 여러차례 와서 흙작이 되었다며 봄 날씨 얘기를 나누었다. 깡빠르동은 뒤베리에의 얼굴이 아주 못쓰게 됐다며 깜짝 놀랐다. 그리고 시신이 땅으로 내려지는 것을 보면서 판사가 당장이라도 병이 날 것처럼 얼굴이 핼쑥해지니까 건축가는 이렇게 중얼거렸다.

"저 사람 흙냄새를 맡았나보군. 제발 이 집에서 더 이상 죽음이 나지는 말게 하소서!"

조스랑 부인과 딸들은 마차까지 가는 데도 부축을 받아야 했다. 레옹은 바슐라르 외삼촌의 도움을 받으며 바삐 움직였고, 오귀스뜨는 거북한 듯이 뒤에서 걷고 있었다. 그는 뒤베리에, 떼오필과 함께 다른 마차에 올라탔다. 끌로띨드는 모뒤 신부를 곁에 붙들고 있었다. 신부는 장례미사를 집전하지는 않았으나 유족들에게 조의를 표하려고 묘지까지 간 것이다. 말들이 아까보다는 한결 나아진 분위기로 집으로 다시 출발했다. 그러자 이내 끌로띨드는 신부에게 자기 집에 같이 좀 들어가시자고 부탁했다. 지금이 절호의 기회라고 느낀 것이다. 신부는 그러마고 했다.

슈아죌 거리에 다다르자 장의葬儀 마차 세대가 소리 없이 가족들을 내려놓았다. 떼오필은 내리는 즉시, 집에 남아 가게가 쉬는 날을 이용해 대청소를 감독하고 있는 발레리 곁으로 갔다.

"이제 보따리 싸라고." 그는 노기등등한 음성으로 아내에게 소리쳤다. "모두들 합심해서 형을 부추기고 있어. 틀림없이 금세 형이 형수에게 용서를 빌 거야!"

아닌 게 아니라 모두가 그 일을 마무리 지어야겠다는 필요성을 절박하게 느끼고 있었다. 적어도 이 불상사가 무슨 일엔가는 도움이 되어야 하니까. 오귀스뜨는 그들 틈바구니에서 자기가 속으로 원하는 게 뭔지를 잘 알고 있었다. 그런데 그는 혼자였고 힘도 없었으며 몹시 남부끄럽기만한 처지였다. 유족들이 검은 상복 차림으로 둥근 천장 아래를 줄지어 천천히 지나갔다. 아무도 말을 꺼내지 않았다. 계단에는 고통으로 가득한 침묵이 계속되었고, 후줄근하고 처량해 보이는 상복 치마들이 계단을 훑고 올라갔다. 오귀스뜨는 마지막으로 욱하니 반감이 치밀어 올라 얼른 집 안에 틀어박혀 버리자는 생각으로 계단을 올라갔다. 그러나 현관문을 여는데 그의 뒤를 따르던 끌로띨드와 신부가 그를 제지했다. 그들 뒤로 정식으로 상복을 차려입은 베르뜨가 어머니와 언니의 옹위를 받으며 층계참에 나타났다. 세 여자 모두 눈이 벌겋게 충혈되어 있었고 특히 조스랑 부인은 보기가 민망할 정도였다.

"자, 이 친구," 사제가 울음이 치받쳐 이렇게만 말했다.

그것으로 충분했다. 오귀스뜨는 이렇게 떳떳한 기회에 굽히는 것이 낫겠다 싶어서 이내 승복했다. 아내는 울고 있었고, 그도 역시 울며 더듬더듬 말했다.

"들어가지. 우리 이제 다시는 이런 일 없도록 하자고."

그러자 가족들은 서로 얼싸안았다. 끌로띨드는 동생을 칭찬했다. 마음 착한 네가 이럴 줄 알았다고. 이제는 뜻밖의 행복에도 감동조차 하지 않는 과부 조스랑 부인은 상심한 중에도 기쁜 내색을 했다. 그녀는 모든 이의 기쁨을 가엾은 남편과 연결했다.

"이보게, 자넨 마땅히 할 도리를 하는걸세. 하늘나라에 계신 장인이 자네한테 고맙다고 하시네."

"들어가지." 오귀스뜨가 속이 뒤틀려서 거듭 말했다.

그런데 이 소리를 듣고 라셸이 방금 응접실 곁방에 나타났다. 말은 안해도 화가 치밀어 얼굴이 하얗게 질린 이 하녀 앞에서 베르뜨는 잠시 망설였다. 그러다가 준엄한 태도로 들어갔고 그녀가 입은 상복의 검은 빛이 집 안의 어두운 그늘 속으로 사라져버렸다. 오귀스뜨가 그녀의 뒤를 따랐고 그들 뒤로 문이 닫혔다.

안도의 한숨이 계단을 훑고 지나가자 온 집 안은 즐거운 분위기로 가득 찼다. 부인네들은 하느님께서 신부님의 기도를 들어주셨다며 신부의 두 손을 부여잡았다. 끌로띨드가 또다른 사안을 해결해보려고 신부를 데리고 가는 순간, 레옹과 바슐라르와 함께 뒤에 처져 있던 뒤베리에가 힘겹게 올라왔다. 결말이 좋게 났다고 그에게 설명해주어야 했다. 그러나 그는 몇달 전부터 일이 잘 해결되기를 바라던 사람이면서도 이상야릇하게 무슨 고정관념에 시달려 그 고통으로 무심해진 듯, 말을 잘 못 알아듣는 것 같았다. 조스랑 일가가 자기 집으로 올라가는 사이에 그는 아내와 신부 뒤를 따라 들어갔다. 그들이 아직 응접실 곁방에 있는데 억지로 틀어막은 듯한 고함소리가 나서 모두 소스라쳤다.

"마님, 안심하십시오." 사근사근하게 이뽈리뜨가 설명해주었다. "저 위층 부인께 해산 진통이 온 거랍니다. 쥐이라 선생님께서 뛰어올라가시는 걸 제가 봤습죠."

그러더니 혼자 남게 되자 그는 철학적인 투로 한마디 덧붙였다.

"하나가 가니, 하나가 오는구면."

끌로띨드는 모뒤 신부에게 응접실에 앉으시라고 하며 우선 끌레망스를 데려오겠다고 말했다. 그리고 기다리면서 읽으시라고 지극히 섬세한 시구들이 실린 『르뷔 데 되 몽드』지를 주었다. 하녀에게 신부님을 뵐 채비를 차리게 하고 싶던 것이다. 그런데 몸치장하는 방에 들어가니 남편이 의자 위에 앉아 있는 것이 아닌가.

그날 아침부터 뒤베리에는 극심한 고통을 겪고 있었다. 그는 얼마 전 뜻하지 않게 끌라리스와 떼오도르가 같이 있는 현장을 세번째로 목격한 것이었다. 그가 뭐라고 항의하자 그녀의 어머니, 남동생, 두 여동생 등 장돌뱅이 일가가 모조리 그에게 우루루 달려들더니 발길질과 주먹질을 퍼붓고 계단으로 내쫓아버렸다. 그러는 사이에도 끌라리스는 그를 빈털터리 취급하며 또다시 자기 집에 발을 들여놓는 날에는 경찰을 부르겠다고 길길이 뛰며 협박했다. 이제 끝장이었다. 아래층에 내려가니 그를 측은히 여긴 문지기가 일주일 전부터 웬 벼락부자 영감이 마님의 생활을 책임지겠다고 나섰다는 사실을 알려주었다. 쫓겨난 뒤베리에는 이제 따뜻이 깃들일 보금자리 하나 없는 신세가 되어 거리를 이리저리 헤매다니가 외딴곳에 자리 잡은 어느 가게에 들어가 소형 연발 권총을 하나 샀다. 산다는 것이 너무 서글퍼졌고 적당한 장소만 물색하면 적어도 생을 하직할 수는 있겠지 싶었다. 조스랑 씨의 장례식에 참석하러 아무 생각 없이 기계적으로 걸어서 슈아죌 거리로 돌아올 때, 그는 바로 그 조용한 장소를 물색하는 문제에 골몰해 있던 것이다. 그런데 영구의 뒤쪽에 서 있다보니 불현듯 묘지에서 자살하자는 생각이 들었다. 묘지 저 끝까지 깊숙이 들어가서 어느 무덤 뒤에 몸을 감추어야지. 그 생각은 소설적인 것을 좋아하는 그의 취향과 잘 들어맞았다. 겉으로는 행세하는 사람답게 꼬장꼬장했지만 실은 부드럽고 낭만적인 이상을 갈구하는 취향 때문에 그의 인생이 처량해지고 있던 것이다. 그러나 안치된 관 옆에 서니 땅의 냉기로 부들부들 떨렸다. 아무렴, 장소야 아무려면 어때, 다른 데 가서 찾아봐야지. 그리고 어찌할 수 없는 그 생각에 사로잡혀 몸이 더 안 좋은 상태로 집에 돌아와서는, 옷 갈아입는 방의 의자에 앉아 집 안에서 가장 적당한 장소는 어딜지 따져보며 곰곰이 생각에 잠겨 있었다. 침실, 침대맡은 어떨까, 아니면 더 간단하게 그냥 지금 앉은 자리에서 움직이지 말고 해치우든지.

"당신 나 좀 혼자 있게 해주겠어요?" 끌로띨드가 말했다.

그는 이미 호주머니에 권총을 지니고 있었다.

"왜?" 안간힘을 쓰며 그가 물었다.

"그럴 일이 좀 있어서요."

이 사람이 옷을 갈아입고 싶은데 이젠 맨팔도 보이기가 싫을 정도로 나를 꺼리는 거로군 하고 그는 생각했다. 그는 대리석처럼 티없이 깨끗한 피부에 옅은 황갈색의 금발을 총총 땋아 늘인 훤칠한 미인인 아내를 잠시 흔들리는 눈길로 바라보았다. 아! 저 여자가 순순히 응하기만 했다면 얼마나 만사가 잘 해결됐을까! 그는 비틀비틀 일어서서 두 팔을 벌려 그녀를 붙안으려 했다.

"대체 무슨 짓이에요?" 그녀가 깜짝 놀라 웅얼거렸다. "당신 웬일이에요? 물론 여기선 안되죠. 그러니까 당신 이젠 그 여자를 놓친 게로군요? 그 지긋지긋한 일이 그럼 또 시작될 거란 말이에요?"

그녀가 하도 역겨워하니까 그는 주춤 물러섰다. 그는 말없이 그곳을 나서서 응접실 곁방에서 걸음을 멈추고 잠시 망설였다. 그러다가 바로 앞에 변소 문이 보이자, 그 문을 밀었다. 서두르지 않고 천천히 변기 가운데에 앉았다. 여기는 조용한 곳이니 아무도 와서 방해하지 않겠지. 그는 소형 권총의 총구를 입안에 집어넣고 한방을 쏘았다.

한편 아침부터 남편의 거동에 마음이 불안하던 끌로띨드는 자기의 바람대로 과연 남편이 끌라리스 집으로 되돌아가주는지 알아보려고 귀를 기울였다. 변소 문 특유의 삐걱 소리에 남편이 어디 가는지 알고는 더 이상 그에게 신경 쓰지 않고 초인종으로 끌레망스를 부르고 있는데, 귀가 멍멍해지는 굉음이 들려와 깜짝 놀랐다. 대체 무슨 일이야? 장식으로 걸어놓은 공기총에서 소리가 난 모양이지. 그녀는 응접실 곁방으로 달려가 처음에는 남편에게 물어볼 엄두도 못 내다가, 변소에서 이상한 신음 소리가 새어 나오자 남편을 부르며 마침내 문을 열었다. 그러나 아무 대답도 들리지 않았고 자물쇠도 잠겨 있지 않았다. 아픔보다는 오히려 공포에 넋이 빠진 뒤베리에가 심상치 않은 자세로 변기 위에 쭈그려 앉아 있었는데, 두 눈을 크게 뜬 채였고 얼굴에서는 피가 줄줄 흘러내렸다. 원하는 곳에 명중시키지 못한 것이다. 총알은 턱뼈를 건드리고 나서 왼쪽 턱을 뚫고 나갔다. 그런데 더 이상 자기 몸을 쏠 용기는 나지 않았다.

"아니, 이런 짓 하려고 여기 왔어요!" 정신이 나갈 만큼 화가 나서 끌로띨드가 소리쳤다. "자살하려면 밖에 나가서 하라고요!"

그녀는 분했다. 이 광경에 마음이 약해지기는커녕 바락바락 악이 받쳤다. 그녀는 마구 호통을 쳐대며 아무렇게나 그를 들어 올려, 이런 곳에서 남들에게 그 꼴을 보이지 않도록 다른 데로 옮기려 했다. 변소에서! 게다가 실패까지 하다니! 이젠 정말 참을 수가 없어.

그녀가 방으로 끌고 들어가려고 들어 올리는 동안 뒤베리에는 목구멍에 피가 가득하여 이빨을 뱉어내며 신음하다가 더듬더듬 말했다.

"당신은 날 한번도 사랑한 적이 없어!"

그러면서 그는 흐느껴 울었다. 죽어버린 시심詩心, 영 따낼 수 없는 그 작고 푸른 꽃송이 때문에 괴로웠던 것이다. 끌로띨드는 남편을 자리에 눕히고 나자 분한 중에도 신경이 예민하게 흥분되면서 비로소 마음이 약해졌다. 엎친 데 덮친 격으로 초인종 소리를 듣고 끌레망스와 이뽈리뜨가 왔다. 우선은 사고가 났다고 하인들에게 듣기 좋게 말했다. 나리께서 방금 넘어져 턱을 다치셨다고. 그런데 곧 거짓말을 단념해야 했다. 피투성이가 된 변기를 닦으러 간 하인이 작은 빗자루 뒤에 떨어져 있는 권총을 발견한 것이다. 한편 다친 사람이 계속 피를 쏟자, 하녀는 위층에서 쥐이라 의사선생이 삐숑 부인의 해산을 돕고 있다는 사실이 떠올라 뛰어가다가 마침 순산시키고 내려오는 의사와 마주쳤다. 이내 의사는 끌로띨드를 안심시켰다. 턱뼈가 좀 비뚤어질지는 모르지만 생명에는 지장이 없다고 했다. 물이 담긴 대야와 벌겋게 피로 얼룩진 시트며 수건 틈 바구니에서 서둘러 우선 붕대를 감기는데, 모뒤 신부가 이 소란스러운 소리를 듣고 걱정이 되어 체면 불구하고 들어왔다.

"무슨 일이 생겼습니까?" 신부가 물었다.

이 물음에 끝내 뒤베리에 부인은 허물어졌다. 그녀는 설명하려고 첫마디를 떼자마자 와락 울음이 터졌다. 그렇지 않아도 신부는 자기 양 떼들의 남모를 참상을 다 아는지라, 벌써 이해하고 있었다. 아까 응접실에 있을 때 왠지 불안한 마음이 들며, 그는 방금 자기가 이뤄낸 성공, 한점 후회도 없는 그 불행한 젊은 여자를 남편 오귀스뜨 곁으로 돌아가게 등 떠밀어준 일을 후회하다시피 하고 있었다. 끔찍한 의혹이 그의 마음을 사로잡았다. 어쩌면 하느님은 자기편이 아닐지도 모른다는 의혹이었다. 부서져버린 판사의 턱뼈를 보자 그의 번뇌는 더해갔다. 그는 판사에게 다가갔고, 자살을 힘주어 꾸짖으려 했다. 그러나 의사가 바삐 움직이며 그를 옆으로 밀어냈다.

"저부터 좀 하겠습니다, 신부님. 조금만 이따가 말씀하시죠. 환자는 정신을 잃었습니다."

아닌 게 아니라 뒤베리에는 의사가 처음 손을 댔을 때 이미 의식을 잃은 상태였다. 끌로띨드는 소용도 없는 하인들이 눈을 둥그렇게 뜨고 쳐다보는 광경이 차마 보기 거북해 딴 데로 보내버리려고 눈물을 닦으며 중얼거렸다.

"신부님 모시고 응접실로들 가자고. 내 말할 게 있으니."

신부는 그들을 데려가지 않을 수 없었다. 이번에도 또 불미스러운 사안이었다. 이뽈리뜨와 끌레망스는 깜짝 놀라 신부를 따라갔다. 자기들끼리만 남게 되자 신부는 우선 그들에게 아리송한 훈계를 하기 시작했다. 착한 행실은 하늘에서 보답을 받지만, 죄는 한 가지만 지어도 지옥에 가게 된다고. 그런데 지금이라도 추잡한 행실을 그만두면 구원을 받을 수 있다고 했다. 그가 이런 얘기를 하는 동안 두 사람은 놀랍다 못해 어안이 벙벙했다. 두 손을 덜레덜레 늘어뜨리고 가는 팔다리에 입을 뾰로통 내밀고 있는 하녀와 편편한 얼굴에 헌병처럼 뼈대가 굵은 하인은 서로 불안한 눈짓을 여러차례 주고받았다. 마님이 저 꼭대기 방에 둔 여행가방 속에서 마님 쓰시던 수건을 찾아낸 건가? 아니면 자기들이 매일 저녁 포도주를 올려다 먹는 일을 갖고 그러는 건가?

"이보시오들," 신부가 마침내 할 얘기를 했다. "두 사람은 좋지 못한 본을 보이고 있소. 남한테 나쁜 물을 들이고 몸담아 사는 주인댁에 먹칠을 하는 건 대죄라고. 그래요, 불행한 일이지만 두 사람이 행실 나쁘게 지낸다는 것을 이젠 그 누구도 모르는 이가 없다니까. 일주일째 두 사람이 서로 싸우고 있잖소.”

신부는 얼굴이 붉어졌고 체면 때문에 망설이며 할 말을 속으로 골라잡고 있었다. 두 하인은 안도의 한숨을 내쉬었다. 그들은 빙글거렸고, 이젠 다행이라는 투로 건들거렸다. 겨우 그까짓 일을 갖고! 정말이지 그 정도 일로 우릴 이렇게 놀라게 할 게 뭐람!

“하지만 이젠 끝났습죠, 신부님.” 끌레망스가 남자에게 다시 꼼짝 못하게 잡힌 여자의 눈길로 이뽈리뜨를 보면서 잘라 말했다. “저희들 이제 화해했어요. 그럼요, 저 사람 저한테 사과를 했거든요.”

이번엔 사제 쪽에서 서글픔이 잔뜩 어린 놀라운 표정을 지었다.

“내 말을 못 알아듣는구먼. 이보시오들, 두 사람은 이대로 계속 지낼 순 없소. 그건 하느님과 인간을 모독하는 짓이야. 정식으로 결혼해야지.”

그들은 다시 아연실색했다. 아니 결혼은 뭐 하러 한대?

“전 싫어요.” 끌레망스가 말했다. “제 생각은 다르거든요.”

그러자 모뒤 신부는 이뽈리뜨를 설복하려 했다.

“이보게, 남자인 자네가 여자를 설득해야 해. 저 사람의 명예에 대해서 얘길 해주라고. 결혼한다고 해서 사는 건 달라질 게 전혀 없네. 결혼하게.”

하인은 장난기가 담긴 난처한 웃음을 지었다. 마침내 그는 자기의 실내화 발치를 내려다보며 말했다.

“물론 제가 내놓고 말은 못합니다만, 전 이미 결혼한 몸입니다.”

이 대답으로 사제의 도덕관념은 단칼에 동강이가 났다. 그는 한마디도 더 하지 않았다. 차근차근 따져보려던 얘기를 그만두고, 이런 굴욕 속에서 감히 하느님을 들춘 것이 민망스러워 쓸모없는 하느님을 호주머니에 얼른 도로 넣었다. 신부를 다시 찾아온 끌로띨드는 그 얘기를 들었다. 그래서 그녀는 만사를 다 포기한다는 몸짓을 했다. 그녀의 지시를 받고 줄레줄레 밖으로 나가면서 하인과 하녀는 겉으로는 심각한 체했지만 속으로는 무척 재미가 났다. 신부는 잠시 입을 다물고 있다가 씁쓸하게 푸념을 했다. 왜 그 일을 이렇게 남들 앞에 들추어내지? 가만히 잠재워두는 게 나을 일을 무엇 때문에 들쑤시지? 이제 일이 아주 남세스럽게 돼버리지 않았나. 그랬더니 끌로띨드가 조금 전의 몸짓을 되풀이했다. 할 수 없죠 뭐! 다른 일들로도 골머리가 아픈데요. 게다가 동네 사람들이 오늘 저녁 당장 자살미수 사건을 알게 될까봐 저 하인들은 못 내보내겠네요. 천천히 생각해봐야죠.

"아시겠죠? 절대 안정해야 합니다." 의사가 침실에서 나오며 당부했다. "완쾌하실 겁니다. 하지만 피로는 절대 금물입니다. 기운 내세요, 부인."

그리고 사제 쪽으로 돌아서며 말했다.

"존경하는 신부님, 환자에게 설교는 좀 나중에 해주십시오. 아직은 제가 환자를 신부님 손에 맡길 단계가 아니랍니다. 생로끄 성당으로 돌아가시는 길이라면 함께 가십시다."

두 사람은 같이 계단을 내려갔다.

그사이에 집은 예전처럼 아무 일 없는 듯한 평온을 되찾고 있었다. 아까 묘지에서 쥐죄르 부인은 트뤼블로와 함께 무덤의 묘비명들을 읽으면서 그를 유혹해보려고 머무적거렸다. 트뤼블로는 공연히 애교를 떠는 그녀가 비위에 안 맞았지만, 그녀를 삯마차에 태워 슈아죌 거리까지 데려다주지 않을 수 없었다. 루이즈가 저지른 유감스러운 불장난 때문에 가엾은 쥐죄르 부인의 마음은 잔뜩 우울해져 있었다. 집에 다 와갈 때까지도 그녀는 전날 자기 손으로 고아원에 도로 데려다주었다는 그 한심한 여자애 이야기를 계속하고 있었다. 참한 하녀 하나 찾아보겠다는 희망을 송두리째 앗아가버린 가혹한 경험이며 최후의 환멸이라고 하였다. 그러더니 대문 앞에 내리자 끝내 트뤼블로에게 가끔 와서 얘기나 나누자고 청하고야 말았다. 그러나 트뤼블로는 일 핑계를 댔다.

그때 깡빠르동의 작은댁이 지나갔다. 그들은 그녀에게 인사를 했다. 구르 씨가 뻬숑 부인의 순산 소식을 전해주었다. 그러자 모두들 뷔욤 내외와 동감이라고들 했다. 월급쟁이 주제에 애를 셋씩이나 낳다니 정말 정신 나간 짓이라고. 심지어 문지기는 만일 넷째 아이가 생긴다면 집주인은 그들을 내쫓을 거라고, 식구가 너무 많으면 이 집이 꼴사나워지지 않겠느냐고 넌지시 비추기까지 했다. 그러다가 모두 입을 다물었다. 베일을 쓴 웽 부인이 베르벤 향내를 풍기며 날렵하게 미끄러지듯 현관으로 들어왔는데, 그녀는 구르 씨에게 말을 건네지 않았고 구르 씨도 그녀를 못 본 척했다. 그날 아침 이미 구르 씨는 4층의 그 귀하신 분 댁에 하룻밤 작업에 필요한 모든 것을 다 준비해놓았다.

그런데 문지기는 같이 얘기하던 두 사람에게 이렇게 소리칠 겨를밖에 없었다.

"조심하십쇼! 잘못하면 저 마차에 개처럼 깔리겠어요."

3층 식구들의 마차가 차고를 빠져나가는 중이었다. 말들은 둥근 지붕 밑에서 앞발로 땅을 걷어찼다. 마차 깊숙이 앉은 아버지 어머니는 자식들에게 미소를 짓고 있었다. 잘생긴 금발의 두 아이들이 조그만 손으로 장미꽃 한다발을 서로 갖겠다고 실랑이를 하고 있었다.

"뭐 저런 사람들이 다 있어!" 문지기가 격분해서 중얼거렸다. "저 사람들은 장례식에 오지도 않았다고요, 오면 남들처럼 예의 바르단 소리 들을까봐서요. 남들한테 흙탕물을 튀기는 셈이지 뭡니까. 나 원 자기네들 흠잡기로 치자면야 할 말이 없을까봐서!"

"도대체 무슨 얘긴데요?" 몹시 흥미가 동한 쥐죄르 부인이 물었다.

그러자 구르 씨는 경찰이 왔었다고 말했다. 그렇다니깐요, 글쎄 경찰에서요! 3층 남자가 쓴 소설이 하도 지저분해서 사람들이 그를 마자스 감옥에 집어넣으려고 한답니다.

"끔찍한 내용입죠." 그가 구역질 난다는 듯한 목소리로 계속했다. "점잖은 분들을 두고 돼지우리같이 더러운 얘길 잔뜩 써놨다니까요. 우리 주인님도 그 속에 나온다는 소문까지 들리던데요. 아무렴요, 뒤베리에 나리 바로 그분이 나온대요! 참 뻔뻔도 하지. 저 집 식구들이 숨어 살며 누구하고도 상종하지 않는 것도 다 그럴 만한 이유가 있다니까요. 저 사람들, 집에 가만히 있는 것 같지만 실상은 무슨 짓거리들을 하는지 이젠 알겠다고요. 그러고도 글쎄 호화판으로 살면서 그 쓰레기 같은 글을 금값에 팔아먹고 있으니……"

특히 이 생각을 하면 구르 씨는 머리끝까지 부아가 치밀었다. 쥐죄르 부인은 시밖에 안 읽는다고 했고, 트뤼블로는 문학과는 담쌓았다고 했다. 그러면서도 둘 다 입을 모아, 바로 제 식구들이 몸담고 사는 이 집을 글로써 더럽힌다고 그 남자를 비난했다. 바로 그때 사나운 고함소리와 심한 욕설들이 뜰에서 들려왔다.

"살찐 암소 같은 년! 샛서방들을 빼돌리려고 나를 매수해놓고는 너무 좋아하더라! 내 말 들리냐, 이 더러운 년아! 내 전부 다 까발려주마!"

베르뜨에게 해고당한 라셸이 뒷계단에서 화풀이를 하는 것이었다. 평소 말이 없고 공손해서 다른 하녀들조차 하찮은 실언 한마디들어보지 못한 그 여자의 입에서 갑자기 마개가 뽑힌 듯, 하수도에서 콸콸 흘러넘치는 구정물처럼 속에 있던 말이 쏟아져 나왔다. 부부가 별거하는 동안 맘 놓고 등쳐먹던 주인나리 곁으로 마님이 다시 돌아왔을 때 분해서 이미 제정신이 아니었던 그녀는 자기의 여행가방을 들어내갈 짐꾼을 꼭대기 층으로 올려 보내라는 지시를 받자 패악스럽게 변해 있었다. 부엌에서 베르뜨는 그 소리를 듣고는 너무 황당해 쩔쩔맸고, 오귀스뜨는 위신을 지키려고 상소리와 신랄한 비난을 그냥 듣고 있었다.

"그래, 그래," 화가 난 하녀가 미친 듯 계속했다. "오쟁이 진 네 서방 몰래 내가 네 속옷을 감춰줄 땐 날 안 내쫓더구나! 그뿐인가, 너 숨 돌릴 시간 주려고 내가 오쟁이 진 네 서방을 못 들어오게 하는 틈에 샛서방이 내가 쓰는 냄비 속에다 제 양말짝을 집어넣어야 했던 그날 저녁은 또 어떻고! 에잇, 더러운 년!"

베르뜨는 숨이 탁탁 막혀 안쪽으로 달아나버렸다. 그러나 오귀스뜨는 꼿꼿이 맞서야 할 처지였다. 그는 계단에서 질러대는 쓰레기 같은 이 폭로의 외침 한마디 한마디에 핼쑥하게 질려서 부들부들 떨고 있었고, 자기가 막 용서를 한 참에 이런 식으로 간통의 적나라한 내막을 알게 된 고통을 "한심한 여자, 한심한 여자!"라는 말로밖에는 표현해내지 못했다. 한편 하녀란 하녀는 모두 자기네 부엌에 이어진 층계참에 나와 몸을 굽혀 내려다보며 한마디도 안 놓치고 들었다. 하지만 심지어 그녀들조차도 라셸의 과격함에 아연실색했다. 까무러치게 놀라서 하녀들은 주춤주춤 뒤로 물러섰다. 끝내 도를 넘는 일이 벌어지고 있었다. 하녀들 모두의 심정을 리자가 이렇게 요약하여 말했다.

"아 이것 참! 안되지. 수다는 떨망정 주인한테 이렇게 해대는 법은 아니라고."

모였던 이들이 속속 그 자리를 떠났고, 사람들은 라셸 혼자 실컷 분풀이하게 그냥 내버려 두었다. 듣기 거북한 얘기에 귀 기울인다는 것이 모두들 곤혹스럽게 느껴지기 시작한 것이다. 이젠 그녀가 이 집 사람들을 모두 싸잡아 공격하고 있었기에 더욱 그랬다. 구르 씨가 제일 먼저, 성난 여자란 도무지 어떻게 해볼 도리가 없다며 문지기방으로 들어가버렸다. 사랑이 이렇게 잔인하게 까발려지는 것을 보고 섬세한 마음이 심히 상한 쥐죄르 부인은 어찌나 큰 충격을 받은 것처럼 보였던지, 트뤼블로가 내키지 않으면서도 혹시 기절할까 싶어 집까지 따라 올라가주지 않을 수 없었다. 이 얼마나 불행한 일인가? 이런 일 저런 일들이 수습되어가고 추문이 생길 건 더기라고는 추호도 안 남아, 이 집이 예전처럼 깔끔한 고요함 속으로 잠기는 판에, 이젠 아무도 괘념치 않고 깊이 묻어둔 얘기들을 저 못된 여자가 다시 들춰내야 한단 말인가!

"기껏 하녀 신세지만, 난 떳떳하다고." 그녀가 마지막 남은 힘이란 힘은 다 짜내서 소리쳤다. "이 집구석에서 노는 여자 같은 그 잘난 마님들 중에 나만한 여자 있으면 나와보라고 해! 아무렴, 난 간다, 가고말고, 당신들한테 구역질이 나!"

모뒤 신부와 쥐이라 의사가 천천히 내려오고 있었다. 그들은 이미 이 소리를 들었다. 이제 깊디깊은 평화가 자리 잡았다. 뜰은 텅 비고 계단에는 인기척 하나 없었다. 문들은 밀폐된 듯했고 창문의 커튼 하나 움직이지 않았다. 밀폐된 살림집들로부터 새어 나오는 것이라고는 너무나도 품위 있는 정적뿐이었다.

둥근 천장 아래서 신부는 피곤해 죽겠다는 듯 걸음을 멈추었다.

"참 불행한 일도 많아요." 그가 서글프게 중얼거렸다.

의사가 고개를 설레설레 저으며 대답했다.

"그게 인생이죠."

그들은 임종이나 출생을 지켜보고 나서 나란히 나올 때면 서로 이런 얘기를 털어놓곤 했다. 비록 신앙에 있어서는 반대 입장이지만, 인간이 부족한 존재라는 점에 대해서는 둘이 이따금 의견이 일치되었다. 둘 다 같은 비밀을 간직하고 사는 셈이었다. 신부가 이 집 부인네들의 고해를 들어주는 사람이라면, 의사는 삼십년째 이 집 어머니들의 해산을 돕고 딸들을 치료해온 사람이었다.

"하느님도 어쩌지 못하시는군요." 신부가 다시 말을 이었다.

"아닙니다." 의사가 말했다. "이런 일에 제발 하느님 좀 끌어들이지 마십시오. 저런 여자들은 건강상태가 안 좋든가 아니면 제대로 교육받고 자라지 못한 겁니다. 그것뿐이라고요."

그리고 그는 지체 없이 화제를 바꾸어 제정을 격렬히 비난했다. 공화정 치하였다면 틀림없이 만사가 훨씬 더 잘 풀려나갔을 것이라고. 그러나 변변치 못한 사람이 흔히 그러듯, 다른 데다 핑계를 대고 있긴 했지만, 그 가운데는 동네의 숨은 사정을 속속들이 알고 있는 늙은 의사답게 일리 있는 소견들도 더러 나오곤 했다. 그는 여자들에 대한 속생각을 털어놓았다. 인형처럼 교육받은 탓에 신세를 망치거나 멍청이가 돼버리는 여자들, 대물림한 신경증 때문에 감정과 정열이 변태적으로 꼬여버리는 여자들, 이 모두 욕망도 기쁨도 없이 지저분하고 어리석게 전락해버리는 여자들이라고 했다. 그뿐만 아니라 그는 남자 쪽, 그러니까 겉치레만 멀쩡한 위선으로 끝내 인생을 망쳐버리고 마는 호색가들에 대해서도 마찬가지로 신랄한 비판을 가했다. 급진파인 이 의사의 분노 속에 한 계층의 몰락을 알리는 조종弔鐘 소리가 집요하게 울리고 있었다. 그것은 버팀목이 썩어 제풀에 우지끈 넘어가는 부르주아 계층의 와해와 붕괴를 알리는 종소리였다. 이어 그는 다시금 미개족들에 대해 이 소리 저 소리 했고, 만인의 보편적 행복을 예견했다.

"제가 신부님보다 더 종교적인 사람이랍니다." 그는 마침내 이렇게 끝을 맺었다.

신부는 일견 조용히 귀담아듣는 것 같았다. 그러나 실은 의사의 말에 귀 기울이지 않고 서글픈 공상에 몰두하고 있었다. 잠시 말이 없다가, 그가 중얼거렸다.

"저들이 만약 죄지은 줄 모른다면, 주여 저들을 불쌍히 여기소서!"

그들은 그 집에서 나와 뇌브생또귀스땡 거리를 따라 가만가만 걸었다. 너무 말을 많이 하지 않았나 싶은 한 가닥 후회 때문에 그들은 시종 입을 다물고 있었다. 피차 사회적 지위상 조심할 점이 많았으니까. 그 길 끝에 이르러 고개를 드니 부인상회 문간에 서서 그들을 향해 미소 짓는 에두앵 부인의 모습이 눈에 띄었다. 그녀 뒤에서 옥따브도 웃고 있었다. 바로 그날 아침 진지한 대화를 나눈 다음 두 사람은 결혼하기로 결정한 것이었다. 그들은 가을까지 기다릴 예정이었지만, 어쨌든 결혼 문제를 매듭지었다는 기쁨에 들떠 있었다.

"안녕하세요, 신부님!" 에두앵 부인이 명랑하게 말했다. "여전히 왕진 중이신가요, 의사선생님?"

의사가 얼굴이 좋아 보인다는 인사를 건네자 그녀는 이렇게 덧붙였다.

"오! 만약 이 세상 사람들이 다 저 같기만 하다면 선생님께는 이득이 안되겠죠."

그들은 잠시 얘기를 나눴다. 마리가 해산했다는 얘기를 의사가 했더니, 옥따브는 전에 이웃으로 지내던 여자의 순산 소식에 무척 기쁜 빛을 보였다. 그러다가 이번에도 딸을 낳은 것을 알고는 큰 소리로 말했다.

"아니, 대체 그 남편은 아들 하나 만들 재주가 없나보네요! 그래도 아들이면 친정 부모님이 참아줄 거라고 본인은 기대하던데. 그 노인네들 딸이라면 절대 참지 않을 겁니다."

"내 생각도 바로 그거예요." 의사가 말했다. "두 노인네가 다 자리보전하고 누워 계시답니다. 그만큼 속이 상한 거죠. 그리고 그분들은 당신네 세간살이마저도 사위한테 물려주지 않으려고 공증인을 불렀답니다."

그들은 농담을 주고받았다. 신부만이 땅바닥을 내려다보며 잠자코 있었다. 어디 편찮으시냐고 에두앵 부인이 물었다. 예, 몹시 피곤하군요. 가서 좀 쉬어야겠습니다. 신부는 다정한 인사를 나눈 뒤 계속 의사와 함께 생로끄 거리를 따라 걸었다. 성당 앞에 오자 의사가 불쑥 말했다.

"단골로는 안 좋겠죠? 그렇죠?"

"아니 누가요?" 깜짝 놀란 신부가 물었다.

"포목장사 하는 저 부인 말입니다. 신부님과 저를 우습게 알잖아요. 하느님이고 약이고 소용없다는 것 아닙니까. 어쨌든 좋아요. 저렇게 몸이 튼튼할 땐, 그런 건 흥미 없는 법이죠."

그러면서 그는 멀어져갔고, 신부는 성당 안으로 들어갔다. 하얀 유리에 노란색과 연한 파란색 테를 두른 널찍한 창문에서 환한 빛줄기가 쏟아지고 있었다. 대리석으로 덮은 벽, 크리스털 샹들리에, 금으로 씌운 강론대가 태평한 광명 속에 잠들어 있는 인적 없는 중앙 통로, 그곳은 소리 하나, 움직임 하나 없이 잠잠했다. 명상의 분위기, 저녁에 있을 큰 파티를 위해 가구 덮개들을 벗겨놓은 어느 돈 많은 집 응접실처럼 화려한 부드러움이 풍겼다. 웬 여자만 혼자 '칠고七苦의 성모' 제단 앞에서 초들이 촛농 냄새를 풍기며 은은히 타오르는 촛대꽂이를 지켜보고 있었다.

모뒤 신부는 사제관으로 올라가고 싶었다. 그러나 극심한 혼란과 격렬한 욕구에 떠밀려 여기 들어왔고 이곳에 꼼짝 못하고 붙들려 있었다. 그로서는 뭐라는지 알아들을 수 없는, 아스라이 멀고 어렴풋한 음성으로 하느님이 그를 부르는 것 같았다. 성당을 가로질러 천천히 걸으며 자기 마음속을 읽어내고 근심을 달래려 했다. 그런데 성가대석 뒤쪽을 지날 때 갑자기 초월적인 광경이 그의 존재 전체를 뒤흔들어놓았다.

백합처럼 흰 성모 제단의 대리석 뒤쪽, 금으로 만든 일곱개의 등과 큰 금빛 촛대와 금빛 제단이 금빛 유리창의 황갈색 그림자 속에서 반짝이는 성체 조배 제단의 금세공 장식 뒤편에서 그 일은 일어났다. 그것은 이 신비로운 밤의 깊은 심연 속에서, 아득히 먼 감실 너머 저편에서 일어난 비극적 발현, 애절하면서 소박한 한편의 드라마였다. 흐느끼는 성모 마리아와 막달라 마리아 사이에서 그리스도는 십자가에 못 박혀 있었다. 그리고 위에서 들어오는 보이지 않는 한줄기 빛을 받아 맨 벽에 부각된 흰 성상聖像들이 앞으로 다가오고 점점 커지면서, 이 죽음과 눈물들 때문에 피 흘리고 있는,

사람이 되신 예수를 영원한 고통의 거룩한 상징으로 만들어놓고 있었다.

　신부는 넋이 나가 털썩 무릎을 꿇었다. 바로 그 자신이 회벽을 바르고 조명 장치를 해 이 전광석화 같은 효과를 연출해놓았는데, 공사용 칸막이 판자들을 걷어치우고 건축가와 일꾼들이 철수하고 나자 그 자신이 제일 먼저 충격의 벼락을 맞은 것이다. 십자고상의 무시무시한 준엄함으로부터 숨결이 훅 끼쳐 그는 고꾸라졌다. 하느님이 얼굴을 스치고 지나가는 것이 느껴지는 것 같았고, 마음은 의혹으로 갈가리 찢겼다. 어쩌면 자기가 나쁜 신부일지도 모른다는 끔찍한 생각으로 고통을 겪으며 그는 이 숨결 아래 몸을 숙였다.

　오, 주여! 썩어가는 이 세상의 상처들을 더 이상 종교라는 외투로 덮어 싸지 말아야 할 때가 왔나이까? 제 양 떼들의 위선을 방조하며 어리석고 악한 행위들의 그럴듯한 질서를 지켜주는 집전자인 저는 더 이상 이 자리에 있어서는 아니 되오니까? 모든 것이 무너져내려 그 파편으로 거룩한 교회 자체에 큰 구멍이 뚫린다 해도 그냥 놔두어야 하나이까? 그렇다, 그것이 신의 명命인 것 같았다. 인간의 참상 속에서 더 이상 앞으로 나아갈 힘이 쭉 빠져버린 신부가 무능과 역겨움 속에 이렇게 허덕이고 있으니 말이다. 아침부터 자기가 쑤석거리고 다닌 저열한 일들을 생각하면 그는 가슴이 꽉 막혔다. 그는 두 손을 뻗치고 열렬히 용서를 빌었다. 거짓말한 것, 비겁하게 비위 맞추고 염치없이 한데 섞인 것을 용서해주십사고. 신을 두려워하는 마음에 그는 애간장이 타는 듯했고, 그를 모르노라 하는 하느님, 내 이름을 더 이상 사악한 일에 이용하지 말라고 명하는 하느님, 마침내 죄지은 백성들을 멸하기로 한 진노의 하느님이 눈에 선했다. 이토록 걷잡을 수 없는 양심의 가책 속에 사교계의 총아인 신부의 여유로운 마음은 모두 사라지고, 공포에 질려 구원의 확신을 얻지 못하고 몸부림치는 평신도의 믿음만이 남았다. 오, 주여! 무엇이 바른길이오니까? 사제들마저 부패시키는 이 말세의 한가운데서 저는 무엇을 해야 하오니까?

모뒤 신부는 십자고상을 응시한 채 울음을 터뜨렸다. 그는 성모 마리아와 막달라 마리아처럼 울었고, 죽어버린 진실과 텅 비어버린 하늘 때문에 눈물을 흘렸다. 대리석과 금붙이 장식들 저 끝에서 커다란 그리스도의 석고상은 이제 피 한방울 흘리지 않았다.

18

상을 당한 지 여덟달째 되는 12월에 조스랑 부인은 처음으로 집 아닌 다른 곳에서 식사하는 데 동의했다. 게다가 이번에는 뒤베리에 부부로부터 받은 초대였으니 가족끼리 저녁을 먹는 것이나 다를 바 없는 일이고, 이 행사로 끌로띨드는 새로 맞는 겨울의 토요일 파티를 개시하는 셈이었다. 그 전날 아델은 내일 쥘리의 설거지를 도우러 내려오라는 지시를 이미 받았다. 이 집 마나님들은 손님을 접대하는 날이면 이렇게 하인들을 서로 빌려주곤 했다.

"뭣보다도 야무지게 좀 굴어봐라." 조스랑 부인이 하녀에게 당부했다. "요즘 네 몸속에 뭐가 들었는지 모르겠다만, 꼭 넝마쪼가리같이 흐물흐물하잖아. 그런데도 살집은 좋아서 피둥피둥하니 원 참."

아델은 임신 9개월이었다. 그녀 스스로도 오랫동안 살이 쪄가고 있다고 생각했고, 그러면서도 그 사실이 놀라웠다. "나 참! 하녀 먹

568

을 빵을 저울로 달아서 준다고 내 흉보는 사람들은 이리 와서 이 뚱뚱이 먹보 계집애를 좀 보세요. 모르긴 몰라도 벽을 핥아가지고서야 배가 저렇게 남산처럼 나오겠어요!" 주인마님이 여러 사람에게 그녀를 보여주며 이렇게 의기양양하게 뽐내는 날이면 아델은 허기진 텅 빈 배를 끌어안고 화가 나서 죽을 지경이었다. 우매한 그녀라도 마침내 자신의 불행을 알아차리고는, 이런 자기 꼴을 악용해 하녀를 잘 먹이고 있다고 동네방네 믿게 만드는 주인여자의 낯짝에 무엇이라도 내던지고 싶은 마음을 한 스무번은 억눌렀다.

그러나 이 순간부터는 두려운 마음에 흐리멍덩하니 얼이 빠졌다. 그 우둔한 머릿속에 동네 사람들이 다시 떠올랐다. 그녀는 자신이 저주받았다고 믿었고, 임신한 사실을 고백하면 경찰에 잡혀갈 거라고 생각했다. 그래서 미련한 머리에서 짜낼 수 있는 꾀란 꾀는 모두 동원해 그 사실을 감추는 데 급급했던 것이다. 그녀는 심한 구역질과 참을 수 없는 두통, 지긋지긋한 변비를 숨겼다. 화덕 앞에서 소스를 휘젓다가 죽는 줄 안 적도 두어번 있었다. 다행히 배가 양옆으로 퍼져서, 아랫배는 앞으로 많이 튀어나오지 않고 펑퍼짐했다. 주인마님은 아델이 이처럼 신기하게 살이 찌는 것이 그저 대견스럽기만 해서 한번도 의심하지 않았다. 불쌍한 아델은 숨이 콱콱 막힐 정도로 배를 졸라매고 있었다. 그녀는 자기 배가 그래도 심하게 나오지는 않은 편이라고 생각했다. 다만 부엌을 물청소해야 될 때는 자기가 보기에도 너무 무거운 것 같았다. 마지막 두달은 죽어라 입다물고 고통을 견뎌낸 끔찍스러운 나날이었다.

그날 밤 아델은 11시경에 잠자러 올라갔다. 다음날 저녁을 생각하니 몹시 겁이 났다. 쥘리한테 이리저리 떠밀려가면서 또 죽어라고 일을 해! 그러자 더 이상 걸을 수가 없었고, 마치 아랫도리 전체가 삭아버린 것만 같았다. 그런데도 해산이란 여전히 멀고도 막연한 일로 생각될 뿐이었다. 그 일에 대해 깊이 생각하지 않는 편이 더 나았고, 결국 어떻게든 되겠지 하는 희망으로 좀더 그냥 버티고 싶었다. 그랬기 때문에 어떤 증상들이 나타나게 되는지 전혀 모르고 날짜라면 기억이고 계산이고 해낼 능력이 없는, 아무런 생각도 계획도 없는 그녀는 전혀 준비를 해놓지 않았다. 침대에 들어가 허리를 쭉 펴고 누워야 비로소 살 것 같았다. 전날 밤부터 서리가 내려서 그녀는 양말을 신은 채 자리에 누워 촛불을 끄고 몸이 따뜻해지기를 기다렸다. 마침내 잠이 들려는데 가벼운 통증이 와서 다시 눈을 떴다. 피부 바로 밑을 몇번 꼬집는 듯한 통증이었다. 처음에는 웬 벌레가 배꼽 둘레를 톡 쏘나보다 생각했다. 그러다가 쏘는 듯한 통증이 멈추자, 그녀는 이미 자기 몸에서 일어나는 야릇하고 설명할 수 없는 일들에 이골이 나 있던 터라 걱정하지 않았다. 그러나 겨우 반 시간 남짓 선잠을 잤나 싶은데 갑자기 칼로 은근히 도려내는 듯한 통증에 다시금 잠이 깼다. 이번엔 화가 났다. 이젠 설사가 날 참인가? 밤새도록 변기를 찾아 뛰어다녀야 한다면, 내일은 참 꼴좋겠네! 사실은 이렇게 창자께가 거북하다는 느낌 때문에 그날 저녁 내내 신경이 쓰였다. 무지근한 느낌이 들어서 그녀는 한바탕 좌르르 쏟아지겠구나 하고 각오하고 있었다. 그러면서도 맞서서 견뎌보고 싶었고, 배를 살살 쓸어내리면서 통증이 다 가라앉은 줄만 알았다. 그런데 십오분이 지나자 더욱 격심한 통증이 다시 시작되었다.

"빌어먹을!" 이번에는 자리에서 일어나기로 마음먹고 그녀는 이렇게 내뱉었다.

어둠속에서 변기를 끌어내서는 쭈그리고 앉아 끙끙 진을 빼며 헛수고를 했다. 방이 얼음장같이 싸늘해서 덜덜 떨렸다. 십분이 지나 복통이 가라앉자 다시 자리에 누웠다. 그러나 십분 후 복통은 다시 시작되었다. 그녀는 다시 일어나 애를 써봤지만 이번에도 헛수고로 끝났고 싸늘한 몸으로 도로 침대에 들어가 잠시 휴식을 맛봤다. 그러나 어찌나 심한 통증이 몸을 비트는지 처음으로 터져 나오는 신음을 겨우 틀어막았다. 이거야 원 참 성가셔 죽겠네! 대체 마려운 거야 안 마려운 거야? 이제 진통은 거의 지속적으로 마치 배 속에 거친 손이 하나 있어 어딘가를 꽉 눌러 조이는 듯이 더욱 심한 타격을 주며 도무지 스러지지 않았다. 그러자 그녀는 사태를 알아차리고 흐드득 몸서리를 치며 이불 밑에서 더듬더듬 말했다.

"아이구! 그러니까 이게 그거구나!"

그녀는 심한 불안감에 휩싸였다. 걸어야겠다는 욕구가, 이 아픔을 지닌 채 이리저리 돌아다녀야겠다는 생각이 솟았다. 더 이상 침대에 누워 있을 수가 없어서 촛불을 다시 밝히고 방을 빙빙 돌기 시작했다. 혀가 바짝 말랐고 타는 듯한 갈증으로 몹시 괴로웠다. 양 볼은 붉게 물들어 확확 달아올랐다. 첫번째 자궁 수축이 와서 느닷없이 몸이 기역자로 꺾이자, 그녀는 벽에 기대어 나무 옷장을 그러잡았다. 오랫동안 이렇게 혹독한 고통으로 발을 동동 굴렀고, 소리가 날까봐 신발 신을 엄두도 못 내고 오직 어깨에 덮어쓴 낡은 숄 하나로 추위를 견뎠다. 시계가 2시를 울리고, 한참 있으니 3시가 되어갔다.

"좋으신 하느님 따윈 없어!" 그녀는 자기 목소리라도 들어야겠다는 마음에 아주 작은 소리로 혼잣말을 했다. "이건 너무 길어. 생전 가야 안 끝나겠네."

하지만 분만의 예비 진통은 점점 진행되어 무지근한 느낌이 엉덩이와 허벅지 쪽으로 내려가고 있었다. 배의 통증이 가라앉아 숨 좀 돌릴 만할 때조차도 그 아래쪽은 지속적이고 끈덕진 고통에 시달렸다. 그래서 그녀는 고통을 덜어보려고 손을 쫙 펴서 양쪽 엉덩이를 펑펑 두드렸고, 투박한 양말을 무릎까지 올려 신은 다리를 드러낸 채 몸을 계속 좌우로 흔들어 겅정거리고 걸으면서 손으로는 계속 엉덩이를 떠받치고 있었다. 아니야, 좋으신 하느님 따윈 없어! 그녀의 독실한 신심이 발끈 저항했고, 임신을 또 하나의 고역으로 그저 받아들이던 동물적 체념이 마침내 마음속에서 사라졌다. 한번도 배불리 먹어보지 못하는 신세, 온 집안사람이 동네북처럼 두들겨대는 더러운 팔푼이 부엌데기 신세로도 모자란단 말인가. 주인이라는 것들이 애까지 배게 하다니! 그 더러운 놈들! 그녀는 배 속의 애가 젊은 남자의 아인지 나이 먹은 남자의 아인지조차도 확실히 말할 수가 없는 형편이었다. 사순절 전 마지막 화요일 축제가 지나간 다음에도 나이 먹은 남자가 계속 못살게 굴었으니까. 게다가 저희들은 온갖 재미 다 보고 자기는 고통을 받는 지금에 와서는, 이 남자나 저 남자나 하나같이 오불관언이라는 태도를 취했다. 가서 그자들 집 현관 깔개 위에다 애를 낳아야 할까보다, 어떤 얼굴들을 하는지 좀 보게. 그러나 조금 전의 그 공포감이 다시 엄습했다. 그랬다가는 영락없이 감옥행일 텐데. 그저 모든 걸 꾹 참고 견디는 게 낫지. 그녀는 격심한 진통이 한번 왔다가 다시 올 때까지의 그 짧은 사이에 숨 막히는 소리로 되풀이했다.

"더러운 놈들. 이 일을 네놈들한테 갖다 떠안길 수만 있다면! 아이고 나 죽네!"

그리고 바짝 오그려 쥔 두 손으로 그녀는 양쪽 엉덩이를, 가련하고 불쌍한 엉덩이를 더욱더 꽉 눌러 죄면서 고함소리를 억누르며 괴롭고 추한 모습으로 계속 경정거렸다. 주위의 방에서는 아무도 움직이지 않았고, 코들을 골아대고 있었다. 쥘리가 쩡쩡 울리게 드르렁거리는 소리가 들렸고, 리자 방에서는 작은 피리의 새된 음률 같은 삑삑 소리가 들려왔다.

3시를 치는 소리가 났고, 갑자기 배가 터져 나가는 듯했다. 통증이 오다가 잠시 멈추고 양수가 펑펑 흘러 양말이 흠뻑 젖었다. 그녀는 속이 다 빠져나가는 것 같아서 겁이 나고 어안이 벙벙한 채 잠시 꼼짝 못하고 있었다. 어쩌면 임신이 아닐지도 몰라. 그러고는 다른 병에 걸린 게 아닌지 두려워 몸을 눈여겨보았고, 혹시 온몸의 피란 피는 모두 빠져나가는 게 아닌가 싶었다. 좀 살 것 같은 느낌이 들자 그녀는 몇분간 여행가방 위에 앉아 있었다. 더러워진 방 때문에 불안했고 촛불은 금방이라도 꺼질 것 같았다. 그러다가 더이상 걸을 수 없고 끝장이 온다는 느낌이 들자 그녀는 남은 힘을 짜내어 조스랑 부인이 세면대로 쓰는 탁자 앞에 깔라고 준 낡은 비닐천으로 된 둥근 식탁보를 침대 위에 펼쳤다. 그리고 다시 눕자마자 태아를 밀어내는 진통이 시작되었다.

근 한시간 반 동안 통증은 끊임없이 격심해지기만 하는 것이었다. 자궁 수축은 이미 멈추었고, 그녀는 이제 살을 짓누르는 참을 수 없는 무게를 덜어내야겠다는 생각으로 아랫배와 허리의 온 근육을 써서 힘을 주고 있었다. 그러나 헛된 변의便意에 그녀는 두번이나 일어서서 열에 뜬 손으로 더듬더듬 변기를 찾았다. 두번째 그랬을 때는 땅바닥에 그대로 주저앉아버릴 뻔했다. 새로 힘을 쓸 때마다 몸이 벌벌 떨리고 얼굴은 확확 달아오르고 목은 땀범벅이 되었다. 그러면서 마치 떡갈나무를 도끼로 찍어 내리는 나무꾼같이 자기도 모르게 끙 하는 끔찍한 소리가 나오는 것을 감추려고 침대 시트를 물어뜯고 있었다. 그녀는 마치 누군가에게 말하듯 더듬거렸다.

"못하겠어. 안 나올 거야. 애가 너무 커……"

그녀는 가슴을 뒤로 벌렁 젖히고 다리를 넓게 벌린 채 두 손으로는 철제 침대를 꽉 붙들고 매달렸다. 몸이 요동치니 침대가 덜커덩덜커덩 흔들렸다. 다행히 해산은 아주 순조롭게 진행되어 아이의 머리통이 보였다. 순간순간 끊어질 정도로 팽팽히 당겨진 근육의 탄성에 되밀려, 나오려던 머리가 도로 들어가려는 것 같았다. 그리고 진통이 올 때마다 지독한 경련이 그 머리를 꽉 죄었고, 극심한 통증이 쇠로 된 띠처럼 그것을 칭칭 감았다. 마침내 뼈에서 우드득 소리가 나며 모든 것이 빠개지는 것 같았고, 엉덩이와 배가 파열되어 이젠 단지 구멍 하나뿐이고 그리로 자기 생명이 흘러나가는 듯 끔찍한 느낌이 들었다. 그러자 침대 위, 그녀의 양 허벅지 사이의 질펀한 배설물과 피 섞인 점액 한복판으로 아이가 또르르 굴러 나왔다.

그녀는 커다란 함성을, 어머니가 된 여자의 맹렬하고 의기양양한 외침을 내지르고 있었다. 이내 옆방들에서 잠에 겨워 쩝쩝거리는 음성들이 들려왔다. "아니, 대체 뭐야? 사람 잡나! 누가 강제로 여자를 덮치는가보군! 거 잠꼬대 좀 작작하라고!" 걱정이 된 그녀는 다시 침대 시트를 입에 물고 두 다리를 꽉 조이고는, 새끼 고양이같이 빽빽대고 있는 아이 위에 이불을 첩첩이 덮어씌웠다. 이내 쥘리가 돌아누워 다시 코 고는 소리가 들렸고, 도로 잠든 리자는 더 이상 빽빽 소리도 내지 않았다. 그러자 아델은 십오분 동안 평온과 휴식의 끝없는 달콤함과 무한한 안도감을 맛봤다. 그녀는 마치 죽은 사람 같았고, 살아 있지 않은 것 같은 이 상태를 한껏 즐기고 있었다.

그러다가 복통이 다시 왔다. 두려움에 그녀는 깨어났다. 애가 또 하나 나오려나? 다시 눈을 뜨니 설상가상으로 사방은 칠흑 같았다. 양초토막 하나 없구나! 그런데 혈혈단신으로 양쪽 허벅지 사이엔 무언가 끈적끈적한 게 처치 곤란으로 묻어 있는 이 질펀한 속에 이렇게 누워 있어야 하나! 개들을 고쳐주는 의사는 있어도 나를 돌봐주는 의사는 없구나. 차라리 죽자, 애나 어미나! 그녀는 건넛집의 삐숑 부인이 아이 낳았을 때 일손을 돕던 생각이 났다. 그때 다들 갓난아이 다칠세라 이것저것 조심하지 않던가! 그런데 아이는 더 이상 빽빽 울지 않았다. 그녀는 손을 뻗쳐 찾다가 배에서 나온 창자 같은 것을 만지게 되었다. 이걸 칭칭 동여매어 자르는 것을 보았다는 생각이 떠올랐다. 두 눈은 차츰 어둠에 익숙해졌고, 떠오르는 달이 어스름하게 방을 비춰주고 있었다. 어림 반 본능 반으로 그녀는 몸을 일으키지도 않은 채 길고 힘겨운 작업을 해냈다. 머리 뒤쪽에서 못에 걸린 앞치마를 떼어내어 그 끈 하나를 쭉 찢어 탯줄을 동여매고 치마 주머니에서 꺼낸 가위로 잘랐다. 그러고는 땀투성이가 되어 다시 자리에 누웠다. 물론 가엾은 어린 것을 죽이고 싶진 않았다.

그런데 복통이 계속 오고 있었다. 그것은 마치 무슨 긴한 볼일처럼 계속 그녀를 성가시게 했고, 자궁 수축이 몇번 오더니 통증이 없어졌다. 그녀는 처음엔 가만히 그다음엔 아주 세게 탯줄을 당겼다. 탯줄이 끊어지고 속에서 한무더기가 마침내 쏟아져 나오자, 그녀는 그것을 변기 속에 던져 없애버렸다. 이번에는 하느님이 도우셨는지 진짜로 끝났고, 더 이상 고통은 없었다. 미지근한 피가 두 다리를 타고 흘러내릴 뿐이었다.

한시간이나 꾸벅꾸벅 졸았을까, 6시를 치는 소리가 들리자 자기 처지를 퍼뜩 떠올린 그녀는 다시 잠에서 깨어났다. 한시가 급했기에 힘겹게 몸을 일으켜, 미리 대비해놓지는 못했지만 하나씩 하나씩 닥치는 일들을 수습했다. 싸늘한 달빛이 방 안 가득 비치고 있었다. 옷을 입은 다음 그녀는 낡은 내의로 아이를 싸서는 신문지 두장을 접어 그 속에 넣었다. 아이는 아무 소리도 내지 않았지만 그래도 그 작은 심장은 뛰고 있었다. 아들인지 딸인지 보는 것을 잊었다 싶어 신문지를 도로 폈다. 딸이었다. 또 팔자 사나운 여자애 하나 세상에 나왔구나! 개구멍받이 루이즈처럼 마부나 하인 녀석의 좋은 밥이 되겠지! 하인들은 계속 자고 있었고, 그녀는 방을 나가 구르 씨가 잠결에 끈을 잡아당겨 열어준 현관문으로 나가서 통금 철책을 막 올리는 중인 슈아죌 골목에 갖고 간 꾸러미를 내려놓고는, 다시 태연히 올라올 수 있었다. 아무와도 마주치지 않았다. 드디어 생전 처음으로 이번만은 행운이 자기편이었던 것이다.

곧이어 그녀는 방을 정돈했다. 비닐 식탁보는 침대 밑으로 둘둘 말아 넣고, 변기를 비우고 돌아와서는 방바닥을 스펀지로 닦아냈다. 그러고는 기진맥진하여 밀랍처럼 창백해졌고, 양 허벅지 사이에서는 계속 피가 흘렀지만 수건으로 대충 몸을 꾹꾹 닦아낸 뒤 다시 자리에 누웠다. 그녀가 내려오는 모습이 안 보이자 깜짝 놀란 조스랑 부인이 9시쯤에 마음먹고 올라와보니, 이런 꼴이 아닌가. 밤새도록 지독한 설사가 나서 진이 다 빠졌다고 하녀가 하소연을 하자, 주인마님은 소리쳤다.

"아무렴, 또 너무 먹어댄 거지 뭘! 그저 네가 생각하는 거라곤 배 채우는 것밖에 더 있겠어."

아델의 창백한 안색이 심상치 않아서 조스랑 부인은 그래도 의사를 부르겠다고는 했다. 그러나 본인이 그저 쉬기만 하면 된다며 극구 만류하니까, 그녀는 3프랑 굳었다고 내심 다행으로 생각했다. 남편이 죽은 뒤로 그녀는 오르땅스와 함께 베르넴 형제 상회에서 지급하는 연금으로 살아가고 있었는데, 그러면서도 변함없이 신랄하게 그 형제를 착취자 취급하는 것이었다. 그리고 이 집을 떠나 화요일마다 해오던 손님 접대도 못하는 신세로 전락하지 않으려고, 식비를 전보다 더 형편없이 줄이고 있었다.

"그 말이 맞아, 자라고." 조스랑 부인이 말했다. "오늘 점심거리로는 쇠고기 냉육冷肉이 남아 있고, 저녁은 딴 집에서 먹을 거니까. 네가 정 도우러 못 내려온다면 쥘리가 너 없이도 어떻게 해낼 거야."

그날 저녁 뒤베리에네 집에서 열린 만찬 분위기는 정겨웠다. 바브르 형제 부부, 조스랑 부인, 오르땅스, 레옹, 게다가 꽤 점잖게 처신한 바슐라르 외삼촌까지 온 가족이 다시 모였다. 그리고 먼젓번 신세 진 것을 갚으려고 트뤼블로를 초대했고, 레옹과 떼어놓을 수 없어서 당브르빌 부인도 불렀다. 레옹은 당브르빌 부인의 조카딸과 결혼한 다음 다시 부인의 품 안으로 되돌아가 있었다. 그에겐 아직도 그녀가 필요했던 것이다. 어느 집 응접실에든 그들 둘이 함께 오는 모습이 눈에 띄었고, 그들은 젊은 새댁이 오지 않은 것은 독감 때문이거나 게으름 탓이라고 변명하곤 했다. 그날 저녁에는 참석한 모두가 그렇게도 인기가 좋고 미인인 새색시와 대면할 기회도 없었지 않느냐고 불평했다. 뒤이어 그들은 파티 끝 무렵에 노래하기로 되어 있는 끌로띨드의 합창단 얘기를 했다. 곡목은 역시 「단검의 축복」이었지만, 이번에는 테너가 다섯명이니 뭔가 완벽하면서 굉장한 연주가 될 것이라고 하였다. 두달 전부터 도로 싹싹하게 변한 뒤 베리에가 누구와 마주칠 때마다 직접, "요즘 통 못 뵙겠군요, 와주시지요. 저희 집사람이 합창단을 다시 모집한답니다"라고 똑같은 말을 되풀이하여 친지들을 다시 끌어모으고 있었다. 그래서 후식으로 단 과자가 나왔을 때부터 좌중은 오직 음악 얘기만 하게 되었다. 샴페인이 나올 때까지 분위기는 더할 나위 없이 푸근하고 가식 없이 즐겁기만 했다.

그러다가 커피를 마신 뒤 여자들이 대응접실 벽난로 앞에 남아 있는 사이에, 소응접실에는 고담준론을 주고받기 시작하는 남자들 한 무리가 생겨났다. 사람들이 속속 그리 합류하고 있었다. 얼마 안 있어 그 자리에는 저녁 회식자 말고도 깡빠르동, 모뒤 신부, 쥐이라 의사 들이 모여들었고, 트뤼블로만은 식탁에서 물러나는 길로 자취를 감춰버렸다. 인사말만 나누고 나면 그다음부터 그들은 정치 얘기로 빠졌다. 하원에서 벌어진 논쟁에 열을 올렸고, 5월 선거 때 빠리를 온통 휩쓴 야당 후보들의 압승에 대해 아직도 토론 중이었다. 겉으로는 기쁜 척했지만, 사실 이 반골 부르주아들의 승리에 그들은 속으로 은근히 불안해하고 있던 것이다.

"띠에르 씨는 틀림없이 재주가 뛰어난 인물이지요. 하지만 멕시코 원정에 대한 그의 연설은 어찌나 독설이 담겨 있는지 내용이 아무리 좋아도 소용없다니까요." 레옹이 단언했다.

그는 당브르빌 부인이 손을 써준 덕분에 얼마 전 참사원의 청원위원으로 임명되었고, 그때부터 갑자기 정부에 동조했다. 배고픈 민중 선동가의 모습에서 이제 그에게 남은 것이라고는, 참고 들어줄 수 없을 만큼 편협한 주의 주장뿐이었다.

"당신은 온갖 잘못을 저지른다고 정부를 비난했잖소." 의사가 빙긋이 웃으며 말했다. "난 당신이 그래도 띠에르 씨에게 표를 던졌기를 바라겠소."

레옹은 대답을 회피했다. 떼오필은 더 이상 배 속에서 음식을 소화해내지 못할 상태였고, 자기 아내가 과연 정숙한지 새록새록 의심이 생겨 마음이 흔들리는 터라 큰소리를 쳤다.

"난, 난 그에게 표를 던졌습니다. 사람들이 형제처럼 살아가기를 마다하니, 그런 자들에겐 안된 일이지만 어쩌겠습니까!"

"당신에게도 안된 일이죠, 안 그래요?" 평소 말을 별로 안하다가도 의미심장하게 몇마디 툭툭 던지곤 하는 뒤베리에가 이렇게 지적했다.

떼오필이 당황해서 그를 바라보았다. 오귀스뜨는 자기도 띠에르 씨에게 표를 던졌다고 고백할 엄두가 나지 않았다. 뒤이어 바슐라르 영감이 자기는 정통왕권주의를 신봉한다고 고백하자 다들 깜짝 놀랐다. 그는 마음속 깊이, 그것이 점잖은 선택이라고 본다는 것이었다. 깡빠르동은 그 말에 적극 동의했다. 자기는 기권했는데, 그이유는 공식 입후보자인 드뱅끄 씨가 종교적인 관점에서 볼 때 충분한 보장책을 내세우지 못했기 때문이라는 것이었다. 그리고 그는 최근 출간된 책 『예수의 생애』[26]에 대해 노기등등한 언사를 퍼부어댔다.

"태워버려야 할 것은 그 책이 아니라 책을 쓴 자요!" 그는 되풀이했다.

"이보시오, 너무 좀 과격하신 듯하군요." 중재하는 듯한 음성으로 신부가 중간에 끼어들었다. "하지만 아닌 게 아니라 반종교적 증상이 아주 심각해지고 있어요. 교황을 축출해야 한다는 소리를

---

26 1863년 에르네스뜨 르낭이 집필한 예수의 전기. 예수를 인간으로 보고 이성적인 관점에서 서술해 화제를 불러일으켰다.

하지 않나, 이젠 국회 안에서 혁명이 일어나는 지경이니, 우린 파멸의 구렁텅이를 향해 가고 있는 겁니다."

"거 잘됐군요!" 쥐이라 의사는 이렇게만 말했다.

그러자 다들 발끈했다. 의사는 부르주아 계층에 대한 공격의 포문을 다시금 열었다. 이제는 민중도 그들대로 누릴 것을 누리고 싶어 하는 때이니만큼, 부르주아는 보기 좋게 쓸려나가게 될 거라고 예단했다. 그러자 다른 이들이 격렬히 그의 말을 가로막고 부르주아 계층이야말로 국가의 미덕인 일하는 상비군이라고 소리쳤다. 뒤베리에의 목소리가 가장 높았다. 당당히 말하지만, 드뱅끄 씨가 자신의 의견을 그대로 대변하기 때문에 뽑은 것이 아니라, 질서의 기치旗幟와도 같은 사람이라서 뽑았다고 했다. 그렇습니다, 공포정치의 난리판이 그대로 재현될 수도 있습니다. 최근 비요 씨의 뒤를 이은 걸출한 정치가 루에르 씨가 법정에서 그 사실을 명백히 예견했습니다. 뒤베리에는 이렇게 비유적인 표현을 써서 말을 맺었다.

"당신네 후보들의 압승, 그것은 집이 흔들리는 첫 조짐입니다. 이제 그것이 당신들을 깔아뭉갤 테니 조심하시오!"

그들은 핏대를 올리다가 끝내는 신변에 위협을 받게 될지 모른다는 입 밖에 내지 못할 두려움을 지닌 채 입을 다물었다. 화약과 피를 거무튀튀하게 묻힌 노동자들이 집에 들어와 하녀를 겁탈하고 포도주를 마셔대는 모습이 눈에 선했다. 황제는 따끔한 맛을 한번 보는 것이 마땅할지도 모른다. 그래도 이렇게까지 뜨거운 맛을 보여준 것은 후회가 되기 시작했다.

"맘 편히들 생각하시오!" 야유조로 의사가 결론을 맺었다. "그 사람들이 이번에도 총질로 여러분을 구해줄 테니."

참 해도 너무한다고, 그들은 의사를 괴짜 취급했다. 그가 단골 환자를 잃지 않는 것은 이 괴짜라는 평판 덕택이었다. 그는 모뒤 신부와 함께 교회가 곧 사라질 것인가 하는 그 끝없는 논쟁을 다시 시작했다. 레옹은 이제 신부 편이었다. 그는 신의 섭리 어쩌고 하면서 일요일이면 당브르빌 부인과 함께 9시 미사에 참례하곤 했다.

그러는 사이에도 계속 손님들이 들어와서 대응접실은 여자들로 가득 찼다. 발레리와 베르뜨는 절친한 친구처럼 얘기를 주고받고 있었다. 위층에서 벌써 잠자리에 누워 디킨스 소설을 읽고 있을 가 없은 로즈를 대신해서 건축가가 데리고 온 듯한 그의 작은댁은 조스랑 부인에게 비누를 사용하지 않고 내의를 하얗게 빨 수 있는 경제적 비결을 가르쳐주는 중이었다. 한편 오르땅스는 혼자 외따로 떨어져서 베르디에를 기다리며 문에서 눈길을 떼지 않았다. 그런데 갑자기 당브르빌 부인과 얘기하던 끌로띨드가 일어서서 두 손을 내밀었다. 이젠 옥따브 무레의 부인이 된 그녀의 친구 까롤린이 방금 들어온 것이었다. 결혼식은 11월 초순 에두앵 씨의 탈상 무렵에 이미 거행되었다.

"그런데 신랑은?" 이 집 여주인이 물었다. "남편께서 설마하니 내게 한 약속을 어기시진 않겠지?"

"아니, 아니," 방긋 웃으며 까롤린이 대답했다. "이제 올 거예요. 오려고 하는데 일 때문에 붙들려서."

사람들은 수군대며 호기심 어린 눈길로 그녀를 바라보았다. 벌이는 일마다 성공하는 여자답게 상냥하면서 믿음직하고 너무도 아름답고 차분한, 언제 보아도 한결같은 모습이었다. 조스랑 부인이 다시 만나 무척 반가운 듯 그녀의 손을 잡았다. 베르뜨와 발레리는 얘기하다 말고 가만히 그녀를 이모저모 뜯어보고, 레이스가 많이 달린 짚색깔 드레스 차림의 옷매무새를 자세히 살펴보았다. 이렇게 태연스레 지난 일이 잊히고 있는 가운데, 정치 얘기에 냉담한 채 끼어들지 않고 있던 오귀스뜨는 소응접실 문간에 서서 분하고 놀랍다는 표정을 지었다. 내 아내의 전 애인 부부를 누나가 맞아들이다니! 남편으로서 품은 그의 원한 속에는 승리한 경쟁자 때문에 파산한 상인의 시기 어린 분노도 스며 있었다. 부인상회는 가게를 확장하고 주단 특별매장을 신설하느라 자금이 바닥나서 동업자를 맞아들이지 않을 수 없었던 것이다. 그는 남들이 무레 부인에게 축하를 보내는 사이에 끌로띨드에게 다가가서 귀에 대고 말했다.

"내가 이런 일 절대 못 참을 거라는 거 알지?"

"대체 뭘 못 참는단 말이야?" 그녀가 깜짝 놀라서 물었다.

"부인 쪽은 그래도 괜찮아. 나한테 아무 짓도 안했으니까. 하지만 저 여자 남편이 온다면 난 베르뜨의 팔을 움켜잡고 모두가 보는 앞에서 나가버릴 거야."

그녀는 그를 바라보더니 어깨를 으쓱했다. 까롤린은 자기의 죽마고우인데 동생의 변덕에 장단을 맞춰주려고 친구와 절교할 수야 없지. 그 일을 누가 기억이나 한데? 저 혼자만 아직도 생각하고 있는 일인데. 이젠 더 쑥석거리지 않는 게 백번 낫지. 그래서 몹시 흥분한 오귀스뜨가 아내도 일어서서 곧장 자기의 뒤를 따르리라 믿고 그녀에게 의지하려 하자, 베르뜨는 눈살을 찌푸려 남편에게 조용히 하라고 눈치를 주었다. 당신 정신 나갔수? 전보다도 더 우스꽝스러운 꼴이 되고 싶어 이래요?

"아니, 그런 꼴 안되려고 이러는 거야!" 그가 필사적으로 말했다.

그러자 조스랑 부인이 몸을 구부정히 숙이더니 엄한 음성으로 말했다.

"이거 점점 남세스럽게 돼가는군. 다들 자네 부부를 쳐다보고 있어. 그러니 이번만큼은 좀 제대로 처신하게."

그는 순종하지는 않았지만 입을 다물었다. 이 순간부터 부인들 사이에는 거북한 분위기가 감돌았다. 오직 무레 부인만이 마침내 베르뜨 바로 앞, 끌로띨드 옆자리에 앉아 미소 지으며 태연한 모습이었다. 지난날 자신의 결혼이 성사된 장소인 창틀 쪽으로 사라져버린 오귀스뜨를 사람들은 몰래 훔쳐보았다. 화를 내니까 다시 머리가 아파져서 그는 가끔씩 차디찬 유리창에 이마를 대고 있었다.

그런데 옥따브는 몹시 늦게야 왔다. 층계참에 이르렀을 때 그는 숄을 두르고 내려오는 쥐죄르 부인과 마주쳤다. 그녀는 폐렴에 걸렸다고 하소연했다. 그녀는 뒤베리에 부부와의 약속을 깨지 않으려고 누웠던 자리를 떨치고 일어난 것이라고 하며, 기운이 없으면서도 옥따브를 덥석 붙들고 결혼을 축하했다.

"너무나 잘됐어요. 아유 정말이에요! 당신 쪽에서 보면 희망이 없을 거라고 난 생각했지요. 당신이 이 결혼에 성공하리라곤 정말 믿을 수가 없었어요. 말해봐요, 나쁜 사람 같으니라고. 부인은 또 어떻게 꾀어낸 거죠?"

옥따브는 빙긋 웃으며 그녀의 손가락에 입을 맞추었다. 그런데 누군가가 염소처럼 사뿐사뿐 올라와 그들을 방해했다. 깜짝 놀란 그는 사뛰르냉인가 하고 생각했다. 아니나 다를까 그것은 물리노의 정신병원에서 일주일 전에 퇴원한 사뛰르냉이었다. 그곳의 샤 사뉴 박사가 그에게서 여전히 이렇다 할 정신병을 판별해내지 못하겠다며 더 이상 입원시킬 수 없다고 또 선언한 것이다. 사뛰르냉은 예전에 그의 부모가 손님들을 접대할 때면 늘 그랬듯이, 오늘 저녁 시간을 마리 삐숑네 집에서 보낼 예정인 모양이었다. 그러자 불현듯 지난날이 되살아났다. 저 위층에서 꺼져가는 목소리로 마리가 일상의 공허를 메우려고 자장가처럼 부르던 로망스가 옥따브의 귀에 쟁쟁했다. 쓸모없는 순한 여자답게 무던한 태도로 남편 쥘이 퇴근하기를 기다리며, 릴리뜨가 잠든 요람 근처에서 언제나 혼자 있던 그녀가 눈앞에 다시금 아른거렸다.

"부부가 모쪼록 행복하시길 빌겠어요." 쥐죄르 부인이 다정스럽게 그의 두 손을 꼭 쥐며 거듭 말했다.

응접실에 그녀와 함께 들어가지 않으려고 그가 외투를 벗으며 꾸물거리고 있는데, 정장 차림에 모자는 쓰지 않은 트뤼블로가 몹시 당황한 모습으로 부엌 복도 쪽에서 들어왔다.

"글쎄, 그 여자가 몸이 무척 안 좋은 상태야." 이뽈리뜨가 쥐죄르 부인을 안내하는 사이에 그가 소곤거렸다.

"도대체 누구 말이오?" 옥따브가 물었다.

"아델 말이오, 꼭대기 층에 사는 하녀."

트뤼블로는 그녀가 몸이 안 좋다는 것을 알고, 식사가 끝나자마자 아버지 같은 마음으로 보러 올라갔었다고 하였다. 틀림없이 심한 의사疑似 콜레라 같다고, 뜨겁게 데운 포도주나 한잔 가득 마셔야 할 텐데, 그 여자한테는 설탕조차 없다고 했다. 그러더니 옥따브가 무심히 빙긋거리는 것을 보고 이렇게 말했다.

"이런! 그래, 정말 당신 결혼했지. 에잇 우스운 사람 같으니라고! 이제 그런 일엔 관심도 없지…… 난 또 깜빡 잊었지. 당신이 '뭐든 되지만, 그것만은 안돼요' 여사와 구석에 같이 있길래!"

그들은 함께 들어갔다. 마침 하인들 얘기로 열을 올리고 있던 부인들은 처음엔 그들을 보지도 못했다. 부인들 모두가 그럼 그렇고 말고 하는 얼굴로 뒤베리에 부인의 말에 동의를 표하고 있었다. 뒤베리에 부인은 난처한 듯 끌레망스와 이뽈리뜨를 왜 자기가 그냥 데리고 있는지를 설명하고 있었다. 이뽈리뜨가 사람이 거친 것은 사실이지만, 끌레망스는 옷 시중을 어쩌나 잘 드는지 나머지 일에는 기꺼이 눈을 감아주게 된다고. 발레리와 베르뜨는 정말이지 참한 하녀를 찾을 도리가 없다고 하였다. 이젠 포기 단계라는 것이었다. 하녀 소개소라곤 안 가본 데 없이 샅샅이 뒤지고 다녔고, 거기서 소개받은 버릇없는 여자들이 줄줄이 자기들 집 부엌을 거쳐갔다고 했다. 조스랑 부인은 아델을 몹시 흉보며, 그 지저분하고 멍청한 하녀의 기상천외한 신면모에 대해 수다를 떨었다. 그런데도 자기는 그 애를 내보내지 않는다는 말도 덧붙였다. 한편 깡빠르동의 작은댁은 갖은 칭찬으로 리자를 잔뜩 비행기 태웠다. 흠잡을 데 하나 없는 진주 같은 보배요, 한마디로 상을 줄 만한 하녀 중에 하녀 아니겠느냐고 했다.

"이젠 리자도 한식구나 진배없죠." 그녀가 말했다. "앙젤이 시청에서 하는 강의를 듣거든요. 그럼 리자가 동행하죠. 그렇게 둘이서 온종일 함께 밖에 나가 있어도 우린 걱정이 없답니다."

바로 이때 부인네들은 옥따브를 알아보았다. 그는 앞으로 나가 끌로띨드에게 인사를 했다. 베르뜨는 그를 바라보더니 일부러 꾸민 것 같지 않게 자연스레 다시 발레리와 얘기를 나누기 시작했고, 발레리는 사심 없는 친구답게 정다운 시선을 그와 주고받았다. 조스랑 부인과 당브르빌 부인은 호들갑스레 반가워하지는 않았지만 호의적인 관심을 띠고 그를 주시했다.

"드디어 오셨군요!" 끌로띨드가 무척 상냥하게 말했다. "합창단 때문에 벌써 떨리기 시작하네요."

다른 사람들을 기다리게 했다며 아내가 부드럽게 책망하자, 그는 이것저것 변명을 했다.

"하지만, 여보, 올 수가 없었소. 정말 죄송합니다, 부인. 자 이제 저한테 뭐든지 시켜주십시오."

그러는 사이 부인들은 오귀스뜨가 죽치고 있는 창틀 쪽을 불안하게 지켜보고 있었다. 그들은 옥따브의 목소리가 들리자 이쪽으로 돌아서는 그를 보고 잠시 겁을 먹었다. 두통이 더 심해지는지, 길 쪽의 어둠이 그대로 고여 있는 그의 두 눈은 몹시 동요되어 보였다. 그래도 그는 마음을 다잡고 누나 뒤로 와서 말했다.

"저 사람들을 내보내, 안 그러면 우리가 갈 거야."

끌로띨드는 다시금 어깨를 으쓱했다. 오귀스뜨는 누나에게 생각해볼 시간을 주려는 모양이었다. 게다가 트뤼블로가 옥따브를 소응접실로 데려가고 있는 참이니, 아직 몇분은 더 기다려줄 모양이었다. 다른 부인들은 여전히 마음이 놓이지 않았다. 남편 오귀스뜨가 아내의 귀에 대고 중얼거리는 소리가 들렸던 것이다.

"그자가 여기 다시 들어오면 당신은 일어나서 날 따라오라고. 안 그러려면 아예 친정집으로 돌아가든지."

소응접실로 가니, 거기 모인 남자들의 환대 또한 더없이 다정했다. 레옹이 짐짓 냉정한 태도를 보이긴 했지만, 바슐라르 영감 그리고 심지어 떼오필조차도 옥따브에게 손을 내미는 품이 마치 우리 가족은 모든 걸 다 잊었노라고 선언하는 듯했다. 전전날 훈장을 받아 폭넓은 붉은 약장略章을 달고 있는 깡빠르동에게 옥따브는 축하를 했다. 그러자 건축가는 얼굴 가득 기쁜 빛을 띠며, 왜 요새는 이따금 자기 집에 올라와 집사람을 한시간쯤 상대해주지 않느냐고 그를 나무랐다. 아무리 장가를 갔대도 그렇지, 십오년간 사귄 친구를 잊어버리는 건 너무하잖느냐고 하였다. 그런데 옥따브는 뒤베리에 앞에 깜짝 놀라고 걱정되는 모습으로 서 있었다. 뒤베리에의

586

상처가 나은 뒤로 그를 다시 만난 적이 없었던 것이다. 그는 왼쪽으로 빗나가 이젠 남들의 눈총을 받는 판사의 비뚤어진 턱뼈를 거북스럽게 바라보았다. 그런데 판사가 말을 할 때 보니, 이 또한 놀랄 일이었다. 그의 음성은 전보다 두 음가량 내려가서 마치 동굴 속에서 들려오는 소리처럼 변해 있었다.

"저 사람 지금 모습이 훨씬 나은 것 같지 않아?" 트뤼블로가 옥따브를 대응접실 문 쪽으로 다시 데리고 가면서 말했다. "저렇게 되니 확실히 위엄 있어 뵌단 말이야. 그저께 공판 때 저 사람이 재판장 노릇하는 걸 봤지. 아, 이것 보게! 저 사람들이 바로 그 얘길 하고 있네."

아닌 게 아니라 모여 있던 신사들은 이제 정치 얘기에서 도덕 얘기로 옮겨가는 중이었다. 처리 과정에서 뒤베리에의 태도가 대단히 주목을 받은 어떤 사건에 대해 판사 자신이 상세히 얘기하는 것을 그들은 귀 기울여 듣고 있었다. 뒤베리에는 곧 부장판사로 임명되고 레지옹 도뇌르 훈장을 받을 예정이었다. 화제의 초점은 벌써 한해도 넘게 거슬러 올라가는 영아살해 사건이었다. 악랄한 애 엄마, 그의 말대로라면 그야말로 야만인이라 할 그 여자는 전에 이 집에 세 들어 살던 구두 꿰매는 여자, 바로 그 남산만 한 배 때문에 구르 씨가 펄펄 뛰었던 파리하고 침울한 키다리 여자라는 것이었다. 게다가 어리석기까지 한 것이, 그토록 배가 불렀으니 탄로가 나고 말 것이라는 생각조차 안하고, 그녀는 아이를 반으로 잘라서 모자상자에 담아 깊숙이 넣어두었던 것이다. 당연한 얘기지만 그녀는 배심원들에게 우스꽝스러운 소설 같은 얘기──유혹당한 남자로부터 버림받은 일, 비참한 생활, 굶주림, 먹여 살릴 길 없는 어린 것을 앞에 두고 절망 끝에 눈이 뒤집혔다는 등의 이야기──들을,

그런 여자들이면 누구나 하는 소리들을 주저리주저리 늘어놓았다. 그러나 본을 보여주어야 했다고, 재판관의 판결에 왕왕 결정적 요인이 되는 놀랄 만큼 명석한 판단력으로 논쟁에 마무리를 지었다고 뒤베리에는 자화자찬을 했다.

"그래서 그 여자한테 유죄를 구형하셨나요?" 의사가 물었다.

"5년을 구형했지요." 감기 걸린 것 같기도 하고 무덤에서 나오는 것 같기도 한, 변해버린 음성으로 판사가 대답했다. "빠리를 온통 휩쓸어버릴 기세로 발호하는 퇴폐풍조에 맞서서 방파제를 세워야 할 때가 왔습니다."

트뤼블로가 옥따브의 팔꿈치를 꾹꾹 찔렀다. 그들은 둘 다 판사의 자살미수 사건을 알고 있던 것이다.

"들려, 저 목소리?" 그가 속삭였다. "농담이 아니라, 정말 목소리가 한결 나아졌다니까. 저 목소리가 더 심금을 울리지 않느냐고? 이젠 바로 가슴에 와 닿는단 말이오. 입이 비뚤어진 채 그 대단한 시뻘건 법복을 치렁치렁 입고 서 있는 모습을 당신이 봤더라면! 정말 섬뜩하더군. 예사 모습이 아니더라니까. 글쎄, 위풍당당하면서도 고상한 게 아주 사람 죽이더구만."

그러고 나서 그는 입을 다물고 응접실에서 다시 하인들을 두고 이러쿵저러쿵하기 시작한 부인네들의 대화에 귀를 기울였다. 뒤베리에 부인은 바로 그날 아침 쥘리에게 일주일치 급료를 주고 내보냈다고 했다. 그 아이의 음식 솜씨는 타박할 데가 없을지 몰라도, 자기 눈엔 바른 행실이 무엇보다 우선이라는 얘기였다. 사실인즉, 이제껏 아들이 집안에서 난봉 피우는 꼴을 참고 봐왔지만, 의사선생님의 귀띔을 받고 아들의 건강이 걱정되어 얼마 전부터 몸이 아프다는 쥘리를 불러 한번 야단을 쳤다고 했다. 그랬더니 뛰어난 요리사답게 주인집에서 티격태격 시비나 붙고 있을 여자가 아닌 쥘리가 순순히 나가겠다고 했고, 심지어 더는 못 참겠다는 듯이 이런 대답까지 하더라는 것이었다. 설령 자기 행실이 나빴다 해도 마님의 아드님이신 귀스따브 도련님의 몸이 지저분하지만 않았다면 그래도 지금 이 병은 들지 않았을 거라고. 조스랑 부인이 이내 끌로띨드와 장단을 맞춰 분개하였다. 그렇다니까요, 도덕 문제에 관한 한 절대로 인정사정 보지 말아야 한다고요. 예를 들어 때투성이에다 바보짓만 하는 걸레같이 구저분한 아델을 그래도 데리고 있는까닭은, 그 명청이 계집애가 속속들이 행실 하나는 바르기 때문이지요. 그 문제에 관해서라면 개한테는 흠잡을 게 전혀 없어요.

"가엾은 아델! 생각하면 참……"

꼭대기 층에서 얇은 이불을 덮고 꽁꽁 얼어 있던 불쌍한 그 여자 생각에 다시금 마음이 애틋해져서 트뤼블로가 중얼거렸다.

그러더니 몸을 굽혀 옥따브 귀에 대고 낄낄거리며 덧붙였다.

"어때, 뒤베리에가 아델한테 최소한 보르도 포도주 한병쯤은 올려다 줄 수도 있을 텐데, 안 그래요?"

"그렇습니다, 여러분." 판사가 말을 계속했다. "여기 통계표가 있습니다만, 영아살해 사건은 엄청난 비율로 늘어가고 있습니다. 여러분들은 오늘날 감정의 논리에 지나치게 굴복하고 있습니다. 특히 여러분은 과학, 소위 그 생리학이란 것을 남용하고 있는 겁니다. 그런 것을 들고 나오기 시작하면 머지않아 선이고 악이고 없어질 것입니다. 퇴폐행위는 치유할 게 아니라 뿌리째 뽑아버려야 하는 겁니다."

이러한 반박은 구두 꿰매는 여자의 사례를 의학적으로 설명하고자 했던 쥐이라 의사를 겨냥한 것이었다.

게다가 다른 남자들도 겉으로 드러나게 짐짓 역겨워하고 엄격하게 굴었다. 깡빠르동은 비행을 이해 못하겠다고 했고, 바슐라르 영감은 아동보호를 주장하였다. 떼오필은 조사를 요구하였고, 레옹은 매춘행위를 국가와 관련지어 생각해봐야 한다고 했다. 한편 트뤼블로는 옥따브의 질문을 받고 뒤베리에의 새 내연녀에 대해 얘기하고 있었다. 이번에는 아주 괜찮은 여자인데, 나이는 좀 들었지만 엉뚱한 데가 있고, 판사가 애정을 정화하기 위해 필요로 하는 바로 그 이상에 맞는 마음 넓은 여자라고 했다. 한마디로 쓸데없이 소동을 피우지 않고도 그를 이용하고 그의 친구들과 동침도 하면서 본처와도 탈 없이 지내게 해주는 바람직한 여자라는 것이었다.

한편 합창단은 「단검의 축복」을 노래하려 하고 있었다. 응접실에는 사람이 가득 찼고, 샹들리에와 전등의 강렬한 불빛 아래 예복들이 한줄기 물결처럼 밀려들었다. 가지런히 놓인 의자들을 따라 웃음이 번졌다. 이렇게 웅성거리는 분위기 속에서 합창단 남자들과 함께 옥따브가 들어오는 모습이 보이자 베르뜨의 팔을 꽉 잡고 일어서라고 종용하는 오귀스뜨에게 끌로띨드가 아주 낮은 소리로 뭐라 해대고 있었다. 그러나 그는 심한 두통으로 머리가 온통 지끈지끈하고 부인네들의 소리 없는 비난에 점점 더 당혹스러워져서 벌써 기가 꺾이는 중이었다. 당브르빌 부인의 준엄한 시선에 절망이 되었고, 깡빠르동의 작은댁마저도 그의 편이 아니었다. 조스랑 부인이 마지막으로 그를 꺾어놓았다. 그녀는 불쑥 끼어들더니, 딸을 자기가 도로 데려가고 지참금 5만 프랑은 절대 주지 않겠노라고 그를 위협했다. 그녀가 늘 이 지참금을 주겠다고 당당히 약속해 왔으므로 오귀스뜨는 기가 꺾일 만도 했다. 그러더니 그녀는 뒤쪽의 쥐죄르 부인 가까이에 앉은 바슐라르 영감 쪽으로 돌아서서 오빠에게 약속을 재삼 확인시켰다. 영감은 가슴에 손을 얹었다. 자기는 스스로의 의무를 알고 있노라고, 뭐니 뭐니 해도 가족이 우선이라고 했다. 참패한 오귀스뜨는 뒤로 물러서서 다시금 창틀로 피신하더니 타는 듯 화끈거리는 이마를 차가운 유리에 대었다.

그때 옥따브는 모든 것이 다시 시작되는 듯한 야릇한 느낌을 받았다. 마치 슈아죌 거리에서 겪은 이년 동안의 아귀가 방금 꽉 채워진 듯한 느낌이었다. 아내가 분명 여기 이렇게 자기를 보고 미소짓고 있건만, 자기 인생에는 아무 일도 일어나지 않은 것 같았다. 오늘은 어제를 그대로 되풀이하고, 멈춤도 끝도 없는 것 같았다. 트뤼블로는 베르뜨 옆에 있는 그녀의 새 애인을 옥따브에게 가리켜 보였다. 아주 멋쟁이인 금발의 키 작은 남자였는데, 그녀에게 선물 공세를 퍼붓기로 소문이 자자하다고 했다. 바슐라르 영감은 시詩 얘기에 푹 빠져서, 자기의 감상적인 면모를 쥐죄르 부인에게 내보이며 피피와 꾈렝에 대한 은밀한 얘기를 들려주어 그녀를 감동시키고 있었다. 떼오필은 의처증 때문에 초췌해져서 연달아 컥컥 기침하느라 몸을 기역자로 꺾고, 뚝 떨어진 곳에서 쥐이라 의사에게 집사람이 조용해질 수 있는 약을 좀 처방해달라고 부탁하고 있다. 깡빠르동은 사촌 처형 가스빠린을 응시한 채 자기가 소속된 에브뢰 교구 이야기를 하다가 갑자기 화제를 바꿔 새로 닦는 디데상브르 거리의 대공사 얘기를 했다. 그러다가 자기는 예술가라 사실은 뭐든 상관 안하니 세상사람들 모두 가서 제 볼일이나 보라면서 하느님과 예술을 옹호하기도 했다. 화분 뒤로는 나이 찬 처녀들이 하나같이 무척이나 호기심을 갖고 주시하는 한 신사의 등이 보였다. 그것은 오르땅스와 얘기하고 있는 베르디에의 등판이었다. 둘 다 가시 돋친 소리로 옥신각신하느라 정신이 없었는데, 여자와 아이를 엄동설한에 길로 내치지 않기 위해 결혼을 다시 봄까지 미룬다는 얘기였다.

뒤이어 합창이 시작되었다. 건축가가 입을 둥글게 벌리고 첫 소절을 시작했다. 끌로띨드는 손으로 화음을 짚고 자기가 맡은 부분을 큰 소리로 불렀다. 그러자 각 성부聲部에서 저마다 목청이 터져나왔다. 시끌벅적한 소리가 차츰차츰 증폭되다가 한껏 커져서 그 소리에 촛불이 파드득파드득 흔들리고 부인네들의 안색이 창백해졌다. 베이스 성부로 부적합하다는 판정을 받은 트뤼블로는 다시 바리톤으로 시험당하고 있었다. 다섯명의 테너가 매우 두드러졌고, 특히 옥따브에게 독창을 맡길 수 없는 것이 유감이라고 끌로띨드가 통탄할 정도였다. 목소리가 작아지고 끌로띨드가 약음 페달을 누르며 멀어지는 순찰대의 규칙적이며 아스라한 발소리를 내자 사람들은 크게 손뼉을 치며, 노래한 남성들과 그녀에게 찬사를 퍼부었다. 그런데 옆방 저쪽 구석, 검은 예복이 세겹으로 줄을 지은 그 뒤쪽에는, 비뚤어진 턱에 약오른 뽀루지가 빨긋빨긋 돋아난 뒤베리에가 속을 끓이다 못해 꽥 소리를 질러버리지 않으려고 이를 악물고 있는 모습이 보였다.

그다음에는 차 마시는 순서가 되어 똑같은 행렬이 줄을 잇고, 똑같은 찻잔과 샌드위치가 이리저리 돌려졌다. 잠시 모뒤 신부는 아무도 없는 응접실 한복판에 다시 혼자만 있게 되었다. 그는 활짝 열린 문으로 북적대는 손님들을 바라보았다. 그리고 패배를 인정한다는 듯 빙긋 웃더니, 마지막 부패를 지연시키기 위해 헐어 문드러진 상처를 보이지 않게 덮어씌우는 예식 집행자로서 이 타락한 부르주아들 위에 다시 한번 종교라는 외투를 펼쳐 던졌다. 자기가 내지른 절망과 비참의 외침에 하느님이 응답해주지 않았으니 무슨 일이 있어도 성교회를 살려내야 했던 것이다.

마침내 토요일 파티 때면 늘 그렇듯이 시계가 자정을 울리자 손님들은 차츰차츰 빠져나갔다. 깡빠르동이 맨 처음 나가는 축에 끼여 작은댁과 함께 물러났다. 레옹과 당브르빌 부인이 마치 내외간처럼 지체 없이 그 뒤를 따랐다. 베르디에의 등은 사라진 지 오래였고, 조스랑 부인은 터무니 없이 엉뚱한 고집을 부린다고 이러쿵저러쿵 입씨름을 하며 오르땅스를 데리고 나갔다. 바슐라르 영감은 펀치를 마시고는 대취하여 잠시 쥐죄르 부인의 집 문간에서 미적거리다가 경험이 풍부한 그녀의 조언을 듣고 정신을 차리고 있었다. 아델에게 올려다주려고 설탕을 슬쩍 훔친 트뤼블로는 부엌 쪽 복도로 지나가려다가, 응접실 곁방에 베르뜨와 오귀스뜨가 있어서 곤란한 입장이 되었다. 그는 모자를 찾는 척했다.

그런데 바로 이때 옥따브와 그의 아내가 끌로띨드의 배웅을 받으며 응접실에서 나와 맡겨둔 겉옷을 찾아달라고 부탁하고 있었다. 잠시 곤란한 분위기가 되었다. 응접실 곁방은 넓지 않아서 이뽈리뜨가 의복 보관장을 온통 뒤집어가며 옷을 찾는 동안 베르뜨와 무레 부인은 서로 몸이 닿을 만큼 바짝 붙어 있게 되었다. 두 여자는 서로 방긋 미소 지어 보였다. 그러다가 문이 열리자 옥따브와 오귀스뜨는 다시 맞대면하게 되어, 한쪽으로 떨어져 서며 서로 예의상 인사를 나누었다. 이윽고 간단한 작별인사를 주고받은 뒤 베르뜨가 앞서서 나가기로 했다. 그러자 떼오필과 함께 자리를 뜨려하던 발레리가 다시금 사심 없는 친구답게 정이 담긴 태도로 옥따브를 바라보았다. 오직 그와 그녀만이 서로 모든 얘기를 할 수 있는 사이였다.

"또 오시겠죠, 네?" 뒤베리에 부인이 응접실로 되돌아가기 전에 두쌍의 부부에게 우아한 말씨로 되풀이했다.

옥따브는 멈춰 섰다. 그는 방금 중2층에서 베르뜨의 애인이라는 몹시 멋 부려 몸치장한 금발의 사내가 내려가는 것을 보았는데, 마리네 집에서 내려온 사뛰르냉이 야만적인 애정이 와락 솟구쳐 그의 두 손을 부여잡고 "친구…… 친구…… 친구"라고 더듬거리는 것이었다. 처음에는 야릇한 질투심이 일어 옥따브의 마음이 괴로웠다. 그러다가 그는 빙긋 웃었다. 다 지나간 일이지 싶으면서 자신의 애정행각, 그동안 빠리에서 벌인 일들이 온통 눈앞에 다시 떠올랐다. 착하고 자그만 삐숑 부인의 사근사근함이며, 발레리에게 접근하다가 실패했던, 아직도 마음속에 남아 있는 싫지 않은 추억이며, 시간 낭비였다고 늘 후회가 되는 베르뜨와의 어리석었던 관계들이 모두 떠오르는 것이었다. 이젠 해냈다, 빠리를 정복한 거다. 여자에게 깍듯한 신사의 태도로 아직도 내심으로는 에두앵 부인이라고 부르는 자기 아내의 뒤를 따르며, 그는 그녀의 드레스 자락이 계단의 쇠막대에 끼이지 않게 해주려고 몸을 굽혔다.

집은 다시금 부르주아답게 점잖고 의젓한 풍모를 갖추고 있었다. 마리가 아스라이 꺼질 듯 살살 흥얼대는 로망스가 귀에 들리는 것 같았다. 둥근 지붕 밑에서 그는 퇴근하는 쥘을 만났다. 뷔욤 부인은 건강이 극도로 나쁘고, 이제는 딸이 집에 찾아오는 것도 마다한다고 했다. 쥘과 나눈 얘기는 그것이 전부였다. 의사와 신부가 맨 마지막으로 갑론을박하며 나갔고, 트뤼블로는 아델을 돌보러 이미 살짝 그녀의 방으로 올라간 뒤였다. 정숙한 규방들을 가리고 있는 정결한 문들과 인적 없는 계단이 후덥지근한 온기 속에서 잠들려 하고 있었다. 시계가 새벽 1시를 울리자 구르 씨가 가스등을 껐고, 구르 부인은 침대에 포근히 누워 남편을 기다렸다. 건물은 마치 품위 있는 잠에 빠져버린 듯 암흑 속에 엄숙히 잠겨들었다. 아무것도 남아 있지 않았고, 삶은 다시 전처럼 덤덤하고 어리석은 수준으로 돌아갔다.

다음날 아침 아버지처럼 자상하게 곁을 지켜준 트뤼블로가 떠난 다음 아델은 남들의 의심을 떨쳐버리려고 지척지척 걸어 자기가 일하는 부엌까지 갔다. 밤사이에 날이 풀려 숨이 답답해서 창문을 열고 있는데 좁은 안뜰 저 밑에서 격분한 이뽈리뜨의 음성이 올라왔다.

"더러운 년들! 누가 또 구정물을 쏟아붓는 거야? 마님 옷 다 버렸잖아!"

그는 뒤베리에 부인의 드레스를 바람 쐬려고 널어놓았는데, 말라붙은 흙을 털어내다보니 시척지근한 고기 국물이 옷에 잔뜩 튀어 있는 것이었다. 그러자 위층에서 아래층까지 하녀들이 창가에 나타나 서로 안 그랬다고 악다구니를 해댔다. 일단 마개가 뽑히자 듣기 끔찍한 상소리의 물결이 시궁창에서 꾸역꾸역 토해져 나오듯 번져갔다. 추위가 풀렸기 때문에 집 안의 벽들은 습기로 번들거리고, 음침하고 좁은 안뜰에서는 악취가 풍겨 오르고, 층층이 숨겨진 썩은 것들이란 썩은 것들은 모두 녹아서 하수구로 훅훅 냄새를 뿜어내는 것 같았다.

"난 안 그랬어요." 아델이 몸을 굽혀 말했다. "난 지금 막 부엌에 왔는걸요."

리자가 불쑥 고개를 쳐들었다.

"이것 보게! 쟤가 제 발로 서 있네. 그럼 대체 뭐야? 골로 갈 뻔한 거야?"

"그래요, 설사병이 났었어요. 지겨운 설사병이라니까요. 진짜예요."

이 말에 입씨름은 뚝 그쳤다. 발레리네와 베르뜨네 집에 새로 온 하녀들, 키다리 낙타와 꼬마 심술보라는 별명이 붙은 두 여자가 아델의 핼쑥한 얼굴을 호기심 어린 눈으로 바라보았다. 빅뚜아르와 쥘리마저도 그녀를 보려고 고개를 벌렁 뒤로 젖히고 목을 쭉 뺐다. 모두가 무언가 눈치를 채고 있었다. 밤새 소리 지르며 그렇게 몸을 비비 틀 정도였다면 심상치 않은 일이니까.

"홍합을 먹었나보지." 리자가 말했다.

다른 하녀들이 왁자하니 지껄여대자 또 한번 지저분한 말들이 한꺼번에 넘쳐 흘렀고, 그러는 동안 가엾은 아델은 겁을 먹고 더듬거렸다.

"그런 못된 말들 좀 그만해요! 안 그래도 아파 죽겠는데. 끝내 날 죽이려고들 그래요?"

"아니지, 물론, 네가 요강 3만 6천개를 합친 것만큼이나 어리석고, 본당 신자 전체가 비위 상해 달아날 만큼 더럽긴 하지만, 같은 처지끼리 너한테 골치 아픈 일이 생기게야 두겠어?" 그러자 모두가 당연히 주인들을 공박했고 지긋지긋하게도 역겹다는 표정으로 전날 저녁의 파티를 비판했다.

"그럼 다들 도로 찰싹 붙었다고?" 술을 탄 까치밥 열매 시럽을 홀짝홀짝 마시며 빅뚜아르가 물었다.

주인마님의 드레스를 빨고 있던 이뽈리뜨가 대답했다.

"그것들은 내 신발짝만큼도 속이 없다고. 서로 얼굴에 침을 뱉고 나선, 남들한테 깨끗하게 보이려고 그 침으로 서로 세수를 시켜준다니까."

"저희들끼리 잘 지내야 하고말고." 리자가 말했다. "안 그랬다간 얼마 안 가 우리 차례가 올 테니까."

갑자기 모두 한바탕 혼비백산을 했다. 문 하나가 열렸기 때문이다. 하녀들이 각기 자기네 부엌으로 재빨리 쏙 숨어들고 있을 때, 리자가 꼬마 앙젤이라고 알려주었다. 쟤라면 위험할 거 없어, 쟨 다 알고 있거든. 그러자 얼음이 녹아 텁텁한 악취가 풍기는 거무튀튀한 창자로부터 하인들의 원성이 다시 밀려 올라왔다. 그것은 이태 동안 쌓인 더러운 속옷을 홀랑 까발리는 거창한 작업이었다. 주인네들이 저 속에 코를 박고 살면서 똑같은 짓을 하고 또 하는 걸 보면, 저희들이 좋아서 그러는 모양인데, 그 꼬락서니를 보면 차라리 돈 없는 것이 다행이라는 생각이 든다고 했다.

"야! 그 꼭대기에 너 말이야!" 빅뚜아르가 느닷없이 소리쳤다. "비뚤어진 입으로 홍합 먹었니?"

그러자 갑자기 그악스러운 즐거움이 악취 나는 하수구를 뒤흔들었다. 이뽈리뜨는 얼떨결에 주인마님의 드레스를 찢었다. 하지만 까짓것 아무래도 좋았다. 이런 것쯤 그 여자한테는 아직도 약과지! 키다리 낙타와 꼬마 심술보는 미친 듯이 폭소가 터져 나와, 창문가에 기역자로 굽힌 몸을 비비 꼬며 죽겠다고 웃어댔다. 한편 기운이 쇠진하여 꼬박꼬박 잠이 들려던 아델은 얼떨떨한 가운데서도 흠칫 몸서리를 쳤다. 그리고 야유가 빗발치는 와중에 대답했다.

"당신들은 참 인정머리도 없군요. 당신들이 죽을 땐 내가 가서 그 앞에서 춤을 출 거야."

"이봐요," 리자가 몸을 굽혀 쥘리를 향해 말을 이었다. "일주일 후면 이 너절한 집구석을 떠난다니 얼마나 좋겠수! 정말이지 여기 있으면 자기도 모르게 뻔뻔스러워진다니까. 당신은 좀 나은 집이 걸리기를 빌겠수."

쥘리는 저녁거리로 쓸 넙치의 내장을 훑어내는 중이라 온통 불 그죽죽한 맨 팔로 돌아와 하인 이뿔리뜨 곁에 서서 팔꿈치를 괴었 다. 그녀는 어깨를 으쓱하더니 결론 삼아 이렇게 철학자처럼 대답 했다.

"이봐요, 이 집이건 저 집이건 집구석들이란 다 거기서 거기라 고. 요즘은 이 집 것들이나 저 집 것들이나 매일반이라니까. 돼지 같은 족속들이지 뭐."

영원한 코미디인 중산층의
위선에 던진 통렬한 비판

『집구석들』(*Pot-Bouille*)은 에밀 졸라(Emile Zola, 1840~1902)의 방대한 연작 소설 '루공 마까르(Les Rougon-Macquart)' 총서 중 제10권으로 1882년에 발표됐다. '제2제정 치하 한 집안의 자연사·사회사'라는 부제가 붙은 '루공 마까르' 총서는 제1권『루공 가의 행운』(*La Fortune des Rougon*, 1871)부터 제20권『의사 빠스깔』(*Le Docteur Pascal*, 1893)까지 모두 20편의 소설로 이루어져 있다. 그러니까『집구석들』은 쓰인 연대로 보거나 순서로 보아 이 총서의 한가운데를 차지하는 작품이다.

프랑스 문학을 전공했거나 이에 특별한 관심을 기울인 독자가 아닌 한 에밀 졸라의 이름을 듣고 떠올리는 것은 '루공 마까르'라는 총서의 제목보다는 『목로주점』(l'Assommoir), 『나나』(Nana), 『제르미날』(Germinal) 등 이 총서의 대표적인 작품들일 것이다. 그리고 이 작품들을 쓴 에밀 졸라의 이름은 어김없이 서구 문예 사조 상의 자연주의와 연관 지어진다.

과학이 학문의 새로운 총아로 떠오르던 19세기 후반, 이뽈리 뜨 멘(Hippolyte-Adolphe Taine)과 끌로드 베르나르(Claude Bernard)의 영향을 받은 졸라는 소설 쓰기에 과학적 방식을 도입 할 수 있다고 믿었다. 인간은 유전과 환경이라는 두 요소에 절대적 영향을 받는다는 전제 아래, 과학자가 실험을 하듯 소설을 써야 한 다는 '실험소설론'을 주장한 졸라는 치밀한 관찰과 수많은 자료에 의거해 작품을 썼고, 그때까지 문학작품의 소재로 금기시돼오던 빈민가의 참상, 매춘부의 삶, 광산촌의 파업 등을 적나라하게 파헤 침으로써 당시 문단에 큰 충격을 불러일으키고 거센 비판의 표적 이 됐다.

'루공 마까르'는 부제에서 보다시피 아델라이드 푸께라는 광증 을 지닌 여인이 남편 루공과 정부 마까르를 통해 낳은 자손들의 이 야기로 유전과 환경이 어떻게 인간에게 영향을 미치는지를 밝혀보 겠다는 의도로 쓰이기 시작했다.

발자끄가 대혁명 후의 왕정복고와 7월혁명을 시대적 배경으로 해 『인간극』(La Comédie Humaine)을 썼듯이, 졸라는 나뽈레옹 3세 치하의 제2제정 시대를 무대로 삼아 한 가문의 자손들을 중심으로 펼쳐지는 삶과 죽음의 이야기를 방대한 연작으로 엮어 19세기 후 반기의 사회적 벽화를 그리려는 계획을 1868년 무렵부터 품고 있 었다. 이런 계획의 결실인 '루공 마까르' 총서는 제7권 『목로주점』 부터 세간의 폭발적인 관심을 끌기 시작했고, 가난했던 졸라는 이 소설의 성공으로 빠리 근교의 메당(Médan)에 별장을 사서 이곳에서 문학적 노선을 함께하는 동료 소설가들과 이른바 '메당 그룹'을 형성하기에 이른다.

1877년에 발표한 『목로주점』은 세탁부 제르베즈를 주인공으로, 알코올에 의한 인간의 타락 등 밑바닥 인생의 참상을 실감 있게 파헤친 작품이다. 평단은 이 소설에서 '자연주의'라는 유파가 탄생하였음을 공인했다. 그러나 한편, 부르주아들로부터는 혹독한 비판을 받았다. 『목로주점』과 그 이듬해 나온 『나나』에 대한 평론가들의 반응은 대단히 부정적이었다. 그들은 쓰레기 같은 소재를 다루고 있고, 외설적인 표현을 서슴지 않았다 하여 졸라를 가차 없이 비난했다. 이에 대한 졸라의 반격에 해당하는 것이 바로 『집구석들』이다.

졸라는 1880년 모빠상, 세아르, 위스망스 등 앞서 말한 '메당 그룹'의 동인들과 함께 '자연주의 선언'이라고 할 수 있는 소설집 『메당의 저녁 모임』(La soirée de Médan)을 출간하고 난 직후인 1881년부터 1882년 사이에 『집구석들』을 집필했다. 이 소설은 『골루아』(Le Gaulois)지에 1882년 1월부터 4월까지 69회에 걸쳐 연재됐고 그해 4월 29일에 단행본으로 나왔다. 그리고 『목로주점』 『나나』와 함께 희곡으로 각색되어 1883년 빠리에서 공연되기도 했다. 그러므로 『집구석들』은 자연주의가 이론적으로 무장하여 자기표현을 왕성하게 시작한 시기에 쓰인 일종의 시위와도 같은 작품이라 하겠다.

또한 이 작품은 1880년 한해에 연거푸 닥친 플로베르, 뒤랑띠, 모친의 죽음으로 인한 충격, 그리고 여기서 비롯된 자신의 죽음에 대한 두려움으로부터 벗어나기 위한 일종의 방향전환의 시도라고도 볼 수 있다.

원래 졸라는 고통을 주제로 한 소설을 쓸 생각으로 장차『삶의 기쁨』(*La joie de vivre*)으로 구체화될 소설의 초안을 준비하다가 그 작업을 중단하고, 대신 심한 공격을 받던 자신의 자연주의 노선을 재천명하는 작품을 쓰기로 한 것이다. 이 소설의 인물 설정을 위해 '메당 그룹'의 동인들은 세세한 부분까지 자료를 수집해주었다.

부르주아 계층의 표리부동과 위선에 대한 작품을 쓰겠다는 졸라의 의도는 그에게 늘 잠재해 있던 것으로 보인다. 정직하고 점잖은 삶을 원칙으로 내세우는 부르주아의 실제 모습에 대한 졸라의 반감은 뿌리 깊은 것이어서, 옛 빠리의 중앙시장터를 무대로 펼쳐지는 '먹거리의 방대한 교향악'이라고 할 '루공 마까르' 제3권『빠리의 배』(*Le Ventre de Paris*)는 "정직한 사람들이란 얼마나 못된 놈들인가!"라는 일갈로 끝을 맺는다. 마찬가지로『집구석들』의 말미에서도 하인들이 주인들을 향해 "돼지 같은 족속들"(598면)이라는 신랄한 야유를 던진다.

원어가 풍기는 미묘함을 그대로 표현할 수 있는 우리말이 딱히 없어 '집구석들'이라고 번역하게 된 이 작품의 원제는 '뽀부이유(Pot-Bouille)'이다. '집에서 끓여 먹는 찌개'라는 뜻을 가지고 있으며 현대 프랑스어에서는 좀처럼 쓰이지 않는 이 알쏭달쏭한 단어에 대해서 졸라의 측근이며 메당 그룹의 일원이던 뽈 알렉시가 쓴「에밀 졸라, 친구의 기록」에는 다음과 같이 쓰여 있다. "뽀부이유는 부르주아 계층의 찌개, 가정의 일상사, 매일 먹는 음식, 번듯한 모양의 수상쩍고 거짓 같은 음식을 말한다. '우리야 말로 명예요, 도덕이요, 바른 가정의 표상이다'라고 말하는 부르주아들에게 졸라는 '아니다, 당신들은 그 모든 허울 뒤에 숨은 거짓이다. 당신들의 찌개냄비에서 끓고 있는 것은 가정생활의 모든 썩은 것들과 도덕의 타락이다'라고 말하고 싶었던 것이다."

졸라는 인간의 추악한 면에 대해서는 침묵하고, 정장 차림을 하고 파티에 나가듯이 소설을 쓴다는 것은 영원한 코미디라고 통렬히 비판한다. 이런 졸라의 모습은 『집구석들』에 등장하는 소설가의 형상 속에 담겨 있다. 슈아죌 거리의 아파트 주민들 중 유일하게 화자의 비판의 시각에서 제외되는 이 인물은 그 대신 다른 인물들(특히 문지기 구르 씨)로부터 비아냥거림을 받는다. 문지기는 그를 두고 쓰레기 같은 글을 써서 돈더미에 올라앉았다고 손가락질하지만, 주민 중 유일하게 가족과의 단란한 행복을 누리며 이웃과 상종 않고 조용히 살아가는 이 작가는 바로 『집구석들』을 쓰던 시기의 졸라의 모습이다.

정작 위험한 것은 문학 속의 외설이 아니라 가짜 미덕, 위장된 정숙함이라고 졸라는 역설한다. 『집구석들』 속에 등장하는 깡빠르동, 쥐죄르 부인, 뒤베리에 판사 등이야말로 이런 위선을 남김없이 체현하는 인물들이다.

관습의 벽을 허물고 인간의 면모를 있는 그대로 거짓 없이 그려 내는 작가가 정말 창조적인 예술가라는 문학관을 지닌 졸라였기에 낭만주의·이상주의 작가들에 대한 경멸을 『집구석들』의 인물들이 탐독하는 몇몇 작가 "디킨스, 상드, 라마르띤, 월터 스콧 등"의 책들을 희화화함으로써 간접적으로 나타내고 있다.

『집구석들』의 공격 대상인 '합당한 부르주아 도덕', 슈아죌 거리의 번듯한 아파트 건물로 표상되는 그 도덕이란 실은 온갖 수치와 비참을 가려주는 병풍에 지나지 않는 것이다. 그리고 그 이중적 도덕을 방조하고 묵인하는 당시의 교회를 대표하는 인물이 모뒤 신부이다.

생로끄 성당에서 베르뜨와 오귀스뜨의 혼인미사가 엄숙히 거행되는 중에 아내의 부정을 추적하는 떼오필이 옥따브를 다그치는 모습이 중첩되고, 그의 고함에 성가대가 "아멘"이라고 화답하는 장면은 플로베르의 『보바리 부인』에 나오는 농사공진회 장면에 버금가는 압권이라 하겠다.

졸라는 또한 이 시대의 여성들을 여러 각도에서 조명하고 있다. 『나나』가 '변두리의 거름더미 위에서 자라난 방탕한 꽃'의 이야기라면, 『집구석들』은 '아파트라는 구획된 공간의 창백하고 숨 막히는 공기와 어리석은 허영 속에서 자라난 불건강한 꽃들'의 이야기다. 졸라는 이 소설에 앞서 1881년 『피가로』(Figaro)지에 기고한 「부르주아 계층의 간통(L'adultère dans la bourgeoisie)」이라는 글을 통해, 불륜을 저지르는 부르주아 여인들을 세가지 유형으로 나누어 설명했고, 작품 속에서 그것은 신경질적인 기질을 타고나 갑갑한 공간에서 성장한 히스테리 환자 발레리, 모친으로부터 이어받은 허영심으로 인해 간통의 늪에 빠지는 베르뜨, 그리고 갇혀 자라 아무것도 모르는 채 우둔함으로 자신을 방기하는 마리로 형상화된다.

주인공인 옥따브는 이야기의 실마리를 이끌어가는 전통적 의미의 주인공이라기보다는, 부르주아 세계의 축소판이라 할 이 아파트를 휘젓고 다니며 여러 유형의 인물들과 접촉함으로써 가정의 풍속도를 자연스럽게 드러내주는 일종의 교차로 같은 역할을 하고 있다. 그러므로 그는 사건들을 자신의 눈으로 해석한다거나 여과해내는 장치로서 기능하지는 못한다. 옥따브의 부모는 각각 루공 가와 마까르 가의 후손이며, 원조인 아델라이드로부터 이어져 내려오는 정신병의 인자는 '루공 마까르' 총서 네번째권인『쁠라상의 정복』에서 정신착란, 방화 등 극단적인 결말로 나타난다. 그러나 이들 부부의 맏아들인 옥따브는 '루공 마까르'의 거창한 명제와는 달리『집구석들』에서 그러한 유전인자의 복합체로서가 아니라, 단지 빠리로 올라와 여인과 사업을 수단으로 성공을 꿈꾸는 야심만만한 청년으로 그려질 뿐이며 그의 부모에 대한 언급이나 가정적 배경도 극도로 축소되어 거의 아무 의미도 지니지 못한다. 실제로 이 소설에서 루공 가나 마까르 가의 사람들에 대한 언급은 옥따브가 떠나온 고향 쁠라상에 노부모가 건재하다는 정도가 고작이다. 그러니 이 소설을 읽을 때 '루공 마까르' 제10권이라는 부담감은 떨쳐도 좋을 것이다. 옥따브의 가계와 '루공 마까르' 제9권까지를 전혀 모른다 해도 이 작품 내의 구조와 의미를 파악하는 데는 지장이 없다. 단『집구석들』에서 까롤린 에두앵과 결혼해 '부인상회'의 실질적 주인이 된 옥따브의 그후의 이야기가 다음 권인『부인백화점』(*Au Bonheur des dames*)으로 이어진다는 것을 귀띔해둘 필요는 있을 것이다.

소설의 시간적 배경은 1861년 11월부터 1863년 12월까지의 이태에 걸쳐 있다. 1789년 대혁명의 중추 세력이던 부르주아 계층은 기득권을 잃을 것을 두려워하여 나뽈레옹 3세의 제2제정을 탐탁히 여기지 않으면서도 체제에 영합한다.『집구석들』은 이런 정치적·사회적 맥락 속에서 펼쳐지지만, 가정을 중심으로 한 세태풍자의 측면이 두드러지다보니 정치 문제는 가끔 파티 장면에서 남자들의 논쟁을 통해 드러날 뿐이다.

소설 속의 시간은 단선적으로 흐르는 것 같지만 작가는 결국 처음에나 마지막에나 똑같은 장소, 똑같은 인물로 채워지는 파티에 참석한 옥따브로 하여금 "오늘은 어제를 그대로 되풀이하고, 멈춤도 끝도 없는 것 같았다"(591면)라는 독백을 하게 한다. 모자이크식으로 여러 공간을 넘나들며 우스꽝스러운 장면들이 펼쳐지지만, 이렇게 결말에서 모두가 부질없고 헛되다는 것을 시간적 순환구조로 보여주고 있는 것이다.

공간적으로 볼 때, 소설은 아파트 건물을 거의 벗어나지 않고 전개된다. 건물이 자리한 슈아죌 거리는 가톨릭교회의 권위를 상징하는 생로끄 성당, 한창 흥기하는 자본주의의 표상인 증권거래소, 그리고 오스만 남작이 새로운 빠리를 건설하던 당시의 축제 분위기를 대변해주는 신축 오페라 극장, 이 세 상징적 장소로 둘러싸인 곳이다.

『목로주점』에서 구뜨도르 거리의 빈민 아파트가 그렇듯, 『집구석들』에서 슈아죌 거리의 중산층 아파트도 하나의 상징이다. 이 건물에는 여러 삶이 공존한다. 작품 속에 수없이 나오는 중앙계단과 뒷계단, 이 두 공간이 주인들의 삶과 하인들의 삶을 극명하게 대비시킨다. 그리고 은밀히 이 두 계단을 넘나들며 하녀를 농락하는 트뤼블로, 뒤베리에는 아내와 처형을 함께 거느리고 사는 깡빠르동과 함께 부르주아 남성의 성적 위선을 여지없이 보여주는 인물이다.

차갑고 정갈한 안뜰은 부르주아 세계의 파수꾼인 문지기 구르씨가 눈을 부릅뜨고 지키는 공간이지만, 그 뒤로는 층마다 부엌 창으로 내다보게 되어 있는 좁은 공간, 햇빛이 들지 않는 '창자 속'과 같은 또 '우물'로도 비유되는, 하녀들의 불평과 욕설이 난무하는 또 하나의 공간이 자리하고 있다. 이러한 공간의 대비로 상징되는 인간의 영원한 이중구조, 겉과 안의 다름이 『집구석들』의 근간을 이루고 있다. 안팎이 다른 부르주아의 생태를 하인들의 거친 말투를 통해 여과 없이 비판하고 풍자했다는 점에서 이 소설은 때로 세련미가 결여되어 있다는 비판을 받기도 한다.

실제로 그의 동지들조차도 이 작품이 때로 인물묘사에 있어 지나치게 기계적이며, 실제 부르주아들의 간교한 세련됨을 간과하고 그들의 언행을 실제보다 과장되게 그렸다고 지적하기도 했다. 그래서 이 소설을 읽다보면 종종 소설이라기보다는 희곡 같다는 느낌을 받는다. 졸라 자신이 의도한 대로 이 소설이 '신랄하게 흥겨운(férocement gai)' 효과를 내는지는 독자의 판단에 맡겨야 할 것이다.

그러나 다른 것은 제쳐두고라도 비천한 하녀의 고독한 출산과 신부의 외로운 고뇌 장면 등을 이토록 실감나게 묘사할 수 있는 작가가 과연 몇이나 될 것인가? 이 작품이 갖는 여러 한계에도 이런 묘사야말로 어떤 자연주의 이론보다도 우리 피부에 와 닿는 사회고발이 아닐 수 없다. 비록 시대적·공간적 배경은 다르지만 독자들은 지금 한국 중산층의 모습에서 보이는 여러 문제점들을 이 작품을 읽으면서 짚어볼 수 있으리라 믿는다.

이 작품은 1995년 '창비교양문고'로 나왔을 때는 '살림'이라는 제목으로 번역했으나 2021년 재출간하며 제목을 '집구석들'로 바꾸었다. 한국어 '살림'으로는 그 뜻이 잘 전달되지 않아 각 나라의 언어로 변경된 제목들을 살펴보았으나 마땅한 것을 찾지 못했고, 고민 끝에 집의 양면성을 함축한 '집구석들'로 바꾸었음을 양해 바란다.

번역 원고에서는 그사이 시간이 많이 지나 어법이나 맞춤법이 바뀐 것을 중심으로 손을 보았다. 번역 원본으로는 *Pot-Bouille*,

Livre de Poche, 1984년 판을 썼고, 갈리마르(Gallimard)출판사에서 나온 쁠레야드(Pléiade) 판 『졸라 전집』 제4권에 실린 텍스트와 주석도 참조하였다. 자연스럽게 읽히는 우리말로 옮기려고 노력을 기울였으나 미진한 점이 적지 않다. 특히 졸라가 자주 구사한 자유 간접화법이 번역을 통해 제대로 전달될지 걱정스럽다. 읽는 분들의 질정을 바란다.

21세기가 시작된 지도 한참 지난 지금 읽어보면 이치에 맞지 않는 부분, 특히 여성 인물과 주종 관계에 관한 부분도 많지만, 약 이백오십년 전인 19세기에 쓰인 것이기에 당시로서는 이것이 충실한 사회 비판이었음을 감안하길 바란다. 그리고 졸라의 '루공 마까르' 총서를 이루는 번역되지 않은 작품들도 많이 소개되었으면 한다. 비단 자연주의 작품으로서가 아니라 문학작품으로서 졸라의 소설들은 소개될 만하며, 소개가 덜 된 작품으로 꼽히는 이 소설도 그중 하나이다.

처음 출간할 때 부족한 점이 많은 번역문을 꼼꼼히 읽어주시고 고쳐주신 은사 정명환 선생님께 머리 숙여 감사드리며, 원고 정리에 큰 도움을 준 동생 선근과 당시 창비 편집부에게 고마움을 전한다. 이 책이 다시 나오도록 도움을 주신 고세현 씨와 현 창비 편집부에도 감사드린다.

임희근(전문번역가)

작가연보

1840년   빠리에서 이딸리아 출신 토목기사인 부친 프랑수아 졸라(François Zola)와 프랑스 보스 지방 출신인 어머니 에밀리 졸라(Émilie Zola)의 맏아들로 태어남.

1843년   부친이 남프랑스 지방의 제방과 운하 공사를 지휘하게 되어 졸라 일가는 엑상프로방스 시로 이주함.

1847년   부친의 죽음으로 가정 형편이 기울게 됨.

1848년   프랑스 2월혁명 발발. 같은 시기 맑스의 『공산당 선언』 출간됨.

1851년   루이 나뽈레옹(Louis Napoléon)의 꾸데따가 일어남.

1852년   황제 나뽈레옹 3세에 의한 제2제정이 시작됨. 엑스 중학교에 다니면서 한살 위인 뽈 세잔(Paul Cézanne)과 교우관계를 맺음. 이때 낭만파 시인들의 작품을 탐독함.

1857년   오스만(Georges Eugene Haussmann) 남작이 빠리의 대대적인 개
수 공사 시작.

1858년   빠리로 이사.

1859년   대학입학자격시험에서 낙방.

1862년   아셰뜨(Hachette)출판사에 광고담당 사원으로 입사해 1866년까
지 일함. 지방신문과 빠리의 『에벤느망』(Evénement), 『피가로』
(Figaro)지 등에 기고.

1863년   화가들의 아뜰리에에 출입하기 시작. 시작詩作을 포기하고 산문
으로 된 꽁뜨를 쓰기 시작.

1864년   첫 단편집 『니농에게 주는 이야기』(*Contes à Ninon*) 출간.

1865년   『끌로드의 고백』(*La Confession de Claude*) 출간. 아내가 될 가브리
엘 알렉상드린(Gabrielle Alexandrine)과 만남. 처음으로 '자연주의
자(Naturaliste)'라는 용어를 사용.

1866년   평론집 『나의 증오』(*Mes Haines*), 예술론집 『나의 살롱』(*Mon
Salon*) 출간.

1867년   자연주의 원칙에 입각한 소설 『떼레즈 라깽』(*Thérèse Raquin*) 출간.

1869년   '루공 마까르(Les Rougon-Macquart)' 총서를 이루게 될 소설
10편의 초안을 작성하여 라끄루아(Lacroix)출판사와 계약을 맺음.

1870년   알렉상드린과 결혼. 보불전쟁에서 프랑스가 패배함. 나뽈레옹
3세가 프로이센에 항복함으로써 제2제정이 끝나고 제3공화국이
선포됨.

1871년   '루공 마까르' 제1권 『루공 가의 행운』(*La Fortune des Rougon*) 출
간. 빠리 꼬뮌(Paris Commune) 발발.

1872년   '루공 마까르' 제2권 『쟁탈』(*LaCurée*) 출간. 플로베르, 뚜르게네

프, 에드몽 드 공꾸르와 교제.

1873년 　'루공 마까르' 제3권 『빠리의 배』(*Le Ventre de Paris*) 출간.

1874년 　'루공 마까르' 제4권 『쁠라상의정복』(*La Conquête de Plassans*) 출간.

1875년 　'루공 마까르' 제5권 『무레 신부의 과실』(*La Faute de l'Abbé Mouret*) 출간. 모빠상, 말라르메 등과 교유관계 맺음.

1876년 　'루공 마까르' 제6권 『외젠느 루공 각하』(*Son Excellence Eugène Rougon*) 출간. 작가로서 명성을 얻기 시작함.

1877년 　'루공 마까르' 제7권 『목로주점』(*l'Assommoir*) 출간. 이 소설의 대성공으로 부자가 됨. 위스망스, 세아르, 에니끄, 알렉시, 미르보 등과 함께 자연주의운동 형성.

1878년 　'루공 마까르' 제8권 『사랑의 한 페이지』(*Une Page d'Amour*) 출간. 빠리 근교 메당(Médan)에 별장을 사고, 앞에 열거한 동지들과 함께 '메당 그룹'을 형성해 자연주의를 공공연히 선언함. 끌로드 베르나르(Claude Bernard)의 『실험의학연구서설』(*Introduction l'Etude de la Médecine Expérimentale*)로부터 큰 영향을 받음. 프랑스 북부의 탄광 소재지 앙쟁(Anzin)에서 광산 노동자들의 파업이 일어남. 이 사건은 수년후 『제르미날』(*Germinal*)의 소재가 됨.

1880년 　모친 사망. '루공 마까르' 제9권 『나나』(*Nana*) 출간. 졸라를 필두로 모빠쌍, 위스망스, 세아르, 에니끄, 알렉시 등 이른바 '메당 그룹'의 소설집 『메당의 저녁』(*Les Soirées de Médan*) 발간. 『실험소설론』(*Le Roman Expérimental*) 출간. 플로베르, 뒤랑띠의 죽음으로 큰 충격을 받음.

1881년 　소설론 『자연주의 소설가들』(*Les Romanciers naturalistes*) 출간.

1882년 　'루공 마까르' 제10권 『집구석들』(*Pot-Bouille*) 출간.

1883년 　'루공 마까르' 제11권 『부인백화점』(*Au Bonheur des Dames*) 출간.

브륀띠에르, 부르제 등을 중심으로 반자연주의운동이 대두됨.

1884년　'루공 마까르' 제12권『삶의 기쁨』(*La Joie de Vivre*) 출간.

1885년　'루공 마까르' 제13권『제르미날』출간. 경제 불황에 따른 노동운동 및 파업이 심해짐.

1886년　'루공 마까르' 제14권『작품』(*L'Oeuvre*) 출간. 이를 계기로 세잔과의 우정에 금이 가게 되며 이 무렵부터 사회주의에 대한 관심이 고조됨.

1887년　'루공 마까르' 제15권『대지』(*La Terre*) 출간. 졸라에 대한 공격이 치열해지고 졸라에 반대하는「5인 선언서(La Manifeste des Cinq)」가 발표됨.

1888년　'루공 마까르' 제16권『꿈』(*Le Rêve*) 출간. 메당 별장의 세탁부 잔느 로즈로(Jeanne Rozerot)와의 사랑이 시작됨.

1889년　로즈로와의 사이에 딸 드니즈(Denise) 태어남.

1890년　'루공 마까르' 제17권『인간 야수』(*La Bête Humaine*) 출간. 아까데미 프랑세즈 회원으로 입후보했으나 낙선.

1891년　'루공 마까르' 제18권『돈』(*l'Argent*) 출간. 로즈로와의 사이에 아들 자끄(Jacques) 출생. 본처와의 가정 불화가 심각해짐.

1892년　'루공 마까르' 제19권『패주』(*Le Débâcle*) 출간.

1893년　'루공 마까르' 제20권『의사 빠스깔』(*Le Docteur Pascal*) 출간. 3부작『세 도시』(*Les Trois Villes*)를 준비.

1894년　『세 도시』중『루르드』(*Lourdes*) 출간.

1896년　『세 도시』중『로마』(*Rome*) 출간.

1898년　『세 도시』중『빠리』(*Paris*) 출간. 1894년부터 시작된 '드레퓌스(Dreyfus) 사건'에 관해 유대인 대위 드레퓌스의 결백을 확신하던 졸라는『오로르』(*Aurore*)지에 '나는 고발한다(J'accuse)'라는

글을 기고함으로써 드레퓌스에게 혐의를 씌우는 측을 공격. 두차
례 형을 선고받고 7월에 영국으로 피신해 그곳에서 『4복음서』(*Les Quatre Evangiles*)를 준비.

1899년 6월에 영국에서 돌아옴. 드레퓌스는 석방됨. 조레스가 프랑스 사회당 창당. 『4복음서』 제1권 『풍요』(*Fécondité*) 출간.

1901년 『4복음서』 제2권 『노동』(*Travail*) 출간.

1902년 9월 29일, 의문의 가스중독 사고로 사망.

1903년 『4복음서』 제3권 『진실』(*Vérité*)이 유작으로 출간.

고전의 새로운 기준, 창비세계문학

오늘날 우리는 인간의 존엄과 개성이 매몰되어가는 시대를 살고 있다. 물질만능과 승자독식을 강요하는 자본주의가 전지구적으로 확산되면서 현대사회는 더 황폐해지고 삶의 질은 크게 훼손되었다. 경제성장만이 최고의 선으로 인정되고 상업주의에 물든 문화소비가 삶을 지배할수록 문학은 점점 더 변방으로 밀려나고 있다. 삶의 본질을 성찰하는 문학의 자리가 위축되는 세계에서는 가진 자와 못 가진 자 할 것 없이 모두가 불행할 수밖에 없다.

이 시대야말로 인간답게 산다는 것의 의미가 무엇인지 근본적인 화두를 다시 던지고 사유의 모험을 떠나야 할 때다. 우리는 그 여정에 반드시 필요한 벗과 스승이 다름 아닌 세계문학의 고전이라는 점을 강조한다. 고전에는 다양한 전통과 문화를 쌓아올린 공동체의 경험이 녹아들어 있고, 세계와 존재에 대한 탁월한 개인들의 치열한 탐색이 기록되어 있으며, 새로운 세상을 꿈꾸는 아름다운 도전과 눈물이 아로새겨 있기 때문이다. 이 무궁무진한 상상력의 보고이자 살아 있는 문화유산을 되새길 때만 개인의 일상에서 참다운 인간적 가치를 실현하고 근대적 삶의 의미와 한계를 성찰하는 지혜를 얻을 수 있을 것이다.

'창비세계문학'은 이러한 문제의식에서 출발한다. 세계문학의 참의미를 되새겨 '지금 여기'의 관점으로 우리의 정전을 재구성해야 할 필요성이 그 어느 때보다 절실하다. '정전'이란 본디 고정된 목록으로 존재하는 것이 아니라 그때그때 주어진 처소에서 새롭게 재구성됨으로써 생명을 이어가는 것이다. 우리는 먼저 전세계 문학들의 다양성과 차이를 존중하면서 국가와 민족, 언어의 경계를 넘어 보편적 가치에 기여할 수 있는 가능성에 주목하고자 한다. 근대를 깊이 성찰한 서양문학뿐 아니라 아시아와 라틴아메리카, 중동과 아프리카 등 비서구권 문학의 성취를 발굴하고 재평가하는 것 역시 세계문학의 지형도를 다시 그리려는 창비의 필수적인 작업이 될 것이다.

여러 전집들이 나와 있는 세계문학 시장에서 '창비세계문학'은 세계문학 독서의 새로운 기준이 되고자 한다. 참신하고 폭넓으면서도 엄정한 기획, 원작의 의도와 문체를 살려내는 적확하고 충실한 번역, 그리고 완성도 높은 책의 품질이 그 기초이다. 독서시장을 왜곡하는 값싼 유행과 상업주의에 맞서 문학정신을 굳건히 세우며, 안팎의 조언과 비판에 귀 기울이고 독자들과 꾸준히 소통하면서 진정 이 시대가 요구하는 세계문학이 무엇인지 되묻고 갱신해 나갈 것이다.

1966년 계간 『창작과비평』을 창간한 이래 한국문학을 풍성하게 하고 민족문학과 세계문학 담론을 주도해온 창비가 오직 좋은 책 으로 독자와 함께해왔듯, '창비세계문학' 역시 그러한 항심을 지켜 나갈 것이다. '창비세계문학'이 다른 시공간에서 우리와 닮은 삶 을 만나게 해주고, 가보지 못한 길을 걷게 하며, 그 길 끝에서 새로 운 길을 열어주기를 소망한다. 또한 무한경쟁에 내몰린 젊은이와 청소년들에게 삶의 소중함과 기쁨을 일깨워주기를 바란다. 목록을 쌓아갈수록 '창비세계문학'이 독자들의 사랑으로 무르익고 그 감 동이 세대를 넘나들며 이어진다면 더없는 보람이겠다.

2012년 가을
창비세계문학 기획위원회
김현균 서은혜 석영중 이욱연 임홍배 정혜용 한기욱